1988년 옥스퍼드 대학 졸업식에서 아버지, 어머니와 함께 찍은 사진.
영국 유학생활은 학업 스트레스로 즐거운 기억보다는 어렵고 힘들었던 기억이 훨씬 더 많지만,
졸업식에서 부모님과 이런 사진 한 장을 남길 수 있었다는 것만으로 큰 의미가 있는 것 같다.

옥스퍼드 PPE 과정 졸업 후 7년 뒤 수여하는 1995년 MA(Master of Arts) 학위 수여식에
아내와 아들 준선이가 함께 참석하였다.
이 추억부터 시작인지 모르겠지만 준선이가 옥스퍼드에서 박사 학위까지 마쳤다.

2004년 부산 아이파크가 처음으로 FA컵(現 코리아컵)을 우승하였다.
울산 현대 구단주 시절에도 리그 우승을 차지한 적이 있었지만,
부산에서 들어 올린 첫 우승 트로피가 유난히 뜻깊은 기억으로 남아 있다.

설경이 너무나도 아름다운 러시아 캄차카 지역의 설산.
나는 어려서부터 스키, 수상스키, 수영, 철인 3종 등을 즐겼으며,
지금도 스키는 내가 가장 좋아하는 스포츠의 하나이다.

제52대 초대 집행부는 허정무, 최순호, 김동대, 유대우, 리차드 힐을 부회장으로 모시면서
그해 8월 곽영진 문체부1차관도 함께 부회장으로 추대하였다.
이분들과 함께 축구장 밖에서도 사회공헌을 위한 활동에 힘을 썼다.

독일과 레알 마드리드의 레전드였던 슈틸리케 감독.
러시아 월드컵 본선까지 대표팀을 이끌지는 못했지만 아시안컵 준우승, 동아시안컵 우승 등의 결과를 냈고,
대표팀 감독으로서 축구협회와 관련된 다양한 업무에 성심성의껏 참여하는 모습이 인상적이었다.

세 번의 북한 방문 중 이 사진은 두 번째 방문인 2015년에 찍은 것으로
동아시아축구연맹 집행위원회가 열린 평양을 방문했을 때 리용남 북한축구협회 서기장과의 사진이다.
미소를 지으며 촬영했지만 북한에 있는 동안 말과 행동에 신중을 기했던 기억이 또렷하다.

2016년 4월, FIFA 회장 당선 후 한국을 찾은 인판티노 회장과 웃으며 대화를 나눴다.
블라터, 플라티니 같은 과거의 인물보다는 훨씬 친숙하게 느껴지는 축구인이다.
여자 월드컵 출전국을 확대하는 것이 좋겠다는 나의 제안을 긍정적으로 검토하여 수용하기도 했다.

FIFA U-20 월드컵 당시, 우리나라를 방문한 레전드 마라도나를 만났다.
축구 행정으로 세계무대에서 일하면서 수많은 축구인을 만난다.
이제는 고인(故人)이 되었지만 우리 시대 최고의 선수였던 마라도나를 만난 것은 꽤나 특별한 경험이었다.

2017년 5월 FIFA 평의회에서 셰이크 살만 AFC 회장, 마리아노 아라네타 FIFA 평의회위원과 함께.
FIFA에서 아시아 및 한국 축구의 힘이 더 커질 수 있도록 최선을 다해 노력하고 있다.

남자대표팀이 처음으로 FIFA 주관 대회 결승에 오른 2019년 폴란드 U-20 월드컵.
MVP를 차지한 이강인 선수가 가장 많은 주목을 받았지만,
정정용 감독 및 모든 코칭스태프와 대한축구협회 직원들이 대회를 참 잘 준비했던 기억이 있다.

2023년 12월, 과거 축구협회를 이끌었던 장덕진 회장(31, 32대)의 아들인
장원준 부국장(TV조선)으로부터 기증품을 건네받았다.
박정희 대통령이 시축하고 직접 사인을 남긴 제1회 박스컵 공인구였다.
이 공은 축구종합센터 내에 조성될 축구역사박물관에 전시될 것이다.

시간이 허락하는 한 대표팀 선수들이 결혼식 주례를 부탁해올 경우 최대한 참석하여 덕담을 건네는 편이다.
김민재 선수, 황인범 선수의 결혼식 때도 내가 주례를 섰다.

2022년 6월, 한국 대 브라질의 친선경기가 있었다.
경기 이상으로 의미 있었던 것은,
대표팀 주장 손흥민 선수가 윤석열 대통령으로부터 체육훈장 청룡장을 받은 것이었다.
안정환, 박지성 등 선배 선수들과 함께 손흥민 선수의 훈장 서훈을 축하했다.

이 책이 『축구의 시대』라는 제목과 현재의 표지 디자인으로 결정되기 전까지 고민했던 B컷.
『BEYOND』라는 제목은 축구 그 이상의 축구,
그러니까 축구를 통해 온 국민과 미래 세대에 도움이 되기를 꿈꾸는 나의 신념을 담고 있다.

축구의
시대

축구의 시대

정몽규
축구
30년

bs
브레인스토어

Contents

1부
정몽규의 어제:
구단주-K리그 총재 시절을 말하다

제1장 Moving Forward: 축구와의 첫 인연

제2장 나의 사랑, 부산 아이파크

제3장 K리그 승부조작의 파고를 넘다

축구 의
시 대

Contents

2부
정몽규의 오늘:
대한축구협회 회장 시절을 말하다

제7장 대한축구협회장은 무엇으로 사는가

제8장 국가대표 선수를 말하다

Contents

축구의
시대

Contents

프롤로그

: 나는 왜 이 책을 썼는가

오래된 모임이 하나 있다. 2009년 미국 뉴올리언스에서의 첫 모임 이후 올해로 벌써 16년째가 된다. 그동안 참여한 멤버는 대략 6명에서 9명 사이를 오간다. 나이도, 국적도 제각각이다. 한국인은 나 혼자다. 미국, 스위스, 인도, 파키스탄 등 동서를 넘나드는 인연이다. 매년 한두 번씩 모이는데, 한번 만나면 3박 4일 일정을 함께한다. 모임 동안에는 핸드폰이나 이메일 등 외부와 연락할 수 있는 것은 모두 차단한다. 우리만의 대화에 몰두하기 위해서다. 모두 바쁜 사람들인데, 사흘 넘는 긴 시간을 외부와 단절하면서 오롯이 모임에 집중하는 것은 쉽지 않은 일이다.

대화의 주제는 제한이 없다. 대부분 사업하는 사람이다 보니, 본업인 비즈니스나 국제 동향 등을 주제로 토론할 때도 있지만 개인적인 고민을 털어놓기도 한다. 오히려 그런 이야기들이 더 솔깃하고 재밌는 법이다. 다만 내부 규칙이 있다. 여기서 나눈 대화는 그 어떤 사람과도 공유하지 않는다는 것이다. 나의 아내, 자식, 비서에게도 비밀이다. 우리들만의 비밀이다. 그런 룰을 정해놓고, 서로 지키다 보니 모임을 거듭할수록 대화의 농도가 짙어지고, 깊어진다. 만날 때마다 무언가를 채우고, 또 무언가를 비우고 온다. 중독성이 있다. 멤버들의 높은 출석률이 그것을 보여준다.

. . .

모임 이름은 '래티스 워크(Lattice Work)'이다. 래티스는 격자(格子)를 뜻한다. 격자 모양으로 세상의 모든 것은 연결되어 있다는 의미를 담았다. 국내에 주식 투자 지침서 『워런 버핏과의 점심식사』의 저자로 알려진 가이 스파이어와 『주식투자 백전백승의 법칙(단도투자)』을 쓴 모니시 파브라이가 함께 주도해 이 모임을 만들었다. 이들 중 스파이어는 하버드 경영대학원(MBA) 과정을 나왔는데 나와는 옥스퍼드대 'PPE(철학정치경제) 과정'에서 같이 공부했다. 인연이 다른 인연을 끌어들이면서 모임이 완성됐다. 새로운 멤버 영입에도 엄정한 조건이 있다. 10개월에 한 번쯤은 세계 어디라도 모임에 참여하기 위한 시간과 재정을 투입할 수 있어야 한다. 추천받은 이도 기존 멤버가 모두 동의해야만 새로 가입이 가능하다. 분명 폐쇄적이고 비밀스러운 모임이다. 무라카미 하루키의 소설에나 나올 법한 얘기다. 그동안 로스앤젤레스, 뉴욕, 보스턴 등 미국에서 가장 많이 만났고 영국 옥스퍼드, 프랑스 파리, 페루 리마 그리고 대한민국 서울에서도 모였다. 멤버들끼리 깊이 알아갈수록 더욱 의미 있는 대화가 가능해졌다. 서로 모국어가 다른데도 말이다. 나는 젊은 시절 영국에서 3년간 유학 생활을 했지만 이 모임을 통해서 다른 나라 사람들의 사고방식을 더 잘 이해하게 됐다.

한번은 가상의 '80세 나의 장례식'이란 주제로 친구들이 낭독하는 조사(弔辭)를 서로 듣기도 했다. 나를 기리는 조사를 들으면서, "사후에 저런 평가를 받을 수 있도록 살아야지" 하는 다짐을 했다. 어느 때는 5년 뒤 예상되는 나의 가족관계나 재정 상태, 꼭 이루고 싶은 목표 등을 밝히기도 했다. 이렇게 하면 5년 동안 그 방향으로 더 노력해 목표 달성의 가능성을 높여갈 수 있다는 거다. 단기적으로는 매번 새로운 주제를 준비해 발표하고 다음 모임 때까지 해야 하는 숙제를 공유한 뒤 스스로 얼마나 지켰는지를 서로 이야기한다.

이 모임에서 나의 목표라고 공언했던 것 가운데 하나가 책을 쓰는 거였다. 그동안 바쁘다는 핑계로 실천하지 못했다. 계속 미루다 보니 의무감도 들었다. 이러다가 영영 지키지 못할지도 모른다는 조바심에 지난해 여름부터 조금씩 글을 쓰기 시작했다. 어떤 주제로 책을 쓸 것인가에 대한 영감도 이 모임에서 얻었다. 한 친구가 "너는 축구 이야기를 할 때 가장 눈동자가 반짝반짝하면서 행복해 보인다"고 했다. 나도 몰랐던 얘기였다. 아마 정말 그랬나 보다.

· · ·

돌이켜보면 내가 축구와 연을 맺은 지도 올해로 만 30년이 넘었다. 울산 현대 호랑이 축구단의 구단주를 맡은 것이 33살이었던 1994년 1월이었다. 청년이 장년이 됐고 이제 살아온 나날을 돌아볼 나이 정도는 된 듯하다. 무언가 기록으로 남겨 매듭을 한 번 지어야 이후의 내 삶을 더 의미 있게 보낼 수 있을 것 같았다. 그래서 내 삶의 궤적 가운데 축구에 관련된 것만 우선 정리해보자고 마음먹었다. 50살이었던 2011년 한국프로축구연맹 제9대 총재에 선출됐고 2년 뒤 제52대 대한축구협회장 선거에 당선되어 지금 3번째 임기의 마지막 해를 보내고 있다. 육체적으로나, 정신적으로나 남자 인생의 하이라이트라고 할 수 있는 50대의 전부를 한국 축구와 함께했다. 그 시간들을 돌아보는 것도 의미가 있겠다 싶었다.

· · ·

나는 누구와도 비교할 수 없게 운 좋은 인생을 살았다. 현대자동차를 다닐 때는 일본의 토요타, 미쓰비시 자동차뿐만 아니라 세계적으로 경쟁력 있는 일본의 자동차 부품 회사를 방문해 이들이 어떻게 미래를 연구하고 준비하는지를 볼 수 있는 기회가 많았다. 미국의 크라이슬러 자동차를 방문해

리 아이아코카 회장도 직접 만났고 이 회사의 혁신적인 사무실 구조에 놀라기도 했다. 또 포르쉐 본사와 연구소, 보쉬(Bosch)의 연구소 등을 방문해 독일 자동차 업계가 5년 뒤, 10년 뒤에는 어떤 기술을 선보일지 연구하는 것도 목격했다. 당시 한국이 고장 안 나면서 값싸고 좋은 자동차를 만드는 것을 고민하고 있을 때, 독일은 먼 미래의 기술 아젠다를 놓고 연구하고 있었다. 1999년 현대산업개발로 옮긴 뒤에는 세계적인 유명 건축가들을 많이 만날 수 있었다. 이들이 어떻게 일하고, 어떤 생각을 갖고 있으며 50년 뒤에도, 100년 뒤에도 이 세상에 남아있을 건물을 만들고 싶어 하는지를 지켜보았다. 다니엘 리베스킨트, 구마 켄코, UN스튜디오의 벤 판 베르켈 등이 그런 인물들이었다. 판 베르켈과는 그때의 인연으로 천안에서 만들고 있는 대한민국 축구종합센터 설계에도 참여하게 됐다.

나는 35세에 현대자동차 회장이 된 이후 기아자동차 합병 과정에 깊숙이 관여하면서 우리나라 산업 구조 조정 과정의 한복판을 직접 겪었다. 39살에 현대산업개발 회장으로 옮겨서는 제조업이 아닌 건설업과 사회 인프라 사업을 경험했다. 이러면서 대한축구협회 회장이 되기 전까지 15년 동안 대기업 회장을 지냈다. 경제계에서 쌓은 다양한 경험을 통해 축구계에 많은 기여를 할 수 있다고 판단했다. 하지만 지금 돌이켜보면 큰 오산이었다. 오히려 축구를 통해 세상을 돌아보는 새로운 시각을 갖게 됨으로써 살아가는 데 많은 지혜를 얻게 됐다. 내가 축구계에 도움을 준 것보다 배운 것이 훨씬 많았다.

. . .

축구는 11명의 선수와 감독, 코치진이 하는 팀 스포츠다. 이에 비하면 회사는 수백 명에서 수만 명의 많은 인원이 여러 가지 활동을 한다. 엄청난 차이로 보이지만 사실 축구와 회사는 여러 측면에서 많은 유사점이 있다. 경제학에서는 경제 활동이나 현상을 예측할 때 몇 가지 주요 변수를 찾아내 분석한다. 축구는 11명의 선수가 움직이기에 수만 명이 움직이는 대기업에 비해 단순하다고 할 수 있다. 회사에서 풀리지 않는 문제를 연구하는 데 상대적으로 변수가 적은 축구가 많은 도움이 된다. 마치 경제학에서 현실 속의 주요 변수를 추출해 연구하는 것과 같다. 둘 다 정확한 결과를 예측할 수 없다는 것도 비슷하다. 축구와 비즈니스 조직의 문제점도 공통된 것이 많다. 나는 회사에서의 의문이나 문제점들을 축구를 통해 더 잘 이해할 수 있었다. 더 나아가 우리 사회의 문제점도 축구라는 시각을 통해 보니 통찰력이 생겼다.

내가 축구를 통해 얻었던 이러한 이해와 통찰을 많은 독자와 나누고 싶었다. 앞으로 대한축구협회나 구단을 운영하고 싶어 하는 이들에게도 마찬가지다. 내가 축구를 통해 얻었던 경험과 지혜를 함께 나누는 것이, 축구에서 받은 혜택을 되돌려주는 방법이라고 생각했다.

· · ·

축구는 항상 우리 민족, 우리 국민과 함께했다. 1933년 9월 조선축구협회가 발족한 이후 이듬해 2월 제2대 회장을 맡았던 여운형 선생은 "축구로 조선을 독립시킬 수는 없지만 조선의 젊은이들이 축구로라도 일본 사람들을 제압한다면 식민지 피지배 민족의 굴욕감에서 벗어날 수 있다"고 강조했다고 한다. 일제 강점기에 축구는 일본을 누를 수 있는 거의 유일한 수단이었다. 그래서 축구는 국기(國技)로 불리게 됐다.

최근 한국 축구는 여러 면에서 활황세를 보이고 있다. A매치가 열리면 상대를 가리지 않고 몇만 장의 티켓이 금세 동이 난다. 경기장을 찾는 팬들이 이전과 달리 국가대표 정식 유니폼을 입고 온다. A매치 중계권이나 스폰서십의 가치도 몰라보게 높아졌다. 미취학 아동이나 초등학교 저학년 학생들이 가장 많이 즐기는 운동이 축구라고 한다. 프로축구 K리그도 역대 최고의 흥행 가도를 달리고 있다. 축구업계에서 일하고, 경제 가치를 만들어내는 사람들이 부쩍 많아졌다. 축구가 점점 산업화되고 있다고 느끼고 있다. 2002년 한일월드컵 4강의 성취 이후 우리 국민에게 축구가 이처럼 인기를 얻고, 가까운 존재로 느껴지는 것은 아마도 처음인 듯하다. 미래의 잠재력을 생각한다면 발전 가능성은 더욱더 무궁무진하다. 바야흐로 '축구의 시대'가 오고 있다.

2013년 대한축구협회에 '정몽규 집행부'가 출범한 이후 미래를 대비하기 위한 다양한 정책들을 꾸준히 실행했다. 지난 12년 동안 씨를 뿌리고, 가꿔 왔던 정책의 결실들이 조금씩 열매를 맺고 있다. 모두 현장에서 땀을 흘린 축구인과 업계 관계자 덕분이다. 나도 이렇게 여명이 밝아오는 데 미력하나마 방향성을 제시했다는 점에서 보람을 느낀다. 이 책의 제목을 '축구의 시대'라고 정한 이유이기도 하다. 축구의 시대는 앞으로 더 활짝 열릴 것으로 확신한다.

. . . .

이 책은 3부로 구성됐다. 1부는 어린 시절 축구와의 첫 기억부터, 1994년 울산 현대 구단주를 맡아 축구와 본격적인 인연을 맺은 시기를 거쳐 한국프로축구연맹 총재로 K리그 행정을 책임지던 때와 세 번의 대한축구협회장 선거에 나서게 된 고민 등을 다뤘다. 2부는 2013년부터 2024년까지 대한축구협회장으로 3번의 임기를 수행하는 동안 내가 직접 겪었던 일들을 주제별로 정리했다. 마지막 3부는 협회장으로 일하면서 대한민국 축구의 미래를 위해서 추구했던 다양한 정책들을 최종 결정권자의 입장에서 돌아봤다. 이 책을 읽는 일반 독자들은 1, 2부와 에필로그만 봐도 충분할 듯하다. 다만 축구인이나 축구계에서 일하는 관계자들, 또는 앞으로 축구 산업에서 일하기를 희망하는 젊은이들은 정책을 집중적으로 다룬 3부까지 읽어주면 좋겠다.

. . . .

사람에게 가장 중요한 것은 건강을 제외한다면, 시간 그리고 돈이다. 앞서 말한 '래티스 워크'에서 만난 친구들은 자기 인생에서 우선순위를 정하면 대략 장기 목표에 맞춰 시간과 돈을 배분한다. 반면 우리나라 사람들은 그런 것에 익숙하지 않아서 단기적인 것에 많은 시간과 돈을 쓰는 것 같다. 내 인생에서 우선순위는 가족, 사업, 축구 세 가지를 꼽을 수 있다. 가족을 별도로한다면 사업과 축구에 쏟는 에너지는 얼추 비슷한 것 같다. 그만큼 축구가 중요했다. 대한축구협회장으로서, 한국프로축구연맹 총재로서, 또 부산 아이파크의 구단주로서, 끊임없이 축구에 대해서 고민했고 더 나은 방향을 만들려고 노력했다. 그 과정에서 내 소중한 시간과 돈을 썼다. 투자만큼 의미 있는 결과가 항상 있었는지는 모르겠다. 하지만 그 순간들이 나에게는 더없이 소중했다.

· · ·

이 책은 그런 순간들의 모음이다. 생각을 정리하고, 기억을 더듬고, 글을 써나가면서 확인한 사실이 있다. 많은 고민의 순간들이 격자처럼 모두 연결되어 있었다는 것이다. 이것은 놀라운 깨달음이었다. 축구를 위해 일했던 시간들이 행복했다. 물론 성취만 있었던 것은 아니었다. 아주 기뻤던 일, 매우아팠던 일, 더러 섭섭했던 일들이 교차했다. 그래도 그냥 다 함께할 만했다.

· · ·

나는 한국축구를 사랑한다. 그것이 이 책을 쓴 이유이다.

2024. 8.

정 몽 규

1부

정몽규의 어제

: 구단주-K리그 총재 시절을 말하다

제1장
Moving Forward

: 축구와의 첫 인연

—— 축구에 대한 첫 기억

처음부터 축구를 사랑했던 것은 아니었다. 공을 차는 것도, 경기를 보는 것도 별로 즐기지 않았다. 나중에 축구가 인생의 가장 중요한 부분을 차지하게 될 줄은 나조차도 몰랐다.

우리 집안은 알려진 대로 지금은 북한 땅인 강원도 통천군 송전면 아산리에 뿌리를 두고 있다. 국내에서 가장 좋은 병원으로 손꼽히는 아산 병원은 이 동네의 이름에서 따온 것이다. 아버지(정세영 현대산업개발 명예회장·1928~2005)는 이곳에서 1928년 8월 6일 8남매(6남 2녀) 가운데 넷째 아들로 태어났다. 이 형제들의 맏형이 현대그룹 창업주인 큰아버지(정주영 회장·1915~2001)이다. 장자를 우선시하는 전통적 정서는 우리 집안에서도 매우 강했다. 이런 가풍으로 아버지는 "큰형님이 잘돼야 우리 집안이 잘된다"는 생각을 어릴 적부터 품고 살았다고 한다. 이는 할아버지와 할머니의 뜻이기도 했다. 미국 유학을 마치고 돌아온 아버지가 "너는 나와 함께 사업을 하자"는 큰아버지 말씀에 대학교수의 꿈을 바로 포기한 것도 아마 그런 연유일 터이다.

아버지는 이화여대 정외과를 나온, 당시로는 신세대 여성이었던 어머니와 교제했다. '박'씨 성에 '영' 자, '자' 자를 쓰는 분이었다. 두 분은 1958년 결혼한 뒤 서울 장충동에 있는 큰아버지 댁에서 일단 신혼살림을 차렸다. 집안 식구들과 친분도 쌓고 가풍도 익히게 할 의도였다고 한다. 6개월여 뒤 따로 전셋집을 얻어 인근으로 이사했고, 이후 여러 번 집을 옮긴 끝에 1969년 12월 말 성북동에 집을 짓고 정착했다. 그래서 나의 본적은 '장충동 37-7'이지만 어린 시절 기억의 대부분은 성북동에서 이뤄졌다.

성북동은 전통적 부촌으로 통하지만 그때는 주거지가 막 조성되던 때여서 집들이 많지 않았다. 산속에 큰 집들이 듬성듬성 있는 형태였다. 내 또래

아버님 고희 생신, 온 가족이 함께 (1988, 서울 성북)

들의 어린 시절 환경과는 많이 달랐다. 그 당시 우리나라는 대부분 가난하고 어려웠다. 놀이라고는 좁은 골목이나 공터에서 몰려다니며 공을 차는 것이 고작이었다. 아마 우리 세대 남자아이들의 공통된 기억일 것이다. 하지만 나는 흔히 말하는 부잣집 아들이었다. 성북동은 그런 식의 동네 친구를 갖기 힘든 환경이었다. 골목 축구를 한 기억도 없다. 동네 친구는커녕 이웃도 별로 없었다.

· · ·

나는 1962년 1월 14일에 소띠로 태어났다. 이른바 '빠른 62년생'이어서 일곱 살이었던 1968년에 종로구 통의동의 경복초등학교에 입학했다. 학교 운동장이 좁았기에 체육 시간에는 축구 대신 피구를 주로 했다. 겨울에는 좁은 운동장에 얼음을 얼려 스케이트장으로 활용했다. 청운중학교에 진학해 보니 같은 울타리 안에 경기상고가 있었는데 거기에 야구부가 있었다. 자연스럽게 축구보다는 야구에 더 친숙해졌다. 동네에서나 학교에서나 축구를 즐길 환경은 아니었던 셈이다.

오히려 축구 하면 가장 먼저 떠오르는 첫 기억은 라디오 방송을 통해 흘러나오던 중계방송이다. 어린 시절을 보낸 1960년대와 1970년대는 '박정희의 시대'였다. 내가 태어나기 1년 전인 1961년 박정희 소장은 '5.16'을 일으켜 18년 장기 집권의 서막을 열었다. 박 대통령이 중앙정보부장의 총에 맞아 세상을 떠난 것은 내가 고3으로 대학 입시에 진땀을 흘리던 1979년이었다. 내 어린 시절과 초 · 중 · 고 시절의 전부는 박정희 대통령의 통치 아래 있었다. 체육 또는 스포츠가 국가 정책으로 시행되기 시작한 것은 사실상 박정희 대통령 때부터였다. 체육 관련 모법 구실을 오랜 기간 했던 국민체육진흥법이 제정된 것이 1962년이었다. 나와 같은 해에 세상에 나왔다.

그 시대를 상징하는 것 가운데 하나가 '박스컵'이었다. 공식 이름은 '박대통령컵 쟁탈 아시아 축구대회'였고, 나중에 국제 대회로 격상됐다. 우리는 그냥 박스컵이라고 불렀다. 이 대회가 처음 열린 것은 초등학교 4학년 때인 1971년 5월이었다. 당시 축구 국가대표팀이 동남아시아에서 열리는 메르데카컵이나 킹스컵에 출전하는 것은 온 국민의 최대 관심사였다. 별다른 오락 거리가 없었던 시절에 축구대표팀은 최고의 인기를 누렸다. 영국령에서 독립한 말레이시아는 1957년 8월 31일 아시아 국가들을 초청하는 축구 대회를 열었다. '메르데카'는 말레이시아어로 독립이라는 뜻이다. 태국에서 1968년 시작한 '킹스컵'은 푸미폰 국왕이 컵을 기증했다고 해서 그런 이름이 붙었다. 두 대회는 아시아권에서 상당한 권위를 인정받고 있었다.

'아시아의 호랑이'로 통했던 한국은 1970년 두 대회를 비롯해 방콕 아시안게임까지 3관왕을 차지했다. 기세가 오른 대한축구협회가 '우리도 맨날 손님만 하지 말고 호스트도 되어 보자'며 이듬해 만든 대회가 바로 박스컵이었다. 당시 장덕진 대한축구협회장은 사법, 행정, 외무고시를 모두 합격한 수재였고, 재무부를 선택해 차관보까지 고속 승진한 상태였다. 박 대통령의 지시로 1970년부터 대한축구협회장을 맡고 있었다. 그는 사적으로는 대통령의 처조카 사위여서 실력과 배경을 아우르고 있었다. 장 회장은 자신의 이런 영향력을 축구 발전을 위해서 사용했다. 재무부 이재국장 시절인 1969년부터 조흥은행, 산업은행, 제일은행, 신탁은행 등 금융단 축구팀 창단을 계속 유도했다. 나중에 금융단 축구팀은 9개에 이르렀고 200명이 넘는 선수들이 일자리를 갖게 됐다. 훗날 내가 대한축구협회장이 되고 나서 원로 축구인들로부터 자신들의 생계를 대거 해결해준 그분을 대단히 존경한다는 이야기를 많이 들었다.

박스컵은 메르데카컵, 킹스컵과 더불어 아시아 3대 컵대회로 팬들에게 인정받았다. 인기도 대단했다. 지금도 축구하면 제일 먼저 떠오르는 것은 이런 컵대회 중계방송을 라디오로 들었던 기억이다. 대회가 열릴 때면 버스를 타든, 택시를 타든 온통 축구 중계였다. 모든 시민들이 그 목소리에 귀를 기울였다. "고국에 계신 동포 여러분 안녕하십니까"라는 캐스터의 오프닝 코멘트를 흉내내며 분위기를 잡는 친구들도 많았다. 당시 나는 축구가 모든 국민에게 꿈과 희망, 재미와 안타까움을 선사할 수 있다는 것을 어렴풋이 느꼈던 것 같다. 그런 중계방송을 통해서 나중에 직접 인연을 맺게 되는 이회택, 김호곤, 차범근, 허정무 같은 이름들을 알게 됐다.

2023년 12월 고 장덕진 회장의 자제인 장원준 씨(TV조선 부국장)가 대한축구협회 집무실로 찾아와 제1회 박스컵 개막식에서 박정희 대통령이 시축했던 공을 나에게 전달했다. 장 씨는 부친의 유품을 정리하는 과정에서 시축공을 발견했다며 이를 축구협회가 보관하면 더 의미 있겠다고 했다. 나는 천안시에 만들어지는 대한민국 축구종합센터 내 축구역사박물관에 전시하겠다고 화답했다. 공에는 박 대통령의 사인이 또렷했다. 장덕진 회장부터 나에게까지 이어지는 인연의 오묘함에 새삼 놀라운 마음이 들었다.

—— 수영, 스키, 수상스키 그리고 철인 3종

고등학교는 추첨으로 용산고에 진학했다. 내가 살던 종로구에는 경복고, 중앙고 등 명문고가 많았지만 용산고는 공동 학군이어서 다른 구에 살던 학생들도 배정됐다. 용산고는 지금도 그렇지만 대표적인 농구 명문이었다. 선배로는 신선우, 후배로는 허재 등 한국 농구의 레전드들이 고교 동문이다. 동기 중에는 최장수 프로농구 단장으로 유명한 KCC 최형길 단장도 있다. 농구에 대한 관심이 많을 수밖에 없었다.

또 교내 야외수영장이 있었다. 수영에는 꽤나 자신이 있었다. 학교 대표로 선발되어 지금은 없어진 동대문운동장 뒤편의 수영장에서 열린 '5대 공립고 수영대회'에 출전하기도 했다. 막상 대회에 나가 겨뤄보니 수영부에서 전문적인 훈련을 받은 다른 출전자와는 차이가 많이 났다. 자유형 100m 레이스에서 50m까지는 얼추 비슷하게 따라갔지만 반환점을 돌면서 처지기 시작해 결국 상당한 차이로 꼴찌를 하고 말았다. 굉장히 창피했던 기억이 지금도 생생하다.

내가 정말 즐겼던 운동은 따로 있었다. 수상스키와 스키였다. 수상스키는 아버지의 영향이 컸다. 아버지는 미국 유학 시절 수상스키를 배웠는데, 아직은 불모지였던 국내에 수상스키를 보급한 1세대 개척자였다. 귀국 후 워커힐 앞 광나루나 양수리에서 수상스키를 하면서 사업 스트레스를 많이 풀었다. 1979년에는 대한수상스키협회를 결성해 초대 회장을 맡을 정도로 종목 보급에 열성이었다.

아버지는 여섯 형제여서 나에게는 '몽(夢)'자 돌림 사촌 형제가 많다. 그 가운데 동갑내기 사촌과는 정말 가깝게 지냈다. 몽혁(현대코퍼레이션 회장), 몽익(KCC글라스 회장), 몽용(현대성우홀딩스 회장) 등 3명이 나와 동갑내기였다. 초등학교 4학년 때 이들과 함께 아버지에게 수상스키를 직접 배웠다.

처음 입문할 때 초보자는 스키와 수면이 수평이 될 때 천천히 몸을 일으키는 것부터 배우게 된다. 3명의 사촌은 첫날 배우자마자 바로 몸을 일으켜서 깜짝 놀랐다. 상대적으로 체격이 작았던 나는 힘이 달려서인지 사촌들에 비해 몸을 일으키는 데 어려움을 겪었다. 하지만 워낙 아버지를 따라 자주 다니다 보니 실력이 차츰 늘었다. 중학교 2학년 때는 광나루 근처에서 스키도 없이 맨발로 타는 것이 가능해질 정도였다. 구경나온 사람들이 내 묘기를 보고서 "우와" 하며 함성을 내지르기도 했다. 광나루에서 친구들과 수영으로 한강을 건너가는 내기도 했다. 걱정 하나 없이 마냥 즐거운 시절이었다.

. . .

스키는 수상스키보다 더 일찍 시작했다. 초등학교 3학년 때 대관령에서 처음 스키를 탔다. 다섯째 작은집 사촌들과 함께 놀러갔다. 5살 때 부모님이 미국에 6개월간 장기 출장을 가면서 다섯째 작은아버지 (정신영 전 동아일보 기자)집에 맡겨졌기에 같이 생활했던 동갑내기 몽혁과 특히 친했다. 나보다 먼저 대한축구협회장을 지냈던 몽준 형님이 그때 대학생이었다. 대관령에서 같이 스키를 타러 가서 초보 동생들에게 이것저것 상세히 스키 기술을 가르쳐줬다. 지금 생각하면 대학생 형이 초등학교 사촌 동생들을 데리고 스키 여행을 가서 교습해주는 것은 쉽지 않은 일이었을 터인데, 형님의 그런 배려로 스키와 친해지게 됐다. 체격이 좋았던 몽준 형님은 못하는 운동이 없었던 만능 스포츠맨이었다. 형님은 서울대 스키 동아리에서 활동하면서 직접 대회에 출전도 했다. 우리들은 형님이 출전한 대회에 응원을 하러 가기도 했다. 그때는 지금의 용평 리조트가 생기기 전이라 스키를 신은 채 옆으로 힘들게 게걸음으로 올라가서 타고 내려와야 했다. 올라가는 데 워낙 시간이 많이 걸려서 하루 종일 있어도 오전에 두세 번 또 오후에 두세 번 타는 것이 고작이었다.

1980년 고려대 경영학과에 입학한 뒤에는 교내 스키 서클을 만들어 활동했다. 1학년 때는 대한스키협회에서 주관하는 신인 선발대회에 출전해 1등을 차지했다. 우쭐한 기분이 들었다. 대한축구협회장이 된 후 한 언론과의 인터뷰에서 잘하는 운동이 무엇인지 묻기에 "전 세계 어디를 가도 스키는 상위 1% 안에 들 자신이 있다"고 대답한 적이 있다. 워낙 어릴 때부터 타서 기초가 탄탄했고, 다른 사람들보다는 많이 탈 수 있었던 덕분이다. 한번 마음먹은 것은 최선을 다해 끝장을 봐야 직성이 풀리는 성격이고, 운동 신경도 나쁜 편이 아니어서 스키에 관해서는 이런 자신감이 있었다. 지금도 골프처럼 정적인 운동보다는 스키나 수상스키, MTB처럼 몸을 많이 쓰면서 나른하게 피곤해지는 운동을 좋아한다. 스릴이 더해진다면 금상첨화다.

34살이었던 1995년에 제주도에서 열렸던 국제 철인 3종 경기에 출전한 경험도 있다. 수영 1.5km, 사이클 40km, 달리기 10km를 완주했으니 체력이 참 좋을 때였다. 세 종목을 모두 완주하고 대회에 출전한 240명 가운데 80위를 차지했는데 이 정도면 스포츠에 자신 있다고 해도 지나친 말은 아닐 듯하다.

· · ·

어린 시절을 돌아보면 여름방학 때마다 있었던 대가족 피서 여행도 생각난다. 우리 가족들은 거의 모든 사촌 형제가 강릉에 있는 현대연수원으로 피서를 갔다. 새벽에 작은 차를 타고 서울을 출발해 한계령을 넘어 거의 10시간에서 12시간이 걸려서 강릉에 도착했다. 사촌들은 그 긴 시간을 차 안에서 웃고 떠들며 놀았다. 그 당시는 한계령을 넘어가는 길의 일부가 일차로여서 일방통행이었다. 한쪽 방향 차가 지나는 동안 반대 방향 차들은 대기하며 기다려야 했다. 정말 호랑이 담배 피우던 시절 이야기다. 강릉으로 가는 도중의 길이 대부분 비포장도로여서 먼지도 많이 나고 시간도 오래 걸렸다. 강릉 경

프랑스 틴느(Tignes)에서 (1985)

포대에서 밤낚시도 하고 오리바위까지 사촌들과 수영 시합도 했다. 이 시절
에는 거의 모든 큰아버지, 작은아버지들이 함께 여행을 했다. 형제들끼리, 사
촌형제들끼리 정말 우애가 좋았다. 이런 어린 시절의 체험 덕에 나중에 시간
이 지나서도 현대가는 서로 좋은 사이를 유지하고 있는 게 아닌가 싶다.

—— **축구와는 무관했던 영국 옥스퍼드 유학 생활**

스키 실력에 너무 지나친 자부심을 가진 탓인지 방심해서 대학교 2학년
겨울 방학 때 큰 사고가 났다. 그해 마침 용평리조트가 최상급 코스인 실버
라인을 새로 개장해 스키 선수와 실력파 동호인들에게 큰 인기를 끌었다. 공
식 대회 출전을 위해 실버 라인에서 활강 연습을 하다가 그늘 안 장애물에
걸려 넘어지는 바람에 크게 다쳤다. 바로 강릉으로 이송돼 응급조치를 받은
뒤 서울 국립의료원으로 옮겨 한 달 동안이나 입원했다. 머리는 물론 척추를
크게 다쳤고 손목과 무릎뼈가 부러져 꼼짝도 할 수 없었다. 이 사고는 이후

내 인생 계획에 적지 않은 영향을 줬다.

2학년 때 ROTC에 지원해 합격한 상태였다. 대학 졸업 후 장교로 군 복무를 마치고 미국으로 MBA 유학을 떠난다는 계획이었다. 그러나 예기치 않은 큰 사고로 ROTC 복무가 불가능했고, 결국 진로를 바꿀 수밖에 없었다. 재학 중 경기도 불암산 근처의 57사단에서 13개월 동안 보충역으로 군 복무를 마쳤다. 이후 학부 과정을 마친 뒤 영국으로 유학을 떠나게 됐다. 마침 누나와 매형이 옥스퍼드에 살았는데, 옥스퍼드대학의 'PPE 과정'을 추천했다. PPE는 'Philosophy, Politics and Economics'의 약칭으로 철학, 정치학, 경제학을 공부하는 과정이었다. 1920년대 옥스퍼드에서 이 과정을 처음 도입했는데 해럴드 윌슨 등 5명의 영국 총리를 비롯해 호주, 파키스탄 등 영연방 국가의 총리를 다수 배출했다. 빌 클린턴 미국 대통령도 이 과정에서 공부했다.

이런 내력으로 PPE는 현대판 '제왕학'을 가르치는 코스로 유명했다. 하지만 명성만큼이나 과정이 너무 힘들었다. 이름처럼 정치학, 경제학, 철학을 배워야 했다. 나같이 영어가 모국어가 아닌 외국인 학생이 따라가기는 결코 쉽지 않았다. 특히 졸업하기 위해선 마지막 종합시험을 통과해야 하는데, 단 한 번의 시험으로 성적과 졸업 여부가 결정됐다. 그 압박감은 정말 말로 표현하기 힘들 정도였다. 종합시험은 총 8과목을 각기 3시간씩 시험을 봐야 하는데 8절지 크기의 시험지에 자신의 생각을 치밀하게 담아내야만 했다. 시험 시간 동안 영국 학생들은 보통 6장 정도를 써내려갔다. 나는 두세 장을 채우기도 쉽지 않았다. 정치학 시험 때는 생각한 것을 모두 다 짜냈는데도 답안지가 좀체 채워지지 않았다. 30년이 지난 지금도 가끔 빈 답안지 앞에서 쩔쩔매는 꿈을 꾸기도 한다. 깨어나면 이제는 유학생이 아닌 게 그렇게 다행일 수가 없다.

· · ·

옥스퍼드 기숙사에 처음 들어가는 날 (1985, 영국)

　영국에서 유학했다고 하면 사람들은 '골프의 고향'에서 3년이나 있었으니 좋은 골프장은 전부 다녀봤겠다며 부러워한다. 혹자는 또 '축구 종가'에 간 거 보니, 나중에 대한축구협회장이 될 줄 알았던 거 아니냐며 농담을 던진다. 따지고 보면, 축구 조기 유학과 비슷하다는 것이다. 천만의 말씀이다. 골프장 한 번 간 적이 없고, 축구 경기 역시 구경 간 적도 없었다. 그만큼 학업 스트레스가 심했고, 마음의 여유도 없었다. 매주 2개의 리포트를 써서 내야 했는데 한 리포트당 4~5권의 책을 읽어야 했다. 일주일 안에 8~10권의 책을 다 읽는 것은 사실 불가능했다. 그때부터 짧은 시간 내에 핵심을 찾아내고 이를 소화하는 훈련을 한 것 같다. 옥스퍼드는 조용히 각자 자기 일에 전념하는 면학 분위기가 강했다. 여럿이 몰려다니며 취미 활동하고, 놀러 다니는 것을 해본 적이 거의 없다. 지금 돌이켜보면 좀 즐기면서 유학 생활을 보냈어도 괜찮았을 것 같다. 축구 경기도 보고, 골프장도 다녔으면 좀 더 다양한 영국 문화를 체험하고 느끼는 시간이 됐을지도 모르겠다.

　한국 축구 명문 고려대를 다닐 때도, 축구 종가 영국에서 유학 생활을 할 때도, 축구는 여전히 내 관심 분야가 아니었다. 농구 명문 용산고를 다녔기에 정기 고연전(高延戰) 때도 관심은 축구보다 농구였다. 유학 생활은 강의실과 도서관만이 익숙한 공간이었다. 이후의 내 인생을 생각하면 참으로 신기한 일이다. 어찌 그리 축구와는 요리조리 빠져나갔는지 말이다. 내가 축구와 본격적인 인연을 맺기 시작한 것은 첫 직장인 현대자동차에서였다.

── 운명적으로 축구와 만나다

아버지는 1967년 현대자동차를 설립해 초대 사장에 취임했다. 이후 1976년 국내 첫 국산자동차인 '포니'를 생산하는 등 국내 자동차 산업의 선구자로 활약했다. '포니 정'이라는 자랑스러운 별명도 이때 생겼다. 아들이라고는 나 혼자였으니 대학교를 다닐 때도, 유학 생활을 할 때도 언젠가 현대자동차에 입사하리라고 생각했다. 대학 2학년 여름방학 때는 두 달 동안 아무도 모르게 울산에 있는 자동차 공장에서 아르바이트를 했다. 조립 라인에서 관련 부품을 배달하는 일을 하면서 나름 차 부품이 맞춰지는 과정을 이해하게 됐다. 나중에 이 사실을 알게 된 아버지는 마냥 어리게만 생각했던 아들이 뿌듯했던지 당신의 자서전에 이런 글을 남겨놓았다.

'대학 2학년 여름방학 때 몽규는 울산 공장에 내려가 2개월가량 공원으로 아르바이트한 적이 있었다. 특별한 기술이 없었던 까닭에 리어카 끌고 자재를 나르는 등 궂은일이었는데, 단 한 번도 힘들다는 투정 없이 묵묵히 해내는 걸 보고 무척 흐뭇했던 기억이 있다. 몇 년 후 내가 넌지시 공장장에게 사실을 털어놓았을 때까지 아무도 몽규가 사장의 아들이고, 고생 모르고 자란 대학생이 공장에 와서 막노동했다

는 것을 눈치챈 사람이 없었다고 한다.'

정세영 저, 『포니정 나의 삶 나의 꿈』, p.505~506

나중에 현대자동차 회장이 된 뒤 나온 신문 기사 속 프로필에 내가 마치 2
만 개가 넘는 부품을 직접 해체하고 조립할 정도로 자동차에 조예가 깊다는
내용이 나온 적이 있다. 하지만 사실 그 정도 수준은 아니었다.

3년간의 영국 유학 생활을 마치고 귀국한 1988년 현대자동차에 입사했
다. 첫 직장이었고, 사회생활의 시작이었다. 현대자동차는 이미 울산을 연고
로 한 현대 호랑이 축구단을 창단해 운영하고 있었다. 이 팀은 1983년 7월
창단을 선언하고 그해 12월 창단식을 가졌다.

· · ·

전두환 정권은 1980년 집권 이후 정치에 과도하게 쏠려있는 국민의 관
심을 다른 곳으로 분산시키기 위해서 이른바 '3S 정책(스포츠Sports, 스크린
Screen, 섹스Sex)'을 추진했다는 게 학계의 정설이었다. 그러한 흐름 속에 프
로스포츠를 본격적으로 출범시키려고 했다. 대상 종목으로는 단연 대중적
인기가 높은 축구와 야구가 후보로 꼽혔다. 1982년 프로야구가 6개 팀으로
먼저 시작했다. 다급해진 축구계는 1년 늦은 1983년 2개의 프로팀(할렐루야,
유공)과 3개의 아마추어팀(대우, 포항제철, 국민은행)으로 K리그의 원조격
인 '수퍼리그'를 출범시켰다. 현대자동차는 그해 7월 국내 3호 프로 축구팀
을 만들겠다고 발표했고 1984년부터 리그에 참여했다. 현대자동차 사장이었
던 아버지는 "순서로는 세 번째 프로팀이지만 성적으로는 첫 번째가 되겠다"
며 의욕을 보였다. 나는 당시 대학생이었고 아직 축구에 큰 관심이 없었던
터라 현대자동차가 프로 축구팀을 만든다는 것에 특별한 감흥은 없었다.

· · ·

현대자동차 입사 이후 축구와 관련된 첫 기억은 차범근 감독과의 만남이었다. 1970년대 중후반 세계 최고의 리그로 꼽혔던 독일 분데스리가에서 활약했던 차범근 감독이 1989년 레버쿠젠에서 은퇴하고 귀국하자 그의 거취는 축구계의 최대 관심사였다. 국내 프로팀들도 최고의 상품성을 가진 그의 영입 경쟁에 나섰다. 현대자동차는 대우, 포항제철과 치열한 경쟁 끝에 그의 영입에 성공했다. 고려대를 졸업하고 오랜 기간 동창회장을 맡을 정도로 모교 사랑이 지극했던 아버지는 "고대 출신 가운데 가장 유명한 축구선수인 차범근을 현대가 보유하게 됐다"고 기뻐했다고 한다.

나는 영입 작업을 마무리하기 위해 축구단의 윤국진 단장과 동부이촌동 차범근 감독 댁을 방문했다. 그곳에서 차 감독과 부인 오은미 여사를 처음 만났다. 독일에서 큰 성공을 거둔 슈퍼스타의 집답게 깔끔한 내부 장식이 마음에 들었다. 개인적으로 자동차에 관심이 많을 때였는데 차 감독이 독일에서 직접 공수해온 G바겐을 손수 운전하고 다닌다는 이야기도 인상적이었다. 레버쿠젠 구단에서 선물로 받은 차라고 했다.

차범근 감독은 첫 만남에서 어린이 축구교실의 중요성을 강조했다. 그는 한국 축구가 발전하기 위해서는 조기 교육이 중요하다며 유소년 육성 체계의 정비가 시급하다고 말했다. 지금은 상식적인 이야기지만 그때는 국내에서 '어린이 축구교실'이라는 개념조차 없었다. 축구 문외한이었던 나는 유럽 최고 리그에서 성공을 거둔 슈퍼스타가 열정적으로 토해내는 이야기를 들으면서 강렬한 인상을 받았다. 내 머릿속에 축구와 관련된 희망과 꿈, 미래를 위한 투자 등의 개념이 각인된 것은 그때가 처음이지 싶다. 감독이라고 하면 당장의 성적에만 관심이 많을 터인데, '선진 축구를 직접 경험한 사람은 무언가 다르구나. 우리와는 깊이에서 많은 차이가 나는구나' 하는 생각도 들었다. 차 감독은 현대에 가는 조건으로 자신이 운영할 계획인 어린이 축구교실에 대한 후원을 요청했다. 흔쾌히 수락했다.

차범근 감독은 오은미 여사와 울산으로 내려와 현대자동차 중역 사택에서 살았다. 나와는 이웃사촌이 됐다. 사택 마당에서 큰딸 하나가 달리기를 하거나 아들 두리가 공을 차던 모습이 기억난다. 현대 부임 첫해인 1991년 시즌에 전년도 하위권에 머물던 팀을 준우승으로 이끌며 지도력을 발휘했다. 초보 사령탑으로는 매우 좋은 성과였다. 하지만 이후 세 시즌은 평범한 성적에 그쳤다. 특히 1994년 시즌은 주력 멤버인 최인영, 최영일, 신홍기, 정종선 등이 미국 월드컵 준비로 장기간 대표팀에 차출됐기에 차 감독이 팀 운영에 어려움을 호소했다. 결국 차 감독은 4년 동안 뚜렷한 결과를 내지 못하고 현대와의 인연을 끝냈다. 나중에 차 감독이 "지원 부족으로 어려움을 겪었다"고 말했다고 한다. 자신을 영입했던 윤국진 단장이 축구단에서 빠지면서부터 그랬다는 것이다. 윤 단장은 1992년 큰아버지가 국민당을 창당하고 정계에 투신하면서 선거관리본부 책임자로 차출되는 바람에 축구단을 떠났다. 차 감독은 이후 내가 한국프로축구연맹과 대한축구협회를 맡았을 때 각각 부총재와 부회장으로 모시려 했지만 본인이 고사했다. 다만 국내에 유치했던 FIFA U-20 월드컵 조직위원회가 만들어졌을 때 부위원장으로 참여해 도움을 줬다.

—— 구단주로서 들어 올린 첫 우승 트로피

1993년 현대자동차 부사장으로 승진했고, 이듬해 현대 축구단 구단주가 됐다. 내 일생 축구 이력서의 공식적인 첫 줄이었다. 창단 이후 줄곧 아버지가 맡아온 자리를 이은 것이니 그냥 자연스럽게 받아들였던 것 같다. 당시 우리 집안에도 많은 변화가 있었다. 가장 큰 변화는 큰아버지의 정계 진출이었다. 큰아버지는 1992년 1월 1일 벽두에 청운동 자택에서 가족회의를 열고 '정치 개시 선언'을 했다. 일방적인 통보였다고 한다. 아버지를 포함한 많은 가족들이 사업을 걱정해 말렸지만 큰아버지의 정치 참여 의지를 꺾지 못했다. 국민당을 창당해 봄에 열린 총선에서 제3당으로 올라서는 돌풍을 일으켰지만 거기까지였다. 연말 대통령 선거에서 낙선했다.

그 파란만장한 드라마가 펼쳐지기 전인 1987년 큰아버지는 느닷없이 아버지에게 그룹 회장을 맡으라고 했다. '큰형님의 뜻'이라면 평생 거절하지 못하고 순응하며 살아온 아버지였다. 현대그룹 회장과 현대자동차 회장을 겸임하게 됐다. 아버지는 자신에게 그룹 회장을 맡긴 속내에는, 정계 진출의 의도가 있었음을 나중에야 알게 됐다고 한다. 큰아버지의 주요 활동 무대가 경제계에서 정계로 옮겨지고, 아버지가 대신 현대그룹을 책임지게 되면서 나도 예상보다 빠르게 부사장으로 승진하게 됐다. 그리고 부사장 승진 3년 뒤인 1996년에는 서른다섯 젊은 나이로 현대자동차 회장에 올랐다. 국내 언론에서는 전 세계 완성차 생산회사 가운데 최연소 회장이 나왔다고 대서특필했다.

현대자동차는 워낙 회사 규모가 크고, 국가 경제에서 차지하는 비중이 높다 보니 구단주라고 이름은 걸어놓았지만 솔직히 축구단에 신경을 쓸 여력은 거의 없었다. 현대자동차를 세계적 기업으로 도약시킬 수 있는 전략 구상에 온 힘을 기울였다. 그래도 짬이 나면 울산 홈 경기를 보러갔다. 어느 날은 차범근 감독의 부인인 오은미 여사를 비롯해 기혼 선수의 부인들이 본부석 옆에 앉아서 응원했던 기억도 난다.

· · ·

차 감독의 후임은 1990년 럭키금성의 첫 우승을 이끌었던 고재욱 감독이었다. 현대가 창단 이후 아직 한 번도 정규리그 우승을 못 한 아쉬움을 털어버리기 위해서 당시 '우승 청부사'로 통했던 고 감독을 영입한 것이다. 그는 기대에 걸맞게 1995년 아디다스컵 우승에 이어 1996년 대망의 정규리그 우승을 차지했다. 나도 구단주로서 첫 우승의 기쁨을 만끽할 수 있었다. 우리의 챔피언 결정전 상대는 공교롭게도 새로 창단해 그해 처음 시즌에 참가한 수원 삼성이었다.

사실 삼성이 팀을 창단해 프로 축구계에 뛰어든 것은 몽준 형님의 권유가 결정적이었다. 2002 월드컵 유치에 성공한 몽준 형님은 프로축구 판을 키우기 위해서 고(故) 이건희 회장에게 팀 창단을 권유했다. 삼성은 제일모직에서 축구팀을 운영하다가 불미스러운 일로 해체한 뒤 그룹 내에 축구팀 창단을 논하는 것은 금기시되었다고 한다. 하지만 몽준 형님의 권유로 이건희 회장이 직접 창단을 검토하라고 지시하면서 수원 삼성이 태어날 수 있었다. 재계 라이벌인 현대와 삼성은 스포츠에서도 오랜 라이벌이었다. 농구, 배구 등 다양한 종목에서 스카우트 경쟁을 벌였고 우승을 다퉜다. 수원 삼성 창단으로 경쟁의 영역이 확대된 것이지만 그 이면에는 현대의 권유로 삼성이 프로축구계에 참여하는 보기 드문 아름다운 사연이 숨어 있었다.

1994년 미국 월드컵에서 국가대표팀을 이끌고 당시까지는 가장 좋은 2무 1패의 성적을 냈던 김호 감독이 창단 사령탑으로 수원 삼성을 지휘했다. 언론에서도 프로 축구에서 처음으로 벌어지는 현대와 삼성의 패권 경쟁을 연일 크게 다뤘고, 분위기도 뜨거웠다. 울산에서 열린 1차전은 0-1로 졌지만 수원 원정 2차전을 3-1로 이기면서 골득실 차에서 앞서 챔피언에 올랐다. 특히 2차전은 격투기를 방불케 하는 거친 경기가 펼쳐졌다. 양 팀 모두 많은 퇴장과 경고가 양산됐다. 경기 후유증도 컸던 것 같다.

큰아버지와 아버지 두 분 다 승부욕이 대단해서 지는 것을 엄청나게 싫어했다. 현대가 운영하는 것은 무조건 우리나라에서 제일 잘해야 한다고 생각

첫 우승을 선사한 고재욱 감독과 울산 현대 선수단 (1996, 수원)

했다. 스포츠도 마찬가지였다. 축구에서 삼성을 꺾고 우승을 차지했으니 두 분이 얼마나 기뻐했는지는 말할 필요도 없다. 구단주인 나보다도 더 좋아했던 것 같다.

.

── 다이노스를 창단하며 전북 현대 시대를 열다

현대 호랑이가 우승을 차지한 다음 해인 1997년에 전북 다이노스 축구단 구단주로 자리를 옮겼다. 현대자동차와 전북 축구단과의 인연은 1994년으로 거슬러 올라간다. 국내 프로축구가 1983년 '수퍼리그'란 이름으로 시작한 이후 호남 연고 팀 창단은 반드시 해결해야 하는 과제였다. 하지만 늘 우여곡절을 겪었다. 1993년 완산 푸마가 프로리그 참가를 선언했다가 부실 운영으로 흐지부지되고, 1994년 출범한 전북 버팔로 역시 한 시즌을 치른 뒤 사분오열됐다. 호남에 탄탄한 지역 연고 기업이 없다 보니 어렵게 생겨난 팀들이 부실 운영으로 없어지는 일이 반복됐다.

1994시즌을 간신히 치러낸 전북 버팔로는 사실상 해체 상태나 마찬가지였는데, 반드시 호남 연고 팀을 유지해야 한다는 국내 축구계의 열망이 있었다. 당시 현대자동차는 전라북도 전주 인근의 봉동에 세계 최대 규모의 상용차 공장을 짓고 있었다. 현대그룹 전체로도 호남 지역에 대규모 공장을 만드는 것은 그때가 처음이었다. 또 전북 지역 내 이 정도의 큰 사업장을 만들고 유지하는 업체는 현대자동차뿐이었다. 호남 연고 프로팀을 키우는 데 현대자동차의 힘이 필요하다는 여론이 조성됐다.

현대자동차를 경영하던 내 입장에서도 2002 월드컵 유치라는 국가적 아젠다에 도움을 주고 싶었다. 몽준 형님은 1993년 대한축구협회장에 취임한 이후 2002 월드컵 유치 경쟁에 뛰어들어 일본과 치열한 경쟁을 펼치고 있었다. 아시아에서 처음으로 열리는 월드컵을 두고 한·일 양국 가운데 어느 나라가 더 유치 자격이 있느냐는 논쟁도 벌어졌다. 한국은 일본보다 월드컵 본선 출전 경험에서 강점이 있었지만, 일본은 자국 프로리그 운영과 인프라 면에서 우리에게 앞서 있다고 열을 올리고 있었다. 호남 연고 팀 해체는 자칫 우리의 월드컵 유치 경쟁에서 약점으로 작용할 수도 있다는 우려가 있었다.

현대자동차는 이미 울산에서 축구단을 운영한 경험이 있었기에 어떤 형식으로든 호남 연고 프로팀에 도움을 주고 싶었다. 결국 현대자동차의 협력업체였던 현양이 10억 원의 자본금을 내고, 현대자동차가 20억 원을 스폰서하는 형태로 버팔로를 인수해 전북 다이노스란 이름으로 새로 창단하게 됐다. 나는 현대자동차가 이 정도의 사회적 책임을 질 수 있는 능력은 있다고 판단했다. 한국의 월드컵 유치에도 최대한 도움을 준다는 명분도 있었다.

이후 전북 다이노스를 현대자동차가 직영하게 되면서 팀 이름도 전북 현대 모터스로 바뀌었다. 나중에 같은 리그에 운영 주체가 동일한 복수의 팀이 있으면 안 된다는 국제축구연맹(FIFA) 규정을 알게 됐다. 승부 조작 같은 것을 방지하기 위한 조항이라고 했다. 그룹 내 협의 끝에 현대중공업이 울산 호랑이 축구단을, 현대자동차가 전북 축구단을 각각 운영하는 것으로 교통 정리가 됐다. 내가 1997년 1월부터 호랑이 축구단 구단주에서 전북 구단주로 옮긴 연유다.

전북은 사실상 현대자동차의 지원으로 창단됐고 이후 직영체제로 재편됐지만 신생팀이어서 좋은 성적을 기대하기는 어려웠다. 차범근 감독 밑에서 일했던 최만희 코치가 축구인 출신으로는 드물게 학업에 열중해 박사 학위를 땄다는 이야기를 들었다. 이렇게 열심히 공부하는 젊은 지도자에게 기회를 주어야 한다는 생각에 전북 사령탑을 맡겼다. 최 감독과는 이후 부산 아이파크 부단장과 사장, 대한축구협회 실장 등으로 인연을 이어갔다.

—— 현대자동차에 남긴 마지막 유산

1998년 말부터 전혀 예기치 못했던 상황이 펼쳐졌다. 12월 4일 사촌인 몽구 형님이 현대·기아자동차 회장으로 취임했다. 연쇄 작용으로 나는 부회장으로 내려왔다. 언론에서는 현대자동차 경영권을 놓고 삼촌(아버지)과 조카(몽구 형님) 사이에 경쟁이 벌어지고 있는 것으로 해석했다. 아버지는 그동안 현대자동차를 운영하면서 '오너의 마음가짐'을 갖고 일했다고 말했다. 큰아버지도 일찍이 '자동차는 넷째 동생 몫'이라는 말을 주변에 밝혔다고 한다. 언제 그 마음이 달라지셨는지는 알 수 없지만, 분명한 것은 1999년 3월 3일의 일이다. 큰아버지는 아버지를 직접 불러서 자동차를 당신의 장자에게 넘기겠다는 뜻을 일방적으로 통보했다. 32년 동안 현대자동차를, 아니 한국의 자동차 산업을 키우고 이끌었던 아버지가 왜 섭섭한 마음이 없었겠는가. 하지만 평생을 그랬던 것처럼 큰형님을 부모님처럼 모셨기에 말씀을 그대로 따랐다. 단 사흘 만에 마음과 지분을 모두 정리하고 당신의 모든 것을 바쳤던 현대자동차를 깨끗이 떠났다. 3월 5일의 퇴진 기자회견과 이임식은 아버지가 분신같이 여겼던 현대자동차에서 치른 마지막 행사였다.

큰아버지는 "몽규는 몽구 밑에 두겠다"고 했지만 나도 아버지의 뜻에 따라 함께 현대자동차를 나왔다. 1988년 대리로 입사해 일했던 첫 직장과 11년 만의 이별이었다. 현대자동차를 떠나게 됐으니 당연히 구단주 자리도 내려놓게 됐다. 평생직장이라 여겼던 현대자동차와의 이별이 나에게는 너무나도 큰 변화여서 구단주를 그만둔다는 것 자체에 대해서는 아무런 느낌조차 없었다. 불과 1년 뒤 현대산업개발이 대우 로얄즈를 인수해 다시 구단주가 될 때까지 축구와의 짧은 이별이었다. 아직도 K리그에서 울산과 전북을 보면 '우리 팀'이라는 생각이 든다. 내 젊은 시절의 초상이 조금씩은 남아있는 것 같다. 두 팀이 계속 잘해주었으면 좋겠다.

· · ·

현대자동차를 경영하는 동안 전력을 다했다. 글로벌 기업으로 성장시키기 위한 중요한 화두로 기술력과 홍보의 강화가 필요하다고 판단했다. 두 개를 잘 접목시킬 수 있는 방안으로 F1 그랑프리 대회가 먼저 떠올랐다. F1은 지구상에서 가장 빠른 스피드를 겨루는 자동차 경주다. 스포츠 이벤트이면서 동시에 자동차업체 기술력 경쟁의 현장이다. 모터스포츠의 발전이 자동차 기업의 기술 발전과도 연결될 수 있다는 것을 입증했다. 동시에 스포츠 마케팅의 총아로 꼽혀 대단한 홍보 효과를 거둘 수 있는 곳이었다. 여러 가지로 현대자동차의 니즈와 맞아떨어지는 부분이 많았다.

세계 3대 스포츠 메가 이벤트를 이야기하면 월드컵과 올림픽은 당연히 들어가고, 다른 하나로 F1을 꼽기도 하고, 또는 세계육상선수권대회를 거론하기도 한다. 그만큼 파급력이 컸다. F1의 스폰서로 현대자동차가 참여하면 좋겠다는 판단을 내렸다.

자동차 회사를 운영하다 보니 당연히 모터스포츠에도 관심이 많아졌다. 경주용 차를 직접 운전해보기도 했다. 현대자동차 소속의 남양연구소에 자동차 테스트를 위한 트랙을 설치할 정도로 자동차의 성능 개선에 모든 노력을 다했다. 모터스포츠에 대한 관심을 경영에도 활용할 필요가 있었다. F1과 접촉할 방법을 찾아보기로 했다. F1에는 절대 권력자가 있었다. 영국 출신의 버나드 에클레스톤 회장이었다. '버니'라는 애칭으로 불리던 그는 F1을 세계 최고의 인기 스포츠로 키워냈고, 그 과정에서 엄청난 부를 축적했다. 이 사람이 F1의 모든 것을 좌지우지하며 'F1 왕국'을 구축했다. 수소문 끝에 영국 런던 하이드파크가 보이는, 나이트 브릿지 지역의 버니 개인 사무실에서 독대할 수 있었다.

1930년생인 그는 당시 이미 60대 중반의 노회한 사업가였다. 사무실에는 중년의 여직원 한 명만 있었다. 스포츠계 거물의 사무실치고는 규모도 분위기도 색다른 느낌이었다. 그 중년 여직원도 딸인 듯했다. 그만큼 버니는 프라이빗한 공간에서 은밀하게 비즈니스 미팅을 하는 걸 선호했다. 거대한 F1을 혼자서 비밀리에 운영하고 있다는 느낌을 받았다. 협상은 잘 진행되지 않았다. 현대자동차는 F1의 스폰서십을 원했는데, 버니는 레이싱 팀 창단과 운영을 요청했다. 페라리나 르노처럼 말이다. 당시 대회에 참가하는 레이싱 팀들이 재정적 어려움을 겪고 있다는 이야기를 듣고 있었다. 현대자동차가 새로 만든 레이싱 팀이 좋은 성적을 올려 홍보 효과를 얻기까지는 너무 오랜 시간이 걸릴 수밖에 없었다. 결국 버니와 나는 합의에 도달하지 못했다. 현대자동차의 F1 스폰서십 참가는 불발됐다.

· · ·

현대자동차가 F1과 함께 검토했던 것이 바로 월드컵 스폰서였다. 냉정히 말해 그때만 해도 한국 차는 싸구려라는 인식이 강했다. 현대자동차가 세계 각국에 진출하기 위해서는 이미지의 고급화가 필요했다. 브랜드 인지도 강화를 위해서 F1이나 월드컵을 활용할 요량이었다. 당시 시점에서 F1과 월드컵을 비교하면 전자는 유럽의 상류 계층에서 더 인기가 있었다. 반면 월드컵은 좀 더 대중적이어서 계층적 확장성이 높았고 지역적으로도 유럽과 남미를 포괄할 수 있는 장점이 있었다.

고민 끝에 버니를 먼저 만났지만 협상이 어긋났고 다음은 FIFA의 차례였다. 1994년 미국 월드컵과 1998년 프랑스 월드컵을 현장에서 지켜볼 기회가 있었다. 월드컵의 열기는 역시 대단했고, FIFA 스폰서십이 좋은 효과를 내리라는 확신이 들었다. 마침 자동차 부문 스폰서로 참여하고 있던 일본의 토요타가 1998년 말 후원 계약이 끝난다는 정보를 입수했다. 현대자동차에게 기회가 열리고 있었다. 다행히 몽준 형님이 FIFA 부회장으로 재임 중이어서 여러 가지 자문을 받을 수 있었다. 몽준 형님은 FIFA 스폰서십에 참여하고 있는 여러 글로벌 기업들이 상당한 마케팅 효과를 올리고 있다고 설명했다. 그리고 현대자동차의 참여는 경영적으로도 좋은 판단이라고 격려했다.

FIFA의 마케팅 권리를 팔고 있던 영국 글로벌 광고회사와 마주 앉았다. 협상은 순조롭게 타결됐다. 나는 1999년 2월 10일 현대자동차 출입기자단과 가진 간담회에서 이 사실을 처음으로 공개했다. 이 책을 쓰면서 찾아보니 「한국경제신문」에 "FIFA를 공식 후원하게 돼 브랜드 이미지 제고에 큰 도움을 받게 됐다. 앞으로 해외 마케팅을 강화해 브랜드를 고급화할 계획이다. FIFA 마케팅 권리 등을 이용하는 조건으로 약 4백억 원을 지급하며 4년간 1백억 달러의 광고 효과가 예상된다"는 내 발언이 실려 있었다. '그날의 나'는 불과 한 달 뒤 내가 현대자동차를 떠나게 된다는 것을 상상조차 못 했을 것이다. 인생이란 참으로 알 수 없는 일들의 연속이기도 하다.

결과적으로 FIFA 스폰서십 계약은 내가 현대자동차에 남긴 마지막 유산이 됐다. 현대자동차는 1999년 미국 여자 월드컵을 시작으로 공식적으로 FIFA 스폰서십에 참여했다. 2023년 5월 다시 한번 계약을 연장해 2026년 월드컵과 2030년 월드컵까지 FIFA의 모빌리티 부문 후원사로 참여한다. 현대자동차가 글로벌 브랜드로 성장하는 데 FIFA 스폰서십 참여가 큰 역할을 했다고 생각한다. 내가 1998년에 결정한 사안이 2030년 월드컵까지 30년 넘게 이어지고 있다. 나는 지금도 현대자동차를 탄다.

제2장

나의 사랑,
부산 아이파크

—— 좌초하던 명문 대우 로얄즈를 인수하다

현대자동차를 떠난 뒤 새롭게 현대산업개발을 맡았다. 1999년 봄이었다. 아버지는 명예회장으로 일선에서 물러났고 내가 회장으로 경영의 책임을 지게 되었다. 거의 모든 결정을 혼자 내렸다. 책임이 무거웠다. 한해 앞서 'IMF 사태'가 터지고 대다수 국내 기업들이 어려움을 겪고 있을 때였다. 더구나 자동차 회사를 운영하다 생소한 건설 쪽으로 넘어왔으니 업무 파악에도 꽤나 시간이 걸렸다. 축구를 생각할 틈조차 없었다. 하지만 축구는 마치 운명처럼 나에게 다시 다가왔다.

· · ·

김대중 정부는 국제통화기금(IMF)의 요구에 따라 경제 전반에 걸쳐서 광범위한 구조 조정을 진행했다. 그동안 비교적 순탄하게 성장했던 대기업도 예외는 아니었다. 그 소용돌이의 한복판에 대우가 있었다. 정부는 1999년 7월 대우그룹 구조 조정안을 발표했다. 불과 넉 달 뒤 김우중 회장이 책임을 지고 사퇴했다. 현대, 삼성과 함께 '빅 3'로 꼽히던 대우그룹이 사실상 공중 분해되는 과정에 들어갔다. 불과 1년 전까지만 해도 김우중 회장은 대선 출마를 고민할 정도로 기세등등했다. 상상하기 힘든 일이 실제로 벌어지고 있었다. 충격에 빠진 경제계와는 별개로 축구계의 관심은 대우 로얄즈에 모아졌다. 1983년 출범한 수퍼리그 원년 멤버이자 가장 많은 팬을 확보하고 있던 대우 로얄즈가 해체된다면 국내 축구계에 큰 타격과 혼란이 불가피했다. 언론에서는 대우 로얄즈 해체나 유지, 또는 제3자 인수 가능성을 놓고 추측 기사를 연일 내보내고 있었다. 2002 월드컵을 앞두고 있는 시점에서 한국 프로 축구를 대표하는 명문 구단이 없어지면 안 된다는 여론이 강했다.

나에게도 이런저런 경로를 통해서 인수 권유가 있었다. 고민을 많이 했다. 새로 맡은 현대산업개발은 현대자동차나 현대중공업에 비하면 훨씬 작은 회사였다. 회사 규모만 생각한다면 프로축구단 운영은 '너무 커서 몸에 맞지 않는 옷'이나 마찬가지였다. 하지만 몇 가지 고민되는 요인이 있었다. 하나는 홍보의 필요성이었다. 현대그룹의 모체는 현대건설인데, 국내외 대규모 건설 현장을 많이 담당했다. 한데 국내 아파트를 짓는 일은 실제로 현대산업개발이 많이 했다. 고급 아파트의 대명사인 압구정동 현대 아파트도 대부분을 현대산업개발이 지었다. 그럼에도 사람들은 그냥 '현대'가 지었다고 생각한다. 그리고 '현대'가 지은 것이라면 당연히 현대건설이 한 일이라고 여겼다. 현대산업개발 입장에서는 무척 억울했다. 현대산업개발이 현대그룹에서 분리해 독립한 이상 독자적인 브랜드 홍보가 절실했다.

이런 상황에서 2001년 3월 새로운 아파트 브랜드인 '아이파크(IPARK)'를 선보이게 되지만, 2000년부터 그런 고민이 깊었다. 축구단이 우리에게 좋은 홍보 수단이 될 수 있을지 판단해야 했다. 대우 로얄즈는 안정환, 마니치, 김주성 등 많은 스타를 보유한 전국구 인기 구단이었다. 전국에 사업장을 두고 있는 종합건설회사와 축구단의 시너지를 기대할 만했다. 나름 매력적인 인수 대상으로 보였다. 또 1998년 프랑스 월드컵이 끝난 이후 안정환, 이동국, 고종수 등 젊은 스타가 주도한 이른바 'K리그 르네상스' 현상이 벌어졌다. 전례 없는 축구 붐이 1999년까지 이어졌다. 2002년에는 월드컵도 예정돼 있었다. 월드컵 이후 우리나라도 유럽처럼 프로 축구의 대중적 인기가 지속적으로 상승하면서 축구 산업이 활성화될 거라는 기대도 있었다. 사업적으로까지는 아니라도 회사 인지도를 높이기 위해 축구단에 대한 투자를 고려할 만했다.

대우 그룹의 구조조정 과정에서 현대산업개발과 여러 가지 사업적으로 엮여 있었다. 채권회수 방안으로 해운대 우동의 사업 부지를 대물로 변제받기도 했다. 이곳에는 지금 부산의 랜드마크인 해운대 아이파크와 파크 하얏

대우 로얄즈 인수 한 달 뒤 부산 아이콘스 창단 (2000.03, 부산)

트호텔이 들어서 있다. 또 부산과 대구 간의 민자 고속도로 사업, 해운대 마리나 개발 등 부산·경남 지역에 여러 가지 사업도 진행 중이었다. 이런저런 정리 과정 가운데 자연스럽게 대우 로얄즈 인수 건도 내 머릿속에 들어왔다. 종합적인 검토와 고민 끝에 대우 로얄즈 인수를 결정했다. 현대산업개발 회장으로서 취임 1년 만에 큰 경영적 결단을 내린 셈이었다. 현대 호랑이와 전북의 구단주를 지냈던 경험 덕에 명문 구단이 맥없이 해체되는 것은 바람직하지 않다는 인식도 있었다.

결정을 내리자 협상 자체는 빨리 진행됐다. 대우는 굉장히 어려운 상황이었기에 밀고 당기는 협상을 펼칠 입장도 아니었다. 대우그룹의 채권단격인 ㈜대우경영관리단과 로얄즈를 170억 원 수준에 인수하기로 합의했다. 전북 다이노스 구단주에서 물러난 뒤 불과 1년여 만에 다시 세 번째로 구단주가 됐다. 축구와의 인연이 운명적으로 다시 이어졌다. 물론 이후 K리그의 산업화가 속도감 있게 진행되면서 구단의 상품 가치가 크게 오를 수 있겠다는 나의 낙관적인 예측은 결과적으로 오판이 됐지만 말이다.

—— 부산 아이콘스의 탄생, 비전에 혁신을 담다

2000년 2월 10일 대우 로얄즈 인수를 공식 발표했다. 새로운 팀 명칭과 엠블럼도 확정했다. 현대자동차에서 운영했던 축구팀의 경우 구단주였지만 구단 업무에는 크게 관여하지 않았다. 세계경영을 지향하는 현대자동차에서 축구단이 차지하는 비중은 매우 적었다. 회사 전체를 책임진 내가 축구단 일에 신경 쓸 여력이 사실 거의 없었다. 구단주는 일종의 명예직이나 마찬가지였다. 1996년 창단 후 첫 우승을 차지한 축하연에서 구단주로서 고재욱 감독, 주장 김현석 선수 등과 함께 축하 케이크를 잘랐던 기억이 난다. 이런 의전 역할 외에 실질적인 구단 일에는 관여하지는 않았다.

반면 현대산업개발이 축구단을 운영하는 것은 회사 규모로 보면 꽤나 큰 투자였다. 구단주로서 내가 직접 여러 가지 신경을 쓰지 않을 수 없었다. 경영자로서 많은 투자를 했으니 그만큼의 효과를 보고 싶은 것은 당연했다. 구단의 방향성에 대해서 고민하는 시간도 점점 늘어났다. 창단 준비를 하면서 팀 명칭과 엠블럼을 만드는 과정에도 적극적으로 참여했다.

팀 명칭은 '부산 아이콘스'로 정했다. '아이콘스(I.Cons)'는 혁신(Innovation)과 건설(Construction)의 합성어였다. 현대산업개발의 정체성인 건설을 내세우면서 동시에 기업 CI의 영문 대문자 'I'를 그대로 살리고 싶었다. 나는 현대산업개발에서 내부적으로 가져야 할 가치체계의 하나로 혁신을 강조하고 있었다. 혁신을 상징하는 영문자 'I'를 내부 브랜드나 계열사에도 적극적으로 활용했다. '아이서비스'. '아이스페이스' 등 회사명에 돌림자처럼 썼고 나중에 새로운 아파트 브랜드명도 '아이파크'로 지었다. 팀 이름을 아이콘(Icon)으로 이해하면 많은 이에게 사랑받는 우상이란 뜻도 된다. 로얄즈 시절 누렸던 최고 인기 팀의 명성을 이어갔으면 하는 바람도 함께 담았다.

. . .

〈부산아이파크축구단 엠블럼 변천사〉

대우로얄즈	부산아이콘스	부산아이콘스	부산아이파크	부산아이파크	부산아이파크
(1983-2000)	(2000-2002)	(2003-2004)	(2005-2007)	(2008-2011)	(2012-)

5년 뒤 현대산업개발의 아파트 브랜드를 그대로 빌려와 팀 이름을 부산 아이파크로 변경했다. 특정 브랜드를 팀 애칭으로 사용한 것은 국내 프로스 포츠 사상 처음 있는 일이었다. 파격적 시도였다. 당시 K리그에는 13개 팀이 있었는데 절반이 넘는 7개 구단의 모기업 또는 메인 스폰서가 건설사였다. 건설사 사이에 치열한 스포츠 마케팅 경쟁이 벌어지고 있었다. 그런 상황에 보다 능동적인 대응이 필요했다. 아이파크가 아파트 브랜드로 대중에게 높은 인지도를 얻기 시작한 시점이어서 소비자에 대한 노출 빈도를 높이고 싶었다. 각종 매체에 광고할 여력이 적으니 축구단을 적극 활용하자는 계산도 있었다.

처음에는 다소 어색하다는 평도 있었지만 모기업과 축구단이 시너지를 내고 통일된 이미지를 갖게 된 점에서 긍정적이었다. 아이파크 브랜드를 잠재적 소비자이기도 한 축구 팬에게 널리 알릴 수 있다는 점에서 괜찮은 판단이었다. 현재는 KT&G 농구단이 안양 정관장으로 팀명을 바꾸는 등 기업 구단에서 브랜드를 팀명으로 적용하는 사례가 늘고 있다. 나는 구단주이면서도 천생 비즈니스맨이었다.

팀 엠블럼은 유럽 명문가 가문(家紋)을 연상시키도록 방패 모양을 활용했다. 프로축구 원년부터 참여했던 전통의 구단임을 상기시키면서 주 색상을 빨간 색으로 정해 열정과 에너지를 표현했다. 지금도 쓰고 있는 방패 엠블럼을 볼 때마다 든든한 마음이다.

—— 프로축구 구단주로서의 내 점수

새 출발을 하면서 유소년과 젊은 선수에게 꿈과 기회를 주는 구단을 만들고 싶었다. 팬과 함께 즐거워하며 미래를 준비하는 구단이 되기를 원했다. 열정적이고 적극적인 팀, 무엇보다도 새로운 도전을 두려워하지 않는 팀을 희망했다. K리그를 선도하는 빅 클럽은 아니어도 리그에 무언가 자극을 주면서 새로운 전통을 쌓아가는 '강소 클럽'을 지향했다. 20년 넘는 세월 동안 구단주로서 늘 새로운 시도와 도전을 해왔다고 자부한다. 이런 방향성은 늘 유지했지만 얼마나 팬과 시장의 평가를 받았는지는 겸허하게 되돌아보기도 한다.

. . .

기존 구단의 운영 방식을 답습하지 않고 새로운 도전과 시도를 하는 동안 구단주로서도 축구를 조금씩 알아가고 배우게 됐다. 먼저 축구인들이나 팬들에게 설명하고 싶은 일이 하나 있다. 부산 아이파크는 투자에 인색한 구단이라는 비판이나 오해에 대해서다. 객관적 수치를 먼저 따져본다. K리그 팀을 운영하는 기업은 대부분 자산 총액 기준 재계 순위로 따지면 10위권 이내이다. 삼성전자 486조 원, SK 327조 원, 현대자동차 270조 원, 포스코 132조 원, GS 81조 원, 현대중공업 80조 원 등이다. 16조 원 규모의 우리에 비해서 많게는 수십 배에서 적게는 다섯 배 이상 큰 회사들이다. 다시 말하지만 프로축구단 운영 자체가 우리 회사에는 굉장히 큰 투자이다. 우리 규모 안에서 20년이 넘는 기간 동안 할 수 있는 최대한의 지원과 투자를 이어오고 있다.

축구단 인수 이후 지금까지 총 2,640억 원이 넘는 투자를 하고 있다. 회사 규모로는 결코 적지 않은 액수이다. 1부에서 2부리그로 강등될 때에도 구단 운영비를 거의 줄이지 않았다. 오랜 기간 수원 삼성 같은 빅 클럽을 운영한 경험이 있는 안기헌 전 대한축구협회 전무는 2년간 부산 아이파크 대표를 맡은 적이 있는데 "크지 않은 각 계열사에서 몇억 원씩 십시일반 광고료로 집행하는 축구단 예산을 보고 한 푼도 허투루 쓸 수 없었다"고 말한 적이 있다. 과거 부잣집에서 통 크게 축구단을 운영하다가 얼마나 어려웠을까 상상이 갔다.

팬이나 축구인 입장에서는 무조건 큰돈을 쓰는 구단을 선호할지도 모르겠다. 하지만 리그라는 생태계 안에서 다양한 구성원들이 서로의 역할을 하면서 공생하게 된다. 세계 어느 나라 리그나 마찬가지다. 우리는 할 수 있는 최선을 다해 투자와 운영을 하고 있다. 이런 진정성에 대해서는 팬과 축구인의 이해를 구하고 싶다.

· · ·

축구단 출범부터 '뱁새가 황새 따라가듯이' 돈을 펑펑 쓰면서 운영할 수는 없었다. 알뜰살뜰 효율적으로 운영하겠다는 뚜렷한 인식이 있었다. K리그는 초창기부터 성적 지상주의에 매몰된 측면이 컸다. 당시 모든 구단의 목표는 오직 우승 하나였다. 지역연고 강화나 마케팅, 유소년 선수 육성 같은 미래지향적 가치보다 당장 올 시즌의 성적이 가장 중요했다. 돈을 많이 써서 확실히 검증된 선수를 영입해야 우승할 수 있고, 우승해야만 좋은 구단이라는 '인식의 악순환'이 만들어졌다.

반면 우리는 '강소 클럽'을 지향했다. 남들처럼 펑펑 예산을 쓰지 않으면서도 중장기적으로 튼튼한 팀을 만들고 싶었다. 그런 모델을 제시하고 싶은 욕심도 있었다. 국내에서 포항, 울산에 이어서 세 번째로 클럽 하우스를 만드는 선제적 투자를 하거나, 외국인 지도자를 영입해 팀과 리그에 감독의 지도력에 대한 다양한 시도를 해본 것도 그런 노력의 일환이었다. 당연히 시행착오도 겪었고, 성공과 실패의 사례도 반복됐다. 그러면서 구단주로서 내 생각과 철학도 더 성숙해져 갔다.

유럽 선진 리그에는 매우 유명한 전업 구단주들이 많이 있다. 손흥민 선수가 뛰고 있는 토트넘 홋스퍼의 다니엘 레비 회장은 사업가 출신으로 나와 비슷한 연배인데, 토트넘을 잉글랜드 프리미어리그의 안정적인 상위권 팀으로 올려놓은 수완을 발휘했다. '갈락티코스(Galacticos, 스페인어로 은하수를 뜻하며 슈퍼스타를 대거 영입하는 정책을 의미)'를 추구했던 레알 마드리드의 플로렌티노 페레스 회장처럼 유럽 축구에는 '스타급' 구단주도 적지 않다. 그런 이들을 100으로 친다면 나는 겨우 40이나 50정도 수준의 구단주라고 자평한다. 구단 운영의 노하우나 비전, 투여할 수 있는 시간이나 에너지 등을 종합한다면 말이다. 그래도 K리그의 다른 구단주에 비하면 축구에 대해 더 많은 것을 이해한다고 자부한다. 그만큼 축구단 운영은 경영 능력과 축구계에 대한 지식 등이 종합적으로 필요한 특수 영역이다. 재정적 능력이 충분한 경제계 친구들에게도 선뜻 권하기 쉽지 않은 일이다.

—— 창단 사령탑 김호곤 감독 영입과 스타 안정환의 이적

팀이 새롭게 출범했으니 선장이 필요했다. 창단 사령탑을 고민했다. 김호곤 연세대 감독을 영입하기로 했다. 축구계에서는 깜짝 발탁이라는 반응이었다. 두 가지 측면에서 그랬다. 나는 고대 출신이고, 아버지는 고대 교우회장을 오래 지냈을 정도로 모교 사랑이 지극했다. 고대와 연대는 대단한 라이벌 관계였고 축구계에서 고대 학맥은 연대에 비해서 더 끈끈한 것으로 정평이 있었다. 당연히 고대 출신이 창단 감독을 맡을 거라는 예상이 많았다. 그런데 연대 출신이 왔으니 그런 반응이 나왔던 거다.

나는 출신 학교보다 능력이 중요했다. 당시 김호곤 감독은 고대가 오랜 기간 주도했던 대학 축구계에 신선한 바람을 일으키면서 좋은 성적을 내고 있었다. 부산이 새로운 팀으로 거듭 나기 위해서는 젊고 유능한 선수들을 잘 이끌 수 있는 적극적인 감독이 필요했다.

또 하나는 프로 감독 경력이 없는 지도자를 선택했다는 점이다. K리그도 슬슬 프로 스포츠로 자리를 잡고 있던 때여서 대학 지도자가 바로 프로팀 감독으로 오는 사례는 거의 없었다. 김 감독은 국가대표팀에서 주장, 코치로 다양한 경험을 했지만 줄곧 대학 무대에서 일했다. 나는 오히려 프로 밖에 있던 지도자가 새로운 시각에서 팀을 이끌 수 있다고 판단했다. 일종의 모험이었지만 이 또한 새로운 시도였다. 언제나 새로운 시도와 도전을 해보고 싶다는 나의 바람은 창단 사령탑 선임에서부터 구체화됐다.

. . .

창단 초기 가장 큰 이슈는 안정환의 이적 건이었다. 아주대 출신 안정환은 빼어난 외모와 걸출한 실력으로 K리그 최고 스타로 주목받고 있었다. 안정환 같은 스타를 마케팅에 활용할 수 있다는 게 구단인수 결심에 적지 않게 작용했던 것도 사실이었다. 그는 1999년 시즌 최우수선수(MVP)에 뽑혔는데, 당시 로얄즈 구단과 MVP나 득점왕에 오르면 다음 시즌 유럽 진출을 허락한다는 이면 계약이 있었다고 한다. 우리는 그런 이면 계약의 당사자가 아니었기에 자세한 내용도, 심지어 계약의 실체 여부도 알 수 없었다. 안정환 선수는 유럽 무대에 뛰고 싶다는 강력한 의지를 갖고 있었다. 당시만 해도 국가대표급 선수 가운데 유럽 리그를 경험한 선수는 극히 적었고, 국내 구단들도 핵심 전력의 해외 리그 진출에 적극적이지 않았다. 오히려 해외 진출을 '선

페루자 이적 확정 후 출국 인사하러 온 안정환 선수와 함께 (2000)

수 유출'로 여겨 이를 막으려는 경우가 더 일반적이었다.

안정환은 유럽 진출에 대한 구단의 확약이 없으면 동계 훈련에 불참하겠다고 나섰다. 창단 초기 팀 분위기를 일신해서 나가야 하는데, 안정환 이적 이슈로 조금 어수선해졌다. 감독과 선수 사이에도 알력이 있었던 모양이다. 김호곤 감독은 이참에 아주대 출신이 많았던 기존 선수단을 대거 물갈이하고 싶어 했다. 이후에도 자주 경험했지만 새로운 감독이 오면 대대적인 선수단 개편을 시도했다. 이것이 과연 효율적 방법인지는 아직도 잘 모르겠다. 어쨌거나 창단 초기 김 감독의 개편 의지를 다 수용해주지 못해서 미안한 마음도 들었다.

결국 안정환은 그해 전반기만 뛰고 여름 이적 시장 때 이탈리아 AC페루자로 옮겼다. 완전 이적이 아니라 임대로 보냈다. 언젠가는 우리 클럽으로 돌아올 수 있도록 하기 위해서였다. 구단보다 선수 의지가 크게 작용한 이적이었다. 팀을 인수한 지 얼마 되지 않아 최고 스타가 떠났으니 아쉬움이 컸다. 그래도 국가적 차원에서는 2년 뒤 열리는 월드컵의 준비 과정이라고 생각하기로 했다. 우리 구단이 선수의 유럽 진출을 허용해 다양한 경험을 쌓게 하는 것도 대한민국 축구 발전에 도움이 된다고 판단했다. 2001년 8월 주전 수비수 심재원을 독일 프랑크푸르트에 임대로 보낸 것도 같은 맥락이었다.

이탈리아 리그를 경험한 안정환은 2002 월드컵 16강전에서 이탈리아를 상대로 결승 골든골을 넣었다. 만약 그가 국내에만 있었다면 이런 이변이 가능했을까하는 생각도 해본다. 안정환은 2008년 부산에 복귀해 한 시즌을 더 뛰었다. 한때 '히딩크의 황태자'로 불렸던 심재원은 구단의 지원으로 이뤄진 분데스리가 경험에도 불구하고 2002 월드컵 최종 엔트리에서 탈락했다. 축구는 정말 알 수 없는 종목이라고 생각하게 됐다. 훗날 안정환은 2011년 현역에서 은퇴한 뒤 가진 인터뷰에서 "현대산업개발은 로얄즈를 인수할 때 나를 보고 돈을 어마어마하게 투자했는데 결국 내가 이탈리아로 떠났다. 현대산업개발로서는 타격을 입었을 것이다. 나중에 페루자와 현대산업개발이 나의 소유권을 놓고 분쟁을 벌였던 것은 다 이해한다"고 말했다.

—— 부산에 한국 최고의 클럽하우스를 만들다

구단 인수 당시 우선적으로 해결해야 할 핵심 과제는 선수 훈련 여건 개선이었다. 로얄즈 시절 선수들은 부산 동래구 명장동의 오래되고 허름한 연립 주택에서 숙소 생활을 했고, 여기서 멀리 떨어진 훈련장으로 버스를 타고 이동했다. 이런 보고를 듣고 많이 놀랐던 기억이 난다. 당시로는 최다였던 정규리그 4회 우승의 압도적 성적과 화려한 스타 군단을 보유했지만 의외로 인프라 측면에서는 턱없이 부족했다. 축구단 예산을 어디에 써야 하는지 고민하는 계기가 됐다.

일단 임시방편으로 우리가 보유하고 있던 현대아파트를 선수단 숙소로

쓰도록 조치했다. 또 화명동에 있는 잔디구장 2면을 확보해 잔디를 새로 깔고 훈련장으로 활용하도록 했다. 하지만 안정적이고 장기적인 대책 마련이 필요했다.

당시만 해도 대부분 프로 구단이 클럽하우스를 가지고 있지 않았다. 포항과 울산만이 예외였다. 초기 비용이 워낙 많이 드니 구단 실무자들은 필요성을 인정하면서도 모기업에 요청하기 쉽지 않은 사안이었다. 나는 오히려 빠른 시일 내에 클럽하우스를 건립하라고 지시했다. 구단 운영에 가장 중요한 것은 영속성이라고 판단했다. 클럽하우스를 짓는 것은 미래를 만들어가는 거나 마찬가지였다. 돈보다 소중한 가치였다. 새로운 팀에 대한 선수들의 소속감도 높여주고 싶었다.

2002년 부산시와 협의해 강서체육공원 부지를 확보할 수 있었다. 모기업이 건설사이니 설계부터 시공까지 멋진 클럽하우스를 만들 자신이 있었다. 구단 관계자들이 해외 출장을 가서 선진 리그 클럽하우스를 돌아보고 왔다. 단순하면서도 훈련 환경이 좋은 클럽하우스를 목표로 했다. 선수들이 클럽

하우스 바로 앞에 있는 잔디구장에서 훈련한 뒤 락커룸을 거쳐 휴식 공간, 피트니스 센터, 식당 등으로 이동하는 최적의 동선을 설계했다. 20년 전에 70억 원을 투자했으니 결코 적은 액수가 아니었다.

2003년 클럽하우스가 개관하자 다른 구단 관계자들이 많이 찾아왔다. K리그에 꽤나 신선한 자극을 준 셈이었다. 클럽하우스 바닥 자재를 고를 때도 축구화를 신고 이동해도 미끄러지지 않도록 세세한 부분까지 신경 썼다. 1층 로비는 팬과 함께할 수 있는 공간으로 꾸몄다. 팬이 없으면 축구단도 존재할 수 없다는 취지였다. 창단 이후 곧바로 클럽하우스 건립을 결정한 것은 우리 구단의 지향점을 상징적으로 가장 잘 보여주는 사례였다.

—— 클럽팀의 감독은 어떻게 뽑는가

김호곤 감독부터 지금의 박진섭 감독까지 그동안 부산 아이파크를 지휘했던 사령탑은 대행을 제외하면 모두 13명이었다. 10명이 국내 지도자였고, 3명이 외국인 지도자였다. 감독은 축구팀의 운영 책임자이자 경영자라고 생각한다. 따라서 내가 그룹 내 CEO를 직접 선임하는 것처럼 감독도 비슷한 기준과 절차 아래 뽑고 있다. 구단주로서 감독 선임은 가장 중요한 임무 가운데 하나이다.

선임 과정은 대략 이렇다. 구단 실무자들의 의견을 먼저 듣고 관련 보고서를 본다. 축구계의 다양한 네트워크를 통해 추천받고, 후보들의 장단점 같은 평판을 사전 점검한다. 후보자들에 대한 인터뷰를 직접 할 때도 있다. 이름값보다는 팀을 잘 운영할 수 있는지의 역량을 중점적으로 살펴본다. 우리 팀의 규모나 재정 능력에 최적화된 운영 능력이 있을지도 판단한다. 코칭스태프, 선수와의 소통을 통해 최상의 결정을 내릴 수 있는지도 매우 중요한 덕목이다. 어린 선수들을 잘 성장시키고 항상 새로운 도전을 했는지도 살펴본다. 지난 경력과 성과도 체크한다. 이런 과정을 통해 적임자로 판단되면 영입한다.

구단주로서 새롭고 도전적인 시도를 선호하는 편이다. 김호곤, 황선홍, 안익수. 최영준 감독은 부산 아이파크를 통해서 처음 프로팀을 지휘했다. 경험 많은 지도자의 장점이 필요할 때도 있지만 여건이 허락한다면 젊은 지도자에게 먼저 기회를 주고 싶었다. 반대로 첫 강등 이후 2부에 있는 시간이 길어지면서 빨리 승격하고 싶은 마음에 조진호, 최윤겸, 조덕제, 박진섭 등 다른 팀에서 승격 경험이 있거나 노련한 지도자를 우선적으로 발탁하기도 했다. 상황에 따라 최적화된 감독을 투입하는 것도 구단주의 임무라고 생각했다.

영국 출신 이안 포터필드, 스위스 출신 앤디 에글리, 포르투갈 출신 히카르도 페레즈 등 외국인 지도자들에게도 세 번 팀을 맡겼다. 대우 로얄즈 시절까지 합치면 부산은 외국인 감독을 총 6번 쓴 셈이었다. K리그에서 외국인 지도자에게 가장 개방적인 구단의 전통이 이어지고 있다. K리그는 외국인 지도자를 쓰는데 매우 인색하다. 우리 팀을 제외하면 외국인 감독을 세 번이나 영입한 구단은 인천과 제주뿐이다. 대부분 한두 번 써보거나 전혀 기용하지 않은 팀도 꽤 있다. 일본 J리그만 해도 많은 외국인 지도자를 데리고 와서 새로운 전술이나 훈련 방식을 시도한다. 동종교배보다는 이종교배를 통해서 경쟁력을 높이자는 시도라고 할 수 있다. 지쿠 감독이나 이비차 오심 감독은 J리그 클럽 지도자를 거쳐 일본 국가대표 지휘봉까지 잡은 경우다. 또 현재 FIFA 기술 총책임자인 아르센 벵거 감독도 J리그를 거쳐 아스널에 부임했다. 이런 시도가 늘 성공을 거두는 것은 아니지만, 다양한 시도 끝에 성공 사례도 나올 수 있다는 점에서 부러운 대목이었다.

. . .

K리그에 더욱 다양한 나라의 지도자가 참여해 국내 지도자들과 리더십 경쟁을 펼치는 모습을 보고 싶었다. 기업경영 이론에도 '메기효과(catfish effect)'라는 말이 있다. 미꾸라지가 있는 수조에 천적인 메기를 풀어놓으면 살아남기 위해서 미꾸라지가 더욱 강해진다는 것이다. 축구도 마찬가지다. 발전은 경쟁을 통해서 가능하며, 치열한 경쟁을 위해서도 외부로부터의 긴장과 자극은 반드시 필요하다. K리그가 안주하지 않기 위해서 외국인 지도자들이 주기적으로 자극을 주는 게 중요하다고 봤다. 이런 과정을 통해서 새로운 리더십의 모델이 나올 수 있다고 믿었다. 리그 전체에 그런 분위기가 없다면 부산 아이파크라도 나서서 그런 시도를 꾸준히 하고 싶었다.

유전학은 동종교배만으로는 환경 변화에 취약해진다고 말한다. 서로 다른 유전 형질을 가지고 있는 이종교배를 통해서 면역력도, 경쟁력도 증강될 수 있다. 비단 생물학적 이야기뿐만이 아니다. 일반 사회도, 축구계도 마찬가지다. 더 많은 외국인 지도자들이 한국 축구와 K리그의 면역력을 키워주는 역할을 해줬으면 했다. 부산 아이파크에서 더 많은 외국인 지도자를 쓰지 못한 아쉬움도 있다. 물론 임기 도중 야반도주하듯 팀을 떠나버렸던 에글리 감독처럼 실패 사례도 있었다. 에글리 감독에게 가족 동반 부임을 권했지만, 혼자 들어왔던 게 패착이었던 것 같다. 팀이 2부에 있을 때 영입했던 페레즈 감독은 벤투 국가대표팀 감독의 추천으로 한국에 왔다. 골키퍼 출신이었는데 비록 성적은 별로 안 좋았지만 자신이 무엇을 하겠다는 철학은 뚜렷했다. 처음 인터뷰를 했을 때 자신의 팀 운영 철학을 아주 상세하게 설명하는 것이 인상적이었다. 매우 구체적인 목표를 세운 뒤 그 방향으로 선수단을 끌고 갔다. 역대 감독 중 어린 선수들을 가장 의욕적으로 기용했다. 이 시기에 주전 선수들의 평균 연령대가 가장 낮았다. 나는 어린 선수에게 지속적으로 기회를 주고 키울 수 있는 지도자를 원했는데, 페레즈 감독의 그런 자세는 마음에 들었다. 취임 첫 해는 매우 활기차게 팀을 이끌었지만 두 번째 시즌에 연패로 부진해 중도에 경질됐다. 모든 것을 만족시키는 감독을 만나는 것은 극히 어려운 일이다.

—— 축구에서의 '터프함'을 알려준 포터필드 감독

역대 감독 가운데 가장 인상적이었던 지도자는 이안 포터필드 감독이었다. 스코틀랜드 출신인 그는 부산 아이파크에 오기 전에 셰필드, 레딩, 첼시 같은 잉글랜드 클럽을 지휘했고, 잠비아, 짐바브웨, 오만, 트리니다드 토바고 등 다양한 나라의 국가대표팀 감독도 지냈다. 부산 아이파크에서 2003년부터 2006년 시즌 중반까지 재임하면서 2004년 FA컵 우승, 2005년 전기리그 우승과 아시아 챔피언스리그 4강 진출 등 인상적인 성과를 냈다. 구단 인수 이후 가장 성적이 좋았던 시기였다. 재임기간 중 한국 국가대표팀 사령탑 후보로 거론되기도 했다.

스타일도 독특했다. 나와 스스럼없이 직접 소통했다. 언뜻 보면 시골 아저씨처럼 보였던 그는 자신을 탄광 노동자의 아들이라고 소개했다. 광부의 아들로 어렵게 자라 학교를 잘 다니지 못했다고 말했다. 팀 안에서 벌어진 일들이나 선수 지도에서 고민하는 부분 등을 상세하게 이메일로 보내는 일이 잦았다. 영어가 모국어임에도 철자법도 정확하지 않았고, 띄어쓰기도 잘 안 하는 투박한 문체였다. 미주알고주알 가득 채운 이메일이 수시로 날아왔다. 격식을 차린 문서도 아닌데, 자신의 생각을 솔직하게 털어놓는 것이 굉장히 인상적이었다. 매주 보내는 간단한 메모에는 지난 2주간에 있었던 일과 앞으로 2주간 진행 예정인 일이 정리돼 있었다. 나는 국내 감독에게는 이런 형식의 보고를 받아본 적이 없다. 구단주로서 감독이 어떻게 생각하고 준비하는

부산을 거쳐간 감독들 중 특히 깊은 인상을 준 故 이안 포터필드 감독 (2005, 부산)

지를 많이 알게 된 계기가 됐다.

· · ·

　　그는 터프한 선수들을 선호했다. '터프하다'는 것이 단순히 육체적인 것이 아니라 어떤 상황에서도 굴하지 않는 멘털을 뜻한다는 것을 포터필드에게서 배웠다. 그는 한국 축구가 너무 얌전하다고 평가했다. 우리 선수들의 정신력 부분이 약하다고 지적했다. 보통 한국 축구하면 투지가 강하다고 여기는데, 그는 전혀 다른 시각이었다. 마치 거스 히딩크 감독이 한국 선수들을 평하면서 "기술은 좋은데 체력이 떨어진다"고 이야기했던 것을 연상시켰다. 한국 선수들은 '체력은 좋은데 기술이 떨어진다'는 일반론과는 정반대의 의견이었다. 우리가 스스로를 평가하는 것과 밖에서 우리를 보는 것은 이렇게나 다르다. 히딩크는 체력이 떨어지는 약점을 보완하기 위해 국가대표팀에 파워 프로그램을 도입했고, 2002 월드컵에서 기대 이상의 성과를 냈다.

　　포터필드는 터프하다는 것은 단순히 몸싸움에 능하거나 태클을 강하게 거는 식의 '피지컬'적인 의미가 아니라고 했다. 그가 말하는 '터프함'은 오히려 정신적인 것이었다. 점수가 뒤지고 있는 상황에서도 이를 극복하려는 의지 같은 것을 뜻했다. 한국 선수들은 바로 그런 점에서 약하거나 얌전하다는 평가였다. 경기 중 어려운 조건이나 상황에서도 반드시 이기겠다는 강렬한 의지가 부족하다는 뜻이었다. 잉글랜드 프리미어리그를 경험했고 나중에 대한축구협회 부회장을 지낸 이영표 선수도 "축구 선수에게 멘털이란 자신보다 강한 상대 앞에 섰을 때나 혹은 반드시 이겨야 하는 경기를 앞두고, 밀려오는 두려움을 스스로 이겨낼 수 있는 능력을 뜻한다"고 말한 적이 있다. 포터필드의 말과 비슷한 맥락이다.

부산 아이파크를 떠난 뒤 포터필드 감독이 2007년 암 투병 끝에 61세의 나이로 세상을 떠났다는 소식을 들었다. 스코틀랜드 사나이의 투박했던 말투가 생각나 가슴이 먹먹했다.

—— 외국인 감독과 한국인 감독, 무엇이 같고 무엇이 다른가

국내 감독과 외국인 감독을 번갈아 경험하다 보니 뚜렷한 차이점이 느껴졌다. 첫째, 가장 크게 느낀 부분은 소통에서의 차이였다. 외국인 감독들은 구단이나 구단주와도 직접 소통하는데 익숙하다. 평소 대화나 전화, 이메일 등을 자연스럽게 이용한다. 그냥 몸에 배어있는 듯하다. 반면 국내 감독들은 대부분 표현에 서툴고, 소통을 어려워한다. 자기의 솔직한 심정을 이야기하는 것도 꺼리는 편이다. '내가 이런 말을 하면 다른 사람이 어떻게 판단할까' 하면서 주저하는 경우도 많다. 어렸을 때부터 토론 문화나 소통에 익숙하지 않은 환경 때문일 수도 있다. 어찌 보면 개인 성격의 차이라기보다는 서로 다른 문화에서 기인했을 수 있다.

두 번째는 자신의 생각을 전달하는 기술, 스킬적인 부분이다. 자신의 생각을 전달하는 대상은 다양할 수 있다. 감독이 선수에게 생각을 전달하는 것이 가장 기본일 것이다. 동료나 상사에게 전달하는 경우도 물론 있다. 이런 것에는 대부분 훈련이 필요하다. 효율적 전달 방법을 위해서 익혀야 하는 것들이 있다. 예를 들어 선수들에게 훈련 방식을 전하는 상황을 상정해 보자. 감독 스스로 동영상을 분석하고 편집할 수 있다면 선수들에게 보다 효율적인 전달이 가능할 것이다. 물론 팀 내 비디오분석관 같은 스태프의 도움을 받을 수 있다. 하지만 자신이 직접 자료를 만든다면 자기 생각을 좀 더 깊이 있고 쉽게 전달할 수 있다. 이런 방식에 익숙해지기 위해서는 지도자 스스로가 배우고 학습해야 한다. 외국인 지도자들은 이런 부분에 능숙한 경우가 많다. 앞으로 젊은 국내 지도자들도 소통뿐만 아니라 전술 분석과 비디오 편집 능력 등 자기계발에 조금 더 노력해줬으면 좋겠다.

세 번째는 목표 설정과 자원 배분의 문제이다. 외국인 지도자는 목표 설정이 매우 구체적이다. 그리고 설정된 목표 달성을 위해 가용할 수 있는 자원의 배분을 잘한다. 어차피 모든 자원은 한정적이다. 그 한정된 자원을 언제, 어디에 쓸지를 결정하는 것이 바로 리더이다. 즉 축구단에서는 감독의 일인 것이다. 외국인 지도자는 단기적, 또는 중장기적 로드맵을 짜고 거기에 따라 자원을 투입한다. 이런 과정에 대한 훈련이 매우 잘 되어 있다는 인상을 받는다. 반면 국내 지도자의 경우에는 목표 설정이 단기 성적인 경우가 많고, 목표를 잘 짰다고 해도 수행 과정에서 자원 배분이 적합하지 않는 경우를 많이 봤다.

이상 느낀 국내 지도자와 외국인 지도자의 차이는 내가 경험한 것을 토대로 한 것이니, 한정적일 수밖에 없다. 다양한 감독들을 겪으면서 구단주로서 생각의 폭도 깊어졌다.

—— 연고지 부산, 아직 이루지 못한 축구전용구장의 꿈

초창기 한국 프로축구와 프로야구의 차이를 만든 것은 연고지 개념이라는 이야기를 들었다. 프로야구는 1982년 출범 시 6개팀이 확고한 연고지를 갖고 시작했다. 서울, 부산, 대구, 광주, 인천 같은 연고 도시들은 1970년대 고교야구 열풍의 뿌리였다. 자연스럽게 프로야구는 초창기부터 연고지 정착에 성공했다. 반면 프로축구는 1983년 출범부터 도 단위의 광역(廣域) 연고였다. 유공이 서울 · 경기 · 인천, 할렐루야가 충청 · 강원, 대우가 부산 · 경남, 포항제철이 대구 · 경북, 국민은행이 전남 · 전북이었다. 광역 연고는 사실상 무연고나 마찬가지였다. 특정 홈구장이 없다 보니 전국을 '유랑극단'처럼 돌아다니며 경기를 치렀다.

야구는 연고 지역에 강한 기반을 갖고 있었던 반면, 축구는 프로가 생기기 전인 1960~70년대에도 국가대표팀이 인기의 중심이었다. 이른바 'FC코리아'의 문제는 어제 오늘의 일이 아니었다. 프로축구가 활성화되기 위해서는 반드시 연고지 정착을 이뤄내야만 했다. 프로축구도 뒤늦게 1990년부터 광역 연고에서 도시연고제를 실시하며 변화를 시도했다. 또 1996년부터는 연고 의식 강화를 위해서 팀 명칭에 기업명을 빼고 지역명으로 통일하기로 결정했다. 프로축구에 참가한 기업들은 돈을 벌지 못하고 쓰기만 하는 축구팀의 존재 의미로 홍보 효과를 들고 있었으니, 지역 명을 앞세우는 팀 명칭을 수락한 것은 대단한 양보였고 큰 결단이었다. 이런 과정을 거쳐 부산 · 경남지역을 연고로 했던 대우 로얄즈는 부산 대우로 불리게 됐다.

2000년 로얄즈를 인수했지만 나나 현대산업개발이 연고지인 부산과 특별한 인연이 있었던 것은 아니었다. 군이 하나 말하자면 어머니의 고향이 부산이었다. 부산은 국내 제2의 도시였고 프로축구의 큰 시장 가운데 하나였다. 다만 경기장 같은 인프라가 부족했다. 2002년 월드컵 유치 이후 10개의 개최

도시에 신축 경기장이 생겼다. 연고 팀에게는 축복이었다. 6곳에 축구전용구장이 들어섰다. 다만 부산, 인천, 대구, 광주 등 4곳에는 종합운동장이 지어졌다. 부산은 월드컵이 열린 해에 부산 아시안게임도 유치했기에 대회 개폐회식과 육상 경기를 위해 5만 6천명 수용의 종합운동장이 만들어졌다. 이 경기장은 넓은 육상트랙 탓에 관중석에서 그라운드가 너무 먼 치명적 약점을 가지고 있었다. 축구 경기 관람에는 아주 불편한 구조였다. 구단의 노력만으로 넘어서기 어려운 벽으로 느껴졌다.

마침 축구전용구장인 서울월드컵경기장이 새 주인을 찾아 나섰다. 월드컵 이후 서울 연고 창단 구단에게 경기장 사용 우선권을 주기로 했지만 4강 신화의 열풍 속에서도 좀처럼 창단을 원하는 기업은 나오지 않았다. 결국 서울시와 대한축구협회, 한국프로축구연맹은 기존 구단 가운데 연고 신청을 받기로 했다. 서울은 대한민국에서 가장 큰 시장이었고, 프로야구에도 LG와 두산의 복수 구단이 공존하고 있었다. 프로축구도 2개 팀 정도는 충분히 소화가 가능했다.

부산 아시아드경기장의 한계를 느끼고 있었던 터라 서울이라는 제일 큰 시장에 도전해 보고 싶었다. 2004년 2월 11일 연고지 이전 의향서를 서울시에 제출했다. 안양 LG도 서울 이전을 신청했다. 안양은 '연고지 복귀'라고 주장하고 나섰다. 이런 사연 때문이었다.

1996년 한국프로축구연맹은 '서울 공동화 정책'을 결정했다. 동대문운동장을 연고로 하던 기존의 세 팀을 지방으로 옮기기로 했고, 서울은 공동 중립지역으로 남겨놓는 결정이었다. 향후 서울에 전용구장을 짓는 팀에게 연고 우선권을 주기로 했다. 이 결정에 따라 일화는 천안으로, 유공은 부천으로 옮겼고, LG는 안양에 자리 잡았다. 그랬던 LG가 연고 복귀를 명분으로 내세운 것이다. 한 집에 두 팀이 신청했으니 경쟁이 불가피했다.

부산 구단은 이전 의향서에서 "월드컵 개최도시인 서울에서 프로축구 붐을 조성해 한국 프로축구가 한 단계 발전할 수 있는 계기를 만들고, 장기적으로 서울 시민이 참여하고 주인이 되는 시민구단으로 발전시킬 계획"이라며, "(부산의) 축구전용 구장 부재, 열악한 경기장 사용 여건과 이에 따른 수익 악화로 지속적인 적자 운영이 예상돼 구단의 존립 자체를 위협받는 상황에 있다"고 주장했다.

이왕 칼을 뽑았으니, 경쟁에서 이기고 싶었다. 국내 최대 시장에서 제대로 프로팀을 운영해 보고 싶은 욕심도 있었다. 그런데 상황이 좀 묘했다. 이명박 서울시장이 일방적으로 LG 편을 들었기 때문이다. 이 시장은 2월 23일 세종문화회관에서 열린 서울시청 여자축구팀 창단식에서 안양 LG를 서울 연고팀으로 받아들이겠다는 입장을 밝혔다. 신생팀 창단이 아닌 기존 구단의 연고지 이전은 한국프로축구연맹 이사회 결정사항이라는 상식에 반하는 얘기였다. 이 시장은 그때부터 대통령의 꿈을 꾸고 있었으며, 시장 출마 당시 공약에도 서울 연고 축구팀 창단이 들어있었다. 서울시장이 일방적으로 LG의 편을 들어주자 우리는 난감한 상황이 됐다. 공정 경쟁을 기대하기 어려워졌다.

· · ·

서울월드컵경기장은 2002 월드컵의 유산이었다. 김대중 정부는 막대한 예산이 드는 축구전용구장 신축에 미온적이었다. 잠실종합운동장을 리모델링하자는 뜻이 강했다. 정몽준 대한축구협회장이 김대중 대통령과의 담판을 통해서 신축 구장 건설을 약속받았다. 다음은 건설비가 문제였다. 축구협회는 건설비 가운데 250억 원을 분담하겠다고 나섰다. 문제는 이 금액을 나중에 서울 연고 구단의 입성 기금으로 벌충하겠다고 정한 것이었다. 신생팀 창단에 큰돈이 들 터인데, 250억 원을 입성비로 내야 하니 웬만한 기업이 감당하겠다고 나서기 힘들었다. 월드컵 4강 이후 최신식 홈구장을 가진 매력적인 시장임에도 불구하고 서울 연고 팀 창단이 이뤄지지 않은 이유 가운데 하나가 과도한 입성비였다.

마음이 급해진 서울시는 축구계 분담금 250억 원 가운데 100억 원을 탕감해 주겠다고 나섰다. 남은 돈 150억 원 가운데 향후 복수의 연고 팀이 가능하니, 이번에 들어오는 팀이 절반인 75억 원을 입성금으로 내야 한다는 게 축구협회의 계산이었다. 나는 매년 100억 원 이상을 축구단 운영비로 쓰고 있는 마당에, 국내 최고의 시장을 얻는 대가로 75억 원을 지불하는 것은 충분히 감당할 수 있다고 판단했다.

하지만 이명박 시장이 한쪽을 편들고 나서면서 축구계는 혼란에 빠졌다. 대한축구협회는 당사자 간 협의를 통해 해결책을 마련하겠다고 했지만 합의할 사안이 아니었다. 한국프로축구연맹도 3월 이사회에서 연고이전 팀을 확정하겠다고 했지만 만일 표결로 정할 경우 후유증을 우려할 수밖에 없었다. 이런 와중에 부산시가 적극적으로 잔류를 요청했다. 결국 3월 10일 오거돈 부산시장 권한대행이 경기장 사용료 감면, 지역 기업의 광고 지원, 중장기적 재정 지원 등을 약속하면서 서울 연고 이전 신청은 부산 잔류로 일단락됐다. 이후 안양 LG는 연고를 이전해 FC서울로 재탄생했다.

그해 6월 벌어진 부산시장 보궐 선거에서도 축구전용구장 건설이 주요 공약으로 등장했다. 이후 20년의 세월이 흘렀지만 부산시의 당초 약속 가운데 무엇이 지켜졌는지 잘 모르겠다. 때만 되면 전용구장 건립이 의제로 떠올라 부산시와 이런저런 이야기를 나눴지만 여전히 구체적인 결과물이 나오지 않고 있다.

최근 몇 년 간의 사례만 봐도 다양한 아이디어가 있었다. 2015년 구덕운동장이 주경기장만 남기고 전면 재개발되는 방안이 발표됐다. 주경기장은 축구전용구장으로 활용하는 안이었다. 2018년에는 부산시 체육발전종합계획이 수립됐는데 강서체육공원의 하키경기장을 재단장해 2만 석 규모의 축구전용구장을 건립하는 방안이 포함됐다. 2021년 박형준 시장이 부산 아이파크 클럽하우스를 방문해 축구전용구장의 필요성을 역설하기도 했다. 부산 시장이 클럽하우스를 직접 찾은 것은 처음이었다. 2023년에는 구덕운동장 재개발 사업 대상지가 국토교통부의 '도시재생 혁신지구' 후보지로 선정돼 축구전용 구장 건립과 원도심 복합개발 추진에 탄력을 받게 됐다는 소식이 들려왔다. 긴 시간 동안 이런저런 소문과 이야기는 무성했지만, 전국 6대 광역시 가운데 유일하게 축구전용구장이 없는 곳이 부산이라는 사실만은 여전히 변하지 않았다.

개인적으로는 구덕운동장 재개발 사업이 그나마 가장 현실적인 안이라고 본다. 하지만 아이디어를 구체화시킬 수 있는 강력한 추동력이 없었던 것이 아닌가 하는 생각이다. 부산에 축구 전용구장이 만들어지는 모습을 여전히 꿈꾼다. 그곳에서 부산 아이파크가 좋은 성적을 내며 부산 시민의 성원에 보답하는 구단이 되기를 바란다. 그 꿈은 아직도 진행형이다.

—— 기업구단 첫 강등의 아픔, K리그 승강제 역사에 남다

승강제는 내가 한국프로축구연맹 총재 시절 만든 제도다. 혹자는 '축구 행정가 정몽규'의 가장 큰 업적으로 승강제를 꼽기도 한다. 그만큼 나에게는 의미 깊다. 그런데 이 제도에 따른 강등의 아픔을 나 자신이 일찌감치 겪게 될지는 꿈에도 몰랐다.

승강제 도입 논의 단계부터 강등되는 팀들이 해체될 수도 있다는 우려가 있었다. 시도민 구단들이 주로 이런 주장을 펼쳤다. 설마 그러겠냐고 여겼지만 세상사 '만에 하나'라는 게 있는 것 아닌가. 2013년 승강제가 처음 시작했을 때 나는 대한축구협회장으로 옮긴 직후였는데 사상 첫 강등팀이었던 광주가 씩씩하게 2부 리그를 준비해주는 모습을 보면서 그렇게 고마울 수가 없었다. 이후에도 강등팀이 결정되면 노파심에 동향을 살펴보고는 했다. 혹시 해체하겠다는 팀이 나올까봐 내심 걱정됐던 것이다.

그런데 승강제가 도입된 지 불과 세 번째 시즌 만에 부산 아이파크가 2부로 떨어질 줄은 상상도 못했다. 2015년 정규 시즌을 11위에 그친 뒤 승강 플레이오프에서 수원FC에게 2패를 당하면서 강등이 확정됐다. 그때 기분은 정말 잘 설명이 안 된다. 기업구단 최초의 강등이었다. 그때만 해도 승강제 도입 초창기여서 기업구단은 강등 걱정에 무풍지대이고, 시도민 구단이 주로 강등권 경쟁을 한다는 인식이 컸다. 승강제 도입에 강하게 반대했던 것도 시도민 구단이었다. 그런데 부산 아이파크가 그런 선입견을 깬 것이다. 좋은 의미든 나쁜 의미든 새로운 사례를 만든 셈이다. 축구계에서는 '회장님 구단'이 강등될 정도이니 심판 판정이 얼마나 공정했는지 잘 알겠다고 농담할 정도였다.

이후 기업구단 전남과 제주가 강등을 경험했다. 2023년에는 전통의 명문인 수원 삼성이 강등돼 축구계에 큰 충격을 줬다. 반면 기업구단 서울 이랜드는 많은 투자에도 불구하고 아직까지 한 번도 1부에 올라오지 못했다. '돈 쓰는 기업구단, 돈 안 쓰는 시도민 구단'의 단순 도식이 깨진 지도 오래다. 일부 시민구단은 과감한 투자로 1부에서 경쟁력을 유지하고 있다. 제도를 처음 도입할 때는 여러 가지 우려와 걱정이 있을 수 있다. 막상 제도가 시행되면 그 안에서 또 다른 역동성이 펼쳐진다. 누구도 예상하지 못했던 구도도 생겨난다. 승강제가 바로 그 좋은 사례이다.

승강제를 처음 만들었을 때는 심판 판정에 대한 불만들도 많았다. 판정에서 기업구단이 이득을 보고, 시도민 구단들은 손해를 본다는 선입견이 있었던 것도 사실이다. 말하자면 공정성 이슈였다. 하지만 '회장님 구단'의 강등은 심판 판정에서 공정성 문제가 점점 좋아지고 있다는 사실을 역설적으로 증명했다. 나도 구단주로서, 축구팬으로서 내 팀이 강등되는 것에 마음이 편할 리가 없다. 심판 판정에 서운한 순간이 없었다면 거짓말일 것이다. 그래도 심판 판정의 엄중함으로 리그 공정성이 지켜지고 있다고 믿는다.

· · · ·

막상 강등을 당하니 정신이 번쩍 들었다. 명색이 축구협회장인데 살짝 창피한 마음도 들었다. 2부로 내려가도 예산 삭감은 없다고 선언했다. 제대로 준비하면 한 해 만에 2부 우승을 통해 승격할 수 있다고 생각했다. 하지만 다시 1부로 올라오는데 무려 4년이라는 시간이 걸렸다. 천신만고 끝에 1부에 올라왔건만 바로 그 해에 곧바로 재강등의 쓴잔을 마셨다. 축구가 정말 어려운 것임을, 알 수 없는 것임을 절감했던 시간들이었다. 2023년에는 정규리그 막판까지 1위를 유지하다가 마지막 경기에서 2위 김천 상무에 역전을 당하며 다이렉트 승격을 놓쳤다. 이후 수원FC와의 승강 플레이오프에서 1차전을 승리하고도 2차전에 대역전패를 당했다. 자식도 마음대로 안 된다고 하지만 축구단도 만만치 않다.

2019년 승격플레이오프 2차전이 경남FC의 홈구장에서 열렸다. 부산 아이파크는 이날 1승 1무로 경남을 꺾고 승격이 확정됐다. 속으로는 무척 기뻤지만 본부석에 경남 관계자들이 많이 있어서 좋은 내색을 할 수 없었다. 서둘러 경기장을 빠져나왔던 기억이 난다. 경기장을 나오기 전 선수들이 나도 헹가래를 쳤다. 우승한 것도 아닌데 헹가래를 받으니 쑥스러웠지만 '이 맛에 축구팀을 운영하는구나' 하는 기분도 들었다. 승강제는 축구의 본질을 상징하는 제도다. 승리하는 자만 살아남는다. 시즌 내내 장기레이스로 생존할 자

부산 감독 재직 중 안타깝게 세상을 떠난 故 조진호 감독과 함께 (2017, 부산)

격이 있다는 것을 증명해야 한다. 그러니 마지막 최종전이나 승강 플레이오프의 긴장감은 말로 설명할 수 없을 정도다. 고백하건데 2023년 리그 최종전에서 우승을 놓친 뒤 잠을 이루지 못했다. 승강 플레이오프에서 패한 뒤 또다시 잠을 자지 못했다. 이런 분한 마음이 외려 다음 시즌의 에너지가 되기도 한다. 나는 강등, 승격, 다시 강등, 거듭되는 승격 실패 등을 거치면서 누구보다도 승강제의 매력에 중독됐다. 이번에 다시 올라가면 절대 내려오고 싶지 않다. 내 마음대로 되지는 않겠지만 말이다.

· · ·

승강제를 이야기하다 보니 빼놓을 수 없는 이름이 있다. 고故 조진호 감독이다. 1부 승격을 위해 분투하는 과정에서 2017년 10월 10일 세상을 떠났다. 너무 가슴 아픈 일이었다. 클럽하우스로 오던 출근길에 심장마비로 쓰러져 끝내 소생하지 못했다. 44세의 젊은 나이였다. 감독들은 매일 승부의 세계에 살고 있다. 나 같은 일개 축구팬도 팀이 이기면 하루 종일 즐겁고, 지면 다음 경기까지 우울해진다. 감정의 굴곡이 매번 교차하면서 스트레스를 받는다. 승부를 직접 책임지는 감독은 말할 것도 없을 것이다. 조 감독은 진정으로 성실하고, 능력 있는 젊은 지도자였다. 재능을 완전히 꽃피우지 못하고 세상을 떠났다. 하늘나라에서도 부산 아이파크를 응원하리라 믿고 싶다.

—— 좋은 클럽이란 무엇일까

각 리그에는 매 시즌 우승을 다투는 팀들이 있다. 시기에 따라 조금 다르지만 보통 두 개 내지 서너 개 정도의 팀이 경쟁한다. 흔히 '빅 클럽' 또는 '리딩 클럽'이라고 부르는 팀들이다. 잉글랜드에는 맨체스터의 두 팀과 리버풀, 아스널이 있다. 스페인의 레알 마드리드와 바르셀로나, 이탈리아의 AC밀란과 인테르 밀란, 유벤투스도 마찬가지다. K리그에서는 요즘 울산 현대와 전북 현대가 이런 팀들이다.

리그의 대다수 팀이 빅 클럽의 행보를 좇아갈 수는 없다. 그들은 자기 나름대로의 생존 전략을 짜고, 리그에서 의미 있는 역할을 수행한다. 리그라는 생태계 안에서 우승 경쟁을 하는 클럽, 빅 클럽을 꿈꾸며 꾸준히 자생력을 키우는 클럽, 강등권에서 벗어나기 위해서 노력하는 클럽 등이 공존하게 마련이다.

좋은 클럽이란 과연 무엇일까. 팬들은 우승하면 좋은 클럽이라고 생각한다. 우승을 위해서는 비싼 몸값의 능력 있는 선수들을 많이 보유해야만 확률이 높아진다. 결국 돈을 많이 써서 우수 자원을 확보해 우승하는 클럽이 좋은 클럽이라는 통설이 생긴다. 한때의 첼시가, 최근의 맨체스터시티가 보여준 행보를 보면 그리 틀린 말은 아닌 듯하다. 하지만 나는 좋은 클럽이 되기 위해서는 단지 '돈'뿐만 아니라 다른 요소들이 더 중요하게 작용할 수 있다고 믿는다. 예를 들어 감독의 지도력, 선수들의 열정, 잘 짜인 육성 시스템 같은 요소들이다.

리그 내 모든 구단이 빅 클럽이 될 수는 없다. 항상 새로운 도전과 시도를 하면서 리그에 자극을 줄 수 있는 트렌드를 만들어낸다면 의미 있는 강소 클럽이 될 수 있다. 2023년 시즌의 광주FC처럼 말이다. 광주FC는 젊은 이정효 감독의 지도력과 선수들의 열정이 어우러져 빅 클럽 못지않은 빛을 발했다. 부산 아이파크도 돈으로 상위 클럽을 좇아갈 수는 없는 노릇이니 무언가 새롭고 효율적인 모델을 선보이고 싶었다. 인수 이후 20년 넘게 꾸준히 그런 시도를 했다. 얼마나 성공했는지는 모르겠지만, 그런 시도만큼은 앞으로도 계속할 것이다. 그것이 우리 클럽의 존재 이유이기도 하다.

. . .

구단주로 좋은 클럽을 만들기 위해 고민하고 경험했던 몇 가지 실전 포인트를 공유하고 싶다. 우선 구단 직원(프런트)의 전문성을 키워야 한다. 안타깝게도 K리그 구단들은 전반적으로 프런트의 전문성이 떨어지는 편이다. 예전보다 많이 좋아졌다고 하지만 여전히 부족한 부분이 꽤 있다. 전문적 프런트가 되기 위해서는 일단 구단에 오래 근무해야 하고, 구단의 경영 목적에 걸맞은 전문 지식을 잘 쌓아야 한다. 유능한 프런트는 에이전트와 능수능란하게 협상할 정도로 축구계 내부 사정에도 통달해야 하고 동시에 축구 산업 전반에 대한 통찰력도 지녀야 한다. 국내 구단에는 이 가운데 한쪽에만 능한 사람들이 대부분인 듯하다. 두 가지를 겸비한 인재 육성이 필요하다.

나는 사회생활의 전부를 사업가로 보냈다. 당연히 계약 관계를 중시한다. 계약을 지키지 않는다면 비즈니스의 세계는 유지될 수 없다. 축구계가 사업과 똑같을 수는 없지만 여기에서도 사람을 쓰기 위해서 계약했으면 그 내용을 지키는 게 기본이라고 생각한다. 구단은 많은 분야의 사람들과 계약을 맺는다. 가장 중요한 것은 감독, 주요 선수들과의 계약이다. 특히 감독은 임기 중 계약 내용의 변경이 수시로 벌어질 수 있어 더욱 중요하다. 클럽도 그렇고, 대표팀도 그렇고 감독은 가능하면 임기를 지켜주는 게 맞다고 생각한다. 시행착오의 과정에서도 얻는 것들이 있기 때문이다. 그런 경험을 축적시키는 게 중요하다. 구단의 경우 이런 경험조차 쌓이지 않는다면 시행착오의 비용조차 그냥 날려버리게 된다.

구단과 감독 사이에 믿음, 또는 궁합도 중요하다. 이안 포터필드 감독은 처음 부임해 성적이 부진하자 서포터스가 퇴진 운동을 벌였다. 하지만 나는 임기 중 연장 계약을 제안하면서 중장기적으로 팀을 맡기고 싶다는 의사를 전했다. 이후 그는 2004년 FA컵 우승, 2005년 정규리그 전기리그 우승 등의 성과를 냈다.

요즘은 테크니컬 디렉터를 쓰는 구단들이 늘어나는 추세다. 일본 J리그에서는 강화부장이란 용어를 사용하는 직책이다. 국내 구단들은 선수 선발에 있어 감독에게 권한이 집중돼 있다. 워낙 권한이 크다 보니 효율적으로 쓰지 못하는 경우도 많다. 그런데 구단에서 테크니컬 디렉터를 활용해 지원하려고 하면 감독은 그것을 간섭으로 여긴다. 구단은 속성상 중장기적 목표 수립을 지향하지만 감독은 우선순위가 해당 시즌에 맞춰져 있는 경우가 많다. 기업에서도 장기 목표와 단기 목표를 조화시키는 게 굉장히 중요하다. 축구계에서 가장 부족한 게 그런 부분이라고 생각한다.

감독도 구단의 주어진 예산 안에서 선수단을 계획하고 운용하는 것이 중요한데, 그런 훈련이 덜 되어있다는 느낌을 받을 때가 많다. 부산 아이파크는 감독과 구단 사이에 체계적이고 효율적인 합의 모델을 찾기 위해서 여러 가지 실험과 시도를 해왔다. 아직 다른 구단에서 벤치마킹할 정도의 모델을 만들어내지 못한 점이 아쉽다. 그래도 끊임없이 최적의 모델을 향한 다양한 시도를 할 것이다.

제3장

K리그 승부조작의
파고를 넘다

—— 위기에 처한 K리그의 선장을 맡다

2011년 1월 27일 한국프로축구연맹 임시총회에서 제9대 총재로 추대됐다. 이전까지는 한국프로축구연맹 수장을 회장으로 불렀는데 제9대부터 총재로 칭하기로 했다. 야구, 농구, 배구 등 국내 프로스포츠 단체장들이 모두 총재로 불리기에 격식을 맞추는 게 필요하다고 했다. 구단주로 10년 넘게 K리그에 참여했지만 프로축구 행정의 최일선에 나서게 될 줄은 몰랐다. 분명 내 인생 계획에 들어 있던 일은 아니었다. 이런 것이 운명인지도 모르겠다.

총재를 맡게 된 것도 우발적이었다. 전임자가 임기를 다 채우지 않고 중도 사퇴했기 때문이었다. 몽준 형님이 1993년부터 대한축구협회장을 맡고 있어서 축구협회에 대해서는 알고 있었다. 하지만 협회 산하에 K리그 행정만을 전담하는 별도 조직이 있는지는 사실 잘 몰랐다. 그만큼 낯선 단체였다.

· · ·

한국프로축구연맹은 1994년 1월 공식 출범했다. 1983년 시작한 수퍼리그를 한국 프로축구의 시원으로 삼고 있으니 별도의 프로축구 운영 단체 출범은 꽤 늦은 셈이다. 당초 수퍼리그를 출범시킨 곳은 대한축구협회였다. 프로야구가 출범부터 대한야구협회가 아닌 한국야구위원회(KBO)에서 별도로 운영된 것과는 달랐다. 대한축구협회는 지금도 그렇지만 국가대표팀 지원과 활성화가 주요 업무이다. 출범 초기의 프로리그 활성화는 협회 내 우선순위에서 대표팀에 밀렸다. 또 1986년 아시안게임과 1988년 올림픽을 서울로 유치한 정부도 홈에서 좋은 성적을 내기 위해서 아마추어 축구를 중시하고 있었다. 자연스럽게 많은 예산을 들여 팀을 운영하는 프로 측의 불만이 커질 수밖에 없었다. 협회와 프로구단의 대립이 일상사가 됐다. 결국 1994년 프로축구 활성화를 위해 협회 내 프로축구위원회를 별도 단체로 독립시키기로 결정했다. 초대 회장은 정몽준 대한축구협회장이 겸임했다. 이후 유상부 회장(포스코), 곽정환 회장(일화)이 뒤를 이었다. 세 분 모두 구단주 자격으로 수장을 맡았다.

2005년부터 6년간 연맹을 맡았던 곽정환 회장이 2011년 1월 사의를 표명했다. 경제 위기 여파로 2009시즌 타이틀 스폰서를 유치하지 못해 어려움을 겪었다고 들었다. 연맹은 그동안 비상 경영체제를 선언하며 허리띠 조르기에 나섰다. 출범 이후 연맹 회장은 어떤 형태로든 타이틀 스폰서를 책임진다는 암묵적인 룰이 있었던 모양이다.

타이틀 스폰서 없이 정규 리그를 치르게 되면서 구단 단장들이 불만이 커졌고 이런 움직임이 회장의 임기 중 사퇴라는 돌발 상황으로 이어졌다. 경험 많은 단장들을 중심으로 비상대책위원회가 구성됐다. 비대위는 구단주 가운데 후임자를 구하는 작업에 들어갔는데 자연스럽게 나에게도 제안이 왔다. 안병모 당시 부산 아이파크 단장도 비대위 위원이어서 관련 움직임에 대한 보고도 받았다.

내가 축구 행정가로 처음 언론에 이름이 거론된 것은 2008년 7월경이었던 것으로 기억한다. 축구협회장을 4번째 맡고 있던 몽준 형님이 정치에 전념하기로 하면서 임기 만료와 함께 협회장직을 내려놓기로 하고, 이런 사실을 공개했다. 4번이나 협회장을 했으니 후임 구도에 대한 축구계의 관심이 대단했다. 언론에서는 회장 후보로 경기인 출신 가운데 이회택, 조중연 등을 거론했고, 구단주 중에는 나를 지목하기도 했다. 한 매체는 '부산 아이파크의 구단주로 축구에 대한 애정이 남다르고 정파적 색깔이 없다는 게 강점이지만 정몽준 회장과 친척 관계인 것이 약점으로 작용할 수 있다'는 촌평을 실었다. 이듬해 1월에 열린 협회장 선거에서 조중연 후보가 이른바 '축구 야당'의 대표격인 허승표 후보를 누르고 당선됐다.

이때까지만 해도 나는 축구 행정에 관심이 전혀 없었다. 실제로 어떠한 제안을 받은 적도 없다. 가끔 몽준 형님과 만나면 축구가 공통의 화제가 되기도 했지만 형님이 축구 행정 일을 권유했던 기억은 없다. 오히려 앞으로 정치를 본격적으로 하려는 입장에서 만약 사촌 동생이 축구협회 일을 한다면 구설수에 오르내릴 수도 있음을 우려하는 분위기가 느껴지기도 했다.

이렇듯 아무런 계획이나 생각이 없던 나에게 비대위의 제안이 왔으니 고민이 됐다. 부산 아이파크 구단주로서 당연히 K리그에 관심이 많았다. 다만 내가 직접 행정을 맡는 것은 전혀 다른 문제였다. 나는 성격상 나서는 것을 좋아하지 않는다. 그래서 책임져야 하는 자리는 대체로 사양하는 편이었다. 하지만 일단 한번 하겠다고 마음을 먹으면 제대로 해야 한다는 주의였다. 의전적인 역할만 하면서 자리가 주는 명예나 편히 누리려고 했다면 아예 시작도 하지 않는다. 연맹 수장을 맡아달라는 제안을 받고 고심 끝에 이를 수락한 것도 프로축구 발전을 위해서 한번 제대로 해보자는 결심이 섰기 때문이었다. 연맹이 여러 가지로 위기 상황이라고 하니 오랜 기간 기업을 경영했던 나의 경험으로 도움을 주고 싶었다. 구단주의 한 명으로서 책임감도 느꼈다.

일을 제대로 하려면 도와줄 분이 필요했다. 내가 축구계 내부에 대해 상세한 상황을 잘 아는 것도 아니고, 연맹에 상근하는 것도 아니었다. 나를 대신해 실무를 꼼꼼히 책임지고, K리그의 미래에 대한 중장기 계획을 같이 짤 사람을 구해야 했다. 여기저기 추천을 받은 끝에 사무총장에 안기헌 전 수원 삼성 단장을 모시기로 했다.

안기헌 사무총장은 부친이 과거 제일모직 사령탑을 오랜 기간 맡았던 안종수 감독으로 대를 이은 축구인이었다. 국내 대표 명문 구단인 포항제철과 수원 삼성에서 주무로 시작해 단장까지 오른 입지전적 인물이었다. 입이 무겁고 겸손한 자세를 갖추고 있어 축구계에서 평판도 아주 좋았다. 나하고는 이전에 알던 분은 아니었지만 자리는 친분이 아니라 능력으로 쓰는 게 당연

한국프로축구연맹 임시총회에서 제9대 총재로 추대 (2011, 서울)

했다. 다행히 안 총장도 같이 일해보자는 내 제의를 흔쾌히 수락했다. 일부
에서는 현대 출신 총재와 삼성 출신 총장의 조합이 괜찮다고 평가했다. 이
후 그는 연맹 사무총장으로 2년 그리고 대한축구협회 전무이사로 5년 등 7
년 가까이 '초보 축구 행정가'인 나를 충실히 보좌했다. 아직 축구계 사정에
어둡고 구체적인 실천 방향을 만드는 데 고심했던 나로서는 적합한 시기에,
적합한 분의 도움을 받았다. 이 자리를 빌려 특별한 고마움의 마음을 전하고
싶다.

── '신의 한 수'가 된 연맹 이사회 개편

총재를 맡고 나서 현안을 검토해보니 두 가지 우선 과제가 떠올랐다. 먼
저 총재가 소신 있게 일할 수 있는 구조를 만들어야 했다. 당시 연맹 이사회
는 구단 대표들로만 구성됐다. 이사진이 19명이었는데 당연직 3명(연맹 총
재와 사무총장, 대한축구협회 파견 이사)을 제외한 16명이 모두 프로구단 사

장 또는 단장이었다. 이사회의 다양성이 전혀 없었다. 또 몇몇 '실세' 단장들의 영향력이 굉장히 세다는 소리를 들었다. 전임 회장의 사퇴에는 이런 이사회 구조가 영향을 줬다는 지적이 있었다. 이사회가 연맹 수장을 너무 흔들 수 있는 구조라는 거였다. 또 구단의 목소리만 일방적으로 관철되는 구조다 보니 K리그 전체의 공공선을 위한 중장기 계획을 밀고 나가는 데 한계가 있었다. 여러 가지 제도 개혁을 하려면 기존 구단의 기득권도 건드리기 마련인데, 구단 반대로 무산되는 경우가 적지 않았다고 한다.

총재가 강력하게 개혁 정책을 추진하려면 이사회 개편이 선행되어야만 했다. 경기 운영과 구단 민원 처리에만 한정된 행정에서 리그 전체의 발전을 위한 행정으로 업그레이드하기 위해서는 결단이 불가피했다. 구단 단장으로 오랜 기간 이사회 멤버였던 안기헌 총장도 나의 이런 문제의식에 동감했다. 이전과 같이 이사회가 운영될 거면 내가 굳이 총재를 맡아서 일할 필요가 없다고 판단했다. 그만큼 이사회 개편에 대한 의지가 컸다.

· · ·

나는 원래 기업을 운영하면서 다양한 이해관계를 대변하기 위해 사외이사 제도를 적극적으로 도입한 경험이 있었다. 이런 일화도 있다. 현대산업개발을 맡은 이후 주주 총회를 준비하면서 공인회계사 자격을 갖춘 한 경영학과 교수에게 직접 전화를 걸어 사외이사직을 제안한 적이 있다. 그분은 "건설업체는 대개 경영 투명성이 떨어지는데 나 같은 회계 전문가가 사외이사로 들어가면 골치가 아플 거다"면서 고사했다. 나는 오히려 "바로 그런 이유 때문에 사외이사로 영입하려는 것"이라고 설득했다. 그 정도로 사외이사제의 효용성에 대한 확신이 있었다.

연맹 이사회 개편은 구단을 대표하는 이사 수를 줄이고, 축구 발전에 기여할 수 있는 전문가를 사외이사로 영입하는 것으로 방향을 잡았다. 구단 측

이사 수를 줄이는 대신 구단 운영 경험이 많은 분들을 모셔 현안에 대해서 밀도 있는 대화를 나누고 싶었다. 또 각계 전문가들이 전혀 다른 시각에서 새로운 아이디어를 제시해 줄 것을 기대했다. 조동성 서울대 경영학과 교수, 곽영철 변호사, 리차드 힐 SC제일은행 은행장 등 각계를 대표하는 분들을 어렵게 모셨다. 리차드 힐 은행장은 연맹 역사상 첫 외국인 이사였다. 영국 출신으로 리버풀의 열혈팬이었고 마케팅에서 큰 도움을 받았다.

구단 측 이사는 16명에서 5명으로 대폭 축소했다. 지금도 그런 경향이 있지만 K리그에는 구단 경영자의 전문성이 많이 떨어진다. 기업 구단의 경우 모기업에서 은퇴할 시기의 분들이 마지막 배려 차원에서 축구단에 오는 경우가 많았다. 시도민 구단에서는 구단주인 시장이나 도지사의 정치적 배려로 오는 분들이 대다수였다. 이러다 보니 축구계 현안에 대한 깊이 있는 토론이 힘들었다. 그래서 구단을 대표하는 이사 숫자를 줄이는 대신 축구계에 경험 많은 분들로 이사진을 구성해 효율성을 높였다. 기업구단에서는 포항 김태만 사장, 울산 김동대 단장, 수원 오근영 단장을, 시도민 구단에서는 대구 김재하 사장, 경남 전형두 사장을 모셨다.

오랜 기간 지속된 이사회 체제를 바꾸는데 반발도 컸다. 안기헌 사무총장이 기존 이사들을 찾아가 리그 발전을 위한 대의로 설득했다. 개혁에는 반드시 진통이 따르는 법인데 그때 대승적인 견지에서 변화를 수용해 주신 구단 대표들에게 감사한 마음이다.

· · ·

결과적으로 발 빠른 이사회 개편은 '신의 한수'가 됐다. 이후 전혀 예상치 못한 '승부조작 사태'가 터졌고, 이에 대한 개선책으로 K리그 구조 개편을 위해 승강제 도입을 추진하게 됐다. 한국 축구의 숙원 사업이었던 승강제는 그동안 기존 구단의 반발로 시행되지 못했다. 아마도 이전처럼 구단 의견이 그대로 관철되는 이사회 구조였다면 승강제 도입은 불가능했을지도 모른다. 취임 초기에 이사회 개편을 완료한 덕에 이후 다양한 개혁 정책이 진행될 수 있었다. 이사회 개편이 4월이었는데, 곧바로 5월 승부조작 사태가 벌어졌다. 이사회 개편 시기를 실기했다면 이후 큰 어려움을 겪었을지도 모르겠다. 일에는 모름지기 때가 있는 법이다. 그걸 다시 한번 절감했다.

── 스폰서십과 중계권료, 두 마리 토끼를 잡다

이사회 개편과 별도로 또 하나의 당면 과제는 당장 먹고 살 것을 마련해야 하는 문제였다. 안기헌 사무총장은 전임 집행부 인수인계를 마치고 나서 "현황을 파악해 보니 연맹은 '부도 직전의 기업'이나 마찬가지였다. 메인 스폰서십 협상은 전혀 진행되지 않았고, 중계권료도 엄청나게 떨어져 있다. 가장 중요한 두 수입원이 이런 형편이니 이 상태가 지속되면 하반기 직원 급여도 쉽지 않다. 메인 스폰서십과 중계권 협상부터 하루빨리 해결해야 한다"고 보고했다.

이런 보고를 받고나니 취임 전 각오했던 것보다 더 위기라는 판단이 들었다. 나는 총재 수락을 결심하면서 K리그의 시장 가치에 대해서는 확신을 갖고 있었다. 비유하자면 완전히 철거하고 다시 지어야 할 대상이 아니라 조금만 신경써서 리모델링한다면 멋지게 되살아날 수 있는 건물이라고 봤다. 내가 기업 경영인으로서, 또 구단주로서의 경험을 살린다면 K리그는 시장의 재평가를 받아 우량 주식이 될 수 있고, 멋진 리모델링 건물이 될 수 있다는 확신이 있었다. 그런 확신이 없었다면 총재직을 수락하지 않았을 것이다.

총재 취임사에서도 "팬들을 위한 K리그 만들기에 나서겠다. 경기 결과에 매몰되기보다 팬 서비스를 확충하고, 팬들에게 감동과 재미를 주자"고 호소했다. 구체적 현안에 대해서는 프로야구에 비해 현저하게 떨어져 있는 K리그 중계권 가치를 높이고, 안정적 리그 운영을 위해서 중장기적 타이틀 스폰서를 확보하며, 구단 재정 자립도를 높이는 방안을 추진하겠다고 공약했다. 이제 그 약속들을 하나씩 지킬 때였다.

개막이 목전에 다가왔으니 우선 타이틀 스폰서를 구해야 했다. 마침 현대중공업그룹이 2010년 하반기에 오일뱅크 인수를 마무리해서 마케팅의 필요성을 느끼고 있었다. 새로 현대오일뱅크를 맡게 된 권오갑 대표가 흔쾌히 메인 스폰서를 맡아줬다. 1년에 30억 원으로 이전 시즌에 현대자동차가 현금과 현물을 합쳐 23억 원 규모였던 것에 비해서 크게 늘어난 액수였다. 경기단체 수장을 맡고 보니 스폰서십에 대해 이토록 고마운 마음이 드는지 처음 실감했다. 타이틀 스폰서십 확보로 일단 급한 불을 껐으니 다음 과제인 중계권료 협상에 나서야 했다.

총재가 된 뒤 확인해보니 K리그 중계권료 수준이 밝히기 민망할 정도로 떨어져 있었다. 이 정도로 가격이 폭락해 있을 줄은 몰랐다. 하루아침에 정상화한다는 것은 불가능해 보였다. 중계권 가치를 높이기 위해서는 주력 상품이라 할 수 있는 리그 경기력을 올리는 장기 목표와 병행할 수밖에 없다고 판단했다. 지금까지 연맹의 주 업무는 경기 운영이나 심판 관리에 집중됐다. 세계적으로 증명된 축구라는 콘텐츠의 가치를 높여 시장에서 정당한 평가를 받느냐는 부분은 도외시됐다. 나는 여기에 집중하고 싶었다. 그래서 미래의 높은 가치를 창출하고 싶었다. 현안에만 매몰되면 미래를 볼 수 없다. 하지만 이런 과정을 거쳐 중계권료가 상승할 때까지 손을 놓고 있을 수는 없었다. 당장의 협상도 급했다.

그동안 K리그 중계권은 KBS, MBC, SBS 등 방송 3사로 구성된 '코리아 풀(Korea Pool)'에 팔았다. 코리아 풀은 월드컵이나 올림픽 같은 메이저 대회나 국내 프로스포츠 중계권 시장에서 막대한 권한을 행사하고 있었다. 일종의 과점 시장이었다. 프로축구 중계권도 코리아 풀과 계약했다. 실무 협상은 KBS가 주도해 총액을 3사가 분담하는 형식이었다. 경쟁 구조가 아니어서 경기 단체는 철저히 '을'인 약자 신세였다. 대중적 인기가 훨씬 높았던 프로야구와 달리 프로축구는 더욱 그랬다. 이전 집행부에서 중계권 협상을 마무리하지 못하면서 일선 구단들의 민원과 압력이 대단했다. 중계가 안되면서 구단 마다 유니폼 스폰서나 A보드 광고가 노출이 안된다고 아우성이었다. 내가 직접 나서 김인규 KBS 사장을 만나 협상을 타결했다. K리그의 어려운 사정을 솔직하게 설명하고 국내 프로축구의 미래 가치에 대해서 투자해 달라고 호소했다. 전년 대비 두 배 정도 오른 가격으로 협상이 타결됐다. 두 배라면 엄청나게 오른 것 같지만 중계권료가 워낙 폭락해 있어서 만족할 수 없는 수준이기는 마찬가지였다. 그래도 코리아 풀에서 많이 배려해준 셈이었다. 첫 술에 배부를 수는 없는 노릇이니 K리그의 미래 가치를 높이기 위한 유의미한 출발이라고 자족할 수밖에 없었다.

—— 충격, 승부조작 사태가 터지다

1월 27일 총재에 취임했다. 2월 22일 타이틀 스폰서를 확정해 발표한 뒤 3월 5일 '현대오일뱅크 K리그'가 개막했다. 이사회 개편 작업이 마무리된 것은 4월이었다. 그 사이사이에 미래 전략을 수립하고 기획 기능을 강화하는 방향으로 연맹 조직개편을 단행했다. 또 전임 집행부와 정확한 인수인계를 하기 위한 회계 감사를 실시했고 동시에 자금 집행 프로세스를 개선했다. 정말 숨 돌릴 새도 없이 3개월여가 지나가고 있었다. 그 와중에 아무도 예상하지 못했던 '승부조작 사태'가 터졌다.

. . .

　5월 6일 수도권 구단의 한 젊은 선수가 스스로 생을 마감하는 비극적 사건이 벌어졌다. 이때까지만 해도 이 사건이 조직적 승부조작 사태와 연관됐을 거라고는 상상하지 못했다. 승부 조작은 아마추어 경기에서 주로 벌어진다고 들었다. 예를 들어 조별리그나 특정 대회에서 승패에 별 상관없는 팀이, 반드시 이겨야만 하는 팀을 상대로 설렁설렁 경기를 하는 경우가 있다. 상급학교 진학이 걸린 경우에 이런 사례가 벌어지고는 했다. 하지만 프로축구에서 금전을 대가로 조직적인 승부조작이 벌어졌다는 것은 도저히 믿기지 않았다.

　사실 해외 선진리그에서도 승부 조작 사건은 벌어졌다. 우리도 언제까지나 무풍지대가 될 수는 없었을 것이다. 해외에서는 승부 조작을 미연에 방지하는 사전 시스템이 개발돼 있었다. 우리도 미리 조심하고, 사전 방비 시스템을 도입했어야 했다. 그런 면에서 너무 둔감했다. 남의 세상에서나 벌어지는 일로 여기는 우(愚)를 범했다.

　승부조작 사태가 세상에 알려진 것은 5월 25일 「문화일보」 보도를 통해서였다. 연맹은 이보다 이른 5월 17일 창원지검이 스포츠토토에 관련 자료 제출을 요청하면서 상황을 처음 알게 됐다. 엄청난 사태가 벌어졌지만 오히려 냉정해야 했다. 기업 경영에서도 그렇지만 나는 위기일수록 법과 원칙에 따라 정공법으로 대처한다. 위기가 닥치면 우선 상황을 정확하게 파악하는 게 가장 중요하다. 무엇이 문제인지 알아야 해결책도 찾을 수 있다. 일단 가능한 방법을 총동원해서 정확한 정보를 파악하라고 지시했다.

　연맹은 수사권이 없으니 내용 파악에 한계가 있었다. 각 구단에 연락해 봤지만 정확한 내용을 알고 있는 곳이 없었다. 하기야 가담 선수들이 자기도 연루됐다고 구단에 자발적으로 알렸을 리가 없었다. 결국 수사 당국을 통해

팩트를 확인하는 게 필요했다. K리그를 운영하는 주체로서 연맹도 수사에 적극 협력할 의무가 있었고, 양자 간의 공조를 위해서도 정보 공유가 선행되어야 한다고 판단했다.

하지만 당시까지만 해도 검찰은 연맹에 대해서도 의구심을 갖고 있었다고 한다. 수사 초기 단계이니 관련 업계나 단체라면 일단 의심스럽게 바라보았을 수도 있었다. 안기헌 사무총장이 서울과 창원을 오가면서 사실 파악에 온 힘을 쏟았지만 처음에는 검찰 측이 제대로 만나주지도 않았고, 통화조차 쉽지 않았다. 검찰과 막혀 있던 언로를 트는데 결정적인 도움을 준 분이 바로 연맹의 곽영철 상벌위원장이었다. 사외이사로 연맹에 새로 합류한 곽 위원장은 대검 강력부장과 마약부장 등을 역임한 검사 출신으로 법조계에 다양한 인맥이 있었다. 사태 초기에 대전과 광주의 현역 선수들이 연루되어 있다는 사실도 곽 위원장을 통해 처음 확인할 수 있었다. 현역 선수가 승부조작에 가담했다는 것을 알게 되면서 연맹 집행부의 긴장감은 더욱 커질 수밖에 없었다.

곽 위원장은 프로축구를 총괄하는 연맹과 수사 협조를 해야 다양한 정보를 취합하면서 빠르게 사태를 해결할 수 있다고 검찰을 설득했다. 검찰도 이 논리에 동의하면서 우리와의 통로를 열었다. 이후 안 총장과 곽 위원장이 검찰과 상호 신뢰 속에 공조를 이어갔다.

나는 승부조작 사태 내내 안 총장과 주요 사안을 실시간으로 공유했다. 김정남 부총재도 원로답게 검찰 관계자에게 축구계 상황을 자세히 설명하면서 다양한 조언을 했다. 세 분이 검찰과 구축한 협력 체제가 이 불행한 사태의 조속하고 합리적인 해결에 큰 도움이 됐다.

사외이사를 도입할 때 학계, 경제계, 법조계에서 한 분씩 전문가를 모셨다. 특히 곽 위원장의 경우 연맹의 투명성 강화를 위해서 외부 법조인 영입

이 좋겠다는 판단이 있었다. 이전에는 축구계 내부에 '끼리끼리 문화'가 있었던 게 사실이었다. 축구계 문화를 외부의 시선으로 진단하면서 도움을 주실 분으로 판단했다. 다행히 곽 위원장도 평소 스포츠를 좋아해 기꺼이 합류해주었다. 그때는 승부 조작 사태를 상상도 못 했는데, 결과적으로 이 분의 검찰 경력에 큰 도움을 받았으니 세상사 정말 알 수 없는 일이다.

—— 리그 중단은 무슨 일이 있어도 막아야 한다

5월 25일 승부조작 사태가 언론을 통해 보도된 다음 날 나는 긴급 구단 대표자 회의를 소집했다. 이제 사태가 공개됐으니 연맹도 공식적인 대응이 필요했다. 회의에서 비리근절대책위원회를 신설하기로 했고, 스포츠토토 대상 경기에서 리그컵을 빼달라고 선제적으로 요청했다. 또 선수, 코칭스태프, 구단 임직원 전체가 모이는 K리그 워크숍을 열기로 결정했다. 프로축구 창설 이후 리그의 전 구성원들이 한자리에 모이는 것은 사상 처음이었다. 그만큼 모두가 이 사태의 엄중함을 느끼고 있었다. 총재인 나의 마음은 말할 것도 없었다.

언론도 취재 경쟁이 불붙었다. 우리가 파악하지 못했던 상황을 언론 보도를 통해 알기도 했다. 5월 30일 나를 포함한 연맹 수뇌부들이 대국민 사과문을 발표했다. 참담한 심정으로 준비한 사과문에서 나는 특히 어른들의 책임을 강조했다. 어린 선수들이 별 죄의식 없이 불법 행위를 한 것에는, 초·중·고 시절의 문제에도 구조적 뿌리가 있다는 인식이 나에게 있었다. 선수가 어떤 이유로든 승부에 최선을 다하지 않았던 행동이 주는 파동은 길고도 깊었다. 이런 구조를 악용하거나 방치했던 일부 지도자와 관계자도, 이번 승부조작 사태에 직접 관여한 것은 아니었다고 해도, 책임에서 자유로울 수 없다는 생각이었다. '우리 모두가 죄인'이라는 심정을 사과문에 담은 것은 그냥 하는 말이 아니었다. 정말 어른들의 잘못이 더 크다고 생각했다.

5월 31일 평창 휘닉스파크에서 K리그의 모든 구성원들이 모였다. 1,100명이 넘었다. 나는 "우리 모두의 자성과 함께 재발 방지를 위해 뼈를 깎는 노력이 필요하다. 동시에 K리그는 중단 없이 계속되어야 한다"고 강조했다. 사태가 발생한 뒤 일부 언론과 구단을 중심으로 K리그 중단이 거론됐다. 승부조작 사태로 만신창이가 된 상황에서 리그를 계속할 명분이 없다는 주장이었다. 사태가 일단락될 때까지 리그를 중단하는 것이 맞다는 논리였다.

나름 일리 있는 이야기였지만 내 생각은 달랐다. 우선 축구계 전체가 잘못한 것이 아닌데, 일부의 잘못으로 열심히 노력하는 현장의 선량한 선수들이 해를 입으면 안 된다고 믿었다. 대다수 선수에게 삶의 터전이 중단되는 일은 막아야 했다. 한번 리그를 중단하면 재개의 명분을 찾기가 쉽지 않다는 판단도 들었다. 자동차나 컴퓨터 같은 기계는 고장 나면 고쳐서 쓰면 된다. 수리가 잘 끝나면 다시 신품처럼 사용하는 데 큰 문제가 없다. 이런 경우에는 중간에 중단하고 확실하게 고쳐서 다시 시작하는 게 맞다.

승부조작 사태는 조금 다른 문제라고 봤다. 만약 중단했다가 다시 시작하려면, '고장 부위'가 완전히 고쳐졌다는 확신이 있어야 하는데, 승부조작의 경우 그런 확신을 누구도 보장할 수 없었다. 리그 중단 같은 극약 처방보다는 구조 변화나 방지 시스템 도입 같은 중장기 계획에 따라 체질 개선을 하는 게 더 맞다고 판단했다. 하루아침에 발본색원하듯이 몰아칠 성격의 이슈는 아니었다. 리그 중단은 진정으로 책임지는 모습이 아니며 오히려 '쉬운 결정'이라고 생각했다. 나는 어떠한 압력에도 리그를 포기할 수 없다는 '어려운 결정'을 번복하고 싶지 않았다. 일부에서는 리그 중단시 연맹이나 각 구단이 계약한 스폰서 업체들이 손해배상을 청구할 수도 있다고 우려하기도 했다. 그래서 상대적으로 많은 스폰서와 계약한 빅 클럽들이 리그 중단에 더 예민했던 것 같다.

. . .

주무부서인 문화체육관광부는 사건 초기부터 우리보다 더 강경했다. 리그 중단을 검토해보라는 입장을 전해왔다. 지시까지는 아니었지만 부담을 느낄 정도의 압력이었다. 관련 선수가 많이 소속된 구단의 리그 퇴출을 거론하기도 했다. 지금까지, 또 앞으로도 프로 축구를 운영하고 지켜야하는 우리는 문체부에 축구계 전체의 각오와 의지를 세세히 설명하면서 이해를 구했다. 리그 중단이 불가한 이유에 대해서도 자세히 설명했다. 이번 사태 이후 비슷한 일이 재발하면 문체부의 어떠한 조치에도 따르겠다고 약속하면서 리그 중단과 구단 퇴출 요구를 간신히 무마시킬 수 있었다.

외부 전문가나 언론은 '문을 닫아라', '사업도 중단하라', '완전히 깨끗해진 다음에 다시 시작하라'고 주장할 수 있다. 그런 주장이 나올 수 있을 정도로 심각한 사태였던 것도 분명하다. 하지만 프로축구 판 전체를 책임진 연맹은 조금 더 신중하고, 책임감 있게 일을 진행해야 했다. 특히 승부조작에 둔감한 환경과 부실한 제도 아래서 어린 선수들이 성장했던 책임에서 문체부를 포함한 모든 체육 단체가 자유로울 수 없다고 봤다. 어른들의 책임이 더 큰데, 선수들에게만 과실을 묻는 것도 무책임하다는 생각이 들었다. 다행히 문체부도 우리의 각오와 계획, 입장을 이해하고 당초의 강경론에서 한발 물러섰다.

모든 K리그 구성원들이 한자리에 모였던 1박 2일의 워크숍 첫날 오후에 또 한 명의 관련 선수가 극단적 선택을 했다는 소식이 전해졌다. 행사장은 무거운 적막감에 휩싸였다. 소식을 들은 모든 참가자들이 아마도 똑같은 심정이 아니었을까 싶다. 돌이켜보면 그 사태로 많은 이들이 목숨을 잃은 것이 가장 마음 아프다. 얼마나 큰 심적 고통 끝에 극단적 선택을 했는지를 생각해 보면 참담한 심정이었다. 워크숍을 한 번 여는 것으로 해결될 문제가 아니었다. 그런 다짐을 새롭게 했던 기억이 생생하다. 이 지면을 통해 승부조작 사태로 세상을 떠난 다섯 분의 명복을 빈다.

—— 승부조작 사태의 근본 원인은 무엇인가

승부조작이 터진 것에는 우선 대한축구협회, 한국프로축구연맹, 그리고 각 프로 구단 등 축구 행정을 책임지고 팀을 운영하는 주체들의 책임이 크다고 할 수 있다. 그런 점에서 축구 행정가들이 먼저 반성해야만 했다. 이미 유럽 선진리그에서 승부조작 사례들이 많이 발생했고, 이에 대한 예방 시스템도 마련돼 있던 상황에서 축구 행정가들이 이를 '남의 집에서 벌어지는 일'로 치부하면서 안이하게 대처했던 탓이 컸다. 우리도 사태가 벌어지기 전에 예방 시스템을 도입하고 선제적인 대응조치를 미리 취했어야만 했다. 이런 지적은 정말 뼈아픈 대목이라고 할 수 있다.

・ ・ ・

이와는 별개로 승부조작 사태의 국내적인 요소도 있었다. 그 근본적 원인은 한때 학원 축구에서 만연했던 '져주기 경기'가 아닌가 싶다. 엘리트 스포츠 위주의 경쟁 체제에서 오랜 기간 학원 축구는 상급 학교 진학을 위한 통로로 작용했던 것도 사실이다. 대학에 진학할 수 있는 체육 특기생의 조건이 '전국 대회 8강 또는 4강 진출과 일정 수준 이상의 수능 성적'이다 보니 져주기 경기 같은 부작용이 생겨났다. 예를 들자면 이미 4강 이상의 성적을 거둔 학교가 다른 대회에서는 상대에게 느슨하게 경기를 해주는 경우가 있었다는 것이다. 양 팀 감독끼리 친분이 있는 경우라면 이런 정황이 더 짙어질 수 있다. 축구계 안의 '끼리끼리' 동료 의식이 나쁜 방향으로 발현된 사례라 할 수 있다. 감독이 어린 선수들에게 명시적 또는 묵시적으로 "적당히 하라"고 지시하는 경우가 여기에 해당된다.

국내 학원 축구에서 성장한 엘리트 선수 가운데 이런 환경에 부지불식간에 젖어있는 경우가 적지 않았던 듯하다. 성인이 되어서 프로축구를 할 때에도 그런 인식이 남아있는 경우 나쁜 유혹에 별다른 죄의식 없이 쉽게 빠지게 되지 않았을까. 그런 구조적 요인이 작용했다는 맥락에서 대국민 사과문에서도 특별히 '지도자들의 책임'을 언급했던 것이다. 중·고교 시절 무심코 져주고, 비겨주고 했던 체험이 승부조작의 씨앗이 되었다고 해도 과언이 아니다.

・ ・ ・

사람이 사는 세상에는 늘 범죄가 있다. 이것은 지금까지도 바뀌지 않았고, 앞으로도 그럴 것이다. 승부를 겨루는 게 핵심인 스포츠는 숙명적으로 베팅 산업과 큰 관련이 있다. 스포츠토토 같이 양성화된 베팅 산업이 아니라 지하에서 벌어지는 음습한 불법 베팅이 큰 사회 문제이다. 불법 베팅은 워낙 규

K리그 승부조작 사태에 대한 대국민 사과 (2011, 서울)

모가 크다 보니, 조직을 동원해 승부 조작까지 시도한다. 큰돈의 유혹 앞에
무너지는 선수도 생긴다. 선수도 결국 사람이다. 사람은 죄를 짓고 사는 존재
이기도 하다. 이런 과정은 아주 은밀하게 진행되기에 발본색원은 사실상 불
가능하다. 인간 세상에서 범죄를 없앨 수 없는 것과 마찬가지다. 세상을 증류
수처럼 투명하게 만드는 것도 불가능하다. 결국 승부조작에 대해서는 지속
적인 모니터링과 교육밖에는 대응 방법이 없다. 길고, 꾸준히 해야 하는 싸움
이다.

전체 구성원의 워크숍에서 논의됐던 방안 가운데 실질적으로 사태 해결
에 큰 도움이 된 것은 '자진 신고 유도'였다. 사실 그때까지도 검찰과 연맹은
사태에 연루된 선수들이 과연 어디까지 서로 연결되어 있을지 감을 잡지 못
하고 있었다. 빠른 사태 해결을 위해서는 일종의 '당근'도 필요했다. 그래서
선수들에게 승부조작 유혹을 받았거나, 경미하게 가담했을 경우에는 철저한
비밀을 전제로 자진 신고를 유도했다. 자진 신고한 선수에 대해서는 징계의
감형 또는 문제 삼지 않는다는 조건을 내세웠다.

유혹의 뿌리가 어디까지 내려가 있는지, 과연 무엇이 몸통이고 꼬리인지를 먼저 알아야 했다. 그러기 위해 보다 많은 정보가 필요했다. 경미한 가담자들을 '악의 뿌리'와 분리해 내야 했다. 처벌만이 능사가 아니라 실체를 파헤치는 게 더 중요했다. 결과적으로 자진 신고 유도는 큰 효과를 거뒀다. 검찰과 공조 체제를 확고히 하는데도 핵심적 연결고리 역할을 했다. 곽영철 위원장이 강력 사건 수사 경험을 바탕으로 이런 아이디어를 냈던 것으로 기억한다.

—— 잘못은 엄벌하되, 한국 축구를 다시 살리는 방향으로

폭풍 같은 시간이 점차 지나가고 검찰과 연맹의 공조 체계가 본격 가동되면서 사태 해결의 실마리를 찾아갔다. 대한축구협회는 FIFA와 협력해 승부조작 관련 조기경보 시스템을 도입하기로 했다. 문체부도 국민체육진흥법의 처벌 규정을 강화하고 사설 불법 사이트의 단속 강화 등 대책을 발표했다. 연맹은 승부조작 사태의 진척 상황을 주시하면서도 동시에 이후의 개혁 방안에 대한 고민과 모색에 들어갔다. 현 위기를 새로운 발전의 계기로 삼아야 한다는 생각이었다. 역사적으로도 위기를 반전의 변곡점으로 삼은 사례가 적지 않다. 위기 국면에서는 사람들이 평소와 달리 기득권 유지 차원의 반발이 적어지기 때문이다. 개혁의 성공은 내부나 외부의 충격으로 가능해지는 경우가 많다. 나는 K리그 운영 총책임자로서 이번 사태를 미래를 위한 개혁의 동력으로 삼아야 한다고 판단했다.

승부조작 사태의 수사가 한창이던 7월 5일 새로 선임된 구단 측 이사들을 소집해 긴급 간담회를 연 것은 이런 이유 때문이었다. 이 자리에서 나는 K리그에 새로운 시스템을 도입해 제2의 출발을 해야 한다는 소신을 밝혔다. 내가 '승강제 도입'이라는 화두를 던진 것은 이날이 처음이었다. 승강제는 한국 축구의 숙원 사업이었지만 기존 구단들의 반발로 좀체 진척되지 못하고 있었다. 또 리그 운영 방식 변경과 신인선수 선발제도 개선도 의제로 꺼냈다. 이사들은 묵묵히 내 의견을 경청했다. 워낙 엄중한 시기였으니 승강제 실시 같은 예민한 제안에도 당장 반대 의견이 나오지는 않았던 것으로 기억한다. 실제 추진 과정에서는 큰 반발에 부딪혔지만 말이다.

돌이켜보면 승부조작이 벌어졌을 당시 연맹의 상근 직원 수는 20여 명에 불과했다. 미증유의 사태였기에 처음에는 어떻게 대처할지 임직원들도 막막했다. 우리가 수사 권한이 있는 것도 아니었고 정보도 제한되어 있었다. 아는 사실을 모두 밝힐 수 없는 속사정도 있었다. 초기에 꽤 어려움을 겪었지만 모든 직원들이 철야와 주말 근무를 마다하지 않는 노력 끝에 점점 중심을 잡아나갈 수 있었다. 미흡한 점도 있었지만 주어진 조건과 환경 내에서 최선을 다했다고 자부한다.

우리와 수사 검사들 사이에도 공감대가 생겨났다. 연맹은 지속적으로 "잘못한 것은 엄하게 벌을 주되, 한국 축구가 다시 살아날 수 있는 방향으로 사태를 처리해 달라. 그동안 국위선양과 국민통합에 기여한 한국 축구가 더 발전할 수 있는 계기로 만들어 달라"고 호소했다. 축구 발전을 도와달라는 우리의 진정성 있는 호소가 점차 검사들의 마음에 전달됐다. 검찰이 연루 의심 선수를 경기장에서 긴급 체포한다는 소문이 돈 적도 있었다. 그런 상황은 막아야 했다. 피의자 소환은 당연하지만 도피 가능성이 없는 선수를 경기장에서 긴급 체포한다는 것은 전혀 다른 문제였다. 특히 프로축구 이미지 전체에 치명적 타격을 줄 수 있었다. 안기헌 사무총장이 검찰 측에 긴급 체포만은 안 된다고 읍소했다. 수사에 적극 협조하겠다는 호소가 통했는지 다행히 그런 일은 벌어지지 않았다. 긴박한 일들의 연속이었다.

검사들도 수사가 진행되면서 축구에 대한 이해도가 더 깊어졌다고 한다. 창원지검의 손영배 검사는 당시 대한축구협회 주최 초청 특강에서 "수사하면서 '축구인 헌장'을 살펴보니 그 안에 모든 것이 담겨 있었다. 축구인 헌장만 실천해도 관련 범죄는 다른 세상 이야기가 될 것이다. 승부조작, 금품수수, 폭력, 병역비리 등의 악습을 축구인 내의 문화로 치부해서는 안 된다. 내부에서는 이해할 수 있다는 입장을 보일 수도 있지만 국민들은 용서하지 않는다. 축구계 밖에 있는 팬과 국민의 기준과 기대 수준은 내부에서 생각하는 것보다 훨씬 높다는 것을 알아야 한다"고 말했다. 참으로 공감되는 내용이었다.

참고로 축구인 헌장의 1조는 '승리를 위하여 최선을 다한다(Make every effort to play good football)'이고, 2조는 '정정당당하게 경기한다(Play fair)'이다. 이 금언을 다시 한번 마음에 새긴다. 그 당시에도, 그 이후에도 수사 검사들과 차 한잔 나누면서 이야기를 나눌 기회가 없었지만 그분들의 노고에 감사하는 마음은 항상 가지고 있었다.

· · ·

7월 7일 창원지검이 승부조작 사태 관련 수사 결과를 발표했다. 관련자 63명 중 18명 구속 기소, 39명 불구속 기소, 6명 기소 중지였다. 이 가운데 선수는 46명이었는데 10명 구속 기소, 36명 불구속 기소였다. 8월 3일 추가조사 결과가 발표됐는데 5명의 선수 가운데 4명이 불구속 기소되고 1명이 기소중지됐다. 이번 사태에 법적 조치를 받은 선수는 도합 51명이었다. 연맹도 검찰과 긴밀한 협조로 어느 정도 상황을 파악하고 있었다. 수사 결과도 우리가 예상한 규모였다.

수사 결과가 나오면서 연맹은 공식적인 징계 절차에 들어갔다. 8월 25일 상벌위원회를 개최해 관련 선수들이 소속된 7개 구단에게 토토지원금 삭감의 징계를 내렸고, 승부 조작에 가담한 선수나 선수 출신 브로커에게는 선수 자격 영구 제명과 향후 축구계 직무수행 자격 영구 박탈이라는 중징계를 내렸다.

이후 승부 조작 사태는 야구, 농구, 배구 등 국내 4대 스포츠에 순차적으로 벌어졌다. 승부조작의 유혹이 얼마나 광범위하게 스포츠의 세계에 퍼져 있는지 절감했다. 축구는 '매를 먼저 맞은 경우'였지만 타 종목 사례를 지켜보면서 더욱더 경각심을 갖게 됐다. 연맹이 승부 조작 사태 때 시행했던 조치들이 다른 종목에 많이 참고가 됐다는 이야기를 전해 들었다. 자진 신고 유도나 보호관찰제 등이 특히 그랬다고 한다. 보호관찰제는 가담 정도가 경미한 선수의 경우 반성하고 재기할 기회를 부여한다는 점에서 적절한 시도라는 평가를 받았다.

좋은 경우에서나, 나쁜 경우에서나 축구는 늘 국내 스포츠계의 대표 종목이라는 생각이 새삼 들었다. 2009년 정부가 '공부하는 학생 선수'를 유도하기 위해서 주말리그 제도를 처음 도입했을 때도 축구가 제일 먼저 시범 종목으로 채택됐다. 축구 행정을 맡은 사람들은 모두 더 무거운 책임감을 가져야만 한다.

── K리그를 뒤흔든 태풍, 그 이후를 준비하다

이제 승부 조작의 충격을 털어내고 K리그의 미래를 위한 개혁 작업에 나서야 했다. 타이틀 스폰서십과 중계권료 협상 과정에서 K리그 콘텐츠의 가치를 올리는 게 얼마나 중요한 지를 절감했다. 이 와중에 터진 승부 조작 사태를 통해 나는 K리그의 구조적 변화가 불가피하다고 판단했다. 승부 조작으로 땅에 떨어진 신뢰를 회복하고 K리그의 가치 제고를 위해서는 새 판을 짜야 했고 새로운 미래 비전이 필요했다. 2012년부터 도입한 '실관중 집계 제도'는 그런 고민의 산물이었다. K리그 구단들은 출범 이후 오직 '성적' 하나에만 올인했다. 프로에게 성적만큼 중요하고, 확실한 지표는 없을 것이다. 하지만 성적에만 전념하며 생겨난 부작용도 많았다. 프로팀은 성적과 흥행이라는 양 날개로 날아야 하는데, 온통 관심이 성적에만 쏠리다 보니 팬의 관심을 끌 콘텐츠 개발이나 다양한 마케팅 활동, 연고 지역 정착을 위한 CSR(Corporate Social Responsibility, 기업의 사회적 책임)에는 상대적으로 소홀했다.

실관중 집계 제도를 통해 성적에만 연연하는 대다수 구단들의 운영 방향에 전환점을 제시하고, 선진 마케팅을 활성화하기 위한 기본 데이터를 축적하고 싶었다. 공짜 관중이나 부풀리기식 관중 집계의 관행과 결별해야 했다. 지금은 달라졌지만 당시만 해도 '축구는 공짜로 볼 수 있는 경기'라는 인식이 너무 컸다. 무료 입장권을 아무리 뿌려도 관중이 모이지 않는다는 하소연도 난무했다. 리그 가치를 높이려면 우리 스스로 새 기준을 만들 필요가 있었다. 외국 명품 브랜드는 할인 행사를 하지 않는다. 물건이 남으면 폐기할지언정 가격을 내려 싸게 팔지 않는다. 브랜드 가치를 지키기 위해서다.

비단 명품만이 아니다. 사람들의 심리는 공짜보다는 비용을 치른 것에 애정을 갖고 더 열중하게 된다. 운동하기 위해 피트니스 클럽을 다니는 경우에도 무료 프로그램은 수시로 빠지게 되지만 적절한 금액을 냈을 경우 오히려 더 자주 가게 된다. 공짜 경기는 장기적으로 보면 독이나 마찬가지다. K리그에 이런 인식의 확산이 필요했다. 그 첫 단계로 실관중수부터 집계해보기로 했다. 성적 외에 또 다른 새 평가 지표가 있어야 했다. 그것을 팬으로 확정한 셈이다. 성적과 흥행의 양 날개로 날아보자는 시도의 시작이었다. 축구인 스스로가 축구의 가치를 인정하고 높이는 첫 걸음을 의미했다.

리그 구조도 바꾸기로 했다. 2011년 10월 이사회에서 '스플릿 시스템'의 도입, 챔피언결정전과 리그컵의 폐지 등을 결정했다. 2012시즌부터 도입된 스플릿 시스템은 전 구단이 두 번의 라운드를 치른 뒤 상위 그룹과 하위 그룹으로 나눠지고, 그룹별로 한 번의 라운드를 더 치르는 방식이었다. 스코틀 랜드 리그 방식을 벤치마킹했다. K리그 경쟁력 강화를 위해서 충분한 경기 수 확보가 필요하다고 판단했다. 오완건 축구협회 부회장과 브라질 출장을 같이 간 적이 있는데 거기서 브라질 리그 현황을 듣고 깜짝 놀랐다. 브라질 의 경우 한 팀이 시즌당 70~80경기까지 치른다고 한다. 거기에 비해 우리는 경기 수가 너무 적었다. 구단들이 상대적으로 의미를 덜 두는 리그컵을 폐지 하고 정규리그 경기 수를 늘리는 방향이 맞다고 봤다. 또 스플릿 시스템을 도입하면 시즌 마지막까지 경기의 집중도가 높아지면서 많은 경기수를 소화 하기 위해서 젊은 선수들을 기용할 가능성도 더 커지는 부수적 효과도 기대 할 수 있었다.

또 승강제 도입을 위한 전 단계로 이 제도를 도입했다는데 큰 의미를 둘 수 있었다. 스플릿 시스템 아래서 승강제 도입 시 상위 그룹은 우승 경쟁, 하 위 그룹은 강등권 탈출 경쟁을 각각 펼칠 수 있다. 리그 막바지까지 긴장감 을 유지하는 효과가 있다. 치열한 경쟁 시스템이 가동되면 승부 조작을 막는 데 도움이 될 거라고 봤다. 이때 도입된 스플릿 시스템은 아직까지 K리그에 서 유지되고 있다. K리그 역사상 가장 오랫동안 유지되고 있는 정규리그 운 영 체제를 만들었다는 점에서 보람을 느낀다.

스플릿 시스템 도입은 승강제를 향한 과정이었다. 나는 승강제가 한국 프 로축구를 근본적으로 혁신할 수 있는 가장 강력한 제도라고 확신했다. 승격 과 강등을 놓고 리그 막판까지 전쟁처럼 치열한 경쟁을 치르는 것이야말로 축구의 본질에 가장 가까운 제도라고 봤다. 임기 중에 반드시 해내야 하는 개혁 과제는 역시 승강제 도입이었다. 하지만 여전히 기존 구단의 반발은 만만치 않았다. 연맹 총재로서 가장 큰 도전에 나설 마음의 준비를 해야만 했다.

제4장

한국 축구의 기적,
프로축구 승강제 도입

—— 승강제 시도와 좌절은 왜 되풀이됐을까

승강제가 한국 축구의 주요 의제로 다뤄진 것은 꽤나 오래 전부터였다. 1970년대 별다른 소일거리가 없던 국민들에게 가장 사랑받았던 스포츠는 축구와 야구였다. 좀 더 구체적으로 말하면 '국가대표 축구 경기'와 '고교 야구 경기'였다. 두 종목이 인기를 끌었던 기본 토대는 크게 달랐다. 축구가 '청룡', '화랑' 같은 국가대표팀이 인기였다면, 야구는 애향심과 애교심에 바탕을 둔 고교 야구가 주목받았다. 그런데 축구의 인기가 국가대표팀에 집중되다 보니, 정작 대표 선수들이 평소 뛰고 있는 무대인 실업 축구는 별다른 관심을 끌지 못했다. 안타까운 현상이었다. 그러다 보니 1976년부터 실업 축구의 인기를 높이기 위한 아이디어로 '디비전 시스템'이 거론됐다. 1986년 대한축구협회가 발간한 『한국축구 백년사』를 보면 그때의 정황이 이렇게 기록되어 있다.

> '1976년 2월 의욕적으로 출범한 실업축구연맹 신집행부에서는 실업 축구의 활성화를 위해 1부와 2부를 나누는 디비전 시스템을 실시하는 방안을 연구했다. 디비전 시스템의 실시 문제는 이미 오래 전부터 거론됐던 것이며(중략), 그러나 일부 실업팀 관계자들의 강력한 반발에 부딪혀 모든 것을 백지화시켰던 실업축구연맹이 다시 이 문제를 들고 나왔다는 것은 디비전 시스템 이외에 다른 치유책이 없기 때문이었다.'

실업 축구 활성화를 위해 디비전 시스템을 도입해 1, 2부 승강제를 실시하려 했지만 실업팀의 반대로 시행되지 못했다는 것이다. 디비전 시스템이 재론된 것은 1982년이었다. 텅 빈 관중석을 더 이상 방치할 수 없다는 절박

감에서 다시 논의가 재개됐다. 이번에는 꽤 구체적인 추진 계획이 진행됐다. 1982년부터 실업축구연맹전을 폐지하는 대신 '코리안 리그'를 만들어 실업 18개 팀이 풀 리그로 순위를 가리기로 했다. 이 성적을 바탕으로 1983년부터 상위 10개 팀이 1부 리그, 하위 8개 팀이 2부 리그를 구성하기로 했다. 1년만의 성적으로 1, 2부를 구분하는 것에 대한 반대 여론을 의식해 1980년과 1981년의 실업연맹전 성적도 포함시켜 총 3년간의 종합 성적을 토대로 기존 팀을 재배치하기로 했다. 과거의 흥행 부진을 딛고 새로운 구조를 만들겠다는 원대한 계획이었다.

1982년을 기준으로 18개 팀이 있었다. 금융단 9팀(제일은행, 조흥은행, 국민은행, 기업은행, 상업은행, 주택은행, 서울신탁은행, 외환은행, 한일은행), 실업단 6팀(철도청, 한전, 포항제철, 서울시청, 현대자동차, 대우), 군 3팀(육군 충의, 해군 해룡, 공군 성무)이었다. 막상 코리안 리그가 진행되자 시즌 중반부터 서서히 금융단 팀을 중심으로 승강제 반대 여론이 조성됐다. 팀 관계자들이 "2부로 떨어지는 팀은 모기업(은행)의 지원이 줄거나 해체될 위험이 있다", "프로화를 시도하고 있는 상황에서 승강제 실시는 모순이다" 등의 반대 논리를 내세웠다. 어디서 많이 보았던 모습 아닌가. 2012년 승강제를 도입하려고 할 때도 비슷한 상황이 되풀이됐다. '역사는 반복된다'는 격언처럼 말이다. 제도 개혁에는 늘 반대가 따르기 마련이다.

프로스포츠는 1982년 야구가 먼저 시작했다. 축구는 한발 늦게 1983년 '반(半)프로·반(半)아마추어'의 형태인 '수퍼리그'가 출범했다. 수퍼리그에 2개 프로팀(할렐루야, 유공) 외에 코리안 리그의 최상위팀인 포항제철, 대우, 국민은행이 참가하면서 디비전 시스템 출범은 자연스럽게 '없던 이야기'가 되고 말았다. 실업축구 최상위팀의 수퍼리그 출전으로 코리안 리그를 1, 2부로 나눈다는 의미가 퇴색됐기 때문이었다.

승강제가 다시 축구계의 화두가 된 것은 한참 세월이 흐른 뒤인 2006년이었다. 대한축구협회와 한국프로축구연맹, 그리고 내셔널리그를 운영하던 한국실업축구연맹이 '한국형 디비전 시스템' 구축을 위한 전 단계로, 내셔널리그 우승팀에게 K리그 승격 자격을 부여하기로 했다. 아직 승격과 강등이 연동되는 승강제는 시기상조로 판단하고 실업 축구 챔피언의 승격부터 현실화하겠다는 시도였다.

그런데 예상치 못한 사태가 벌어졌다. 2006년 내셔널리그 우승팀인 국민은행이 K리그 승격을 '거부'하고 나선 것이다. 은행법상 프로화할 수 없다는 것이 표면적 명분이었다. 사실은 K리그가 더 많은 비용을 투자하면서 승격할 정도로 매력적이지 않다는 게 실질적 이유였을 것이다. 이어 2007년 우승팀 현대 미포조선이 또다시 승격을 '거부'했다. 현대중공업이 운영하는 울산현대가 K리그에서 활동 중이어서 한 그룹이 프로팀 2개를 운영하기 어렵다는 사정도 있었다. 어찌됐든 2년 연속 내셔널리그 챔피언이 승격을 포기하면서 대한축구협회 주도의 디비전 시스템 구축 시도는 사실상 좌초했다.

2009년에는 아시아축구연맹(AFC)이 회원국을 상대로 승강제 실시를 권고했다. 2013 시즌부터는 회원국이 자국 리그에 승강제를 도입해야 하며, 미실시 국가에는 AFC 주관 클럽 대회에 불이익을 줄 수 있다는 내용이었다. 승강제 실시 관련해서 '외부에서의 압력'이 가해진 것은 처음이었다. 하지만 강력한 제재 조항이 있었던 것도 아니어서 국내에 승강제가 실시될지는 여전히 불투명했다.

2010년 12월 15일 축구협회, 프로연맹, 실업연맹 등 3단체 공동 주최로 '승강제 구축을 위한 공청회'가 열렸다. 대부분의 패널은 승강제 실시의 당위성에 대해서 찬성했고, AFC의 권고대로 2013년 실시를 주장했다. 여론은 승강제 실시가 대다수였다. 이에 힘입은 대한축구협회는 2011년 1월 17일 이

사회에서 '2013년부터 프로축구 승강제 시행'을 의결했다. 또 협회 내에 승강제추진위원회를 설치하기로 했다. 하지만 승강제는 실시를 '결의'한다고 해서 시행되는 문제가 아니었다. 대다수 여론이 찬성하고 있는 것과는 별개로 항상 '악마는 디테일에 있는 법(The devil is in the detail)'이었다. 협회 이사회 의결과는 별개로 구체적 방법론에 대해서는 별다른 진척이 없었다.

승강제 실시에 대한 우호적 여론이 많았지만 각 구단들의 입장은 달랐다. 승강제가 현실이 되면 2부로 강등되는 팀이 나오게 되고, 해당 팀은 타격을 받을 수 있다. 구단 책임자들은 '리스크 헷지(risk hedge)'의 차원에서도 승강제 실시를 꺼렸다. 명분상 대놓고 반발할 수는 없었지만 내심 반대하는 기류가 많았다. 1982년 사례 때 금융단 팀들이 "강등 시 팀 해체 또는 지원 축소 우려"를 내세웠던 것과 비슷한 분위기가 시도민 구단을 중심으로 형성되고 있었다. 이런 상황에서 승강제 실시를 관철시키려면 특단의 의지와 치밀한 계획이 동시에 필요했다.

승강제 시행을 의결한 대한축구협회 이사회 이후 불과 열흘 만에 나는 한국프로축구연맹 총재로 추대됐다. 총재가 될 때에는 승강제를 둘러싼 복잡한 정황까지는 잘 알지 못했다. 역사를 보면 상황에 적합한 인물이 우연히 등장하는 경우가 있다. 승강제 사례가 그런 경우가 아니었나 싶다. 승강제 실시를 위해 매우 디테일한 접근이 필요할 때 마침 내가 총재가 됐다. 그리고 승강제 실시에 대한 여러 가지 반발을 희석시킬 수 있는 아이러니한 외부 환경이 조성됐다. 바로 승부조작 사태였다.

—— 한국 축구의 뉴노멀, 승강제 실시

제3장에서 밝혔듯이 승부조작 사태는 이전과 차원이 다른 고민거리를 던

졌다. 이를 계기로 K리그의 구조를 획기적으로 바꾸지 않는다면 새로운 도약을 이뤄낼 수 없다는 위기감이 컸다. 승부조작 사태를 해결하는 와중에 K리그 구조 개편 작업을 '투 트랙'으로 같이 진행했던 것도 그런 이유에서였다. 승부조작 사태가 모두 마무리된 뒤 리그 구조 개편 작업에 나서면 너무 늦는다는 판단이었다.

그래서 승부조작 사태가 한창이던 2011년 7월 5일 구단을 대표하는 5명의 이사와 먼저 간담회를 가졌다. 이들의 협조가 없다면 승강제 안건이 이사회를 통과할 수 없었다. 이 자리에서 나는 "승강제를 실시하고 싶다"는 강력한 의지를 표명했다. 승부조작 사태라는 미증유의 위기를 기회로 전환해야 한다는 비장한 마음이었다. 프로축구 신뢰가 밑바닥까지 추락했던 시기였기에 대다수 이사가 나의 호소를 진지하게 경청했다. 나는 "K리그 구성원 전체가 최선을 다하는 모습을 팬에게 보여줘야만 지금의 분위기를 반전시킬 수 있다. 경기와 리그의 질을 높이기 위해서는 승강제 실시가 불가피하다"며 이해를 구했다. 강등 구단이 팀 해체의 우려가 있다는 지적에 대해서는 "해체 상황까지 벌어지겠는가. 일단 실시하고 일부 문제점이 나오면 보완해가는 게 맞다"고 설득했다. 시도민 구단의 우려에 대해서도 "지자체장이 팀을 해체하기는 구조적으로 어려울 것이다. 오히려 기업구단은 오너(구단주)의 결심에 따라 해체가 더 쉬울 수 있다"고 설명했던 기억이 난다.

· · ·

동양에서는 예전부터 천시(天時), 지리(地利), 인화(人和)가 합쳐져야 큰 일이 성사될 수 있다고 말한다. 1970년대부터 꾸준히 시도했지만 시행되지 못했던 한국 축구계의 숙원 사업은 승부조작 사태라는 일찍이 없었던 위기 국면 속에 결국 이뤄질 수 있었다. 승부조작이 준 충격이 워낙 컸기에 축구계 전체가 변하지 않는다면 공멸한다는 공감대를 만들어갈 수 있었다. 이런 특수 상황이 펼쳐졌기에 프로축구 출범 이후 가장 큰 제도 개혁이 가능했다고 본다. 과거에도 비슷한 아이디어는 늘 존재했다. 하지만 시도 과정에서 늘 좌초했던 다양한 이유도 역시 있었다.

이번에는 K리그 최대 위기라는 변수가 오히려 제도 개혁을 끝내 관철시킨 원동력이 됐다. 역설적인 일이었다. 또 이 기회를 반드시 살리겠다는 연맹 조직원들의 굳은 의지도 한몫했다. 한국 축구는 언제나 주기적으로 위기의 시기를 맞고는 했다. 하지만 위기 국면을 공세적으로 바꿔 새로운 개혁의 동력으로 삼은 전례는 거의 없었다. 그런 점에서 나는 승강제 실시는 한국 축구에서 일어난 '하나의 기적'이었다고 생각한다.

—— 현실주의자 대 이상주의자

축구계에서 다양한 현안을 다루다보면 크게 두 가지 접근법이 있음을 실감한다. 어쩌면 세상사가 다 비슷하지 않을까 싶다. 현실주의적 접근과 이상주의적 접근이다. 보통 기존의 질서를 흔드는 개혁 조치를 시도할 때 반발이 있게 마련이다. 기득권층에서 주로 이런 반발이 나온다. 기존의 질서와 구도가 자신에게 편하고, 유리하기 때문이다. 현상 유지(Status Quo)를 원하는 것은 사람들의 보편적 심리다. 하지만 현상 유지만으로는 절대로 발전을 꾀할 수 없다. 끊임없이 새로운 시도와 도전을 해야만 미래의 비전에 다가갈 수 있다. 현상 유지는 안온함을 준다. 반면 새로운 시도와 도전에는 많은 에너지가 소모된다. 사람은 본능적으로 쉽고 편안한 길을 선택한다.

현실주의적 접근은 변화를 시도할 때 소요되는 한계 요소들을 강조한다. 반면 이상주의적 접근은 위기를 부담(risk taking)하면서도 현실적 제약을 넘어서려고 한다. 어느 쪽이 늘 맞는 것은 아닐 것이다. 상황에 따라 현실주의적 접근이 필요할 때도 있고, 어느 때는 이상주의적으로 접근해야 한다. 늘 맞는 정답은 없다.

나는 젊은 시절부터 큰 사업을 할 기회가 있었다. 현실을 무시할 수 없었다. 동시에 현실에만 안주해서는 새로운 비전을 펼칠 수 없다는 것도 잘 알고 있다. 그래서 기업 구성원들에게 늘 혁신을 강조했다. 안주하지 말고 새로운 시도를 하라고 독려했다. 아마 어렸을 때부터 그런 이상주의적 기질이 있었던 것 같다. 동갑내기 사촌 형제들이 어린 시절 나에게 붙여준 별명이 '꿈꾸는(夢) 왕자님'이었다. 무언가 새로운 것을 꿈꾸고, 엉뚱한 상상을 하는 습관은 성인이 되어서도 이어졌다. 현실의 사업을 하면서도 항상 새로운 도전을 선호했다. 이런 나를 두고 '현실주의에 기반을 둔 이상주의자'라고 평가하는 사람도 있었다. 일리 있는 평이라고 생각했다.

앞서 내셔널리그 챔피언들의 K리그 승격 포기 사례를 들었다. 국민은행이나 미포조선이 승격하지 않은 결정적 이유는, 앞세운 명분과는 별도로 아마 돈이었을 것이다. 프로가 되면 예산이 크게 늘어나는데, K리그 참가에 대한 실질 이득은 별로 없으니, 굳이 올라가 더 많은 비용을 쓸 필요가 없다고 판단했을 것이다. 변화에 따른 이득이 보장될 때까지 참가를 미룬 것이다. 바로 현실주의적 접근이라 할 수 있겠다.

2023년 대한축구협회와 한국프로축구연맹 사이에 2부와 3부 사이의 승강제 실시를 두고 내부 논쟁이 있었다. 조금 거칠게 정리하자면 협회는 가능하면 빨리 승강제로 양 리그를 연결하자는 입장이었고, 연맹은 두 리그의 현실적 격차가 크니 시기상조라는 주장이었다. 지금 현재의 통계나 자료를 따지면 시기상조라는 연맹의 입장이 더 논리적으로 보일 수 있다. 프로인 K리그2와 세미프로격인 K3리그는 소속 팀의 예산 차이도 크고, 경기장 등 인프라 환경의 격차가 있고, 지역 연고 의식과 팬 확보에도 간극이 만만치 않다.

연맹은 수치상으로 드러나는 이런 차이가 먼저 좁혀진 다음에 승강제로 연동하는 게 효율적이라고 주장했다. 지극히 현실주의적 접근이다. 반면 승강제는 축구의 본질을 가장 잘 보여주는 제도이니, 완벽한 시기는 아닐지라도 일단 제도를 먼저 시행하면서 부족한 부분은 단계적으로 조정하는 게 맞다는 주장도 있다. 세상의 가치를 '돈'으로만 환원할 수 없는 노릇이니, 축구가 가진 본질적 가치를 추구하다보면 다른 가능성도 열릴 수 있다는 희망에 기대를 건다. 다분히 이상주의적 접근이라고 할 수 있다. 2부와 3부 사이의 승강제를 두고 벌어진 논쟁에서, 나는 이상주의적 접근을 더 선호했다. 축구의 본질적 가치가, 돈이나 숫자로 계산되는 기준보다 더 소중하다고 믿기 때문이다. 돈만이 목적이라면, 아직 돈을 제대로 벌지 못하면서 쓰기만 하는 축구단을 만들 필요조차 없다.

축구를 하는 본질적 이유는 팬에게 기쁨을 주기 위해서이다. 기업구단이나 시도민구단, 또는 K3, K4 팀을 먹여 살리는 자양분은 결국 팬에게 있다. 팬들이 원하는 것이 무엇이냐. 이것이 고민의 가장 큰 기준이 되어야만 한다. 현실이냐, 이상이냐를 떠나서 말이다.

· · ·

내가 그동안 직접 겪은 축구계는 이슈마다 두 접근 방식이 팽팽하게 논쟁을 벌이는 곳이 아니었다. 주로 현실주의적 주장이 담론의 대부분을 차지하는 곳이라고 느꼈다. 나도 마냥 이상주의자가 아니다. 그런 내가 지극히 이상주의자로 느껴질 정도로 축구계는 현실주의자가 훨씬 많은 곳이었다. 내가 주장한 정책들에 대해서 "축구계 현실을 모르니 저런 이상적인 이야기만 늘어놓는다"고 비판하는 목소리가 있음을 잘 알고 있다. 승강제를 추진할 때도 그랬고, 유소년 8인제 축구를 도입할 때도 그랬다.

하지만 돈만 따지고, 수치로만 이야기하는 인생은 별로 재미가 없는 것 아닌가. 가끔은 꿈도 꾸고, 가끔은 이상을 향해 열정적으로 질주하고 싶은 게 인생이라고 생각한다. 그런 면에서 나는 '발은 현실의 땅을 딛고 있되, 눈은 꿈과 미래를 봐야 한다'고 믿는다.

우리가 사는 목적 가운데 돈은 매우 중요하다. 그럼에도 삶의 목표에 꿈과 이상이 빠지면 안 된다. 축구도 마찬가지다. 이상을 포기하면, 축구의 본질을 포기하는 것과 같다. 그래서 누군가 축구 행정가로서 나의 정체성을 묻는다면 "축구의 이상을 추구하는 현실주의자"라고 답하고 싶다.

K리그에 승강제가 시행된 지 10년이 넘어가면서 지금은 팬들이 이 제도를 마치 공기처럼 당연한 것으로 여기고 있다. 2011년을 되돌아본다면 결국 돈이라는 가장 현실적 욕망이 만들어낸 승부조작 사태를 승강제라는 이상주의적 제도 개혁을 통해 해결했다고 해석할 수 있다. 승강제는 어떤 의미에서 당대 축구계의 '시대정신'이었다. 꿈과 이상을 추구한다는 것은 시대정신과도 닿아 있다. 인간은 현실에만 만족할 수 없는 존재이기도 하다.

─── 승강제를 놓고 벌어진 마지막 힘겨루기

승강제 도입을 위해서는 우선 연맹 이사회에서 안건 통과가 필요했다. 2013년을 승강제 실시 원년으로 상정한다면 2012년에는 강등 팀이 정해져야 했다. 따라서 연맹은 2011년의 마지막 이사회에서 승강제 안건을 처리할 계획이었다. 2011년 12월 20일로 예정된 연맹 제4차 이사회를 D-데이로 삼았다.

승강제라는 이상적 제도 개혁을 위해서는 더욱 현실적 준비가 필요했다. 현실을 철저하게 분석한 끝에 제도 개혁을 해야 더 많은 공감대를 얻을 수 있고, 후유증도 최소화할 수 있는 법이다.

성공적인 승강제 도입을 위한 몇 가지 전제 조건이 있었다. 첫째, 현재 16개 팀으로 이뤄진 단일 리그를 1부와 2부로 나누는 데 가장 적합한 팀 수를 정해야만 했다. 둘째, 1부에서 몇 팀이 2부로 강등된다고 해도 최소한의 2부 리그 구성을 위해서는 새로운 팀들의 참가가 반드시 필요했다.

2부 리그에 참가할 새로운 구단을 확보할 수 있는 방법은 대략 두 가지였다. 가장 바람직한 것은 신생팀의 창단이었지만 얼마나 가능할지 가늠하기 힘들었다. 또 다른 방법은 내셔널리그 등 하위리그에서 프로화를 원하는 팀이 자발적으로 2부에 올라오는 방식이었다. 하지만 수년 전 내셔널리그 우승팀인 국민은행과 미포조선이 승격을 거부했던 전례가 있었기에 몇 팀이나 프로화에 동참할지도 미지수였다.

모든 것이 불투명했지만 오직 승강제 도입이라는 이상 하나만 믿고 연맹의 전체 구성원들이 온 힘을 쏟아부었다. 안기헌 사무총장은 훗날 "승강제 도입에 실패하면 사퇴한다는 각오로 책상 서랍 안에 미리 사표를 써두고 일했다"고 말했다. 그런 결연한 의지가 없었다면 승강제 도입은 아마 힘들었을 것이다.

· · ·

연맹은 1, 2부 리그 구성을 위해 가장 핵심이 되는 기존 팀의 분리에 대해서는 '12+4 안'을 내부 방침으로 정했다. 기존 16개 팀 가운데 2012시즌 성적을 토대로 상위 12개 팀은 1부에 잔류시키고 하위 4개 팀을 2부로 내리는 안이었다. 2부 리그가 정상적으로 구성되기 위해서는 최소 8개 팀 이상이 필요하다고 판단했다. 이 경우 기존 팀에서 4개 팀 정도는 2부로 내려가야 신생팀 창단이나 내셔널리그 팀의 프로화를 통해서 8개 팀 이상으로 2부 리그 구성이 가능하다고 봤다. 다만 이 안으로 결정되면 승강제 시행 첫 해에 4개 팀이 한꺼번에 강등하면서 충격이 매우 클 것으로 예측됐다. 물론 일부 전문가

승강제 안건이 승인된 2012년 제1회 프로축구연맹 이사회 (2012)

는 "매도 한꺼번에 맞는 게 낫다"면서 첫 해에 다수의 팀이 함께 내려가는 게 오히려 강등에 따른 개별 팀들의 충격을 희석시킬 수 있다고 주장했다.

손바닥도 마주쳐야 소리가 나는 법이다. 2부 리그 가입 후보군을 형성하고 있는 내셔널리그에서 승강제 실시에 대한 요구 사항을 먼저 주장하고 나섰다. 한국실업축구연맹은 2011년 12월 15일 두 가지 요구 조건을 발표했다. 첫째, 내셔널리그 팀이 2부에 진출할 경우 그동안 국내 축구 발전에 공헌한 것을 인정해 프로연맹 가입금 10억 원과 축구발전 기금 30억 원을 면제해 달라고 했다. 둘째, 프로화에 대한 실질적 지원이 필요하니 팀당 승격 지원금을 한 해에 10억 원, 향후 3년간 총 30억 원을 지원해 달라고 요청했다.

내셔널리그 소속 팀들은 창단하는 경우가 아니니 프로 입성의 가입 장벽을 없애달라는 주장은 일리가 있었다. 다만 승격지원금의 경우 팀당 3년간 30억 원은 매우 큰 액수였다. 프로연맹은 그 정도의 재정적 여유가 없었으니 난제임이 분명했다. 아무튼 내셔널리그가 일단 공을 축구협회와 프로연맹에 던진 모양새였다.

이사회를 앞두고 또 다른 변수가 터졌다. 이사회 전날인 12월 19일 국내 6개 시도민 구단이 공동으로 '기업구단의 입맛에 맞춘 일방적인 승강제 도입 반대'의 보도자료를 냈다. 강원, 경남, 광주, 대구, 대전, 인천 등 6개 팀은 12월 18일 대전에서 긴급 모임을 갖고 승강제 도입 반대에 의견을 모았다. 발표된 보도자료를 통해 "2013년부터 시행되는 K리그 승강제가 대안도 없이, 그것도 기업 구단의 입맛에 맞춰 일방적으로 추진되는 것에 분노를 표한다. 공청회 등 소통의 창구 없이 밀실에서 계속 추진할 경우 프로연맹의 어떠한 제안에도 동참하지 않을 방침"이라고 밝혔다. 승강제 실시를 논의하기로 한 이사회를 불과 하루 앞두고 시도민 구단들이 '실력 행사'에 나선 셈이었다.

시도민 구단들은 연맹 초안처럼 첫 해 4개 팀이 2부로 강등될 경우 군팀인 상주 상무를 제외한 나머지 3개 팀이 모두 시도민 구단이 될 가능성이 높다고 주장했다. 이 경우 지자체의 지원이 크게 줄거나 심지어 해체 도미노 현상이 벌어질 수도 있다고 우려했다. 또 이사회 구성원 11명 가운데 시도민 구단 대표는 단 2명뿐이어서 자신들의 입장이 제대로 전달되지 않고 있다고 말했다.

당시 이사회 구조는 프로연맹 2명, 축구협회 1명, 사외이사 3명, 기업구단 대표 3명, 시도민 구단 대표 2명 등으로 이뤄져 있었다. 시도민구단은 현재 이사회 구성이면 '12+4 안'이 통과될 가능성이 높다고 보고 사전 실력 행사에 나선 것이다. 결국 이사회 당일에 승강제 시행안이 상정되지 못했다. 충분한 논의를 거쳐 2012년 첫 이사회에 다시 안건을 올리기로 했다. 언론에서는 시도민 구단의 강력한 반대로 승강제 실시가 다시 표류하기 시작했다고 해석했다.

—— 2보 전진을 위한 1보 후퇴

2012년 1월 16일 다시 이사회가 열렸다. 그동안 연맹과 시도구단 대표들 사이에 긴밀한 협의가 진행됐다. 사실 시도민 구단도 승강제 실시라는 '대세'까지 반대한 것은 아니었다. 다만 승강제 실시 초기의 충격파를 고려해 첫 시즌에는 두 팀만 2부로 내려가자는 타협안을 제시했다. '12+4 안'의 연맹 초안에서 '14+2 안'으로 조정하자는 의견이었다. 이 경우 군팀인 상주 상무가 우선적으로 2부에 내려갈 가능성이 높기에 시도민 구단 입장에서는 실제로 한 팀만 2부에 강등한다는 계산이었다.

연맹은 2부리그가 제대로 구성되기 위해서는 '12+4안'이 여전히 필요하다는 입장이었지만 시도민 구단의 반발을 고려하면 원안만을 고수할 수 없었다. 한국 축구 역사상 첫 승강제 출범을 기정사실로 먼저 만들 필요가 있었다. 일단 승강제라는 큰 배가 출항하면 이후 어떠한 풍랑이 닥친다고 해도 항해를 계속할 수 있다는 판단도 있었다. 결국 고심 끝에 '2보 전진을 위해서 1보 후퇴'를 결심했다.

2012년 첫 이사회에서 2013년부터 승강제를 실시한다는 안건이 통과됐다. 다만 첫 해에는 2개 팀이 2부로 내려가고 14개 팀이 1부에 잔류하되, 다음 해인 2014 시즌부터는 1부 리그 팀 수를 12개로 고정하기로 했다. 결국 1부 리그에 12개 팀을 두고 4개팀을 2부로 내린다는 당초 연맹 안을 2년에 걸쳐 순차적으로 시행하는 타협안이 통과된 셈이다. 첫 해에 2개 팀만 강등되므로 승강제 실시 첫 시즌의 2부 리그는 최소 6개 팀으로도 구성할 수 있게 했으며, 1부 구단의 B팀도 2부에 참가할 수 있다는 조항을 추가했다. 혹여 2부 리그 구성이 어려울 경우에 대비한 고육지책이었다.

이로써 역사적인 승강제 실시는 이사회의 벽을 넘어 확정됐다. 참으로 의미 깊은 날이었다. 언론에서는 연맹의 초안이 후퇴한 것에 대해서 비판했다.

과연 1년 뒤 2부 리그가 제대로 구성될 수 있겠느냐는 회의적 시선도 있었다. 하지만 나는 '이제부터 다시 시작'이라는 생각이었다. 어렵게 확보한 남은 1년의 시간 동안 신생팀 창단 및 내셔널리그 팀의 프로화를 유도해 반드시 정상적인 2부 리그 구성을 완료하겠다는 각오를 다시 한번 다졌다. 이사회 통과는 새로운 도전의 시작이었을 뿐이었다.

· · ·

실업연맹의 요청 사항에 대해서도 응답했다. 프로연맹 회원사로 들어오기 위한 가입 절차였던 가입금과 축구발전기금의 벽을 대폭 낮추기로 결정했다. 가입금은 기존의 10억 원에서 5억 원으로 하향 조정했고 창단 팀에 한해서만 받기로 했다. 내셔널리그 팀이 가입할 경우에는 면제해주기로 했다. 30억 원에 달하는 축구발전기금은 폐지하기로 했다.

내셔널리그에서 요구했던 두 가지 가운데 가입 장벽 문제는 해결됐지만 승격 지원금 문제가 남았다. 재정난에 있었던 프로연맹 입장에서는 한국 축구의 '큰 집'격인 대한축구협회의 도움이 절실했다. 나는 조중연 회장과 면담을 갖고 협회의 도움을 정중하게 요청했다. 축구협회도 그동안 승강제 실시라는 대의에 충분히 공감하고 있었기에 어떤 방식으로든 돕겠다는 확고한 의지가 있었다. 협회 입장에서도 '오랜 숙제'를 해결하고 싶다는 마음이지 않았을까. 다만 내셔널리그의 한 팀에게 1년에 10억 원, 3년간 총 30억 원을 지원한다는 것은 결코 쉬운 결정은 아니었다. 고맙게도 조중연 회장은 실업연맹의 요구 사항을 전격적으로 수용했다. 축구협회는 내셔널리그 팀에 승격 지원금을 지급하겠다는 사실을 2012년 3월 6일 공식적으로 발표했다. 이로써 내셔널리그의 요구 사항은 모두 해결됐다.

이제 프로연맹이 '영업'을 하는 일만 남았다. 남은 1년 동안 얼마나 많은 팀의 참여를 이끌어 내느냐는 오롯이 프로연맹의 역량에 달려 있었다. 굉장히 어려운 결정을 담대하게 내려주신 조중연 회장의 결단에 지금도 고마운 마음이 든다.

—— 지성이면 감천, 2부 리그 참여를 위한 설득

앞서 승강제 출범을 한국 축구에서 '하나의 기적'이라고 표현했다. 여러 가지 요소가 전부 맞아떨어져서 가능했다는 측면에서 그렇다. 두 가지 요인이 가장 중요했다고 본다. 먼저 승부 조작이라는 미증유의 외부 충격이 있었다. 이런 위기 상황을 극복하자는 대의명분에 누구도 반대하기가 힘들었다. 또 하나는 연맹 집행부의 치밀한 계획과 실천력이었다. 승강제 성공의 관건은 정상적인 2부 리그 구성에 달려있었다. 2부 구성에 필요한 최소한의 팀이 확보되지 못한다면 최악의 경우 승강제 실시가 유보될 수도 있었다. 예를 들어 2부에 서너 개 팀만 확보됐다면 정상적인 리그 출발이 가능했겠는가. 따라서 연맹은 신생팀 창단, 기존 팀의 프로화에 총력을 기울여야만 했다. 김정남 부총재와 안기헌 총장이 짝을 이뤄 전국 지자체를 마치 장돌뱅이처럼 순회했다. 조금의 가능성이 있는 곳이라면 다리 품 파는 것을 마다하지 않았다. 안기헌 총장은 나중에 "지명도가 높은 김정남 부총재와 함께 다니면서 결정권이 있는 분들과 우호적으로 만날 수 있었다. 김정남 부총재가 워낙 감독으로 유명하니 축구 이야기로 분위기를 잡으면, 내가 준비해간 팀 창단 시 효과 등을 자세히 설명했다. 역할 분담이 잘 이뤄졌다"고 회고했다. 안 총장이 가능성 높은 지자체를 선별해서 보고하면 그때부터 내가 직접 시장을 만나서 설득하는 방식으로 진행했다. 일차 작업을 담당했던 김 부총재와 안 총장이 정말 고생이 많았다. 두 분의 노력이 아니었다면 정상적인 2부 리그 구성이 어려웠을지도 모른다.

．．．

연맹은 다음과 같은 논리로 지자체의 참여를 설득했다. 지자체 소유 경기장이 대부분 유휴 시설로 되어있는데, 이를 적극적으로 활용해 시민들에게 볼거리를 제공하면서 지역 사회의 단합을 이끌어낼 수 있다. 승강제 도입으로 축구 콘텐츠가 풍부해지면 구단의 마케팅적 가치도 높아져 매력적인 투자로 인정받을 수 있다. 승강제 도입을 통해 K리그와 국가대표팀의 경쟁력이 강화되는 공적 기여를 할 수 있다. 승부조작 같은 비리 사태의 방지에도 도움이 된다는 설명도 덧붙였다. 많은 관계자들을 만나면서 조금씩 희망의 공간이 열리고 있다는 느낌을 받았다. 결국 1년 동안의 설득 과정이 하나씩 성과를 내면서 8개 팀이 모일 수 있었다. 연맹이 초안에 상정했던 2부 리그 팀 수가 바로 8개였다.

지성이면 감천이라고 했던가. 모든 축구인들의 염원에 힘입어 8개 팀이 구성됐을 때의 기쁨은 말로 설명하기 힘들다. 한 팀, 한 팀 사연이 없는 경우가 없었다. 연맹의 설득이 통한 경우, 자발적으로 프로에 올라온 경우, 지역 팬의 압력에 동의한 경우 등이 모이고, 또 모였다. 승강제 원년의 2부 리그에 8개 팀이 참가한 것은 그동안 한국 축구가 쌓아왔던 '업력'의 총체적 결과였다. 개인적으로는 10개 팀 정도로 출발했으면 얼마나 좋았을까하는 욕심도 있었지만, 사실 8개 팀도 감사한 결과였다.

2부 리그 참여를 설득하는 과정에서 최대호 안양시장과 김만수 부천시장을 만나서 이야기를 나눴던 일은 특히 기억에 남는다. 두 분은 예전에 연고 프로팀을 보유했던 시절이 있었기에 프로축구에 대한 이해도가 매우 높았다.

최대호 안양시장은 굉장히 열정적이었다. 그는 LG 치타스가 서울로 연고를 옮긴 것에 대해 강한 아쉬움을 토로하면서 2부에 참여하면 빠른 시일 내

FC안양 창단을 주도한 최대호 전 안양시장의 창단식 모습 (2013)

에 1부에 승격해 FC서울과 라이벌전을 하고 싶다고 말했다. FC안양이 2부 원년 멤버로 참여한 지 10년이 넘었고, 늘 적지 않은 투자를 하고 있음에도 아직도 1부에 승격을 못해 FC서울과의 더비가 성사되지 않고 있다. 축구는 정말 마음먹은 대로 되지 않는다. FC안양 창단을 위해서는 지원 조례가 시의 회를 통과해야 하는데, 찬반이 박빙인 상황에서 세 번이나 부결이 됐다. 연말 마지막 의회 일정에서 캐스팅 보트를 쥔 한 의원을 설득하기 위해서 김정남 부총재가 그 의원이 입원한 병실까지 찾아가 설득하기도 했다. 이런 정성으 로 시의회 통과가 가능했다. 창단식에서 최대호 시장이 축구단의 깃발을 흔 드는 모습을 보면서 가슴이 찡했다.

부천시의 경우 부천 SK가 제주로 연고를 이전한 뒤 지역 팬들이 팀 재건 을 위해 자발적으로 부천FC1995를 창단했고, 2008년부터 K3리그에 참여하 고 있었다. 이 와중에 2부 리그가 만들어진다고 하니 부천FC를 프로화 하겠 다는 지역 팬들의 열기가 대단했다. 김만수 부천시장이 이런 진정성 넘치는

부천FC 프로리그 진출이라는 큰 결단을 내린 김만수 전 부천시장 (2018)

팬들의 열망을 수용해 프로화를 결단하고, 시의회를 설득하는 수고를 아끼지 않았다. 이런 열정 넘치는 지자체장들의 결단이 없었다면 2부 리그 출범은 쉽지 않았다.

리그 참가가 끝내 성사되지는 못했지만 구미시의 행보도 인상적이었다. 구미시가 매우 적극적으로 2부 팀 창단을 검토하고 있다는 보고를 받고 남유진 시장을 직접 만나 감사의 마음을 전하기도 했다. 이후 남 시장이 9월 11일 연맹 사무실을 방문해 가입 신청서를 제출한 뒤 기자회견을 통해 "구미는 평균연령이 34세이고, 매년 인구가 1만 명씩 늘어나는 역동적인 도시이다. 이번이 프로팀 창단의 호기라고 판단했다"고 말했다. 하지만 기자회견 직후인 9월 27일 구미 4공단에서 예기치 못한 불산가스 누출 사고가 발생하면서 창단 계획이 취소됐다. 돌발적인 사고에 따라 어쩔 수 없는 상황이었지만 연맹 입장에서는 너무 안타까운 일이었다.

연맹은 창단 유도를 위해서 기업보다 지자체를 우선시하는 전략을 구사했다. 1996년 수원 삼성 이후 기업 구단 창단이 전혀 없었고 이후 K리그의 양적 팽창은 시도민 구단이 주도했던 현실을 고려한 전략이었다. 다만 기업도 가능성이 있다고 판단되면 꾸준히 접촉했다. 그 가운데 하나가 이랜드 그룹이었다. 여성 기업인 박성경 부회장을 직접 만나서 국내 프로축구의 미래 가치에 대해서 설명하면서 창단을 권했다. 1990년대 명문 실업팀을 운영했던 이랜드그룹은 신생팀 창단에 상당한 관심을 보였지만 원년 시즌에 맞추는 것은 쉽지 않았다. 하지만 이 만남이 계기가 되어 이랜드그룹은 2014년 4월 프로팀 창단을 공식 발표했다. 서울 연고 프로팀인 이랜드가 생겨나게 된 것도 2부 리그 구성을 위해 노력했던 과정에서 얻어진 또 다른 소득이었다.

—— 8개 구단으로 출발한 K리그 최초의 2부 리그

2012년 연말 2부 리그 원년 멤버를 구성할 8개 팀이 모두 모였다. 순수한 신규 창단 팀은 FC안양이 있었다. 실업축구 내셔널리그 소속에서 2부에 올라온 팀은 수원FC와 충주 험멜이었다. 아마추어인 챌린저스 리그에서 뛰었던 부천FC와 고양 Hi FC도 2부 리그 참가를 결정했다. 여기에 1부에서 광주 FC와 상주 상무가 2부로 내려왔다. 또 상무 외에 경찰청이 2부에 새롭게 합류했다. 기존 프로 구단의 B팀이 없이도 당초 계획대로 8개 팀으로 2부 리그 출범이 가능해졌다. 마침내 무거운 짐을 내려놓는 기분이었다.

· · ·

내가 마지막까지 노심초사했던 부분은 강등 팀의 거취였다. 시도민 구단을 중심으로 강등된 팀은 해체할 수도 있다는 우려를 많이 들었던 터라 '만의 하나'를 걱정하는 마음이었다. 상주 상무가 성적에 상관없이 2부로 강등된다는 연맹 결정에 반발해 한 때 팀 해체를 검토하는 소동이 벌어졌지만 다행히 국내 축구 발전을 위한 대의로 2부 강등을 수용해 주었다. 상무 외에 최하위 성적으로 최초 강등 팀의 불명예를 안게 된 팀은 광주FC였다. '혹시나' 하는 걱정이 들었지만 광주시는 강등에도 변함없이 축구단을 지원하겠다는 입장을 보였다. 승강제 논란에서 가장 우려했던 사태는 결국 일어나지 않았다. 강등을 당한 팀의 아픔은 남의 일이 아니었지만, 이것이 바로 승강제가 노리는 목표였다. 살아남은 팀은 안도하면서 내년 시즌을 준비하고, 강등된 팀은 절치부심 다시 승격에 도전하는 것이다. 그런 면에서 승강제 실시를 위한 2012년의 준비 시즌은 멋지게 마무리됐다.

연맹은 2013년 1월 이사회에서 승강제가 뿌리내릴 때까지 강등 팀에 지원금을 주는 안건을 통과시켰다. 이로써 강등 팀은 1년 차에 3억 원, 2년 차에 2억 원 등 최대 5억 원을 보전받을 수 있게 됐다. 엄청난 금액은 아니었지만 승강제 정착을 위한 연맹의 성의로 해석할 수 있었다.

· · ·

승강제 원년 개막을 앞두고 나는 대한축구협회장 선거에 출마해 당선됐다. 협회장이 된 뒤에도 한동안은 연말 강등 팀이 결정될 때마다 '혹시나' 하는 마음이 드는 것은 어쩔 수 없었다. 여러 가지 우려 속에 승강제를 강행했던 사람의 책임감이었다고나 할까. 2014년부터 1부 리그 팀이 12개로 고정되면서 자연스럽게 2부 리그 팀 수도 두 자릿수를 넘게 됐다. 승강제 실시가 만 10년이 넘었으니 이제는 제도로서 완전히 뿌리를 내렸다고 해도 과언이 아니다. 정말 보람을 느끼지 않을 수 없다.

승강제 도입 과정에서 시도민 구단의 반발이 거셌던 이유는 기업구단 대신 시도민 구단만 강등당할 것이라는 불안감이 컸기 때문이었다. 그 당시만해도 기업구단과 시도민 구단의 예산 차이가 확연했다. 예산과 성적은 정비례할 가능성이 높으니 시도민 구단의 걱정도 기우만은 아니었다. 승강제 도입 10년이 지난 지금은 도입 시 예측과는 전혀 다른 세상이다. 강등의 공포는 기업구단과 시도민 구단을 가리지 않고 공평하게 존재한다. 과감하게 투자하는 시도민 구단이 생겨났고, 투자 여력이 줄어든 기업구단도 있다. 예전 같은 획일적인 구분은 이제 무의미해졌다. 누가 떨어져도, 또는 누가 올라가도 이상하지 않다. 진정한 승강제의 시대가 열렸다고 해도 과언이 아니다.

10년의 시간이 쌓이면서 구단마다 승강제에 관련된 애절한 스토리도 더해지고 있다. 내가 운영하는 부산 아이파크도 예외는 아니었다. 2023년 부산 아이파크와 승강 플레이오프를 치렀던 수원FC의 최순호 단장은 "강등되지 않는다는 보장만 있다면, 승강 플레이오프는 가장 경험해볼 만한 경기"라고 말했다. 그런데 그것을 누가 보장할 수 있겠는가. 이제는 승강제의 순기능에 이의를 제기하는 축구인은 한 명도 없을 것이다.

현재 1부에 12개 팀, 2부에 13개 팀이 있다. 2부 소속 팀이 조금 늘어났으면 좋겠다. 하위 리그의 토대가 더 단단해졌으면 하는 바람이다. 2부에서 1부에 승격하기 위한 경쟁이 최근 몇 년 사이 굉장히 치열해졌다. 반면 2부 하위권 팀들의 경쟁력이 떨어지고 있는 현상이 벌어지고 있어 안타까웠다. 2부 리그에 새로운 자극과 경쟁 마인드를 심어주기 위해서는 K3 리그와의 승강제가 도입돼야 한다. 그래야 매너리즘에 빠진 2부 하위권 팀도 더 노력하게 되고, 상위리그 진출을 위해서 K3 리그 팀들도 더 많은 준비를 하게 될 것이다. 다행히 프로연맹과의 합의를 통해서 2026년 시즌의 성적을 바탕으로 2027년부터는 2부와 3부 사이에도 승강제를 실시하기로 했다. 그 부분은 17장에서 자세히 설명할 것이다.

· · ·

어떤 분들은 승강제가 '축구행정가 정몽규'의 최대 치적이라고 말씀해 주신다. 그런 평가를 들을 때면 쑥스러운 마음이 든다. 승강제는 어느 개인이 만든 시스템이 아니다. 축구계 전체가 대의명분에 동감했고, 당시의 프로축구연맹 임직원들이 똘똘 뭉쳐서 열심히 일한 결과다. 이전에 이미 했어야 하는 일이, 여러 가지 이유로 그때까지 미뤄진 것일 뿐이다. 나는 바로 그 시기에 연맹 총재로 있었기에, 마땅히 해야 할 일을 했다. 승강제를 추진하는 과정에서 연맹 총재로서 한계도 조금 느꼈다. 한국 축구 전체의 틀을 바꾸기 위해서는 좀 더 넓고 높은 차원에서 시도해야 할 일들이 많았다. 그때 느낀 점들이 나중에 대한축구협회장 선거에 출마하게 되는 동기 가운데 하나가 됐다.

제5장

저연령 선수
의무출전 제도를
도입하다

—— 구단주로서의 경험, 혁신적 제도를 낳다

한국프로축구연맹 총재를 맡고 나서 개인적으로 가장 시도해 보고 싶은 정책이 하나 있었다. 나의 소신과 축구 철학이 가장 잘 녹아있는 정책이라고 할 수 있다. 바로 젊은 선수들에게 보다 많은 출전 기회를 주는 것이었다. 이를 제도적으로 정착시키고 싶었다. 우리나라의 뿌리 깊은 장유유서 문화를 고려하면 캠페인 정도로는 성과를 낼 수 없다고 판단했다. 하나의 새로운 문화로 정착될 때까지는 '강제'하는 방식이 불가피하다고 생각했다. 구단주로서의 내 경험과 고민이 이 정책에 담겨있다.

· · ·

나라마다 서로 다른 축구 문화가 있다. 유럽 선진 리그는 유소년 육성 시스템이 잘 마련되어 있다. 또 기량에 따라서 10대 후반에 일찌감치 프로에 뛸 수 있는 기회를 얻는다. 웨인 루니나 메시는 16세 때 이미 1군에 발탁돼 경기에 출전했다. 맨체스터 유나이티드 유스팀 출신인 데이비드 베컴도 18세에 1군에 호출됐다. 이들처럼 특출한 기량의 소유자들만 일찍 프로 데뷔 기회를 잡는 것은 아니다. 유럽은 일반적으로 어린 선수를 키우고, 그들에게 기회를 주는 게 자연스러운 문화다. 나이에 따라 먼저 기회가 주어지지 않는다. 형, 동생을 따지지도 않고 형이 먼저 해야 한다는 개념도 없다. 반면 우리는 다르다. 국내 프로축구는 오랜 기간 베테랑과 고참 선수 위주로 운영됐다. 연공서열을 중시하는 우리의 문화가 축구 클럽에도 자연스럽게 침투했다. 고참을 우대하는 풍토, 팀 내 서열이 강조되는 분위기에서 어린 선수에게 기회가 잘 주어지지 않았다.

프로축구가 만들어진 태생적 차이도 영향이 있다. 유럽은 오랜 기간에 걸쳐서 자연발생적으로 프로팀과 리그가 생겨났다. 우리는 1980년대 초반이라는 특정 시점에 정부의 요구로 프로리그가 만들어졌다. 정부가 관심을 가지니 기업들이 팀을 창단했다. 기업 입장에서는 돈을 벌기 위해서 프로팀을 만든 게 아니었다. 반면 프로팀 입장에서는 모기업이 필요한 예산을 모두 지원해 주고 적자를 메워주니 치열하게 돈 벌 고민을 할 필요가 없었다. 지역 정착에도 관심이 별로 없었다. 그래서 팀의 존재 목적을 오로지 성적에서만 찾게 됐다.

이번 시즌의 성적이 가장 중요하니 '지금 당장(right now)' 기량이 제일 좋은 선수를 써야 했다. 그들은 대개 경험 많은 고참 선수들이거나 몸값이 비싼 외국인 선수였다. 단기적 성과에 급급하는 구단 운영에서 미래를 위한 투자나 배려는 찾기 힘들었다. 어린 선수, 젊은 선수에게 주어지는 기회와 공간은 좀체 확보되지 못했다. 가뜩이나 서열을 중시하는 분위기에 성적 지상주의까지 더해지니 유망주보다 고참을 선호하는 풍토가 더욱 굳어졌다. 심하게 표현하면 하루살이 같은 식의, 아니 '한 시즌살이식' 구단 운영이 대부분이었다.

2011년 한국프로축구연맹 총재에 취임했을 때 나는 이미 부산 아이파크 구단주를 10년 이상 경험하고 있었다. 구단주로서 축구단 운영을 지켜보면서 몇 가지 궁금증도 생겼다. 새로 부임한 감독은 대부분 이전 감독 시절에 구성된 스쿼드의 대폭 교체를 원했다. 예외가 별로 없었다. 왜 선수단을 대거 교체하려고 하는지 자세한 설명도 없었다. 이런 관례를 이해하기 힘들었다. 적당한 비유인지는 모르겠지만, 회사 CEO가 교체됐다고 사내 유능한 인재를 대폭 물갈이하지는 않는다. 오히려 기존 멤버를 효율적으로 활용하면서, 모자란 부분만 보강하는 게 유능한 CEO를 평가하는 기준이 될 수 있다.

감독은 선수단의 CEO라고 할 수 있다. 그런데 기존 멤버도 효율적으로 활용하려는 CEO와는 달리 감독은 거의 새판 짜기를 원했다. '자기가 직접 영입한 선수가 자신에 대한 로열티가 강하기 때문인가' 하는 생각도 했다. 당장 결과를 낼 수 있는 국내 유명 선수나, 비싼 외국인 선수의 영입을 요청했다. 구단 프런트와 협의해 유망주를 체계적으로 키우겠다는 보고를 받아본 기억은 거의 없다. 유소년 육성을 위한 시스템을 강화하고 이를 통해 키워진 젊은 선수에게 기회를 주는 제도가 필요하다는 인식이, 10년 넘게 구단주를 하는 사이에 조금씩 내 머릿속에 쌓여갔다.

국내 프로구단 가운데 유소년 육성에 가장 관심이 많았던 팀은 포항이었다. 제법 선진적인 시스템을 일찌감치 도입했다. 포항은 1984년 포항제철중학교 축구팀을 창단한 이후 1985년 포항제철공고에, 1988년 포항제철초등학교에 각각 팀을 만들어 국내에서는 처음으로 연령대별 팀을 완비했다. 이후 2003년에는 각 학교에서 관리하던 팀들을 포항 구단 산하 팀으로 소속을 변경해 국내 최초로 U-12(초등) ~ U-15(중등) ~ U-18(고등) 팀이 프로팀까지 연계되는 유소년 육성 시스템을 구축했다. 이 시스템 아래에서 화수분처럼 성장한 많은 선수들이 포항 축구와 한국 축구를 빛냈다. 포항의 사례는 이후 몇몇 팀이 벤치마킹했고, 2008년부터는 한국프로축구연맹이 모든 구단에 연령대별 유소년 클럽 시스템을 의무화하기에 이르렀다. 내가 연맹 총재를 맡기 불과 3년 전의 일이었다.

초·중·고 연령대별 유스팀이 프로와 연계되는 유소년 육성 시스템이 연맹의 의무화 조치로 모든 구단에 마련됐지만, 실제로 이 시스템을 통해 성장한 선수들이 얼마나 소속 프로 구단에서 기회를 얻고 있는지에 대해서는 조금 회의적이었다. 단기 성적을 중시하는 구단 분위기, 연공서열을 먼저 따지는 팀 문화 등 유스 시스템에서 커온 선수들이 넘어야 할 현실적인 벽이 너무 높았다. 나는 전임 집행부에서 유소년 시스템의 토대를 만들어 놓았으니, 이를 기반으로 성장한 선수들에게 실질적 기회를 주고 싶었다. 2012년 9월 11일 연맹 이사회가 의결한 'U-23 선수 의무출전 제도'가 바로 그 결과물이었다.

── 상생과 발전을 막는 뿌리 깊은 고참 선호 문화

어리고 젊은 선수들에게 기회를 덜 주는 것은 비단 프로에만 적용되는 이야기는 아니다. 초중고 학원 축구에서도 마찬가지다. 이러한 현상의 뿌리에는 한국 축구의 성적 지상주의가 도사리고 있다. 팀이 성적을 내겠다는 것 자체가 나쁜 것은 물론 아니다. 하지만 지금 당장의 성적만을 위해서 미래를 도외시하는 것은 다른 차원의 문제다. 우리네 학원 축구에서 제일 중요한 것은 진학이다. 상급 학교에 많이 선수를 보내는 것이 가장 중요하고 그러려면 성적을 내야만 한다. 승리만을 위해 고입, 대입에 유리한 것만 계속 연습하다 보니 개인기나 기량 향상에 힘쓰기보다는 팀 전술이나 패턴 연습만 자꾸 하게 된다. 화려한 개인기는 좀처럼 보기 어렵다. 중고 시절 경기를 할 때 드리블로 돌파를 시도하거나 개인기를 자주 펼치면 다음부터 감독이 경기에 잘 내보내지 않는다. 선수들이 개인 기량을 마음껏 드러내고 새로운 것을 시도할 환경이 마련되지 않는다. 대학 입학이 중요한 고등부의 경우 1학년에는 거의 기회가 돌아가지 않고 주로 진학이 급한 3학년 위주로 출전 멤버를 짜게 된다. 고학년 학부모들의 출전 요구도 매우 강력하다. 감독도 결국 재능 있는 어린 선수에게 기회를 주기보다는 고학년 위주로 출전시킨다. 옛날보다는 많이 개선됐지만 각종 연령대별 대회의 경우에도 기준 나이보다 한두 해 어린 선수들은 거의 제외되는 것이 일반적인 관행이었다. 초중고 팀은 힘 좋고 또래보다 빠른 선수들을 위주로 좋은 성적을 내는 데 주력하는 경우가 많아서 상대적으로 작은 선수나 기술이 좋은 선수들은 소속 학교에서 주전이 되거나 연령대별 국가대표에 선발되기가 쉽지 않다. 과거 국가대표팀의 주전이었던 박지성이나 현재의 황인범처럼 체격이 크지 않으면서 기술이 뛰어난 선수들이 한 번도 연령대별 유소년, 청소년 대표팀에는 뽑힌 적이 없다는 점은 시사하는 바가 크다고 할 것이다.

. . .

U-23 선수 의무출전 제도는 이후 U-22, U-21 등으로 확대되기에 앞으로 '저연령 선수 의무출전 제도'로 통일해서 설명하겠다. 이 제도를 도입했던 이유는 대략 두 가지였다. 선수의 시각과 구단의 시각에서 모두 변화를 이끌어내고 싶었다.

먼저 젊은 선수에게 보다 많은 출전 기회를 제도적으로 보장하고 싶었다. 이 제도를 통해 젊은 선수들이 점차 성장하면 중장기적으로 한국 축구 전체의 파이가 커진다고 판단했다. 젊은 선수들의 출전을 의무화하는 것이 일시적으로 개별 팀에게 '전력 손실'의 측면이 있다고 해도, 모든 팀에게 동일하게 적용되는 규정이니 공정성 문제도 어느 정도 해결된다고 봤다.

앞 장에서 축구 정책에서 현실주의적 접근과 이상주의적 접근에 대한 내 생각을 밝혔다. 이 제도를 이상적으로 표현한다면 대략 이럴 것이다. '어린 선수들에게 보다 많은 기회를 준다 - 기회를 얻은 선수들이 잘 성장한다 - 경쟁력을 갖게 된 선수들이 보다 일찍 유럽 무대에 진출한다 - 이런 선수들의 개인적인 발전이 모여서 국가대표팀 경쟁력도 강화된다'

대략 이런 선순환 구조를 만들고 싶었다. 개인에도, 구단에도, K리그에도, 국가대표팀에도 모두 도움이 되는 방향이라고 믿었다. 누구는 너무 이상주의적 발상이라고 할지도 모르겠다. 현실을 너무 모르는 이야기라고 한 사람도 있었다. 준비 기간까지 합치면 이 제도가 도입된 지 이제 10년이 넘었다. 이상적 발상으로 시작한 제도였지만 분명 현실적 성과를 뚜렷하게 냈다고 생각한다. 그 이야기는 나중에 다루겠다.

또 하나는 이 제도를 통해 구단 경영진의 의식 구조에도 변화를 주고 싶었다. 원래 사람들의 생각은 좀처럼 바뀌지 않는다. 오히려 제도를 먼저 바꾸는 것이 생각의 변화를 견인할 수 있다. 이런 사례는 꽤나 많다. K리그는 출범 이래 오직 성적 지상주의에 따른 구단 운영을 했다. 단기 성적을 내기 위해 비싼 선수들이 필요했고, 이는 재정 부담을 악화시켰다. '성적 지상주의 – 베테랑 선호 – 재정 부담 악화'라는 악순환의 고리를 끊어야 했다. 성적을 내기 위해 비싼 외국인 선수에게 과도한 예산을 쓰는 관행도 문제였다. 외국인 선수 영입은 성공 확률이 결코 높지 않은 비즈니스다. 전형적인 '하이 리스크 하이 리턴' 사업이다. 구단들이 여기에 올인하는 경향이 심했다. 외국인 선수 영입 과정에서의 투명성 부족도 문제였다.

저연령 선수 의무 출전 제도는 유소년 육성 시스템 활성화를 통해서 선수 수급 과정에 드는 과도한 비용을 절감하자는 의도도 있었다. '고비용 저효율' 구조를 당연하게 여겼던 구단들의 운영 패턴을 미래 지향적으로 바꾸는 계기가 필요했다.

저연령 선수 의무 출전 제도가 이사회를 통과하는 과정에서도 승강제 때만큼은 아니었지만 일부 구단의 반대가 있었다. 축구계는 자유경쟁 시장이 특성인데, 특정 조건의 강제 조항을 두는 것은 시장 논리에 위반된다는 주장이었다. 예를 들자면, "개별 팀과 감독의 자율적 권한을 연맹이 침해한다"거나 "성적을 위해서는 가장 능력이 있는 선수를 출전시켜야 하는데, 나이가 어리다는 이유만으로 출전을 의무화하는 것은 역차별"이라는 주장 등이 있었다. 일부 구단은 어린 선수를 뛰게 하고 싶어도 프로 경기에 출전할 수준의 선수가 별로 없다는 의견을 냈다. 구단 입장에서는 할 수 있는 주장이었다.

연맹도 구단 별로 프로 경기에 투입할 수 있는 젊은 선수들의 준비 과정

저연령 의무출전에 따른 어린 선수들의 성장으로 아시안게임 3연패 쾌거를 이룸 (2023, 항저우)

이 필요하다는 것에 동감해 2013~2014년의 준비 기간을 둔 뒤 2015년부터 U-23 선수 1명을 의무적으로 출전시키기로 했다. 준비 기간인 2012년에는 U-23 선수 1명을 출전 선수 엔트리에 등록하고, 2013년에는 2명을 등록하는 등 단계적 준비가 가능하도록 했다. 이 제도의 취지와 미래 지향적 가치에 대해 대부분 이사들이 동감해 주었기에 큰 마찰 없이 이사회를 통과할 수 있었다.

—— 가장 한국적인 로컬 룰, 왜 출전을 '강제'했는가

내가 연맹 총재를 처음 맡았을 때는 축구계 내부 상황을 정확히 모르거나 안목이 부족한 부분이 있어서 주변 분들의 조언에 많이 의지했다. 새로운 제도의 아이디어도 전문가들의 의견을 경청하면서 얻어낸 것들이 많았다. 하지만 저연령 선수 의무출전 제도만은 오롯이 내 생각을 반영했다고 해도 과언이 아니다. 내가 먼저 낸 아이디어를 연맹 실무진들이 해외 사례 조사 등의 연구 과정을 통해 구체화시켰다. 그러다 보니 벤치마킹할 만한 해외 사례가 별로 없어서 실무진이 골치 꽤나 아팠다는 소리를 들었다. 아마도 해외리그 관계자들은 나처럼 출전을 '강제'한다는 발상까지는 하지 않았던 것 같다. 어린 선수에게도 자연스럽게 출전 기회를 주는 문화가 이미 있었으니 말이다. 안기헌 총장도 주변에 "저연령 선수 의무 출전 제도는 회장의 생각을 제도화한 대표적 사례"라고 설명했다고 한다.

나는 이 제도의 핵심은 '의무'에 있다고 생각했다. 한마디로 출전을 '강제'한 것이 포인트였다. 2012년 이 제도를 위해 연맹이 해외 사례를 조사했을 때 그나마 비슷한 것은 호주 리그에서 출전 엔트리에 저연령 선수 1명을 등록하는 경우가 있었다. 호주도 출전을 '강제'한다는 발상까지는 나가지 못했다.

최근에는 우리와 비슷한 사례가 제법 생겨났다. 어쩌면 한국의 성공을 벤치마킹한 경우라고 할 수도 있다. 싱가포르 리그는 선발 명단에 최소 한 명의 U-23 선수가 포함되어야 한다. 일본은 리그컵 대회에 U-21 선수 1명을 의무적으로 출전시킨다. 중국은 선발 명단에 포함된 외국인 선수 수만큼 U-23 선수를 출전시켜야 하는 규정이 있다. 10여 년 전에 비해서는 비슷한 취지의 제도가 여기저기 생긴 셈이다. K리그가 이 제도를 처음 도입했을 때 선수 출전을 '강제'하는 조항은 세계적으로도 희귀했다. 그런 점에서 이 제도는 우리만의 독특한 현실과 문화를 반영한 지극히 '한국적인 로컬 룰'이라고 할 수 있겠다. 나의 구단주 경험에서 아이디어가 나왔으니 그럴 법도 했다.

· · ·

울산, 전북 구단주 시절과는 달리 부산 구단주로서는 축구단 운영에 관심이 많았다. 적지 않은 시간을 투여해 내 나름대로 구단 운영의 새로운 모델을 찾기 위한 고민도 했다. 유럽에서는 축구판의 생리를 너무 잘 아는 전문 경영인이 구단을 운영한다. 구단이 처한 위치와 예산에 따라 합리적 경영을 한다. 유망주를 키우거나 영입해서 가치를 높인 뒤 빅 클럽에 파는 것을 주업으로 삼는 '셀링 구단'도 가능한 생태계다. 반면 국내 구단은 전문 경영인이 드물다. 구단 내부에서 프런트로 성장해 CEO까지 되는 경우는 거의 없다. 과거에는 기업구단이나 시도민 구단 모두 '낙하산 사장'이 대부분이었다. 전문성이 떨어지는 CEO가 많고, 그나마 임기도 길게 보장되지 않다 보니 구단의 중장기적 미래를 준비하는 경우가 드물다. 단기 성과를 내기 위해 고연봉의 베테랑 위주로 선수단을 구성한다. 돈을 버는 게 목적이 아니니 경영 합리화를 기대하기도 힘들다. 얼마 전까지만 해도 이게 국내 구단의 냉정한 현실이었다. 대부분 구단이 이런 형편이니 각 구단의 합리적 선택이 모여서 리그 전체에 도움이 되는 공공선을 창출해내기가 어려웠다. 결국 연맹이 리더십을 발휘해야 한다고 판단했다.

제도 개혁과 시행을 통해서 리그 전체의 파이를 키우는 게 맞다면, 약간의 강제성이 동반되는 것도 불가피했다. 각 구단의 합리적 판단만으로 젊은 유망주에게 기회를 주는 분위기가 보편화되기는 어렵다고 봤다. 오히려 연맹이 그런 부분을 제도적으로 의무화하는 게 개별 구단을 실질적으로 돕는 방법일 수 있었다. 한국 축구 전체의 파이도 커지는 길이었다. 이런 제도가 정착되고 성과를 낸다면 반대로 구단 경영진의 의식도 변할 수 있다고 기대했다. 유소년 시스템을 통해 성장한 선수들이 프로에서 많이 뛰게 되면 팬과 선수들의 연고 의식을 높이는 데 도움이 될 것이라는 계산도 있었다. 미래를 내다보는 투자가 성과를 내고, 그 성과를 바탕으로 미래 자원에 다시 투자하는 선순환 구조를 만들면, 유망주 육성과 지역 밀착이라는 두 마리 토끼를 잡을 수 있었다. 최소한 그런 의식이 K리그 구단의 모든 구성원들에게 퍼지기를 바랐다.

조금 다른 이야기를 하나 하겠다. 건설 회사를 오래 운영하다 보니 건축에도 관심이 많다. 한때 언론에서 나의 경영 스타일을 두고 '디자인 경영'이라고 평가하기도 했다. 나는 건축물에서도 소비자의 감성을 움직일 수 있는 차별화된 디자인을 강조했다. 인테리어, 조경, 색채 등 디자인 전 분야에서 특성화가 필요하다는 판단에서 국내외 유명 건축가들과 다양한 협업을 진행했다. 그 결과물이 지역 내 랜드마크로 유명한 서울 삼성동 아이파크, 부산 해운대 아이파크 같은 곳이다.

그런데 유명 디자이너와의 작업에서 흥미로운 경험을 했다. 이들과 비즈니스 미팅을 하다보면 꼭 특정 브랜드 제품을 고집하는 경우가 있었다. 유명 디자이너일수록 그런 경우가 많았다. 비슷한 품질의 다른 제품을 쓰려고 하면 절대로 받아들이지 않았다. 자신이 추천하는 브랜드를 써야만 일이 진행됐다. 세상의 어느 분야에서도 그런 '관계의 구조'가 일정 부분 있다고 생각한다. 하지만 이런 구조가 본질까지 훼손해서는 안 된다고 믿는다. 이런 '관계의 구조'를 깨는 개혁을 지속적으로 실행하고 싶었다.

저연령 선수 의무출전 제도의 경우에도 '강제'하지 않는다면 베테랑을 선호하는 오래된 구조를 흔드는 것이 어렵다고 판단했다. 어린 선수에게 기회를 주는 것이 어느 정도 '인식으로서 자리 잡힐 때'까지는 제도로 강제해야만 변화의 실마리를 잡을 수 있다고 여겼다. 유럽에서는 10대 후반이면 쉽게 프로 데뷔 기회를 잡을 수 있는데, 우리는 22살이나 23살이 되는 선수들도 '아직 어리다'고 취급한다. 이런 구조는 무언가 잘못됐다고 오랜 기간 생각했다. 그 고민의 결과물이 이 정책으로 나타났다.

· · ·

축구뿐만 아니라 어느 분야나 기존 시스템과 체제는 아무래도 기득권층에 유리하다. 이에 대한 흥미로운 사례가 최근 생겼다. 국내 프로야구에서 2024년부터 ABS(자동 투구 판정 시스템)을 도입했다. 말하자면 기계 심판이다. 포수 뒤의 주심이 스트라이크와 볼을 판정하던 것을 기계가 맡게 됐다. 사람이 판정할 때는 일부 선입관 내지 편향이 작용할 수 있다. 기계에게는 그런 것이 없다. 선입관이나 편향은 보통 스타 선수나 베테랑에게 유리하게 작용하기 마련이다. ABS를 도입한 뒤 재미있는 통계가 나왔다고 소개하는 한 칼럼을 흥미롭게 봤다. 이 칼럼에 따르면 국내 타자의 OPS(출루율+장타율) 상위권 30명에서 30세 이상은 줄고, 25세 이하는 늘었다고 한다. 투수 부문에서도 비슷한 현상이 벌어졌다는 것이다. 칼럼을 쓴 필자는 이런 현상이 벌어진 이유로 ABS 도입을 꼽았다. 그는 조심스럽게 "(사람이 하는)판정의 '엘리트 편향'은 베테랑 스타에게 유리했던 것 아닐까. 모든 전통적 시스템은 기득권에 유리하게 작동하기 마련이다. 편향이 제거되니 25세 이하 선수들이 활약한다"고 지적했다. 내가 축구에서 저연령 선수를 의무 출전시키려고 했던 이유도 우리 축구계의 '엘리트 편향이 고참 선수에게 유리하게 작동하고 있다'고 판단했기 때문이었다.

—— 히딩크와 클린스만이 마주친 '한국적' 사례

우리나라는 축구팀 안에서도 연공서열을 강조하는 문화가 강했다. 거스 히딩크 감독이 한국 국가대표팀을 맡은 뒤 취임 초기에 있었던, 이제는 너무나 잘 알려진 유명한 일화가 하나 있다. 훈련할 때마다 선수들에게 선후배 상관없이 누구나 서로 이름만 부르게 했다는 것이다. 그렇게 강제해야 할 정도로 팀 내에 서열 문화가 뚜렷했다. 이방인의 눈으로는 훈련에 방해가 될 정도로 그 문화의 뿌리가 깊었다는 뜻이다. 축구뿐만이 아니다. 회사도 마찬

가지다. 지금은 많이 나아졌다고 하지만 직급이나 능력보다는 입사년도에 따른 경직된 서열 문화가 일반적이다. 조선 시대부터 이어진 유교식 서열 문화가 오랫동안 자리잡았다. 사회 전반적으로 젊은이들에게는 기회가 덜 돌아가고 있다. 조직에 새로운 사람을 쓰기보다는 고참 위주로 운영됐다.

오직 능력만 본다는 프로 스포츠계에서도 감독들은 고참 선수를 얼마나 잘 다루느냐에 따라 평가가 달라졌다. 축구뿐만 아니라 나라 전체가 그런 식이다. 구단 자율에 맡겨서는 미래를 향한 변화가 더딜 수밖에 없었다.

위르겐 클린스만 감독이 부임한 이후 벌어졌던 국가대표팀 수비수 김민재 선수의 사례도 흥미롭다. 김민재는 나폴리에서나, 바이에른 뮌헨에서나 수비 라인을 이끌 때는 단연 자신이 리더가 된다. 그래야만 효율적인 수비 라인의 지휘가 가능하다. 나이순이 아니라 실력순(말하자면 실력을 반영한 연봉순)으로 이런 리더십이 주어지는 게 유럽 팀들의 보편적 문화다. 이랬던 김민재가 대표팀에 오면 어느 순간 갑갑증을 느꼈던 모양이다. 소속팀에서

처럼 마음껏 수비 라인을 리드하는 것이 아니라 선배들 사이에 다소 주눅도 들고, 자신의 능력을 마음껏 발휘하는 데 제약이 있다고 느꼈던 것 같다.

2023년 3월 28일 김민재는 우루과이와의 평가전이 끝난 뒤 돌연 "지금 힘들고 멘털적으로 무너졌다. 대표팀보다 소속팀에 집중하고 싶다"며 국가대표팀 은퇴를 시사하는 듯한 발언을 해서 축구계를 깜짝 놀라게 했다. 클린스만 감독이 경기 이후 나폴리로 날아가 김민재와 일대일 면담을 했다. 이 자리에서 김민재의 고민과 솔직한 의견을 청취했고, 가능한 범위 내에서 그의 의견을 대표팀 운영에 반영했다고 한다. 이후 더 이상 이런 종류의 잡음은 나오지 않게 됐다.

클린스만 감독은 선수 시절 당대 최고의 스타 플레이어였다. 이런 화려한 경력 때문인지 국가대표팀은 실력순으로 운영되어야 한다는 소신이 확고했다. '김민재의 대표팀 은퇴 시사 발언'도 어쩌면 대표팀내 서열 문화가 가져온 해프닝이었을지도 모른다. 클린스만 감독은 연공서열이 아닌 실력 위주의 운영 방침으로 이 해프닝을 잠재운 셈이다. 나중에 이야기하겠지만 이러한 것이 또 다른 논란을 낳기도 했다.

—— 저연령 선수 출전 의무화의 가시적 성과

2013~2014년 2년간의 준비 기간을 거쳐 2015년부터 시행된 저연령 선수 의무출전 제도는 이후 대상과 폭이 점차 확대됐다. 2015년 의무출전 한 명에 대해서 1부는 U-23, 2부는 U-22로 차이를 뒀던 것을 2019년부터 U-22로 통일했다. 또 2020년에는 군경팀까지 의무출전을 확대했다. 2021년 국제축구평의회(IFAB)가 교체 카드 수를 기존의 3장에서 5장으로 늘리면서 K리그도 이 변화를 수용해 U-22 선수를 2명 이상 선발 및 교체 출전 시 총 교체

인원을 5명까지 허용하는 로컬 룰을 적용했다.

저연령 선수 의무출전 제도는 승강제처럼 총재 재임 시절 이사회 의결을 통해 확정됐지만, 내가 임기 도중 대한축구협회장이 되면서 실제로는 후임 집행부를 통해 시행됐다. 다행히 한국프로축구연맹이 도입 취지를 잘 알고 있었기에 지속적으로 이 제도를 강화하는 방향으로 정책을 펴나갔다. 그런 점에서 이 제도는 전임 집행부가 쌓아놓은 벽돌 위에 다음 집행부가 다시 벽돌을 올려놓으면서 제도를 심화시킨 모범 사례라 할 수 있다. 이 제도의 정착을 위해 애써주신 권오갑 총재에게 심심한 감사의 마음을 전하고 싶다.

나도 대한축구협회장으로 있으면서 K리그에 이 제도가 뿌리를 내리는 과정을 애정어린 마음으로 지켜봤을 뿐만 아니라 협회가 직접 관장하는 K3리그와 K4리그에도 같은 취지의 제도를 도입했다. 한국 축구 전체가 어린 선수들에게 더 많은 기회를 주고, 성장할 수 있는 환경을 만들기 위해서였다. 2022년 K3리그에 U-23 선수 1명을 등록하면서 출장을 권장했고, K4리그에는 해당 연령대를 U-21로 규정했다. 2023년에는 K3리그나 K4리그 모두 U-21 선수를 3명 등록하고 1명은 의무출전하도록 했다.

· · ·

준비 기간을 포함해 이 제도가 10년이 넘으면서 눈에 띄는 성과들이 나오고 있다. 젊은 선수에게 정기적 출장 기회를 보장해 경쟁력을 높이고, 이를 바탕으로 유럽 무대 진출이 이루어져, 결과적으로 국가대표팀 전력 강화에 도움을 주겠다는 이상주의적 목표가 뜻한 대로 성과를 냈다는 것은 참으로 놀라운 일이다.

2017시즌 전북에서 K리그 최우수선수에 뽑힌 뒤 독일 분데스리가에 진출한 이재성, 수원 삼성의 유스 시스템에서 성장해 프랑스 1부 리그 디종에 진출했던 권창훈, 전북에서 데뷔 첫해 영플레이어상을 받으며 대표팀에도 첫 발탁됐고 지금은 바이에른 뮌헨의 주전 수비수로 활동 중인 김민재, 성남 유스 시스템 출신으로 일본 J리그를 거쳐 프랑스에 진출했던 황의조 등이 이 제도의 혜택을 받았던 대표적 선수들이다. 이들은 모두 국가대표팀의 주력으로 활동했거나 지금도 활동 중이다.

더 어린 나이대로 살펴보면 대전에서 미드필더로 뛰다 잉글랜드 스토크 시티에 입단한 배준호, 강원 공격수 출신으로 스코틀랜드 셀틱에 간 양현준, 전북의 주전 골키퍼 김정훈과 대구의 붙박이 수비수 황재원 등이 이 제도의 혜택을 받아 경쟁력을 높였다. 이를 바탕으로 유럽에 조기 진출했거나 소속 팀에서 주전으로 발돋움했다.

혹자는 한국 축구가 차범근, 고종수, 이동국 등 어린 나이부터 특출한 재능을 보였던 선수들을 꾸준히 배출했던 전례를 볼 때, 반드시 이 제도 때문에 우수한 선수들이 나왔다고는 볼 수 없다고 주장한다. 나는 생각이 다르다. 지금처럼 비슷한 수준의 우수 선수들이 꾸준하게 대거 나오는 것은 이 제도를 빼고는 설명이 힘들다. 더욱이 우리 사회는 젊은이에게 기회를 주는 것에 매우 인색하다. 제도를 통해서 '강제'하지 않았다면 젊은 선수에게 주어지는 기회의 폭은 훨씬 적었을 것이다.

제도 시행 이후 벌어진 아시안게임에서 한국 축구가 3연패를 차지한 것도 결코 우연이 아니다. U-23 선수들이 출전하는 이 대회에서 3회 연속 우승은 처음 있는 일이었다. 한때 아시아 정상급이었던 농구나 배구 같은 구기 종목이 아시안게임에서 경쟁력을 잃어가고 있는 것과 대비된다. 축구는 2014년 인천 대회, 2018년 자카르타-팔렘방 대회, 2023년 항저우 대회에서 모두 금메달을 땄다. 자카르타 대회를 예로 들면 20명의 엔트리 가운데 16명이 이 제도 아래 K리그에서 경쟁력을 키웠다. 제도 도입 이전과 비교하면 U-23 선수들의 경기 경험이 양적으로나 질적으로 풍부해졌다. 이 제도가 아

자카르타 아시안게임 우승을 기념하며 김학범 감독 및 선수단과 함께 (2018, 자카르타)

시안게임 3연속 우승에 보탬이 된 것은 분명해 보인다. 아시안게임 우승을
통해 얻어낸 병역 특례를 통해 유럽 진출과 장기간 유럽 활동 기회가 열렸
다. 한국 축구 경쟁력에 크게 도움이 되고 있다.

. . .

제도는 한 사회가 겪은 시행착오의 축적물 같은 것이다. 일단 시행하고,
문제가 생기면 고치고, 이런 행위의 반복으로 생긴 결과물이 현재의 제도라
는 뜻이다. 우리가 선진 사회의 제도를 벤치마킹하는 것도 시행착오를 줄이
기 위해서이다.

축구계를 예로 들자면, 축구협회나 프로연맹 같은 단체는 공공선을 위해
제도 개혁을 선제적으로 시도하려는 경향이 있다. 축구 행정을 하다보면 미
래를 준비하고 대비할 필요성을 많이 느끼게 된다. 반면 개별 구단이나 현장
지도자들은 현상 유지를 선호한다. 일종의 기득권을 지키기 위해서다. 제도
가 바뀌면 관련 당사자들의 '이해'가 조금씩 이동하는 현상이 벌어진다. 제도
에 따라 이득을 보는 대상이 달라지기 때문이다. 이럴 땐 협회나 연맹은 항

상 축구계 전체의 파이가 커지고, 깊어지는 방향으로 정책 방향을 잡아야 한다. 그 과정에서 기존의 파이 배분 룰에 익숙해진 관계자들은 단기적으로 피해를 보는 일이 생길 수 있다. 자신들의 파이가 줄어들면 당장 반발하고 나서는 게 사람이다. 다들 생활인이니 이해할 수 있다. 협회나 연맹은 공공선의 명분을 유지하면서 단기적 피해를 보는 당사자들을 설득하고 유도해낼 수 있어야 한다. 여기에 제도 개혁의 성패가 달려 있다. 이것이 리더십에서 가장 중요한 부분이다.

저연령 선수 의무출전 제도나 나중에 언급할 초등학교 8인제 축구 도입 같은 제도 개혁 과정에서 이런 반대와 충돌이 있었다. 새로운 제도 도입에 따른 과도기적 혼란이 벌어질 때 그냥 물러서거나 포기하면 미래를 기약할 수 없다. 공공선을 강화하겠다는 처음의 목적도 이룰 수 없다. 끊임없이 설득하면서도 차근차근 앞으로 나아갈 때만 우리는 변화와 개혁을 말할 수 있을 것이다. 리더는 한국 축구가 전진할 수 있도록 버팀목이 되어주어야 한다.

—— 대학축구의 새로운 역할에 대한 고민

저연령 선수 의무출전 제도가 시작한 지 10년이 넘었다. 강산도 변한다는 짧지 않은 시간이 흘렀다. 이상주의적 발상으로 시작한 이 제도가 현실적인 성과를 내면서 우리 축구 문화를 바꾸는 데 도움이 됐다는 평가가 많다. 다만 '성공의 역설' 같은 현상도 일부에서 벌어지고 있다. 제도 정착에 따라 파생하는 일부 부작용이다. 하나는 프로 현장에서, 다른 하나는 대학 축구 현장에서 나오고 있다.

· · ·

국내 성인 축구의 최고봉인 K리그1은 소비자인 팬에게 '최고의 상품'을 선사할 책임이 있으며, 저연령 선수 의무출전은 최상의 상품을 보여주는 데 제약 조건이 된다는 주장이 있다. 선수 교체 카드가 최대 5장으로 늘어나면서, 교체 카드를 모두 활용하기 위해서 저연령 선수를 선발 출장시켰다가 짧은 시간에 교체하는 일이 늘어나면서 이런 주장에 힘이 실리기도 했다.

이 제도를 처음 도입했을 때부터 일시적인 '전력 손실'은 감안한다는 대전제가 있었다. 또 해당 규정이 모든 팀에 적용되기에 공정성 문제도 해결할 수 있다고 봤다. 다만 일시적인 '전력 손실'에도 어린 선수들에게 기회를 줌으로써 이들을 성장시키고, 한국 축구의 발전을 꾀한다는 확실한 목표가 있었다.

이 제도를 장기적 구단 전략으로 적극 활용하는 팀이 있는 반면, 일부에서는 교체 카드 확보를 위해 시늉으로 '선발 투입'하는 편법을 시도하기도 한다. 모든 제도에는 허점도 있는 법이다. 시늉으로 편법을 행하는 팀을 또 다른 방식으로 규제하기는 힘들다. 다만 이런 시각도 가능하다. K리그의 상품성을 구성하는 요소는 다양하다. 그 가운데 빼놓을 수 없는 부분이 체력이라고 생각한다. 과연 지금 K리그 팀들이 90분 내내 열정적으로 뛸 수 있는 체력을 보유한 선수들로 구성됐는지는 자신할 수 없다. 그런 측면에서 이 제도를 잘 활용한다면 오히려 팬들에게 최고의 경기력을 선보일 수 있는 강력한 옵션이 될 수 있다. K리그는 앞으로 더 빨라지고, 더 강한 체력이 요구된다. 이것이 리그 소비자인 팬의 눈높이라고 할 수 있다. 그런 면에서도 여전히 이 제도는 유용하다. 한국프로축구연맹은 2024년부터 K리그1에 한해서 이 제도의 관련 규정을 소폭으로 완화했다. 본질을 훼손하지 않으면서 K리그1에 최상의 상품을 선보이려는 노력으로 이해하고 있다.

· · ·

대학축구 현장에서는 프로와는 다른 각도에서 반발이 나왔다. 요지는 의

저연령 의무출전 제도에 반대하는 대학 지도자 집회 (2023, 통영)

무출전 연령대 안에서 프로팀에 가지 못한 선수들이 아예 중도 포기하는 경우가 생긴다는 것이다. 이런 사례가 자주 벌어지면서 대학 팀 유지에 어려움을 겪고 있으며 K3리그나 K4리그로 제도가 확대되면서 이런 경향이 더 커진다고 주장하고 있다.

2023년 2월 춘계대학연맹전이 열렸던 통영에서 대학 지도자들이 집회를 열고 제도 개선을 요구했다. 이 모임을 주도한 한국대학축구지도자협의회에 따르면 대학 선수들이 약 1,200명 정도 입학하는데, 졸업하는 선수들은 불과 200여 명에 그치고 있다고 한다. 프로팀은 이 제도의 시행에 따라 저연령 선수의 확보가 반드시 필요하다. 반면 대학 입장에서는 고학년이 될수록 취업이 어려워지는 현상이 벌어진다. 두 가지가 연동되면서 결과적으로 대학 축구의 위상이 위축되고 한국 축구 전체에 손실이 크다는 주장이다.

세상사는 다면적이고 입체적이다. 명(明)이 있으면 암(暗)도 있기 마련이다. 이 제도를 통해 혜택을 받는 쪽이 있다면, 손해를 입는 쪽도 생겨날 수 있다. 중요한 것은 변화하는 시대의 흐름 속에 어떤 방향이 맞는가 하는 판단이다. 이 제도에 대한 종합적 평가도 이런 측면에서 이루어져야 된다고 생각한다.

나는 한국 축구에서 대학 축구가 담당했던 뚜렷한 역할에 대해서 인정하고 감사한 마음을 가지고 있다. 내 모교인 고려대는 특히 그런 점에서 한국 축구 발전에 크게 기여했다. 하지만 지금의 시대적 흐름에서 대학 축구가 앞으로 어떤 역할을 해야 하는지에 대한 전향적이고, 열린 시각에서의 고민이 필요하다고 생각한다.

과거 대학 축구가 분명한 역할과 위상을 가지고 있던 시절이 있었다. 중·고교 학원축구와 성인축구(실업 또는 프로축구) 사이에서 매개체이자 중간자 역할을 했다. 예전에는 엘리트 중·고 선수들이 대학에 입학해 기량을 더 연마한 뒤 드래프트를 통해 프로 입문하는 것이 정식 코스였다. 이런 도식이 흔들린 지 이미 오래다. 정상급 고교 선수들은 곧바로 프로행을 택한다. 대학에 입학한다 해도 경쟁력 있는 선수들이 졸업까지 하는 경우는 극히 드물다. 2학년 안에 프로에 입단한다. 이것이 지금의 현실이다.

이 제도 때문에 능력 있는 선수들이 프로 선수가 못 되는 것이 아니다. 대학 축구의 황금시대에는 대부분 선수들이 체육 특기생이었다. 장학금 혜택을 받으면서 축구를 했다. 지금은 지방의 적지 않은 대학들이 학생 수 확보를 위해서 축구팀을 창단하고 있다. 이런 신생 대학 팀에서 뛰는 선수들은 등록금을 모두 내면서 공을 찬다. 학부모들의 부담이 대학까지 이어지는 것이다.

이전의 대학 축구와 지금의 대학 축구는 위상도, 역할도 분명 다르다. 어른들은 프로 선수 또는 직업 선수가 되지 못한 대학 선수들의 미래를 위해서 무엇을 해야 하는지를 고민해야 한다. 프로(직업) 선수가 되지 못해도 삶은 계속되어야 하기 때문이다. 프로 선수가 되지 못한다면, 아무 것도 할 수 없는, '올 오어 낫씽(all or nothing)'은 대안이 될 수 없다. 나는 대학 축구도 시대의 변화에 따른 근본적 역할 변화를 깊게 고민해야 한다고 생각한다.

과거의 영예에만 얽매여 있으면 미래로 나아갈 수 없다. 무엇보다 일부 지도자들의 기득권을 지키기 위한 반대보다 학생 선수들의 진정한 미래를 위한 토론과 고민이 필요하다. 축구계의 다양한 분야에서 일하는 분들이 지혜를 모으고 합의를 이뤄내야 한다.

이런 근본적 고민과는 별개로 대한축구협회는 2023년 대학축구연맹, 대학 지도자 등 다양한 관계자로 구성된 '대학축구 상생 협의회'를 통해 몇 가지 합의에 도달했다. 프로인 K리그1와 K리그2의 경우 22세 이하 의무출전 제도를 유지하되 세미프로인 K3와 K4리그의 경우 현재의 의무출전 제도에 단계적 변화를 주기로 했다. '21세 이하 3명 출전 명단 포함'에서 2024년에는 '22세 이하 1명, 23세 이하 2명 포함'을 거쳐 2025년부터는 의무출전 연령을 23세 이하 3명으로 변경하기로 했다.

변석화 대학축구연맹 회장은 "K3, K4리그에서 의무출전 연령이 U-23으로 바뀌면 대부분 선수들은 졸업하고 나가게 된다. 일본의 사례를 봐도 대학을 졸업하지 않은 선수들이 사회에 나가면 다른 어려움을 겪게 된다. 아직까지 아시아는 대학 졸업 여부에 따라 임금과 사회적 위치가 달라진다"고 말했다. 학력을 중시하는 우리 사회에서 그런 측면도 충분히 있을 것이다. 그래서 대학 측의 요청을 전향적으로 받아들였다. 하지만 대학 축구의 역할을 시대에 맞게 바꿔야 한다는 내 소신에는 변함이 없다. 이전처럼 중·고 엘리트 축구와 프로 사이에 다리 역할을 하는 것보다는 전인적 사회인 육성에 집중하는 게 더 바람직하다고 생각한다. 앞으로 인구가 급격히 줄어들고, 선수들의 직업 선택 구조가 크게 달라질 상황을 고려하면 더욱 그렇다.

· · · ·

제도 시행이 10년을 넘어서면서 축구계에 다양한 의식의 변화도 생기고 있다. 예전에는 군 복무를 마냥 늦추는 게 일반적이었지만 이제는 일찍 상무를 다녀온 뒤 해외 진출을 노리는 사례가 늘고 있다. 상무에도 이 제도가 똑같이 적용되면서 생겨난 현상이다. 역시 제도가 변하면 인식의 변화도 이끌어낼 수 있다. 나는 제도 도입의 핵심 취지가 흔들릴 정도로 수정을 가하는 것은 시기상조라고 생각한다. 앞으로 최소 10년은 일관되게 이 제도를 밀고 가야 의미 있는 결과들이 더 많이 나올 수 있다.

물론 이 제도는 영구히 지속될 성질의 것은 아니다. 축구계와 각 구단이 미래 지향적인 의식 구조를 확실히 갖게 된다면, 젊은 선수에게 더 많은 기회를 '강제'하는 이 제도는 자연스럽게 시대적 소명을 다하고 사라지게 될 것이다. 나는 그 시기가 조금이라도 빨리 오기를 바랄 뿐이다.

제6장

대한축구협회장
선거에 나서다

—— 축구협회장 출마를 고민하다

한국프로축구연맹 총재를 맡게 된 게 내 인생 계획에 당초 없었던 일이었듯이, 대한축구협회장 선거에 나서게 된 것도 마찬가지였다. 나는 2011년 연맹 총재를 맡은 뒤 예상치 못하게 벌어진 승부 조작의 파고를 넘어서기 위해 최선을 다하고 있었다. 또 이를 극복하기 위한 방안으로 한국 축구의 숙원 사업인 승강제 실시를 강력하게 추진하고 있었다. 당초 총재 임기 마지막 해인 2013년은 승강제 원년이 되는 시즌이어서 이 제도의 정착을 위해 총력을 다하겠다는 마음을 다지고 있었다.

그런데 조중연 대한축구협회장이 돌연 불출마를 선언했다. 4년 임기의 초선 회장이었던 그는 그동안 여러 가지 업적을 남겼기에 당연히 재선에 도전한다고 생각하고 있었다. 2010년 남아공 월드컵에서 원정 월드컵 사상 첫 16강 진출, 2012년 런던 올림픽에서 첫 동메달 획득, 2010년 FIFA 주관 대회 사상 한국의 첫 정상 정복인 U-17 여자 월드컵 우승 등 재임 중 각종 국제 대회에서 훌륭한 성적을 올렸다.

또 '정몽준 집행부'에서 오랜 기간 전무이사, 실무 부회장 등을 역임한 경험 덕에 '축구 행정의 달인'으로 통했다. 조 회장은 축구 전반에 걸쳐 뛰어난 식견을 가지고 있었고 승강제 도입 과정에서도 프로연맹에 여러 가지 조언과 재정적 도움을 아끼지 않았다. 국제 대회 성적뿐만 아니라 주말 초·중·고 리그 도입 등 내치에서도 업적을 남겼다.

하지만 일부에서 부정적 여론도 있었던 것 같다. 내부적으로는 협회 직원의 횡령 사건이 공론화되면서 팬들의 공분을 사는 일이 있었다. 외부적으로는 런던 올림픽에서 동메달을 확정할 때 해프닝처럼 벌어졌던 박종우 선수의 '독도 세리머니'를 둘러싸고 저자세 외교 논란이 있었다. 이 일로 국회 국정감사에 증인으로 채택됐다. 결국 조 회장은 국회 출석을 하지 않았다. 대신 불출마를 선택했다. 2012년 11월 1일 불출마 기자회견을 열고 "차기 회장은 축구를 진심으로 사랑하고 실질적으로 공헌한 분 가운데 나왔으면 한다. 대한민국 축구가 새로운 시대를 열기 위해서는 젊고 참신한 인물 중에 나왔으면 좋겠다"고 말했다.

언론에서는 조 회장이 차기 협회장의 자격을 '실질적 공헌도'와 '젊은 인물'로 꼭 짚어서 밝힌 것은 이른바 '축구 야당 세력'을 대표하는 허승표 피플웍스 회장을 견제하기 위한 것으로 해석했다. GS그룹을 일군 허 씨 집안의 일원인 그는 경기인 출신 가운데 이례적으로 재벌가의 배경을 가지고 있었다. 허창수 GS 회장의 숙부로 알려졌다. 경기인 출신답게 축구에 대한 안목도 있고 재력도 갖췄으니 따르는 축구인들이 많았다. 특히 정몽준~조중연 집행부를 거치면서 축구협회에 불만을 가진 이들이 그를 구심점으로 모였다고 한다.

허 회장은 1997년 제48대 협회장 선거에서 사촌 형님을 상대로 경선을 했다가 패했고, 직전인 2008년 제51대 선거에서도 동세대인 조중연 회장에게 졌다. 제52대 선거에서도 세 번째 도전이 확실시되는 상황이었다.

내가 협회장 출마를 처음 고민했던 것은 조 회장의 불출마 의향을 전해 들은 이후였다. 총재로 2년 정도 일하다 보니 연맹 차원에서 할 수 없는 일이나, 시도하지 못하는 일 등이 꽤나 있었다. 그런 점에서 한계를 느끼던 참이었다. 한국 축구 전체의 발전을 위해서 해결해야 하는 일들은 협회가 주도적으로 나서야 한다는 생각도 했다. 어차피 유소년 육성과 K리그 발전, 국가대표팀 경쟁력 강화 등은 서로 떼려야 뗄 수 없는 상호의존 관계에 있었다. 협회 차원에서 추진해야 더 효율적인 일이 많다고 판단했다.

현직 회장이 불출마하는 판국이니 내가 나서볼 수도 있겠다는 고민을 자연스럽게 하게 됐다. 처음에는 그냥 막연한 생각이었다. 솔직히 선거가 어떤 방식으로 치러지는지조차 몰랐다. 다만 내가 과연 협회장을 맡을 자격과 능력이 있을까 정도를 고민했던 것 같다. 몽준 형님이 협회장을 워낙 오래했기에 나에게는 정치인이 맡는 자리라는 인상이 강했다. 조중연 회장의 경우는 경기인 출신답게 축구계 전체에 대한 경험이나 인사이트가 인상적이었다. 두 분 모두 축구에 대해서는 나와 비교할 수 없을 만큼 높은 식견을 가지고 있었다.

거슬러 올라가보면 역대 협회장들은 한 시대를 상징하는 분들이 많았다. 독립운동가인 여운형 선생(2대: 1934~38년)은 물론이고, 정계의 거물인 신익희 전 국회의장(7대: 1948~49년), 윤보선 전 대통령(9대: 1949~51년), 장택상 전 총리(12대: 1952~54년), 민관식 전 국회부의장(26대: 1964년) 등이 있었다. 경제계로 보면 장기영 전 경제부총리(19대: 1960년, 21대: 1961~62년, 23대: 1962~63년), 장덕진 전 농수산부 장관(31~32대: 1970~73년), 최순영 전 신동아그룹 회장(39~43대: 1979~87년), 김우중 전 대우그룹 회장(45~46대: 1988~93년) 등이 협회장을 맡았다.

축구는 우리에게 단순한 스포츠 이상의 존재였다. 일제 강점기 때는 민족정신의 구현체였고, 해방 후 경제적으로 어려웠던 시기에는 국민들에게 꿈과 희망, 그리고 즐거움을 줬다. 최근에는 박지성과 손흥민 선수가 상징하듯 글로벌 무대에서 한국인의 뛰어난 위상을 재확인해주는 역할을 해주고 있다.

"과연 내가 한국 축구를 총책임지는 이런 무게감 있는 자리를 맡을 자격이 있을까, 만일 한다고 해도 잘 할 수 있을까"하는 성찰의 시간이 점점 늘어났다. 시간이 흐르면서 여러 축구계 인사들이 나에게 출마를 권유하기도 했다. 특히 4년 전 선거에서 만만치 않은 득표를 했던 허승표 회장이 다시 나올 것이 확실하니 대비해야 한다는 주문도 있었다. 나는 특정인과 상대하기 위해 출마를 고민해 본 적은 단 한 번도 없었다. 그러나 당시 축구계가 여야로 나눠 있었던 것이 현실이니, 언론이나 축구계 여론이 나의 고민을 여야 대결 구도로 몰고 간 측면도 있었다. 나중에 드러나게 되지만 선거 구도는 단순한 여야 2파전이 아니었다. 4년 전보다 훨씬 복잡했고, 더 어려운 선거였다. 나는 그런 밑바닥의 복잡한 흐름은 전혀 모른 채 오직 내가 협회장 자격이 있는가를 놓고 고민을 거듭했다.

—— 사람들은 알지 못하는 몽준 형님과 나의 관계

대한축구협회장 선거를 되돌아보려니 몽준 형님 이야기를 하지 않을 수 없다. 형님은 대한축구협회장으로 4선(47~50대: 1993~2009년), FIFA 부회장으로 4선(1994~2011년)을 지냈다. 국내뿐만 아니라 국제 축구계에서도 제프 블라터 전 FIFA 회장의 대항마로 손꼽혔던 거물이었다. 국내 축구계에서는 영문 이니셜을 따서 'MJ'로, 해외에서는 '닥터 정'으로 통했다.

형님이 협회장 4선 임기를 마친 뒤 정치에 전념하기 위해 자리에서 물러났고, 후임에 형님 밑에서 전무와 부회장을 오래 지냈던 조중연 회장이 취임했다. 조 회장은 허승표 회장과 치열한 경선을 통해서 당선됐는데, 이 과정에서 형님의 다양한 축구계 인맥이 선거를 도왔다는 것이 정설이었다. 그러다 보니 축구계에서는 형님을 조 회장의 '상왕'으로 여기는 분위기가 있었다고 한다. 조 회장 입장에서는 이런 상황이, 사실 여부와는 별개로 다소 불편했을지도 모르겠다. 조 회장이 우여곡절 끝에 불출마를 선언한 뒤 형님이 또다시 다음 번 '여권 후보'를 낙점할 것이라고 축구계는 상상했던 것 같다. 마침 내가 출마를 결심하고 선거에 나서게 됐다. 그러니 축구계에서는 몽준 형님이 나에게 출마를 직접적으로 권유했고, 나는 형님의 뜻에 따라 출마해 당선된

몽준 형님, 블라터 회장과 함께 (2014, 브라질)

것으로 생각하는 사람이 꽤 있는 듯하다. 형님이 퇴임 이후에도 여전히 축구
계에 영향력이 있었고, 나와는 사촌 형제라는 가까운 인척이니 세간에서 그
렇게 상상하는 것도 이해는 된다.

분명한 것은 협회장 선거를 앞두고 형님이 나에게 "나가라, 마라"식의 이
야기를 한 적은 단 한 번도 없었다. 다만 협회장 출마에 관심이 있냐고 물어
본 적은 있지만 출마 여부는 전적으로 나에게 맡겼다. 내가 출마 의사를 굳
힌 뒤 집안 어른인 형님을 찾아가 결심을 밝혔고, 형님은 "잘 준비해 보라"는
덕담을 해준 것으로 기억한다. 형님은 1988년 총선에서 무소속으로 국회의
원에 처음 당선된 이래 7선을 지냈다. 처음 총선에 출마할 때도 주위에 "정치
를 하려는 것이 아니라 공직(public service)을 맡으려는 것"이라고 말했다고
한다. 공직의 엄중함을 누구보다도 잘 알고 있고, 공직의 책무에 대한 훈련이
되어 있는 분이다.

국내 체육계에서 가장 대표적인 공직은 대한체육회장과 대한축구협회장
을 들 수 있다. 형님은 축구협회장이라는 공직이 누가 강권해서 만들어지는
자리가 아님을 누구보다도 잘 알고 있는 분이다. 나중에 내가 회장에 당선되

고 이후 3선을 하는 동안에도 형님은 전임자로서 할 수 있는 조언은 가끔 해줬지만, 협회 행정에 간섭하거나 특히 인사 문제를 거론한 경우는 단 한 번도 없었다. 그만큼 공직에 대한 철학과 생각이 뚜렷한 분이었다. 아끼는 동생이 잘해 주기만을 늘 마음으로 성원해 줬다고 생각한다. 가끔은 당신의 성에 안 차는 일도 있었겠지만 말이다.

형님 형제들 가운데 유독 몽준 형님이 우리 집안에 잘해주었다. 형님이 2011년 냈던 자서전 『나의 도전 나의 열정』(김영사)을 보면 어린 시절 넷째 숙모에 대한 애틋한 기억이 다정다감한 표현으로 담겨있다. 그 내용을 한번 인용해본다.

"장충동 집은 넷째 숙모가 시집와서 신혼을 보낸 집이기도 하다. 부산여고를 졸업한 숙모는 이화여대 정외과를 다닌 신식 여성이었다. 숙모는 아침마다 일찍 일어나 마당가에 돌들을 얼기설기 쌓고 그 위에 밥솥을 얹은 뒤, 조그만 장작개비에 불을 붙여 아침밥을 지었다. 그 밥이 어찌나 맛있던지 나는 삼촌이 밥을 먹고 나가기를 기다렸다가 장작불로 지은 밥을 얻어먹곤 했다. 집 앞 골목을 나가 수정약국을 지나면 목욕탕이 있었다. 어렸을 때 넷째 숙모를 따라 여탕으로 목욕을 다니던 기억이 난다. 목욕을 마치고 나오면 숙모한테 군것질거리를 사달라고 조르곤 했다."

위에 인용한 글에 등장하는 넷째 숙모가 바로 내 어머니이다. 어머니는 지금도 몽준 형님이 우리 집하고 정말 다정하게 지냈다는 말을 하곤 한다. 형님은 2002년 월드컵 4강 달성 이후 국민적 기대감이 커지면서 결국 대선 출마를 결심했다. 대선 준비를 위해 만든 정당 '국민통합21'이 창당 대회를 열었을 때도 아버지와 같이 참석했다. 언론에서는 '친형제들도 여러 가지 부담으로 창당 대회 현장에 오지 않았는데 현대산업개발의 부자(父子)만 찾아왔다'고 기사를 쓰기도 했다. 다른 가족들도 왔지만 기자들이 아버지와 나만 알아보고 그렇게 썼던 것 같다.

축구계 일각에서는 몽준 형님이 후임자인 조중연 회장에 대한 불만이 있었고, 이 영향으로 조 회장이 불출마를 선언하게 됐으며, 새로운 후임자로 '범 현대가'의 나를 낙점해 출마하도록 했다고 수군댔다. 이런 일련의 과정이 다 형님이 수렴청정(垂簾聽政)을 하기 위해서 만든 구도라는 악성 루머가 돌기도 했다. 형님이 짠 계획에 따라 세팅된 구조에 나는 일개 플레이어로 차출돼 선거에 뛰어들었을 뿐이라는 음모론이었다. 모두 말 만들기 좋아하는 사람들이 꾸며낸 헛소문일 뿐이었다.

── 회장 출마의 명분을 공표하다

내가 출마를 고려했을 때 가장 고심했던 것 중 하나는 대한민국 축구계에 새로운 리더십의 필요성이 제기되고 있다고 느낀 부분이었다. '조중연 집행부'는 부회장단을 원로 경기인 위주로 구성했다. 축구계에 공헌이 크신 분들이었지만 너무 경기인 중심의 집행부 구성이라는 지적이 많았다. 원로원 같은 분위기의 회장단 회의에서 몇 가지 의사 결정 과정에 실수도 있었다. 임원들 법인카드 사용의 문제점도 불거졌다. 조광래 전 국가대표팀 감독의 경질 과정에 대한 팬들의 질타도 꽤나 컸다. 많은 분들이 50대 초반의 내가 나선다면 협회에 세대교체의 새 바람이 불 수 있다고 기대했다. 당시 회장단의 평균 나이는 60대 중후반이었다. 축구계가 동맥경화의 답답함을 느끼는 부분이 있었던 것 같다. 한 신문에 이런 칼럼이 실렸던 일도 있었다.

'조중연 대한축구협회장은 1946년생이다. 이회택 부회장은 46년생, 김재한 부회장은 47년생, 노홍섭 부회장은 47년생, 최태열 부회장은 45년생이다. 회장단 전체가 60대 중반이다. 나이가 많은 사람은 일괄적으로 모두 물러나야 한다는 주장을 하려는 게 아니다. 하지만 축구협회의 회장단 전원이 60대 중반이라는 사실을 전혀 이상하게 받아들이지 않는 축구계의 인식은 정말 이상하다고 생각한다. 한국에서 가장 보수적 단체인 한나라당조차 정권 유지를 위한 명운을 걸고 20대 중반의 젊은이를 비상대책위원회의 위원으로 모셔오는 세상이 아닌가. 축구협회의 인식은 한나라당보다 더 수구적이다. 이런 단체에 과연 생명력이 있고 미래가 있겠는가.'

축구계에서는 또 세대교체 외에도 보다 다양한 분야의 전문가들이 협회 일에 참여할 수 있으면 좋겠다는 의견이 있었다. 내 스스로가 30대 중반부터 현대자동차 같은 큰 조직을 경영했던 경험이 있기에 이전 집행부와는 다르게 전문 경영인으로서 기여할 수 있다는 판단이 들었다. 다양한 전문가를 써 본 경험도 풍부했기에 그런 면에서는 협회의 개방성과 전문성을 높이는데 도움을 줄 수 있다고 생각했다.

연맹 총재직을 임기 도중 내려놓은 것은 부담이었다. 승강제, 저연령 선수 의무출전 제도 등 이전에 없었던 정책의 시행을 이사회 의결을 통해서 결정했지만 내가 제도 정착을 위해서 임기 마지막까지 전념하는 게 맞지 않는가 하는 고민이 컸다. 다만 가장 염려했던 승강제 2부 리그 구축작업이 순조롭게 진행되고 있어서 파행은 없을 것으로 예상됐다. 내 후임자가 바통을 넘겨받아도 새 제도의 시행에 별다른 문제는 없을 것으로 보였다. 승강제도 협회의 재정적 지원이 있었기에 실행 가능했듯이 만일 내가 협회장이 된다면

보다 효율적으로 K리그 발전을 도울 수 있을 것으로 판단됐다.

어떤 단체의 장이 된다는 것은 내 생각을 펼칠 수 있는 플랫폼을 맡는다는 의미다. 구단주로, 연맹 총재로 대한민국 축구 발전을 위해 고민했던 연장선상에서 결국 대한축구협회장에 도전하기로 결심했다. 나는 한번 결정한 것에 대해서는 좌고우면(左顧右眄)하지 않는다.

── 출마선언에서 미래 비전을 제시하다

출마를 결심하고 나서 곧바로 연맹 총재 자리를 내려놓는 절차에 들어갔다. 임기 중 사퇴였으니 빨리 자리를 비워주는 게 순리였다. 2013년 1월 7일 총재에서 공식 사퇴했다. 당분간 김정남 부총재가 대행을 맡기로 했다. 나는 연맹 이사들에게 "임기가 1년 남았지만 그동안 일을 해보니 축구의 전반적인 발전 없이는 K리그도 한계를 가질 수밖에 없다는 점을 느꼈다. 축구계 개혁의 큰 그림을 완성하려면 축구협회의 역할이 중요한 만큼 협회장 출마를 결심했다"는 사퇴의 변을 전했다.

축구협회장 선거는 1월 28일로 잡혀있었다. 총재 사퇴 뒤 불과 21일 뒤였다. 그 전까지는 투표권을 가지고 있는 대의원들을 상대로 별다른 선거 운동을 안 했던 터라 시간이 촉박했다. 총재 사퇴를 오전에 한 뒤 그날 오후 곧바로 출마 기자회견을 했다.

선거 공약은 나를 지원했던 축구인들과 외부 전문가 그룹이 함께 준비했다. 나도 공약을 만드는 과정에 적극적으로 참여했다. 내가 고민하고 구상한 내용을 실제 공약으로 만드는 게 중요했다. 대한민국 축구를 업그레이드하기 위해서 '국제 경쟁력', '축구 인프라', '축구 문화', '소통과 화합'이라는 주제 아래 구체적 공약을 가다듬었다. 공약 준비 과정에서 전문가들과 토론을 거듭했던 추억이 생생하다. 출마 기자회견에서 내세울 슬로건은 '세계를 향한 비상! 미래를 위한 혁신! 소통을 위한 화합!'으로 잡았다.

먼저 혁신은 현대산업개발을 경영하면서 가장 강조했던 부분이었다. 우리 그룹의 자회사 이름이나 브랜드 앞에 거의 영문 알파벳 'I'자가 붙어 있는 것도 혁신(Innovation)을 최우선 가치로 내세웠기 때문이다. 축구협회에 새로운 리더십이 필요하다고 믿었고, 지속적 혁신을 통해서 축구 산업의 발전을 이끌어내고 싶었다. 나는 출마 기자회견에서 "기술적 부분은 경기인 출신들에게 맡기되 회장은 축구 산업 전체를 키우기 위해 효율적이고 장기적인 비전을 수립해야 한다. 이를 통해 끊임없이 혁신을 이뤄내겠다"고 강조했다. 축구 산업을 키우겠다는 상징적 '레토릭'으로 "1,000억 원대의 협회 예산을 3,000억대로 늘리겠다"고 공약했는데, 이것이 나중에 논란이 됐다. 내가 재선, 3선에 나설 때마다 처음 공약을 지키지 못했다고 비판받는 근거가 된 것이다. 공약을 만들 당시 우리는 협회 예산을 1,000억 원대 규모로 파악하고 있었지만, 실제로 누적 미집행 토토 지원금 예산을 제외하면 630억 원대였다. 협회 예산뿐만 아니라 각 프로 구단이 쓰고 있는 예산을 유소년 육성 등 미래 지향적 정책에 효과적으로 투입한다면 축구계 전체가 가용할 수 있는 예산이 커질 수 있다는 판단도 했다. 아무튼 '3,000억 대 예산'은 선거용 레토릭을 만드는 과정에서 나왔던 계산 착오였다.

축구 외교 강화도 주요 포인트였다. 한국 축구의 국제 경쟁력을 높이기 위해서는 FIFA나 AFC에서의 역할을 강화해야 한다는 목표를 제시했다. 나는 출마 회견에서 "정몽준 의원이 축구협회장으로 많은 국제 활동을 했다. 하지만 정 의원이 축구협회를 그만둔 다음부터 국제기구에서 한국 축구의 위상에 걸맞은 활동이 상당히 적어지지 않았나 생각한다. 내가 당선된다면 AFC에서 한국이 더 큰 목소리를 낼 수 있도록 노력하겠다. 또 2015년 FIFA 회장 임기가 끝나는데 가능한지는 모르겠지만 FIFA에 큰 목소리를 낼 수 있도록 노력해 보겠다"고 말했다. 일부 언론은 이 발언을 두고 FIFA 회장 도전을 시사한 것으로 해석했다. 회장 취임 이후 독자적으로 FIFA U-20 월드컵 유치에 나서고, FIFA 집행위원이나 평의회 의원 선거에 지속적으로 출마한 것도 이런 문제 의식에서 비롯됐다. 선거 출마할 때의 약속을 지키기 위해 끊임없이 노력하고 도전했다.

마지막으로는 소통과 화합이었다. 출마 결심 전후로 만난 대의원들은 축구계의 분열상에 대해서 적지 않은 이야기를 털어놨다. 나는 출마 회견에서 "최근 만난 시도협회장과 각 연맹 회장 등이 축구협회의 소통 부재를 가장 큰 문제로 손꼽았다. 소통과 화합을 중점적으로 이뤄내겠다"고 약속했다.

정몽준 집행부와 조중연 집행부가 20년 동안 이어지면서 축구계에 그늘지고 소외된 곳도 생겼다는 지적이 있었다. 협회 행정에 불만을 가진 '축구 야당'이 현실적 세력으로 존재하고 있는 것도 사실이었다. 소통과 화합이 부족했으면 이를 교정하는 것도 후임 회장의 중요한 임무라고 인식했다.

출마를 결심하면서 열심히 공약을 준비했다. 선거에서 각 후보마다 내건 공약을 중심으로 정책 선거를 치러보고 싶다는 욕심도 있었다. 하지만 막상 선거가 시작되자 공약은 득표에 거의 영향력이 없었다. 정치판을 능가하는 '축구 정치판'이 펼쳐졌다. 어린 시절부터 반장 선거조차 한 번도 해보지 못했던 나에게는 정말 모든 게 낯선 경험이었다.

—— 치열하고 복잡한 4파전의 선거 구도

지금은 협회장 선출을 위한 선거인단이 194명으로 대폭 확대됐지만, 2013년 선거는 전혀 달랐다. 24명의 대의원들만 투표권을 가지고 있었다. 대의원은 16개 시도협회장과 8개 산하 연맹(유소년, 중등, 고등, 대학, 실업, 프로, 여자, 풋살) 회장으로 구성됐다. 1차 투표에서 과반수 득표자가 없으면 두 명의 상위 득표자를 상대로 2차 투표를 해서 최다 득표자가 당선되는 방식이었다.

몽준 형님이 4선을 하면서 16년간 협회장을 지낸 뒤 치러진 2009년 선거에서는 오랜 기간 협회에서 일했던 조중연 후보와 '축구 야당'을 대표하는 허승표 후보가 맞대결을 펼쳤다. 치열한 경선 끝에 18표를 얻은 조 후보가 10표의 허 후보를 누르고 당선됐다. 당시에는 '중앙 대의원제'라는 제도가 있었다. 비유하자면 유신 시대의 유정회 국회의원 같은 존재였다. 집행부가 중앙 대의원을 지명할 수 있었기에 사실상 집행부 표나 마찬가지였다. 4년 전 선거에는 대의원수가 모두 28명이었다. 시도협회장이 16명, 산하 연맹이 7명(풋살연맹 출범 이전), 그리고 중앙 대의원이 5명이었다. 중앙 대의원을 빼면 23명이었는데 이 가운데 허승표 후보가 10표를 얻은 셈이니 놀라운 득표력을 보여줬던 셈이었다. 이후 체육계 개혁 차원에서 각 종목 단체마다 존재했던 중앙 대의원제도가 일괄 폐지됐다. 종목 단체 회장 선거의 공정성을 높인다는 취지였다. 이에 따라 이 선거에서는 24명의 대의원만 투표권을 갖고 있었다.

4년 만에 권토중래를 노리는 허승표 후보가 승리를 자신하고 있다는 소리가 제법 들려왔다. 그런데 변수가 생겼다. 4년 전은 단순한 양자 구도였다. 이번에는 다자구도가 펼쳐졌다. 복잡한 합종연횡이 가능한 구도였다. 선거 결과를 누구도 예측할 수 없는 상황이었다. 출마만 결심하면 비교적 쉽게 당선이 가능할 것으로 생각했던 나도 이러한 상황에 상당히 당황했다.

조중연 회장이 불출마 선언을 한지 20일도 지나지 않은 2012년 11월 19일 김석한 한국중등축구연맹 회장이 가장 먼저 차기 협회장 출마를 선언했

52대 대한축구협회장 선거 후 허승표, 김석한 회장과 함께 (2013, 서울)

다. 8년 동안 중등연맹을 이끌었던 그는 축구 명문 보인고의 이사장이기도 했다. 하지만 축구계에서는 그의 출마 선언을 다소 의외로 받아들였다. 이때까지만 해도 나는 조중연 회장이 은밀하게 그를 돕고 있다는 사실을 전혀 모르고 있었다. 몽준 형님의 지원을 받아 협회장이 됐던 조 회장은 당연히 나를 지지할 것으로 여겼다. 완전한 오판이었다.

2013년 1월 4일에는 윤상현 국회의원(당시 새누리당)이 출마 선언을 했다. 박근혜 정부의 실세 의원이 직접 축구협회장을 하겠다고 나설 줄 몰랐다. 안종복 전 인천 유나이티드 대표도 출마 선언은 했지만 후보 등록을 위한 3장의 대의원 추천서를 받지 못해 결국 중도 사퇴했다. 1월 7일 내가 출마 선언을 했고, 이틀 뒤 허승표 회장도 세 번째 도전을 발표했다. 언론에서는 나와 허 후보를 '빅 2'로 평가했지만 실제 구도는 그렇게 단순하지 않았다.

나는 천성적으로 앞에 나서는 것을 싫어했다. 사람들 앞에서 얘기하고, 누군가를 집요하게 설득하고, 공개적으로 내 의견을 주장하는 일은 적성에 맞지 않았다. 양자 대결이라 해도 온통 낯선 일이었을 터인데, 4차 방정식이 벌어지고 있으니 도통 적응이 안됐다. 생애 첫 선거는 모든 것이 처음 하는 일 투성이었다. 출마를 결심했을 때는 열심히 노력하고, 투표권을 가진 대의원에게 성실하게 나의 비전을 설명하면 좋은 결과가 있을 것으로 생각했다. 막연한 마음이고 순진한 발상이었다. 부잣집 아들로 태어나 30대부터 큰 회사의 '회장님' 소리를 들었으니 어디 가서 머리 숙여 부탁하는 일은 해본 적이 없었다. 모든 게 서툴 수밖에 없었다.

선거는 굉장히 미묘한 심리전이라는 걸 선거 과정을 거치면서 점점 깨닫게 됐다. 겉에서 하는 말과 속내가 다를 수 있다는 것도 말이다. 지금 돌이켜보면 뜻만 세우면 된다고 판단해, 지극히 안일하고 낙관적인 자세로 선거에 뛰어들었던 게 아닌가 싶다.

선거 기간 중 시간을 쪼개서 전국을 돌았다. 24명의 대의원을 최소 서너 번씩은 찾아보아야 하는 강행군의 일정이었다. 새벽부터 밤늦게까지 약속의 연속이었다. 눈이 많이 내려 교통 사정이 좋지 않은 상황에서도 한 사람을 만나기 위해서 한밤중에 차량 이동을 강행했다. 정신적으로, 육체적으로 상당히 힘들었다. 선거 캠프의 판단으로는 나를 지지하는 분이라 했지만, 실제로 직접 만나보면 아닌 것 같은 느낌인 경우도 있었다. 다른 후보를 지지한다고 명확하게 의사 표시를 해주는 분이 오히려 고맙기까지 할 정도였다. 한 대의원은 나를 확고하게 지지하니 자기를 찾아올 시간에 다른 대의원들을 더 만나라고 말했다. 이 한 마디가 천군만마 같은 느낌이었다. 얼마나 감사했는지 모른다. 여러 가지 인간적 관계 때문에 1차 투표 때는 다른 후보를 지지하지만 결선 투표가 벌어진다면 나를 지원하겠다고 밝혀주신 분도 있었다.

선거가 끝나고 나서 많은 언론에서 '매우 혼탁한 선거'였다고 평가했다. 축구계의 대체적인 평도 마찬가지였다. 선거 과정에서 금전이 오고갔다는 주장이나 증언도 있었다. 한 매체에서는 "대의원들이 양다리를 걸치는 것은 기본이었다"고 지적했다. 나도 이런저런 이야기를 많이 들었지만 당시에도 큰 신경을 쓰지 않았다. 지금은 모두 잊었다. 내가 만난 대의원 가운데서도 은유적으로 대가를 요구하는 이들도 있었다. 나는 대가를 약속하면서까지 표를 얻어서 회장이 되고 싶은 마음은 추호도 없었다. 그렇게 해서는 안 된다는 자각이 훨씬 컸다. 그런 점에서 한 점 부끄러움 없이 깨끗이 선거를 치렀다는 점만은 자부하고 있다.

—— 밑도 끝도 없는 현대가 세습 논란

4명의 다양한 후보가 출마했으니 이왕이면 정책 선거가 됐으면 했다. 서로 다른 정책, 또는 지향점이 비슷한 정책 등을 놓고 한국 축구의 미래 비전을 치열하게 논쟁하고 싶었다. 그러나 정책 토론보다는 비생산적인 '현대가 세습 논쟁'이 선거의 가장 큰 이슈가 됐다. 후보들은 이 이슈를 가지고 나를 집요하게 공격했다. 선거 과정에서 여러 매체와 인터뷰했는데, 세습 논란에 대한 질문이 빠진 적이 없었다. 한 번은 또 그 질문이 나와서 "이거 참, 정(鄭)씨 성을 바꿀 수도 없고 어떡합니까" 하며 웃어넘긴 적까지 있다.

몽준 형님은 1993년 제47대 축구협회장에 선출된 뒤 4선을 하면서 16년 동안 재임했다. 후임인 조중연 회장도 형님이 지원해 당선된 것으로 여기니 총 20년 동안 '범 현대가(家)'에서 축구협회를 독점했다는 게 이들의 주장이었다. 여기에 현대산업개발 회장이자 사촌 동생인 내가 출마했으니 '현대가 세습'이라는 논리였다. 나는 이런 질문이 나올 때마다 "세습이면 북한처럼 만장일치로 추대가 되어야지, 이렇게 치열하게 선거를 치르는 세습도 있느냐"고 오히려 반문했다. 사실이 그랬다. 누구도 당선을 확신할 수 없는 선거 국면이었다. 출마 결심만 하면 무난히 당선될 것으로 순진하게 생각했던 내 스스로가 당황할 정도로 한치 앞을 예측할 수 없는 판세였다. 그런데 세습이라니, 말도 안 되는 이야기였다.

몽준 형님이 오랜 기간 협회를 맡으면서 공과가 있었을 것이다. 어떤 분야이든 오랜 기간 리더십을 발휘했던 사람에게는 공과가 섞여 있기 마련이다. 협회를 맡은 지 12년이 된 지금의 나도 마찬가지일 것이다. 공과 과에 대한 객관적인 분석과 평가가 중요한 것이지, 현대가 하는 것은 다 옳지 않다는 식의 접근은 수용하기 어려웠다. 이른바 '범 현대가'는 당시도, 지금도 3개의 남자 프로팀과 1개의 여자 실업팀을 포함해 초·중·고·대의 아마추어 축구팀 운영 등 매년 1,000억 원이 넘는 엄청난 투자를 축구계에 하고 있다. 국내 그 어떠한 기업도 엄두조차 내지 못하는 일이다.

몽준 형님의 재임 기간 중 최대 업적을 꼽으라면 나는 2002년 월드컵 유치라고 생각한다. 한 달 동안 전 세계가 집중하는 메가 스포츠 이벤트를 유치했다는 의미만으로 이런 상찬을 하는 게 아니다. 월드컵 유치와 준비 과정에서 한국 축구의 기본 토대가 완전히 바뀌었기 때문이다. 1995년 FIFA가 월드컵 유치를 신청한 우리나라에 실사단을 보냈을 때 그들에게 보여줄 수 있는 축구 전용구장이라고는 포항 스틸야드 하나밖에 없었다. 하지만 월드컵 유치에 성공한 뒤 전국에 10개의 신축 경기장이 생겼다. 이 가운데 6개(서울, 수원, 대전, 울산, 전주, 서귀포)가 축구 전용구장이었다. 김대중 정부의 경제 관료들은 IMF 사태의 어려움을 들어 개막식이 열리는 서울에 신축 경기장 건설을 반대했다. 그때의 어려움을 형님은 앞에서 인용한 자서전에서 이렇게 회고했다.

'IMF 사태 직후에 취임한 김대중 대통령은 월드컵 경기장 건설에 부정적이었다. 청와대 집무실 옆 작은 방에서 만났을 때 김대중 대통령이 "정 회장, 서울 경기장은 안 짓기로 했으니 이해해 달라"고 통보하듯 말하고 일어서려 했다. 그 순간, 나는 김대중 대통령의 손목을 잡으면서 왜 경기장을 지어야 하는지 차근차근 설명했다. 경기장 건설은 큰 공사이기 때문에 실업자 구제에도 도움이 될 뿐만 아니라, 5년 뒤 대통령의 임기 말인 2002년에 월드컵을 잘 치르면 IMF 사태를 극복한 것을 전 세계에 널리 알리는 기회가 된다. 그야말로 호박이 넝쿨째 굴러 들어오는 것인데 왜 발로 차려 하시느냐고 하자, 그제야 김 대통령은 내 말에 귀를 기울이기 시작했다. 짧게 예정되었던 면담 시간이 1시간 30분으로 늘어났다. 이날 만약 김 대통령이 월드컵 경기장을 짓지 않겠다고 결정내리고 바쁘다며 그냥 방을 나갔다면, 나도 축구협회장과 FIFA 부회장을 다 그만두려고 작정했는데, 좋을 결과로 끝나게 되어서 정말 다행스럽게 생각한다. 서울 상암 경기장은 김 대통령 덕분에 건설될 수 있었다.'

이렇게 만들어진 서울월드컵경기장은 수도 서울을 대표하는 FC서울의 홈구장이자, 매년 A매치가 열릴 때면 6만 명이 넘는 축구팬들이 붉은 옷을 입고 모이는 대한민국 축구의 성지가 됐다. 월드컵이 끝난 뒤 월드컵경기장을 활용하기 위해서 대구, 인천, 광주에 시민구단이 만들어졌다. 이에 자극받은 다른 지자체들이 앞다투어 시도민 구단들을 창단하면서 K리그의 양적 팽창을 이뤄냈다. 인프라 구축과 프로팀 확대 등 한국 축구의 지형을 근본적으로 바꿔놓은 것은 월드컵 유치였다. 내가 몽준 형님의 가장 큰 업적이라고 판단하는 이유다.

하지만 형님이 정치인이다 보니 반대하는 측에서 공격을 받을 여지도 있었다. 형님 임기 중 국회에서 축구협회를 상대로 사상 초유의 국정 감사를 실시한 것도 그런 사례가 될 것이다. 또 정몽준~조중연 집행부를 거치면서 축구계 내부가 분열되어 소통하지 않는다는 지적도 있었다. 이런 부분에 대해서는 나도 겸허하게 받아들였다. 그래서 만일 당선된다면 축구계 화합과 소통에 적극적으로 나서겠다고 약속했다. 정말 그런 마음이었다.

실제로 당선 이후 허승표 후보의 핵심 브레인이었던 이용수 교수를 삼고초려(三顧草廬) 끝에 협회로 모셔 기술위원장, 부회장의 중책을 맡겼다. 일부에서는 이용수 교수의 영입에 대해서 반대했다. 오랜 기간 축구 야당인 허승표 회장의 심복이었다는 이유에서였다. 형님과 함께 일하면서도 껄끄러운 일이 있었다고 했다. 나는 생각이 달랐다. 과거의 악연보다는 지금의 능력을 기준으로 사람을 쓰고 싶었다. 이 교수가 예전에 '축구 야당'을 했고, 몽준 형님과 불편한 사이였다고 해도, 나는 내가 직접 겪은 기준으로 판단하고 싶었다. 몽준 형님은 이후 내가 이 교수를 중용한 것에 대해서 한 번도 별다른 이야기가 없었다. 협회장으로서 공인인 나의 판단을 존중해준 것으로 생각한다.

—— 역전승으로 당선되다

선거 내내 대의원들을 만나면서 나의 진심을 전달하기 위해서 노력했다. 태어나서 다른 이들을 설득하기 위해서 이렇게 노력했던 것은 처음이었다. 그야말로 진인사대천명(盡人事待天命)의 심정이었다. 1월 28일 오전 10시 서울 홍은동 그랜드 힐튼호텔에서 대한축구협회 대의원총회가 시작됐다. 24명의 대의원이 전원 참석한 이날 총회에서 제52대 대한축구협회장 선거가 열렸다. 1차 투표에서 과반수 득표자가 나오면 당선이고, 없을 경우에는 상위 득표자 2명을 두고 결선 투표가 진행된다. 선거 운동 기간 막바지부터 1

차 투표에서 과반수 득표를 하기 어렵다고 판단했다. 표가 분산되는 것이 피부로 느껴졌다. 우리 캠프의 표 분석으로는 아무도 과반수 득표를 할 수 없는 상황이었다. 결선 투표까지 가는 상황을 가정해서 다른 후보를 지지하던 대의원들에게 "지지 후보가 결선 투표에 오르지 못할 경우에는 나를 지지해 달라"고 요청했다. 전략적으로 결선 투표를 미리 대비했다. 결과적으로 이 캠페인 방식이 주효했다.

터질 듯한 긴장감 속에 1차 투표 결과가 나왔다. 허승표 후보가 8표로 1위였다. 나는 7표로 2위였고, 김석한 후보(6표), 윤상현 후보(3표)가 뒤를 이었다. 다들 만족스럽지 않은 표정이었다. 아마도 모든 후보들이 스스로 예상했던 것보다 득표수가 적다고 생각했던 것 같다. 여러 대의원들이 복수의 후보에게 지지 의사를 표시했다는 방증이기도 했다. 사실 나도 굉장히 놀랐다. 1차 투표에서 과반수 득표는 힘들겠다고 내다봤지만 2위를 할 거라고는 전혀 예상하지 못했다.

허 후보와 나를 대상으로 한 결선 투표에서 반전이 일어났다. 내가 15표를 얻었고 허 후보는 9표에 그쳤다. 다른 두 분을 지지했던 표 가운데 한 표를 빼고는 전부 나에게 몰린 결과였다. 역전승이었다. 조중연 회장은 허승표 후보와 오랜 숙적(宿敵) 관계였다. 조중연 회장이 지원했던 김석한 후보 지지표가 허 후보 쪽으로는 가지 않았던 것으로 분석됐다.

1차 투표와 2차 투표 모두 예상 밖이었다. 1차에서 2위를 한 것도 뜻밖이었지만, 결선 투표에서 몰표를 받을지도 몰랐다. 선거 결과는 나에게도 큰 울림을 주었다. 1차 투표에서 7표밖에 얻지 못했다는 점에서 더욱 겸손한 마음과 자세로 회장직을 수행해야겠다고 다짐했다. 동시에 대의원들에게 가져야 할 정치적 부담은 크게 덜었다고 생각했다. 보다 적극적인 개혁 조치를 밀고 갈 수 있는 발판이 될 수 있다는 판단이 섰다.

제52대 대한축구협회장 선거 한 달 뒤 진행된 취임식 (2013.03, 서울)

나는 당선 기자회견 일성으로 "소통과 화합을 통해 대통합을 이뤄내겠다. 모든 이들이 참가하는 축구 발전을 이끌어 내겠다"고 말했다. 격전을 치러냈고, 극적인 승리를 거뒀다. 마치 오랜 꿈에서 깨어난 기분이었다.

—— 더 프로페셔널하게 간다! 일하는 새 집행부의 구성

선거가 끝나고 38일 만인 2013년 3월 7일 제52대 대한축구협회 회장 취임식을 가졌다. 집행부 구성에 꽤 시간이 걸렸다. 이전 집행부가 원로 축구인 위주로 구성되어 발생했던 여러 문제점들을 풀어보고 싶었다. 다양한 경험의 전문적 능력을 갖춘 분들이 고르게 포진해야 협회가 튼실해진다고 판단했다. 일은 회장 혼자 하는 것이 아니기에 인선에 신중을 기했다. 후보군에 오른 분들을 직접 여러 번 인터뷰했다.

이런 과정을 거쳐 허정무, 최순호, 김동대, 유대우, 리처드 힐 등 다섯 분을 부회장으로 모셨다. 남아공 월드컵에서 사상 첫 원정 16강을 이뤄낸 허정무 부회장은 기술 파트를 총괄해 주기로 했다. 최순호 부회장은 평상시 나와 유소년 육성에 대한 아이디어를 많이 공유했는데, 그 부분을 협회 정책에 반영할 수 있다고 봤다. 김동대 부회장은 오랜 기간 국제 스포츠 무대에서 활동한 베테랑으로 나의 공약인 외교력 복원에 기여할 수 있었다. 유대우 부회장은 군 장성 출신으로 대관 업무와 군팀인 상무와 관련된 일을 담당하기로 했다. 영국인 리차드 힐 SC제일은행 은행장은 연맹 총재 시절에도 사외이사로 영입했던 인연이 있었으며 다양성 강화와 사회 공헌, 마케팅 등에서 전문성을 기대했다. 5명의 부회장 가운데 경기인 출신은 2명이었고, 평균 연령대도 전임 집행부에 비하면 대폭 젊어졌다. 타이틀이 주는 명예를 향유하는 것이 아니라 실제로 일하고, 아이디어를 내주는 부회장을 바랐다.

협회 실무 행정을 책임질 전무이사에는 연맹에서 2년간 나와 함께 일했던 안기헌 사무총장을 지명했다. 그는 대표적인 축구 전문 경영인이었으며, 연맹에서 승부조작이라는 돌발 사태에 대한 위기 대처 능력을 보여줬다. 이후 여러 개혁 정책을 밀고 나갈 때 탁월한 추진력과 꼼꼼한 실무 능력을 두루 입증했다. 나와 여러 가지로 호흡이 잘 맞았다. 안 총장에게 조심스럽게 협회에 같이 가서 일할 수 있느냐고 물어보니 주저 없이 그러겠다고 해서 얼마나 고마웠는지 모른다.

축구협회장이 되고 나서 모든 임직원들과 일대일 면담을 가졌다. 직급에 상관없이 앞으로 나와 일을 함께할 이들의 의견을 직접 듣고 싶었다. 이때 이후 진행할 정책들의 상당한 아이디어를 얻을 수 있었다. 제2의 NFC 건립 아이디어도 그중 하나였다.

내가 처음 협회 임직원들에게 당부했던 것은 대략 두 가지였다. 첫째는 서비스 정신이었다. 축구협회는 군림하는 상급 단체가 아니라 축구를 위해서 봉사하고 서비스하는 단체라는 인식을 가져달라고 주문했다. 또 하나는 개방성이었다. 축구협회 사무실을 돌아보니 건물도 좁은데다 대부분 사무 공간이 방으로, 또 칸막이로 막혀있었다. 나는 요즘은 모두 다 오픈하면서 수평적이고 열린 공간을 지향하고 있다고 설득하면서 방과 칸막이로 나눠져 있는 공간을 걷어내는 방안을 검토하라고 지시했다. 이후 리모델링 공사가 진행돼 개방형 사무 공간으로 변신했다. 단순히 공간의 개방이 아니라 이를 통해 직원들의 마인드도 열고 싶었다.

1기 집행부 구성을 마치고 나서 석 달 뒤에 이용수 교수가 미래기획단장으로 새로 합류했다. 지난 선거에서 허승표 후보의 핵심 참모였던 이 교수의 합류는 축구계에 큰 화제가 됐다. 언론에서는 축구계 화합을 위한 탕평책의 하나로 해석했다. 물론 그런 부분도 있을 것이다. 하지만 그보다 나는 이 교수의 정책 능력을 높이 평가했다. 협회는 한국 축구의 미래를 위해서 '미래기획단'이라는 조직을 별도로 만들었는데, 여기에 가장 적합한 사람이 필요했다. 이 교수도 당시 인터뷰에서 "그동안 역대 회장들이 임기 4년 내에 마칠 수 있는 일만 하느라 임기 이후의 일은 크게 생각하지 않았다. 장기적 관점에서 한국 축구의 미래를 준비하는 작업에 매진하겠다"고 강조했다. 그게 바로 미래기획단을 만든 이유였다. 이 교수는 이후에도 기술위원장, 부회장 등을 맡았다. 2022 카타르 월드컵 이후 자진 사퇴해 내 임기 마지막까지 함께하지 못한 게 너무 아쉽다.

── 회장 선거제도를 개편하고 생활축구와 통합하다

지난 선거에서 소수 대의원에게만 회장 선거 투표권이 주어지면서 여러 가지 폐해가 드러났다. 일부 대의원들 스스로가 "이런 식의 선거는 다시 있어서는 안 된다"고 성토할 정도였다. 그런 선거를 몸으로 겪은 나는 회장 선거제도 개편이 반드시 필요하다고 판단했다. 특히 지방 대의원들에게 과도하게 집중된 권한이 문제였다. 앞으로 우리나라 축구 경쟁력도 프로가 좌우하게 되는데, 유럽처럼 프로를 대표하는 분들이 새로운 선거 제도에서 비중이 높아지면 좋겠다고 생각했다. 다행히 일부 대의원들도 동의했고, 언론도 제도 개편에 호의적이었다. 연맹 총재 취임하자마자 이사회 개편을 단행했던 것처럼 협회장 선거제도 개편도 내가 반드시 해내야만 하는 과제로 여겼다.

문화체육관광부도 소수의 대의원에게 과도한 권한이 집중되는 종목단체 회장 선거제도의 문제점을 인식하고 제도 개선에 나섰다. 문체부가 제도 개선을 권유하는 상황이니 선거 제도 개편은 확실시됐다. 다만 방법론을 가지고 문체부와 협회 사이에 이견이 있었다. 기존 대의원 외에도 선수, 지도자, 심판, 프로구단 등 한국 축구를 구성하는 다양한 분야에서 대표성을 갖고 선거인단에 참여하는 것에는 양자가 동의했는데, 선거인단의 규모를 놓고 의견이 갈렸다. 협회는 제도 개선을 위해 유럽, 남미, 일본 등 주요 대륙과 국가의 축구협회장 선거제도를 조사했다. 다양한 검토를 통해 우리에게 가장 적합한 선거인단 구성과 숫자에 대해서 안을 마련했다. 반면 문체부는 선거인단의 양적 확대가 제도의 민주적 정당성을 강화하는 것으로 판단했다. 그래서 무려 3,000명대 규모의 선거인단 도입을 주장했다. 우리는 선거 관리의 어려움 등 현실적 문제를 제기했다. 문체부와 협회가 몇 차례 회의를 거듭한 끝에 우리가 주장했던 적절한 규모의 선거인단 수에 합의했다. 제도 개편 후 첫 선거는 106명으로 시작했고, 현재는 194명으로 규정되어 있다. 소수의 대의원으로 치러진 협회장 선거는 내가 참여한 사례가 마지막이 됐다. 그런 요지경 같은 선거가 다시는 벌어지지 않게 되어서 정말 다행이었다.

· · ·

선거제도 개편과는 별개로 박근혜 정부는 국내 체육단체의 구조 개혁을 추진하고 있었다. 국내 스포츠계는 1988년 서울 올림픽 이후 엘리트 체육을 담당하는 대한체육회와 생활체육을 맡는 국민생활체육회로 양분되어 있었다. 일제강점기인 1920년 창립된 조선체육회를 이어받은 대한체육회와 달리 국민생활체육회는 1991년 1월 민간단체로 출범했다. 서울 올림픽 이후 정부의 체육 정책이 엘리트 체육 발전 외에 국민 전체의 건강 증진을 위해 생활 체육을 활성화하는 방향으로 선회하면서 이를 담당할 조직이 필요했다. 국민생활체육회 산하에는 각 종목별 생활 체육을 담당할 단체들이 생겨났다. 이에 따라 축구를 포함한 대부분 종목 단체는 엘리트를 담당하는 단체와 생활 체육을 맡는 단체로 나뉘게 됐다. 축구를 예로 들자면 국가대표팀이나 중·고교, 대학의 엘리트 선수들을 관리하고 책임지는 곳은 대한축구협회였다. 반면 동네마다 활성화되어있는 조기축구회처럼 일반인들이 즐기는 동호인 축구를 관장하는 곳은 '국민생활체육 전국축구연합회'였다.

박근혜 정부는 대한체육회와 국민생활체육회의 통합을 추진했다. 엘리트 체육과 생활체육의 선순환 구조를 마련해 선진 체육을 위한 새로운 생태계를 구성하겠다는 명분이었다. 하지만 대한체육회에서 1대1 통합에 반대하는 등 체육계가 전반적으로 혼란스러웠다.

다행히 축구는 그런 혼돈 양상에서 극히 예외적이었다. 당시 전국축구연합회를 맡고 있던 김휘 회장이 양 단체 통합의 큰 원칙과 필요성에 동의했고 그동안의 역할과 역사적 상징성을 고려하면 대한축구협회 중심의 통합이 바람직하다고 인정했다. 김휘 회장의 결단 덕분에 다른 종목과 달리 별다른 마찰 없이 통합 작업이 수월하게 이뤄질 수 있었다. 김 회장은 다만 통합 축구협회가 생활 체육에 대해서도 더 많은 관심과 투자를 해주기를 요청했다. 나도 축구 산업의 확대를 위해서는 전국 방방곡곡에 뻗어있는 동호인 축구를 포용하는 것이 반드시 필요하다고 판단하고 있었다.

2016년 2월 22일 대한축구협회와 전국축구연합회가 총회를 열고 통합을 선언했다. 김휘 회장의 양보로 내가 통합 조직의 회장으로 추대됐다. 통합 조직의 명칭은 대한축구협회로 통일됐고, 9월 중에 선거를 통해 4년 임기의 새 회장을 선출하기로 했다. 단체 통합이 마무리되면서 통합 축구협회장에 출마하는 형식으로 자연스럽게 재선에 도전하게 됐다. 첫 해에 중장기 발전 계획인 '비전 해트트릭 2033'을 수립한 뒤 임기 내내 착실하게 실행하고 있었다. 미래 전략 계획을 수행하는 초반부여서 뼈대를 잘 잡아나가는 게 중요했다. 4년만으로는 정책의 기반을 다지기에는 부족하다는 느낌이었다. 재선에 대한 특별한 고민이 있었다기보다는 물 흐르듯이 자연스러운 느낌이었다.

4년 전의 후보 난립과는 달리 이번에는 다른 출마자가 없었다. 그래서 재선 출마 캐치프레이즈는 "함께, 앞으로!"로 정했다. 축구계가 다 같이 합심해 미래를 향해서 나아가자고 호소하고 싶었다. 생활체육과 역사적 통합으로 축구 산업을 크게 키울 수 있다는 도전의식도 있었다. 통합 당시 전국축구연합회는 4만여 개의 팀과 100만 명이 넘는 회원을 보유하고 있다고 자부하고 있었다. 모든 종목에서 엘리트와 생활체육이 통합되고 있는 새로운 흐름 속에서 축구가 모범적인 사례를 보여주고 싶었다.

그해 9월 제53대 대한축구협회장 선거는 106명의 선거인단이 투표하는 방식으로 제도가 바뀌어있었다. 4년 전 떠들썩했던 선거에 비하면 격세지감이었다. 단독 후보였지만 선거 운동과 선거인단 투표는 규정에 따라 정상적으로 진행됐다. 단독 후보여도 선거인단 과반수의 찬성이 있어야 당선될 수 있었다. 대의원을 비롯해 새롭게 구성된 선수, 지도자, 심판 등 각 분야별 선거인단에게 공약을 설명하기 위해서 전국을 다녔다. 투표 결과 106명 중 98명이 투표에 참여해 만장일치의 찬성을 받았다. 당선이야 확신했지만, 전원

전국축구연합회와 통합 총회에서 김휘 회장과 함께 (2016)

찬성의 결과가 나올지는 몰랐다. 어떤 분은 "공산당 투표냐?"면서 농담을 던지기도 했다. 솔직히 쑥스러운 기분도 들었다. 아마 단독 후보이니 앞으로 축구계를 잘 이끌어달라는 격려의 마음을 이심전심으로 모두가 가졌던 게 아닌가 싶다.

── '레전드' 홍명보에게 축구협회장 출마를 권하다

축구협회장 4년은 참으로 묘한 시간이다. 짧은 시간은 아니지만 그렇다고 긴 시간도 아니다. 열심히 한국 축구의 미래를 위해서 일하다보면 금방 4년이 지나간다. 월드컵도 4년 주기여서 아시아 지역 예선을 차례로 치르다보면 어느새 다음 월드컵이 다가오는 것과 마찬가지다. 두 번째 임기도 '어' 하는 사이에 벌써 마지막 해로 접어들고 있었다. 협회장을 하면서 나는 두 가지 마음가짐을 항상 잃지 않으려고 했다. 첫째, 이 자리는 '나의 것'이 아니라는 것이다. 자리가 주는 달콤함이라는 게 있다. 여러 정책을 결정할 수 있고,

주요 행사를 호스트로 주관하기도 한다. 주변에 사람들도 모이고, 따르는 것 같다. 그러다 보면 착각에 빠질 때가 있다. 자리를 '나의 것'으로 여기는 사례들도 생겨난다. FIFA에서 무소불위의 권력을 행사했던 주앙 아벨란제 회장과 후계자였던 제프 블라터 회장이 그런 경우가 아니었나 싶다. 대한축구협회장은 나에게 그런 자리가 아니었다. 혹시라도 그런 마음이 들까 항상 스스로 조심하려 노력했다. 둘째, 좋은 후임자가 나와야 한다는 것이었다. 한 조직의 리더가 가지고 있는 책임 가운데 하나가 바로 후임자 문제다. 좋은 후임자가 나올 수 있는 환경을 조성하는 것도 현직에 있는 사람에게 매우 중요한 고민거리이다.

재선 임기의 마지막 해였던 2020년 7월경 나는 시내 한 호텔에서 홍명보 전무와 마주 앉았다. 홍 전무는 안기헌 전무의 후임으로 2017년 11월부터 축구협회에 합류했다. 함께 일하면서 유심히 지켜보니 역시 평판대로 좋은 축구인이었다. 행정가로서의 자질도 훌륭했다. 협회 구성원들의 신망도 높았고, 축구계의 각종 현장에서 다양한 의견을 수렴하면서도 주요 정책을 차질 없이 밀고 가는 것이 인상적이었다. 이 정도면 자격이 충분하다는 판단이 들었다.

홍 전무와 단 둘이 마주앉은 나는 이번 임기를 끝으로 협회장에서 물러날 계획을 밝히면서 차기 회장 선거에 나설 것을 권유했다. 홍 전무는 나의 이야기를 듣고 깜짝 놀라는 표정이었다. 그러면서 자신은 아직 협회장을 맡기에는 경륜이 부족하고, 무엇보다도 언젠가 현장에 돌아가 지도자로서 명예 회복을 하고 싶다고 털어놨다. 그러면서 오히려 나에게 3선 출마를 권했다. 내가 3선에 나서면 그 준비 과정을 자신이 마무리한 뒤 연말에는 협회를 떠나 현장으로 돌아가고 싶다는 희망도 밝혔다. 서로가 서로에게 출마를 권유하는 모양새가 됐다. 그날은 그 정도 대화를 나누고 헤어졌다.

4년 임기를 두 번 하면 8년이다. 미국 대통령도 임기는 재선까지만 허용하고 있으니 8년이 최대치이다. 8년을 하다보면 아쉬움에 조금 더 하고 싶은 마음이 들 수 있다. 벌여놓은 일을 마무리하고, 다른 새로운 일에 도전하고 싶은 생각도 든다. 반면 아쉬울 때 떠나는 것도 나쁜 선택이 아니다. 세상에 욕심을 부리면 한도 끝도 없는 법이다. 당시 나는 8년으로 회장직을 마무리하고, 좋은 분이 나서면 하던 일을 넘겨주는 게 좋다고 판단했다. 협회장을 하면서 항상 마음속에 새겼던 두 가지 마음의 연장선상이었다. 만일 그날 홍 전무가 내 제안을 수락했다면 그렇게 흐름이 갔을 것이다. 2002 월드컵에서 선수로 뛰었던 47살의 미야모토 츠네야스가 2024년에 일본축구협회장이 됐다. 홍 전무가 내 제안을 수락했다면 한국에서 먼저 2002 월드컵 출전 선수 출신 축구협회장이 나왔을 것이다.

박지성에게 유소년본부장을 맡기고, 이영표에게 부회장을 부탁했다. 이외에도 젊고 재능 있는 축구인들에게 축구협회의 주요 직책을 경험할 수 있도록 꾸준히 배려했다. 이들이 언젠가는 협회에서 책임 있는 위치에 오를 수 있는 가능성을 만들고 싶었다. 미래를 책임질 사람들에게 좋은 기회를 주는 것이 협회장으로서 나의 의무라고 여겼다. 홍 전무가 끝내 내 제의를 고사하면서 나는 또 고민에 빠졌다. 좋은 분이 나서면 언제든지 자리를 비켜줄 생각이었고, 내심 그런 후보로 홍 전무를 상정하고 권유까지 했는데, 내 마음대로 되지는 않았다.

3선 출마를 하려면 대한체육회 스포츠공정위원회의 심사를 통과해야 했다. 대한체육회는 산하 종목 단체 회장직은 재선까지 할 수 있도록 규정해놓고 있다. 재임 시 특별한 업적과 재정적 기여가 있는 경우, 또는 국제 스포츠계에서 주요 직책을 맡아서 연임이 필요할 경우 등에 한해서 스포츠공정위원회 심사를 거쳐서 3선 이상이 가능하도록 예외 규정을 뒀다. 이 규정에 따라 SK 최태원 회장(핸드볼협회), 현대자동차 정의선 회장(양궁협회) 등이 다선 단체장으로 직분을 이어가고 있다.

내 스스로 좋은 후임자로 생각했던 분이 출마를 고사했고, 축구계에서 다른 후보들이 나오지 않고 있는 상황이어서 결국 고민 끝에 3선 도전을 결심했다. 가족들이나 가까운 지인들은 3선 도전을 만류했던 것도 사실이다. 축구협회장과 국가대표팀 감독은 '국민 욕받이'라고 해도 과언이 아니다. 한국 축구가 여러 가지 위기에 처할 때 특히 그렇다. 가까운 분들은 내가 협회장으로 지나치게 공격받는 모습을 지켜봤기에 출마를 걱정했던 것으로 보인다. 하지만 좋은 후임자가 가시화되지 않는데 그냥 물러나는 것도 무책임하다고 생각했다.

3선에 도전하려면 스포츠공정위원회 심사를 통과해야만 하는 일정상 9월 말까지는 출마 여부를 정해야만 했다. 다시 협회장에 나서겠다고 마음먹으면서 축구협회 규정 가운데 두 가지는 꼭 개정하고 싶었다. 하나는 향후 축구협회 출마 나이를 만 70세 이하로 정하는 것이었다. 축구협회를 이끌기 위해서는 너무 나이가 많은 분보다는 상대적으로 젊으면서 경륜 있는 분들이 더 적당하다고 판단했다. 또 하나는 회장 임기를 아예 최대 3선까지로 못 박고 싶었다. 그래서 회장 임기 규정을 기존의 '임기는 4년, 1회에 한해 중임 가능'에서 '임기는 4년, 3회까지 연임할 수 있다'로 바꾸려고 했다. 이 개정의 핵심은 회장 연임 횟수를 3회로 못 박아서 4선 이상을 할 수 없도록 '강제'하려는 데 있었다. FIFA나 AFC 회장이 그런 규정에 따라 3선까지만 회장직을 수행할 수 있는 것처럼 말이다.

사실 기존 규정은 1회 중임만 가능으로 되어 있지만 대한체육회 스포츠공정위원회 심사만 통과하면 언제든지 4선도, 5선도 가능한 구조였다. 핸드볼협회나 양궁협회처럼 말이다. 회장 임기 규정을 최대 3회 이내로 못 박는 것이 바람직하다고 생각했다. 일부 언론에서는 마치 내가 3선을 시도하기 위해서 규정을 바꾸려한다고 보도했다. 천만의 말씀이다. 내 의도는 정반대였다. 하지만 나의 선의에 따른 규정 개정 시도는 대한체육회와 문체부의 반대에 부딪혀 이뤄지지 못했다. 체육회는 가장 영향력이 큰 축구 종목에서 회장 임기를 3선 이하로 제한하면 다른 종목 단체에 주는 파급력이 크다는 이유로 반대 의견을 냈다. 다른 종목 단체들도 우리처럼 3선 이하로 제한하면 핸드볼이나 양궁의 좋은 사례도 생겨날 수 없다는 게 반대 논리였다. 문체부도 체육회의 의견을 참조해 규정 개정을 승인해주지 않았다. 결국 '70세 이하만 출마할 수 있다'는 규정 개정만 승인받았다. 내 처음 의도와는 달리 문체부와 대한체육회의 반대에 의해서 향후 축구협회에서도 얼마든지 4선 이상의 다선 회장이 가능해진 것이다.

—— 축구협회장을 하면서 하고 싶었던 것들

이 글을 쓰고 있는 지금 현재 3번째 협회장 임기의 마지막 해를 보내고 있다. 처음 협회장을 맡았을 때는 이렇게 오래 대한민국 축구를 이끌게 될지 몰랐다. 다른 훌륭한 분이 나오신다면 내 역할을 다히고 언제든지 물러날 생각이었다. 결과적으로 협회장을 하면서 2014 브라질, 2018 러시아, 2022 카타르 대회까지 세 번의 월드컵을 치렀다. 축구 기자들도 4년 주기를 완주해야 초보 딱지를 떼는 것이라고 하던데, 나는 세 번의 4년 주기를 돌았으니 고참 기자는 되는 셈이다.

한 번, 두 번, 세 번의 출마 고민을 하면서 늘 머릿속에 두고 있었던 것은 "내가 축구 발전을 위해서 더 기여할 수 있을까?"라는 부분이었다. 그것이 가장 중요한 기준이었다. 더 기여하고, 더 봉사할 수 있다고 판단되면 용기를 내서 한 번 더 나아갈 수 있었다. 협회장을 하는 동안 매년 신년사를 발표했다. 신년사에는 산적한 협회의 업무 가운데 우선순위가 높은 핵심 과제들을 담아낸다. 여기에 적시된 과제들을 실행하고 해결하기 위해서 협회 모든 조직원들이 항상 최선을 다했다. 협회장으로서 가장 중요한 미래 가치라고 판단한 내용들이다. 이 책을 쓰면서 역대 신년사를 다시 읽어보니 가장 많이 거론됐던 핵심 의제들은 대략 아래와 같았다. 괄호 안은 신년사에 언급된 횟수를 뜻한다.

- 유소년 축구 활성화(9회)
- 디비전 시스템 구축과 활성화(7회)
- 심판 개혁 및 육성(6회)
- 대한민국 축구센터 건립(5회)
- 여자축구 발전(4회)

이러한 큰 핵심 과제 아래 다양한 프로그램들이 가지치기하듯 연결됐던 것이 지난 12년이었다. 마지막 3부에서는 내가 축구협회장으로 고민했고, 추진했으며, 성과를 냈던 구체적인 정책과 사례들을 주제별로 정리했다. 축구인이나 관계자들은 물론 팬들과도 지난 기간 축구협회의 노력을 공유하고 싶은 마음이었다.

2부

정몽규의 오늘

: 대한축구협회 회장 시절을 말하다

제7장

대한축구협회장은
무엇으로 사는가

—— 정 회장이 아니라 정 과장이라고요?

대한축구협회의 일부 직원들 사이에 내 별명이 '정 과장'으로 불리고 있다는 얘기를 들은 적이 있다. 처음에는 무엇을 뜻하는지 몰랐다. 알고 보니 회장인데도, 협회 업무에 꼼꼼히 관여한다는 의미라고 했다. 한참 웃었다. 국내에 많은 체육단체들이 있다. 문화, 예술 단체들도 있다. 이런 곳에서 상근하는 직원들이 생각하는 이상적 회장은 아마도 다음과 같은 유형일 듯하다. 단체에 기여금은 듬뿍 내지만, 업무에는 전혀 관여하지 않으면서 직원들에게 모두 맡긴다. 폼 나는 자리에서 사진 열심히 찍으면서 자리를 빛내주지만 업무 관련 회의에는 되도록 참여하지 않는다. 말하자면 직원들이 원하는 이상형은 기부금을 많이 내면서 실무에는 관여하지 않는 '의전형(儀典型) 회장'이 아닌가 싶다.

나는 2011년 한국프로축구연맹 총재를 맡으면서 축구 행정과 처음 인연을 맺었다. 2년 뒤인 2013년 대한축구협회장에 취임했고 이후 3선의 임기를 보내고 있다. 처음 연맹 총재를 맡았을 때부터 이른바 '의전형'에는 전혀 관심이 없었다. 성격상 나서기를 싫어하고, 자신을 알리는 홍보에 무관심한 내가 단순히 의전형이라면 자리를 맡을 이유가 없었다. 연맹 총재를 수락할 때도 위기에 빠진 K리그를 살리는 데 관심이 있었고, 30대 중반부터 현대자동차 회장을 하면서 다양한 경험을 한 것이 프로축구 살리기에 도움을 줄 수 있겠다고 판단해 일을 시작했다. K리그 총재로 폼만 잡을 생각이었다면 아예 맡지도 않았다. 대한축구협회장을 하겠다고 나섰을 때도 마찬가지였다. 한국 축구 발전을 위해서는 결국 협회 차원에서 일해야 한다는 것을 느껴서였다. 나에게 중요한 것은 실질적으로 기여할 수 있는 '일'이었지, 회장이라는 '자리'가 아니었다.

· · · ·

생각해보면 우리 집안은 체육단체장과 굉장히 인연이 깊은 편이다. 큰아버지는 5공화국 초창기에 1988 서울 올림픽 유치에 결정적 역할을 했다. 유치에 성공한 뒤 전두환 대통령의 강권으로 대한체육회장을 맡았다. 아버지는 개인적 취미 생활로 수상스키의 매력에 흠뻑 빠졌다. 국내에 생소했던 이 종목의 보급을 위해서 1979년 대한수상스키협회를 직접 만들고 초대 회장까지 지냈다. 몽준 형님은 대한축구협회장을 4차례나 하면서 2002 한·일 월드컵을 공동 유치했다. 몽구 형님과 조카인 정의선 현대자동차그룹 회장은 대를 이어 대한양궁협회 수장으로 봉사하고 있다. 양궁이 국내 아마추어 종목 가운데 가장 모범적으로 운영되고, 올림픽 효자 종목으로 건재한 것에는 대를 이어 양궁협회를 지원하는 부자(父子)의 공로가 가장 크다고 할 수 있다. 나도 미력하나마 국내 축구를 대표하는 한국프로축구연맹과 대한축구협회의 수장을 연이어 지냈으니 우리 집안 피에는 스포츠를 사랑하는 DNA가 있다고 해도 과언이 아닐 듯하다.

큰아버지가 전두환 대통령에 의해 억지로 대한체육회장을 맡을 당시 이런 일화가 있었다. 처음에 큰아버지는 나라를 돕기 위해 서울올림픽 유치 작업은 열심히 했지만 체육에 대해서는 전혀 모르니 회장직을 맡기 어렵다고 고사했다. 하지만 전 대통령이 청와대로 불러 계속 강권하기에 어쩔 수 없이 취임하게 됐다. 정치권력의 말을 듣지 않으면 보복이 횡행했던 시절이었으니 어쩔 수 없었을 것이다. 1982년 7월 14일에 취임해서 1984년 9월 30일 해임될 때까지 2년 2개월을 봉사했다. 일단 맡았으니, 그분의 성격상 최선을 다해서 임무를 수행했고, 1984년 LA 올림픽에서 당시로는 역대 최고 성적도 냈다. 하지만 국내 IOC 위원 선정 등에 정권의 요구를 순순히 받아들이지 않자 다시 일방적으로 해임 통보를 받았다. 큰아버지는 체육회장 시절의 심정을 당신의 회고록인 『이 땅에 태어나서: 나의 살아온 이야기』(솔)에 이렇게 남겨놓았다.

"1년만 하겠다고 했던 그 자리는 LA 올림픽 때문에 좀 더 앉아 있어야 했다. 재임 기간 2년 2개월 동안 나는 정부나 체육계 일부 인사들에게 두루두루 불만족스러운 체육회장이었을 것이다. 우선, 돈 많은 사람이 들어와 앉았으니 체육회에 돈 좀 쓸 것이라고 생각했던 사람들의 기대를 나는 채워주지 않았다. 바쁜 시간과 그렇잖아도 쓸 곳이 많은 머리를 나누어 최선을 다해 체육회 일을 하면 됐지, 거기에 내개인 돈까지 쓸 이유는 눈곱만큼도 없었다. 일하는 능력으로 내가 필요했던 것이 아니라, 체육회에 돈이나 펑펑 써줄 멍청한 '봉'으로 나를 선택한 것이라면 그것은 모욕이며 불쾌하기 짝이 없는 뱃속 아닌가. (중략) 체육에는 문외한이면서 어찌어찌하여 체육회장직을 맡게 되었을 때 주위에서는 내가 무턱대고 돈을 펑펑 쓸 것으로 생각하고 기대했었다. 그것은 나라는 사람을 잘 모르는 데서 생긴 잘못된 기대였다. 그 자리가 욕심나 돈으로 자리를 사서 들어가 앉았던 사람이 아닌 바에야, 능력과 진실로 최선을 다해서 국가 체육 발전에 기여하는 것으로 직분을 다해야지 돈을 왜 쓰나? 돈이 많은 사람이니까 돈을 써줄 것이라는 기대로 떠맡긴 자리였다면, 그것은 그 자리와 나를 함께 모욕하는 것이었다."

어떤 마음가짐으로 체육회장직을 수락하고 일을 했는지가 잘 드러난다. 큰아버지는 당신의 소중한 시간과 '일머리'를 체육회를 위해 쓰는 것만으로도 큰 기여를 한다고 생각했다. 반대로 이야기하면 체육회 직원들이나 체육계에서 기대했던 것과는 정반대의 회장이었는지도 모르겠다. 체육계는 부자

사진 출처: 동아일보

노태우 대통령에게 초청받은 큰아버지와 김우중 회장 (1991, 청와대)

가 회장이 됐으니, 돈이나 펑펑 써주면서 업무에는 관여하지 않기를 바랐을 가능성이 높다. 세상사는 이렇듯 서로 다른 생각과 기대들이 얽혀있다.

내가 프로연맹과 축구협회를 맡은 이유는 단 한 가지였다. 축구 발전을 돕고 싶어서였다. 내 시간과 경험을 이 직무에 쓰는 것이 진정한 회장의 임무라고 생각했다. 그래서 사업을 열심히 하듯 축구 행정 일도 그렇게 했다. 아마 나를 '정 과장'이라 칭했던 분들은 회장이 협회 업무를 너무 많이 한다고 느꼈는지도 모르겠다. 나는 세세한 일까지 관여하지 않는다. 사실 그럴 시간과 여유도 없다. 다만 협회의 중요 업무에 대해서는 방향성을 같이 고민하고 결정하려고 했다. 협회장으로서 디테일한 지시를 하거나 모든 일을 챙겨야 한다고 생각해 본 적은 없다. 다만 협회에서 일어나는 모든 결정은 협회의 철학이나 목표에 맞춰져야 한다고 믿었다. 그래서 주요한 결정을 할 때, 이런 기준과 원칙에 합당한 결정인지 또는 문제의 핵심을 제대로 파악한 것인지, 너무 단기 목표에만 매몰된 것은 아닌지 등을 물었다. 그게 협회장의 기본 책무라고 여겼다. 그 정도의 책임감과 열정이 없다면 이 자리를 맡지 않는 게 맞는다. 내가 기여할 수 있다고 판단한 부분이 실질적으로 별 도움이 안 된다면 협회장을 더 이상 할 이유가 없다고 생각한다.

참, 나는 큰아버지만큼 돈이 많은 사람은 아니지만 협회장이 재정적으로 기여하는 것도 조금 필요하다고 본다. 재임 기간 중 사재와 HDC의 사회공헌기금 등을 통해서 총 83억 원 이상을 기부했다. 이 기금이 한국 축구 발전을 위해 약간의 도움이 됐다면 진정 기쁜 마음이다. 이와는 별도로 2024년에 HDC그룹이 대한축구협회 메인 스폰서 대열에 합류해 한 해 12억 원씩 4년간의 계약 기간 동안 총 48억 원을 지원하겠다는 협약을 맺었다.

—— 회장의 1주일, 회장의 1년, 회장의 4년

체육단체 회장은 상근이 있고, 비상근이 있다. 나처럼 본업이 따로 있는 사람은 상근할 수 없다. 반면 경기인 출신이나 전문 경영인 출신에게 상근 회장을 맡겨 체육단체의 발전을 꾀하는 것도 좋은 방법이라고 생각한다. 전임자였던 조중연 회장은 경기인 출신으로 상근했다. 겸직할 다른 업무가 없었으니 상근이 가능했을 것이다. 상근 회장이나 비상근 회장은 저마다 장단점이 있다. 직원 입장에서는 상근 회장이 조금 힘들 수도 있겠다. 직장 상사가 자주 보이는 것을 반기는 직원은 세상에 거의 없을 터이니 말이다.

나는 비상근 협회장이고, 사업이 본업이어서 일정 관리의 편의상 요일로 구분해 협회 일을 보고 있다. 매주 화요일 아침 협회로 출근해 일주일간의 업무를 보고받고 챙긴다. 화요일 오전 10시에 열리는 임원 회의는 협회 주요 사안을 의논하고 결정하는 자리다. 나와 부회장들을 비롯해 분과 위원장, 본부장과 주요 팀장 등이 참여한다. 격의 없는 토의가 이뤄지는 편이다. 물론 나도 개인 의견을 수시로 낸다. 화요일 오전과 점심시간이 내가 일주일 동안 협회에서 일하는 정기 근무 시간이다. 해외 출장 등 특별한 사유가 아니라면 매주 화요일 임원회의 일정은 꼭 지키고 있다. 급히 결정해야 할 사안이 생기면 언제나 유선상으로 보고받고 처리한다. 화요 회의를 통해 큰 방향성만 결정하고, 나머지 실무는 상근 임직원들이 책임감 있게 진행한다.

일각에서는 회장이 매주 직접 회의에 참여하는 것이 너무 잦은 것이 아니냐고 말한다. 내 생각은 다르다. 회장은 협회의 모든 일에 포괄적 책임을 진다. 협회가 하는 일에 대해서 큰 맥락이나 흐름을 반드시 파악하고 있어야 한다. 협회는 한국 축구 전반에 걸쳐서 방대한 업무를 한다. 단기적, 중장기적 업무가 병행되고 있다. 회장이 직접 참가하는 회의가 일주일에 한 번이라면 결코 많다고 할 수 없다. 다만 나 때문에 일이 중복되면 안 되기에 그 부분은 항상 신경 쓰고 있다.

평소 실무 행정은 상근 임원 중심으로 진행된다. 이전에는 축구인 출신 전무이사가 행정 책임자였고, 2023년 5월부터 상근 부회장 체제로 변화를 줬다. 협회 행정의 전문화와 고도화에 도움을 받기 위해서 김정배 전 문체부 제2차관을 상근 부회장으로 영입했다. 정부 고위 관료 출신이 협회에 상근하는 것은 처음 있는 일이다. 행정 전문가여서 다양한 협회 업무에 많은 도움을 주고 있다.

매주 임원 회의를 통해 현안을 점검하고, 분기별로는 이사회를 개최해 주요 정책에 대해 추인 및 심의를 받는다. 이사회는 연간 최소 4회는 열어야 하고, 사안의 중요성에 따라 6~7회 이상 개최되는 경우도 있다. 매년 1월에는 대의원 총회를 통해 연간 단위 사업 계획과 결과를 보고하고 심의 받는다. 연말 또는 연초에는 'KFA 어워즈'를 통해 한 해 동안 빼어난 활약을 펼친 축구인에게 상을 주면서 한 해를 마무리한다. 매년 하반기에 협회 임원들이 참여하는 '전략 워크숍'도 중요한 행사다. 이 자리에서 지난 1년의 성과를 돌아보고 새해 중점적으로 추진해야 할 정책을 공유하면서 방향성을 잡는다.

대한축구협회장은 한국 축구를 대표하는 자리이다 보니 국내외 행사가 굉장히 많다. 일정이 허락한다면 중요한 행사는 가능한 현장에 가보려고 한다. 전국 방방곡곡에서 열리는 주요 아마추어 대회도 많이 찾으려고 노력하고 있다. 사업할 때에도 '현장주의'는 주요한 방침이었다. 축구 업무에도 똑같이 적용하고 있다. 축구 관계자들과 수시로 미팅이나 식사 자리도 갖는다. 축구계를 잘 이끌기 위해서는 많은 분들의 의견을 들어야 한다고 판단했다. 해외 출장도 많다. FIFA, AFC, EAFF 등 국제기구의 총회 및 주요 행사에 참석해야 하고, 각급 연령 대표팀이 출전하는 국제 대회의 주요 경기도 가능하면 현장에서 지켜보고 격려하는 것을 원칙으로 하고 있다.

시간을 아끼기 위해서 짧은 해외 출장은 왕복 비행기에서 잠을 자는 무박 일정으로 다녀오기도 한다. 축구 관련 해외 출장을 다닐 때는 일절 협회 비용은 쓰지 않는다. 그게 봉사하는 회장의 기본이라고 생각했다.

· · ·

축구협회장 임기는 4년이다. 공교롭게도 월드컵도 4년 주기로 열린다. 그러다 보니 국내 축구계도, 국제 축구계도 4년 단위로 큰 일정이 돌아간다. 취임 초에 발표한 '비전 해트트릭 2033'에 따른 중장기 목표와 실행 과제들은 매년 전략 워크숍을 통해 진행 상황을 점검하고 보완했다. 2024년부터는 월드컵 주기에 맞춰 실천 과제를 구체화하는 방식을 도입했다. 2024년 초 발표한 축구협회의 가치체계는 '축구가 함께하는 행복한 대한민국'이라는 미션 아래 대표, 책임, 육성의 3대 가치를 설정했다. 각 가치를 실현하기 위한 핵심 목표를 설정하는데, 이 목표들은 앞으로 4년 단위로 세계적 트렌드를 반영해 재설정하기로 했다. 3번의 4년 임기를 지냈지만 아직 못한 일도 적지 않은 듯하다. 시간은 쏜살과 같은데, 할 일은 정말 많다. 지나고 보면 아쉬움이 더 크다.

── 본질은 다르지 않다, 기업 경영과 축구협회 운영

기업인으로 회사를 경영하면서, 동시에 대한축구협회장의 직무를 다한 지 벌써 12년이 됐다. 짧지 않은 시간이었다. 그 기간 동안 나에게 가장 중요했던 것은 가족과 사업 그리고 축구였다. 가족이야 가장 사적인 부분이니 예외로 한다면, 결국 사업과 축구가 제일 중요했던 셈이다. 회사도 사회적 책임을 다해야 하지만 본질적으로 이익을 중요시하는 집단이다. 반면 협회는 공적 책임이 더 중요하다.

협회장을 하면서 축구라는 안경을 쓰고 사회를 바라보게 됐다. 회사만 운영할 때와는 달리 다양한 각도에서 사고하는 버릇이 생겼다. 내가 보다 성숙한 고민과 결정을 하게 됐다면 협회장을 경험한 덕분이라 할 수 있다. 보다 폭넓게 사람을 만나고 사유하게 되면서 세상을 바라보는 시각도 더 넓어졌다.

사람이 쓸 수 있는 시간과 에너지는 한정적이다. 두 가지 일을 병행하다 보니 시간과 에너지를 배분해야만 했다. 회사 일과 협회 일에 대한 비중은 대략 반반인 것 같다. 주중 근무시간 기준으로만 보면 회사 일이 더 많지만 축구 관련 행사는 주말에 많고, 일과 후 저녁에 미팅이나 일이 이어지는 게 다반사여서 전체적으로 내 시간과 에너지를 쓰는 비율이 비슷해 보인다. 회사에서는 월급을 받고 있으니 열심히 해야 하고, 협회 일은 공적인 책임이 있기에 어느 쪽도 소홀히 할 수 없다.

처음 협회에 들어갈 때는 기업 경영의 경험을 통해 도움을 주고 싶다는 마음이었다. 그런데 일을 하다 보니 오히려 축구에서 배우는 것도 많았다. 축구 팬과 언론 등을 현장에서 직접 대면하고 접촉하면서 소비자 인식의 변화와 트렌드를 빠르게 파악할 수 있었다. 또 팀 스포츠라는 축구의 특성과 그 안에서 코칭스태프, 지원스태프, 선수단이 유기적으로 조합을 이뤄 성과를 내는 경우와 그렇지 못한 경우를 기업 경영에 참고하기도 했다. 감독이 팀에서 발휘하는 리더십의 유형과 그 결과가 기업 경영에 많은 시사점을 주기도 했다. 내 안에서 경영은 축구에게, 또 축구는 경영에게 서로 다른 신선한 아이디어를 제공하기도 했다.

회사 경영과 협회 경영은 큰 흐름에서는 유사한 것이 더 많다. 우선 조직의 목표를 명확하게 설정하고, 목표에 맞는 실천 계획을 짜고, 계획에 따라 업무를 실행하는 점에서 비슷하다. 목표 달성을 위해서는 이해 관계자를 설득하고, 홍보도 잘하고, 업무 관련 정의도 잘해야 한다. 물론 차이점도 존재한다. 기업에서는 통상 확고한 리더십 아래서 내부 검토 및 의사결정 과정을 거쳐 업무가 진행되는 게 일반적이다. 반면 협회는 축구가 갖고 있는 강력한 대중성으로 인해 예상하기 어려운 파급 효과를 항상 고려하면서 결정해야 한다는 점이 가장 어렵다. 쉽게 말하면 여론에 흔들리기 쉬운 구조라는 뜻이다.

협회는 유소년 육성부터 저변 확대에 이르기까지 엘리트와 생활체육 전 분야에서 다양한 업무를 수행하고 있다. 이에 대한 종합적 평가가 필요한데 단기적인 국가대표팀 성적에 따라 평가를 받는 게 더 일반적이다. 대표팀이 부진하면, 다른 성과는 모두 묻히기 십상이다. 이런 구조는 상당히 아쉽다. 평가 구조가 다면화, 객관화되어 있는 기업 운영과는 크게 다른 점이다.

· · ·

HDC에서 시행했던 경영 기법을 협회에 직접 적용했던 사례로는 '애자일(Agile)' 조직 개편을 들 수 있다. 협회는 2021년 '애자일' 조직을 적용하는 혁신적 개편을 단행했다. 애자일이란 '민첩한', '기민한'이란 뜻을 갖고 있다. HDC가 도입했던 애자일 조직은 부서 간의 경계를 허물고 필요에 맞게 프로젝트 팀을 구성해 업무를 수행하는 것이었다.

협회는 국내 스포츠 종목단체 중 처음으로 최신 기업 경영 기법을 도입하며 새로운 도전에 나섰다. 기존 19개 팀으로 나눴던 조직을 7팀으로 과감하게 통합했다. 또 조직의 모든 역량을 집중해 신속하게 실행해야하는 6대 핵심 추진 과제를 골라 6개의 프로젝트 조직을 만들었다. 프로젝트별로 최소 1년에서 최대 3년에 걸친 시간이 주어졌다. 이 조직 개편의 핵심은 사무국 직원들이 7팀의 일원으로 근무하면서 동시에 프로젝트 조직에도 속하게 된다는 점이었다.

이처럼 주 업무와 프로젝트 업무를 '듀얼(Dual)'로 담당하는 '매트릭스 인력 구성'을 통해 조직원들에게 동기를 부여하고 협회의 당면 과제를 구체화한 것이 특징이었다. 이를 통해 급변하는 대외 환경에 신속하게 대처할 수 있는 유연한 조직을 만들고 싶었다. 이후 프로젝트 기간이 종료되면서 과업 성과들이 일반 팀에 자연스럽게 흡수되거나, 축구종합센터 팀처럼 프로젝트 업무가 정규 팀으로 변신하기도 했다. 애자일 조직 도입을 통해서 협회 직원들 사이에 협업 관계가 강화됐고 소통 능력이 향상되는 조직 문화의 변화가 일어났다. 협회 직원들의 멀티 태스크 능력을 늘리자는 의도였고 일정 부분 성과를 냈다. 축구에서 멀티 플레이어가 필요한 것처럼 협회 조직에도 그런 능력의 배양이 필요하다고 봤다.

애자일 조직은 기능 조직의 단점을 보완하면서 조직원 개개인의 발전을 위해 시도한 것이다. 물론 이 과정에서 일부 조직원들이 힘들었던 부분도 있었다고 한다. 기존 조직이 변화를 거부하거나, 변화를 유도하기 위한 설득이 부족했다면 결과적으로 아쉬운 대목이다.

건설회사를 경영하면서 체득한 '디자인 경영 방식'도 협회에 일부 적용하기도 했다. 협회장 취임 후 업무 공간에 대한 리뉴얼 작업을 실행했다. 조직 간 높은 물리적 벽을 허물고 오픈된 공간에서 업무 효율성을 높이기 위해 많은 변화를 주었다. 4층에 공용 라운지를 만들어 휴식과 업무를 동시에 할 수 있는 새로운 시도를 했다. 또 오랜 노력 끝에 축구협회 신규 엠블럼을 발표할 수 있었다. 축구협회가 디자인 트렌드를 선도한 사례로 자부하고 있다. 2025년 완공될 대한민국 축구종합센터 역시 기능은 물론 디자인 측면에서도 수준 높은 센터를 만들기 위해 글로벌 설계회사를 참여시켰다.

—— 협회 조직 관리의 어려움에 대해서

축구를 많이 알수록 한국 축구의 문제점과 우리 사회 조직 문화의 그것이 상당히 비슷하다고 느껴진다. 이런 문제를 풀어가는 것도 상당히 어렵다. 우리 사회는 연공서열이 강하고, 선배 앞에서 후배가 이야기하는 것도 쉽지 않다. 토론에도 익숙하지 않다. 축구도 거의 비슷하다. 기업을 경영하고, 협회를 운영하면서 여기에서 얻은 아이디어를 저기에 적용하기도 하고, 그 반대를 해보기도 한다. 결론은 두 분야 모두 어렵다는 것이다. 세상에 쉬운 일은 없다.

취임 초기 협회 조직 개편을 단행한 뒤 실장급 두 명을 이사로 승진시켜 일하는 분위기를 만들려고 했다. 실적을 내는 사람에게는 파격적 대우도 해주고, 이를 통해 후배 직원들에게도 동기 부여의 효과를 만들고 싶었다. 결과적으로는 이사 승진 발령을 내지 못했다. 해당 직원들이 고사했기 때문이었다. 이사 승진을 마다하는 일은 일반 기업에서는 보기 힘들다. 일반 직원의 일차 목표는 당연히 이사 승진이다. 군대로 치면 별을 다는 것이니 말이다. 당시 협회 노조에서도 실장급 인사의 이사 승진을 반대했다. 직원들의 고용 안정성만을 강하게 고려했던 것 같다. 일반 직원들은 정년이 보장되는 반면 임원은 계약직이다. 기업에서도 '임원'은 '임시 직원'의 준 말이라는 우스

갯소리를 하지만 열심히 일해서 승진하려는 개인의 목표 의식이 조직 전체를 활성화시키는 원동력이 된다. 협회에 처음 와보니 이런 인식이 아예 없었다.

협회 임원은 그동안 통상 각 분야별 전문가를 외부에서 영입해 선임하는 일종의 '정무직'이었다. 직원이 성과를 내서 임원으로 승진하는 사례가 없다시피 하니 구성원의 동기부여가 많이 떨어진다고 판단했다. 그래서 차별화된 처우와 함께 책임과 권한을 명확히 부여해 성과 중심의 일하는 조직 문화를 만들려고 했다. 기업은 목표와 성과를 명확하게 측정하고 이를 기반으로 인사 정책을 운영한다. 하지만 협회는 성과로 명확하게 측정할 수 있는 기준을 마련하고 평가하는 시스템이 부족했다. 동시에 정년이 확실히 보장되고 평균 근속 연수가 긴 협회 조직의 특성상 직원들이 성과에 대한 필요성과 동기 부여를 느끼지 못했다. 임원 승진에 대해서도 근로계약상 안전성은 보장받지 못하면서 더 큰 책임만 지는 자리라고 생각할 수 있다. 직장 내부 문화를 바꾼다는 것은 이렇게 어려운 일이다.

나중에 어느 정도 협회 조직 문화를 파악하고 나서 대리급도 능력에 따라 팀장으로 올리는 발탁 인사를 감행하기도 했다. 그러자 협회 내에서 "회장은 젊은 직원들만 좋아한다"고 수군거리기도 했다고 한다. 젊은 직원만 좋아한 것이 아니다. 능력 있고, 도전하는 직원들을 좋아했다. 나이는 상관이 없었다. 이런 분위기를 타파하는 데 오랜 시간이 걸렸다. 물론 아직도 부족하다고 생각한다.

· · ·

협회 내부에서 임원 수급이 안 되니, 임원직은 모두 외부에서 영입해야 한다. 부회장, 위원장 등은 모두 이사 가운데 선임된다. 그러다 보니 협회 내에서 정년이 보장된 정규직 사원과 자문역으로 한정된 임원 사이에 어떻게 시너지를 낼 것인가 또 다른 고민거리였다. 협회 규정상 상근 임원을 제외한 다른 임원은 정책 자문역으로 한정되어 있다. 결재권이나 집행권이 없다. 대신 부회장부터 위원장에 이르는 주요 보직 임원들에게 명확하게 부문별 역할을 부여하고 있다. 기술파트, 대회운영, 홍보와 마케팅, 생활축구, 심판, 일반 행정 등 각각의 전문 분야에서 자문 역할을 하고 있다.

임원들을 보좌하면서 실제로 정책을 실행하는 것은 직원들이다. 그래서 임원과 직원들의 협력 관계가 매우 중요하다. 협회 내 임기제 임원과 정규직 직원의 관계를 보면 공직 사회에서 '어공'과 '늘공'의 관계가 연상된다. '어쩌다 공무원(어공)'은 중앙 정부나 지방 정부의 선출직 최고 정책 결정권자가 정무적으로 외부에서 데리고 오는 자리다. 반면 '늘 공무원(늘공)'은 정식 공무원 시험을 통과한 뒤 정년까지 신분이 보장된 자리이다. 어공은 최고 결정권자가 바뀌면 함께 사라져서 '어쩌다 반짝' 신분이다. 늘공은 본인의 과실이 없다면 법에 의해 '늘' 자리를 보장받는다.

어공과 늘공은 확실히 차이가 있다고 한다. 보통 어공은 아이디어가 반짝이고, 추진력이 좋다. 선출직과 함께하는 자리이니 민심에 민감하다. 나쁘게 말하면 포퓰리즘에 빠질 위험도 크다. 반면 늘공은 안정감이 있고, 실질적 업무 능력이 뛰어나다. 인기에 영합하기보다는 장기적 사업 효과를 따진다. 대신 정무적 감각은 부족한 편이다. '늘공'이 맞고 '어공'이 틀리다는 것이 아니고, 당연히 그 반대도 아니다. 사안에 따라서 늘 달라진다. 어공과 늘공의 협업 체제가 잘 이뤄질 때 가장 좋은 성과가 나온다.

협회도 마찬가지라고 본다. 한국 축구를 위해서 가장 옳은 방향으로 숙고하고, 집행해야 한다. 어공(임기제 임원)과 늘공(정규직 직원) 사이에 누가 더 권한이 있고, 없고를 따지는 주도권 다툼을 할 것이 아니라 축구 발전을 위한 아이디어 경쟁을 해야 한다. 그런 방향으로 임원과 직원의 협업 구조가 필요하다.

외부 인사를 협회 집행부로 영입할 때도 뚜렷한 인사 원칙이 있다. 단순히 영입 대상 인사의 명성이나 평판에만 기준점을 두지 않는다. 임원이 담당할 분야의 역할을 명확히 하고 거기에 맞는 분을 찾는다. 대회, 기술, 심판 등 현장 축구 전문가가 필요한 부분은 그동안의 경력과 실적 그리고 평판 등을 두루 검증한다. 마케팅, 일반 행정 등도 해당 분야 전문성을 충분히 고려한다.

경기인 출신 이영표, 김병지, 하석주 부회장 등은 축구 팬과 국민에게 많은 사랑을 받으면서 혜택도 받은 분들이어서 협회에서 봉사하고 축구 발전에 기여하는 것도 의미가 있겠다고 봤다. 또 박지성, 이동국 등 젊은 스타 출신들에게 행정 분야를 경험하게 함으로써 앞으로 선수 출신 축구 행정가를 키우고 관련 인력 풀을 넓혀 나갈 수 있게 하는 것도 협회의 임무라고 판단했다. 이런 분들의 영입으로 협회가 좀 더 팬 친화적으로 다가갈 수 있는 측면도 있었다.

· · ·

처음 협회를 맡았을 때는 전년도인 2012년 터졌던 임원들의 법인 카드 오사용 문제가 상당히 심각한 수준이었다. 그래서 축구 행정 시스템을 전산화해 투명한 업무 프로세스를 만드는 데 집중했다. 기존에 쓰던 그룹웨어 시스템이 있었지만 고도화되지 못한 탓에 행정 업무에 수기와 서면 보고가 많았다. 또 예산 집행 부분에서도 ERP(Enterprise Resource Planning 전사적 자원 관리: 기업 전반의 업무 프로세스를 통합적으로 관리해 경영상태를 실시간으로 파악하고 정보를 공유하게 함으로써 빠르고 투명한 업무 처리 실현을 목적으로 만든 통합 관리 시스템)가 도입되지 않아 체계적으로 관리되지 못하고 있는 상태였다. 이에 '그룹웨어 및 EPR 선진 시스템'을 도입해 1,000억 원대 규모의 협회 예산을 효율적으로 관리하고 활용하는 체계를 마련했다. 과거에 오용 사례가 많았던 법인카드 역시 2013년부터 '관련 지침 마련 및 클린카드 제도'를 도입해 사적 사용을 원천 차단하고 클린카드 정책이 정착될 수 있도록 했다.

물론 대기업 수준의 예산과 사업 관리 체계가 협회에 처음 적용되면서 구성원들이 초기에는 실무적 어려움을 호소했던 것도 사실이다. 대부분의 체육단체들이 과거에 주먹구구식으로 운영됐던 부분이 있었고 직원들도 그 시스템에 젖어 있던 측면도 있었다. 직원 입장에서는 처음 적응이 힘들었지만 시스템이 정착되면서 행정 업무가 투명해지고 효율적으로 변화하는 효과를 거뒀다. 그런 과정을 거쳐 대한체육회에서 실시한 '회원종목단체 선진화 평가'에서 2018년과 2019년 2년 연속 최우수에 해당하는 S등급을 받았다.

── 위기의 코로나 시대, 모두가 함께 이겨냈다

기업을 경영하다보면 전혀 예상하지도 못한 대위기를 만날 때가 있다. 2020년부터 약 3년간 전 세계를 강타한 '코로나 19' 사태가 그런 위기였다. 하루아침에 코로나 이전 시대와 코로나 이후 시대로 나뉘었다. 워낙 전방위적 위기였기에 그 파장도 엄청났다. 모든 사람들의 삶 자체가 크게 변했다. 잘난 사람이나 못난 사람이나, 부자나 가난한 자나 코로나 앞에서는 다를 게 하나도 없었다.

이 위기 국면에서 대한축구협회도 일찍이 없었던 어려움을 겪었다. 코로나19는 모든 사람들이 겪어보지 못했던 미증유의 사태여서 누구도 이것에 대한 준비나 대책을 세울 수가 없었다. 모두에게 첫 경험이었다. 생활 방역의 확산에 따라 경기 연기나 사상 초유의 무관중 경기가 빈번했다. 경기 준비 과정이나 후에 선수들이 코로나가 걸렸을 경우 어떻게 대처해야 하는지에 대한 매뉴얼부터 만들어야만 했다.

정부가 코로나19 확산 방지를 위해 '사회적 거리두기'를 강화하고 있는 와중에도 협회는 "축구가 멈추어서는 안 된다"는 기조를 유지하면서 정책의 연속성을 유지하기 위해서 노력했다. '언택트(Untact, 비대면) 시대'에 맞춰 온라인을 적극 활용하는 비대면 사업 방식을 확대했다. 우선 주간 임원회의를 화상 회의로 시범 실시했고, 이후 비대면 온라인 회의 방식을 이사회 및 대의원총회로 확대했다. 이사회나 대의원총회를 실시하면 20~30명이 모이는데 코로나 사태 이후에도 협회 내부에 비대면 온라인 회의가 정착하면서 시간과 공간의 제약이 없는 화상 회의의 장점을 충분히 활용할 수 있었다. 회의 참석률과 업무 효율성을 높이는 효과까지 거뒀다.

사상 최초로 일선 심판들을 대상으로 실시간 온라인 화상 교육을 실시한 것도 같은 맥락이었다. '포스트 코로나 시대'에 대비한 선제적 대응이 필요했다. 이런 교육을 통해 코로나19로 각종 리그 개막이 연기됐지만 심판들의 실전 감각이 떨어지는 것을 미연에 막을 수 있었다. 코로나19가 완화되는 시기에도 축구 현장 내에서는 유관기관 및 전문가들과의 연계를 강화해 철저한 방역 대책을 마련했고 이를 통해 선수단 안전을 확보하여 안심하고 대회에 참가할 수 있도록 했다.

· · ·

어려운 시기일수록 돕고 사는 것이 필요하다. 코로나19 시기에 협회 전 구성원이 똘똘 뭉쳐서 '축구 상생 지원금'을 마련했을 때가 지금도 생생하게 기억난다. 코로나19로 축구인들이 전례 없는 어려움에 처한 만큼 특단의 조치가 필요하다는 판단 아래 협회 집행부와 노조가 함께 뜻을 모아 3억 5천만 원의 축구 상생 지원금을 마련했다. 당시 지원금은 협회 임직원 및 소속 지

코로나19 시기에 대한축구협회 단체 헌혈 (2020년)

도자들이 자진 반납한 급여 가운데 일부로 조성됐다. 실장급 이상은 20%를 반납했고 직원들도 자발적 동의 절차를 거쳐 10%를 반납했다. 벤투 국가대표팀 감독을 비롯해 연령별 감독 및 전임 지도자들도 자발적 동의하에 급여 10%를 반납했다. 기쁜 마음으로 기꺼이 참여해준 벤투 감독과 외국인 코치들에게 특별히 고마운 마음이었다. 따뜻한 정이 느껴졌다.

임직원과 지도자들의 동참으로 조성된 금액을 비용 절감의 차원이 아니라 어려움에 처한 축구인들을 돕는 일에 적극적으로 사용하기로 뜻을 모았다. 이를 통해 리그 및 대회 중단으로 수입의 직격탄을 맞은 유·청소년 지도자와 심판들에게 지원금을 보낼 수 있었다. FIFA도 코로나19를 이겨내기 위한 지원금으로 500만 달러를 무이자로 빌려줬다.

코로나19 시기에 오히려 대규모 경영 수지 흑자가 발생하는 일도 벌어졌다. 발생 이전인 2019년에는 19억 원의 흑자였는데, 코로나19 첫 해인 2020년에는 38억, 2021년에는 68억, 그리고 발생 세 번째 해였던 2022년에는 사상 최대인 137억의 흑자를 기록했다. 주요 스폰서십이 대부분 장기 계약이 되어 있어 안정적 수입이 확보된 상태에서 정부의 방역 정책으로 각종 대회나 리그가 열리지 못하거나 축소되면서 자연스럽게 비용과 지출이 줄어든 결과였다. 회장에 취임한 2013년부터 한국 축구의 시장 가치 제고를 위해 지속적으로 노력했던 '파트너사 후원 규모 확대 및 장기 계약 체결'이 코로나19 위기를 넘길 수 있는 최대 원동력이 됐다. 역시 평소에 잘 준비해야 뜻하지 않은 위기 국면에 빛을 발할 수 있다.

기업을 운영하는 경영자가 협회장을 하고 있는데 경영 수지가 적자나면 안 된다는 생각을 취임 이후 늘 하고 있었다. 코로나19 위기의 시기도 흑자로 넘어갈 수 있어 다행이라고 생각했다. 취임 전 축구협회에는 110억 원의 축구발전 적립금이 조성돼 있었다. 내가 취임한 이후 2013년부터 2023년까지 적립한 축구발전 적립금은 총 300억 원에 달하고 있다. 특히 국가대표팀의 인기가 폭발하며 2023년 한 해에만 A매치 매진 행렬, 마케팅 활성화 등이 이어지면서 160억 원이 적립되는, 협회 창립 이래 최대 실적을 거두었다. 취임 초부터 효율적인 협회 운영의 기반을 다진 것이, 50억 원을 적립한 2022년부터 이렇게 큰 실적으로 연결되면서 축구발전 적립금 조성에 큰 도움이 되고 있다. 이런 것이 협회장을 하면서 가장 기여하고 싶었던 부분 중 하나였다.

—— 조세특례법 개정, 축구 발전을 위한 재정 확보

협회장 취임 이후 매년 실적 보고를 받으면서 20여억 원에 달하는 법인세를 늘 부담하고 있다는 사실을 알게 됐다. 또 월드컵 본선에 진출하면 주어지는 FIFA 배당금에 대해서도 세금을 내는 것으로 확인했다. 체육단체인 축구협회는 이윤을 추구하는 기업이 아니다. 매년 잉여 자금이 생겨도 축구 발전을 위해 전액 재투자하고 있는데 이런 세금 부담이 적절한지 의문이 들었다. 상당한 규모의 세금을 유소년 육성이나 연령대 대표팀의 전지훈련 등 축구 현장에 투자한다면 더 많은 효과가 있을 것 같았다. 그래서 담당 부서에 협회의 세금 부담에 대한 전면적 검토를 지시했다.

실무자가 상황을 알아보니 국내 세법상 비영리법인도 고유 목적 사업 외에 수익 사업의 경우에는 법인세를 부담해야 하며, 협회의 후원사 수익, 중계권 수입, A매치 입장료 수입 등이 수익사업으로 분류된다는 것이었다. 협회의 주요 수입원이 수익 사업으로 분류됨에 따라 상당한 금액의 법인세 부담을 피할 수 없는 상황이었다. 따라서 세법 개정 등 새로운 접근이 필요할 것으로 판단했다. 외부 전문기관과 협의해 대책을 고민해보라고 했다. 그 결과 일부 문화예술단체의 감면 사례를 발견했다. 체육단체도 명분을 잘 준비하면 가능할 것으로 생각해서 법률 개정 작업을 진행했다.

다양한 사례를 검토한 끝에 '올림픽 조직위원회' 등 국가를 대표해 스포츠 사업을 추진한 조직의 소득에 감면 사례가 있음을 알게 됐다. 협회가 국가를 대신해 국가대표팀을 운영하고 있고, 국가대표팀과 관련된 사업인 A매치 등의 사업도 동일하게 적용할 수 있다는 논리로 접근했다. 대한체육회, 장애인체육회와 협의하면서 법 개정의 공감대를 형성했다. 대한체육회 산하 종목단체 모두에게 적용될 수 있도록 법률 개정안을 추진하게 됐다. 기재부에 대한 설명회를 수차례 진행했다. 의원 입법으로 추진하는 것이 적절하다고 보여 다양한 채널과 네트워크를 통해 국회의원 설득 작업을 병행했다. 다행히 1년여의 노력으로 법률 개정안이 2022년 정기국회에서 통과해 2022년 소득분부터 감면을 받는 성과를 이룰 수 있었다. 매년 20여억 원의 세금 부담을 줄이게 되면서 축구 발전을 위한 추가 재정을 확보하게 됐다. 버는 것도 중요하지만 절세를 통해서 매년 한국 축구를 위한 유의미한 투자금액을 확보했다는 점에서 협회 행정의 개가로 평가할 수 있다.

향후 국가대표팀 관련 마케팅 수입이 크게 증가하게 되면 그 효과는 더 커질 것으로 본다. 축구협회의 주도적인 노력으로 다른 종목 단체들도 같은 혜택을 누리게 됐다. 체육 종목 단체의 맏형을 자부하는 우리로서는 제 몫을 했다는 자부심이 든다.

—— 대한축구협회와 대한체육회, FIFA와 IOC

대한체육회는 우리나라의 모든 체육단체를 총괄하는 단체이다. 올림픽 관련 업무를 담당하는 국가올림픽위원회(NOC)도 따로 존재한다. 체육회와 NOC가 통합돼 운영되는 나라도 있고, 분리돼 운영되는 나라도 있다. 우리는 전자다. 이기흥 대한체육회장이 KOC 위원장도 겸임한다. 대부분 나라에서 NOC는 왕이 있는 나라는 왕족이, 권위주의 국가에서는 고위 공무원이 수장을 맡아 체육 관련 업무를 담당한다. 한국의 경우에도 4,000억 원이 넘는 체육회 예산의 대부분이 국가에서 나온다. 그래서 문체부 체육국장이 당연직 이사로 참여한다. 정권에 따라 차이가 있지만 그동안 체육회가 정부 산하 조직처럼 운영되는 경향이 많았다.

반면 대한축구협회는 스폰서십과 중계권료, 그리고 스포츠토토 지원금이 수입의 대부분을 차지한다. 정부가 직접 지원하는 액수는 미비하다. 특히 스폰서십과 중계권료가 전체 예산의 70% 정도를 차지한다. 스포츠토토 지원금의 경우에는 A매치나 K리그 경기를 대상으로 투표권 수입이 나오기 때문에 협회와 프로축구연맹이 반반씩 지원금을 나눠서 운영한다.

· · ·

FIFA와 IOC의 경우에도 다른 종목 단체에 비해서 축구 쪽의 독립성이 굉

2016 리우 올림픽 선수단장으로 결단식에서 (2016, 서울 올림픽공원)

장히 강하다. FIFA의 재정 자립도가 높고 IOC만큼의 수입이 생기기 때문에 눈치를 볼 필요가 거의 없다. 상당히 많은 국가에서 축구협회와 체육회 간의 갈등이 있다고 한다. 특정 종목으로 이렇게 많은 수입을 올리며 자율성을 누리는 것은 축구 정도일 것이다. 우리의 경우 내가 오랜 기간 대한체육회 부회장을 맡고 있어서 양 단체 간의 협조 관계가 잘 유지되고 있다.

영국의 앤 공주가 IOC 위원 자격으로 방한했을 때 서울의 영국 대사관에서 만나 이야기를 나눌 기회가 있었다. 앤 공주는 올림픽은 모든 종목에서 최고의 선수만이 참가하는 대회인데 유독 축구만 23세 이하의 연령대 선수를 참가시키는 것은 올림픽 정신에 맞지 않는 것이라고 주장했다. IOC는 오랜 기간 축구에서도 최고의 선수들이 참가해서 대회 흥행을 돕고 막대한 수입을 창출해 주기를 원했다. 하지만 FIFA 입장에서는 최고의 선수가 참가하는 대회가 월드컵과 올림픽으로 이원화되는 것을 반길 까닭이 없었다. 또 FIFA는 최고의 대회가 2년 단위로 열리게 되면 재정에 피해를 주게 되고, 각 연맹과 협회에게도 악영향을 준다는 논리로 강력하게 반대해왔다. IOC의 압박에 대해서 단일 종목 단체가 독자적으로 별도 구상을 관철시키는 것은 축

2016 리우 올림픽 개막식에서 선수단 입장식 (2016, 브라질)

구 정도가 아닐까 싶다.

올림픽은 보통 도시가 개최한다. 그래서 서울 올림픽, 파리 올림픽으로 불린다. 반면 월드컵은 국가 단위로 주최했다. 독일 월드컵, 브라질 월드컵이다. 한국과 일본이 열었던 2002 월드컵이 지금까지 유일한 나라간 공동 개최였지만 2026 월드컵은 미국·캐나다·멕시코의 세 나라가 함께 연다. 2022 카타르 월드컵에서는 6조원의 수익이 창출됐지만 북중미 월드컵에서는 11조원의 수익이 예상된다. FIFA의 위상은 앞으로 더 커질 수밖에 없고, 대회 운영도 공동 개최가 새로운 기준, 뉴노말이 될 전망이다. 한 나라가 감당하기에는 규모가 너무 커졌기 때문이다.

—— 축구협회장에게 필요한 덕목

축구협회장이라는 자리에는 많은 덕목과 능력이 필요하다. 경영 능력일 수도 있고. 재정 능력일 수도 있다. 능력이 있어서 협회에 직접적 기부를 많이 한다면 그것도 좋은 일이다. 다만 연간 1,000억 원대에 이르는 협회의 예산 규모를 볼 때 향후 어떤 회장이 오더라도 개인의 기부 행위를 통해서 조직을 운영하는 것은 불가능해졌다. 그래서 재정 능력보다는 경영 능력을 통해서 협회가 장기적으로 자생력을 가질 수 있는 기반을 만드는 게 더욱 중요하다.

나도 취임 후 총 83억 2천만 원의 기부를 통해 유소년 발전과 대표팀 지도자 영입 등에 사용하도록 했지만 그보다는 협회가 다양한 콘텐츠를 개발하고 이를 통해 신규 수입원을 창출하도록 한 것에 더 보람을 느낀다. 이런 노력 덕분에 취임 당시 360억 원 수준의 자체 수입이 현재는 600억 원 이상에 이르렀다. 협회가 A매치와 국가대표팀의 가치 제고를 통해 중계권 및 입장료에서 큰 폭의 수입 증가를 이뤄냈고, 후원사의 신규 유치 및 재계약에서도 큰 성과가 있었다. 내가 기업 경영을 통해 얻은 경험이 협회 운영에 조금이라도 도움이 됐다면 정말 다행이다.

축구협회장은 국민적 관심도를 고려했을 때 다른 체육단체장보다 더 높은 수준의 역량과 도덕성이 필요한 자리다. 국내 많은 체육단체장 가운데 축구협회장만큼 주목도가 높고 여론의 비평 대상이 되는 자리는 없다고 단언할 수 있다. 상급단체인 대한체육회장도 이런 관심을 받지 못한다. 그만큼 책임감과 사명감이 필요하고, 정무적 판단도 중요한 자리다. 협회장은 구성원들에게 명확한 비전을 제시하고 실행할 수 있는 강한 추진력이 있어야 한다. 또 리더십을 확보해 구성원들이 공감대를 갖고 따라와야 한다. 축구계 수장으로서의 품격과 소양을 갖추는 것도 기본이다.

여기에 덧붙여 필요한 또 다른 덕목이 있다. 인내심과 참을성이다. 이것은 농담이기도 하고 진담이기도 하다. 월드컵이나 아시안컵 등 주요 대회에서 대표팀이 부진하면 온 국민의 원성을 들어야 한다. 어느 종목도 국가대표팀 성적이 나쁘다고 회장 퇴진을 요구하지는 않는다. 이럴 때는 협회장이나 국가대표팀 감독이 '국민 욕받이'가 아닌가 하는 생각도 든다. 축구협회장의 임무는 국가대표 경기를 통해서 국민을 항상 기쁘게 해줘야 하는 것이다. 하지만 이것은 '불가능한 임무(Mission Impossible)'이다. 축구는 항상 이길 수만은 없는 경기이기 때문이다. 브라질에 출장을 갔을 때 '브라질 국가대표팀 감독과 축구협회장이 세상에서 가장 힘든 직업'이라는 이야기를 들었다. 택시 운전사도 축구에 대한 해박한 지식을 갖고 있는 나라에서 이들을 만족시킨다는 것은 얼마나 어려운 일이겠는가. 그런데 우리도 브라질 못지않다. 온 국민이 대표팀 감독이라고 해도 과언이 아니다. 물론 그만큼 국민적 관심이 대단하다는 것을 역설적으로 입증하는 것이니 욕을 먹으면서도 한편으로 고마운 마음이 든다. 쏟아지는 비판도 축구에 대한 사랑과 열정의 또 다른 표현이라고 생각한다. 국민이 한국 축구를 인식할 때 국가대표팀 성적이 상징하는 바가 워낙 크기 때문에 국제 대회 결과만으로 협회나 회장에 대해 비난이 쏟아지는 것은 충분히 이해가 간다. 협회가 국민의 기대에 걸맞게 대표팀의 경쟁력을 높이기 위해 앞으로도 더 많은 노력을 해야만 한다. 다만 일부 사안에 대해서는 사실이 왜곡되거나 잘못 알려져 비판을 받을 때도 꽤나 있다. 그럴 때는 속상한 마음이 드는 것도 사실이다. 나보다도 가족이 더 힘들어하기도 했다.

. . .

협회장으로 공식적인 대국민 사과를 할 때도 있다. 2014년 7월 브라질 월드컵에서 대표팀이 부진한 성적에 그치고 홍명보 감독까지 자진 사퇴한 이후 취임 이후 처음으로 사과문을 발표했다. 2021년 3월에는 벤투 감독이 이끄는 대표팀이 일본과 평가전에서 0-3으로 완패한 이후 서면으로 사과문을 올렸다. 메이저 대회가 아닌 친선 경기 패배로 사과문을 내는 것은 극히 이례적이었지만, 라이벌 일본에게 완패한 것에 대한 여론이 나빴다. 동시에 일본전 패배로 경질 여론이 올라오고 있는 벤투 감독을 보호하기 위해서는 빨리 회장 명의로 사과하는 것이 필요하다고 판단했다. 나중에 벤투 감독에게 직접 이야기를 들어보니, 그는 평가전 패배로 사과까지 하는 것을 잘 이해하지 못했지만 다른 한편으로는 굉장히 고맙게 생각하고 있었다.

2023년 3월 축구인 징계 사면을 철회하면서 사과문을 발표했다. 이 이야기는 나중에 자세히 밝히도록 하겠다. 2024년 2월 클린스만 감독의 경질을 발표하면서도 아시안컵에서 국민에게 실망 끼친 점에 대해서 사과했다.

대국민 사과를 하는 상황은 여론이 매우 나쁠 때다. 사과를 통해서 일단 매듭을 짓지 않으면 대표팀이나 협회 조직이 다음 단계로 나아가기 어려울 때였다. 그럴 때는 회장인 내가 직접 나서야만 했다. 대국민 사과를 할 것인지 말 것인지의 판단도 전적으로 내가 했다. 밑에서 건의하는 형식보다는 사과가 필요한 상황이라면 내가 먼저 하자고 했다. 다만 사과 내용과 표현 수위, 방식 등은 회의를 통해서 결정했다. 대국민 사과를 할 때마다 축구가 우리 국민과 사회에서 갖고 있는 독특한 위상을 실감했다. 어느 종목 단체장이 이렇게 대국민 사과를 자주 하겠는가. 그만큼의 관심과 사랑을 받는다면 그에 합당한 책임과 자세도 가져야 한다고 믿었다.

—— 축구협회 그리고 협회 사람들에게 필요한 변화

대한축구협회장으로 12년을 일했다. 협회 임직원들과도 많은 시간을 보냈다. 축구에 대한 열정으로는 우리나라에서 둘째가라면 서러워할 분들이다. 병원에 입원해서 간호사가 하는 일을 보면 정말 고귀한 직업이라는 생각이 절로 든다. 월급을 떠나서 사명감이 없다면 절대로 할 수 없는 일이라고 느낀다. 협회 직원들도 축구에 대한 열정이나 사명감이 없다면 하기 힘든 일이다. 휴일 근무나 출장도 많고 우발적 상황도 많이 벌어진다. 육체적으로 힘든 업무도 많다. 그럼에도 늘 열정을 갖고 한국 축구를 위해 헌신하고 있다. 정말 고마운 마음이다.

다만 협회를 운영하면서 그동안 느꼈던 점들이 있다. 이런 부분이 바뀌면 협회가 더 좋아지지 않을까 생각한다.

우선 사무국의 인적 구성에 있어 지속적인 세대교체가 필요하다. 젊은 피수혈을 통한 조직 내 동기부여가 활성화되어야 한다. 협회가 직원들의 평균 근속 연수가 길고 안정성을 추구하는 조직 특성이 있어서 세대교체에 약점이 있는 것은 사실이다. 이런 현실적 제약 때문에 세상이나 세계 축구가 변하는 속도에 비해 협회 조직원들이 다소 정체되어 있다는 느낌을 받는다. 조직원들이 고령화되고 고직급화되는 것은 대부분 회사 조직이 공통적으로 갖고 있는 고민거리이다. 협회도 이런 고민을 해결하기 위해 그동안 몇 가지 시도를 했다. 2019년 일부 임금 체계 개편을 했지만 여전히 호봉제는 강고하게 유지되고 있다. 향후에는 성과연봉제를 도입해 젊은 세대들이 확실한 동기 부여를 받으면서 함께 성장하는 조직 문화를 만들었으면 좋겠다. FIFA나 AFC의 경우에는 대부분 직원들이 3년 단위로 재계약을 하는 고용 구조를 가지고 있다. 조직원들이 성과를 내기 위해 열심히 일하는 분위기가 확실히 작동한다. 물론 다국적으로 운영되는 국제단체와 우리 협회를 단순 비교할 수는 없다. 또 우리는 국내 노동법에 따라 대부분 정년까지 평생 고용이 보장돼 있다. 고용 안정성이라는 측면에서 개인에게는 좋은 직장이겠지만, 일하는 효율성이 떨어지는 것도 일부 사실이다.

오랜 기간 회사를 경영해 보니 사람들을 움직이는 동력으로 '당근'과 '채찍'을 잘 병용해야 한다. 용인술의 기본이기도 하다. 협회는 가용할 수 있는 수단이 당근에서도, 채찍에서도 별로 없는 게 현실이다. 애자일 조직을 도입했던 것도 이런 내부 분위기에 좀 자극을 주고 싶어서였다. 연차가 낮아도 능력이 있다면 팀장급 보직으로 일찍 발령한 것도 같은 맥락이었다.

협회 조직원들이 끊임없이 자기 계발을 하고 능력을 키워주었으면 좋겠다. 또 새로운 임무에 도전하는 자세를 유지해야 한다. 변화하는 세상에서 새로운 지식을 습득하는 데 게으르지 말아야 한다. 그런 의미에서 주기적으로 내가 읽은 책 가운데 추천할 만한 것을 협회 직원이나 대표팀 선수에게 선물했다. 책을 주면서 이들이 실제로 얼마나 읽는 지까지는 모르겠다. 한 대표 선수가 "좋은 책을 읽을 수 있어서 고맙다"는 간단한 문자를 보내온 것이 그렇게 반가울 수가 없었다. 추천하는 책을 통해서 향후 조직과 팀이 나아가야 할 방향성에 대한 내 생각도 같이 전달하고 싶었다.

—— 독서 애호가로서 축구계에 추천한 책들

나는 독서를 굉장히 즐긴다. 신간을 중심으로 한 달에 두 권 이상은 꼭 읽는다. 1년에 30권은 족히 넘는 것 같다. 해외출장이 많은 편인데 비행기 안에서도 독서를 즐긴다. 방대한 지적 모험을 즐길 수 있는 두툼한 '벽돌 책'을 좋아하는 편이다. 600~1,000페이지에 이르는 벽돌 책은 상업적 목적보다는 저자 자신의 모든 지식과 정열을 바쳐 만든 것이기에 읽기는 힘들어도 완독하면 묵직하게 남는 게 상당히 많다. 하지만 주변에 선물할 때는 벽돌 책은 피하는 편이다. 받는 사람이 부담이 되면 첫 장을 시작하기 쉽지 않다.

우리는 변화가 굉장히 빠른 시대에 살고 있다. 또 인류 역사상 이렇게 오래 살아본 적이 없는 그런 시대를 살고 있다. 대학교 4년을 다니는 동안 배운 것만으로는 평생 먹고 살 수 없고, 한 가지 직업만으로도 살 수 없는 시대이다. 이런 시대를 두려워하고 걱정만 할 것이 아니라 변화에 적극 대응하고 평생 공부하는 것이 중요하다. 그럴 수 있는 가장 좋은 방법이 책을 읽는 것이다. 그래서 현대산업개발 직원들에게 책을 많이 권했고, 협회장으로 온 뒤에는 협회 직원들과 축구계 분들에게도 꾸준히 책 선물을 했다. 받는 분들에게 도움이 될 만한 책을 따로 골라서 드렸다. 협회 직원 또는 K리그 감독에게 각기 다른 책을 드린 적이 많았다. 여기에 그 리스트의 일부를 소개한다. 관심 있는 독자들에게도 추천하고 싶어서다.

. . .

우선 국가대표팀 선수들에게 권했던 책 가운데 독일 출신 동기부여 전문가이자 경영 컨설턴트인 보도 섀퍼가 쓴 『이기는 습관』이라는 책이 있다. 저자는 절대로 포기하지 말라고 한다. 포기만 하지 않으면 기어이 답을 찾을 것이며 '위너(승자)'는 재능이나 실력이 뛰어난 천재가 아니라 포기를 모르는 바보라고 주장한다. 이 책을 주면서 국가대표 선수들이 지금의 자리보다 더 상위리그에서 활약하며 성공할 수 있기를 기대했다.

. . .

조직심리학자 아담 그랜트의 『오리지널스』는 축구협회 직원들에게 나눠준 책이다. 저자는 누구나 창의력을 향상시킬 수 있고 동질성이 아니라 다양성을 촉진함으로써 훌륭한 관리자가 될 수 있다고 설파한다. 그는 독자에게 식견있는 낙관주의자가 될 수 있는 방법과 사례를 알려준다. 특히 축구협회는 전임자가 하는 방식을 물려받아 그대로 하는 경향이 많은 조직이었다. 이 책을 통해 세상에 그냥 순응하지 않고 어떻게 축구를 통해 우리 세계를 바꿀 수 있을지를 고민하기를 바랐다.

. . .

마이크 카슨이 쓴 『승부의 신』은 K리그 1부와 2부의 모든 감독과 코치에게 보낸 책이다. 저자는 맥킨지컨설팅에서 근무하면서 잉글랜드 프리미어리그 감독협회의 후원을 받아 가장 성공한 감독의 지극히 사적이고 인간적인 부분까지 접근해 파악한 뒤 이 책을 썼다. 세계 최고의 리그에서 성공한 감독들이 어떻게 자신의 리더십을 진화시키는지 알 수 있고 명장들의 속마음까지 살펴볼 수 있다. K리그의 지도자들도 이 책을 통해 많은 것을 배울 수 있다고 기대했다.

· · ·

심리학자 데이비드 니븐이 쓴 『나는 왜 똑같은 생각만 할까』는 문제의 함정에 빠진 사람들을 위해 창의력을 처방하는 책이다. 저자는 일터에서, 집에서, 인생에서 자신을 괴롭히는 문제가 무엇이든지 간에 그것을 뚫어지게 쳐다만 보는데서 벗어나야만 비로소 문제를 해결할 수 있다고 제안한다. 즉 초점을 바꾸면 문제 자체가 이전처럼 두렵지 않다는 것이다. 이 책은 축구협회, 프로연맹, 시도협회, K리그 구단들에 배포했다. 축구에도 여러 가지 문제가 많이 있지만 이를 다른 각도에서 살펴보면 해결책이 나올 수 있다는 시각을 축구계 구성원들이 가졌으면 했다.

· · ·

스타작가인 말콤 글래드웰이 쓴 『다윗과 골리앗』은 K리그 1부와 2부의 감독, 코치에게 보냈던 책이다. 축구계에서 골리앗은 독일. 잉글랜드, 브라질 같은 축구 강국일 터이다. K리그에서는 울산, 전북, 서울 같은 팀을 골리앗이라고 할 수 있다. 이 책에 따르면 돈, 실력, 물자가 반드시 성공을 보장하지 않는다. 이러한 것을 구비한 팀들도 다윗에게 패배하기도 한다는 것이다. 나라간 전쟁도 지난 200년간의 결과를 분석해 보면 약소국이 승리한 경우가 30%나 된다. 역경은 피할 수 없는 것이며 그것이 오히려 다윗에게는 최고의 역량이 될 수도 있다고 저자는 이야기한다. 이 책을 통해서 선수와 감독들이 포기하지 않고 당초 달성하기로 한 일은 어려움이 있더라도 굳은 의지로 이뤄내는 마음가짐을 가졌으면 했다.

· · ·

NBA의 레전드 감독인 필 잭슨이 쓴 『일레븐 링즈』는 K리그와 각급 대표팀 지도자, 그리고 협회 전임 지도자에게 선물한 책이다. 필 잭슨이 시카고 불스를 미국프로농구 역사상 최고의 팀으로 만든 과정을 다뤘다. 그가 어떻게 '농구 황제' 마이클 조던을 단순한 득점왕이 아니라 최고의 리더로 만들었으며, '악동' 데니스 로드맨을 통제 불가능한 선수에서 무언가를 위해 헌신하는 선수로 만들었는지 알 수 있다. 그는 어떤 선수라도 '개인 플레이어'가 아닌 '팀 플레이어'로 바꾸었고, 자신의 팀을 '나는 위대하다'에서 '우리는 위대하다', 나아가 '삶은 위대하다'로 바꾼 감독이었다. 국가대표팀이나 빅 클럽들은 언제나 선수 관리에 어려움을 겪는다. 국내 지도자들도 이 책을 통해서 선수 관리의 노하우를 얻기를 바랐다.

· · ·

경제경영 칼럼니스트인 모건 하우절의 『돈의 심리학』은 선수뿐만 아니라 축구협회 간부에게도 나눠줬던 책이다. 축구 선수들은 보통 본인의 경력이 10대 후반이나 20대 초반에 시작해 30대 초중반에 끝난다. 젊을 때는 여러 가지 유혹도 있고 싱글인 경우가 많아서 적지 않은 수입을 흥청망청 쓰고 은퇴후 어렵게 지내는 경우가 꽤나 있다. 은퇴 이후를 생각한다면 돈의 생리를 잘 아는 것이 매우 중요하다. 우리 집 아이들에게도 일독을 권한 책이기도 한다.

· · ·

마지막으로 협회 직원들에게 선물했던 책 가운데는 심리학자인 앤절라 더크워스가 쓴 『그릿(GRIT)』이라는 책이 특히 기억난다. '그릿'은 성공한 사람들이 공통적으로 가지고 있는 요소이다. 자신이 성취하려는 목표를 향해 끝까지 해내는 힘을 뜻한다. 어려움과 역경, 슬럼프가 오더라도 항상 목표를 향해 오랫동안 꾸준히 정진할 수 있는 능력이다. 성공한 사람들은 재능보다 '그릿'이 뛰어나다는 것이다. 카타르 월드컵에서 16강 진출에 성공하는 과정에서 우리 선수들이 내걸었던 '중꺾마(중요한 것은 꺾이지 않는 마음) 정신'이 그릿이라고도 할 수 있겠다. 협회의 모든 조직원들이 이렇게 그릿을 갖기를 바라는 마음에서 이 책을 선물했다.

· · ·

책 선물이라는 형식을 통해서 전하고 싶었던 나의 마음이 얼마나 통했는지는 잘 모르겠다. 또 받은 이들이 얼마나 책을 읽었는지도 모르겠다. 그래도 자꾸 책을 선물하게 된다. 다음은 취임 이후 축구인들에게 선물했던 책들의 리스트이다. 관심 있는 독자들에게 일독을 권하고 싶다.

No	제목	저자
	책 선물 리스트	
1	어댑트	팀 하포드
2	권력의 종말	모이제스 나임
3	오리지널스	애덤 그랜트
4	1등의 습관	찰스 두히그
5	GRIT(그릿)	앤절라 더크워스
6	포텐셜	데이브 알레드
7	승자의 공부(3000년 고전에서 찾아낸 승부의 인문학)	유필화
8	승부의 신	마이크 카슨
9	The Art of the Good Life	롤프 도벨리
10	불행 피하기 기술	롤프 도벨리
11	결정, 흔들리지 않고 마음먹은 대로 (그들에겐 이미 습관이 되어버린 결정에 관한 실전수업)	애니 듀크
12	다크호스 - 성공의 표준	토드 로즈, 오기 오가스
13	스킨 인 더 게임	나심 니콜라스 탈레브
14	어른은 어떻게 성장하는가	존 헤네시
15	타인의 해석	말콤 글래드웰
16	절제의 기술	스벤 브링크만
17	두 번째 산	데이비드 브룩스
18	돈의 심리학	모건 하우절
19	다윗과 골리앗: 거인을 이기는 기술	말콤 글래드웰
20	블라인드 사이드	조너선 기퍼드
21	보도 섀퍼의 이기는 습관	보도 섀퍼
22	의도적 눈감기	마거릿 헤퍼넌
23	일레븐 링즈	필 잭슨
24	이카루스 이야기	세스 고딘
25	강자의 조건	이주희
26	몰입, FLOW	미하이 칙센트미하이
27	필요한 사람인가 (비정한 세상에서 현명하게 살아 남는 법)	발타사르 그라시안
28	와이저	리드 헤이스티
29	왜 우리는 집단에서 바보가 되었는가	군터 뒤크
30	나는 왜 똑같은 생각만 할까	데이비드 니븐
31	호모데우스	유발 하라리
32	모든 삶은 흐른다	로랑스 드빌레르
33	불변의 법칙	모건 하우절

제8장

국가대표 선수를
말하다

── 카타르 아시안컵을 가다

한국이 꼭 유치하고 싶었던 2023 아시안컵 개막전을 보기 위해 카타르로 가는 마음은 복잡했다. 아시안컵 유치전에는 실패했지만 반드시 우승을 차지해 국민 성원에 보답하고 싶었다. 우리 대표팀 선수들을 만나서 해주고 싶은 말들을 정리하다 보니 어느덧 착륙 준비를 알리는 기내 방송이 나오고 있었다.

현지 시간 2024년 1월 10일 새벽 카타르 도하에 도착했다. 대표팀은 1월 2일 서울에서 출정식을 갖고 UAE 아부다비에서 전지훈련 및 이라크와 평가전을 마친 뒤 도하에 입성해 있었다. 카타르에 도착한 날 저녁 6시경 호텔에서 57명의 대규모 선수단이 한자리에 모였다. 선수단 26명에 코칭스태프와 지원스태프가 31명이었다. 감독과 코치는 물론이고 전력분석관, 의료진, 운동치료사, 보안요원, 장비 담당, 통역 등 다양한 임무의 스태프가 있었다.

나는 이 자리에서 64년 만에 아시안컵 정상에 도전하는 우리 선수단에게 다음과 같은 당부의 말을 전했다.

"국내 선수는 12월 26일 소집됐고, 해외파는 1월 3일부터 전훈지에 모였다. 결승까지 갈 경우 5주 이상을 함께 생활해야 한다. 50여 명의 혈기왕성한 젊은 남자들이 주류를 이루고 있으니 여러 가지 감정의 기복도 있고 예민한 일도 발생할 것이다. 짜증도 나고 마음에 안 드는 일도 있겠지만 서로 존중하고 격려하면서 응원해야만 좋을 결과가 따라올 것이다. 11명의 선수가 피치에서 뛰지만 교체 선수나 후보 선수 모두 한마음이 되어야만 우승컵을 가져올 수 있다. 또 23명만 각 경기 엔트리에 등록되기 때문에 나머지 3명의 선수는 관중석에 올라가야 한다. 피치에서 뛰거나, 벤치에서 대기하거나, 관중석에서 응원하거나 상관없이 모든 선수들이 하나로 뭉쳐야만 한다.

이번 대회에는 2015년 호주 대회와 2019년 UAE 대회에 모두 참가했던 선수는 손흥민, 김영권, 김진수, 김승규 등 4명밖에 없다. 선수 서로 간의 신뢰가 없다면 어려운 상황이 닥쳤을 때 이를 극복할 수 없고 빨리 포기하게 된다. 옆의 선수가 나의 모자라는 것, 나의 실수를 막아줄 수 있다는 신뢰가 필요하다. 이래야만 하나의 팀이 되어 좋은 결과를 가져올 수 있다. 선수들만의 문제가 아니라 여기 모여 있는 스태프, 보안요원, 장비담당, 전력분석관, 운동치료사, 요리사 등 모든 사람이 하나가 되고 각자의 기분이나 느낌을 그대로 표출하지 않고 절제되고 성숙한 태도를 보여야만 원팀이 될 수 있다."

대략 이러한 내용이었다. 나로서는 진심을 다해서 선수단 전체에 꼭 전달하고 싶은 말이었다. 우리 대표팀에는 손흥민, 황희찬, 김민재, 이강인 등 유럽 빅리그에서 뛰는 빼어난 선수들이 많았다. 역대 최고 스쿼드라는 평가였다. 대부분 전문가들은 FIFA 랭킹 아시아 1위인 일본이 선수단 전체의 평균 능력은 더 높지만, 특출한 기량을 가진 특급 선수들의 존재감은 우리가 더 뛰어나다고 평가하고 있었다. 일본은 기량이 고르게 좋지만, 우리는 베스트 11의 핵심들이 빼어난 존재감을 가지고 있다는 뜻이었다. 그래서 원팀이 더욱 중요하다고 생각했다.

카타르에 도착한 날 저녁에 선수들에게 원팀이 되지 못하면 절대 우승할 수 없으며, 훌륭한 선수보다는 원팀이 되는 것이 우선이라고 강조했다. 위르겐 클린스만 감독도 미팅이 끝난 뒤 내가 이러한 이야기를 해준 것에 대해서 감사를 표시했다. 하지만 이때까지만 해도 대표팀이 결국 원팀이 못 되고 내부 균열이 벌어져 결승 진출이 무산되리라고는 상상도 하지 못했다.

—— 요르단전 완패, 패배 이상의 충격

전 세계 매체들은 카타르 아시안컵의 가장 강력한 우승 후보로 한국과 일본을 꼽았다. 대부분 베팅 업체에서는 일본의 우승 확률을 더 높게 배정했다. 한국이 E조, 일본이 D조여서 두 팀이 나란히 1위로 조별리그를 통과한다면 대진표상 결승에서야 만날 수 있었다. 아시아 축구를 주도하는 한국과 일본이 결승에서 맞붙는 장면은 누구나 기대하는 최고의 무대였을 것이다. 하지만 조별리그부터 이변이 속출했다. 일본이 먼저 이라크에게 1-2로 패하면서 조 2위 가능성이 커졌다. 한국이 조 1위로 통과하면 16강전에서 일찌감치 한일전이 벌어지는 형국이 됐다. 그런데 한국도 같이 부진했다. 바레인과 1차전에서 3-1로 완승했지만 요르단과 2차전에서 1-2로 끌려가다가 종료 직전 동점골로 간신히 비겼다. 말레이시아의 3차전에서 우리가 이기면 조 1위로 일본과 16강전을 벌이게 된다. 그 이후에는 이란과 8강전을 할 터였다. 일본과 이란은 FIFA 랭킹에서 아시아 1, 2위였다. 험난한 코스였다.

하지만 말레이시아전에서 3-2로 앞서다 동점골을 허용하면서 3-3으로 비겼다. 조 2위가 되면서 16강 상대가 사우디아라비아로 바뀌었다. 클린스만 감독이 경기 막판 동점골을 허용하는 순간 미소를 짓는 모습이 TV 화면에 잡혔다. 이 장면이 또 국내 팬들의 공분을 샀다. 클린스만 감독은 이미 국내 팬과 언론에 단단히 미운털이 박힌 상태였다. 옛말에 "며느리가 미우면 손자까지 밉다"고 했다. 클린스만 감독은 이미 무엇을 해도 얄미운 사람이 되어 있었다. 조 1위를 차지하면 기세를 이어갈 수 있지만 상대는 일본과 이란이다. 조 2위가 되면 사우디아라비아와 호주를 만나는 순서였다. 조 2위의 코스가 상대적으로 더 편안해 보인 것은 사실이다. 클린스만 감독이 어떤 코스를 진짜로 원했는지는 알 수 없다.

16강전에서 사우디아라비아에게 0-1로 끌려가다가 추가 시간 종료 1분

2023 카타르 아시안컵, 8강 진출 기념 단체사진 (2024, 카타르)

전 설영우 선수의 크로스와 조규성 선수의 헤딩 골로 극적인 동점을 만들고 연장 이후 승부차기에서 조현우 골키퍼의 선방으로 승리했다. 다음 날 저녁 선수들과 가족, 모든 스태프 등 120여 명이 도하의 양갈비집에서 저녁을 함께 먹었다. 내가 기분 좋게 밥을 샀다. 모두가 즐거워했던 밤이었다.

8강전에서도 이변이 이어졌다. 일본이 이란에게 역전패했다. 가장 강력한 우승 후보의 조기 탈락이었다. 우리는 호주와 8강전에서 또다시 끌려가다가 종료 직전 손흥민이 페널티킥을 얻어낸 것을 황희찬이 차 넣었다. 연장에서 손흥민의 프리킥 골로 승리를 거뒀다. 두 경기 연속 연장 끝에 역전승을 거두자 국내 팬들의 기대는 한껏 높아졌다. 4강 상대가 요르단으로 정해지자 대부분 결승 진출을 낙관했다. 솔직히 말하면 나도 그랬다. 핵심 수비수인 김민재가 경고 누적으로 결장하는 것이 불안 요소였지만 심각하게 걱정하지는 않았다.

막상 경기가 시작되자 초반부터 수비와 미드필드에서 전혀 압박이 되지 않았다. 전반 막판 이재성의 슛이 골대를 때린 것 외에는 인상적 장면이 없었다. 후반 들어 바로 골을 허용했고 추가 골까지 내주면서 경기의 흐름이 완전히 요르단으로 넘어갔다. 선수 교체 카드를 썼지만 전세를 뒤집기 힘들었다. 너무 무기력한 경기여서 나 역시 의아한 마음으로 숙소에 돌아왔다. 이렇게 무기력한 경기로 63년 만의 우승 도전이 멈췄다고 생각하니 허탈한 마음이었다.

. . .

경기가 끝나고 숙소에 돌아와서 너무도 놀라운 소식을 듣게 됐다. 경기 전날에 벌어졌던 상황에 대해서였다. 저녁 식사 시간대에 손흥민 선수와 이강인 선수가 몸싸움을 벌였고 이 과정에서 손흥민의 손가락이 탈골되어서 붕대를 감싼 상태로 경기를 할 수밖에 없었다고 했다. 또 경기 당일 주장 손흥민을 제외한 일부 고참 선수들이 클린스만 감독을 찾아와 이강인을 출전 선수 명단에서 빼달라고 요구했다는 것이다. 경기를 준비하기 위해 숙소를 출발하기 두 시간 전쯤이었다고 한다. 클린스만 감독은 고참들에게 "이강인은 너희들에게 막냇동생 같은 나이가 아니냐. 지금 이강인을 빼면 이강인뿐만 아니라 너희들에게도 평생 후회하는 일이 될 것이다. 만약 이강인이 경기장에서 제대로 플레이를 못 하거나, 최선을 다하지 않는다면 내가 30분 안에라도 곧장 교체하겠다"고 설득했다고 한다. 이 경기에서 이강인은 풀타임을 뛰었다. 경기장으로 떠나기 2시간 전에 이런 일이 벌어졌으니 감독도 상당히 난감했을 것이다. 요르단전에서 구체적 전술을 준비한 대로 제대로 펼치기 힘들었을 것이라고 추측된다. 이런 정황을 듣고 나니 요르단전이 왜 그렇게 무기력했는지에 대해서는 일단 이해가 됐다.

경기가 무기력했던 이유와는 별개로 경기에 진 것은 진 것이다. 이렇게 허망하게 아시안컵이 끝나자 팬과 국민들이 대표팀과 감독, 협회와 회장을 향해 비난을 퍼부었다. 대부분이 경기 전에 벌어졌던 상황에 대해서는 전혀 모르고 있었으니 요르단전의 무기력한 플레이에 대해 더욱 분노할 수밖에 없었을 것이다. 향후 이 사태를 팬과 국민에게 도대체 어떻게 설명해야 할지 고민이 될 수밖에 없었다. 손흥민은 당대 최고의 스타이자 모든 종목을 통틀어 가장 영향력 있는 선수였고, 이강인은 '국민 남동생' 같은 사랑을 받으면서 차세대 대표팀을 이끌 재목으로 성장하고 있었다. 이 둘이 다툼을 벌였다는 상황을 과연 어떻게 설명할 수 있을까.

저녁 식사 시간대에 상황이 벌어져서 선수와 스태프, 호텔 직원 등 목격자가 거의 70명 정도였다고 한다. 우리 팀원에게는 보안을 철저히 하라고 당부했지만 워낙 목격자가 많아서 알려지는 것은 시간문제라고 판단됐다. 선수들의 가족과 에이전트들도 도하에 많이 있었다. 이들에게 이 소식이 거의 실시간으로 전해졌을 것이며, 호텔 관계자들은 우리가 입단속을 할 수도 없었다. 아무리 보안을 철저히 한다고 해도 상황이 언론에 알려지는 데 그리 긴 시간이 걸릴 것 같지는 않았다.

요르단전이 끝나고 유럽파 선수들은 대부분 그날 밤부터 다음 날 오전까지 소속 클럽으로 돌아갔다. 모든 선수들과 스태프들은 실망감이 가득했다. 별다른 해산 의식 없이 숙소에 도착해서 각자 일정에 맞춰서 공항으로 떠났다. 다른 선수들은 거의 보지 못했다. 다만 이강인 선수가 야간은 할 말이 있는 듯한 표정으로 작별 인사를 온 것이 기억에 남는다. 나는 우리가 나갔어야 했던 결승전을 현장에서 마지막까지 관전하고 그날 밤 한국행 비행기를 탔다. 카타르와 요르단의 결승전을 보면서 "우리 팀이 여기에 있었어야 하는데…" 하는 마음에 경기가 제대로 눈에 들어오지 않았다.

국내파 선수들과 먼저 귀국한 클린스만 감독이 웃으면서 공항 기자회견을 하고, "대회 결과가 나쁜 것은 아니었다"는 투로 설명하면서 여론이 더 나빠졌다는 이야기를 들었다. 또 귀국 후 설 연휴 기간 동안 곧바로 미국에 돌아간 것도 팬들을 더욱 화나게 만들었다. 서울에 와서 클린스만 감독에게 임무를 계속 맡길지 여부에 대한 다양한 여론과 의견을 청취했다. 계약 해지의 경우 어떤 법률적 문제가 있는지에 대해서도 검토했다. 결론은 경질이었다.

—— 창의성과 원팀 정신의 복잡한 함수 관계

국내 팬과 국민들은 국가대표팀 감독에게 아버지나 선생님 같은 리더십을 기대하는 듯하다. '군사부일체(君師父一體)'의 전통에 따르면 아버지나 선생님은 비슷한 존재다. 유교적 권위에서 모든 것을 가르치고 책임진다. 이들처럼 국가대표팀 감독은 경기장에서 뿐만 아니라 경기장 밖의 평소 생활에도 관여하고 책임져야 한다고 생각한다.

외국인 지도자들은 저마다 차이가 있겠지만 클린스만 감독은 확고한 소신이 있었다. 선수들은 각자 스스로 프로페셔널해야 한다는 것이다. 감독은 대등한 관계 속에서 선수들을 존중하면서 이들이 경기장에서 가장 좋은 퍼포먼스를 펼치도록 도와주는 것이 임무이자 업무(job)라고 판단하는 스타일이었다. 그래서 평소 생활이나 숙소에서의 활동, 식사 시간 등은 최대한 자유롭게 해주려고 했던 것 같다. 이런 감독의 태도가 손흥민-이강인 갈등으로 표출된 한 원인이 되었다고 볼 수도 있다.

손흥민은 이강인보다 10살이나 많다. 이강인은 어려서부터 스페인에서 생활했고 '클린스만호'에서 이전 '벤투호' 때보다 더 중요한 역할을 맡게 됐다. 이강인은 유럽에서 성장했기에 자연스럽게 선수들 간의 대등한 관계에 익숙했을 것이다. 반면 국가대표팀 선배 입장에서는 이강인의 이런 자세가 다소 어색하게 느껴졌을 수도 있다. 일부는 이강인의 이러한 자유분방함이 대표팀 내 나이에 따른 위계질서에 대한 도전으로 느껴졌던 측면도 있었던 것 같다.

. . .

축구에서 가장 중요한 것은 창의성과 원팀 정신이라고 할 수 있는 협동심이다. 창의성은 개인적 능력이고, 원팀 스피릿은 팀워크와 관련이 크다. 창의성은 개인의 자율성을 강조할 때 커질 수 있다. 반면 원팀 정신은 팀의 협동심을 강조하면서 일정 정도 팀 내 규율을 요구할 수도 있다. 두 요소는 묘한 함수 관계에 있다. 전자를 강조하면 후자가 흐트러질 수도 있다. 후자를 강조하다보면 전자가 약해질 위험성이 있다.

성공적인 축구를 하려면 상대방이 예측하기 어려운 창의성 있는 플레이가 중요하다. 또 팀원과의 협력도 필요하다. 창의력 있는 움직임이 동료들의 협력 속에 펼쳐지면 상대방이 도저히 막을 수 없는 전술로 골을 넣을 수 있다. 그렇다면 우리는 창의성을 길러낼 수 있는 환경일까. 손흥민, 이강인 같은 선수들이 국내에서 계속 성장했다면 지금의 자리가 가능했을까. 우리 축구는 초등학교 때부터 이기는 축구를 배운다. 물론 이것이 나쁜 것만은 아니다. 어렸을 때부터 전술 훈련, 패턴 연습을 자주 한다. 기본기보다는 다음 경기에서 이길 수 있는 연습이 중요하다. 선수 자신이 어떻게 플레이 할까를 생각하게 만드는 것보다 감독이 빨리 이기는 방법을 알려주고 반복시킨다.

이런 현상은 축구뿐만 아니라 일반 교육 현장에서도 똑같이 벌어지고 있다. 예를 들어 어려운 수학 문제를 풀 때 학생 스스로 답을 찾아 가기를 기다려주기보다 선생님이 빨리 해법을 가르쳐주거나 맨 뒷장의 정답을 보면서 쉽게 외우려고 한다. 한국 학생들이 고교 때까지는 외국 학생에 비해 수학을 잘하지만 대학이나 대학원 수준에 이르면 점점 밀려나는 이유도 여기에 있는 듯하다. 더 어려운 문제에 도전하지 않고 쉬운 문제를 푸는데 실수를 줄이는 반복 훈련을 위주로 해서 발전이 더딘 것 같다.

한번은 클린스만 감독이 두 명의 공격수에게 어떻게 골을 넣을지 상의해 보라고 했다고 한다. 두 선수는 상당히 당황하면서 지금까지 20년 동안 공을 차면서 선수끼리 공격 지역에서의 전개를 직접 연구하거나 준비해본 적이 없다고 대답했다고 한다. 이 이야기를 듣고 박진섭 부산 아이파크 감독에게 의견을 물었다. 박 감독도 선수끼리 부분 전술을 상의해서 발표하라고 하면 아무도 입을 열지 않는다고 대답했다. 아마도 어렸을 때부터 스스로 생각하는 습관을 갖지 않았거나 이러한 부분을 선수들이 직접 결정하게 하는 경우를 겪어보지 못했기 때문일 것이다. 이런 부분은 그냥 감독의 권한이나 영역으로 생각해 버린다.

전술의 대가로 통하는 펩 과르디올라 맨체스터 시티 감독도 수비 공간인 3분의 1과 미드필드 지역인 3분의 1은 감독이 짜놓은 계획대로 할 수 있지만 골을 넣는 공격 공간인 나머지 3분의 1은 선수들이 창의적으로 해야만 한다고 말했다. 결국 창의적 플레이에서 승부가 갈린다는 뜻이다. 반면 국내에서는 선수들이 자율적으로 판단하도록 기다려주지 않거나 오히려 감독 지시대로 하지 않으면 문제 선수로 치부되는 경우도 있다. 감독 지시를 안 듣는 선수로 찍히면 교체되거나 다음 경기 출전이 힘들어진다. 과연 이러한 환경에서 창의적 플레이가 나올 수 있겠는가. 이러한 사례는 우리나라 모든 조직, 회사나 정부에서도 흔히 볼 수 있는 광경이다.

. . .

경기장 밖에서는 당연히 선수들 간의 질서가 필요하다. 하지만 경기장 안에서는 11명 선수 모두 다 같이 책임감을 갖고 자율적으로 플레이해야 한다. 만일 고참 선배가 자꾸 자기에게 패스할 것을 후배에게 강요한다면 굉장히 단순한 플레이 패턴이 된다. 상대 팀도 수비하기 너무 쉬워질 것이다. 어디로 패스할지 모르고, 누가 슛할지 모르는 팀이 되어야 한다. 2023시즌과 2024시즌 초까지 K리그 유일한 외국인 지도자였다가 결국 경질된 지도자가 전북의 단 페트레스쿠 감독이다. 루마니아, 튀르키예, 러시아, 카타르 등 다양한 리그를 경험하고 국내 최고 구단에 영입됐다. 그런데 전북 선수들이 외국인 감독에 대해서 전술이 없고 디테일하지 않다고 이야기한다는 것을 구단 관계자에게 듣고 깜짝 놀랐다. 왠지 대표팀 상황과 비슷하다고 느껴졌기 때문이다. 우리 선수들은 대체적으로 외국인 감독에 대해서 한국 지도자에 비해 디테일하지 않다고 느끼는 듯하다.

외국인 지도자들은 축구에서 상황이 계속 변하는데 어떻게 하나하나의 구체적 사례를 다 이야기해 줄 수 있냐고 한다. 모든 상황을 미리 준비할 수는 없으니 몇 가지 패턴이나 큰 틀을 만들고 나머지 돌발적 상황들은 선수들이 채워가야 한다고 생각한다. 반면 우리 선수는 이런 방식으로 계속 집중하면서 축구하는 것을 힘들어한다. 대표팀이나 K리그 강팀들이 준비한 상황대로 경기가 진행될 때는 아주 잘하는데, 그렇지 않은 때는 팀플레이가 형편없는 경우를 독자들도 봤을 것이다. 이러한 기복을 줄이려면 선수들 각자가 생각하는 플레이를 할 수 있어야 한다.

한 A매치에서 경기가 잘 안 풀리자 이강인 선수가 하프타임 때 오른쪽에서 플레이하고 싶다고 건의해서 클린스만 감독이 그렇게 경기를 진행했던 일이 있었다. 이런 에피소드는 나중에 감독이 전술이 없고, 선수들이 다 알아서 한다는 식의 비난 소재로 활용되기도 했다. 중요한 국가대표팀 경기에서 선수가 이런 제안을 할 수 있는 분위기가 조성되고, 또 감독이 그 제안을 흔쾌히 수용하는 일이 과거에 가능했을까 하는 생각이 들었다. 내가 축구협회를 맡은 근 10년 동안에는 일찍이 없었던 일이 아니었나 싶다.

이러한 분위기의 조직은 우리 사회에서 아주 소수일 것이다. 정부 같은 공조직이나 회사 같은 사조직을 통틀어도 마찬가지다. 보통은 부하 직원이

2023 카타르 아시안컵, 클린스만 감독 및 코칭스태프 (2024, 카타르)

상사에게 소신 있게 제안하면 나댄다고 비난받기 쉽다. 상사 또한 이런 제안을 쉬이 받아들이지 않는다. 국내 최고의 엘리트들이 하는 회의, 예를 들어 각료 회의에서 치열하게 열린 토론이 벌어진다는 이야기를 들어본 적이 거의 없다.

우리 대표팀은 과연 앞으로 원팀으로 군무(群舞)하듯 경기할 수 있을까. 오케스트라가 멋진 협연을 펼치듯 플레이할 수 있을까. 지금까지 축구협회의 목표는 국제적으로 통하는 경쟁력 있는 선수들을 키워내고, 이들이 모인 국가대표팀이 국제 대회에서 좋은 성적을 내자는 것이었다. 하지만 유명한 선수, 좋은 선수들로만 구성된 팀이 반드시 좋은 성적을 내는 것은 아니라는 것을 역대 월드컵의 수많은 이변과 결과가 보여주고 있다. 2023 카타르 아시안컵도 그런 사례의 하나가 아닌가 싶다. 가장 강력한 우승 후보였던 한국과 일본이 먼저 탈락했고 카타르와 요르단이 결승에서 대결했다. 결승에 오른 두 팀에는 유럽 명문 클럽에서 뛰는 선수가 전무했다. 재능을 키우는 것도 중요하지만 어떻게 한 팀이 되느냐를 더 깊이 있게 연구해야만 한다. 2023

아시안컵은 우리에게 이런 화두를 던졌다고 본다.

—— 한국 축구, 창의성과 원팀 정신을 함께 키워야 한다

전 세계에서 인구가 가장 많은 중국이 왜 유독 축구를 못하는가에 대한 유명한 통설이 있다. 중국은 인구 억제를 위해 1978년부터 40년 이상 1가구 1자녀 정책을 시행했다. 독자만 있는 집안이 많아서 이들은 '소황제(小皇帝)'로 불렸다. 이들 세대는 어려서부터 집안에서 과잉보호를 받고 부모의 사랑을 독점하다 보니 개인주의적 성향이 너무 커졌다는 것이다. 그래서 이들 세대는 개인 종목에서는 발군의 기량을 내지만 팀 스포츠, 특히 11명이 뛰는 축구에서는 좀처럼 좋은 성과를 내지 못한다는 해석이다. 세계적으로 성공한 축구 선수들을 보면 대개 장남이 아니라 차남 이하가 많다고 한다. 차남이나 막내는 장남보다 부모에게 칭찬받기 위해 무언가 보여주고 싶어 한다. 메시는 3남 1녀 중 셋째이고, 호날두는 4형제 가운데 막내이다. 다 맞는 것은 아니겠지만 일리가 있어 보였다. 축구에서 협동심과 원팀 의식이 얼마나 중요한지를 보여주는 사례라고 할 수 있다.

우리 사회도 중국만큼은 아니지만 교육에서도, 축구에서도 학부모의 영향력이 굉장히 크다. 한 자녀 가정도 늘고 있다. 부모들은 자식의 성공을 바라면서 공동체 안에서의 협동이나 배려를 강조하기보다 개인(자식)의 성공에 더 몰두하는 경향이 크다. 그 과정에서 나만 잘하면 된다는 의식이 커질수 있다. 이런 개인주의 성향이 극대화되는 것을 피하면서 원팀 의식과 협동심을 만들어내는 것은 매우 중요하다. 중·고교 시절에 학교에서 축구를 제일 잘하는 선수가 되어야만 나중에 프로에 갈 수 있다. 2024년 K리그에 입단한 신인 선수는 130명인데, 이들이 중1이었을 때를 기준으로 찾아보면 등록 선수가 9,000명 수준이었다. 즉 중1 동급생 선수 가운데 약 1.4% 만이 프로에 진출할 수 있었다는 뜻이다. 축구에서 초엘리트인 셈이다. 100명이 넘는 프로 동기생 가운데 2, 3년 정도 지나 팀에서 정기적으로 출전하는 선수는 20~30명 정도 수준이라고 한다. 프로에 입단하는 선수만 해도 1%대 수준의 기량을 갖춘 이들이니 자부심이 얼마나 강하겠는가. 대표팀까지 발탁되는 선수는 두말할 필요도 없을 것이다.

대표팀 선수들도 균질적이지 않다. 뛰는 리그가 각양각색이고 연봉 차이도 많이 난다. 이런 다양한 차별적 요소에도 불구하고 원팀을 만드는 것이 가장 필수적이다. 이런 선수들을 모아서 창의력이 있으면서도 원팀의 구성원으로 협동심까지 갖추게 만드는 것이 우리의 숙제이다. 이것이 얼마나 힘든 일이겠는가.

협회는 앞으로 연령대별 대표팀뿐 아니라 초·중·고 전국대회가 있을 때마다 리스펙트(Respect) 캠페인을 펼치면서 기본 예의범절에 대한 교육을 강화할 방침이다. 어렸을 때부터 원팀 의식을 키우기 위해서는 서로에 대한 존중과 배려가 가장 중요하다. 학부모는 다른 선수들을 경쟁자로 생각하는 경향이 크다. 자식의 성공을 위하는 마음이 앞서기 때문일 터이다. 그럼에도 학부모 역시 서로를 돕고 배려하면서 원팀을 만드는 캠페인에 동참해 주었으면 한다.

물론 원팀을 만들자고 팀 내에 위계에 따른 질서를 강하게 만드는 것은 곤란하다. 거스 히딩크 감독이 2002 월드컵 대표팀을 맡으면서 팀 내에서 가장 많이 없애려고 노력했던 부분이 장유유서식의 질서였다. 2002 월드컵 이후 우리 선수들은 이전과 비교할 수 없을 정도로 유럽 무대에 많이 진출했다. 대표팀 내에서 유럽파의 비중도 엄청나게 커졌다. 그럼에도 대표팀 내에서는 여전히 위계질서가 중요한 부분을 차지하고 있는 듯하다. 감독과는 자율적 관계를 선호하지만 선수단 안에서는 오히려 선후배간의 전통적 위계질서가 유지되고 있는 것은 모순으로 보이는 측면이 있다. 자율성을 존중하는 '클린스만호' 내에서 발생했던 이러한 갈등은 향후 대표팀 운영에도 시사하는 바가 크다.

$\cdot \quad \cdot \quad \cdot$

선배 세대들은 이른바 'MZ 세대'를 한 묶음으로 비슷하게 보지만 이 세대 안에서도 차이와 갈등이 있다고 한다. 밀레니엄 세대(1980년대 초반~1990년대 중반 출생)와 Z세대(1990년대 중반 출생~2000년대 초반 출생)는 서로가 너무 다르다는 것이다. 전자는 후자를 "요즘 애들은 역시"라고 칭하고, 후자는 전자를 '젊은 꼰대'로 취급한다고 한다. 세대 갈등은 항상 예민하다. 이런 문제를 어떻게 풀어나갈지는 대표팀뿐만 아니라 우리 사회의 모든 조직이 고민해야 될 의제이기도 하다.

우리 사회나 축구는 창의력을 키우는 데도, 또 협동심을 키우는 데도 각기 다른 문제점에 직면해 있다. 축구협회는 그동안 기량이 우수한 선수를 길러내 유럽 무대에 진출시키고, 이를 바탕으로 대표팀 전력을 강화하는 것을 주요 목표로 삼아왔다. 앞으로는 저학년 전국 대회나 연령대 대표팀부터 서로 존중하면서 원팀이 되는 것을 더욱 강조하려고 한다. 원팀 의식이 더 높아지지 않는다면 더 좋은 성과를 내는 것은 힘들겠다고 판단했다. 물론 원팀을 강조하기 위해서 개인의 창의성이 위축되면 안 된다.

아시안컵에서 벌어진 대표팀 내 갈등에 대해서 우리 사회의 많은 구성원들은 재능 있고, 창의성이 넘치는 자유로운 분위기의 젊은 선수가 선배들의 기분을 거슬리게 하고 위계질서를 무너뜨린 사건이라고 판단하는 것 같다. 일각에서는 군대에서나 쓰는 '하극상'이라는 용어까지 동원해서 비판한다. 이런 시각에서 대부분의 비난이 이강인 선수에게 쏠렸다. 나는 이런 해석에 대해 어느 정도는 수긍하지만 결코 전적으로 동의하지는 않는다. 세대 간의 차이를 비난하기보다는 인정하고, 그 차이를 어떻게 조화시킬 수 있느냐에 대한 깊은 논의가 이뤄져야 한다. 이는 한국 축구뿐만 아니라 우리 사회 구성원 모두가 함께 풀어야 할 숙제다.

—— 축구와 회사의 조직 문제에 대한 유사점

어떤 조직에서든 갈등이 없을 수 없다. 이러한 갈등이 조직 발전에 긍정적 요인이 되기도 하고 치명적으로 나쁜 영향을 줄 수도 있다. 회사나 축구나 시키는 것만 열심히 하는 조직은 남을 잘 따라가거나 지지 않을 수는 있다. 하지만 이기는 조직이나 경쟁에서 앞서가는 조직은 되지 못한다. 국내 대기업의 경우 고용 안정성이 높은 가운데 젊고 진취적인 직원들이 회사에 계속 남아 있기 쉽지 않다. 팀장이나 상위 직급 사람들이 유능한 후배를 앞으로의 경쟁상대로 생각해 진급 기회를 빼앗거나 다른 팀으로 전직시키는 경우도 적지 않다. 이것은 모든 조직에서 흔히 볼 수 있는 사례일지도 모르겠다.

내가 축구협회장이 되어서 저연령대 선수 의무출전 규정을 만든 이유도 개인의 선의에만 기대할 수 없었기 때문이었다. 우리 사회 전반에 만연한 조직 문화의 폐해를 잘 알고 있기에 그런 결정을 내렸다. 군대에서 고참 병장의 눈치를 보는 것처럼 회사에서도 고참 선배의 눈치를 봐야 한다. 우리 직장 문화는 예전에는 사원-주임-대리-과장-부장 순서대로 직급 체계가 운영됐다. 이후 팀장과 팀원의 단일 직급 체계로 바뀌었지만 파트장을 따로 만들어 팀장과 팀원 사이에 중간 단계를 만들기도 했다. 중간에 낀 고참 사원을 대우하기 위한 조치였다. 서열문화를 고치는 것이 그렇게 힘들었다.

이제는 세상이 많이 바뀌었다. 회사에서도 사장이 직접 전 사원과 커뮤니케이션할 수 있는 채널이 많이 생겼다. 중간 단계를 생략하고 바로 소통한다면 중간 관리자의 '대리인 문제(agent problem)', 즉 소통 과정에서 발생하는 왜곡 문제를 없앨 수 있다. IT 기술의 발전으로 직접 소통이 가능해진 것을 조직 운영에 적극적으로 활용할 필요가 있다.

축구에서도 감독이 마치 아버지 같은 역할을 하면서 중간 단계로 코치가 선수들에게 싫은 소리를 하는 악역을 담당하는 게 통상적 패턴이었다. 이런 중간 단계를 없애고 바로 소통하는 법을 배울 필요가 있다. 예전에는 코치진도 편을 가르고, 선수들도 고참, 중참, 신참으로 나뉘어 따로 식사하거나 몰려다녔다. 이런 모습은 대표팀에서도 쉽게 볼 수 있었다. 과연 이런 형태들이 원팀을 만드는 데 도움이 될까. 앞으로 대표팀 내에서도 나이에 따른 위계질서 체계를 줄여야 한다. 그래야 원팀을 만들 가능성이 더 커진다.

── 국가대표 선수라는 자리에 대해서

국가대표는 축구를 하는 선수라면 모두 한 번쯤은 꼭 되고 싶은 특별한 자리이다. 고교에서 축구를 하는 선수 가운데 1% 정도가 프로구단에 입단한다. 일부는 3, 4부를 거쳐서 1, 2부 프로에 올라가는 경우도 있지만 그렇게 되는 것이 녹록하지 않다. 이렇게 프로 구단에 들어가더라도 경기에 출전하는 선수가 되는 것도 쉽지 않고, 베스트11이 되는 것은 더욱 어렵다. 프로 선수들은 중고교 시절에는 축구 수재 소리를 들었던 경우가 많다고 한다. 연령별 국가대표가 되는 것은 성인 국가대표가 되는 것보다는 상대적으로 수월하다. 2019 폴란드 남자 U-20 월드컵에서 준우승을 할 때 골든슈즈 상을 받은 이강인 선수는 연령대별에서는 굉장히 유망했지만 성인 대표팀에는 2022

카타르 월드컵 본선에서야 어렵게 경기 출장 기회를 얻을 수 있었다. 대표팀에서 완전히 주전을 굳힌 것은 '클린스만호'에서였다.

국가대표가 된다는 것은 약 18세부터 35세 정도의 선수 가운데 해당 포지션에서 가장 잘하는 한두 명을 뽑는 것이다. 고교, 대학, 프로, 해외 클럽 등 수백 개 팀에서 활동하는 선수 가운데 포지션별로 정말 한두 명만 뽑히는 것이어서 굉장히 특출한 기량을 가진 선수여야 한다. 국가대표를 처음 해본 선수들의 소감을 들어보면 크게 두 가지 점을 강조한다. 자신도 꽤 잘할 때는 국가대표 선수들만큼 잘할 수 있지만, 기존의 '국대 주전급'들은 실수와 기복이 매우 적다는 점이 가장 놀랍다는 것이다. 또 하나는 갑자기 팬들과 미디어의 관심이 폭증하는 것이 생소하게 느껴진다고 한다. 그만큼 국가대표는 실력이 있는 선수들이 오는 곳이고, 팬과 미디어의 압박도 심하게 받는 곳이다. 박지성, 구자철, 기성용 등 국가대표 주장을 역임하다가 팬들의 생각이나 기대보다 일찍 대표팀에서 은퇴한 선수들이 있다. '국대 주장'이란 무거운 책임감이 이들을 얼마나 힘들게 했을지 생각하면 고맙고 기특한 마음뿐이다. 팬들의 쏟아지는 관심이 항상 좋은 것만도 아니다. 경기장 밖의 사생활이 노출되기도 하고, 국가대표인데 어떻게 저렇게 행동하느냐는 과도한 기대감이 이들을 힘들게 만들기도 한다. 그들도 한창때의 젊은이일 뿐인데 모든 면에서 완벽하기를 기대한다. 국가대표 선수들에게도 팬과 언론이 프라이버시를 존중해줬으면 좋겠다.

—— 캡틴 손흥민과 자랑스러운 국가대표 선수들

2002년 월드컵 4강 이후 최근 1, 2년 사이가 국민들에게 축구에 대한 관심이 가장 높아진 시기인 듯하다. 국가대표팀에 대한 인기가 K팝스타와 비교될 정도다. 대표팀 인기를 이끈 일등공신으로는 캡틴 손흥민 선수를 손꼽을 수 있다. 사실 지금의 국가대표팀의 인기는 젊은 세대 가운데 일반화되어 있는 해외축구 붐과 연관이 있다. 잉글랜드 프리미어리그를 비롯해 유럽 주요 리그에 대한 젊은 팬들의 관심이 높아지다 보니 유럽에서 활동하는 우리 선수들에 대한 인기 역시 크게 올라가는 현상이 벌어졌다. 유럽파 선수에 대한 관심과 인기가 이들이 국가대표팀에 와서 활동할 때 그대로 이어지고 있다. 이런 선순환 구조를 처음 만든 선수는 박지성이었고, 이를 이어받아 확실히 정착시키고 일반화시킨 공로는 단연 손흥민에게 돌아가야 할 듯하다. 손흥민 선수가 2021/2022시즌에 세계 최고의 리그로 꼽히는 프리미어리그에서 득점왕에 오르면서 이런 현상은 커다란 신드롬이 됐다고 본다. 이후 토트넘의 주장이 됐는데, 아시아 선수가 PL 팀의 캡틴이 되어 한 시즌을 온전히 치른 것은 처음 있는 일이었다. 토트넘과 국가대표팀에서 모두 주장이 되면서 손흥민 선수를 상징하는 말은 자연스럽게 '캡틴'이 됐다. 2022년 정부로부터 체육인에게 주어지는 가장 큰 서훈인 체육훈장 청룡장을 받았다. 이전에 박찬호, 박세리, 김연아 선수 등이 받았던 훈장이다. 서울월드컵경기장에서 있었던 서훈식에서 나도 협회장으로서 '우리의 캡틴'이 얼마나 자랑스러웠는지 모른다.

카타르 아시안컵 요르단전에서 손흥민과 이강인 선수 사이에 불미스러운 일이 벌어져 상당히 걱정을 했다. 다행히 이강인 선수가 런던으로 건너가 직접 선배에게 사과를 했고, 손흥민 선수는 넓은 마음으로 후배를 품어줬다. 사과를 하는 것에도 큰 용기가 필요하지만, 사과를 받아들이는 것은 더 큰 용기가 있어야 한다. 손흥민 선수가 주장으로서 국가대표팀에 얼마나 큰 애정과 책임감을 가지고 있는지 알 수 있었다. 손흥민 선수의 크고 넓은 마음에 너무나 고마운 마음이 들었다.

김민재 선수는 2022/2023시즌 이탈리아 세리에A에서 나폴리가 36년 만에 우승을 차지하는 데 결정적인 공헌을 했다. 세리에A 진출 첫해였고, 한국 선수가 이탈리아 리그 우승컵을 차지한 것도 처음이었다. 나폴리의 우승은 '축구천재' 디에고 마라도나가 소속돼 있던 1986/1987시즌 이후 36년 만이었다. 이탈리아는 남북의 경제 격차가 무척 큰 나라다. 정치 · 경제가 북부 지역을 중심으로 운영되면서 남부는 피해의식과 차별의식에 시달리고 있다. 오직 농업을 기반으로 생활하기에 경제적으로도 상당히 어렵다. 이런 풍토에서 영화 〈대부〉에 나오는 마피아의 본거지가 됐다. 북부의 중심 도시인 밀라노, 피렌체, 베니스 등은 남부에 대한 우월감으로 가득하다. 클린스만 감독의 말에 따르면 김민재 선수를 비롯한 우승 멤버들은 아마도 나폴리에서 평생 공짜로 밥을 먹을 수 있을 것이라고 한다. 그만큼 남부의 설움을 축구로 해소해줬다는 의미다.

PL 울버햄튼에서 뛰고 있는 황희찬 선수도 한 시즌에 두 자릿수 득점을 올리는 훌륭한 공격수로 성장했다. 이강인 선수도 스페인 마요르카에서 프랑스 리그1 최강팀인 PSG로 이적한 뒤 '클린스만호'에서 대표팀 부동의 주전이 됐다. 20~30대 여성팬을 새롭게 경기장으로 불러 모으는 데 큰 공헌을 했다. 클린스만 감독은 이강인은 한국은 물론 유럽에서도 쉽게 찾아볼 수 없는 유형의 선수라고 칭찬했다. 오히려 남미에서 나오는 천재 선수의 유형에 가깝다고 했다. 드리블을 하면서 한번 운동장을 쓱 둘러보는 것만으로도 선수들 대부분이 어떻게 움직이는지 파악되는 특출한 재능이 있다는 것이다.

이재성 선수도 대표팀에서뿐만 아니라 소속팀인 독일 분데스리가의 마인츠에서 꼭 필요한 감초 같은 존재이다. TV 중계방송에서 화면에 가장 많이 잡히는 성실한 선수다. 그만큼 많이 움직인다. 황인범 선수는 러시아 카잔에서 훌륭한 경력을 쌓고 있었는데, 러시아-우크라이나 전쟁 탓에 러시아에서의 커리어가 중단됐다. 이후 그리스의 올림피아코스를 거쳐 세르비아의 츠르베나 즈베즈다에서 활약하고 있다. 앞으로 더 좋은 리그와 팀으로 이적할 것이 확실하며 2026 북중미 월드컵 때도 대표팀에서 중심적인 역할이 기대된다.

이외에 홍현석, 정우영, 배준호, 김지수 등 해외에서 뛰는 선수들과 K리그나 일본 J리그에서 활약하는 많은 대표 선수들이 최근 축구의 르네상스를 이끌고 있어서 고맙고 감사한 마음이다. 최근 대표팀의 인기는 전통적인 40~50대 남성 골수팬뿐만 아니라 새롭게 부상한 10~20대 여성팬이 주도하고 있다고 해도 과언이 아니다. 여성팬들의 환호성으로 국가대표팀 경기장은 흡사 K팝 콘서트 같은 분위기를 내고 있다. 최근 A매치 입장권 구매층을 분석해보면 여성팬이 60% 정도를 차지하고 있고, 특히 비싼 좌석일수록 여성팬 구입률이 높은 놀라운 현상을 보여주고 있다. 이 세대는 단지 축구뿐만 아니라 뮤지컬이나 연극, 클래식 등 자신이 좋아하는 콘텐츠에 비싼 돈을 지불하는 것에 거리낌이 없다고 한다. 물론 축구에서 여성팬의 급증 현상이 장기적으로 지속될지는 조금 더 지켜봐야 한다. 협회는 이런 현상을 유지시키기 위해서 가능한 모든 노력을 기울일 계획이다.

제9장

국가대표 감독을
말하다

—— 국가대표팀 감독과 클럽 감독의 차이

대한축구협회 전체 업무에서 남자 국가대표팀 운영이 차지하는 비율은 얼마나 될까. 직접적인 대표팀 업무로만 국한하자면 그리 큰 비율은 아닐 듯하다. 엘리트와 생활체육, 남자 축구와 여자 축구, 각 연령대별 대표팀 관리, 마케팅과 홍보 업무 등 협회가 다루는 방대한 업무를 모두 고려하면 그렇다. 하지만 상징성과 파급 효과를 고려한다면 단연 가장 중요한 업무임이 분명하다. 당장 축구협회는 남자 국가대표팀의 단기적 성과로만 늘 평가를 받는다. 이런 과도한 정성적 평가가 불합리하다고 생각되지만 어쩔 수 없는 측면이 있다.

국가대표팀의 영향력이 워낙 크다 보니 이 팀을 지휘하는 지도자의 중요성은 말할 필요도 없을 정도다. 감독이라면 언젠가 꼭 한 번 오르고 싶은 자리일 것이다. 대표팀 감독은 일의 성격상 클럽 감독과 차이가 크다. 선수단 구성부터 경기를 준비하고, 결과를 만들어 내는 과정까지 완전히 다르다. 우선 이 차이에 대한 내 생각부터 밝히고 싶다.

클럽 감독은 팀을 시즌 단위로 장기간 만나면서 자신의 철학이나 전술을 선수에게 전달한다. 특히 시즌을 준비하는 기간 동안 체력훈련과 전술훈련을 실시할 수 있다. 시즌에 돌입하면 일주일 동안 적게는 한 경기 많게는 세 경기까지 하는 경우도 있다. 일주일 단위로 보면 경기 뒤 하루 쉬고 회복훈련 및 선수점검을 한 뒤 다시 다음 경기를 준비한다. 감독과 코치는 지난 경기를 분석하면서 다음 상대팀 전술 등을 파악한다. 클럽 감독은 시즌 전체를 고려해 마치 마라톤 선수처럼 어느 구간에서 어느 정도 힘을 주고 뺄지 항상 생각한다. 부상 변수도 고려해야 한다. 또 클럽의 주전 선수들이 각급 대표팀에 차출되는 변수가 있기에 너무 좋은 선수를 보유한 팀들, K리그에서는 울산과 전북 같은 팀이 시즌 중반 어려운 시기를 보낼 수도 있다. 이러한 이유로 시즌 동안 좋은 성적을 내려면 두터운 선수층을 보유해야만 한다. 아시아 챔피언스리그와 코리아컵(전 FA컵) 등에서 좋은 성적을 내는 시즌에는 연간 경기 수가 더욱 늘어난다. 두터운 선수층을 보유하는 것은 감독 입장에서는 좋지만 뛰지 못하는 선수들의 불만은 클 수밖에 없다. 경기에 나서지 못하는 선수들의 불만을 달래며 원팀을 만드는 것도 감독의 중요한 능력 가운데 하나이다. 특히 고참이 뛰지 못할 경우 팀 분위기를 망치면서 감독 리더십에 손상을 주기도 한다.

한편 국가대표팀 감독은 최대한 짧은 시간 내에 자신만의 철학과 전술을 선수들에게 입혀야만 한다. 보통 FIFA A매치 기간은 10일 정도가 주어진다. 선수들이 각자 주말 경기를 마치고 빠르면 월요일 늦으면 화요일 저녁에 도착해 목요일 또는 금요일에 첫 경기를 치른다. 그다음 주 화요일 정도에 두 번째 경기를 치른 뒤 마무리하는 일정이다. 해외 리그에서 뛰는 선수가 귀국하는 경우 수요일 하루 몸을 풀고 목요일 경기에 나선다. 실질적인 연습 시간은 1시간 반에서 2시간 정도다. 이 짧은 시간에 전술훈련과 세트 피스훈련 등을 소화한다. 훈련시간도 적고, 미팅 시간도 짧다. 그러기에 대표팀 감독은 미리 효율적인 훈련 계획과 미팅 내용을 다 준비한 가운데 단기간 내에 자신의 원하는 전술과 작전을 선수들에게 이해시켜야만 한다. 국내에서 A매치가 열리는 경우 첫 번째 경기를 치르고 선수들에게 하루나 하루 반 정도 외출을 포함한 휴식을 준다. 외국에서 계속 생활했기에 이 시간 동안 가족과 친구를 만난다. 해외파 대표 선수들에게는 이것이 작지만 큰 보상이 되기도 한다. 그리고 이틀 정도 훈련을 한 뒤 두 번째 경기를 치르고 곧바로 해산해 각자의 클럽으로 돌아간다. 대표팀 감독과 선수들이 만나는 시간이 이렇게 짧기에 감독은 소집 기간에 대해 미리 철저한 준비를 해야 하며, 평소에는 대표선수가 소속된 팀에서의 활약과 몸 상태를 지속적으로 체크해야 한다. 각 소속팀

52대 회장 취임식에서 당시 남자대표팀 최강희 감독과 함께 (2013)

과의 소통도 필수다. 자신이 세운 전술과 작전이 주전들의 부상이나 다른 변수로 어긋날 수도 있기에 늘 플랜 B, 심지어 플랜 C까지 만들어놓아야 한다. 외국에서 월드컵 예선이나 경기를 치를 때면 연습장 확보나 교통 상황 같은 예기치 못한 변수가 많아서 늘 긴장 상태를 유지해야만 한다. 카타르 월드컵 최종예선 당시 이란 원정 경기 때는 테헤란의 훈련 환경이 좋지 않아서 입국을 늦춘 적도 있었다. 또 현지에서 포백 수비로 연습경기를 할 예정이었지만 상대편이 훈련장에서 관찰할 것을 우려해 쓰리백으로 간단하게 수비 연습을 하고 끝내는 것을 봤던 적도 있다. 긴장도가 높은 월드컵 예선의 원정 경기의 경우 현지 팬들의 억척스러운 행동에 우리 선수들의 심리 상태가 위축되지 않도록 살피는 것도 중요하다.

· · ·

이렇듯 두 팀의 운영 방식이 너무나 다르니, 클럽 또는 대표팀에 상대적으로 더 적합한 지도자가 있을 수 있겠다. 최강희 전북 감독은 국가대표팀 제안을 받고 "나는 선수들과 늘 함께 있는 클럽이 적성에 맞는다"며 자신의 선호도를 밝혔다. 반면 클린스만 감독의 경우는 얽매이지 않고 자유로운 자신의 스타일상 클럽보다는 대표팀을 더 원했던 경우가 아닌가 싶다. 군이 비유하자면 육상에서 단거리나 장거리 선수에게 요구되는 특징과 장점이 다른 것과 흡사하지 않을까 한다. 위에서 자세히 설명한 대로 FIFA의 A매치 소집 기간 중 경기당 주어지는 준비 시간은 많아야 이틀 정도여서 대표팀 감독에게는 '48시간 매니지먼트'라는 용어가 나올 정도다. 감독 자신의 다양한 경험과 각 분야별로 특화된 스태프의 도움이 있어야만 원하는 성과를 낼 수 있다. 결코 쉽지 않은 직업이다.

─── 대표팀 감독은 어떻게 선임되는가

축구협회에서 국가대표팀 감독 선임은 매우 중요한 일이다. 어느 나라 협회나 마찬가지겠지만 한국 같은 '축구 강소국' 입장에서는 더욱 그렇다. 한국은 축구 강국은 아니지만 팬과 국민의 눈높이는 이미 선진국 수준으로 올라와 있다. 특히 외국인 감독을 선임할 때는 그 기대치를 맞추는 게 대단히 어렵다. 막대한 자본을 가진 중동 국가들은 축구 강국이 아니어도 깜짝 놀랄 만한 거물급 지도자를 국가대표팀 감독으로 선임하기도 한다. 우리는 팬들의 기대치는 높지만 중동 국가만큼 재정적 여유는 없다. 가능한 예산 범위 내에서 마땅한 감독을 구하는 것은 상당히 어려운 게임이다.

또 외국의 유명 감독들이 한국행을 선호하는 것도 아니다. 한국의 평균적인 전력이 유명 감독들이 월드컵에서 충분한 성과를 낼 정도의 수준이라고 판단하기는 어렵다. 그들도 늘 다음 경력을 염두에 두어야 하니, 월드컵에서 실패할 경우 자신에게 끼칠 악영향을 우려한다. 또 한국의 지리적 위치로 인해 재임기간 중 가족들과 떨어져 있어야 한다는 것에 대한 거부감도 상당하다. 협회 예산상 그들이 원하는 수준의 충분한 연봉을 책정하기 어려운 사정도 현실적으로 큰 어려움이다.

공급 측면에서 이러한 악조건이 존재함에도 축구협회는 최선의 선택을 위한 우리만의 조건을 마련해야만 한다. 그동안 협회는 월드컵이나 유럽선수권 등 메이저 대회에서 성과를 낸 경험, 한국 축구에 대한 높은 이해도와 진정성, 예산 상황을 고려한 적정 수준의 처우 등 내부 기준을 설정하고 이에 맞는 감독을 선발하기 위해 노력했다.

현행 〈축구국가대표팀 운영 규정〉에 따르면 '각급 대표팀의 감독, 코치 및 트레이너 등은 국가대표 지도자 선발기준에 따라 국가대표 전력강화위원회 또는 기술발전위원회의 추천으로 이사회가 선임한다'고 되어 있다. 올드 팬에게는 기술위원회라는 명칭이 더 익숙할지도 모르겠다. 2017년 기술위원회가 국가대표감독 선임위원회와 기술발전위원회로 분리됐고, 이후 국가대표 감독선임위원회가 국가대표전력강화위원회로 바뀌었다. 이름과 기능의 변화가 있었다. 기술위원회 시절에는 대표팀 감독이 경질될 때 선임을 책임졌던 기술위원장이 함께 물러나는 경우가 많았다. 기술위원회는 대표팀 감독 선임뿐만 아니라 한국 축구 전체의 기술 발전을 다루는 곳인데 동반 책임을 지는 관행 탓에 위원장 변경이 잦았다. 정책 연속성에 문제가 있다고 판단해 감독을 뽑는 기능과 기술 발전을 다루는 부분을 별도의 위원회로 분리했다. 지금은 국가대표 전략강화위원회가 성인에서 20세 대표팀까지, 기술발전위원회가 그 아래 연령 대표팀을 담당한다.

나는 평소 위원장이나 위원들에게 국가대표팀을 포함한 연령대 대표팀 지도자를 선발할 때 국민과 축구인들이 위원회에 감독 선임 권한을 위임해 준 것이니 절대로 사적인 감정을 넣지 말라고 당부했다. 위원들에게 혹시 올 수도 있는 청탁에 철저하게 거리를 두라는 뜻이었다. 사람을 뽑는 것은 참으로 어려운 일이다. 나라를 대표하는 국가대표팀 감독을 뽑는 과정은 더 말할 것도 없다.

올바른 조직이나 건강한 조직에는 잘 갖춰진 시스템이 있다. 한 개인에 권한이 집중되기보다 합의되고 정리된 시스템에 의한 의사결정이 이뤄질 때 조직에 도움이 되는 결론이 나온다. 나는 평소에도 열린 주제를 놓고 격의 없이 토론하면서 그 속에서 정답을 찾는 것을 선호한다. 감독 선임 역시 마찬가지이다. 정확히 산출된 자료를 기반으로 여러 전문가들이 머리를 맞대어 최상의 감독을 선정한다면 협회와 한국 축구에 도움이 되는 감독을 선임할 수 있다고 본다.

회장 역시 협회의 수장이자 구성원으로서 의사결정 과정에 적극적으로 참여하는 참가자 중 한 명이라고 생각한다. 국가대표 감독을 뽑을 때도 마찬가지다.

감독을 뽑을 때는 전문가의 판단이 가장 중요하다. 그 시기에 한국 축구에 가장 필요한 것이 무엇인가를 파악해 최종 선발에 이를 때까지 치열하게 토의해야 한다. 토론의 과정과 질도 매우 중요하다. 현 대표팀의 상황, 향후 목표 달성 방법 등에 대해서 논의해야만 한다. 이런 토론 과정을 거쳐 대표팀 감독을 선임한다. 그런 점에서 국가대표팀 감독은 집행부와 전문가 그룹이 토론과 소통을 통해 공감대를 형성하면서 만들어내는 결과물이라고 할 수 있다. 따라서 논의에 참여했던 많은 사람들에게 누가 책임이 있느니 없느니 또는 많으니 적으니 따지는 것은 무의미하다.

감독의 선임에 대한 궁극적인 책임은 회장이 진다. 아니 협회의 주요 정책과 결정에 대한 최종 책임은 모두 회장에게 있다. 남과 상의 없이 혼자서 결정하고는 책임질 일이 있으면 꽁무니를 빼는 것은 '독단'이다. 많은 이들이 각자의 전문성을 가지고 참여해 함께 내린 결론을 수용하고, 이에 따른 결과를 끝까지 책임지는 것은 '결단'이다. 나는 늘 독단에서 벗어나기 위해 애썼고 결단의 순간에는 주저하지 않았다. 그런 면에서 해리 트루먼 전 미국 대통령의 집무실 책상에 있었다는 표어 'The buck stops here(모든 책임은 내가 진다)'의 의미는 대한축구협회장에게도 그대로 적용된다고 생각한다.

· · ·

나의 회장 재임기간 동안 외국인 감독은 슈틸리케 감독, 벤투 감독, 클린스만 감독 등 3명이었다. 당시의 협회 정관상 감독 선임을 주도해야 하는 해당 위원장이 기본 작업을 성실하게 수행했다. 슈틸리케 때는 이용수 기술위원장, 벤투 때는 김판곤 국가대표감독 선임위원장, 클린스만 때는 마이클 뮐러 국가대표 전력강화위원장이 각각 선임 과정을 주도했다. 위원회마다 이름과 권한, 구성은 약간씩 차이가 있었지만 선임 과정은 대략 비슷했다.

위원장이 세운 선임 기준에 따라 후보 리스트를 작성하고, 우선순위의 후보들에 대해 위원장이 직간접적으로 체크하거나 인터뷰를 진행했다. 최종 후보군에 대해서는 나도 따로 화상 면접을 진행했다. 슈틸리케 때만 해도 화상 인터뷰 기술이 미비했기에 그 과정은 생략됐지만, 벤투와 클린스만 때는 최종 후보 2인에 대해서 내가 별도의 화상 인터뷰를 했다. 복수의 최종 후보군을 정해 임원 회의에 올리는 작업은 위원장이 맡아 진행했다. 5위내의 주요 후보군 가운데 한국행을 고사하거나, 조건이 맞지 않아 협상이 결렬되는 경우가 꽤 있었다.

최종 후보군의 협상은 순서대로 진행됐다. 1번 후보가 불발되면 2번 후보와 협상하는 형식이었다. 이미 많이 알려진 대로 슈틸리케와 벤투는 당초에 1순위 후보가 아니었다. 상위권의 후보가 이런저런 이유로 제외되면서 그들에게 차례가 갔다. 반면 클린스만은 애초부터 최종 후보군의 1순위였다. 1순위인 클린스만과의 협상이 타결되면서 차순위 후보에게는 협상 기회가 주어

튀니지와의 친선경기에서 클린스만 감독과 함께 (2023, 서울)

지지 않은 경우였다.

국내 언론은 내가 클린스만 감독과 이전부터 개인적 친분이 두터웠고, 카타르 월드컵 이후 새 감독을 물색하는 과정에서 내가 클린스만을 사실상 낙점해 계약했다고 생각하는 듯하다. 일부는 맞고, 일부는 틀리다. 팩트 또는 그에 가까운 일부분과 자신들이 추정하는 부분을 합성하여 마치 모든 것이 사실인 것처럼 주장하는 것은 옳지 않다.

클린스만과 이전부터 아는 사이였던 것은 맞다. 미국 캘리포니아에 있는 오래된 지인이 클린스만과 잘 아는 사이였다. 지인과 클린스만의 딸들이 학교 과외 활동으로 승마를 같이 했고, 학부모로 교류를 하다 보니 친해졌다고 한다. 클린스만의 아들이 한국에서 열린 U-20 월드컵에 미국대표팀 골키퍼로 출전하게 됐는데, 서울에 왔을 때 한번 만나보면 어떠냐며 소개해줬다. 이를 계기로 안면은 텄지만 한동안 연락이 없다가 카타르 월드컵 기간 중 재회했다. 클린스만은 FIFA TSG(Technical Study Group: 기술연구그룹)의 일원으로 카타르에 와있었고, 차두리도 이 그룹의 멤버였다. 클린스만은 월드컵 기간 동안 많은 경기를 봤는데, 한국 대표팀에 대한 정보도 여러 루트로 들었을 것이고 벤투 이후의 상황에 대해서 관심을 가졌을 것으로 보인다. 다음 월드컵이 자신의 거주지인 미국에서 열린다는 것도 동기 부여가 됐을 것이다. 그는 대회 현장에서 만난 나에게 "한국 대표팀 감독에 관심이 있다"고 말했다. 매우 적극적인 자세여서 나도 깜짝 놀랄 정도였다. 독일 매체가 나중에 보도한 것처럼 '그냥 농담을 던지는 수준'은 전혀 아니었다. 매우 진지했고, 엄청난 관심을 표명했다.

이후 이용수 위원장이 사임 의사를 밝혀 후임자를 뽑아야 했다. 대표팀 감독 자리를 오래 비워둘 수가 없었으니 국내의 경험 많고 유능한 경기인 출신이 국가대표 전략강화위원회를 맡아 차기 사령탑 선임 과정을 주도해 줬으면 좋겠다고 생각했다. 그래서 몇 분에게 제안했지만 모두 고사했다. 아쉬웠다. 위원장이 선임이 되어야 다음 단계로 갈 수 있는데 제안받은 분들이 연이어 거절하니 난감한 상황이었다. 결국 뮐러 기술발전위원장에게 보직 이동을 제안했고, 그가 수락했다. 대표팀 감독 선임 과정에서 외국인 후보를 검토하자면 해외 정보에도 밝고 네트워크도 있어야 하는데, 뮐러 위원장은 국내 사정도 잘 알고 해외 정보도 밝으니 충분히 자격이 있다고 판단했다. 국내 경기인들이 계속 고사하던 차에 외국인에게 처음으로 이 자리를 맡겨보는 것도 의미가 있겠다 싶었다.

이후 뮐러 위원장이 후보 리스트 작업을 하면서 단계별로 후보를 줄여나갔고, 5명의 최종 후보 리스트가 만들어졌을 때 1순위가 클린스만이었다. 나는 후보군의 장단점을 논의하는 내부 회의에서 '레드 팀'처럼 각 후보의 약점을 주로 거론했다. 이런저런 약점에 대해서 대처나 보완이 가능한지를 주로 물었다. 클린스만에 대해서도 마찬가지였다. 나는 클린스만을 후보로 검토하는 과정에서 이전 그의 고용주였던 두 명의 미국축구협회장에게도 조언을 구했다. 이들의 의견을 종합하면 "새로운 시도를 많이 한다. 굉장히 프로페셔널하고 유능하다. 협회에 많은 요구를 하기 때문에 당신이 골치 아플 것"이라는 것이었고, 결론적으로는 대표팀 감독으로 '추천한다'는 의견이었다. 상세히 밝힐 수는 없지만 이들이 이야기했던 클린스만의 단점에 대해서도 협회 내부 회의에서 검토를 거듭했다.

밀러 위원장이 최종적으로 올린 복수 후보는 클린스만과 잉글랜드 명문 클럽을 지도했던 유명 지도자였다. 나는 이 두 명과 화상 인터뷰를 진행했다. 후자는 젊고 유능한 지도자로 판단됐지만 국가대표팀 지도 경험이 전혀 없다는 것이 최대 약점이었다. 대표팀 감독 경험이 없는데 한국이 그 첫 무대가 되는 것에 대한 리스크가 있었다. 결국 1순위였던 클린스만 감독과 먼저 협상하는 것으로 결론이 났고 그와 합의에 도달했다. 협회가 첫 제안한 연봉 조건에 대해서 클린스만은 이견을 제시하지 않고 그대로 수용했다. 처음 제시한 연봉 조건이 클린스만을 영입하기에는 다소 낮은 수준이어서 실무자는 협상용이라는 판단도 있었다고 한다. 그런데 그가 이를 바로 받아들였다. 아마도 클린스만에게 절실한 것은 연봉보다는 '북중미 월드컵에 도전할 수 있는 기회의 장'이 아니었나 판단됐다. 만일 그때 클린스만이 더 높은 연봉을 요구하는 등 협상이 결렬됐다면 2순위 후보에게 기회가 갔을 것이다.

이전에 외국인 감독을 선임했을 때와 거의 동일한 과정이어서 나중에 나와의 친분 때문에 클린스만 감독과 덜컥 계약했다는 식의 구설수에 말릴지는 정말 상상조차 하지 못했다. 클린스만 감독과의 선임 과정을 조금 상세히 밝힌 것은 일부의 오해에 대해서 설명하기 위해서다. 클린스만 감독 선임에 대해서 협회장으로서의 내 책임은 대중과 언론의 오해 여부와 상관없이 분명하게, 최종적인 것이다. 앞서 말했듯이 '책임은 내 자리에서 멈추기 때문

(The buck stops here)'이다.

—— 국내 감독이냐, 외국인 감독이냐?

국가대표 감독을 선임할 때 일반적으로 가장 먼저 나오는 기준이 국내 감독이냐, 외국인 감독이냐는 것이다. 물론 감독을 선임할 때 국적만을 기준으로 놓고 판단하지는 않는다. 한국 축구가 처한 현실, 앞으로 지향할 목표를 놓고 최적의 감독을 찾는다. 국적이 일차적 기준이 될 수는 없다. 하지만 현실적으로 국내 감독을 우선시 할 것인지, 외국인 감독을 중심으로 고민할 것인지가 주요 변수가 되기도 한다. 2022 카타르 월드컵이 끝난 직후의 상황이 바로 그랬던 것 같다. 카타르 본선을 이끌었던 벤투 감독은 4년 이상 대표팀을 이끈 국내 최장수 국가대표팀 지도자였다. 협회도 그동안의 성과를 충분히 인정해 본선에 나가기 전 연장 계약을 제시했다. 그때가 6월경이었는데 당시만 해도 2023년 9월에 중국에서 열릴 예정이었던 아시안컵까지 일단 연장한 뒤 다시 재계약을 논하는 방안이었다. 벤투는 그런 방식의 계약은 자기 철학과 맞지 않아 곤란하다며 무조건 다음 월드컵까지 4년 단위의 재계약을 원했다. 그래서 벤투에게 9월 A매치 기간까지 본인의 연임 가능 여부를 알려 달라고 했는데, 벤투는 그 기간 중에 협회보다 대표팀 선수들에게 카타르 월드컵을 마치고 한국을 떠나겠다는 의사를 먼저 표명했다. 협회는 자연스럽게 카타르 월드컵 이후의 감독 선임에 대한 고민과 준비를 하게 됐다. 월드컵 성적에 상관없이 벤투가 떠나는 것이 사실상 확정됐기 때문이었다. 나는 10월경에 벤투에게 다시 아시안컵에서 우승이 아니더라도 어느 정도 좋은 성적을 내면 다음 월드컵까지 임기를 보장하는 방안까지 제안했지만 벤투는 끝내 고사했다. 이런 사정을 모르는 일부 팬들이 16강의 성과를 거둔 벤투 감독과 재계약하지 않았다면서 협회를 비난했다. 협회는 이런 식으로 오해에 의해 욕먹는 경우가 상당히 많다.

벤투 이후를 고민하는 과정에서 협회 집행부의 일부가 차기 감독은 국내 지도자에게 기회를 주는 것이 어떠냐는 의견을 냈다. 벤투가 4년을 준비해 월드컵에 도전했듯이 이제 국내 감독에게도 장기적 기회를 줄 때가 됐다는 주장이었다. 당시 이용수 전력강화위원장도 이제는 국내 감독이 해야 한다는 확고한 생각을 갖고 있었다. 일본도 모리야스 하지메 감독이 비록 자국 내에서 인기가 있었던 것은 아니었지만 꾸준하게 좋은 성적을 내면서 호평받았고, 한국도 그동안 슈틸리케, 벤투 등 주로 외국인 감독이 지휘봉을 맡았던 터라 국내 지도자에게 기회를 주면 좋겠다는 생각도 들었다. 더구나 당시 중국 아시안컵 개최가 2023년 6월로 예정되어 있어서 새 감독이 준비할 시간이 5~6개월밖에 되지 않았다. 벤투 감독이 연임하는 경우가 아니라면 국내 대표팀을 잘 파악하고 있는 한국인 감독이 맡을 수밖에 없겠다고 판단했다. 돌이켜보면 역대 대표팀 감독 중 국내 지도자에게 4년 단위로 충분한 임기가 주어진 경우는 단 한 번도 없었다. 전임 집행부 시절 조중연 회장이 남아공 월드컵에서 사상 첫 원정 16강을 달성한 허정무 감독에게 재계약을 제안했지만 허 감독이 고사했다는 이야기를 전해들은 적은 있었다. 만일 그때 허 감독이 계속 맡아서 4년 뒤 브라질 월드컵까지 도전했다면 우리 대표팀 문화는 어떻게 바뀌었을까하는 상상을 해본 적이 있었다. 나는 기본적으로 한 번 책임을 맡긴 지도자에게 중장기적 기회를 주어야 한다고 생각하는 사람이다.

카타르 이후 국내 감독 발탁론은 나름 논리와 의미가 있었다. 축구협회의 주요 목적 가운데 하나가 유능한 국내 지도자를 키우는 것이니 충분히 공감대를 얻을 수 있는 주장이기도 했다. 나도 국가대표 지도자 선임에서 균형감이 필요하다는 고민을 했다. 이런 분위기가 국가대표 선수들에게도 흘러 들어갔던 모양이다.

카타르 월드컵이 16강 진출로 막을 내린 뒤 몇몇 국가대표 출신 축구인들이 "대표 선수들이 다음 감독으로 국내 지도자가 온다는 소문을 듣고 걱정하고 있다"는 이야기를 나에게 전했다. 현재 대표 선수의 주류는 역시 해외파이고 그 가운데 유럽파이다. 그렇다면 유럽파 선수들이 대표팀 지도자로 국내 감독보다는 외국인 감독을 선호한다는 뜻이었다. 왜 그럴까 생각해봤다. 아무래도 국내 감독은 팀 내 규율을 강조하고, 선수들을 통제하려고 한다는 이미지가 강한 것이 아닐까. 대표 선수들이 유소년 시절부터 자신들이 직접 겪었던 국내 지도자들의 유형이 대체로 그랬다고 느꼈을 수도 있다. 반면 외국인 지도자들은 상대적으로 자율적으로 팀을 운영하고, 최신 전술 트렌드에도 밝다고 판단한 것이 아닐까 싶다.

16강 진출을 축하하기 위해 대통령이 마련한 오찬 행사에서도 선수들이 이러한 뜻을 전달했다는 이야기도 있었다. 그 이후 문체부 고위 관계자가 차기 감독은 외국인 지도자로 하면 좋겠다는 뜻을 협회에 전해왔다. 그러면서 정부가 감독 연봉을 어느 정도 지원해 줄 수 있으니 '가성비'를 너무 따지지 말고 충분히 이름값이 있고, 능력 있는 감독을 뽑으면 좋겠다는 의견도 제시했다. 외국인 감독을 뽑을 때 연봉은 늘 협회에 부담이 되는 변수였다. 좋은 감독을 뽑으려면 당연히 돈이 많이 든다. 하지만 역대로 축구 대표팀 감독 연봉을 정부가 도와준 전례도 없거니와, 그런 지원을 받는 것은 축구협회의 독립성 차원에서 바람직하지 않다는 판단이 들었다. 외국인 감독 연봉 지원 제안을 거절했다. 아무튼 그 당시 분위기는 감독 선정의 제일 중요한 기준이 국내 감독이냐, 외국인 감독이냐였다고 해도 과언이 아니었다.

· · · ·

지금도 그렇고 앞으로도 대표팀의 주력은 해외파, 특히 유럽파가 될 것이다. 주력 멤버를 중심으로 이들의 퍼포먼스를 어떻게 끌어내느냐가 대표팀 운영의 핵심 과제라고 한다면 외국인 감독이 선임에 좀 더 유리한 것은 사실이다. 외국인 감독은 경력 면에서 앞서는 측면도 있다. 협회는 보통 월드컵이나 유럽선수권대회 같은 메이저 대회의 경력을 채용 기준으로 제시하는데, 국내 지도자의 경우 이런 경험을 쌓을 기회가 아예 주어지지 않았기에 불공정 경쟁이 될 여지도 있다. 즉 외국인 감독은 이미 이런 경험을 쌓은 이들이 검토 대상 후보가 되지만, 국내 감독들은 대표팀 지도자 경험이 없다면 이런 커리어를 만드는 것 자체가 불가능하다. 채용 기준 자체가 국내 감독에게 불공평할 수 있다는 것이다. 물론 홍명보, 신태용 감독처럼 비교적 젊은 나이에 대표팀을 이끌고 월드컵 본선을 경험한 지도자들이 이후 커리어를 잘 이어간다면 훗날 한국은 물론 다른 나라 대표팀을 이끌고 월드컵에 다시 도전할 수도 있을 것이다. 국내 지도자들이 요즘 동남아를 비롯해 여러 나라에서 지도자로 활동하고 있지만 언어적 제약도 있는 것 같다.

먼 미래에 벌어질 수 있는 이상적 상황을 희망해 본다면, 지금 유럽 무대에서 활동 중인 선수들이 지도자로 변신할 때까지 유럽에서 계속 활동하면 좋겠다. 예를 들어 손흥민 선수가 토트넘 같은 명문 구단에서 외국인으로서 주장을 맡고 있는 것은 대단한 일이다. 만일 손흥민이 은퇴 뒤 지도자로서 유럽에서 계속 활동한다면 이후 다양한 가능성이 열릴 수 있다고 생각한다.

· · ·

임기 중 경험한 국가대표 지도자는 최강희, 홍명보, 슈틸리케, 신태용, 벤투, 클린스만 감독이었다. 최강희 감독은 전임 집행부에서 선임됐다. 한국 대표팀 감독직은 한때 외신에서 '독이 든 성배'로 불렸다. 잦은 경질 탓이었다. 나는 한번 책임을 맡겼으면 계약 기간을 존중해야 한다고 생각한다. 주어진

우루과이와의 친선경기에서 벤투 감독과 함께 (2018, 서울)

임기 내에 최선을 다해 일하고, 그 결과로 평가하는 게 맞다. 임기 도중 어려운 상황에 닿더라도 협회는 최선을 다해서 지원하는 것이 필요하다고 생각했다.

대표팀의 경우 월드컵 단위로 책임을 맡기는 게 가장 합리적이라고 봤다. 그런데 대표팀의 상황은 늘 유동적이니 4년 주기로 팀을 책임지는 것은 이상일 뿐이었다. 현 집행부에서 선임했던 국내 지도자 홍명보, 신태용 감독은 전임 감독이 중도에서 물러난 뒤 '소방수' 역할을 맡은 경우였다. 반면 다음 월드컵을 준비하기 위한 4년 여정의 스타트 라인에 섰을 때 감독을 맡은 이는 슈틸리케, 벤투, 클린스만 등 공교롭게도 모두 외국인 지도자였다. 의도했던 것은 아니지만 중간에 감독이 바뀌는 상황에서는 선수 파악 등에 시간이 별로 없다는 논리로 국내 지도자가 등장했다. 최강희 감독이 본선행을 고사한 뒤에 홍명보 감독, 슈틸리케 감독이 최종예선 도중 경질된 뒤에 신태용 감독이 그렇게 선임됐다.

반면 월드컵이 끝나고 차기 대회를 준비할 때는 비교적 시간 여유도 있고, 국제 축구의 최신 트렌드도 반영하자는 의미에서 외국인 감독에게 지휘봉이 돌아갔다. 슈틸리케에게는 러시아, 벤투에게는 카타르, 클린스만에게는 북중미 월드컵을 기대하고 4년의 여정을 완주해주기를 바랐지만 피니시 라인을 무사히 통과한 이는 벤투 혼자였다.

—— 대표팀 감독은 어떻게 경질되는가

홍명보 감독이 2014 브라질 월드컵에서 조별리그에 탈락하고 돌아온 뒤 국내 언론과 여론은 압도적으로 경질을 요구했다. 하지만 내 판단은 달랐다. 홍 감독에게 월드컵 개막 불과 1년 전에 급하게 임무를 맡긴 협회도 책임에서 자유로울 수 없다고 생각했다. 그래서 최소한 2015년 1월 예정된 호주 아시안컵까지 기회를 준 뒤 그 결과를 보고 진퇴를 결정하는 게 맞는다고 판단했다. 사퇴 의사를 먼저 밝힌 홍 감독에게 아시안컵까지 같이 해보자고 했다. 홍 감독도 팀을 재정비해 아시안컵에 도전하기로 마음을 다시 잡았는데, 그만 언론을 통해 브라질 월드컵에서 대표팀이 회식하는 영상이 공개됐다. 식당에 소속돼 있는 가수가 노래를 부르는 장면이 다시 국민 감정을 건드렸고, 홍 감독에게 극심한 비난이 재개됐다. 결국 홍 감독은 자진 사퇴를 선택했다.

이 해프닝에 대해서는 몇 가지 남기고 싶은 이야기가 있다. 문제의 동영상은 브라질 월드컵이 끝나고 마지막으로 팀 회식을 하는 날에 찍힌 것이었다. 이 동영상이 '월드컵에서 좋은 성적도 내지 못했으면서도 회식에서 유흥을 곁들였다'는 협회 내부 고발의 형태로 언론에 제보되면서 사회적 파문이 커졌다. 여기에는 설명이 좀 필요하다. 일단 회식 장소는 그냥 일반 식당이었다. 팬들이 오해하듯이 유흥업소가 아니었다. 또 선수단은 물론 협회의 직

페루와의 친선경기에서 홍명보 감독과 함께 (2013, 수원)

원과 월드컵 지원 스태프 등이 모두 모여 대회를 마무리하면서 마지막 식사를 하는 자리였다. 여기에 당시 대표팀과 같이 다니던 협회 소속 포토그래퍼가 동석했는데 그가 이 영상을 협회 노조위원장에게 건넸고, 이 영상이 일부 언론에 유출이 됐다. 이 포토그래퍼는 나중에 협회에서 자체 조사 끝에 징계를 받았다. 내부에서 벌어졌던 일을 숨기자는 것이 아니었다. 다만 내부 일을 왜곡해 제보하는 것은 있을 수 없는 일이며, 내부 기강과 신뢰를 무너뜨리는 일이라고 판단했다. 가족끼리도 싸우거나 의견이 다를 수 있지만 이것을 밖에다 흘리고 왜곡하는 것은 전혀 다른 이야기다. 국가대표팀 스태프로서는 더욱더 있을 수 없는 일이다.

어렵게 아시안컵까지 대표팀을 지휘하기로 결심했지만 '동영상 파동'이 일파만파 확대되면서 홍 감독은 결국 사퇴하기로 했다. 나는 그의 의견을 받아들일 수밖에 없었다. 워낙 비판 여론이 들끓어 홍 감독이 대표팀에서 온전한 리더십을 발휘하기 어려운 상태라고 판단했기 때문이다. 정말 홍 감독에게는 미안한 마음이었다.

클린스만 감독을 경질할 때도 비슷한 상황이었다. 클린스만 감독은 부임 이후 이른바 '재택근무' 논란에 휩싸였고, 여러 가지 측면에서 언론과 팬에게 미운털이 단단히 박혀 있었다. 아시안컵 요르단과 준결승전에서 졸전 끝에 패하자 그동안 숨죽이며 지켜보던 경질론이 화산처럼 폭발했다. 국민 정서와 팬의 여론이라는 잣대로 보면 클린스만 감독 역시 대표팀을 이끌 온전한 리더십을 발휘하기 어려운 처지였다.

. . .

국가대표팀 감독은 국민의 많은 관심과 성원을 받는 자리인 만큼, 반대로 그만큼 비난 역시 불가피하게 감수해야 하는 자리라고 생각한다. 다만 감독이 계약 기간 내 명확한 로드맵이 존재하고 합당한 비전을 보여준다면 일시적 여론 악화에도 불구하고 협회는 감독을 믿으면서 계약 기간을 보장해 줄 필요가 있다. 돌이켜 보면 벤투 감독 역시 아시안컵이나 A매치에서 기대에 못 미치는 성적을 거뒀을 때 여론의 많은 질타를 받았다. 경질 여론이 꽤 높았던 시기도 있었다. 하지만 나는 벤투 감독을 면담하면서 카타르 월드컵까지 그가 가지고 있는 명확한 의지와 계획을 확인할 수 있었다. 이를 기반으로 대내외적으로 벤투 감독에 대한 신뢰 메시지를 꾸준히 보냈다. 그 결과 벤투 감독은 52개월이라는 한국 축구 역사상 가장 장수한 대표팀 감독이자 두 번째로 월드컵 원정 16강 달성이라는 성과를 거둘 수 있었다. 이 또한 16강에 오르지 못했다면 실패한 4년으로 기록됐을 것이다. 그런 면에서 축구는 철저히 결과로 평가받는 분야라고 할 수 있다.

전임 조중연 집행부 시절 조광래 감독을 경질하는 과정에서 협회 관계자가 외부 스폰서의 외압이 있었다는 것을 인정하는 발언을 해서 상당히 논란이 된 적이 있었다. 당시 사정은 내가 협회에 없었을 때이니 자세히 모르겠

하나은행 FA컵 준결승에서 슈틸리케 감독과 함께 (2015, 인천)

다. 다만 국가대표팀을 둘러싼 이해관계자들은 다양하게 존재한다. 중계권
자와 메인 스폰서들은 중요한 이해관계자라 할 수 있다. 한 회사가 엄청난
금액을 중계권에 투자하는 경우도 있다. 이럴 경우 대표팀 부진에 대해서 또
는 월드컵 예선 탈락에 대해서 우려를 나타낼 수 있는 자격이 있다. 국가대
표팀의 가치를 믿고 투자한 입장이니 좋은 결과를 기대하는 것은 당연하다.

비유하자면 대주주가 회사 경영 방침에 대해서 의견을 제시하거나 반대
하는 것으로 볼 수도 있다. 아주 이상한 일은 아니라는 뜻이다. 물론 협회가
직접적인 압력으로 느껴질 정도였다면 완전히 다른 이야기겠지만 말이다.
걱정과 우려를 표명하는 것은 이해관계자들이 충분히 할 수 있는 일이라고
본다.

팬들도 물론 매우 중요한 이해관계자이다. 한 사람의 팬은 1주를 가진 소
액 주주로 비유할 수도 있지만, 집합적 개념의 팬은 가장 중요한 이해관계자
이며 대주주라고 할 수 있다. 주요 이해관계자들이 대표팀 감독의 리더십에

심각한 의문을 품는다면 실제로 경질까지 이어지기도 한다. 슈틸리케 감독의 경우에도 월드컵 본선에 막대한 중계권을 지불했던 방송3사가 슈틸리케 감독에 대한 비판 여론을 주도했다. 만의 하나 본선행이 좌절되면 방송사 입장에서는 큰 피해를 볼 수밖에 없었으니, 경질 여론을 조성했던 것이라고 볼 수도 있다.

· · ·

다양한 이유로 감독이 제대로 리더십을 발휘하기 어렵다고 판단되면 결국 마지막 카드는 경질밖에는 없다. 홍명보 감독도, 슈틸리케 감독도, 클린스만 감독도 그런 경우였다고 할 수 있다.

—— 대표팀 감독의 장기간 지도는 가능한 것일까?

우리나라의 어떤 종목도 몇 경기 만에 감독이나 회장을 퇴진시켜야 한다는 이야기가 나오지 않는다. 오직 축구만이 그러하다. 왜 그런 것일까. 축구가 우리나라를 상징하는 국기라고 할 수 있고 팬과 국민들에게 굉장히 열정적인 사랑을 받기 때문이다. 이는 다른 종목 협회장이나 선수들이 많이 부러워하는 부분이기도 하다. 최근 A매치 때는 열기가 더 뜨겁다. 6만 5천 명이 들어가는 서울월드컵경기장이 한 시간 만에 매진이 되고 지방의 4만 명 규모 경기장 티켓도 하루 만에 다 팔린다.

축구 경기의 또 다른 특성은 몰입성이다. 국내에서 가장 인기 있는 프로종목인 야구와 크게 다른 점이다. 축구 팬들은 몰입하지 않으면 선수들의 자세한 움직임이나 심지어 골이 들어가는 장면까지 놓치기 쉽다. 그래서 야구장에서처럼 치어리더들이 춤도 추고, 연인들끼리 식사와 맥주를 함께하는 장면을 보기 힘들다. 선수들처럼 팬들도 90분 동안 몰입하면서 감정을 이입해야만 축구의 참맛을 즐길 수 있다. 특유의 몰입감 때문에 팬들도 훨씬 광적이다. 유럽에서 '훌리건(Hooligan, 난동을 부리는 극성 팬들을 뜻함)'들이 생기는 이유다. 2022년 10월에는 인도네시아 축구장에서 120명이 넘는 팬이 사망하는 난동이 벌어지기도 했다. 그만큼 축구의 매력은 무척이나 강하고 중독성이 있다. 축구 때문에 국가 간의 전쟁을 멈추기도 하고, 반대로 갈등이 벌어지기도 한다. 이렇게 인간의 감정을 뒤흔드는 요소가 있기에 월드컵이 전 세계에서 가장 흥행에 성공하고 상업적으로 발달한 이벤트가 될 수 있었다.

2023년 10월 항저우 아시안게임에서 황선홍 감독이 이끄는 23세 이하 대표팀이 우승을 차지했다. 일본과의 결승전에서 경기 시작 1분 40초 만에 선제골을 허용해 막막했는데 결국 2-1로 역전에 성공했다. 황선홍 감독은 아시안게임을 준비하는 과정에서 국내 팬들에게 과도한 비난을 받았다. 특히 대회를 준비하면서 항저우 현지 적응 훈련을 갔다가 중국과 평가전에서 엄원상 선수가 다치며, 비판 여론은 도를 넘어서는 것 같았다. 일부 전문가들도 이런 비난에 동조했다. 나는 이런 상황을 보면서 황 감독의 리더십에 손상이 가지 않을까, 또는 황 감독의 사기가 떨어지지 않을까 많은 걱정이 됐다. 비난의 초점 중 하나였던 항저우 황룽 스타디움에서의 적응 훈련은 결과적으로는 대성공이었다. 아시안게임의 준결승과 결승이 바로 이곳에서 벌어졌기 때문이다. 중국과의 거친 평가전도 우리가 아시안게임에서 중국과 8강전, 우즈베키스탄과 4강전을 치르면서 많은 도움이 됐다.

축구는 매우 예민한 종목이며 수많은 변수들이 있다. 전술, 선수간의 조합, 지도력, 날씨, 잔디 상태, 팬들의 성원 등 경기마다 달라지는 기본 변수들이 다양하다. 황 감독은 대회 준비 기간 동안 너무나 비이성적인 비난에 시달렸다. '전술이 없다', '누가 베스트11인지 모르겠다', 심지어 '빽'으로 감독

자리를 차지했다는 비난도 있었다. 한국 축구 최고 레전드 중 한 명인 황 감독에게 무슨 '빽'이 필요했다는 걸까. 오죽 비난이 거셌으면 황 감독이 아시안게임이 끝난 뒤 "갑자기 칭찬을 받으니 어색하다"고 웃는데, 나도 같이 웃었지만 마음이 아팠다. 얼마나 마음고생이 심했는지 알 것 같았다.

한 감독이 모든 것을 다 잘할 수는 없다. 열 가지 중 한두 가지는 모자랄 수도 있고 아주 치명적인 실수를 할 수도 있다. 누구나 잘못을 비난하기는 쉽다. 그러나 이 잘못에 대한 대책을 마련하거나 처방을 내는 것은 아주 어렵다. 우리 풍토에서 장기 계약을 하는 것은 어느 분야나 쉽지 않다. 예를 들어 한 사립대학에서 임기 중 많은 실적을 낸 총장도 4년 이상을 연임하는 것을 본 경우가 거의 없다. 반면 외국 명문대는 10년이고 15년이고 계속 총장을 하는 경우가 제법 있다. 우리 풍토에서는 절대로 기대하기 어려운 일이다. 러시아 월드컵 조별리그에서 우승후보 독일이 한국에게 패해 16강 진출이 좌절됐는데도 요하임 뢰브 감독이 그대로 유임되는 것을 보고 신기하게 느꼈다. 과연 선진국은 다르다는 생각도 들었다. 지식과 경험은 축적되는 것이다. 국가대표팀 감독도 하나의 실패나 실수로 교체만 거듭한다면 어떠한 기술적, 경험적 축적도 이룰 수 없다고 생각한다. 하지만 비이성적 비난이 폭주하는 우리네 풍토에서는 감독직을 유지하는 것, 또는 협회장인 내가 감독직을 유임시키는 것이 참으로 힘들다.

협회장을 하면서 후회했던 결정들은 대부분 대표팀 감독 경질에 관련된 것들이었다. 브라질 월드컵 이후 동영상 파문에 대한 거센 비난 속에서 사의를 표명하는 홍명보 감독을 계속 설득하고, 또 설득해서 호주 아시안컵까지 맡겼더라면 어땠을까. 슈틸리케 감독을 러시아 월드컵 최종예선 막판에 경질하지 않았더라면, 최종예선을 통과했을까, 또는 러시아월드컵에서는 어떤 결과를 냈을까. 신태용 감독에게 리우 올림픽 이후에도 계속 다음 올림픽까

온두라스와의 친선경기에서 신태용 감독과 함께 (2018, 대구)

지 준비하게 했으면 어땠을까. 이런 것들이 후회되기도 하고, 다른 결정을 했다면 결과가 어땠을지 궁금하기도 하다.

카타르 아시안컵 이후 클린스만 감독의 거취에 대해서도 국내 여론은 무조건 경질이었다. 귀국하는 비행기 안에서 나는 숙고를 거듭했다. 클린스만에게 지난 1년 동안 대표팀을 운영하면서 겪은 시행착오를 넘어설 수 있는 기회를 준다면 어떤 효과가 있을지를 고민했다. 하지만 유임 시에는 여론의 거대한 파고를 넘어서기 어렵다고 최종적으로 판단했다.

사람은 누구나 실수를 한다. 그러면서 성장한다. 성공만 하는 사람도 있겠지만 대부분 사람들은 그렇지 못하다. 우리 같은 풍토라면 어려움을 겪고 실패를 경험 삼아 성공으로 이어가기 어렵게 된다. 나는 국가대표팀 감독과 계약을 했다면, 계약기간 동안 최선을 다해 지원하면서 좋은 성과를 낼 수 있도록 돕는 것이 기본이라고 믿었다. 그 계약이 언제나 지켜진 것은 아니었다. 그 부분이 아쉽다.

── 대표팀의 변하지 않는 가치에 대해서: 한국축구 기술철학

이 장의 앞부분에서 축구에서 가장 중요한 두 요소가 원팀 정신과 창의력이라는 이야기를 했다. 이 두 요소는 묘한 함수 관계에 있다. 원팀 정신을 지나치게 강조하려다 개인의 창의성을 제약하면 안 된다. 반면 지나치게 한 개인의 자유분방함과 개성이 돌출되면서 팀워크를 해쳐도 곤란하다. 카타르 아시안컵 기간 동안 불거졌던 대표팀 내 갈등은 원팀 정신과 창의성이라는 두 가지 요소를 함께 향상시키는 것에 대한 중대한 화두를 던진 셈이다.

· · ·

대한축구협회는 2023년부터 '한국축구 기술철학'을 정립하기 위해 연구에 착수했다. 과거부터 지금까지 한국 국가대표팀이 거둔 성과를 분석하고 앞으로도 계승 발전시킬 가장 한국적인 플레이를 만들어내고 싶었다. 이 기술철학을 토대로 한국 축구에 적합한 게임 모델을 만들고, 이 모델을 연령대별 대표팀에서 국가대표팀까지 공유하면서 계속 승계하고 발전시킨다면 좋겠다고 판단했다.

우리 대표팀을 가장 잘 표현하는 말이 '태극전사'이다. '태극'이라는 말에는 '균형과 조화(Balance & Harmony)'가, '전사'라는 용어에는 '투혼과 헌신(Spirit & Commitment)'이 담겨있다. 태극전사라는 명칭에 이미 우리 대표팀이 지향해야 할 가치가 모두 내재되어 있는 것이다. 이런 가치 아래 한국 축구의 기술철학은 "빠르고, 용맹하게, 주도하는"으로 정리된다. '빠르고(fast)'는 단지 물리적 속도에 국한되지 않는다. 실천하는 행동력, 생각의 민첩성, 변화에 따른 반응, 회복에 대한 탄력성 등 태극전사가 가지고 있는 고유의 특성을 보여준다. '용맹하게(fearless)'는 단순히 겉으로 드러나는 용맹함만을 뜻하지 않는다. 동료와 강한 연대를 이루고, 포기하지 않는 정신, 경합을 두려워하지 않는 태도 등 태극전사가 갖춰야할 기백을 의미한다. 마지막으

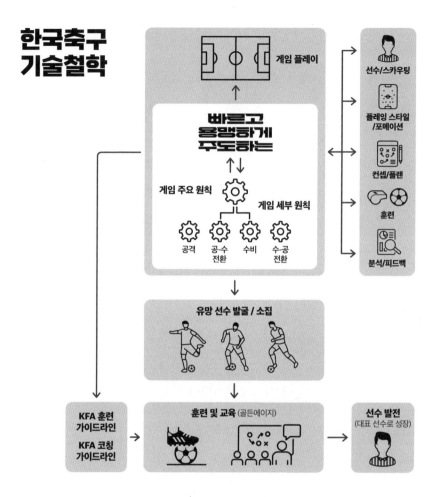

로 '주도하는(focused)'은 경기를 주도하기 위해 사전에 철저히 계획을 세우고, 그 계획을 이행해야 함을 강조한다. 우리 팀이 서로를 믿고. 각자의 역할과 목적을 명확하게 할 때 경기를 주도하면서 상대도 주도할 수 있다는 뜻이다. 이러한 가치와 기술철학을 통해서 시대의 변화와 상관없이 이어졌고, 이어질 수 있는 '태극마크상(象)'을 보여주고 싶었다.

이번에 축구협회가 새롭게 정립한 '한국 축구 기술 철학'은 단순히 선언적 의미만을 담은 것이 아니다. 이러한 가치와 기술 철학이 현장에 스며들도록 게임 모델과 코칭 가이드라인, 훈련 가이드라인를 마련했고 2026년까지 명확한 실행 로드맵을 제시했다.

협회 기술본부가 위와 같은 내용의 〈한국축구 기술철학 보고서〉를 제출한 것이 2024년 1월이었다. 연초 몇 차례 임원 회의에서 보고서 내용을 검토했다. 이 회의를 통해 대표팀에서 개별 선수의 국제 경쟁력과 창의성을 키우는 것뿐만 아니라 팀워크의 중요성에 대해서도 깊은 논의가 이어졌다. 그래서 앞으로 어렸을 때부터 팀워크를 해치는 행위를 줄이는 방안, 연령별 대표팀 선발과 육성에서부터 원팀 의식을 심어주는 방안 등을 기술 철학에 명시하기로 했다. 우리가 지금 단계에서 더 발전하려면 '원팀 정신' 없이는 불가능하다는 것에 협회 임원들 모두가 공감했다. 공교롭게도 이런 논의가 깊숙이 진행 중인 상황에서 카타르 아시안컵의 대표팀 갈등이 터져나왔다. 정말 아이러니한 일이었다.

클린스만 감독은 대표팀 안의 위계(Hierarchy)는 오직 실력순이라는 분명한 철학을 갖고 있었다. 그 자신이 당대를 대표하는 슈퍼스타였기에 그랬을지도 모르겠다. 그래서 공격이나 수비나 어느 파트에서든 실력이 가장 뛰어난 사람이 운동장 안에서 목소리를 내고, 더 큰 책임을 지고, 리더십을 행사해야 한다고 판단했다. 공격에서는 손흥민, 수비에서는 김민재가 그런 리더라고 여겼고 확실한 역할을 맡겼다. 대신 경기장 밖에서의 생활에 대해서는 철저하게 자율에 맡겼다. 그러한 운영의 결과가 대표팀 내 갈등의 씨앗이 된 측면이 없지 않다. 앞으로 협회의 기술 파트에서 이런 부분에 대해서 좀 더 세밀한 연구와 분석을 이어가야 할 것이다.

제10장
월드컵의 추억

—— 축구협회장은 대표팀 경기를 즐길 수 없다

월드컵은 전 세계 축구팬에게 최고의 잔치다. 보는 즐거움을 준다. 현장에서 직접 관전한다면 즐거움이 더욱 커진다. 적어도 축구협회장이 되기 전까지는 나한테도 그랬다. 월드컵을 현장에서 지켜본 것은 1994년 미국 월드컵이 처음이었다. 1988년 현대자동차에 대리로 입사해 1994년 1월부터 울산 현대의 구단주를 맡았다. 대한축구협회장이었던 몽준 형님이 당신 몫으로 나온 한국 경기 티켓을 나에게 줬던 것으로 기억한다. 이제 구단주가 됐으니 축구 좀 열심히 보라는 뜻이었을까. 덕분에 생애 첫 월드컵 직관을 할 수 있었다. 미국 출장 기간중 보스턴의 폭스버러 경기장에서 열린 한국과 볼리비아의 경기를 봤다. 6만 명을 수용할 수 있는 미식축구경기장을 월드컵을 위해 개조했던 그곳에서 월드컵의 열기를 처음으로 직접 경험했다.

1998년 프랑스 월드컵은 현대자동차 회장으로 FIFA 스폰서십 참여를 고민하고 있을 때여서 여러 가지 시장 상황과 마케팅 효과를 점검하기 위해서 현장을 다녔다. 세계적인 마케팅 회사가 FIFA와 토요타의 스폰서십 계약이 만료를 앞두고 있는데 현대자동차가 참여할 의향이 없는지 문의해왔다. 현대자동차를 세계적인 회사로 성장시키기 위해서 고민하고 있었던 나는 전 세계 25억 명이 시청하는 월드컵이 좋은 마케팅 수단이라고 판단했고 FIFA와 협상에 나서 1999년부터 4년간 계약을 맺게 됐다. 이런 과정을 통해서 나도 축구의 국제적 위상에 대해서 조금씩 제대로 알기 시작했다. 나는 1999년 3월 현대자동차를 떠났지만 이후 현대자동차와 FIFA의 파트너 관계는 2030 북중미 월드컵까지 30년 넘게 이어지고 있다. 고마운 마음이다.

그 다음 대회가 2002년 한 · 일 월드컵이었다. 전국을 뒤덮었던 붉은 물결과 4강의 환호는 아직도 생생하다. 나는 조별리그부터 마지막 3 · 4위전까지 한국이 치른 7경기를 모두 현장에서 지켜봤다. 한 경제신문에서 '재계 회장들도 월드컵 응원에 열성'이라는 기사를 냈는데, '한국 경기를 모두 현장에서 응원한 재계 인사는 정몽규 회장이 유일하다'는 내용이 있었다. 물론 현대중공업을 이끌던 몽준 형님은 월드컵을 유치한 대한축구협회장이니 논외로 쳤을 터이다.

당시는 현대산업개발로 회사를 옮긴 뒤 2000년 대우 로얄즈를 인수해 부산 아이콘스로 재창단하면서 세 번째 구단주를 맡고 있을 때였다. 돌이켜 보면 한·일 월드컵의 현장을 누비면서 축구의 진정한 맛에 점점 빠져들었던 것이 아닌가 싶다. 그냥 한 사람의 열정적인 팬이었다. 월드컵을 마음껏 즐겼던 시간들이었다. 그리고 처음으로 축구가 온 국민을 하나로 만들고 즐겁게 할 수 있다는 것을 깨닫게 됐다.

· · ·

축구를 보면서 느끼는 감정은 참으로 단순하고 순수하다. 응원하는 팀이 이기면 기쁘고, 지면 화가 난다. 월드컵을 볼 때도 다른 여느 팬처럼 똑같은 반응이었다. 본선 때도 그랬고, 예선 때도 그랬다. 그런데 축구협회장을 맡고 나서 이런 감정이 완전히 달라졌다. 책임을 진다는 것의 엄중함을 절감했다. 협회장이 된 뒤 A매치를 제대로 즐긴 기억이 거의 없다. 친선 경기도 그러니 월드컵 예선이나 본선은 말할 것도 없었다.

평소 나는 경기를 분석적으로 보는 편이다. 매년 100경기 이상의 축구 경기를 직관하거나 시청하니 어느 정도 경기 보는 눈도 생겼다. 집중하고 분석하면서 봐야 더욱 재밌다. 하지만 협회장이 되고나서 국가대표 경기는 도저히 그렇게 볼 수 없었다. 결과는 물론이고 과정, 과정마다 괴롭거나 힘들 때가 많았다. 더구나 우리 대표팀이 경기할 때면 나는 호스트거나 가장 중요한 게스트가 된다. 상대 협회장이나 고위 관계자가 내 옆에 앉아있다. 우리가 골을 넣어도 상대를 배려해야 하는 예의상 너무 크게 환호할 수 없다. 스스로 감정을 절제하게 된다. 골을 허용해서 기분이 나쁠 때도 마찬가지다. 원래 축구는 엉덩이도 들썩들썩해가면서 감정에 충실하며 볼 때에 가장 제 맛이 난다. 그런데 10년이 넘도록 우리 대표팀 경기는 그렇게 즐길 수 없었다. 한 사람의 축구 팬으로서 그 점이 제일 아쉽다.

—— 최강희의 퇴진과 홍명보의 등장

2013년 1월 협회장에 처음 취임했을 때 2014 브라질 월드컵 최종 예선이 한창이었다. 최강희 감독이 대표팀을 이끌고 있었다. 그는 조광래 감독이 경질된 뒤 조중연 회장의 설득에 거의 억지로 대표팀 사령탑을 맡은 경우였다. 대부분 지도자들이 대표팀 감독을 갈망하는 것과는 달랐다. 그래서 대표팀 감독 수락 조건이 최종 예선을 마치면 원소속팀인 전북 현대로 돌아가겠다는 거였다. 스스로 '시한부 대표팀 감독'을 자임한 흔치 않은 사례였다. 결과적으로 최 감독은 8회 연속 월드컵 본선 진출의 소임을 다했다.

하지만 과정은 정말 험난했다. 이란과 최종예선 마지막 경기가 6월 18일 울산 문수경기장에서 열렸는데 만약 이 경기에서 패하면 같은 조의 우즈베키스탄과 승점이 같아지면서 골득실을 따져 본선행을 다퉈야 했다. 이란과 이기거나 비기면 이런 상황을 피할 수 있었지만 그만 0-1로 지고 말았다. 같은 시간대 우즈베키스탄이 카타르를 상대로 대량 득점하면서 골득실 차에서 두 골까지 쫓아왔다. 우리 경기가 먼저 끝난 상황에서 우즈벡 경기의 추가 시간이 길어지면서 울산에서 초조하게 실시간으로 결과를 체크하던 기억이 아직도 생생하다. 아시아 각국의 경기력이 점점 상향돼 앞으로 월드컵 예선도 만만치 않겠다는 걱정도 들었다. 초보 회장의 절박했던 순간이었다.

다음날 울산에서 최강희 감독과 점심 식사를 함께했다. 월드컵 최종 예선

동안 고생한 것에 대한 감사 인사를 드리면서 향후 대표팀 운영에 대한 조언도 구했다. 나는 원래 본선 진출에 성공하면 최 감독이 연속성을 가지고 대표팀을 이끄는 게 적절하다고 판단하고 있었지만 본인이 워낙 공개적으로 전북 복귀를 선언한 상태였다. 만일 내가 성심을 다해서 설득했다면 최 감독이 브라질까지 갔을지도 모르겠다. 본인도 여건이 마련된다면 본선까지 가려는 마음이 없지는 않았던 것 같다. 하지만 전날 이란전 패배의 후유증 탓인지 서로 마음을 터놓고 그런 이야기를 나눌 분위기가 아니었다. 결국 최 감독에게 동행 제안을 하지 못했다. 자연스럽게 최 감독은 전북으로 돌아가게 됐다. 최강희 감독은 많은 말을 하면서 지도하기보다는 뒤에서 조용히 선수들의 신뢰를 받으면서 누룽지같이 구수한 리더십을 발휘했다고 생각한다. 또 고려대, 연세대, 한양대 등 축구계 주류 대학 출신이 아니어서 항상 비주류였기에 오직 실력으로 자신을 입증했던 21세기형 지도자였다고 평가할 수 있다.

· · ·

월드컵 본선이 1년여밖에 남지 않은 상황이어서 후임 감독 선임을 서둘러야 했다. 길지 않은 시간 안에 대표 선수들을 파악하고 본선 준비를 해낼 지도자가 필요했다. 메이저 대회 경험과 성과에 대해서도 살펴봤다. 남은 시간을 고려할 때 선수 파악에 시간이 걸리는 외국인 감독보다는 국내 지도자가 적당하다고 판단했다. 여러 후보 가운데 홍명보 감독이 최적임자로 떠올랐다. 홍 감독은 2012 런던 올림픽에서 동메달이라는 결과를 만들어냈다. 한국 축구 사상 올림픽 메달은 처음이었다. 선수로서 4회 연속 월드컵 본선을 뛰었고, 2006년 독일 월드컵 때는 딕 아드보카트 감독을 코치로 보좌했다. 특히 브라질 월드컵 출전 예정 선수들 가운데 홍 감독과 런던 올림픽에서 고락을 함께한 이들이 많았기에 팀워크를 만드는 데도 적합하다고 결론 내렸다.

　다만 홍 감독 입장에서는 준비 기간이 별로 남지 않은 차기 사령탑을 맡을 이유가 크지 않았다. 실패의 확률도 적지 않았으니 위험 부담을 감수할지 알 수 없었다. 미국에서 재충전의 시간을 갖고 있었던 홍 감독은 다행히 협회의 제안을 흔쾌히 수락했다. 올림픽 이후 상종가를 치고 있던 그에게 국내외의 명문 클럽에서 다양한 제안이 오고 있었다고 한다. 그래도 한국 축구를 위해서 월드컵에 도전하는 모험을 선택했던 것이다. 홍 감독이 이것저것 재지 않고 바로 수락해줘서 상당히 고마웠던 기억이 난다. 홍 감독은 대표팀 제안을 받고 "이것도 운명이다"라고 받아들였다고 한다.

　홍명보 감독은 대표팀을 맡으면서 '원 팀, 원 스피릿, 원 골(One Team, One Spirit, One Goal)'이란 슬로건을 내세웠다. 지금 들어도 시의적절한 대표팀 정신이다. 다만 그 당시까지 실패가 없었던 홍 감독에 대한 주변의 기대가 너무 높았고, 그의 스타성에 대한 관심이 과도하게 몰린 측면도 있었다. 결과적으로 다른 국내 대표팀 감독에 비해서 혹독한 시련을 겪게 됐다. 짧은 준비 기간 동안 다양한 선수들에 대해 다 파악이 되지 않아 런던 올림픽을 함께했던 선수들을 많이 발탁하면서 '의리 축구'로 비난받게 됐다. 사실 대표팀 감독은 선수를 선발할 때 같은 팀에 있었거나 직접 지도해 본 경우는 아무래도 그 선수의 장단점을 잘 파악하고 있기에 더 뽑는 경우가 상당히 많다. 최강희 감독 시절 전북의 스트라이커로 활동했던 이동국을 대표팀에 재발탁한 것도 그런 경우였다. 런던 올림픽 멤버가 많다는 이유로만 홍 감독은 월드컵 기간 내내 '의리 축구'로 낙인이 찍히면서 제대로 리더십을 발휘하기 어려웠다. 성급하게 홍 감독을 대표팀으로 불러들였다는 점에서 늘 미안한 마음이었다.

—— 짙은 아쉬움을 남긴 브라질 월드컵

브라질 대회는 협회장으로 처음 치른 월드컵이었다. 최종예선이 끝나고 다양한 평가전, 해외 전지훈련, 본선 무대로 이어지는 일련의 과정을 진행하면서 많은 공부를 했다. 대표팀이 최고의 경기력과 결과를 내기 위해서 협회가 어떤 준비를 해야 되는지 시사점을 얻은 기간이었다. 특히 월드컵 본선에서 좋은 성적을 내기 위해서는 4년 동안 명확한 장기 로드맵을 가지고 치밀한 준비를 해야 한다는 점을 실감했다. 브라질 월드컵을 준비하면서 현지 적응을 위한 전지훈련 장소와 브라질 내 캠프 선정, 선수들의 컨디션 조절 등에서 세밀함이 부족했다는 반성도 했다. 도식적으로 16강 진출을 목표로 삼았지만 국내 리그 수준이나 대표팀의 객관적 실력을 토대로 설정한 목표였는지 되돌아보기도 했다.

메이저 대회에서 요행수를 바라면 안 된다고 생각했다. 대회가 끝나고 처음으로 〈월드컵 백서〉를 만들었다. 각 부문 별로 개선할 점이 무엇인지 파악하고 중장기 플랜을 세우는 데 도움이 될 자료를 마련해 다음 대회를 잘 준비하고 싶었다.

브라질 월드컵에서 한국은 1무 2패로 조별리그 탈락이라는 저조한 성적을 남겼다. 4강을 달성한 2002년 대회, 조별리그 최종전까지 16강행을 다퉜던 2006년 대회, 사상 첫 원정 16강을 이룬 2010년 대회에 비해 상당히 나쁜 결과였다. 1승도 거두지 못한 점이 뼈아팠다. 비록 러시아와 1-1로 비겼지만 이근호 선수가 선제골을 넣었던 순간은 선명하게 기억에 남아있다. 알제리와 2차전은 2-4 완패로 큰 충격을 받았고, 벨기에와 최종전도 0-1로 패했다. 후폭풍으로 선수단 단장이었던 허정무 부회장과 홍명보 감독이 동반 사퇴했다. 나도 협회장이 된 이후 처음으로 대국민 사과문을 발표했다.

대회 이후 홍명보 감독에게 쏟아진 비난은 이성적 수준을 넘어서는 것이었다. 이때 나는 축구계를 뒤흔드는 비이성적 여론의 무서움을 처음으로 제대로 느꼈다. 이성적 토론을 불가능하게 만드는 이러한 감정적 흐름이 되풀이된다면, 실패를 통해 교훈을 얻는 선순환 구조를 구축하기 어렵겠다는 걱정도 들었다.

—— 이용수 기술위원장 발탁과 슈틸리케 선임

브라질 월드컵이 끝나고 우여곡절 끝에 홍명보 감독이 사퇴하면서 대표팀을 재정비해야만 했다. 총체적 위기 상황을 돌파하고, 중장기적 기술 발전의 토대를 마련하기 위해서 이용수 교수를 기술위원장으로 선임했다. 2002 월드컵 4강을 이룰 때 한 차례 기술위원장을 맡았던 이 교수는 처음에는 제의를 고사했다. 하지만 나의 취임 첫 해 미래기획단 단장을 맡으면서 그가 보여줬던 능력에 대해서는 의심의 여지가 없었다. 이 시점에 꼭 필요한 인선이라고 판단했다. 이용수 위원장이 맡은 첫 임무는 차기 대표팀 감독 선임이었다. 그는 차기 사령탑의 조건에 대해서 "월드컵에서, 혹은 클럽팀 감독으로 좋은 실적을 낸 경험이 있어야 하며, 리더십과 인성적 부분도 검토하겠다"고 밝혔다. 리더십과 인성 부분은 구체적 수치화가 어려우니 다양한 정보를 입수해 분석하겠다는 뜻도 덧붙였다.

기술위원회가 검토한 1순위 후보는 네덜란드 출신 베르트 판 마르베이크 감독이었다. 하지만 결국 마르베이크 감독과는 세금 처리 문제와 근무지 조건 등에서 합의에 이르지 못했다. 다음 순번 후보 가운데 독일 출신 울리 슈틸리케 감독과 계약했다. 슈틸리케 감독은 독일 국가대표 선수로 10년(1975~1984년) 동안 활약했고 1988년 현역 은퇴 이후 스위스, 코트디부아르의 국가대표팀 감독을 역임했다. 선임 직전까지 카타르의 알 사일리아와 알 아라비 감독을 지내 아시아 축구도 잘 알고 있었다.

이용수 위원장은 면접 인터뷰를 하면서 그의 열성과 진정성에 깊은 인상을 받았다고 했다. 슈틸리케 감독은 부인과 함께 한국에 와서 상주하겠다는 뜻을 밝혔다. 또 국가대표팀뿐만 아니라 유소년, 여자 등 각종 대표팀을 포함해 전반적으로 국내 축구 발전에 관련된 일을 하고 싶다는 의지도 피력했다. 그의 열정과 대표팀 감독의 역할 확대에 대한 의지 등이 선임에 중요한 요인으로 작용했다. 슈틸리케 감독의 솔직함과 인간적인 배려가 기억에 많이 남는다. 협상 과정에서도 자신에게 단점이 될 수 있는 부분도 털어놓을 정도로 솔직했다.

주변에 대한 배려도 돋보였다. 독일 출신인 그는 스페인어 통역을 준비해 달라고 했다. 알고 보니 자신은 독일어와 스페인어가 모두 가능하지만 함께 오는 아르헨티나 출신 아르무아 코치가 스페인어만 가능하니 1명의 스페인어 통역을 두면 두 명 다 커버가 가능하다는 의미였다. 자신보다 코치를 우선하고, 협회 예산까지 배려하는 마음가짐이 놀라웠다. 그는 취임 이후 협회가 주관하는 지도자 컨퍼런스, 유청소년 대회 리그 현장, 각종 교류 행사 등에 적극적으로 참여했다. 국가대표팀 감독의 활용도가 넓어지는 효과를 본 것은 분명하다. 하지만 이후 대표팀 성적이 받쳐주지 않으니 이런 것에 대한 평가도 옹색해졌다. 대표팀 감독의 평가 잣대는 성적이 거의 모든 것을 좌우한다. 그게 현실이었다.

그의 지나친 솔직함이 어떨 때는 미디어와의 관계에서 오해를 사거나 큰 파장을 일으키기도 했다. 러시아 월드컵 예선 당시 기자회견에서 상대팀 공격수를 거론하면서 "우리에게 소리아 같은 선수가 없어서 졌다"고 말했던 것이 대표적인 실언이었다. 나중에 진의가 잘못 전해졌다고 해명했지만 팬과 언론에게 믿음을 잃는 결정적인 계기가 됐다. 국가대표팀 감독은 엄청난 관

슈틸리케 감독과 함께한 연탄 봉사활동 (2014)

심을 받는 자리이며 말 한마디에도 신중을 기해야 한다는 사례로 지금까지 회자되고 있다.

—— 슈틸리케 경질과 신태용 선임

슈틸리케 감독은 정몽규 집행부가 월드컵 예선 도중 경질한 첫 번째 사례였다. 클린스만 감독이 나중에 두 번째 사례가 됐다. 슈틸리케 감독을 선임했을 때는 러시아 월드컵 본선까지 계약 기간을 보장하고 싶었다. 브라질 월드컵을 통해 4년간의 준비 기간을 거쳐 본선을 치르는 것이 좋다는 귀중한 교훈을 얻었기 때문이다. 하지만 슈틸리케 감독은 최종 예선에서 아슬아슬한 행보를 이어갔다. 급기야 2017년 3월 23일 중국과 원정경기서 0-1로 패하면서 경질론이 급부상했다. 기술위원회는 4월 회의를 통해 일단 유임을 결정했다. 6월부터 열리는 최종 예선 마지막 3경기를 앞두고 감독을 경질하면 혼란이 우려되고, 부임 이후 아시안컵 준우승을 포함한 전체적 성과를 판단해 다시 한 번 힘을 실어주는 게 맞다는 판단이었다. 나 역시 기술위원회의 결정을 존중했다. 기술 파트는 가능하면 전문가들의 의견을 존중해야 한다고 생각했다. 정해성 수석 코치를 새롭게 대표팀에 보강하는 등 협회는 남은 최종예선 3경기에 대비한 총력 지원 체제를 구축했다.

하지만 6월 13일 도하에서 열린 최종예선 8차전에서 카타르에게 2-3으로 패하면서 더 이상 슈틸리케 감독에게 신뢰를 주기 어렵게 됐다. 이날 패배로 한국은 승점 1점차로 간신히 조 2위를 지키는 상황이 됐다. 남은 2경기 결과에 따라 본선 진출이 좌절될 수도 있었다. 본선행 실패땐 한국 축구 전반에 미칠 악영향을 고려해야만 했다. 결국 6월 열린 기술위원회의 결론을 토대로 협회는 상호 합의 아래 슈틸리케 감독과의 계약을 해지했다. 이용수 위원장을 포함한 기술위원들 역시 결과에 책임을 지고 동반 사퇴했다.

마지막 남은 두 경기는 8월 31일 이란과 홈경기, 9월 5일 우즈베키스탄과 원정 경기였다. 새 감독이 준비할 시간도 별로 없었다. 위기 타개를 위해 백전노장인 김호곤 협회 부회장에게 기술위원장 겸임을 부탁했다. 남은 두 달여의 시간을 고려하면 외국인 지도자를 돌아볼 짬이 없었다. 국내 지도자 가운데 '특급 소방수'를 발탁해야 하는 상황이었다. 김호곤 위원장은 당시 상황에서 선수들과의 소통이 가장 중요하다고 판단했다. 신태용 감독은 '슈틸리케호'에서 코치로 일했기에 대표팀 선수들을 누구보다 잘 파악하고 있었다. 또 활발한 소통 능력이나 단기간 내에 팀 분위기를 끌어올리는 능력에서 높은 평가를 받았다. 2016 리우 올림픽이나 2017 U-20 월드컵 등 큰 대회를 맡아본 것도 강점이었다. 청소년 대표팀, 올림픽 대표팀, 국가대표팀을 연이어 한 사람에게 맡기는 게 부담된다는 의견도 있었지만 당시는 비상 상황이었다.

신태용 감독도 협회의 제안을 받고 주변에 상의했다고 한다. 워낙 어려운 시기였으니 만류하는 사람들도 많았다고 들었다. 월드컵 본선행이 좌절되면 온갖 비난을 홀로 받아야 할 판이었다. 그래도 신 감독은 용단을 내려 제안을 수용했다. 나는 지금도 그 도전 정신을 높이 사고 있다.

신 감독의 실험 정신도 대단했다. 러시아 월드컵 진출 여부가 불투명한 그 절체절명의 상황에서 김민재라는 대형 수비수를 발굴해 과감하게 기용한 것은 어느 지도자라도 하기 어려운 시도였다. 나폴리의 세리에A 우승을 이끌고, 지금은 바이에른 뮌헨에서 활동 중인 김민재 선수의 A매치 데뷔전이 바로 2017년 8월 31일 서울에서 열린 이란과의 러시아 월드컵 최종예선 9차전이었다. 신태용 감독은 김민재뿐만 아니라 조현우, 문선민, 이승우 등 이전까지 자주 뽑히지 않은 선수들을 과감히 발탁해 국가대표팀의 운용 폭을 크게 넓혔다. 선수들을 잘 파악하고 있는 국내 감독의 강점이 잘 드러난 사례였다. 결국 신 감독이 이끈 대표팀은 이란전과 우즈벡전을 모두 0-0으로 비기면서 9회 연속 월드컵 본선 진출을 이뤄냈다.

엄청난 부담 속에 진행된 두 경기에서 본선행이라는 결과를 만들어냈다. 정말 천만다행이라는 마음이었다. 신 감독 특유의 낙천적이고 적극적인 기질이 어려운 처지의 대표팀에 좋은 기운을 불어넣은 게 큰 힘이 됐다. 하지만 본선 확정 다음 날 한 방송에서 거스 히딩크 감독이 한국 대표팀을 맡기를 원한다는 뉴스를 내보내면서 큰 파문이 일어났다. 이 이야기는 나중에 자세히 다루겠다.

—— 러시아 월드컵에서 세계 최강 독일을 격침시키다

협회장으로 브라질 월드컵을 처음 치르면서 〈월드컵 백서〉를 만들었던

2018 러시아 월드컵 독일전 승리 후 선수단 단체사진 (2018, 러시아)

것도 다음 월드컵을 제대로 준비하기 위해서였다. 또 신태용 감독도 선수나, 코치로서 성인 월드컵을 경험해본 적이 없었다. 협회 입장에서 더 치밀한 준비와 투자가 필요하다고 판단했다. 경험 많은 유럽 출신의 능력 있는 코치를 추가로 채용해 본선 준비에 합류시키고, 평가전 개최, 전지훈련, 지원스태프 보강 등에 심혈을 기울였다.

러시아 월드컵에서 스웨덴과 1차전에서 0-1, 멕시코와 2차전에서 1-2로 연이어 패하면서 16강 진출이 희박해졌다. 하지만 1%의 가능성이라도 남아 있다면 포기하지 말고 도전해야 한다. 한국은 3차전에서 전력상의 열세를 딛고 '디펜딩 챔피언' 독일을 2-0으로 꺾었다. 김영권이 후반 추가 시간에 골을 넣었고, 손흥민이 종료 직전 단독 드리블 끝에 추가골을 성공시켰다. 대회 최고의 이변이었다. 운동장의 선수들은 추가골이 터진 상태로 경기가 끝나자 기적적인 조별리그 통과로 생각했을 수도 있겠다. 하지만 같은 시각 멕시코가 스웨덴에 패하면서 16강 진출에는 실패했다.

비록 16강에 오르지는 못했지만 한국 축구의 위상을 마음껏 뽐낸 순간이었다. 카타르 월드컵에서 16강 진출이 확정됐을 때 유명해진 '중꺾마(중요한 것은 꺾이지 않는 마음)' 정신이 이때 이미 발휘됐던 것이다. 한국이 독일을 꺾는 순간 내 스스로도 실감이 나지 않았다. 지난 대회 챔피언이었고 FIFA 랭킹 1위인 독일이 한국에게 지면서 조별리그에서 동반 탈락했다. 재미있는 것은 경기 이후 독일을 우승 경쟁의 가장 강력한 라이벌이라고 여겼던 주요 강국들의 축구협회장들이 나에게 최상의 찬사와 함께 축하 인사를 보냈다는 사실이다. 대놓고 독일을 제거(eliminate)해줘서 고맙다고 농담조의 감사 인사를 전한 회장도 있었다. 그만큼 큰 화제였다. 그날만은 월드컵에서 우승이라도 한 듯한 기분이었다. 독일과는 전통의 라이벌인 잉글랜드와 프랑스 쪽의 반응이 굉장히 뜨거웠던 기억도 난다.

1승 2패를 기록했고 세계랭킹 1위 독일을 제압하는 파란을 일으켰지만 결과는 브라질 월드컵에 이어 또다시 16강 진출 실패였다. 두 대회 연속 16강에 오르지 못했으니 협회장으로서 축구 팬과 국민에게 송구스러운 마음이었다. 대표팀의 부족한 부분이 무엇이었는지, 협회의 지원에 미흡한 점은 없었는지 면밀히 살피게 됐다. 러시아 월드컵에서 내가 가장 크게 느낀 점은 기술의 문제였다. 우리 대표팀의 기술은 세계 수준과 비교하면 많이 부족했다. 독일전 승리는 분명 자랑스러운 성과였지만 이제는 투지와 간절함에만 의지하지 말고 온전히 경기력과 기술로 승부를 거는 모습을 보고 싶었다.

기술의 문제는 결국 유소년 축구로 귀결된다. 어릴 때부터 기본기를 충실히 익히고, 나이에 맞는 체계적 교육을 받아야만 기술 발전을 꾀할 수 있다. 하지만 우리는 초등학교 대회부터 개인 기술보다는 체력 훈련과 전술 훈련을 많이 시키는 실정이었다. 성적 우선주의가 이런 방향을 낳았다. 이런 환경을 극복하기 위해 협회 차원에서 가능한 모든 방법을 모색할 필요가 있었다. 먼저 시범 운영하던 초등 8인제를 확대해 2019년부터 초등 대회에 8인제 축구를 전면 시행토록 했다. 개인기를 마음껏 펼칠 수 있도록 미취학 어린이를 대상으로 하는 페스티벌 형식의 대회도 2019년부터 정례화했다. 유소년 축구부터 틀을 잡아야 미래의 한국 축구를 기약할 수 있다고 판단했다. 러시아 월드컵이 준 중요한 교훈이었다.

—— 벤투의 등장

2017년 기술위원회를 국가대표감독 선임위원회와 기술발전위원회로 분리했다는 이야기를 한 바 있다. 분리 이후 김판곤 위원장이 국가대표감독 선임위원회를 맡게 됐다. 그는 2012년부터 홍콩 대표팀을 지휘하면서 기술위원장 역할까지 수행했다. 선수 시절 경력은 화려하지 않았지만 한 나라의 대표팀 감독과 테크니컬 디렉터 역할까지 맡아본 것은 상당한 성취라고 평가했다. 영어로 소통이 가능한 것도 플러스 요인이었다.

김판곤 위원장은 차기 국가대표팀 감독 선임의 최우선 원칙으로 한국 축구 철학을 강조했다. 그는 "능동적 스타일로 경기를 지배하고 승리를 추구한다"는 말로 이를 요약했다. 이와 같은 축구 철학에 기준점을 두고 차기 감독 선임 작업에 나섰다. 이번에는 반드시 4년의 기간을 준비해서 다음 월드컵에 도전하는 선례를 만들고 싶었다.

처음 후보군에 거론됐던 인물들은 상당히 쟁쟁했다. 협회도 이전보다 많은 예산을 책정했다. 김판곤 위원장도 자신감을 갖고 준비에 임했지만 현실의 벽은 더 높았다. 대리인과 접촉하는 단계에서부터 우리가 감당하기 어려운 금액을 제시하는 경우도 있었고, 만남을 협의하는 과정에서 다른 팀의 제안을 받은 사례도 있었다. 한 후보는 김판곤 위원장을 집까지 초대하는 호의를 보였지만 결국 가족과 떨어져 한국에서 생활하는 것에 대한 거부감으로 논의가 더 진척되지 못했다. 어떤 후보는 유럽에 있는 자신이 동아시아의 한국까지 가야 한다면 큰 동기부여가 있어야 하지 않겠냐고 했다. 큰 동기부여란 결국 막대한 연봉일 것이라고 짐작했다. 이전에 비해 더 많은 예산을 책정했다고는 하지만 결국 금전적 부분이 가장 큰 난관이었다.

· · ·

나는 외국인 감독 선임을 '집을 사는 것'에 비유한다. 집을 살 때 고려하는 변수는 엄청나게 많다. 직장과 가까워야 하고, 가족마다 각자 방이 있어야 하고, 인근에 산이나 강변처럼 산책 코스가 있으면 좋겠고, 가급적이면 남향을 선호한다. 조건을 달면 끝도 한도 없다. 하지만 단 하나만 꼽으라면 결국 돈이다. 조건이 좋은 집들은 비싸다. 조건이 좋은 순으로 더 비싸다. 결국 내가 가진 예산에 맞춰서 집을 살 수밖에 없다. 예산 한도 안에서 다른 여러 조건의 수준을 낮추고, 또는 조정하면서 결정을 내린 것이 지금 내가 살고 있는 집이다.

감독도 마찬가지다. 여러 가지 조건을 잘 구비한 감독일수록 연봉이 높다. 유럽 최고 수준의 감독 연봉은 우리 축구협회 한해 예산의 절반 정도가 되는 경우도 있다. 좋은 감독들은 협회 예산으로 감당이 안 된다. 조건을 맞추는 가운데 가장 중요한 변수는 결국 예산으로 많이 귀결되게 마련이다. 그래서 팬과 언론의 눈높이에 안 맞는 경우가 대부분이다. 그게 현실이기도 하다. 포르투갈 출신인 파울루 벤투 감독의 선임을 발표했을 때의 분위기도 사실 대체적으론 실망스럽다는 거였다. 한물 간 감독을 데리고 왔다는 평이 많았다. 중국 클럽팀에서도 실패한 감독을 한국 대표팀에 데려 온다는 것이 말이 되느냐고 꾸짖었다. 그런데, 4년 뒤 카타르 월드컵이 끝난 다음에는 벤투와 재계약을 안 했다고 비난을 받았다.

· · ·

벤투 감독은 협회가 후보들의 우선순위를 정했을 때 대략 3순위였던 것으로 기억한다. 앞 순위의 후보들이 이런저런 이유로 불발되면서 벤투 차례가 됐다. 벤투는 협상 과정에서 매우 인상적인 자세를 보였다. 우선 협회의 요청대로 모든 코칭스태프를 자신이 구성해 대동하겠다고 했다. 벤투 감독을 포함한 5명이 오랫동안 한 팀으로서 움직여 왔다. 그들이 어떻게 상대를 분석하고 대응하며 훈련으로 팀을 만들어왔는지를 면접 과정을 통해서 잘 알 수 있었다. 이들은 모두 신중하고 프로페셔널했으며 현대적이고 높은 수준의 전문성을 갖고 있었다. 벤투는 굉장히 성실하게 인터뷰에 임했다.

나도 회사 경영을 오래 했으니 사람을 뽑을 때 면접 경험이 많은 편이다. 얼마나 성실하게 인터뷰를 준비했는지 대번에 알 정도는 된다. 최소한 그 회사 홈페이지도 둘러보고, 사장이 언론 인터뷰에서 한 이야기라도 찾아본 사람과 "그냥 뽑아주면 열심히 하겠습니다"라고 말하는 사람과는 차이가 크다. 벤투는 또 다른 후보와는 달리 인터뷰에 임하는 자세가 진지했다. 준비된 지도자라는 느낌을 충분히 심어줬다. 예를 들어 마음에 맞는 사람들과 코칭스태프를 꾸려 올 수 있겠냐고 요청하자 분야별로 특화된 스태프와 함께 오겠다고 바로 답했다. 이른바 '벤투 사단'이 존재했다. 반면 슈틸리케 감독때에는 필요한 코칭스태프들은 동반해도 좋다고 권했지만 오히려 슈틸리케가 고사했다. 나중에 말동무 정도의 코치 한 명만 데리고 왔다. 협회 입장에서는 비용이 더 들더라도 성과를 내기 위해서는 감독이 전문적 코칭스태프를 구성해 오는 게 더 효율적이라고 판단했다.

벤투 감독은 유로 2012에서 포르투갈을 4강으로 이끄는 등 성공적인 경력을 가지고 있었지만 이후 하향세였던 것도 분명했다. 앞서 '집 사는 비유'를 들었지만 경력이 우상향의 커리어를 가진 외국인 감독을 한국에 데리고 오기는 사실상 힘들다. 결국 정체 내지 하향세 경력의 지도자 가운데 한

역대 대표팀 감독 중 가장 많은 외국인 코치와 함께 부임한 벤투 감독 (2018)

국 대표팀을 발판으로 자기 커리어의 반전을 만들겠다는 의지와 능력을 갖고 있는 지도자가 현실적 영입 대상이 될 수밖에 없다. 히딩크 감독도 한국에 올 때는 경력이 정체 상태였지만 2002 월드컵의 성과를 바탕으로 이후 제2의 전성기를 일궈냈다. 물론 감독 선임 당시에는 아무도 그 결과를 예측할수 없는 영역이기는 하다.

벤투 감독과의 협상 과정과 면접에서 4년간의 계약 기간 동안 제대로 지원한다면 분명 한국 축구를 한 단계 발전시킬 수 있겠다는 믿음이 생겼다. 결과적으로 이 확신은 적중했다. 벤투 자신이 카타르 월드컵을 위한 4년 동안의 로드맵을 확실히 갖고 있었고, 협회에 대한 요구 사항도 구체적이었다. 심지어 파주 NFC에 코칭스태프들의 상시 출퇴근을 위한 사무실을 만들어달라는 요청도 있었다. 벤투가 준비했던 훈련 프로그램도 선진적이었다. 이 프로그램은 항상 상대에 대한 분석이 우선된다. 상대의 공격 전개에서 치명적약점이 어딘가를 찾아 이를 막는 방법을 파악하고 그것을 훈련에 적용하는것이 핵심이다. 전술과 체력, 심리를 복합적으로 고려해 매우 세밀하게 경기에 접근한다. 이 같은 선진 훈련 프로그램을 적용한다면 대표팀의 경기력, 더 나아가 한국 축구 전체에 긍정적 영향을 줄 것으로 기대했다. 이번에야말로 꼭 월드컵을 준비하는 4년간의 여정을 함께하면 좋겠다는 마음에서 벤투 선임을 결정했다. 당시까지로는 축구협회가 고용한 외국인 지도자 가운데 가장 비싼 감독을 초빙한 사례였다. 벤투 감독이 데리고 온 외국인 코칭스태프들도 모두 한국에서 상주해 더 많은 비용이 요구됐다. 나는 벤투 감독 확정 이전에 유능한 외국인 감독의 영입에 써달라며 40억 원의 찬조금을 협회에 기부했다.

—— 카타르 월드컵에 대한 평가

협회장이 되고 나서 치른 두 번의 월드컵에서 모두 16강 진출에 실패했으니 팬과 국민에게 정말 미안한 마음이었다. 실패의 총체적 책임은 당연히 회장에게 있었다. '삼세판'이라는 말처럼 이번에는 꼭 16강에 가고 싶었다. 늘 그렇지만 우루과이와 1차전이 중요했다. 벤투 감독도 첫 번째 경기에 모든 것을 맞춰 준비를 진행했다. 남미 강호 우루과이를 상대로 우리 선수들은 전혀 주눅 들지 않고 준비한 플레이를 전개하면서 기대 이상으로 잘 싸워줬다. 많은 전문가와 팬들이 강호를 상대로도 우리만의 플레이를 적극적으로 펼친 모습에 찬사를 보냈다. 결과적으로 그때 만든 좋은 흐름이 16강 진출의 성과로 이어졌다고 본다.

같은 조에 있었던 포르투갈, 우루과이, 가나는 모두 세계적으로 인정받는 강팀이다. 하지만 '벤투호'는 각 팀별 맞춤형 전술을 잘 준비했고, 선수들 역시 코칭스태프에 대한 신뢰를 바탕으로 두려움 없이 경기에 임했다. 선수들이 "우리도 이젠 할 수 있다!"는 각오로 자신 있게 플레이를 펼치는 게 내 눈으로도 확연하게 보였다.

. . .

카타르에서 4경기를 치르면서 승리를 거둔 것은 포르투갈전 한 경기였다. 또 16강을 확정지은 경기였으니 가장 기억에 남을 수밖에 없다. 강팀을 상대로 일찌감치 선제골을 내준 어려운 상황이었는데, 우리 선수들이 포기하지 않고 최선을 다했다. 정말 '중꺾마' 정신을 보여줬다. 김영권, 황희찬의 연속골로 2-1로 역전승을 거뒀다. 같은 시간대 12월의 추운 날씨에도 광화문 광장을 가득 메운 팬들이 엄청난 성원을 보내주셨다. 이런 마음들이 하나로 모여 남아공 월드컵 이후 12년 만에 다시 한 번 16강 진출의 역사를 쓴 것이 아닌가 싶다. 개인적으로도 세 번의 월드컵을 치르면서 처음으로 16강에 진출했으니 그 기쁨은 말로 표현하기 힘들었다.

축구인들은 토너먼트로 올라가면 어떤 일도 벌어질 수 있다고 말한다. 하지만 16강 상대가 브라질이어서 그 이상을 기대하기 쉽지 않았다. 브라질전에서 완패했지만 별다른 비난의 목소리는 들리지 않았다. 대회가 끝나고 벤투 감독에게 무엇이 제일 아쉬웠냐고 물어본 적이 있다. 그는 브라질전에서 쓰리백을 한번 써봤으면 어땠을까 하는 생각을 한 적이 있다고 털어놨다. 또 좀 더 체력이 싱싱한 선수들(그는 'fresh legs'란 표현을 썼다)을 투입했다면 결과가 달라졌을까 궁금하다고 했다. 벤투 감독은 고정적 멤버와 고정적 포메이션을 고수하는 스타일이었다. 자신이 원하는 멤버로 전술의 완성도를 높이려는 경향이 컸다. 새로운 시도를 많이 하거나 변화무쌍한 전술을 구사하는 스타일은 아니었다. 그러다 보니 3백 훈련을 별로 한 적이 없었던 듯하다. 브라질처럼 전력 차이가 크게 나는 팀을 상대로 수비를 강화하면서 역습을 노렸다면 결과가 조금 달라졌을까하는 상상을 벤투도 해봤던 것 같다.

막상 어렵게 16강에 올라보니 우리 선수와 K리그의 수준을 계속 다져나

2022 카타르 월드컵 16강 진출 확정 기념 선수단 단체사진 (2022.12, 카타르)

가면 앞으로 16강은 기본으로 상정해도 되겠다는 자신감도 들었다. 강팀에 대해서 막연히 갖고 있던 두려움이나 위축되는 의식 등이 카타르 월드컵을 통해서 완전히 사라졌다고 할 수는 없겠지만 많이 불식된 것은 사실이다. 4년을 완주하기를 희망하며 벤투 감독을 뽑았지만 실제로 해낼 수 있을지는 미지수였다. 16강 성적도 4년을 한결같이 준비한 결과라고 본다. 좋은 지도자와 합이 맞는다면 4년만이 아니라 월드컵을 두 번 이상 맡기는 것도 가능하다는 생각이 들었다. 장기적으로 팀을 맡을 경우의 장점이 있겠다는 판단도 들었다. 물론 그 경우에 단점도 있을 터이지만 말이다. 팀 주력 멤버들이 감독에 대해서 신뢰도가 높이 계속 유지됐다는 것도 중요한 요인이었다. 물론 4년이 넘는 기간 동안 안팎으로 순탄한 여정만은 아니었지만 리더십 행사가 불가능할 정도의 파국적 상황은 오지 않았다. 최종 예선 과정이 초반에 좀 삐걱거리는 듯했지만 큰 위기 없이 순탄하게 진행된 것도 힘을 받는 요인이었다.

—— 최장수 사령탑 벤투가 남긴 것들

벤투 감독은 2005년부터 2009년까지 포르투갈 1부 리그 스포르팅을 이끌며 리그 준우승 4회, FA컵 우승 2회, 슈퍼컵 우승 2회 등을 이뤘다. 2010년부터 2014년까지는 포르투갈 대표팀을 맡아 유로 2012에서 4강의 성적을 냈다. 벤투 감독과 오랫동안 팀으로 움직였던 코칭스태프도 전문성과 열정을 두루 갖췄다. 또 뚜렷한 목표의식과 명확한 로드맵을 가지고 있었다.

벤투 감독의 특징 가운데 하나는 무뚝뚝하다는 거였다. 자신에게 우호적인 분위기가 아닐 때도 언론이 기대하는 만큼의 친화적인 답변을 내놓지 않았다. 묘한 뚝심이 있었다. 말하자면 '프레스 프렌들리'형의 지도자는 아니었다. 모국인 포르투갈 언론과도 관계가 좋지 않았다고 한다. 한국에서도 4년 넘게 대표팀 감독을 하면서 어떠한 특정 매체와도 따로 인터뷰하지 않았다. 2021년 일본과의 평가전에서 패한 뒤 경질 여론이 꽤나 높게 분출했던 한 배경이기도 하다. 나는 일본전 패배 이후 이례적으로 대국민 사과문을 발표하면서 진화에 나섰다. 빨리 감독을 보호해야 한다고 판단했다. 이번에는 꼭 4년을 준비해 월드컵에 도전하는 감독이 있었으면 좋겠다는 마음뿐이었다.

벤투 감독은 총 4년 4개월 동안 대표팀을 지휘했다. 이 기간은 그때까지 최장이었던 슈틸리케 감독의 2년 9개월(2014년 9월~2017년 6월)을 훨씬 넘어서는 역대 한국 축구대표팀 사령탑의 최장기 재임 기록이었다. 월드컵 직후 부임해서 다음 월드컵까지 치른 최초의 사례이기도 하다. 한국에서도 드디어 중도 교체 없이 4년 동안 월드컵을 온전히 준비한 감독이 생긴 것이다. 월드컵 본선에서는 강호를 상대로 능동적 축구를 선보이며 16강 진출을 이끌어냈다. 한국 축구에 대한 벤투의 진정성을 믿고 협회가 굳은 신뢰를 보낸 것이 결국 좋은 성과로 이어졌다.

벤투 감독은 재임 동안 2019 UAE 아시안컵과 두 차례의 EAFF E1 챔피언십(동아시안컵), 그리고 카타르 월드컵 예선과 본선을 치렀다. 통산 A매치 성적은 57전 35승 13무 9패다. 35승은 역대 한국 대표팀 감독이 거둔 최다 승 기록이었다. '벤투호'에 한 번이라도 이름을 올린 선수는 총 92명이다. 이 중 26명이 최종 목적지인 카타르 월드컵 본선에 참가했다. 이들 사이의 경쟁률은 3.54대1이었다. 92명 중 벤투 감독에 의해 처음 A대표팀에 뽑힌 선수는 51명에 달한다. 51명의 신입 멤버 가운데 A매치 데뷔전을 치른 선수는 39명이었고 카타르 월드컵 본선에 데리고 간 선수는 11명(황인범, 조규성, 김문환, 나상호, 송범근, 백승호, 이강인, 윤종규, 송민규, 정우영, 조유민)이다. 4년 4개월간 51명의 선수를 새로 발탁했으니 평균 1년에 12명 정도의 새 얼굴을 선발했다는 이야기가 된다. 외국인 지도자는 선수 발탁에 보수적이라는 선입견과는 달리 벤투 감독이 신예 선수 발굴에 적극적이었음을 알 수 있는 대목이다.

대표팀 인기의 척도는 홈 경기 관중으로 드러난다. 벤투 감독이 치른 홈 A매치 27경기 중 코로나19로 인해 무관중으로 치른 3경기를 제외한 24경기에서 총 관중 숫자는 86만 9천여 명이었다. 경기당 평균관중은 약 3만 6천명이었고 매진을 기록한 경기만 11차례였다.

신예 유망주를 적극 발굴하면서 카타르 월드컵을 향한 명확한 로드맵을 가지고 있었던 벤투 사단, 4년의 임기를 보장하면서 최상의 지원을 보낸 축구협회, 우리 대표팀이 더욱 힘을 낼 수 있도록 열정적인 응원을 보내주신 국민. 이 세 가지 요소가 조화를 이루면서 12년 만의 월드컵 16강 진출을 다시 이뤄낼 수 있었다고 자평한다.

── 북중미 월드컵을 기대했던 클린스만

'벤투호'의 경험을 통해 다음 감독도 4년을 온전히 준비해 2026 북중미 월드컵을 치르면 좋겠다고 생각했다. 성공을 통해 얻은 교훈이니 당연한 결론이었다. 새로 선임된 클린스만 감독에게도 4년의 완주를 원했다. 클린스만 감독을 차기 사령탑으로 결정했을 때 몇 가지 기대하는 부분이 있었다. 우선 그는 한국 대표팀을 맡았던 역대 지도자 가운데 가장 유명한 사람이었다. 현역 시절 슈퍼스타였고, 그 이후에도 전 세계 축구계에 통할 수 있는 셀럽이었다. 나는 여전히 한국 축구가 국제 축구계에서 가지고 있는 다양한 형태의 '유리 천장'에 어려움을 느끼고 있다고 판단하고 있었다. 선수들의 심리적 유리 천장을 포함해서 말이다. '대한민국 국가대표팀 감독 클린스만'이 그러한 유리 천장을 깨는데 도움을 줄 수 있다고 여겼다. 그는 전 세계 어느 협회장, 어느 유명 클럽과도 접촉이 가능한 사람이었다. 우리 협회가 잘 활용한다면 굉장히 유용한 인물이었다.

우리 대표팀 내 빅리거의 비중이 높아지고 있는 현실에서 선수들에 대한 장악력도 기대할 만했다. 우리 대표팀에 동기 부여를 하고, 선수들을 응집시키는 능력을 발휘해 주기를 바랐다. 또 그는 독일 대표팀 감독 시절 아이스하키 코치를 초빙해 전술 짜기에 활용하는 등 새로운 시도를 많이 하는 스타일로 유명했다. 2026 월드컵이 북중미에서 열리는 것도 우호적 조건이었다. 주 개최지인 미국에서 대표팀 감독도 했고 현재 거주 중이었으니 여러 가지로 우리 대표팀에게 좋은 환경을 조성해 줄 수 있었다. 다음 월드컵부터 출전국이 48개국으로 확대되면서 아시아에 8.5장의 티켓이 주어진다. 앞으로는 최종예선 통과에 대한 부담이 크게 줄었으니 본선에 대비한 준비와 체계 마련에 더 심혈을 기울여야 했다. 그런 점에서 클린스만은 두루두루 괜찮은 조건이라고 판단했다. 클린스만으로서도 그동안 미국에서 생활하면서 세계 축구의 주류에서 벗어나 몇 년째 쉬고 있는 셈이었기에 북중미 월드컵에서 자신의 화려한 부활을 보여주고 싶은 욕심이 있었을 것 같다. 이러한 개인적 동기가 있었기에 의욕을 가지고 한국에 왔을 것이다. 하지만 그와 대표팀과의 인연은 1년도 채 되지 않아 막을 내리고 말았다.

· · ·

클린스만 감독과 마지막으로 통화한 것은 해고를 정식으로 통보하기 2시간 전이었다. 그는 그 순간까지 한국 대표팀 사령탑으로 북중미 월드컵까지 여정을 함께하고 싶어 했다. 전날 국가대표전력강화위원회가 경질 권고로 결론을 내렸고, 이를 바탕으로 2월 16일 마지막 협회 임원회의가 열렸다. 임원회의의 결론도 역시 경질이었다. 한 분이 경질의 명분이 부족하다는 소수 의견을 냈지만, 대다수는 경질에 동의했다. 그 결과를 전한진 경영본부장이 클린스만 감독과 통화하면서 정식으로 통보했다. 클린스만 감독은 담담하게 결과를 받아들였으며, 앞으로 축구협회와 대표팀이 잘 되기를 바란다는 덕담을 남겼다. 결별 통화를 하면서 서로 커다란 감정 소모는 없었다고 한다. 이런 것이 클린스만 감독의 프로페셔널함인지는 잘 모르겠다.

클린스만 감독은 경질 발표 후 두 달여가 지난 뒤 오스트리아의 한 TV와 처음으로 관련 인터뷰를 했다. '한국은 월드컵 8강에 갈 실력이 있어서 계속해서 감독직을 맡고 싶었다', '지난 1년 동안 한국어도 배워서 단어 위주로 부분적인 이해는 했다', '한국 문화에서는 틀렸어도 나이 많은 쪽이 항상 옳다는 걸 배웠다', '누군가는 책임져야 했는데 선수들은 다음 대회에 나가야 하니 감독, 코치가 책임져야 했다'는 등의 말을 했다. 이 기사를 보면서 참으로 많은 생각이 들었다.

· · ·

클린스만 감독은 경기장 안과 밖을 잘 구분하는 사람이었다. 자신은 피치

안에서 여러 가지 통제 권한이 있는 사람이지만 운동장 밖에서의 생활은 선수단이 자율적으로 움직이는 것이 좋다고 판단했다. 선수단 안의 위계도 마찬가지였다. 운동장 안에서는 오직 실력으로 위계가 이뤄져야 한다고 믿는 이였다. 운동장 밖의 질서와는 별개로 말이다. 운동장 안과 밖이 구분되어 질서와 위계가 이뤄지는 것이 진정한 프로라고 생각하는 듯했다.

클린스만 감독은 경기장 밖에서의 사항에 대해서는 주장과 선수들의 건의를 적극적으로 받아들였다. 식사 시간, 휴식 시간, 심지어 훈련 시간과 프로그램도 주장이나 대표팀 운영팀과 많은 것을 상의해 결정했다. 어찌 보면 민주주의형에 가까운 지도자였다. 선수들과 스태프들도 어느 정도 대등한 관계라고 여겼다. 수입으로만 따지자면 당연히 선수들이 스태프와 비교할 수 없는 수준이었지만 말이다. 대표팀 지원 스태프도 다국적 팀으로 꾸몄고, 협회 사상 최다 인원이었다. 독일에서 태어나 지금은 미국에서 생활하는 그는 타고난 자유주의자, 코스모폴리탄이었다. 아마도 자신의 팀도 그렇게 자율적으로 운영하고 싶었는지도 모르겠다. 전술 부문은 안드레아스 헤어초크 수석코치와 차두리 코치가 많이 상의하는 듯했다. 나머지 선수 관리는 클린스만 감독이 직접 했고, 다른 누가 세세히 관리하기보다도 선수 자율에 맡기는 것을 선호했다.

조규성 선수가 어느 인터뷰에서 "대표팀이 벤투 감독 때보다 자율적으로 운영됐고, 아주 만족한다"고 이야기하는 것을 봤다. 물론 조규성처럼 주전급으로 뛰는 선수들은 이러한 자유로운 분위기를 좋아했을 것 같다. 대표팀이나 명문 클럽에도 늘 베스트로 뛰지 못하는 선수들이 있다. 그것은 축구팀의 구조적 숙명이다. 이들을 어떻게 하나로 엮어내는지가 감독의 능력이기도 하다. 경기를 못 뛰면 불만을 가지게 된다. 불만은 있지만 티를 내지 않고 팀의 단합을 위해서 노력하는 선수가 있고, 그 불만을 다른 팀원들 앞에서 표출하는 경우도 있다.

카타르 아시안컵을 기준으로 이야기하면 26명의 엔트리 가운데 선발이나 교체로 뛰는 선수는 15~17명 안팎이었다. 나머지 선수들의 표정이나 태도에 따라서 전체 팀 분위기가 결정된다. 이들 중에는 고참도 있고 신참도 있다. 표출 방법도 서로 다를 것이다. 이런 것을 염려해 내가 카타르에 들어간 첫 날 모든 스태프를 모아놓고 서로 감정 표현을 조심하자고 호소했다는 것은 이미 소개했다. 그런데 결국 요르단과의 준결승 전날에 사달이 벌어진 것이다.

. . .

대표팀의 중심이 유럽파로 옮겨진 지는 꽤 오래됐다. 유럽파도 크게 보면 두 종류가 있다. K리그에서 뛰다가 기량을 인정받아 유럽에 진출하는 경우다. 이게 지금까지는 보편적 코스였다. 지금은 손흥민, 이강인, 이승우, 백승호 등 초등학교나 중학교 때 유럽에 진출해 그쪽 문화에 더욱 익숙한 선수들이 늘어나는 추세다. 유럽파 안에서도 경험의 차이, 나이 차이가 교차한다는 뜻이다. 이런 차이가 오랜 합숙 기간 동안 갈등으로 표출되는 단초를 제공한 듯하다.

예전 대표팀에서는 해외파와 국내파의 갈등이 존재했다. 이런 갈등은 보통 감독이나 코치의 조율과 관리로 외부에는 잘 드러나지 않았다. 대표팀 갈등이 전 국민에게 이처럼 상세히 알려진 것은 이번 아시안컵이 처음이었다.

갈등이 없는 조직은 없다. 대표팀뿐만이 아니다. 회사나 단체는 물론이고 가장 사적인 가족에서도, 가장 규율이 세다는 군대에서도 이런 갈등은 존재한다. 대표팀 선수들은 요즘 우리 사회에서 대단한 셀럽으로 인정받지만 그들이 도덕적으로도 보통 사람보다 우위에 있다고 기대하는 것은 현실적이지 않다. 대표 선수들은 대부분 젊은 사람들이고, 그들 사이에 갈등이 생기고 때로는 표출될 수도 있다. 하지만 전 국민이 아시안컵에서 좋은 결과를 기대하고 있는 대회 동안 이런 방식으로 표출된 것은 상당히 안타깝고 아쉬운 점이다. 똑같은 실수가 반복되지 않도록 선수들도 성숙해지고, 대표팀 관리 방식도 정비할 필요가 있다.

선수들도 다 같은 인간이다. 그 누구도 완전한 사람은 없다. 앞으로 국민과 팬의 기대에 부응하는 대표팀이 되기를 기대하고 응원한다. 협회도 이런 갈등을 해소하고, 원팀이 되는 방향으로 모든 노력을 아끼지 않을 생각이다. 더 성숙해질 대표팀에게 팬들도 격려의 박수를 보내주면 좋겠다.

—— 클린스만이 남긴 유산에 대해서

클린스만은 임명 초기부터 국내 미디어에서 가장 환영받지 못한 감독이었다. 언론과의 관계에서 '허니문 기간'도 없었던 셈이다. 임기 초반 친선 경기에서 무승이 이어지자 '전술이 없다'는 비판이 다시 부각됐다. 가족이 있는 미국 LA에 자주 가고, 유럽 출장이 잦으면서 한국에 상주하지 않는 불성실한 감독으로 낙인 찍혔다. 조금만 실수해도 미디어의 극심한 공격을 받았다. 클린스만 감독은 항상 미소 짓는 인상이 상대에게 좋은 느낌을 준다. 대화를 하면 계속 이야기를 나누고 싶어지는 사람이다. 그는 또 운동장 안에서는 축구 실력이 유일하게 선수들 사이의 위계를 정하는 기준이 되어야 한다고 믿었다. 실력 있는 선수들이 피치 안에서 발언하고, 지시하고, 좀 더 적극적으로 활동해야 한다고 생각했다.

클린스만 감독은 대표팀 내 이런 분위기를 조성했지만, 운동장 안과 밖이 확연히 다를 수 있다는 것까지는 생각이 미치지 못했던 것 같다. 그의 자유로운 분위기 조성이 어떤 선수에게는 '자유'로만 느껴졌지만, 다른 선수에게는 '방종'으로 비쳐진 측면도 있었던 듯하다. 아시안컵이 끝난 후 클린스만 감독은 앞으로 대표팀 안의 생활에서도 좀 더 규칙(rule)이 있어야겠다고 털어놓았다. 그 스스로도 요르단전 직전 벌어졌던 일에 대해서 자신이 너무 분위기를 방임해 벌어진 측면이 있다고 느꼈던 것 같다. 하지만 이후 경질되면서 새롭게 대표팀 분위기를 일신하는 기회를 갖지 못하게 됐다.

클린스만 감독은 부임 초부터 '국민 밉상'이 됐다. 재택근무 논란으로 팬과 국민에게 성실하지 못하다는 인상을 준 것도 사실이었다. 요르단전에서 패한 뒤 웃는 모습이 카메라에 찍혀서 더욱 많은 비난을 받았다. 온 국민이 그 경기 때문에 화가 나 있는데, 정작 감독이 웃고 있다고 욕을 먹었다. 어느 감독도 경기에 졌는데 기분 좋을 사람은 없을 것이다. 물론 그도 그랬을 것이다. 얼굴이 늘 웃는 표정인 것은 클린스만이라는 개인의 특성이다. 클린스만 감독은 독일 대표팀 감독 때도 늘 웃는 얼굴이어서 비난받는 일이 있었다고 한다. 사람의 본성이나 태도는 바뀌지 않는 법이다.

경기가 끝난 뒤 승장에게 웃으면서 축하 인사를 건네는 것이 그렇게 비난받을 일인가를 한번 생각해본다. 상대에게 축하를 건네는 것이 신중치 못한 행동이거나, 열심히 하지 않았다는 방증이 될 수는 없다. 승리팀을 축하해 주는 것과 다음에 더 잘 해야겠다고 다짐하는 것은 완전히 별개의 것이 아닐까. 클린스만 감독의 웃음에는 문화적 요소도 있을 수 있고, 개인 성향도 있을 것이다. 다만 우리 팬들에게는 이러한 웃음이 열심히 하지 않았고, 우리네 정서를 무시한 것으로 비춰진 측면도 있었다. 로마에서는 로마의 법을 따르라고 했다. 클린스만 감독이 우리나라의 독특한 정서를 정확히 잘 파악하지 못했다면 그의 잘못이기도 하고, 협회의 잘못이기도 하다. 그런 점은 참 아쉽다.

・ ・ ・

클린스만 감독 시절 이강인 선수는 자신의 전술적 의견을 적극적으로 개진했다고 한다. 또 클린스만 감독도 그런 의견을 적극적으로 반영했다. 이런 게 언론이나 유튜버들이 클린스만 감독을 조롱하기 위해 만든 조어인 '해줘 축구'의 한 단면일지도 모르겠다. 하지만 대표팀에서도 막내급인 선수가 자유롭게 전술에 대한 의견을 개진할 수 있는 분위기를 만들었다는 것은 충분히 평가받을 수 있는 부분이라고 믿는다. 이런 분위기속에서 선수의 창의성은 커질 수 있다. 선수들의 건설적 제안을 수용하는 것도 지도자 입장에서 쉽지 않을 것이다. 클린스만 감독이 대표팀 내에 구축했던 자율적 분위기의 긍정적 측면은 앞으로 대표팀이 계승할 만한 유산이라는 생각도 든다. 클린스만 감독이 짧은 재임 동안 우리에게 남긴 몇 가지 교훈 가운데 하나인 듯하다.

—— 올림픽과 아시안게임, 그리고 병역 특례

임기 중에 올림픽과 아시안게임을 각각 세 번씩 치렀다. 두 대회는 23세 이하의 연령 대표팀이 출전한다. 올림픽은 동메달 이상, 아시안게임은 금메달을 따내면 출전 선수에게 병역 특례가 주어진다. 분단 국가에서 병역 의무는 누구나 지켜야 하는 신성한 임무이다. 하지만 축구 선수 입장에서는 한창 기량이 절정기에 있을 때 해외 무대를 포기하고 상무에 들어가거나, 상무 입단을 못하면 일반 군대에 입대하기에 경력이 2년 정도 단절되는 현실적 피해를 보게 된다. 특히 유럽 무대에 뛰고 있거나, 도전하려는 선수에게 병역 문제는 자신의 경력을 좌우할 수 있는 큰 변수다.

2002 월드컵 4강에 대해 김대중 대통령이 예외적인 병역 특례를 허용하면서 박지성, 이영표, 송종국 등 많은 대표 선수들이 유럽에 진출할 수 있었

다. 이후 국가대표팀의 주류는 유럽파가 차지했다. 2012 런던 올림픽 때 '홍명보호'가 동메달을 차지하면서 처음으로 올림픽 대표팀이 병역 혜택을 받았다. 박주영, 기성용, 지동원, 구자철 등이 유럽에서 편하게 활동할 수 있는 토대가 마련됐다.

협회장 입장에서 가장 중요한 대회는 당연히 월드컵이다. 다음으로 순번을 꼽으라면 나는 아시안게임이라고 말하고 싶다. 올림픽은 그 다음 순위이다. 이유는 명확하다. 아시안게임이 병역 혜택을 받을 가능성이 더 높기 때문이다. 아시안게임은 우리가 총력을 다하면 우승을 노릴 수 있는 대회다. 반면 올림픽은 메달권에 진입하는 게 쉽지 않다. 병역 혜택을 받은 선수들이 유럽에 많이 진출하면 국가대표팀의 경쟁력 강화로 이어진다. 협회장 입장에서는 확률이 높은 대회를 더 중요하게 여기는 게 당연하다.

일각에서는 우리도 일본처럼 아시안게임을 다음 올림픽에 나가는 연령대 선수로 치러야 한다고 주장한다. 아시안게임을 21세 이하로 치르고 2년 뒤 열리는 올림픽에는 이 연령대를 중심으로 23세 이하 대표팀을 구성해야 한다는 것이다. 4년 주기의 올림픽을 기준으로 세계무대에 대한 도전을 연속성 있게 준비해야 한다는 주장이다. 나름 일리 있는 말이다. 우리도 2010년 광저우 아시안게임에 2012년 런던 올림픽 출전 연령대 선수들을 출전시켰던 전례가 있다. 그래서 광저우 아시안게임에서는 우승을 놓쳤지만 대신 런던 올림픽에서 동메달을 땄다. 쉽지 않은 도전이었지만 성공했던 사례였다. 나는 이 방식보다는 아시안게임에 23세 이하 대표팀을 파견해 우승을 노리는 게 보다 합리적이라고 판단했다.

다행히도 내 재임 동안 벌어진 2014년 인천 대회, 2018년 자카르타-팔렘방 대회, 2023년 항저우 대회 등 세 번의 아시안게임에서 모두 금메달을 따낼 수 있었다. 한국 축구 사상 아시안게임 3연속 우승은 처음 있는 일이었다.

이를 통해서 손흥민, 황희찬, 이강인 등 지금도 유럽에서 뛰고 있는 선수들이 앞으로도 마음껏 활동할 수 있는 여건이 마련됐다. 병역 특례를 받을 수 있다는 가능성 때문에 아시안게임 대표팀을 구성할 때마다 이런저런 말들도 많이 나온다고 들었다. 협회는 감독과 협의해 늘 최고의 연령대 대표팀을 파견하기 위해 노력했다. 적지 않은 비판 속에서도 묵묵히 임무를 수행하며 3연패의 위업을 연이어 달성해 주신 고(故) 이광종 감독, 김학범 감독, 황선홍 감독에게 특별한 감사의 마음을 지면에 꼭 남기고 싶다. 이 분들이 우리의 젊은 선수들이 더 큰 길을 갈 수 있도록 애를 써주셨다.

. . .

2014년 인천 아시안게임 대표팀은 대회 전까지 '역대 최약체'라는 평가를 받았다. 하지만 최대 고비였던 일본과의 8강전을 넘은 뒤 결승에서 북한과 만나 연장 접전 끝에 우승을 차지했다. 1970년과 1978년 방콕 대회 그리고 1986년 서울 아시안게임 이후 무려 28년 만의 값진 금메달이었다. 다만 금메달을 따냈던 이광종 감독이 이후 리우 올림픽을 준비하던 도중 급성 백혈병으로 세상을 떠난 것은 너무나 안타까운 일이었다. 한국 축구의 큰 자산이었기에 지금도 그의 빈자리가 크게 느껴진다.

2018년 자카르타-팔렘방 대회는 손흥민이 어렵게 와일드카드로 차출됐다. 토트넘에서 활동하던 손흥민 선수에게는 병역 특례를 기대할 수 있는 마지막 기회여서 팬들의 관심이 더욱 뜨거웠다. 손흥민, 황의조, 조현우 등 와일드카드 멤버들이 맹활약을 펼치면서 2연패에 성공했다. 황선홍 감독은 코로나19로 항저우 대회가 1년 연기되는 어려운 환경 속에서도 집중력을 잃지 않고 대표팀을 지휘하면서 3연패를 달성했다. 아시안게임에서 축구 3연패는 한국이 처음 세운 기록이었다. 아시안게임에서의 호성적은 취임 이후 2014년부터 시작한 한국형 우수 유소년 육성 프로그램 '골든 에이지'의 혜택을 입은 세대들이 일궈낸 성과라는 점에서 그 의미가 더욱 남다르게 느껴진다.

── 병역 특례자의 책임감

2023 항저우 아시안게임이 끝난 뒤 「조선일보」에서 '아시안게임 금메달 병역 특례를 재검토해야 한다'는 기사가 나온 적이 있다. 나는 종목 단체장으로서 아시안게임에서 꼭 금메달을 따서 우수한 선수들이 병역 특례를 받는 것을 목표로 삼고 있다. 하지만 조선일보 기사처럼 전혀 다른 시선으로 평가할 수 있다고 생각한다. 우리나라는 분단국이고 병역의 의무는 누구에게나 부여되는 신성한 의무이기 때문이다. 아시안게임 결승전 전부터 국내와 외국 언론들은 '한국 선수들은 병역 혜택을 받기 위해서 더욱 필사적으로 뛸 것'이라는 식의 기사를 내보냈다. 나는 대표팀 운영팀장에게 결승전 전후로 병역 특례에 대한 경솔한 발언을 하는 일은 절대로 없어야 한다고 신신당부했다. 우승을 차지한 뒤 금메달 시상식을 준비하는 과정에서 일부 선수들이 나를 향해 "보너스! 보너스!"를 연호했다. 물론 젊은 선수들이 우승을 하고 기분이 좋은 상태에서 즉흥적으로 그런 행동을 했다고 이해는 한다. 하지만 이기흥 대한체육회장 등 국내 체육계 관계자와 아시아올림픽평의회(OCA) 등 많은 해외 관계자들이 지켜보고 있는데 조금 민망한 기분이 들었던 것도 사실이었다. 축구협회는 지난번 아시안게임에 비해서 더 후한 포상금을 이미 책정해 놓았다. 축구는 다른 종목에 비해서 재정 상태가 여유가 있으니 여러 가지 금전적 혜택도 상대적으로 후한 편이다. 비인기종목의 경우에는 아시안게임에서 금메달을 따도 힘든 상황이 호전되지 않아 운동을 계속하기 어려운 경우까지 있다고 들었다. 반면 축구 종목에서 금메달은 병역 특례로 인해 선수 개인에게 돌아가는 이익이 엄청나다. 우승 포상금은 그

저 적은 보너스 정도로 치부될 정도다. 군 복무 대신 2년간 정상적인 팀 생활을 하게 됨으로써 자연스럽게 2년 치 연봉 이상을 더 챙길 수 있게 된다. 여기에 병역 의무를 치려야 하는 미래의 불확실성이 없어지면서 '디스카운트 변수'가 사라져 향후 더 좋은 구단에 이적할 수 있게 된다. 그 팀이 해외 클럽이라면 선수에게 돌아가는 이득은 천문학적으로 커질 수도 있다. 그런 면에서 아시안게임 금메달은 상금만이 주어지는 월드컵이나 아시안컵에 비해 훨씬 크다고 할 수 있다. 병역 혜택을 받은 선수들은 이런 엄청난 특혜에 보답하기 위해서라도 개인 기량을 더욱 갈고 닦는 것은 물론이고 축구를 통해서 국민과 팬에게 큰 기쁨을 줄 수 있도록 더욱 노력할 필요가 있다. 법에 의해서 병역 특례를 주는 것은 개인이 호의호식하라는 것이 아니라, 공적으로 합당한 의무를 다하라는 뜻일 것이다.

· · ·

유럽에서는 크로아티아나 세르비아 등 동구 출신 국가들의 선수들이 월드컵이나 유로 같은 대회에서 대표팀으로 나오면 매우 매서운 기세로 경기에 임하는 것을 자주 볼 수 있다. 아마도 조국이 전쟁 등의 어려움을 자주 겪었기에 대표 선수들이 특별한 의무감과 책임감으로 정신 무장이 잘 되어 있는 것이 아닌가 싶다. 카타르 월드컵에서 크로아티아의 모드리치 선수는 37살의 노장임에도 불구하고 왕성한 플레이와 투지로 보는 이들에게 감동을 줬다. 이런 자세가 진정한 대표 선수의 귀감이 아니겠나 생각한다.

우리도 점점 많은 선수들이 유럽 리그에 진출하고 있다. 손흥민, 김민재, 이재성, 황희찬, 이강인 같은 선수들은 빅 리그의 명문 구단에서 큰 성공을 거두고 있다. 차범근, 허정무, 박지성, 이영표 같은 선각자들이 선수들의 롤모델이 됐고 먼저 길을 열어주었기에 후배들도 유럽에서 큰 성공을 거둘 수 있었다. 당연히 선수 자신의 노력이 제일 컸을 것이다. 이후 많은 젊은 후배

28년 만에 값진 금메달을 차지한 2014 인천 아시안게임 선수단 단체사진 (2014, 인천)

들도 더욱 유럽 진출을 목표로 정진하고 있다. 한국은 일본이나 다른 나라와
는 달리 병역 의무가 유럽 진출의 현실적 걸림돌로 작용하는 것도 사실이다.
물론 병역 의무를 일찌감치 마치고 나가는 선수들도 있지만 선수 생활에 가
장 중요한 20세에서 25세의 기간에 군대를 가야 한다는 것은 향후 경력 관리
라는 측면에서 치명적인 약점으로 작용할 수 있다. 이러한 예민한 시기에 아
시안게임이나 올림픽에서 메달을 획득해 병역 특례를 받는 선수들은 이것이
국가가 주는 얼마나 큰 혜택인지를 절감해야 한다고 생각한다. 그리고 병역
특례를 받은 선수들은 국가대표팀 선수로서의 자격과 의무를 더욱 자각할
필요가 있다.

제11장
U-20 월드컵 유치와 성공 개최

—— U-20 월드컵 유치를 결심한 이유

2013년 대한축구협회장에 출마하면서 국제 외교력을 복원시키겠다고 공약했다. 몽준 형님은 협회장 시절 FIFA 부회장을 4번 역임하면서 국제 축구계의 거물로 통했지만 그 이후에는 맥이 끊어졌다. 한국 축구의 위상에 걸맞은 외교력을 키우는 게 반드시 필요했다. 협회장이 되고 나서 보니 전임 집행부나 직원들이 대부분 남자 국가대표팀의 성적에만 몰입했던 것 같았다. 국가대표팀 업무가 협회에서 가장 중요한 것은 분명했지만 너무 지나쳐 보였다.

중장기적 안목에서 유소년 육성과 시설 확충에 대해서 고민하던 중 U-20 월드컵 유치에 대한 아이디어가 떠올랐다. FIFA가 주관하는 대회 가운데 월드컵 다음으로 크고 중요한 이벤트이며, 미래의 세계 축구를 이끌고 나갈 신성들이 배출되는 무대였다. 이 대회를 유치하면 자연스럽게 유소년 육성에 대한 국민적 관심을 끌어올릴 수 있겠다 싶었다. 대회를 치르려면 2002 월드컵 때 만들어졌던 경기장을 보수해야만 했다. 그라운드의 평탄도, 새로운 중계 환경에 맞는 조명 시설, 전광판이나 라커룸 등을 다시 손 볼 계기가 필요했다. 월드컵 이후 15년 만에 시설을 제대로 점검하고 보완할 기회였다. 당선 직후부터 큰 대회의 유치전에 뛰어드는 것이 부담되기도 했지만 대외적으로는 외교력 강화, 대내적으로는 유소년 육성과 시설 업그레이드의 효과를 볼 수 있다는 판단에서 결심하게 됐다.

2017 U-20 월드컵 유치를 위해서 2013년 4월부터 12월까지 시간이 허락할 때마다 비행기를 타고 출장에 나섰다. 튀르키예, 인도, 이집트, 스위스, 파라과이, 베트남, 브라질, 호주 등 17개국을 돌면서 각종 국제 대회가 열리거나 축구 단체 본부가 있는 곳을 찾았다. 제프 블라터 FIFA 회장을 비롯해 24명의 집행위원을 일일이 만나 지지를 호소했다. 당시만 해도 집행위원의 힘

축구협회장 취임 직후 U-20 월드컵 유치를 위해 블라터 FIFA 회장 예방 (2013, 스위스 취리히)

이 상당히 셌기 때문에 이들에게 직접 이야기하는 게 가장 효과적이라고 판단했다. 각 대륙연맹 회장과 AFC 회원국 협회장들도 두루 만났다. 한 달에 두 번 이상은 해외 출장에 나섰다. 무박 3일이나 당일치기 해외 출장도 있었다. 유치전이 막바지에 이른 가을에는 더욱 바쁘게 돌아다녔다. 나중에 꼽아 보니 이 기간 동안 100명이 넘는 국제 축구계의 리더들과 만났다. 2002년 월드컵 4강과 성공적인 개최로 한국의 위상이 높았기에 만남 자체는 어렵지 않았다. 내가 직접 많이 돌아다니면서 적극적으로 의사 표시를 해야 잠재적인 경쟁국이 줄어들 것이라고 생각했다. 대회 유치 의향을 밝힌 나라는 10개국에 이르렀지만 열심히 두 발로 뛴 노력 덕분에 마지막에 유치의향서를 제출한 나라는 우리와 아제르바이잔 2개국뿐이었다. 아제르바이잔은 우편으로 의향서를 접수했고, 우리는 내가 직접 스위스로 날아가 블라터 회장에게 직접 전달했다. 성의의 정도가 완전히 달랐다.

── 블라터, 플라티니, 인판티노와의 첫 만남

스위스 취리히에 있는 FIFA 본부에서 블라터 회장을 처음 만났다. 2013년 3월경이었다. 협회에서 국제 업무를 담당했던 김동대 부회장, FIFA 제롬 발케 사무총장이 배석한 4자 회동이었다. 블라터 회장은 몽준 형님과 오랜 기간 라이벌이었다. 형님에게 블라터에 대해 여러 가지 이야기를 많이 들었고, 그가 대륙연맹 회장이나 각국 협회장을 어떻게 대하는지에 대한 서구 언론 보도를 통한 정보도 있어서 농담이지만 '머리에 뿔이라도 난 고집 센 노인네'가 아닐까 싶었다. 그런데 의외로 나를 처음 만나면서 환하게 웃으며 반갑게 맞아줬다. 굉장히 세련된 매너와 화술이 돋보였다. 역시 노련한 정치인 같은 분위기였다. 이렇게 환대해 줄지 몰랐다. 블라터 회장은 나와의 면담 이전에 FIFA 실무진으로부터 우리 협회의 현황이나 한국 축구 정보에 대해서 보고를 받은 듯했다. 나에 대한 정보도 꽤나 상세하게 알고 있었다. FIFA의 프로토콜이 어떤지를 처음 느껴보는 계기가 됐다. 블라터 회장과 발케 사무총장과 대화하면서 이들이 마케팅에 상당한 지식이 있다는 인상을 받았다. 너무 친근하게 대해줘서 속으로 '나를 자신의 경쟁상대로 여기지 않아서 편하게 대하는구나'라고 생각했다. 내가 자신에게 도전할 것 같지 않다고 판단했는지 결과적으로 블라터 회장은 U-20 월드컵 개최권을 한국에 줬다.

• • •

이에 자신감을 얻은 나는 2019년 여자 월드컵도 유치 신청을 했다. 대륙별 순환개최 원칙에 따르면 아시아에서 열릴 순서였다. 유치의향서를 제출한 나라는 우리를 비롯해 잉글랜드, 뉴질랜드, 남아공 등이었는데 끝까지 경쟁한 것은 프랑스와 한국이었다. 결국 FIFA 집행위원회는 프랑스의 손을 들어줬다. 그때까지만 해도 블라터와 미셸 플라티니 UEFA 회장의 복잡한 관계는 알지 못했다.

U-20 월드컵 유치 과정에서 각 대륙연맹 본부는 다 직접 방문했다. 유럽 축구연맹(UEFA) 본부에서 프랑스의 축구 레전드인 미셸 플라티니 회장을 처음 만나 지지를 당부했다. 2007년부터 2016년까지 UEFA 회장을 지낸 플라티니는 현역 시절 마라도나와 함께 당대를 대표하는 최고의 슈퍼스타였다. 스타플레이어 출신은 행정가로 성공하기 힘들다는 축구계의 징크스가 있는데 '유이'한 예외가 플라티니와 독일의 프란츠 베켄바워라고 할 수 있다. 플라티니는 프랑스축구협회장을 거쳐 2007년부터 UEFA 회장으로 재임하고 있었다. 레전드 출신이 UEFA 회장과 FIFA 부회장이라는 막강한 자리에 오르자 블라터 회장이 잔뜩 긴장했다고 한다. 이후 블라터와 플라티니 사이에 갈등과 협력의 미묘한 관계가 반복됐다. 프랑스에 여자 월드컵이 돌아간 것은 협력의 시기였기에 가능했을 것이다.

나는 U-20 월드컵 유치를 설득하기 위해서 스위스 니온의 UEFA 본부에서 플라티니와 처음 만났다. 플라티니는 단신에 곱슬머리였는데 사진에서 보던 느낌보다는 조금 더 연로해 보였다. 그는 현대·기아자동차가 유로파리그에 후원을 해줘서 고맙다는 인사를 건넸다. 나는 UEFA가 한국에 코치와 심판 아카데미 프로그램을 진행하는 데 도움을 줬으면 좋겠다고 요청했다. 그때는 몰랐지만, 플라티니는 당시 차기 FIFA 회장에 상당한 욕심이 있었다. 블라터의 잠재적 라이벌이었던 셈이다. 그는 '대권'에 대한 욕심 때문인지 다른 대륙연맹에 속한 한국의 협회장과 좋은 관계를 맺으려고 노력하는 것이 느껴졌다. 하지만 그는 결국 FIFA 회장의 꿈을 이루지 못하고 2018년 전 세계를 강타한 '카타르 월드컵 유치 스캔들'에 연루돼 블라터와 함께 축구계에서 퇴출당하고 말았다. 이 과정에서 블라터와 플라티니 사이에 많은 금전 거래가 있었다는 사실도 밝혀졌다. 왜 여자 월드컵 유치 경쟁에서 한국이 프랑스에 졌는지에 대한 힌트를 얻을 수 있었다.

축구협회장 취임 직후 U-20 월드컵 유치를 위해 플라티니 UEFA 회장 예방 (2013, 스위스 니온)

　　스위스 출신인 블라터는 시계회사 론진에서 홍보 담당 이사를 하다가 FIFA에 마케팅 담당으로 합류했다. 아벨란제 회장 아래서 사무총장을 했고 그 자신이 후임 회장이 되면서 오랜 기간 FIFA의 부패 스캔들에 관여했다. 반면 월드컵과 FIFA의 상업적 성공과 영향력을 앞장 서서 이끌었던 이율배반적인 인물이었다. U-20 월드컵 유치 과정에서 국제 축구계의 거물들을 잇따라 만나면서 FIFA를 둘러싼 복잡한 파워 게임도 조금씩 알게 됐다.

· · ·

　　플라티니를 예방할 때 동석했던 지아니 인판티노 사무총장도 처음 만나게 됐다. 나중에 그가 FIFA 회장이 된 뒤로는 더욱 우정을 나누게 됐다. UEFA 본부를 처음 방문했을 때 인판티노 사무총장이 나를 안내했다. 당시 그의 설명에 따르면 스위스 지방 정부로부터 1유로에 땅을 사서 본부 건물과 작은 호텔, 운동장 등으로 구성된 시설을 지었다는 것이다. 지금까지 내가 직접 방문한 곳 가운데 가장 멋진 건물이었다. 취리히에 있는 FIFA 건물보다도 훨씬 멋있었다. 보통 사기업의 건물은 기능적이면서도 규모가 크고 좋은 편이고,

공공 건물은 웅장하지만 검소하다. 하지만 처음 가본 FIFA와 UEFA의 건물은 아름다우면서도 심지어 호화스럽기까지 했다. 영향력 있고 수익을 많이 내는 국제 체육단체의 상징성이 있어서 그럴 수 있겠다는 생각도 들었다. 인판티노는 나중에 FIFA 회장에 당선된 뒤 첫 방문국으로 한국을 선택했다. FIFA의 오랜 파트너인 현대자동차를 방문해 감사 인사도 하고, 국내에서 기자회견을 하는 등 바쁜 일정을 보냈다. 블라터, 인판티노 등 내가 직접 경험한 FIFA 회장들과는 항상 친밀하게 지냈다. 반면 AFC 회장과는 항상 미묘한 긴장감이 있었다. 그 이야기는 나중에 자세히 하겠다.

—— U-20 월드컵 유치 작전

U-20 월드컵 유치를 위해 세계를 돌면서 국제 축구계 사람들을 만나는 과정에서 몽준 형님의 보이지 않는 음덕을 많이 받았다. 형님이 워낙 대륙회장을 비롯한 거물급 인사들과 친분이 두텁다 보니 나를 만날 때마다 형님의 안부를 물으면서 친근하게 대해줬다. 형님이 그동안 이들과의 관계에 얼마나 공을 들였는지를 알 수 있었다. 국제무대에 처음 나서는 나로서는 '닥터 정의 동생'이라는 덕을 많이 봤다.

북중미 골드컵을 할 때 미국을 방문해 플로리다주 마이애미에 있는 북중미카리브축구연맹(CONCACAF) 본부를 방문했고 파라과이에 있는 남미축구연맹(CONMEBOL)도 찾았다. 이집트 카이로에 있는 아프리카축구연맹(CAF) 본부를 방문했을 때는 몽준 형님과 특히 친분이 두터웠던 이사 하야투 회장과 반갑게 인사를 나눴다. 하야투는 블라터가 스캔들로 물러난 이후 임시 회장이 되어 한동안 FIFA를 이끌었다.

나는 블라터 회장과 직접 담판하는 것보다는 집행위원들을 설득해 외곽을 먼저 선점하는 작전을 구상했지만, 의외로 블라터는 흔쾌히 한국에게 유치권을 허락했다.

여러 나라를 다니고 많은 사람을 만나면서 대회 유치를 호소하는 것은 결코 쉬운 일이 아니었다. 몸과 마음이 힘들었고, 비용도 많이 들었다. 한국에 국제 대회를 유치하기 위한 출장이었지만 일절 협회 경비를 쓰지 않고 자비를 사용하면서 다녔다.

아시아 대륙이 워낙 넓어, 연이어 무박 일정으로 여러 나라를 방문할 때가 많았다. 비행기 안에서 자면서 일정을 소화해야 했다. 시차도 많이 나서 아침과 저녁이 수시로 바뀌었다. 적응이 어려웠다. 7개월이 넘는 강행군 동안 축구에 대한 견문도 넓히고, 다양한 문화를 접하면서 좋은 사람들도 많이 사귈 수 있었다. 개인적으로도 의미 있는 기간이었고 국제 축구계에 대해 한층 잘 알게 된 계기가 됐다.

· · ·

5월 FIFA에 유치 의향서를 제출했던 나라는 한국을 포함해 12개국이었다. 생각보다 많았다. 이 가운데 가장 유력한 경쟁 상대는 잉글랜드와 멕시코였다. 나는 이 대회도 성인 월드컵처럼 대륙 순환 개최의 기회를 주는 것이 맞다고 FIFA 집행위원에게 호소했다. 개최국은 자동 출전권이 있으니 전 세계 어린 선수들에게 공평한 기회를 주자는 취지였다. 아시아에서는 2003년 UAE 대회가 마지막이었으니 2017년 대회의 한국 개최는 충분히 명분이 있었다. 멕시코는 2015년 FIFA 총회와 2017년 U-20 월드컵을 모두 유치하려고 했다. 그 정보를 입수한 우리는 FIFA 총회도 유치 신청을 해서 멕시코축구협회와 협상 카드로 활용했다. 멕시코는 결국 유치 가능성이 더 높은 FIFA 총회에 전력을 다하게 됐다.

내가 유치 활동의 최일선에서 뛰면서 발 빠르게 움직이자, 유치 의향서를

FIFA 회장 취임 직후 서울을 방문한 인판티노 회장 (2016, 서울)

제출했던 많은 나라가 한국 개최의 당위성에 공감하면서 우리를 지지하는 분위기로 점점 바뀌었다. 12월 5일 브라질 바이아주 코스타 두 사우이페에서 열린 FIFA 집행위원회 투표 결과 우리는 아제르바이잔을 제치고 대회 유치에 성공했다. 유치 의향서를 냈던 많은 나라들이 한국 지지로 돌아서면서 유치 신청서까지 낸 나라는 우리와 아제르바이잔 둘뿐이었고, 결과는 한국의 완승이었다.

국내 언론들은 내가 현장을 발로 뛴 효과가 발휘됐다면서 한국은 FIFA가 주관하는 월드컵(2002년), 컨페더레이션스컵(2001년), U-17 월드컵(2007년)을 포함해 4개 남자 대회를 모두 개최하는 '그랜드 슬램'을 달성했다고 평가했다. 그 당시까지 이 4개 대회를 모두 연 나라는 일본과 멕시코뿐이었다.

・ ・ ・

사업을 하면서 비즈니스 미팅을 많이 했지만 축구계 사람들과 만남은 전혀 다른 경험이었다. 일단 사업할 때보다 훨씬 더 다양한 사람들과 만날 수 있다. 중동 국가들은 축구계 고위 관계자들이 대부분 왕족이었다. 어떤 나라에서는 정치인들이었고, 축구 스타 출신들도 물론 많았다. 나라마다 서로 다른 배경의 사람들이 축구계의 주요 직책을 맡고 있었고, 이들과 만나는 과정에서 다양한 국가 체제와 사회 시스템을 간접적으로 경험할 수 있었다. 우리가 축구를 잘하고, 국제 축구계에서 성공하려면 나라의 국력이 더 커지고 효율적인 사회 시스템의 가동도 중요하다는 것을 느낄 수 있었다. 참으로 많은 공부를 할 수 있었던 유치 활동이었다.

—— 2017 U-20 월드컵의 성공 개최

2017년 U-20 월드컵은 정부의 지원 없이 FIFA와 대한축구협회의 자체 재원만으로 치러진 대회라는 점이 특징이다. 유치 단계부터 '저비용·고효율'의 대회를 치르겠다고 밝힌 것이 집행위원에게도 높은 평가를 받았다. 유치 신청서에 따르면 250억 원의 대회 개최 비용 가운데 국비는 한 푼도 없었고, FIFA 지원금(35억 원), 협회 자체 재원(100억 원), 입장 수익(50억 원), 지방자치단체 유치금(18억 원), 마케팅 수익(30억 원), 기타 수익(17억 원)으로 경비를 충당한다는 계획이었다.

사실 국비 부분은 이런 내막이 있었다. 광주광역시가 2018년 세계수영선수권대회를 유치하면서 유치 의향서 내용 가운데 정부 지원에 관한 서류에 총리 서명을 위조한 사실이 드러나면서 공문서 위조 논란이 있었다. 이에 당시 정부는 지방자치단체가 무분별하게 국제 메가 이벤트를 유치해 인프라, 사회간접자본(SOC) 등의 투자를 받으려는 시도를 사전에 차단하기로 했고, 국제 메가 이벤트 유치에 정부가 일체 지원을 하지 않겠다고 결정했다. FIFA

U-20 월드컵은 지자체가 유치하는 것도 아니었고, 오히려 국가 차원에서 개최하는 이벤트임에도 불구하고 정부의 공식적 지원이 없었던 부분은 아쉬웠다. 하지만 경기장 시설 보수 등에 많은 도움을 받았으니 정부 지원이 없었다고 할 수는 없다. 아무튼 협회가 주도해 큰 국제 대회를 치르면서 잉여금까지 남겼다는 점에서 새로운 이정표를 만들었다.

대회를 준비하는 과정에서 감독을 교체하는 일이 있었다. 개최국으로서 대표팀이 좋은 성적을 내는 것이 성공적 대회를 위해서 가장 중요한 부분이었다. 개최국 자격으로 본선 진출권을 이미 확보했지만 아시아 지역 예선을 겸해 열린 U-19 아시안컵에서 그만 조별리그서 탈락했다. 본선에 대한 우려가 제기됐고 기술위원회의 건의로 2016 리우 올림픽을 이끌었던 신태용 감독을 새로 선임해 변화를 주었다.

· · ·

2017년 5월 20일부터 6월 11일까지 24개국이 참가한 가운데 대회가 진행됐다. 수원, 인천, 대전, 천안, 전주, 제주 등 전국 6개 도시에서 대회가 열렸고, 주 개최도시인 수원에 대회 본부가 설치됐다. 신태용 감독이 이끌던 대표팀에는 이승우, 백승호 등 유럽 무대에 일찍 진출한 선수들이 포진해 있었다. 한국이 속한 A조는 잉글랜드, 아르헨티나, 기니 등이 있어 '죽음의 조'로 꼽혔다. 아르헨티나와 기니를 연파했고 잉글랜드와의 3차전에서 0-1로 석패했으나 조 2위로 16강에 진출했다. 하지만 포르투갈에 1-3으로 지면서 다소 아쉬운 성적을 남겼다. 경기 운영 측면에서 강팀을 상대로 너무 공격적으로 임했는데 좀 더 신중하고 안정적으로 운영했으면 어땠을까하는 생각도 들었다.

FIFA는 개최국이 최대한 끝까지 좋은 성적을 거두기를 바란다. 그래야 개최국 국민의 관심이 이어지면서 대회 흥행과 성공이 가능해진다. 한국이 16

대한민국 U-20 월드컵 조추첨 행사 후 차범근 감독, 곽영진 부회장과 함께 (2017, 수원)

강에서 탈락하면서 대회에 대한 팬들의 관심이 식은 것은 사실이었다. 대회 평균 관중은 7,900명 선으로 집계됐다. 전 대회보다는 많았지만 흥행에 성공했다고 보기는 어려웠다. 특히 제3국간의 경기에 대한 관심이 다소 부족했던 것 같다.

반면 대회 운영과 수익 면에서는 대성공이었다. 무엇보다 국고 지원 없이도 흑자 대회를 달성했다. 대회 조직위와 협회는 후원사 영입, 입장권 수입, 개최도시 지원금 등으로 대회를 운영할 수 있다고 판단했으며, 특히 공무원 파견을 최소화하고 인력은 최대한 협회 인원으로 충당함으로써 조직위가 저비용 · 고효율로 대회를 치를 수 있었다. 문체부 차관을 지낸 곽영진 조직위 부위원장이 실무 책임을 맡아 FIFA 및 정부, 지자체와 협력해 흑자 대회를 이끄는 데 큰 역할을 했다. 곽 부위원장이 워낙 꼼꼼하신 분이어서 FIFA 관계자들과 많은 논쟁을 벌이기도 해서 살짝 걱정도 했지만 결과적으로 좋은 성과를 냈다.

흑자 대회로 조성된 대회 잉여금 59억 원을 대한민국 축구종합센터 건립을 위한 종잣돈으로 쓰게 된 것도 의미 깊다. 요즘은 국제 스포츠 이벤트를 치르면서 레거시(legacy)를 강조하는 추세다. 대형 스포츠 이벤트를 통해서 어떤 가치를 남겼느냐가 사후 평가에서 대단히 중요하다. 2017년 U-20 월드컵은 대한민국 축구종합센터라는 유산을 남겼다고 자랑스럽게 말할 수 있다.

. . .

협회장에 취임한 첫 해 U-20 월드컵 유치에 성공한 경험은 여러 면에서 긍정적 또는 부정적 영향을 남겼다. 개인적으로는 국제 축구계 무대에 데뷔한 느낌이었고, 많은 사람들을 사귀면서 향후 지속될 인적 자산을 쌓을 수 있었다.

반면 내가 독자 행보를 하면서 월드컵 유치에 성공한 것에 대해서 AFC의 기득권층이 탐탁지 않게 생각했을 수도 있겠다는 판단이 들었다. 당시에는 그런 생각까지 못했는데 나중에 여러 가지 정황을 보니 그렇게 느껴지는 것들이 있었다.

몽준 형님이 FIFA 부회장으로 일하던 시절 무하마드 빈 함맘 AFC 회장과는 미묘한 관계였다. 어느 때는 숙적이었고 한때는 가깝게 지냈다. 축구계에는 영원한 적도, 영원한 동지도 없다. 함맘 회장은 한때 제프 블라터 FIFA 회장의 가장 강력한 후원자였다. 나중에는 불화로 갈라섰지만 말이다. 블라터는 몽준 형님을 항상 자신의 자리를 노릴 수 있는 잠재적 경쟁자로 여겼는데, AFC에서 함맘을 통해 형님을 견제했다. AFC의 기득권층, 특히 중동 세력은 형님이나 나 같은 '현대 패밀리'는 언제든지 독자 노선을 구사할 수 있는 능력이 있다고 판단해 견제 심리를 발동하고는 했다. 나중에 내가 FIFA 관련 선거를 치르면서 중동의 기득권층을 강하게 비판했던 것에는 이런 배경이 숨어 있었다. FIFA 선거에 대한 이야기는 다음 장에서 자세히 다루겠다.

—— 2019 U-20 월드컵 준우승의 쾌거

한국에서 열렸던 U-20 월드컵의 다음 대회는 2019년에 폴란드에서 열렸다. 정정용 감독이 이끄는 대표팀은 이 대회에서 준우승을 차지하는 대단한 성과를 이뤄냈다. 한국의 각급 남자 대표팀이 역대 FIFA 주관 대회에서 거둔 가장 좋은 성적이었다. 특히 이 대회는 이강인 선수의 스타 탄생으로 더욱 기억된다. 2골 4도움을 기록한 이강인 선수는 U-20 월드컵 역사상 아시아 선수로는 두 번째로 골든 볼을 수상했다. 리오넬 메시가 이 대회에서 18세에 골든볼을 수상했는데 이강인 선수도 같은 나이에 같은 상을 탔다. 지금은 국가대표팀의 핵심 멤버로 활약하고 있으니 얼마나 든든한 마음인지 모르겠다.

문재인 대통령도 선수단을 청와대로 초청해 오찬을 함께하며 격려했다. 문 대통령은 이 자리에서 우크라이나와의 결승전을 스웨덴 방문 도중 시청한 일화를 소개했다. 스웨덴 방문 마지막 날 공항에서 열리는 공식 환송 행사 때문에 전반전은 숙소에서 보고, 후반전은 공항으로 가는 차 안에서 휴대폰으로 봤다는 것이다. 문 대통령은 "창의적인 기술과 전술로 우리도 고급 축구를 선보일 수 있다는 가능성을 여러분이 보여줬다"고 칭찬했고, 정정용 감독은 "그동안 대한축구협회와 정몽규 회장님이 공들여 추진해온 '골든 에이지' 유소년 육성 시스템이 결실을 맺은 것같아 기쁘다"고 화답했다.

사실 정정용 감독의 말처럼 2019년과 2023년 U-20 월드컵에서 2회 연속 4강에 오른 것은 골든 에이지의 덕이 컸다. 골든 에이지의 수혜를 받은 선수들을 길러낸 현장 지도자들의 노력도 특별한 평가를 받아야 마땅했다. 나는

폴란드 U-20 월드컵 준우승 당시 정정용 감독 및 선수단과 단체사진 (2019, 폴란드)

2019년에 뛰어난 선수를 배출한 팀과 지도자들을 격려하기 위해서 U-20 대
표팀을 배출한 출신 중고교에 특별 격려금을 전달할 목적으로 10억 원을 기
부했다. 협회 차원에서도 향후 연령대 대표팀이 FIFA 월드컵 등 주요 대회에
서 좋은 성적을 올릴 경우 해당 선수뿐만 아니라 출신 중고교에도 격려금을
지급할 계획이다.

제12장

FIFA, AFC 선거의
막전막후

—— 몽준 형님과 셰이크 아마드의 악연

나는 모두 4번의 FIFA 관련 선거에 나섰다. 한 번은 당선됐고, 세 번은 떨어졌다. 결과만 보면 1승 3패이니 성공보다는 실패라고 할 수 있겠다. 많은 사람들이 이런 결과에 나를 비판하는 것도 잘 알고 있다. 낙선이 더 많았으니 이런 비판에 대해서 겸허하게 받아들인다. 나는 협회장을 하는 동안 FIFA 선거에 대해 자세한 언급을 피했다. 선거 과정의 내용과는 별개로 진 것은 사실이니 이런저런 설명을 하는 것이 구차하게 느껴졌다. 핑계로 비칠 것 같았다. 또 FIFA나 AFC 선거의 역학 구도가 복잡해서 축구팬이 알기 쉽게 설명하는 것도 어려웠으리라 본다.

일부 언론에서는 FIFA 랭킹에서 100위권 한참 밖의 '축구 약소국'이라고 할 수 있는 필리핀이나 몽골에게도 이런저런 선거에서 패했다는 점을 부각시키면서 나를 희화화하기도 했다. 이런 것은 선거의 역학 구도를 모르는 것에서 나온 대표적인 오해이다. 이제 내가 왜 낙선을 각오하고도 계속해서 FIFA 선거에 도전했는지를 설명해 보려고 한다.

. . .

시곗바늘을 2011년 1월 6일로 돌려본다. 내가 협회장이 되기 2년 전이다. 카타르 도하의 쉐라톤 호텔에서 AFC 총회가 열렸다. 이날 총회에서 AFC 회장과 AFC 몫의 FIFA 부회장을 뽑는 선거가 열렸다. 회장 선거는 단독 출마한 카타르의 사업가 무하마드 빈 함맘 회장이 당선됐다. FIFA 부회장 선거에는 5선에 나선 몽준 형님에 대해 요르단의 알리 빈 알 후세인 왕자가 도전장을 냈다. 알리 왕자는 요르단축구협회장이자 서아시아축구연맹(WAFF) 회장을 맡고 있었다. WAFF에는 이라크, 시리아, 카타르, 사우디아라비아, 쿠웨이트, 바레인 등 중동의 13개국이 가입돼 있었다. 선거 결과는 25대20으로 알리 왕자의 승리였다. 그는 중동 표는 물론이고 동남아시아에서도 대부분의 표를 가져간 것으로 분석됐다. 형님은 당시 언론 인터뷰에서 "대통령 선거, 국회의원 선거를 다 치러봤지만 이런 선거는 처음이었다"고 말할 정도로 충격이 컸다.

이 선거의 막후 인물로 꼽힌 이가 바로 쿠웨이트 출신 셰이크 아마드 알파하드 알 사바 아시아올림픽평의회(OCA) 의장이었다. 셰이크 아마드가 알리 왕자의 선거 운동을 앞장서서 도왔다는 이야기가 파다했다. 쿠웨이트 왕족 출신으로 석유 장관과 국방부 장관을 지낸 그는 아시아 스포츠계의 최고 파워맨이었다. 권모술수에도 매우 강한 인물로 알려졌다. 셰이크 아마드는 몽준 형님이 처음 FIFA 부회장에 출마했을 때부터 가장 강력한 라이벌이었다.

1993년 1월 대한축구협회 제47대 회장에 취임한 몽준 형님은 2002년 월드컵 유치를 최우선 과제로 삼았다. 하지만 국내 분위기는 상당히 냉소적이었다. 1994년 연초에 문체부가 김영삼 대통령에게 보고한 새해 업무추진 보고서에도 월드컵 유치 이슈가 제외돼 있었다고 한다. 이런 상황에서 1994년 1월 18일 유치위원회가 정식으로 출범했지만 좀처럼 분위기가 달아오르지 않았다. 일찌감치 유치전에 나선 일본에 비해 가능성이 너무 낮다는 비관적 전망이 대세였으니 국내 분위기가 살아날 수가 없었다. 그래서 형님은 아시아 지역을 대표하는 FIFA 부회장 선거에 출마하기로 결심했다. 당시 FIFA 집행위원은 회장과 각 대륙연맹 출신 부회장을 중심으로 21명으로 구성돼 있었는데, 아시아 지역 부회장이 되면 최소한 한 표는 확실하게 확보하면서 대회 결정권이 있는 다른 집행위원들과 다양하게 접촉할 수 있다고 판단했다.

선거는 1994년 5월 말레이시아 쿠알라룸푸르에 있는 AFC 총회에서 무기명 비밀투표로 열렸는데 형님 외에도 쿠웨이트의 셰이크 아마드 등 총 4명이 출마했다. 이 가운데 가장 강력한 후보가 바로 셰이크 아마드였다. 그는 전임 FIFA 부회장이었던 셰이크 파하드 알 아흐메드 알 자베르 알 사바의 아들이었다. 아시아 스포츠계의 대표적 실력자였던 부친은 아시아올림픽평의회(OCA) 초대 의장을 지냈다. 하지만 1990년 8월 벌어졌던 이라크의 쿠웨이트 침공 때 왕궁을 지키다가 그만 전사했던 비극적 인물이었다. 젊은 나이에 뒤를 이은 셰이크 아마드는 부친이 맡고 있던 국제올림픽위원회(IOC) 위원과 OCA 의장은 이미 물려받았고 마지막 남은 자리인 FIFA 부회장까지 노리고 있었다. 대를 이어 아시아 스포츠계의 최고 파워맨 자리를 굳히겠다는 심산이었다.

몽준 형님은 선거 전에 셰이크 아마드와 만나 "당신은 이미 IOC와 OCA의 주요 직책을 맡고 있으니 FIFA직은 양보하는 게 어떠냐"고 타진했지만 전혀 통하지 않았다고 한다. 선거 당일 투표 결과 형님과 셰이크 아마드는 똑같이 10표씩을 받았지만 재검표 결과 형님 표가 하나 더 확인돼 결국 한 표차 신승으로 FIFA 부회장에 당선됐다. 이후 내리 4선에 성공했다. 한 표 차로 낙선한 셰이크 아마드는 형님이 점차 FIFA 내 입지를 굳히는 과정을 지켜보면서 상당히 쓰라린 심정이었을 것이다. 그랬던 그가 절치부심해 5선에 나선 형님의 대항마로 알리 왕자를 내세웠다는 게 당시 아시아 축구계의 통설이었다. 또 알리 왕자의 득표 활동을 적극적으로 지원하면서 중동 국가의 몰표는 물론 다른 지역 표까지 끌어오는 데 핵심 역할을 했다는 것이다. 아시아 스포츠계의 강자로서 영향력을 유감없이 발휘한 셈이고 자신의 FIFA 입성을 막았던 형님을 상대로 '대리 복수전'에 성공했다고 볼 수도 있었다.

몽준 형님이 FIFA 회장에 도전할 정도로 오랜 기간 국제 축구계의 거물이었다는 점은 나에게도 여러 가지로 영향을 끼쳤다고 할 수 있다. 형님에 이어 대한축구협회장을 맡았고 홀로 U-20 월드컵을 유치할 정도로 저력을 보였으니, 나에 대한 평판에도 양가적 요소가 있었다고 본다. "저 집안은 언제

셰이크 아마드 OCA 의장, 몽준 형님과 함께 (2013, 서울 아산정책연구원)

든지 FIFA나 AFC의 권력에 도전할 수 있는 잠재력이 있다"는 평가에는 존중받는다는 의미도 있지만, 늘 견제를 당한다는 뜻이기도 했다. 그 실상을 나는 선거를 치르면서 조금씩 알게 됐다.

── FIFA 집행위원에 첫 도전 그리고 첫 낙선

아무튼 형님의 5선 실패 이후 많은 분들이 한국 축구 외교의 맥이 끊어졌다는 걱정과 우려를 했다. 나는 협회장이 된 뒤 언젠가는 FIFA 집행위원에 도전해야겠다는 마음을 먹고 있었다. 취임 첫해 U-20 월드컵 유치를 위해서 각 대륙연맹 회장과 FIFA 집행위원들을 만나는 과정을 통해 그런 생각을 더욱 굳히게 됐다. 한국 축구의 대외 영향력을 확장하기 위해서는 새로운 도전이 필요했다. 개인적 명예를 위해서가 아니었다. 지금 와서 돌아보면 첫 선거에 나설 때는 AFC 내 권력 구조 등에 대해서 제대로 모르고 도전했다. 마치 대한축구협회장 선거에 아무것도 모르고 나섰던 것처럼 말이다. 협회장이 된 뒤 전임 조중연 회장이 겸직하던 자리를 양보해 바로 동아시아축구연맹(EAFF) 회장에 오를 수 있었다. FIFA 집행위원 선거도 그저 내가 열심히만 하면 된다고 여겼다. 너무 순진한 생각이었다.

· · ·

2015년 4월 30일 바레인 마나마에서 열린 AFC 총회가 나의 첫 도전 무대였다. 이날 총회에서 아시아 몫의 FIFA 집행위원 세 자리에 대한 선거가 열렸다. 그런데 이 선거에 몽준 형님의 숙적이었던 셰이크 아마드가 직접 출마하는 상황이 벌어졌다. 아시아에 4장의 집행위원이 주어지는데, AFC 회장이 집행위원을 자동 겸직하게 되면서 남은 자리는 세 자리였다. 이 가운데 두 명은 4년 임기였고, 한 명은 2년 임기였다. 나는 4년 임기와 2년 임기의 집행위원 선거가 함께 진행되는 것으로 알고 있었다. 당초 공지된 선거 방식은 다음과 같았다. AFC 회원국들이 4년 임기의 집행위원 2명을 먼저 뽑는다. 1차 투표에서 과반을 차지하는 후보가 나오지 않으면 최하위 득표자를 제외한 뒤 2차 투표를 여는 방식이었다. 그렇게 2명의 4년 임기 집행위원을 선출하면 나머지 후보를 대상으로 2년 임기의 집행위원 1명을 같은 방식으로 뽑기로 했다. 말하자면 4년과 2년 임기 집행위원을 순차적으로 한 자리에서 선출하는 방식이었다.

그런데 총회 직전 희한한 상황이 벌어졌다. 괌 축구협회가 4년 임기직과 2년 임기직의 선거를 따로 진행하자고 제안했다. 총회 의장인 셰이크 살만 빈 이브라힘 알 칼리파 AFC 회장은 괌 축구협회의 의견이 6주 전에 제시됐다면서 집행위원 선거 방식을 바꿀지 여부를 투표로 먼저 정하자고 제안했다. 나는 당연히 선거 직전에 방식을 바꾸는 것은 원칙에 어긋난다면서 반대했지만 회원국 사이에 반향이 없었다. 이에 대한 반대 토론을 요청했지만 셰이크 살만 회장은 이를 묵살했다. 결국 투표는 분리 선거 형태로 진행됐다.

당초 출마했던 6개국 후보 가운데 쿠웨이트, 카타르, 오만 후보는 2년 임기 선거로 갔고, 나와 일본, 말레이시아 후보는 4년 임기 선거를 치르게 됐다. 그런데 2년 임기 선거에서 곧바로 카타르와 오만 후보가 사퇴하면서 쿠웨이트의 셰이크 아마드가 무투표로 당선됐다. 그리고 두 명을 뽑는 4년 임기 선거에서 나는 3위로 밀리면서 낙선했다. 괌 축구협회의 선거 방식 변경 제안이 압도적인 다수의 찬성으로 통과되고, 분리 선거에서 셰이크 아마드가 무투표로 당선되는 것을 보면서 이것이 AFC의 논의 구조이자 권력 구조라는 생각이 들었다.

나중에 자세히 알게 됐지만 셰이크 살만 회장은 공식 회의에서 의논하고 찬반 토론하는 것을 매우 싫어하는 스타일이었다. 모든 주요한 사항을 사전에, 무대 뒤에서 논의하는 것을 좋아했다. 민주적이며 공개적인 토론을 선호하는 나와는 성향이 많이 달랐다. 공개 석상에서 내가 발언권을 요청하면 셰이크 살만 회장은 "당신에게 발언권을 주면 다른 모든 사람에게도 발언권을 줘야 한다. 그러면 회의가 끝나지 않는다"는 식의 납득할 수 없는 이유로 토론을 원천 봉쇄했다. 그래서 회의가 끝난 뒤 따로 셰이크 살만 회장에게 항의하고는 했다. 바레인의 왕족 출신인 그는 2013년 5월부터 AFC 회장을 맡았다. 회장이 되자마자 AFC 정관을 고쳐 알리 왕자를 아시아 몫의 FIFA 집행위원에서 축출하고 그 자리를 자신이 차지했다. 왕족답게 공개된 자리에서 누가 와서 따지는 경험을 겪어본 적이 없었을 것이다. 그는 총회에서 내가 보인 행동을 '돌출적'이라고 느꼈는지 상당히 당황하는 모습을 보였다.

셰이크 살만은 평소 회의 때마다 '연대와 단결(Solidarity & Unity)'을 강조했다. 사전에 충분히 조율하고 협의하되, 공식 회의에서는 자신의 지휘 아래 일사불란한 모습을 보여주기를 원했다. 셰이크 살만 회장의 성향도, 그가 리드하는 AFC 내의 권력 구조도 잘 모르는 채 시도했던 첫 도전은 이렇게 끝났

바레인에서 열린 AFC 총회에서 반대표 행사 (2015.04, 바레인)

다. 더구나 셰이크 살만과 셰이크 아마드가 강력한 연대를 구축하고 있다는 사실도 선거를 치르면서 뼈저리게 느꼈다. 첫 번째 선거에서 매우 값진 교훈을 얻었지만 꽤나 비싼 수업료도 치른 셈이었다.

비록 집행위원은 되지 못했지만 AFC의 폐쇄적이고 비민주적인 의사 결정 방식에 강력하게 문제를 제기하면서 언론에서 호평을 받은 것도 사실이었다. 하지만 선거 과정에서 상당한 에너지가 들어간다는 것을 실감했다. 정말 쉽지 않은 과정이었다.

—— 블라터의 몰락과 인판티노의 등장

넷플릭스가 2022년 11월에 공개한 4부작 다큐멘터리 〈FIFA 언커버드 (FIFA Uncovered)〉를 매우 흥미롭게 봤다. 2018년 러시아 월드컵과 2022년 카타르 월드컵 개최지 선정을 둘러싼 FIFA 내부의 추문을 정면으로 다룬 작품이다. 지금까지 금단의 영역으로 여겨졌던 FIFA 내부 스캔들을 미국 FBI의 수사 기록과 다양한 관계자의 증언으로 파헤쳤다. 나도 이 작품을 보면서 여러모로 충격을 받았다. 제프 블라터 FIFA 회장이 자신의 자리를 보전하기 위해서 얼마나 비합법적인 일을 많이 했는지를 잘 알게 됐다.

몽준 형님이 FIFA 회장에 도전하다가 블라터 회장의 사주를 받은 FIFA 윤리위원회에 의해 2022년 월드컵 유치 과정에서의 투표 담합 및 지원 행위 등을 이유로 자격정지 징계를 받은 적이 있다. 2022년 대회의 유치 희망국은 한국과 일본, 카타르 등이었다. 이후 FIFA 항소위원회 처리와 스포츠중재재판소(CAS)까지 가는 과정에서 결국 형님의 FIFA 회장 도전이 좌절됐다. 하지만 블라터 본인도 윤리위에 의해 집행위원들의 비리가 드러나고, 미 사정 당국의 추적이 계속되면서 몰락하게 됐다. 몽준 형님은 나중에 인판티노가 FIFA 회장이 되고나서 명예부회장으로 복권됐다. 비리와 부패는 결국 드러난다는 평범한 진리를 다시 한번 알게 되는 계기가 됐다.

· · ·

내가 참여했던 AFC내 FIFA 집행위원 선거가 끝나고 한 달여 뒤인 2015년 5월 28~29일 스위스 취리히에서 제65차 FIFA 총회가 열렸다. 새로운 FIFA 회장을 뽑는 자리였다. 5선에 나서는 블라터 회장을 상대로 요르단의 알리 왕자가 도전장을 냈다. 한데 흥미롭게도 선거 직전인 5월 27일 미국 법무부와 FBI, 국세청이 공조해서 수년간 공들였던 수사가 대중에게 처음 공개됐다. 블라터 회장의 측근으로 분류되는 FIFA 고위급 인사들이 부패 혐의로 전격 체포된 것이다. 〈FIFA 언커버드〉는 바로 이 이야기를 담고 있다.

블라터 입장에서는 선거를 앞두고 최악의 상황이 벌어진 셈이었다. 월드컵 개최지 선정을 둘러싼 부패 고리의 핵심으로 블라터가 지목받는 형국이었다. 반면 알리 왕자는 FIFA 개혁을 주요 공약으로 내세웠다. 그러나 1차 투표 결과 블라터가 133표, 알리 왕자가 73표를 받았다. 아무도 3분의 2를 넘지 못해 2차 투표에 들어가야 했지만 알리 왕자가 사퇴하면서 블라터의 5선이 확정됐다. 아무리 여론이 나쁘고, 평판이 최악이고, 심지어 부패 혐의를 받고 있는 상황에서도 현역 회장의 기득권은 역시 엄청나다는 것을 보여준 선거 결과였다. 많은 사람들이 FIFA의 이런 결정에 큰 실망감을 감추지 못했다.

하지만 미국 사정 당국이 수사망을 좁혀오며 압박을 계속하자 블라터 회장은 당선 나흘 만에 기자회견은 열고 자진 사퇴를 선언했다. 이에 따라 차기 회장 선출을 위한 임시 총회가 2016년 2월 26일 스위스 취리히에서 열렸다. 주요 출마자는 지아니 인판티노 UEFA 사무총장, 셰이크 살만 AFC 회장, 그리고 직전 선거에서 블라터 회장에게 패했던 알리 왕자였다. 많은 유력 매체는 셰이크 살만의 우세를 점쳤다. 이때도 셰이크 살만을 가장 강력하게 후원했던 이가 쿠웨이트의 셰이크 아마드였다. 셰이크 살만은 선거 직전 「US 뉴스 앤드 월드 리포트」지와 인터뷰에서 셰이크 아마드에 대해서 "그는 친구이자 형제이고, 동료이자 멘토이다. 무엇보다도 우리는 동업 관계라고 할 수 있다.(He is a friend, he is a brother, he is a colleague, a mentor. All of the above, we work together.)"고 말했다. 유력 신문과 인터뷰에서 공공연히 이렇게 말할 정도로 둘 사이의 연대는 강고했다. 이 신문은 셰이크 아마드를 셰이크 살만의 '쿠웨이트발 득표 조직(Kuwait-based vote-getting operation)'이라고 표현했다.

하지만 당초 예상과 달리 선거는 인판티노의 승리로 막을 내렸다. 1차 투표에서 셰이크 살만은 85표로, 88표를 얻은 인판티노에게 3표를 뒤져 2위에 그쳤다. 이어진 2차 투표로 인판티노는 115표를 얻어 88표에 그친 셰이크 살만을 꺾고 당선됐다. 블라터의 측근이 아니었던 인판티노가 새로 회장이 되면서 FIFA 내부 개혁은 탄력을 받게 됐다.

월드컵 개최지 선정에서 다양한 추문에 휩싸인 집행위원회가 개혁의 우선 대상이었다. 인판티노 회장은 집행위원회를 폐지하고 평의회를 신설했

대한민국 U-20 월드컵 때 인판티노 회장과 서종면 자택에서 (2017.06, 양평)

다. 그때까지 25명으로 이뤄진 집행위원회에 12명을 추가해 37명으로 평의회를 구성했다. 권한은 줄이되 참여 인원은 늘리는 방식으로 최고 논의기구에 변화를 준 것이다. 나는 이후 새로 구성된 FIFA 평의회 의원 선거에 세 차례 더 출마하게 된다.

── FIFA 평의회 의원으로 활약하다

내가 출마한 첫 평의회 의원 선거는 2017년 5월 바레인 마나마에서 열렸다. 이 선거는 임기 2년의 남자 의원 3명을 선출하는 선거였다. 1명의 여자 의원은 별도 선출했다. 출마자 중에는 재선에 나선 셰이크 아마드 OCA 의장도 있었다. 이외에 장지안 중국축구협회 부회장과 마리아노 아라네타 필리핀축구협회장이 후보였다. 후보 4명 가운데 한 명이 떨어지는 구조였다. 그런데 변수가 생겼다. 선거 직전 셰이크 아마드가 후보에서 전격 사퇴했다.

FIFA 전 집행부와 연관된 비리 혐의가 갑자기 드러났기 때문이었다. 결국 나머지 3명의 후보가 투표 없이 구두 동의 절차를 거쳐 당선됐다. 나로서는 행운의 당선이었다고 할 수 있다. 솔직히 말해서 셰이크 아마드가 비리 혐의로 사퇴하지 않았다면 당선을 장담하기 어려웠을지도 모른다. AFC내 셰이크 아마드의 영향력이 그만큼 강했고, 셰이크 살만 회장과의 연대도 여전히 강고했기 때문이다.

셰이크 아마드는 OCA 의장으로서 IOC에서도 토마스 바흐 위원장을 지지하면서 영향력을 유지하고 있었다. 각국 올림픽위원회(NOC)의 모임인 국가올림픽연합회(ANOC) 의장을 2012년부터 2018년까지 지내기도 했다. OCA 소속 국가에는 축구협회장이 NOC 위원장을 겸임하는 곳이 꽤나 있다. 자연스럽게 셰이크 아마드의 힘이 다양하게 미쳤다. 특히 무슬림 국가, 중앙아시아 국가와 친분이 대단했다. 셰이크 아마드는 권모술수에도 강해서 자신이 사퇴해야 하는 상황이라는 것을 일찌감치 알았더라면 선거판의 대안을 미리 마련해 놓았을 가능성이 크다. 하지만 4명만 등록한 상황에서 예기치 못한 사태가 터지면서 대처를 못했던 것으로 보인다. 그런 점이 나에게는 행운이었다.

나는 첫 집행위원 선거에 떨어진 뒤 "기회는 계속 온다. 포기하지 않고 꾸준히 준비하는 것이 중요하다"는 뜻을 밝혔다. 그리고 정말 포기하지 않고 계속 도전의 기회를 노리고 있었다. 끊임없이 준비하다 보니 결국 행운도 따라온 셈이다. 사실 이 선거는 2016년에 열릴 예정이었다. 나는 그때도 출마를 준비했지만 2016 리우 올림픽 한국대표팀 단장으로 선임되면서 올림픽에 집중하기 위해서 후보 등록을 포기했다. 인판티노가 회장이 된 뒤 FIFA는 평의회 의원 후보에 대해서 후보 검증 과정(Integrity check)을 거치도록 했다. 주로 해당국 언론에 나온 보도를 중심으로 논란에 대해서 해명을 요구하는 형식이었다. 2006년 현대산업개발의 한 직원이 벌인 횡령 사건이 있었는데, 내가 관리 책임자로서 벌금형을 받은 일이 있었다. FIFA는 이 벌금형에 대해 설명을 요구했는데, 주어진 2주 안에 일을 처리하기 쉽지 않았다. 마침 리우 올림픽 단장직에도 집중해야 했기에 후보 등록을 포기했다.

등록 포기에는 또다른 이유도 있다. 당초 2016년 3월에 10개 회원국을 보유한 동아시아축구연맹(EAFF)에서 나를 만장 일치로 지역을 대표하는 평의회 의원 후보로 추천하기로 결의했다. 그러나 이후 중국이 약속을 깼고 장지안 중국축구협회 부회장이 출마를 선언했다. 중국 정부 차원에서 출마 권유를 받은 것으로 알려졌다. EAFF 내부는 다양한 이유로 의견을 일치시키기 어려운 구조다.

그런데 그 선거가 2017년으로 연기되면서 다시 출마 기회를 얻게 됐고 결과적으로 당선까지 됐다. 지성이면 감천이라는 말이 새삼 떠올랐다. 국내 언론은 몽준 형님이 FIFA 부회장 5선에 실패한 이후 6년만에 한국축구가 FIFA 내 연결 고리를 갖게 됐다면서 크게 반겼다.

FIFA 평의원으로 활동한 2년간은 참으로 소중한 시간이었다. FIFA의 최고 논의 기구에서 올바른 결정을 해야 대한민국은 물론 아시아 축구 발전에도 도움이 될 수 있다는 것을 절감했다. 나는 FIFA가 월드컵과 후원사를 통해 벌어들이는 막대한 예산을 보다 더 많은 회원국에게 고르게 배분될 수 있도록 노력했다. 또 그 혜택이 각국 협회에 돌아갈 수 있는 방향성에 대해서 많이 고민했고 여러 가지 방안을 제안하기도 했다. 전 세계 축구를 관장하는 역할과 의사 결정을 경험해 보는 것은 매력적이었다. 특히 지원이 필요한 개발도상국 협회를 도울 수 있다는 점에서 보람을 느꼈다.

FIFA 평의원은 각종 대회와 회의를 위해 전 세계를 다니는데 국빈이나 외교관에 가까운 대접을 받는다. 의전 면에서도 영향력을 실감할 수 있었다. 다

2017년 FIFA 집행위원에 함께 선출된 위원들과 함께 (2017.05, 바레인)

만 이전의 집행위원에 비해서 평의원의 권한이나 위상이 약화됐던 것은 사실이다. 개혁 전의 집행위원회보다 인원 수도 늘었고 주요 결정 사항도 총회에 많이 위임돼 있어서 블라터 회장 시절의 절대 권력 같은 분위기는 아니었다.

내가 평의회 의원을 하면서 가장 보람을 느꼈던 일은 여자 월드컵 출전국수를 24개국에서 32개국으로 늘리도록 제안해 실현된 일이다. 스티븐 마르텐스 FIFA 테크니컬 디렉터에게 여자 월드컵의 발전을 위해서 출전국 확대가 필요하다는 의견을 제시하자, 그는 이런 좋은 아이디어는 인판티노 회장에게 직접 제안해달라고 요청했다. 자기도 옆에서 지지 의견을 보내겠다고 덧붙였다. 인판티노는 내 의견을 듣고 반색했다. 이후 인판티노 회장의 주도로 여자 월드컵 출전국 수 확대가 이뤄졌다. 2023 호주-뉴질랜드 여자 월드컵이 32개국이 출전한 첫 대회였다. 여자 축구의 확장을 주요 과제로 내세웠던 인판티노 회장의 구상과 내 아이디어가 맞아떨어진 결과였다. 세계 축구 역사에 남을 결정에 능동적으로 참여했다는 사실에 자부심을 느꼈다. 이외에 각국의 유소년 발전을 도울 수 있는 몇 가지 제안을 했다. 세계 축구의 중심지에서 일하는 느낌은 매우 흥미로웠고 개인적으로도 많은 공부가 됐다.

FIFA 평의회 의원들은 매년 FIFA로부터 30만 달러의 활동비를 받는다. 나는 이 활동비 전액을 다시 FIFA에 기부하면서 여자축구 발전기금으로 써달라고 요청했다. FIFA 평의회 의원 37명 가운데 이렇게 활동비를 반환한 경우는 내가 유일했다고 한다. 인판티노 회장은 이 부분에 대해서 나에게 특별한 감사의 마음을 표시하기도 했다.

—— 평의회 의원 선거에서 거푸 떨어진 이유

이제 이번 주제의 핵심 이야기를 할 때가 됐다. 나는 2019년 4월 FIFA 평의회 의원 선거에서 재선에 도전했지만 낙선했다. 임기 4년의 의원 5명을 선출하는 선거에서 6위로 낙선했다. 카타르, 인도, 필리핀, 중국, 일본이 당선자를 냈다. 4년 뒤인 2023년 1월 다시 4년 임기의 평의회 의원 5명을 선출하는 선거에 출마해 역시 6위로 낙선했다. 이번에는 카타르, 일본, 사우디아라비아, 필리핀, 말레이시아가 당선자를 냈다. 두 번의 선거 과정과 결과를 보면 묘한 공통점이 있다. 5명을 뽑는 선거에서 나는 늘 6위로 낙선했다. 2019년에는 18표를 받았고, 2023년에는 19표를 받았다. 5명의 당선자 중 카타르, 일본, 필리핀이 두 번 모두 당선됐고, 나머지 두 자리는 변화가 있었다. 하지만 출마한 나라의 변동에도 불구하고 나는 늘 비슷한 득표로 6위에 그쳤다. 이것은 무엇을 의미하는 것일까. AFC내 기득권층의 권력 구조는 근본적으로 바뀌지 않았다는 것을 보여주는 것이 아닐까.

· · ·

아시아 축구 전문가들은 AFC 내에 셰이크 살만 회장이 주도하는 이너 서클이 있다고 보고 있다. 이너 서클 안에서 셰이크 살만의 권력 아래로 들어오는지 여부에 따라 부회장, 집행위원 등 각종 자리가 주어진다. 총회에서 투표 행위는 있지만 사실상 투표 전에 자리별로 이너 서클이 밀어줄 후보를 미리 정해놓고 선거를 진행하는 구조다. 이 권력 구조에 들어오지 못하는, 또는 권력 구조에서 허락하지 않는 후보가 선거에서 이기는 것은 거의 불가능하다. 예를 들어 5명의 FIFA 평의회 의원을 뽑는 선거가 있다고 하자. 다섯 자리에 대해서는 권력 구조 내부에서 이미 조율이 끝나있다고 할 수 있다. 실제 선거는 각 후보들의 개별적 선거 운동에 의한 자유 경쟁 투표라기보다는 사전 협의에 따른 집단 투표에 가깝다고 나는 생각한다. 이 경우 이미 조율을 마친 5명의 후보는 집단적 교차 투표에 의해서 무난하게 당선된다. 실제로도 그랬다. 내가 늘 6위에 머물렀던 이유다.

나는 그 권력 구조에 포함되지 못했다. 아니다. 내 스스로 권력 구조 안에 들어가지 않았다. 나는 늘 중동 중심의 카르텔을 비판했기 때문이다. 2019년 선거에서 떨어진 뒤 공개적으로 "중동 세력에 반대하는 목소리를 낸 것이 낙선의 원인이었다. AFC가 중동 쪽으로 편향되어 있다. 앞으로도 계속 목소리를 내겠다"는 입장을 밝혔다.

그해 FIFA 평의회 의원 선거가 끝난 뒤 AFC 부회장 선거가 연이어 열렸다. 이 선거에서 몽골축구협회장에게 10표 차이로 패했다. 이런 부분을 두고 국내 언론과 일부 축구인들이 나를 몹시 질타했다. 한국이 FIFA 랭킹 최하위권인 몽골에게도 지는 것이 말이 되느냐는 지적이었다. 많은 팬도 이런 논리에 동조해 나를 비판한 것으로 안다. 다시 말하지만 AFC 내 선거는 한국과 몽골의 후보가 각자 개인적 능력으로 자유 경쟁하는 투표가 아니다. 세력에 의한 집단적 투표가 이뤄진다. 정확히 표현하면 정몽규가 몽골 후보에게 진 것이 아니라, 정몽규가 AFC의 기득권 세력에게 진 것이다. 상대 후보가 몽골이든 어떤 다른 나라이든 결과는 마찬가지였을 것이다. 국내 언론도 왜 FIFA 랭킹 최하위권의 나라에게 졌냐고 힐난할 것이 아니라, 왜 AFC의 기득권 세력과 그렇게 싸우느냐, 혹은 기득권 세력과 화합할 생각은 없느냐고 묻는 것이 보다 합리적 태도일 것이다.

· · ·

불합리한 권력과는 타협하지 않는 것이 우리 정씨 집안의 DNA인지도 모르겠다. 기득권층과 잘 지내면 손해 볼 일이 없다. 먹을 것도 많아지고 누릴 자리도 넉넉해진다. 그 단순한 세상 이치를 우리 집안사람이라고 왜 모르겠는가.

큰아버지는 5공화국과 6공화국을 거치면서 정치권력으로부터 하도 당한게 지겨워서 결국 노태우 정권 말기에 정치를 바로잡겠다며 대통령 선거에 출마했다. 온 가족이 말렸지만 그 어른의 뜻을 꺾을 수 없었다. 큰아버지는 항상 무에서 유를 창조했고, 강력한 도전 의식을 가지고 늘 실천한 분이었다. 맨땅의 척박함에서 대한민국 조선과 자동차 산업을 일으킨 것도 그런 기질 덕분이었다. 몽준 형님은 FIFA 부회장으로 있으면서 당대의 권력자였던 아벨란제 회장, 블라터 회장과 계속 대립각을 세웠다. 자신이 옳다고 판단하면 절대 물러서지 않았다.

이런 예에서 보듯 불합리함에 당당히 맞서고, 또 도전하는 것이 집안의 가풍이고 철학이었다. 나도 정씨 집안사람이니 어렸을 때부터 그런 기질이 자연스럽게 스며들었던 것 같다. 내 스스로 납득이 안 되면 동의할 수 없었다. 힘과 권위로 강요하면 더욱 받아들일 수 없었다. 구체적 사례까지 밝힐 수는 없지만 AFC 내 선거 과정에서 내가 직접 보고, 경험한 일들을 통해 이 카르텔에 더욱 동조할 수 없었다. 몇 가지 문제 제기로 나는 AFC의 내부고발자 취급을 받기도 했다. 내부고발자는 그 조직에서 항상 소외되기 마련이다.

내가 특별히 정의로워서 그랬다고는 생각하지 않는다. 다만 잘못된 부분은 지적하는 것이 맞고, 누군가는 그 역할을 해야 한다고 믿었다. 그런 상식적 판단에 따라 상식적 행동을 한 것뿐이다.

. . .

하지만 현실로 돌아오면 카르텔 밖에서 개인 능력으로 선거에 이기기는 쉽지 않다. 중과부적(衆寡不敵)이라는 말이 떠오른다. 네 번의 선거에서 낙선이 더 많았던 이유다. 일부에서는 기득권층과 현실적으로 타협하는 게 어떠냐고 조언하기도 했다. 하지만 개인적으로 이런 불합리함을 받아들이기 어려웠다. 고집이라고 한다면 고집이다. 당장 내일 선거가 열린다면 나는 또 출마하겠지만, 현재의 구도라면 다시 떨어질 확률이 높다. 개인의 역량, 의지, 비전 등을 통해 극복될 수 있는, 벽이 아닌 것은 분명하다. 동아시아가 똘똘 뭉친다면 혹시 다른 환경이 펼쳐 질 수도 있지만 한국, 중국, 일본, 북한이 주요 가맹국인 동아시아축구연맹은 역사, 지리, 정치적으로 매우 복잡한 구도이다. 아쉽지만 한 목소리를 낼 수 있는 구조가 아니다.

—— AFC의 야당으로 지내는 이유

그렇다면 다른 각도에서 또 다른 질문이 가능하다. 질 것을 뻔히 알면서 왜 자꾸 출마해서 망신을 당하느냐고 물을 수 있다. 나는 어느덧 AFC 내의 야당(Opposition party)으로 자리잡았다. 내가 낙선을 각오하면서도 선거에 계속 나가는 이유는 야당으로서 존재 가치와 의미를 강조하기 위해서다. 이너서클에 속해있는 한 중동 국가 협회장은 선거 때 내가 받은 표를 보고 "깜짝 놀랐다"고 털어놓았다. 이너서클이 지원하지 않는 후보에게 이렇게 많은 표가 나올 수가 없다는 거였다. 세상 이치는 사실 간단하다. 가만히 있으면

셰이크 살만 AFC 회장과 셰이크 하마드 前카타르축구협회장과 함께 (2022.11, 카타르)

아무도 몰라준다. 존중받기 위해서는 존재 가치를 증명해야 한다. 선거에 계속 나가니 이너서클에서도 나를 계속 의식하게 된다. 도전하니까 핍박받을 수도 있지만, 도전하니까 존중받을 수도 있는 것이다.

어느 단체, 어느 조직이나 여와 야가 있다. 여당 안에서도 수많은 서열이 있겠지만, 여당의 영수는 야당의 영수를 의식하고 존중할 수밖에 없다. 어떤 면에서는 여당 내 실력자보다도 더욱 존중해야만 한다. AFC 내 직책이 없던 시절에도 나는 야당으로서 존중을 받았다. 내 발언도 무게 있게 받아들여졌다. 가만히 있으면 그런 대우를 못 받는다. 내 개인이 아니라 한국 축구에 대한 대우가 그렇다는 말이다. 야당은 언젠가 이 조직을 이끌 리더십을 행사할 가능성이 있어야 제대로 대접받을 수 있다. 그런 인식을 심어주는 게 중요하다.

셰이크 살만 회장은 개인적으로 만나보면 온화한 신사다. 나하고도 이야기가 잘 통한다. 요즘은 부쩍 다정하게 나를 대한다. 2024년 5월 태국 방콕에서 열린 총회서 내가 다시 AFC 집행위원에 복귀한 것도 이런 셰이크 살만 회장의 변화된 분위기가 반영된 결과라 할 수 있다. 살만 회장은 AFC 총회가 열리기 전인 4월 25일 방한해 10월 한국에서 열리는 AFC 시상식과 컨퍼런스 업무 협의를 했고, 천안에서 건설중인 대한민국 축구종합센터 현장도 방문했다. AFC 시상식이 한국에서 열리는 것은 처음이고, 같은 시기 개최되는 컨퍼런스에는 300여명의 아시아 축구계 리더가 모여 다양한 역내 현안을 논의하게 된다. 살만이 이렇게 우리 축구협회를 예우하고 여러 행사를 배려하는 것도 '야당'을 의식할 수밖에 없기 때문일 터이다.

. . .

앞으로 내가 AFC 내에서 어떤 역할을 더 하게 될지는 모르겠다. 영국은 18세기 중반부터 세력균형이 판치는 유럽 대륙과의 관계에서 전통적으로 '영예로운 고립(Splendid Isolation)'을 고수했다. 몇 년 전 유럽공동체에서 탈퇴했던 '브렉시트(Brexit)'도 이러한 전통의 연장선상이다. 나의 생각과 판단을 감히 영국의 영예로운 고립 정책에 비유하고 싶지는 않다. 하지만 영예로운 고립을 선택해야 할 때, 하지 않는다면 존중받을 수 없다고 생각한다. 그것은 외교에서나 사업에서나 마찬가지다. 그 영예로운 고립의 결과가 과거에는 낙선이었지만, 이 또한 미래를 위한 투자였다고 생각한다. 앞으로 어떤 일이 벌어질지 모른다. 세상에는 공짜가 없는 법이다.

제13장

중동은 어떻게 국제 축구계의 파워베이스가 되었나

—— 아시안컵 유치 재도전에 나서다

1956년에 제1회 아시안컵 대회가 열렸다. 3회 대회까지는 단 4개국이 출전했다. 출전국이 점차 늘어나 2004년 13회 대회부터 16개국이 됐다. 지금처럼 24개국이 출전한 것은 2019년 제17회 대회부터였고, 우승팀에게 주어지는 상금 등의 제도도 그때 처음 도입됐다. 카타르에서 열렸던 2023 아시안컵을 보면 이제는 명실공히 아시아 축구의 최고 콘텐츠로 자리잡았다.

예전에는 사실 그렇지 못했다. 박경훈 전 대한축구협회 전무가 "우리 때는 정말 아시안컵을 이 정도로 중요하게 생각하지 않았다. 아시안게임을 훨씬 비중 있는 대회로 여겼다"고 회고하는 것을 들은 적이 있다. 1986년 전후로 한국 축구는 자타공인 아시아 최강이었다. 그해 열린 멕시코 월드컵에 한국은 32년 만에 본선 진출에 성공했다. 아시아에서는 우리와 이라크, 단 두 나라만 본선 무대를 밟았다. 같은 해 열린 서울 아시안게임에서는 우승을 차지했다. 지금처럼 23세 이하 대표팀이 아니라 국가대표팀이 출전하는 대회였다. 그랬던 한국이 유독 아시안컵에서는 힘을 못 썼다. 박경훈 전무가 출전했던 1988년 아시안컵은 한국이 우승에 가장 근접했던 대회였다. 결승에서 사우디아라비아에 승부차기로 패하며 준우승에 그쳤다. 그 대회에서 MVP와 득점왕도 모두 한국이 차지했다. 우승과 인연이 없는 아시안컵 징크스가 지독했다. 또 1980년대와 1990년대 중반까지 아시안컵의 주목도는 아시안게임에 미치지 못했다. 한국은 아시안컵에서 4개국만 출전하던 시절인 1, 2회 대회에서 두 번 우승했다. 아시안컵을 개최한 것도 1960년 제2회 대회 한 번 뿐이었다. 그 당시 서울에서 아시안컵을 치르기 위해 만들어진 곳이 효창운동장이다.

· · ·

협회 차원에서 아시안컵 유치를 오랜 기간 고민했다. 오랜 기간 우승을 못한 아시안컵 징크스도 깨고 싶었다. 규모가 커진 아시안컵을 유치해 홈에서 우승하면 금상첨화였다. 2016년 1월 5일 AFC에 관심표명서를 제출하면서 유치를 위한 첫걸음을 뗐다. 하지만 결국 2019년 5월 5일 아시안컵 유치 신청을 철회했다. 당시 협회는 아시안컵과 여자 월드컵 유치를 동시에 추진했는데, 두 대회 개최 시기가 모두 2023년이어서 선택과 집중이 필요했다. 한국이 포기한 아시안컵 개최권은 중국에게 돌아갔다. 중국의 아시안컵 유치를 전후해 중국 기업인 DDMC가 AFC의 마케팅 대행사로 선정됐다. 이 회사는 AFC에 상당한 재정적 지원을 약속했다고 한다. AFC는 이 지원을 기반으로 아시안컵과 아시아 챔피언스리그의 상금을 대폭 올릴 수 있었고, 회원국에 대한 지원도 강화했다. 셰이크 살만 회장의 입지가 크게 강화될 계기를 만들 수 있었다.

그런데 다시 변수가 생겼다. 중국이 2022년 5월 14일 개최권을 반납하는 일이 벌어졌다. AFC는 "중국축구협회가 아시안컵을 개최할 수 없다는 통보를 해왔다. 이는 폭넓은 논의 끝에 이뤄진 결정이다. 코로나19 대유행이라는 예외적 상황을 인정한다"고 발표했다. 중국은 코로나19의 확산으로 이미 2022년 예정됐던 항저우 아시안게임과 청두 하계 유니버시아드를 모두 연기한 상태였다.

다만 개최권 반납이 코로나19 때문만은 아니었다. AFC가 마케팅 대행사로 정했던 중국기업 DDMC가 어려움에 빠지면서 AFC에 약속했던 재정적 지원이 힘들어졌다는 이야기가 파다했다. 이런 상황에서 중국이 개최권을 반납했고, AFC는 새로운 유치국을 찾아 나섰다.

한국의 입장에서는 한번 유치에 도전했다가 포기했던 대회가 시장에 다시 나온 모양새였다. 재도전할 것인지 고민이 됐다. 여러 가지 제반 환경은 불리하지 않다고 판단했다. 아시안컵은 동아시아와 서아시아가 번갈아 개최

손흥민 선수 체육훈장 청룡장 수여식에서 윤석열 대통령과 함께 (2022.06, 상암)

하는 것이 관례였다. 2019년 대회를 UAE가 개최했고 2027년 대회를 사우디 아라비아와 카타르가 탐을 내는 상황이었으니, 2023년 대회마저 중동에서 가져가면 세 대회 연속 개최였다. 아무리 AFC가 중동을 중심으로 운영되고 있다고 해도, 그 정도로 균형감을 잃지는 않을 것으로 보였다. 더구나 중국이 2023년 대회를 예정했던 기간은 6~7월이었다. 여름에 중동에서 대회를 여는 것은 기후 여건으로 불가능했다. 동아시아에서는 인도네시아, 호주 등이 거론됐으니 해볼 만한 경쟁이었다.

마침 윤석열 대통령이 2022년 6월 2일 브라질과 친선 경기가 열린 서울월드컵경기장을 직접 방문해 잉글랜드 프리미어리그 득점왕에 오른 손흥민 선수에게 체육훈장 청룡장을 수여했다. 방한한 거스 히딩크 전 국가대표 감독, 2002 월드컵 멤버들과 경기장에서 만찬도 했다. 이 자리에서 이영표 축구협회 부회장이 "중국이 포기한 아시안컵을 한국이 유치하면 좋겠다. 손흥민 선수가 세계 최고의 기량으로 전성기를 누릴 때 우리나라에서 아시안컵을 개최해 우승하는 것을 보고 싶다"고 건의했다. 윤 대통령은 배석했던 박보균 문체부 장관에게 적극 추진하라고 지시했다. 윤 대통령이 축구에 많은 관심을 가져주셔서 고마운 마음이었다. 이렇게 아시안컵 유치 재도전이 확정됐다.

—— 카타르에게 아시안컵을 빼앗긴 이유

아시안컵 유치에 대해서 긍정적인 전망을 했던 이유는 몇 가지가 있었다. 2023년 여름이라는 대회 개최 시기는 중동 국가의 유치 경쟁 참여를 힘들게 만드는 조건이었다. 더구나 사우디아라비아와 카타르는 2027년 대회 유치에 관심이 있는 것으로 파악됐다. 한국은 아시안컵을 치를 충분한 인프라가 있었고, 세계적으로 인기를 끌고 있는 K-팝 등의 콘텐츠를 활용해 스포츠와 엔터테인먼트, 문화를 융합하는 새로운 스타일의 대회를 만들 자신이 있었다. 6월 30일 AFC에 유치의향서를 제출했다. 당초 이날은 AFC가 정해 놓은 유치의향서 마감일이었다. 그러나 AFC는 마감일 이틀 전인 28일에 7월 15일까지 마감을 연장했다. 이어 8월 31일로 재연장했고 결국 9월 15일까지 연장 시한을 늘렸다. 이미 공지된 마감 시일을 AFC 스스로 번복하고 계속 연장한 것 자체가 불공정 경쟁이라고 할 수 있다. AFC가 유치의향서 제출 시기를 연장한 이유는 나중에 다 드러났다. 중동 카르텔 내부에서 조율과 합의를 위한 시간이 필요했던 것이다.

그사이 2027 아시안컵 개최를 동시에 희망했던 사우디아라비아와 카타르 사이에 역할 분담이 이뤄졌다. 카타르가 2023 아시안컵 유치로 방향을 선회했다. 그리고 AFC는 이번 아시안컵은 2023년 여름뿐만 아니라 2024년 겨울에도 개최가 가능한 것으로 시공간을 넓혀줬다. 상황이 이렇게 급변하자 우리에게 유리한 요소라고 판단했던 두 요소, 즉 2023년 여름이라는 개최 시기와 중동 국가들의 2027년 아시안컵 유치 경쟁이 돌연 신기루처럼 사라졌다.

여기에 2023 아시안컵 유치에 공식적으로 나선 카타르가 월드컵을 막 치른 최신 스타디움의 활용과 함께 막대한 대회 유치금을 내겠다며 물량 공세를 펼쳤다. 참가국의 항공료와 체재비까지 부담하겠다고 나섰다. 사우디아라비아는 2023 아시안컵이 중동에서 열리게 된다면 대회 장소 변경에 의해 AFC에 발생한 피해를 대부분 보전해주겠다며 측면 지원에 나섰다. 카타르와 사우디아라비아가 손을 잡고 공동 전략을 구사했다. 한 나라와 경쟁하는 것도 쉽지 않은 판에 사실상 두 나라를 상대하는 것은 역부족이었다. 결국 2023 아시안컵은 카타르에게 돌아갔고, 사우디아라비아는 2027년 대회의 개최권을 얻어냈다.

마케팅 대행사의 부도로 재정적 어려움에 빠졌던 AFC의 고민을 두 나라가 함께 나서 해결해 주겠다고 나선 것이 우리의 패인이었다. 10월 27일 AFC 집행위원회에서 아시안컵 개최지로 카타르를 선정한 뒤 협회는 국민에게 사과하면서 유치전의 내용을 상세히 설명했다. 협회가 밝힌 주요 내용은 다음과 같았다.

"아시안컵은 63년 동안 아시아 축구 강국인 한국에서 개최되지 않았고, 순환 개최와 지역 균형 차원에서 봤을 때도 동아시아에서 개최하는 것이 합리적 순서였다. 그러나 뜻밖에도 카타르가 풍부한 재정과 인적, 물적 기반을 앞세우며 유치에 뛰어들었다. 카타르는 코로나 19로 인해 최근 적자에 시달리는 AFC에 자국 기업의 스폰서 추가 참여, 자국 방송사의 대규모 중계권 계약, 아시안컵 대회 운영비용 지원 등 막대한 재정 후원을 약속했다. 특히 2027년 아시안컵 유치 의사를 표명한 사우디아라비아는 아시아 축구 발전이란 명분으로 2023년 아시안컵 개최지로 중동 지역이 결정될 경우, 중국 개최 철회로 인해 발생하는 AFC의 재정 손실을 위한 별도 지원을 AFC에 약속했다. 이러한 부분이 금번 개최지 선정에 많은 영향을 끼친 것으로 판단된다."

사우디아라비아와 카타르의 관계를 보면 중국과 싱가포르가 연상된다. 싱가포르는 굉장히 선진적인 사회 시스템을 갖췄지만 도시국가의 한계가 있다. 중국은 인구나 면적, 경제 규모 등에서 엄청난 대국이지만 변화에 민첩하게 반응하고 시스템으로 대응하는 면에서는 싱가포르와 아직 비교가 안 된다. 중동 지역에서 카타르와 사우디아라비아의 관계도 대략 그런 것이 아닌가 싶다. 경기도 면적의 작은 나라인 카타르에 비해서 사우디아라비아는 지역의 맹주를 자처하는 대국이다. 2022년 중동 최초의 월드컵 개최라는 명예를 카타르가 차지하는 모습을 보면서 사우디아라비아는 큰 자극을 받았을 것이다. 2027 아시안컵 유치를 위해서 조 단위의 스타디움을 10개 이상 신축한다는 대규모 투자 계획을 발표했다. 월드컵 유치도 염두에 둔 포석이었다. 이런 상황에서 만일 한국이 2023 아시안컵을 유치하면 사우디아라비아와 카타르는 2027년 대회를 가져가기 위해서 엄청난 경쟁을 할 수밖에 없다. 유치전에 패하는 나라는 타격이 크다. 그래서 사우디아라비아와 카타르가 AFC 회장을 설득해 2023과 2027 아시안컵을 나눠가졌다고 본다. 대신 AFC의 재정적 어려움을 두 나라가 공동으로 해결해 준 것이다.

셰이크 살만 AFC 회장은 바레인의 왕족 출신으로 사우디아라비아와 카타르의 일치된 의견을 무시할 수 없는 입장이다. 그래서 AFC는 동서 교차개최 원칙을 폐기하고 대회 시기까지 바꿔가면서 2023 아시안컵을 2024년에 치르는 기이한 결정을 내렸다. 한국은 아시안컵 유치 경쟁에서 카타르와 사우디아라비아가 지원하는 AFC의 중동 카르텔에 또다시 패한 셈이다.

다만 아시안컵 유치 실패를 통해 향후 고민해야 될 교훈도 얻었다. 메가 스포츠 이벤트에 대한 FIFA와 AFC의 기준이 더욱 엄격해지고 있다는 점이다. 예를 하나 들어본다. 양 단체의 규정에 따라 경기장에 들어와 있는 상업 시설들은 개최 30일 전부터 대회 폐막 뒤 2일까지 영업을 중단해야만 한다. 대회 기간을 포함하면 두 달 가까이 영업을 못한다는 뜻이다. 대형 마트와 극장 등이 입점해 있는 서울월드컵경기장에서 과연 아시안컵이 열릴 수 있었을까. 한국이 유치에 성공했어도 힘들었을 것이다. 영업 정지 기간 동안의 손해를 보전해 줘야 입점 시설들의 동의를 얻어낼 수 있는데, 이것은 협회 차원에서 할 수 있는 일이 아니다. 정부와 지자체가 행정적, 재정적 지원을 전폭적으로 해주지 않는다면 앞으로 대규모 국제 대회 유치는 더욱 힘들어질 것이다.

AFC가 막대한 대회 유치금을 요구하는 것도 큰 난제 가운데 하나다. 2023 아시안컵 유치를 위해서 입찰 서류에 유치금 규모를 써넣을 때 많은 고민을 했다. 처음에는 300억 원 정도를 생각했지만 그 정도로는 경쟁이 안 될 것 같았다. 그래서 당초 생각했던 금액의 두 배인 600억 원 규모를 유치금으로 써냈다. 이 커다란 금액은 한국에게 엄청난 도전적 액수였다. 국내 기업의 대회 스폰서십 등을 통해 차후 해결해야 하는데, 워낙 큰 금액이어서 유치에 성공해도 과연 마련할 수 있을지 걱정이 될 정도였다. 하지만 나중에 알고 보니 카타르-사우디 연합이 AFC에 제시한 액수는 우리의 3배 수준인 1,800억 원 규모였다. 카타르가 1,000억을 제시했고, 사우디아라비아가 2023 아시안컵이 중동에서 열릴 경우 800억 원을 지원하겠다고 나섰다. 한마디로 '게임이 안 되는 수준'이었다.

중동의 주요 나라들은 국가 정책 차원에서 메가 이벤트 유치에 적극적으로 나서고 있다. 이런 상황이라면 앞으로 한국에게 기회가 돌아올 가능성은

카타르 월드컵 경기장: 개막전이 열린 알베이트 스타디움(왼쪽) 및 결승전이 열린 루사일 스타디움(오른쪽)

매우 적다. 아니 이제는 거의 없다고 해도 과언이 아니다. 2023년 하반기 정부 차원에서 총력을 다해서 엑스포 유치를 놓고 사우디아라비아와 경쟁을 벌이다 완패한 것도 이런 흐름의 연장선상이라고 생각한다.

—— 중동은 왜 메가 스포츠 이벤트 유치에 모든 것을 걸까?

중동 지역에서 국가 차원의 스포츠 진흥정책을 제일 먼저 적극적으로 들고 나온 나라는 아랍에미리트연합(UAE)이었다. UAE는 중동에서 가장 개방적인 나라다. 전통적으로 아랍권의 대외 창구 역할을 많이 했다. UAE는 스포츠에 관심이 많아서 2021년 현재 두바이의 경제에서 스포츠 부문 매출이 약 24.5억 달러를 기록할 정도였다. 카타르 월드컵 때도 숙박 시설이 많고 음주가 자유로운 UAE가 카타르보다 더 '월드컵 특수'를 누렸다고 한다. 경제와 사회 구조 변화를 위해 스포츠를 전략적으로 이용하자는 그림을 가장 먼저 제시했던 나라도 UAE였다. 세 번 연속 중동 지역에 아시안컵이 열리게 됐는데 공교롭게도 순서가 2019년 UAE, 2023년 카타르, 2027년 사우디아라비아

야세르 알 미세할 사우디축구협회장과 함께 (2023.03, 웨일스)

다.

　카타르는 2010년 월드컵 유치에 성공한 뒤 8개 신규 경기장 건설을 포함해 총 2,200억 달러(약 260조 원)의 천문학적 액수를 투입했다. 그 최신 경기장을 2023 아시안컵에 고스란히 활용했다. 아시안컵 직후에 세계수영선수권대회가 열렸고, 2030년에는 도하 아시안게임이 예정돼 있다.

　후발주자 격인 사우디아라비아는 2016년 4월 '비전 2030'을 발표했다. 2030년까지 경제 개혁과 국가 개조를 동시에 이루겠다는 프로젝트다. 전체 국가 수입의 90%를 석유와 천연가스 수출에 의존하고 있는 구조를 다양화하고 고도화하겠다는 의도였다. '비전 2030'에 스포츠 진흥책이 상당한 비중을 차지하고 있다. 차기 국왕이자 실권자인 무함마드 빈 살만 알 사우드 왕세자도 스포츠에 큰 관심을 가지고 있다. 모든 것이 가능하다는 의미에서 '미스터 에브리씽(Mr. Everything)'이라는 별명으로 통하는 그는 스포츠를 비롯해 사회 각 부분에서 개혁을 추구하고 있다. 호날두나 벤제마 같은 슈퍼스타가 사우디 프로축구리그에서 뛰고, 사우디 국부펀드가 지원하는 LIV 인비테이셔널 골프가 전통의 미국 프로골프(PGA) 투어와 통합을 결정한 것도 빈살만 왕세자의 관심과 지원이 있었기에 가능했다.

사우디아라비아는 젊은 나라다. 인구의 3분의 2 이상이 24세 이하다. 이들은 스포츠에 대한 관심이 크다. '비전 2030'에서도 스포츠 이벤트를 경제, 사회, 라이프스타일을 변화시킬 수 있는 주요 요소로 평가하고 있다. 메가 스포츠 이벤트 유치에 적극적인 것에는 다 이유가 있다. 사우디아라비아는 2029년 동계 아시안게임과 2034년 아시안게임을 유치했고, 드디어 2034년 월드컵 개최권까지 손에 넣었다. 월드컵 유치는 스포츠 진흥책의 화룡정점이었다.

── 월드컵이 사우디아라비아로 간 까닭은?

FIFA는 블라터 회장 시절인 2010년 12월에 2018 러시아 월드컵과 2022년 카타르 월드컵 개최지를 동시에 결정했다. 이전까지 두 대회 개최지를 함께 정한 적은 없었다. 이 결정 당시 집행위원들이 부패에 연루됐다는 것이 나중에 미국 사정 당국의 수사로 드러났고 결국 블라터의 몰락으로 이어졌다. 새롭게 등장한 인판티노 회장 체제에서 처음 결정된 월드컵 개최지는 2026년의 북중미였다. 미국, 캐나다, 멕시코의 3국 공동 개최였다. 이전에는 2002 한·일 월드컵이 공동 개최로 열린 유일한 대회였다. 두 번째 공동 개최가 세 나라에서 열리는 일이 벌어졌다. 하지만 이것은 시작일 뿐이었다. FIFA는 2023년 10월 상상을 초월하는 발표를 했다.

2030년 월드컵을 세 대륙의 여섯 나라에서 분산 개최하기로 결정한 것이다. 인판티노 회장은 "FIFA 평의회는 가장 적절한 방식으로 월드컵 100주년을 기념하기로 했다. 2030년 월드컵 개최국을 우루과이, 아르헨티나, 파라과이 남미 3개국과 함께 모로코, 포르투갈, 스페인으로 정하는 데 만장일치로 동의했다"고 발표했다. 2030년 대회의 첫 3경기는 남미의 우루과이, 아르헨티나, 파라과이에서 열린다. 월드컵 100주년 기념 행사도 남미에서 치러진다. 개막전은 우루과이 몬테비데오의 에스타디오 센테나리오로 정해졌다. 1930년 제1회 월드컵이 열린 장소이고, 우루과이는 첫 챔피언이었다. 아르헨티나는 1회 월드컵의 준우승팀, 파라과이는 남미축구연맹(CONMEBOL)의 본부가 있다. 이들 남미 3개국이 개최지로 선택된 이유다. 나머지 경기는 모로코, 포르투갈, 스페인 3개국에서 벌어진다. 개최국 자격으로 6개국에 자동 진출권이 부여된다. 3개 대륙의 6개 나라에서 월드컵이 벌어지는 놀라운 일이 현실이 됐다. 파격을 넘는 파천황(破天荒)의 결정이었다.

FIFA가 왜 이런 결정을 했는지가 드러나는 데는 별로 긴 시간이 필요하지 않았다. 10월 5일 2030년 월드컵 개최지를 세 대륙의 6개국으로 발표한 FIFA는 곧이어 10월 31일까지 2034년 대회 유치 의향서를 받겠다고 발표했다. 또 유치 희망국은 11월 30일까지 정부, 지자체와의 협약서와 보증서 일체를 제출하라고 고지했다. 2030년 개최지 발표 직후에 곧바로 차기 대회 개최지 선정 작업에 돌입한 것이다. 누가 봐도 상식적이지 않은 일처리였다. 2026년 대회가 북중미 공동 개최로 열리고, 2030년 대회가 남미, 아프리카, 유럽에서 벌어지니 대륙별 순환 개최 원칙에 따라 2034년 대회를 치를 자격이 있는 곳은 아시아와 오세아니아밖에 남지 않았다. FIFA가 유치 희망국에 요구하는 정부 협약서 및 다양한 서류를 고려하면 두 달도 채 안 되는 짧은 기간 내에 서류 일체의 제출이 가능한 나라는 일사불란하게 톱다운 방식으로 국가 정책이 수행되는 나라일 수밖에 없었다. 우리나라의 경우 월드컵 유치를 위해 개최 희망 도시에 공문을 보내 의사를 묻고, 각종 정부 보증을 얻으려면 아무리 빨리 진행해도 최소 3~4개월은 걸린다. 다른 나라들도 아마 비슷한 사정일 것이다.

아시아와 오세아니아에서는 현실적으로 중동 국가만이 이런 빠른 프로세스가 가능하다. 예상대로 서류를 제출한 나라는 사우디아라비아뿐이었다. 셰이크 살만 AFC 회장은 FIFA가 관련 발표를 한 당일인 10월 5일 사우디아라비아의 2034년 월드컵 유치 신청을 지지한다는 입장을 밝혔다. 2034년 월드컵 개최지는 향후 공식 절차를 거쳐서 사우디아라비아에게 돌아갈 전망이다. 단독 후보이니 요식 절차만 남았다. 아시안컵에 이어 월드컵마저 카타르에 이어 사우디아라비아에서 열리는 것은 결코 우연이 아니다. 마치 아라비안나이트에서 소원을 들어주는 '지니의 마법'이 현실의 스포츠 세상에서도 벌어지고 있는 느낌이다.

카타르가 2022년 월드컵을 열었으니 아시아에 차례가 돌아오려면 꽤 긴 시간이 필요했다. 하지만 FIFA가 2026년 대회를 북중미 공동 개최로 진행하고, 2030년 대회를 세 대륙에서 개최하는 '마술'을 부리면서 카타르 이후 불과 12년만에 다시 아시아 차례가 돌아왔고 사우디아라비아는 중동에서 두 번째 월드컵을 열게 됐다. 카타르가 유치에 나섰을 때는 중동에서 월드컵 개최가 가능한가를 두고 치열한 논쟁이 벌어졌다. 이미 그것이 가능하다는 것을 카타르가 입증했기에, 사우디아라비아에게는 그런 논란조차 벌어지지 않고 있다.

영국의 「파이낸셜 타임즈」는 2034년 월드컵 개최지가 사우디아라비아로 사실상 결정된 직후 '사우디가 2034년 월드컵을 유치할 수 있었던 배경에는 FIFA가 개최국 선정 절차를 갑자기 변경해 유치 의사를 밝힐 수 있는 기간을 단축한 것이 한몫했다. 월드컵이나 하계 올림픽은 개최 비용이 비싸고, 대규모 인프라 구축이 필요해 더더욱 지출이 커진다. 자유민주주의 국가들이 비용 부담에 소극적 태도를 보이자 경기 단체측은 최근 들어 러시아, 중국뿐만 아니라 카타르, 사우디 등 걸프만 국가 등에 눈을 돌리고 있다'고 분석했다.

· · ·

그렇다면 FIFA는 왜 사우디아라비아를 위해서 이렇게까지 무리를 하면서 판을 깔아주었을까. 사우디아라비아의 막강한 재정 능력을 FIFA 수익으로 연결하려는 의도라고 분석된다. 앞으로 월드컵에는 48개국이 출전한다. 이를 위해서는 최소 16개 구장이 필요하다. 2030년 월드컵부터 적용되는 기준에 따르면 조별 리그는 4만 석, 준결승 6만 석, 개막식과 결승전은 8만 석 이상을 요구하고 있다. 훈련장 72개도 별도로 있어야 한다. 월드컵을 치를 만한 경기장 하나를 신축하려면 1조 원에서 1조 5천억 원까지 든다. 경기장을 새로 짓고 여기에 교통 인프라, 호텔, 공항 등의 사회간접시설까지 마련하려면 월드컵을 치르는 데 최소 100조 원 이상이 든다는 추산이 나오고 있다. 앞으로 월드컵을 단독으로 열 수 있는 나라는 중동의 부국이나 중국, 미국, 영국, 독일, 프랑스 정도일 것이다. 대회 자체가 너무 비대해졌기 때문에 벌어지는 현상이다. 이런 방향이 과연 세계 축구 발전을 위한 것이고, 월드컵의 고유 가치를 지키는 방법인지 아무리 생각해도 잘 모르겠다.

FIFA가 사우디아라비아로 월드컵 개최지를 선정하는 과정도 문제였다. 2030년 월드컵을 3개 대륙의 여섯 나라가 공동 개최하기로 결정한 뒤 곧바로 차기 대회 개최 의향서를 마감했다. 이런 촉박한 일정 덕분에 사우디아라비아는 단독으로 개최 희망국이 될 수 있었다. 하지만 FIFA의 이러한 처사는 월드컵 개최를 희망하는 나라에게 숙고의 기회를 박탈했고, 또 전체 회원국에게 개최지 결정 권한의 여지를 주지 않았다는 점에서 심각한 문제라고 본다. FIFA의 명분은 회원국에게 더 많은 지원금을 주기 위해서는 수익을 극대

2034 FIFA 월드컵 구장을 준비하는 사우디아라비아

화해야 한다는 것이다. 이러한 움직임들이 차기 FIFA 회장 선거에서 인판티노의 3선에 유리하게 작용할 수 있다.

· · ·

중동이 주도하는 국제 스포츠계의 최신 트렌드를 자세히 설명하는 것은 2023 아시안컵 유치 실패에 대해 변명하려는 게 아니다. 유치 실패에서 교훈을 얻어야 한다고 생각한다. 아시안컵 유치 도전 과정에서 앞으로 메가 스포츠 이벤트를 국내에서 여는 것은 점점 어려워질 것 같다는 현실적 판단이 들었다. FIFA나 AFC는 개최국에 더 많은 재정 분담을 요구하고 있다. 스타디움의 규모와 상업적 제약 조건도 엄밀해지고 있다. 또 FIFA는 2023 여자 월드컵부터 기존의 LOC(개최 국가에서 주관하는 대회조직위원회) 모델을 폐지하고 FIFA가 의결권의 과반을 갖는 별도 법인을 설립해 대회를 직접 주관하는 방식으로 전환했다. 우리나라의 경우 '국제경기대회지원법' 조항에 따라 정부가 LOC에 인적, 물적 지원을 할 수 있는 법적 근거를 마련해 놓고 있다.

그런데 FIFA가 직접 주관으로 방향을 바꾸면서 이런 국내법 조항과 충돌하는 상황이 됐다. 협회가 2023년 여자 월드컵 유치를 포기한 가장 중요한 이유였다.

특히 국제경기대회지원법에 따르면 조직위원회의 잔여재산이 국가나 지자체에 귀속되어야 하는데, FIFA는 "대회 수입에 대한 모든 권리를 가져가야 한다"고 요구하고 있다. FIFA 규정이 바뀌던가 국내법이 개정되지 않는다면 앞으로 FIFA 주관 대회의 유치는 사실상 힘들게 됐다. 이런 사정은 AFC도 크게 다르지 않다. AFC 대회 개최를 위해서는 정부 차원의 면세 보증, 지자체 차원의 인프라 투자 및 지원에 대한 협약서와 보증서 등을 제출해야 하지만, 한국은 각종 선거 결과 등 여러 가지 변수로 정부나 지자체와 협의가 쉽지 않은 편이다. AFC 대회도 점점 중동 쏠림 현상이 우려된다.

2023년 아시안컵 유치 실패를 통해서 냉혹한 국제 스포츠계의 현실을 더욱 느끼게 됐다. 우리도 협회 단위가 아니라 정부 차원의 비전과 대책을 마련하지 않는다면 이런 실패가 반복될지도 모른다. 이러한 트렌드는 향후 10년, 20년 계속될 전망이고, 우리 세대에 월드컵이나 올림픽 같은 메가 이벤트를 국내에서 여는 일은 벌어지지 않을 것 같다. 획기적인 정책 변화가 없다면 말이다. 이것이 아시안컵 유치 실패의 교훈을 자세히 되짚어본 이유이다.

제14장

축구협회를 둘러싼 논란에 답하다

── 사면 파동이 벌어지다

　12년 동안 대한축구협회장으로 일하면서 여러 가지 논란에 휩싸였다. 잘못된 판단에 대한 질책도 있었고 오해에서 비롯된 공격도 있었다. 협회장이란 자리는 여론의 심판에서 자유로울 수 없는 가시방석 같다. 늘 마음이 편하지 않다. 외부의 의혹 제기나 비판에 대해서 늘 당당하게 대응하려고 했다. 때로는 아프게 반성한 적도 있었고, 간혹은 악의에 찬 왜곡에 서운한 적도 있었다. 이 장에서는 재임 동안 일어났던 대표적인 논란에 대해서 냉정하게 다시 돌아보려고 한다. 당시에 미처 말하지 못했던 솔직한 견해도 밝히고 싶다.

· · ·

　2022년 카타르 월드컵에서 16강 진출에 성공한 뒤 한국 축구를 위해서 새로운 전기를 만들고 싶었다. 이제 자신감을 갖고 좀 더 미래를 향해서 나아가야 할 때라고 판단했다. 미래를 준비하면서 과거의 잘못으로 징계 받았던 축구인들 가운데 충분히 벌을 받은 이들에게는 동참하고 봉사할 기회를 주면 좋겠다는 의견들이 있었다. 그래서 협회 내 '사면검토 실무위원회'를 구성한 게 2023년 2월 7일이었다. 위원회에서 사면 대상자에 대해 검토하고, 관련 단체들의 의견을 들었다. 공정위원회와 합동 회의를 하면서 다양한 관점과 의견을 청취한 뒤 사면 대상자에 대한 구체적 검토를 했다. 사면이 확정된 것은 3월 28일 이사회 의결을 통해서였다. 곧바로 보도자료를 통해서 언론에 발표했다. 이후 엄청난 후폭풍이 몰려왔다.

　협회의 사면 결정에 대해서 팬들과 언론이 강하게 반대했다. 반대의 강도는 상상하기 힘들 정도로 셌다. 결국 3일 만에 다시 임시 이사회를 열어 사면 결정을 철회했다. 이후 사면 결정에 참여했던 이사진이 전원 사퇴하는 초유의 일이 벌어졌다. 이것이 이른바 '사면 파동'이었다. 먼저 3월 28일 협회가 이사회 의결로 사면을 확정한 뒤 발표한 보도자료의 주요 내용을 살펴본다.

'대한축구협회는 28일 이사회를 열고 징계중인 축구인 100명에 대해 사면 조치를 의결했다. 사면 대상자는 각종 비위 행위로 징계를 받고 있는 전·현직 선수, 지도자, 심판, 단체 임원 등이다. 대상자 중에는 지난 2011년 프로축구 승부조작으로 제명된 당시 선수 48명도 포함돼 있다. 협회는 "지난해 달성한 월드컵 10회 연속 진출과 카타르 월드컵 16강 진출을 자축하고, 축구계의 화합과 새 출발을 위해 사면을 건의한 일선 현장의 의견을 반영했다. 오랜 기간 자숙하며 충분히 반성했다고 판단되는 축구인들에게 다시 한 번 기회를 부여하는 취지도 있다"며 "이번 사면이 승부조작에 대한 협회의 기본 입장이 달라진 것으로 오해하지 않도록 예의주시하고 있다. 국내 모든 경기에서 사건이 재발하지 않도록 예방과 감독을 철저히 할 예정"이라고 설명했다.'

이 짧은 글 안에 사면의 취지와 어떤 점을 우려했는지가 잘 정리돼 있다. 사면에 반대한 측의 논리는 '승부 조작으로 징계 받은 사람들을 사면하면 축구계의 최고 중대 범죄 행위에 대해서 잘못된 메시지를 줄 수 있다'는 것이었다. 협회도 사면을 논의하면서 당연히 그런 걱정을 했다. 그래서 '승부조작에 대한 입장이 달라지지 않았다'고 분명히 밝혔다.

사면을 검토하는 과정에서 K리그를 운영하는 한국프로축구연맹의 의견을 들었다. 연맹도 역시 '잘못된 메시지를 줄 수 있다'는 점을 우려하며 반대의견을 냈다. 이 부분이 가장 고민됐던 게 사실이다. 사면해주면 좋겠다는 현장 축구인들의 요구는 사실 오래 전부터 있었지만 협회는 그동안 전혀 검토하지 않았다. 이전 집행부때 경기인 출신끼리의 '온정주의'가 있다는 비판이 있었기 때문이다. 이에 '정몽규 집행부'에서는 공정위원회나 윤리위원회의 위원장은 경기인이 아닌 법조계 출신을 영입하는 등 공정성을 기하기 위해 꾸준히 노력해왔다. 온정주의가 아닌 객관적 시각에서 축구인 사면을 검토해보고 싶었다. 일반적으로 사회에서는 더 큰 범죄를 범했을지라도 합당한 처벌을 받고 일정 시간이 지나면 정상적인 삶을 영위할 수 있는 기회를 준다. 이런 것이 통상적인 법 관념이다.

승부조작에 가담했던 선수들이 스포츠계에서 가장 엄중한 과오를 범한 것은 분명한 사실이다. 하지만 이것을 온전히 그들에게만 책임을 물어, 그들을 영원히 축구계에서 격리하는 것만으로 '어른들의 책임'을 다하는 것은 아니라고 생각했다. 우리 모두 승부 조작 사태에 적지 않은 책임이 있다. 단지 그들을 벌하고 비난하는 걸로 우리들의 잘못이 없어지는 건 아니다. 오랜 고민이 있었다. 그런 종합적인 판단에서 사면을 의결했다.

· · ·

그럼에도 팬과 여론은 이런 고민을 이해하기가 쉽지 않았다. 사면에 대한 반대 여론은 점점 거세졌다. 결국 협회는 사흘 뒤인 3월 31일 임시 이사회를 다시 열고 사면 의결을 철회했다. 스포츠는 팬들의 성원과 열정으로 성장한다. 팬들의 정서를 좀 더 세심하게 살폈어야 하는데 그런 점이 부족했다. 언론과의 소통 부분도 많이 약했다. 사면을 철회하는 임시 이사회를 마친 뒤 나는 사과의 뜻을 밝히는 입장문을 발표했다. 주요 내용은 다음과 같았다.

"승부조작이 스포츠의 근본 정신을 파괴하는 범죄 행위라는 점에는 다른 의견이 있을 수 없습니다. 2011년 발생한 K리그 승부조작 가담 자들의 위법 행위는 어떠한 이유로도 정당화될 수가 없다는 것을 저 역시 잘 알고 있습니다. 그러하기에 제가 한국프로축구연맹 총재로 재직하던 당시, 가담자에 대한 엄중한 처벌을 통해 다시는 승부조작이 우리 그라운드에 발붙일 수 없도록 하겠다는 의지를 보인 바도 있습니다. 저는 그들이 저지른 행동이 너무나 잘못된 것이었지만, 그것 또한 대한축구협회를 비롯한 우리 축구계 전체가 함께 짊어져야 할 무거운 짐이라고 늘 생각했습니다.

최근에는 해당 선수들만 평생 징계 상태에 묶여 있도록 하기보다는 이제는 예방 시스템을 고도화하고, 계몽과 교육을 충실하게 하는 것이 더 중요한 시기가 되지 않았나 생각하게 됐습니다. 하지만 결과적으로 그 판단은 사려 깊지 못하였습니다. 승부조작 사건으로 인해 축구인과 팬들이 받았던 그 엄청난 충격과 마음의 상처를 충분히 헤아리지 못했습니다. 한층 엄격해진 도덕 기준과 함께, 공명정대한 그라운드를 바라는 팬들의 높아진 눈높이도 감안하지 못했습니다."

사과문을 발표한 이후에도 후폭풍이 계속됐다. 이영표, 이동국, 조원희, 이천수 등 선수 출신으로 집행부에 참가하던 이들이 4월 3일 밤 이 사태에 대한 책임을 지고 먼저 사퇴 의사를 밝혔다. 다음 날 부회장단, 전무이사 등 나머지 집행부의 총사퇴가 이어졌다. 당연히 나에 대한 책임론도 뜨거웠다. 최종 책임자가 회장이니 당연한 반응이기도 했다. '총책임자인 회장만 뺀 총사퇴가 말이 되느냐'는 비난도 있었다. 나도 사퇴를 심각하게 고민했던 것이 사실이다.

하지만 나를 포함해 모든 임원이 총사퇴하면 너무 큰 파고가 몰려올 것 같았다. 이사진이 총사퇴하면 회장 대행을 맡을 사람도 없을 것이고, 규정상 보궐 선거도 치러야 했다. 축구계에 너무 큰 혼란이 불가피했다. 이 시점에서 나까지 사퇴하는 것은 오히려 무책임한 행동이라고 판단했다. 사과문에 있

승부 조작 사면 철회 사과 기자회견 (2023)

듯이 "저와 협회에 가해진 질타와 비판을 겸허히 받아들이고, 보다 나은 조직으로 다시 서는 계기를 만들기 위해서" 재정비에 나서는 게 더 책임 있는 자세였다.

한 달여의 고민과 다양한 여론 청취 끝에 5월 3일 새로운 집행부를 구성했다. 그동안 경기인 출신이 전무이사를 맡아 협회의 실무 행정을 맡는 게 관례였다. 그래서 몇몇 경기인에게 자리를 제의했지만 모두 고사했다. 워낙 '난파선' 분위기였으니 수락하기 쉽지 않았을 것이다. 이번 기회에 외부의 시각에서 협회 행정의 공정성을 높이는 것도 의미가 있겠다 싶었다. 김정배 전 문체부 2차관을 상근 부회장으로 영입했다. 그동안 정부 고위 관료 출신은 주로 비상근 부회장으로 역할을 했는데, 상근으로 협회 행정 책임을 맡은 것은 이번이 처음이었다. 새로 구성된 부회장단과 이사진에도 객관적 의견을 전달해 줄 수 있는 분들을 많이 모시면서 협회 분위기를 일신할 수 있었다. 새로 구성된 이사회가 축구계 종사자들만이 아니라 국민과 팬의 눈높이와 요구에 맞춰 의견을 제시하는 게 중요하다고 생각했다.

—— 용서하지 못하는 자는 사랑도 못 한다

요즘은 아이돌 스타도 학창 시절의 '학원폭력' 논란으로 퇴출되는 세상이다. 과거의 크고 작은 잘못들이 SNS를 통해서 모두 폭로되고, 거기에 따른 사회적 응징을 받는다. 한 번 셀럽이 되면 그들의 과거사가 SNS로 모두 검증받는 세상이 됐다. 그들의 지인이나 유튜버들이 과거의 어떤 잘못도 그냥 넘어가주지 않는다. 이런 세태에 대해서 한 칼럼니스트는 "소셜미디어로만 세상을 본다면 2020년대는 인류 역사상 가장 윤리적인 시대일 것"이라고 풍자하기도 했다.

· · ·

승부조작은 축구에서 있으면 안 되는 중대 범죄이다. 이 점은 논란의 여지가 없다. 2011년 5월 한국 프로스포츠 사상 가장 충격적인 사건의 하나였던 'K리그 승부조작 사태'가 터졌을 때 나는 한국프로축구연맹 총재였다. 승부조작 사태를 해결하기 위해 전력을 다했던 이야기는 이 책의 제 3장에 상세히 밝혔다. 나는 승부조작 사태를 직접 겪었기에 이때의 구체적 정황을 자세히 알고 있는 사람 가운데 한 명이라고 할 수 있다. 외부에 알려지지 않았던 내막도 알만큼 알고 있다. 이런 사건의 성격상 완전한 적발과 척결은 있기 힘들다. 당시 연루돼 처벌받았던 사람들이 관련자의 전부가 아닐 수도 있다는 뜻이다. 연맹 총재로서 팬에게 사과할 때도 '지도자를 포함한 어른의 책임'을 강조했다.

승부조작 사건 발생 당시 검사가 기소 또는 불기소 처분을 결정하는 데에 상당한 어려움을 겪었다고 한다. 잘못했다고 순순히 고백한 선수도 있었지만 일부는 혐의 가능성이 농후해도 끝까지 부인하는 경우도 있었다고 한다. 사건의 특성상 기밀을 요하거나, 당사자가 부정하는 경우가 많아 오히려 자백한 경우 기소가 많이 됐다고도 한다. 많은 선수가 특별한 죄책감 없이 동료들과 장난하듯이 참여한 경우도 있었고, 돈을 일단 받았지만 바로 후회하고 돌려주려 했으나 돈을 건넨 브로커와 연락이 되지 않아 돌려주지 못한 경우도 있었다. 프로 구단에 입단하지 못했거나 대학에 진학하지 못한 축구선수 출신 선수들이 브로커와 어울리면서 접근한 사례도 있었다. 수사 과정에서 지방 구단이 많이 기소됐는데 수도권 구단에 대한 수사가 미진했다는 소리도 들려왔다. 승부 조작 사건의 특성상 상황을 완전히 발견하기란 쉽지 않았고 수사 당국도 어려움을 겪었다는 뜻이다. 통장으로 거래하거나 입금한 경우는 거의 없었을 것이고 대부분 현금 거래였기에 양쪽이 다 부인할 경우 적발은 더욱 어려웠다고 한다. 기소되고 처벌된 선수들이 당시 사태에 대해서 '한국축구를 대표해서 벌 받은 부분'도 없지 않았다고 할 수 있다.

당시 나의 문제의식은 이번 사태는 아이들(선수)만의 잘못이 아니라는 거였다. 지도자는 선수를, 학부모는 자녀를 상급 학교에 진학시키기 위해서 담합하거나, 최선을 다하지 않는 경기를 하거나, 대회 출전에서 '강대강' 구도를 피하곤 했다. 이런 요소들도 광의의 승부조작이라고 할 수 있다. 과거에는 어린 선수들이 지도자에게 '적당히 하라'는 식의 지시를 받은 경험이 꽤나 있었다. 이런 환경에서 볼을 찼던 어린 선수들은 경기에 대한 도덕적 기준이 엄밀하지 못했다. 나중에 성인 선수가 돼서도 유혹에 약할 수밖에 없는 심리 상태가 됐다고 본다. 승부조작 사태가 광범위 하게 벌어졌던 것에는 구조의 탓이 크고, 어른들의 잘못도 컸다.

· · ·

승부조작 사건에는 선수뿐만 아니라 불법사이트 운영업자, 에이전트 등 다양한 사람들이 연루됐다. 선수를 제외한 다른 사람들은 법적 조치를 다 받은 뒤 여러 가지 일로 생업을 다시 이어가고 있었다. 하지만 축구밖에 모르는 선수들은 자신에게 '모든 세계'였던 축구계에서 퇴출된 지 10년이 훌쩍 넘었다. 이미 다시 현역으로 돌아갈 수 없는 나이가 됐다. 이들을 축구계가 '용서'하고 갱생의 기회를 주는 것도 의미 있는 일이 아닌가 하는 고민을 했다. 이 선수들이 승부 조작이라는 한국 축구계의 총체적이고 구조적인 범죄에 대해서 '대표'로 중징계를 받은 측면이 있으니, 이제는 축구계 어른들이 그들을 '용서'하고 다시 축구를 통해 봉사할 기회를 주는 것도 한 방법이 될 수 있다고 생각했다.

어린 시절 상당히 부조리한 구조 속에서 성장했던 점, 그로부터 기인한 도덕적 불감증, 축구계의 다양한 모순 구조 등이 선수들을 승부조작이라는 유혹에 빠지게 한 주요한 원인이었다고 할 수 있다. 그런데 이런 환경 요소들은 빼놓고 그들만을 축구계에서 단절시키는 것만으로 어른들의 책임을 다했다고 하는 것은 위선적 측면이 있었다.

· · ·

물론 협회의 사면 논의 과정에서 사전에 다양한 의견을 듣지 못한 것은 분명한 실수였다. 나는 원래 다른 일반적 논의를 할 때는 공개 토론을 선호한다. 다양한 이해관계자가 참여해 서로 다른 각도에서 치열하게 토론하는 것이 필요하다. 사면의 경우에는 보안 문제도 신경 쓰다 보니 많은 사람의 의견을 사전에 청취하지 못했다. 결과적으로 사면심사위원회의 판단과 일반 팬들의 눈높이에 큰 차이가 있었다. 사면을 고민했던 '진의'를 제대로 전달하지 못한 아쉬움이 있는 것도 사실이다.

결과적으로 그 판단은 사려 깊지 못했다. 좀 더 숙고하고 각계의 의견을 충분히 들었어야 했다. 한층 엄격해진 도덕 기준과 팬들의 높아진 눈높이도 헤아려야 했었다. 다만 일각에서 주장했던 4선을 염두에 두고 선심성 사면을 했다는 지적에 대해서는 전혀 동의할 수 없었다. 만약 그랬다면 누가 이렇게 논란이 되고 비난받을 일을 자초하겠는가, 4선을 위한 사면이었다는 주장은 완전한 오해라고 자신 있게 말씀드릴 수 있다.

．．．

미국의 인권운동가 마틴 루터 킹 목사는 "용서하지 못하는 자는 사랑하지도 못 한다"라는 말을 남겼다. 사면을 고민할 때 내 머릿속에는 '용서'라는 말이 떠나지 않았다. 종교적 개념에서 그랬다는 뜻은 아니다. 왠지 '용서'가 계속 생각났다. 10년 전 이들에게 중징계를 내렸던 내가 '결자해지(結者解之)'의 마음이 있었는지도 모르겠다. 더 큰 잘못을 저질렀을지 모를 어른의 한 명으로서 말이다.

그럼에도 어쨌든 이들을 '용서'함으로써 한국 축구가 함께 새 출발할 계기를 만들자는 선의에 대한 설명이 너무 부족했다. 모두 내 부덕의 소치라고 생각한다. 사면 파동으로 다시 상처를 받았을 팬과 축구인, 그리고 무엇보다 사면 대상자였던 분들에게 깊은 사과의 말씀을 드린다.

—— '히딩크 파동'에 대하여

러시아 월드컵 최종예선에서 한국의 9회 연속 월드컵 본선 진출이 확정된 직후부터 벌어졌던 이른바 '히딩크 파동'은 지금 돌이켜봐도 참으로 황당한 사태였다. 부정확한 정보에 근거한 보도에서 촉발된 이 사태는 비이성적 여론몰이를 가져왔고, 결과적으로 협회를 뒤흔들었다. 오보성 보도에 따른 해프닝 정도로 끝날 일이 재임 기간 중 처음으로 집행부 사퇴까지 이어졌다. 사태가 어느 정도 마무리된 뒤인 2017년 11월 18일자 「한겨레」에는 다음과 같은 기사가 실렸다. 마치 광풍과도 같았던 이 사태의 본질을 잘 묘사한 글이다.

> '국내 한 언론의 "거스 히딩크 감독, 한국 대표팀 맡을 용의 있다"는 보도로 시작된 파문은 히딩크 감독의 '부정도 시인도 않는다'는 엔시엔디(NCND)식 반응으로 증폭됐고, 누리꾼들의 악성 댓글과 언론의 선정적 보도의 상승 작용, 10월 대표팀의 러시아, 모로코전 참패를 정점으로 대한축구협회를 그로기 상태로 몰았다. 결국 김호곤 기술위원장의 사퇴와 축구협회 집행부의 세대교체, 신태용 감독이 이끄는 대표팀의 콜롬비아, 세르비아 국내 평가전의 선전 등으로 사태는 일단락이 된 듯하다. 하지만 형식도 내용도 불명확한 히딩크 측근의 카톡 메시지를 매개로 두 달간 한국 축구판을 벌집 쑤시듯 헤집었던 이 일은 많은 생각거리를 남겼다. 개인의 추론이나 의견이 사실이 되고, 미디어와 누리꾼의 댓글이 마녀사냥식으로 희생양을 찾는 과정에서 합리적 사고는 실종했다.'

러시아 월드컵 최종예선 통과가 불투명해진 상황에서 슈틸리케 감독을 경질하고 신태용 감독을 선임한 이야기는 앞에서 상세히 소개했다. 신 감독은 이후 남은 최종 예선 2경기에서 2무를 기록하며 9회 연속 월드컵 본선에 진출했다. 일단 급한 불을 끄는 데 성공했다. 한데 우즈베키스탄 원정 경기에서 본선행을 확정 지은 바로 다음 날(2017년 9월 6일) 낮에 한 방송에서 '히딩크 감독이 국가대표팀을 맡을 용의가 있다'는 단독 보도를 내보내면서 이 사태는 시작됐다. 보도의 핵심은 '지난 6월 슈틸리케 감독 퇴임 이후 히딩크가 "한국 국민들이 원한다면 국가대표팀 감독을 맡을 용의가 있다"는 의사를 표시했다고 히딩크 측 관계자가 전했다'는 것이다. 기사 소스로 거론된 히딩크 측 관계자는 나중에 노제호 히딩크재단 사무총장으로 확인됐다.

이 보도 이후 히딩크 감독을 한국으로 데리고 오자는 여론이 마른 들판에 불길 번지듯이 확산됐다. 심지어 '히딩크는 오고 싶어 하는데, 협회가 오히려 미온적'이라는 식의 가짜 뉴스도 퍼져나갔다. 히딩크 영입에 적극적으로 나서지 않는 협회에 대한 비난이 커졌고. 청와대에 '히딩크를 데리고 오라'는 국민 청원까지 등장했다. 이 와중에 노제호 총장이 김호곤 기술위원장에게 '히딩크가 한국에 올 의향이 있다'는 내용의 카카오톡 메시지를 보낸 것을 두고 진실 공방이 벌어지기도 했다. 일부의 팩트와 대부분의 허구가 짜깁기가 되면서 엄청난 혼란이 벌어졌다.

몇 가지 팩트는 분명했다. 협회는 신태용 감독과 '최종 예선 통과시 러시아 월드컵까지 임기로 한다'는 국가대표팀 사령탑 계약을 이미 맺었다. 신 감독이 최종 예선을 통과하면서 이 계약에 의거해 러시아 월드컵 본선까지 임기가 보장됐다. 계약상 감독을 교체할 이유도, 명분도 없었다. 또 히딩크 감독도 자신이 한국 대표팀 감독을 원한다고 직접 밝힌 적이 없었고 이런 뜻을 협회에 공식적으로 전달한 적도 없었다. 엄청난 파장의 원인을 제공한 노제호 총장도 10월 13일 국회 국정감사장에 증인으로 출석해 "히딩크 감독에게 한국대표팀 감독으로 와달라고 요청한 것이 맞느냐?"는 이종배 의원의 질문에 "내가 먼저 요청 드린 것은 사실"이라고 답했다. 국내 히딩크재단 관계자의 '자가 발전'식 발언이 히딩크 감독의 뜻으로 왜곡돼 전달된 것이다.

협회는 이런 혼란을 정리하기 위해서 히딩크 감독과 직접 면담도 진행했다. 이용수 부회장과 전한진 국제팀장이 10월 6일 프랑스 칸에서 히딩크 감독과 만났다. 그는 "러시아 월드컵 기간에 방송 해설을 맡기로 이미 결정돼 대한축구협회의 공식 직함을 맡을 수 없다"고 분명히 말했다. 그럼에도 한

달이 넘는 기간 동안 '히딩크 대망론'은 사그라들지 않았다. 신태용 감독이 이끄는 대표팀이 러시아, 모로코와의 유럽 원정 2연전에서 완패하면서 혼란은 계속됐다. 결국 협회는 위기 상황을 벗어나기 위해서 대대적인 인적 개편을 단행할 수밖에 없었다.

── '히딩크 파동'은 왜 이토록 커졌을까

히딩크 파동이 축구계 전체를 뒤흔들 정도로 확대된 것에는 몇 가지 이유가 있었다. 우선 대표팀의 경기력과 축구협회의 행정에 대한 팬들의 불만이 컸다고 본다. 최종 예선 마지막 경기까지 본선행을 확정짓지 못한 대표팀의 경기력에 답답함을 느꼈을 것이고, 슈틸리케 감독의 경질 여론이 고조됐던 3월에 유임을 결정했다가 6월에 '한 발 늦게' 교체를 단행한 협회에 대해서도 팬들의 불만이 컸을 것이다. 이런 상황에서 히딩크가 한국 대표팀 감독을 원한다는 뉴스가 나오자 팬들은 불만을 해소할 '탈출구로서의 히딩크'를 상정했던 것이 아닌가 싶다. 대표팀과 협회에 대한 불만과 실망의 반작용으로 일시적인 '히딩크 현상'이 벌어졌던 것으로 해석할 수 있다.

2002 월드컵에서 4강을 이룬 히딩크에 대한 팬들의 향수가 있었고, 지도자로서 내리막이었던 히딩크 감독도 향후 여러 가지 경우를 상정했을 가능성도 있다. 실제로 히딩크 감독은 논란이 한창이던 9월 14일 네덜란드 암스테르담에서 유럽 주재 한국 특파원들과 별도로 기자회견을 갖고 "내가 어떤 도움이 될 수 있는 일이 있다면, 또 축구협회에서 원하면 할 수 있다"는 식으로 다양한 해석이 가능한 발언을 하기도 했다. 그러면서 히딩크는 같은 회견에서 "러시아 월드컵 때 미국 폭스TV와 해설자 제안을 받았고 하기로 약속했다"는 사실도 분명히 밝혔다. 한국 대표팀 감독을 할 수 없는 상황이면서

도 여러 가능성을 시사한 것이다. 팬들의 기대와 히딩크의 모호한 발언이 시너지를 내면서 한 달 이상 혼란이 이어졌다.

문제는 이 과정에서 히딩크 감독이 마치 한국 축구의 '구세주'나 '만병통치약'처럼 일부 팬에게 받아들여지면서 비이성적 여론의 흐름이 조성됐다는 점이다. 공식적 협회 행정이 제대로 돌아가지 않을 정도의 상황이 펼쳐졌다. 히딩크 대리인을 자처하는 노 총장의 카카오톡 메시지는 공신력 있는 공문이 아니었다. 노 총장 개인의 희망을 담은 사적 의견을 카카오톡으로 전했을 뿐인데, 협회는 마치 '히딩크의 공식 요청'을 거부한 것처럼 매도당하기도 했다.

협회는 신태용 감독과 최종 예선 통과 시 러시아 월드컵까지 임기를 보장하는 공식 계약을 체결했음에도 이상한 여론의 흐름에 휘말려 속절없이 비난의 대상이 됐다. 월드컵 본선 진출의 공로자인 신태용 감독의 마음고생도 상당했다. 몇 달 전에 왔던 카카오톡 메시지를 기억하지 못했다는 이유로 김호곤 기술위원장은 인격적으로 감당하기 힘든 비난을 받아야만 했다. 김 위원장은 나중에 언론 인터뷰에서 "제안 같지도 않은 제안을 받아들이지 않았다고 사람을 인신공격하는 데 기가 찼다. 생전 처음 축구를 쳐다보기도 싫다는 생각이 들었다"고 털어놓을 정도로 큰 충격을 받았다.

이성적 토론이 불가능한 상황이었다. 정치판에서는 이성적 논의 없이 적대적 감정만이 오가는 이런 현상이 종종 벌어진다. 그러나 축구판에서 이런 현상이 일어나는 것은 적잖이 걱정됐다. 축구판의 여론 시장이 사안에 따라서는 건강하게 조성되지 않을 수도 있다는 불길한 예시이기도 했다. 협회는 객관적이고 이성적인 비판에는 언제나 귀를 기울일 마음의 자세가 되어 있다. 하지만 악의적 감정만 담긴 비난에는 당시 어떻게 대응해야 할지 몰라서 당황했던 것도 사실이었다.

. . .

공교롭게도 '히딩크 파문'이 한창이던 9월 14일 서울경찰청 지능범죄수사대가 협회 전·현직 임직원 12명을 업무상 배임 혐의로 불구속 입건하는 일이 벌어졌다. 이와 관련해 대국민 사과문도 발표했다. 사실 이 사건은 전임 집행부 때 일부 임직원이 부적절하게 법인 카드를 사용하면서 벌어졌던 일이었다. 현 집행부에서는 이러한 사태의 재발을 막기 위해 '클린카드제'를 도입하는 등 제도 정비를 마친 상황이었다. 과거의 부적절한 관행과 내부 관리 시스템 미비로 벌어졌던 일이지만 팬과 여론의 비판은 당연히 현 집행부에 집중됐다. 부정한 일이 벌어졌던 시기와 이유를 막론하고 협회가 사과해야 할 일은 분명했다. 하지만 막무가내로 현 집행부의 잘못으로 비판하는 데에는 조금 아쉬운 대목도 있었다. 히딩크 사태로 팬들의 협회에 대한 비난 여론이 고조되고 있는 때에 경찰 수사 발표가 나왔으니 참으로 공교로운 상황이었다.

총체적 난국 속에 결국 '정몽규 집행부' 출범 이후 줄곧 실무 행정을 책임졌던 안기헌 전무가 사의를 표명하게 됐다. 안 전무는 자신이 물러나는 것을 계기로 내부 인적 쇄신을 통해서 변화를 모색하는 게 좋겠다는 의견을 냈다. 프로연맹 총재 시절부터 협회에 이르기까지 7년 가까운 시간 동안 나를 충실하게 보좌했던 안 전무는 '읍참마속(泣斬馬謖)'을 통해서 협회를 일신하고 새로운 돌파구를 마련해야 한다고 나를 설득했다. 결국 임원진 세대교체와 내부 조직개편의 단행을 결심했다. 안 전무의 노고에 대해서는 그때나 지금이나 항상 감사한 마음이다.

협회장 취임 이후 사실상 첫 집행부 개편이었으니 좀 더 과감한 시도가 필요했다. 협회 안팎으로 혁신의 메시지를 던질 수 있는 인물을 물색한 끝에 홍명보 감독을 신임 전무이사로 영입했다. 안기헌 전무와 홍명보 전무의 연배를 고려하면 상당한 폭의 세대 교체였다. 홍 전무는 현역 선수 은퇴 이후 늘 축구 행정에 관심을 표명했다. 축구계에 신망이 두터운 홍 전무의 기용을 통해서 협회 행정과 향후 정책에 지속적인 개혁의 메시지를 담고 싶었다. 그는 강한 리더십으로 조직 장악 능력이 뛰어났다. 의사결정이 단순 명료하고 순간 대처 능력도 돋보였다. 일을 피하지 않고 늘 도전하려했다. 항상 희생하려는 자세도 평가하고 싶다.

또 현역에서 은퇴한 박지성 선수를 유스전략본부장으로 선임했다. 외국에서는 유소년 육성 시스템이 잘되어 있는 일본 J리그를 경험했고, 유소년 시스템의 모델격인 맨체스터 유나이티드에서 오랜 선수 생활을 했다. 한국에서 대학까지 다녔기에 초중고대로 이어지는 국내 시스템도 잘 알고 있었다. 양쪽 체제를 두루 알고 있으니 우리가 모자라는 부분, 협회가 해줘야 하는 부분들을 잘 조언해 주면 한국 축구를 선진화하는 데 도움이 될 것으로 기대했다. 국내 상주가 힘든 상황이었지만 온라인 등을 통해 담당 업무를 주관하고 다양한 유소년 정책들을 제시했다. 특히 유럽쪽 네트워크를 활용해 많은 정보와 자료를 제공했다.

사무총장직을 신설해 40대인 전한진 국제팀장을 파격적으로 승진시켰다. 서열에 따라 보직을 받는 기존의 관례를 깨고 싶었다. 협회 내부 조직도 본부장 중심으로 개편하고 젊은 보직자들을 적극 발탁했다. 위기를 기회로 삼기 위해 보다 과감한 시도를 단행했다. '히딩크 파동'이 불러온, 뜻하지 않은 나비 효과였다.

—— 러시아 월드컵 전후의 황당했던 일들에 대하여

2018년 러시아 월드컵이 끝나고 귀국해서 겪은 일들은 축구협회장을 하면서 결코 잊지 못할 희귀한 경험이었다. 축구협회장이라는 자리가 한국 사회에서 차지하는 비중이 결코 만만치 않다는 것을 실감했다. '이 자리에 있으면 이런 일도 당하는구나' 하는 희한한 느낌도 들었다. 이미 지난 일이니 감정은 모두 배제하고 사실 위주로만 기록하고 싶다. 이런 것도 역사의 일부인지도 모르겠다.

· · ·

러시아 월드컵에서 1승 2패로 16강 진출에 실패했지만 당시 세계랭킹 1위인 독일을 조별리그 최종전에서 격파한 것은 나름 의미 있는 결과였다고 생각했다. 그런데 귀국해 보니 무언가 축구계가 술렁거리고 있는 느낌이 들었다. 사실 러시아로 떠나기 전부터 해괴한 소문이 축구계를 떠돌고 있었다. 산하 연맹을 맡고 있던 A회장을 중심으로 러시아 월드컵이 실패로 끝나면 회장 퇴진 운동을 벌인 뒤 후임으로 한 축구 원로를 옹립하겠다는 소문이었다.

실제로 한 스포츠 전문지는 러시아 월드컵 개막을 일주일 앞둔 6월 7일자에 '벌써 월드컵 책임론… 역모 세력 있다?'는 제목의 기사를 1면에 실었다. 기사 내용을 보면 "월드컵 실패를 확신하는 일부 축구인들이 정몽규 회장을 비롯해 축구협회를 뒤엎는 변화를 구상하고 있다. 축구계의 중견 인사 A씨가 세력을 모아 월드컵이 끝난 뒤 명망 있는 인사 B씨를 내세워 판갈이를 시도하려고 한다"는 것이었다.

한국이 월드컵에서 스웨덴 멕시코 독일 등과 함께 '죽음의 조'에 편성되면서 본선 3전 3패에 대한 전망이 전문가들 사이에서도 팽배한 분위기였다. 이런 전망이 현실화되면 월드컵 참패에 대한 책임론이 확산될 것이며, 일부 세력들이 현 회장인 나의 퇴진을 이끌어낸 뒤 새 회장을 세우겠다는 것이 소문의 핵심이었다. 이런 이야기가 월드컵 개막 전부터 광범위하게 축구계에 퍼지다 보니 스포츠 신문에서도 이를 크게 다뤘던 것 같다.

이 신문에서 거론된 축구계의 명망가 B씨는 차범근 감독을 뜻했다. 당시 소문의 핵심 당사자는 A회장과 차 감독이었던 것이다. 물론 본인들의 의도와 상관없이 그런 소문이 돌았을지도 모르겠다. 국내 축구계는 워낙 말이 많은 곳이기도 하다. A회장은 8월 2일 또 다른 매체와 인터뷰에서 "축구계가 돌아가는 모습을 보면 정말 판을 바꿔야 되겠다는 생각이 들 때도 있다. 진짜 뭘 해야 하는 상황이 닥친다고 해도 B씨와 같은 사람들과 함께하고 싶지는 않다. 이 분들은 누가 밥상을 차려주면 먹기만 할 뿐, 자신이 직접 불을 때고 밥을 짓는 사람들이 아니다"라고 말하기도 했다. A회장과 차 감독이 자주 만나기는 했다고 한다. A회장도 인정한 사실이다. 다만 어떤 이야기를 나눴는지는 알 수 없다. 차 감독의 평소 성품을 고려하면 협회장 퇴진 운동에 적극적으로 동조했을 것 같지는 않다고 생각했다. 그때도 그렇게 판단했고 지금도 그렇다.

· · ·

러시아월드컵 1차전에서 스웨덴에 0-1로 패한 뒤 두 번째 경기는 6월 23일 로스토프 아레나에서 멕시코와의 경기로 치러졌다. 문재인 대통령과 김정숙 여사가 선수단을 격려하고 응원하기 위해서 직접 경기장을 찾았다. 2차전을 관전하면서 김정숙 여사는 동석한 차범근 감독과 긴 대화를 했다. 하프타임에는 문 대통령이 차 감독과 따로 독대하면서 이야기를 나눴다. 청와대는 경기 이후 공식 페이스북 페이지에 문 대통령과 차 감독이 손을 맞잡은 채 환하게 웃으면서 대화를 나누는 독대 사진을 공개하면서 "손을 꼭 맞잡고 무슨 이야기를 했을까요?"라는 설명을 붙였다. 그때는 이러한 것들이 어떤 의미가 있는지 잘 알지 못했다.

마지막 3차전에서 극적으로 독일을 2-0으로 이겼다. 한국이 이번 월드컵의 우승 후보를 조별리그에서 탈락시키면서 세계 축구계를 깜짝 놀라게 만들었다. 잉글랜드, 프랑스, 스페인, 브라질 등 축구 강국의 협회장으로부터 감사 인사를 받았다. 그들 입장에서는 강력한 경쟁자가 사라진 것이니 감사할 만했다. 인판티노 FIFA 회장도 "이번 대회 가장 큰 이변"이라며 덕담을 건넸다. 국내 언론도 '카잔의 기적'이라고 찬사를 보냈다.

그런데 귀국해 보니 협회를 둘러싼 분위기가 점점 이상하게 돌아가는 것이 느껴졌다. 국회에서는 여당 소속으로 문화체육관광위원회 위원장을 맡고 있던 안민석 의원이 공공연히 협회를 비난하기 시작했다. 또 KBS와 SBS가 협회를 비판하는 프로그램을 내보내겠다고 예고하고 나섰다. KBS는 9월 5일 〈추적 60분〉에서 '그들만의 왕국, 정가네 축구협회'라는 프로그램을 방송했다. 편향되고 왜곡된 시각으로 일방적 주장을 방송에 내보냈다. 협회는 나중에 언론중재위원회에 제소했고, 별도로 2심까지 가는 소송 끝에 주요 보도 사안에 대해 KBS 홈페이지에 반론 보도문을 게재하라는 결정을 받았다. SBS는 〈그것이 알고 싶다〉라는 탐사 프로그램에서 축구협회에 대한 제보를 받는다는 내용의 자막 공지와 예고 방송을 했다. 나중에 실제로 방송은 안 했다. 구체적 제보 내용이 없거나 적어서 그랬는지 누군가의 입김이 있었는지는 지금도 모르겠다. 정치권과 공중파 방송의 공격으로 나와 협회는 많은 어려움을 겪었다.

· · ·

이런 분위기에서 3차 남북정상회담 준비위원장이었던 임종석 청와대 비서실장이 9월 16일 52명의 특별수행원 명단을 발표했다. 체육계에서는 이기흥 대한체육회장 등 4명이 포함됐는데 차범근 감독도 명단에 있었다. 임 실장은 "차범근 감독은 2034년 월드컵 남북 공동 개최를 제안하고 있다"고 수행원에 포함된 이유를 설명했다.

2034년 월드컵 유치 이슈는 사실 2017년 6월 12일 인판티노 회장의 청와대 방문을 계기로 거론됐다. 국내에서 개최됐던 U-20 월드컵을 참관하기 위해 내한했던 인판티노 회장은 이날 청와대 초청으로 문재인 대통령과 면담했다. 문 대통령은 이 자리에서 "동북아시아는 세계에서 가장 긴장이 높은 지역이어서 유럽연합처럼 집단 안보와 경제 공동체로 나가야 한다. 축구와 같은 스포츠 교류가 그런 역할을 할 수 있다"면서 "남북한을 포함한 동북아시아 국가들이 함께 월드컵을 개최하면 이 지역에 평화가 조성될 것"이라고 말했다. 인판티노 회장은 "문 대통령의 그런 비전을 존경한다. 현실적으로 어려움이 있겠지만 이런 비전을 언급하는 것만으로도 강력한 메시지가 된다"고 화답했다.

　　월드컵 유치는 정부와 축구협회가 FIFA와 협의해야 하는 일이다. 당시 차범근 감독은 축구협회에서 어떠한 공식 직함도 없었다. 그런데 방북 수행원에 포함된 이유가 '월드컵 남북 공동 개최 제안'이라고 정부가 설명하고 있었다. 이건 도대체 무엇인가 황당한 생각이 들었다. 축구협회장으로서 이해하기 어려운 상황이었다.

· · ·

　　그해 10월에는 국회 국정감사에 나를 증인으로 출석시키려는 시도가 안민석 의원에 의해서 꾸준히 시도됐다. 국회 문화체육관광위원회 위원장이었던 안 의원은 공공연히 나를 국감 증인으로 출석시켜 〈추적 60분〉에서 제기된 의혹을 직접 묻겠다는 뜻을 밝혔다. 하지만 결국 증인 채택은 불발됐다. 안 의원 생각대로 문체위 상황이 돌아가지 않은 것이다.

　　이즈음 오비이락이었겠지만 국세청에서 현대산업개발에 대해서 세무조사를 나왔다. 조사4국이 담당이라고 했다. 조사4국은 보통 제보나 하명 조사를 하는 조직으로 알려져 있다. 두 번에 걸쳐서 강도 높은 세무 조사를 받았다. 이 모든 게 내가 축구협회장을 맡고 있기에 벌어진 일은 아니라고 믿고 싶다. 또 그래서도 안 된다고 생각한다. 하지만 나도 사람이니 한두 번쯤은 이상한 의심이 불현듯 드는 것도 어쩔 수 없었다. 러시아 월드컵이 끝난 뒤 국회, 청와대, 국세청, 방송국 등이 일제히 나와 협회를 두고 희한한 움직임을 보였다. 대단히 조직적이라고 느껴졌다. 당시에는 상당한 부담과 압박을 느꼈던 것도 사실이었다. 축구협회장이라는 자리가 도대체 뭐라고 말이다.

이런 사정을 들은 친한 지인들은 협회장을 중도 사퇴하는 것이 어떠냐고 권유하기도 했다. 그러나 그럴 수는 없었다. 주어진 임기가 있는데, 압력이 있다고 사퇴하면 책임 있는 자세가 아니었다. 또 사퇴하면 그들이 주장하는 것이 모두 맞는다고 인정하는 셈이 된다고 판단했다. 그런 상황은 내 스스로 용납할 수가 없었다. 부당한 압박에 굴복하고 싶지 않았다. 이런 것도 우리 집안 특유의 고집인지도 모르겠다.

· · ·

그로부터 몇 년이 흐른 뒤 2024년 1월 차범근 감독이 조국 전 법무부 장관에 대한 선처 탄원서를 재판부에 제출한 것을 계기로 2017년 경 찍은 사진이 다시 언론에 회자됐다. 차 감독 자택에서 찍은 이 사진에는 김어준, 주진우 등 '나꼼수' 멤버들과 몇몇 축구 방송 관계자들이 함께 있었다. 탁자에는 문재인 대통령의 모습이 담긴 「타임」지 커버 사진으로 만든 액자도 놓여 있었다. 이 사진에 나온 축구 관계자들은 최근까지도 방송이나 유튜브 등에서 나의 협회장 퇴진을 열심히 주장하고 있다.

── ⟨추적 60분⟩ 파동에 대하여

앞서 잠깐 언급한 ⟨추적 60분⟩ 방송에 대해서 조금 더 자세히 이야기하겠다. 2018년 9월 5일 KBS에서 방영된 '그들만의 왕국, 정가네 축구협회'에 나온 내용은 공영방송에서 제작했다고 믿기 힘들 정도로 편향된 시각과 사실에 근거하지 않은 주장으로 가득 차 있었다. 축구협회는 물론이고 한국 축구 전체에 부정적 인식을 유포하는 내용이었다. 협회장으로서 매우 유감스러웠다.

축구협회는 방송 다음 날 장문의 반박문을 발표했다. '그들만의 왕국, 정가네 축구협회'에서 다룬 여섯 가지의 일방적 주장에 대해서 조목조목 사실에 근거해서 반박했다. 나는 법적 대응과 함께 방송사에 강력하게 항의하라고 지시했다. 기본적인 팩트가 너무나도 많이 틀렸기 때문에 사실 관계를 확실히 잡아줄 필요가 있다고 판단했다. 개인적으로도 전혀 사실과 다른 내용을 악의적으로 전달하고자 했던 의도가 무엇일까 궁금하기도 했다. 왜 이렇게까지 해야 했는지 말이다. 다른 미디어나 협회 출입 기자들도 대체적으로 방송 내용에 대해서 실망스럽다는 반응이 많았다고 한다. 무언가 대단한 것이 나올 것처럼 예고 방송까지 했는데 별 내용이 없었으니 말이다. '태산명동서일필(泰山鳴動鼠一匹)'이라는 옛 말은 딱 이런 경우에 어울리는 듯하다. 세상을 떠들썩하게 만들었지만 나온 것은 고작 쥐 한 마리뿐인 격이었다.

'해당 방송이 신뢰도가 부족한 인물들을 섭외한 점', '협회 관계자 등을 인터뷰할 때 대역을 사용해 시사 고발 프로그램의 질을 스스로 떨어뜨린 점', '내용과 구성이 적폐 프레임을 씌우려는 악의적인 의도를 노출한 점', '특별히 뉴스가 될 만한 새로운 사실이 없었다는 점' 등이 문제점으로 지적됐다.

・ ・ ・

이 책에서 부적절했던 방송 내용을 일일이 복기하면서 다시 반박하고 싶지 않다. 다만 내 개인에 대한 공격에 대해서 몇 가지 사실만 남겨놓고 싶다. 방송 내용 가운데는 내 가족을 직접적으로 거론한 부분이 있었다. 사실 관계가 틀린 대표적 내용으로 여동생이 지분을 가진 회사가 축구회관 리모델링 과정에서 마치 엄청난 이득을 취한 것처럼 과대 포장한 것이 있다. 경쟁 입찰 방식을 통해 선정된 리모델링 시공사는 여동생이 관련된 회사와는 전혀 상관없는 다른 회사였다. 이 시공사에 납품한 복수의 하청 업체 선정에도 협회는 전혀 관여한 적이 없었다. 내가 협회장이라는 이유만으로 가족이 황당한 공격을 받았으니 정말 미안한 마음이었다.

현대가가 막대한 이익을 취하기 위해서 축구협회를 장악해 장기 집권하고 있다는 주장은 협회를 공격할 때 쓰이는 전형적 수법이다. 최근에도 이런 주장을 자주 접하고 있다. 내가 처음 협회장에 출마해 선거를 치를 때에도 다른 후보들이 '현대가 세습'으로 공격했다. 현대가는 축구를 통해 막대한 이익을 누리고 있는 것이 없다. 오히려 막대한 투자를 하고 있다. 우리의 축구 산업은 아직 초보 단계이다. 프로팀을 운영한다고 돈을 버는 것이 아니다. 적자를 메우기 위해 매년 막대한 운영비를 대야 한다. 협회장을 한다고 돈을 버는 것은 당연히 일절 없다. 자기 시간과 돈을 써가면서 봉사할 뿐이다. 물론 한국 축구를 위해 일한다는 명예는 있을 것이다.

현대가에서는 3개의 K리그 팀(부산 아이파크, 울산 HD, 전북 현대)과 1개의 여자팀(인천 현대제철)을 포함해 초·중·고·대학 팀을 더하면 총 18개 팀을 운영하고 있다. 당시 협회 반박문에 따르면 방송 시점을 기준으로 최근 5년간 18개 팀의 운영비로만 총 3,900억 원을 썼다. 그 이전과 이후를 합산하면 더 엄청난 금액이 될 것이다. 현대가는 국내 어떤 기업보다 한국 축구 발전을 위해서 애썼다는 자부심만은 굳건하게 갖고 있다. 어느 곳도 하지 않거나 못했던 일을 묵묵히 수행한 결과가 희롱이고 능멸이라면 누가 책임 있는 일을 하려고 하겠는가. 그런 점들이 많이 아쉽다. 협회가 〈추적 60분 - 그들만의 왕국, 정가네 축구협회〉에 대해 낸 반박문 말미에는 다음과 같은 내용이 있다.

> "대한축구협회는 표현의 자유와 언론의 비판 기능을 존중합니다.
> 축구 발전을 위한 애정 어린 질타는 언제든 수용하며, 잘못한 점이 있
> 다면 반성하고 개선해 나가려고 합니다. 그러나 왜곡된 시각에서 비
> 롯된 비난이나, 악의를 갖고 하는 허위 주장은 용납할 수 없습니다."

—— 산하 연맹 해체 논란에 대해서

2020년 11월 협회는 이사회와 대의원총회를 통해 유소년, 중등, 고등 연
맹의 해산을 의결했다. 당시 협회 산하에는 프로, 대학, 여자, 풋살 연맹을 포
함해 모두 7개의 연맹이 있었다(실업 연맹은 2019년 말 자발적 해체). 이 가
운데 학원 축구를 담당했던 3개 연맹이 해산하고 협회가 직접 초 · 중 · 고
대회 운영을 포함해 학원 축구 전반을 직접 책임지는 시대가 열렸다. 학원
축구를 담당했던 세 단체의 해산은 각 연맹 수뇌부의 도덕적 해이와 법적 처
벌이 계기를 제공했다.

유소년연맹 회장은 지방재정법 위반 등으로 형사처벌됐다. 중등연맹은
대회 유치금에 관한 지자체 감사에서 지적을 받았다. 고등연맹 회장은 사회
적 물의를 일으켜 대한축구협회에서 영구제명됐다. 그동안 이들 초 · 중 · 고
연맹들은 대회 개최 수입으로 연맹 운영비를 충당했다. 그러다보니 대회 운
영 과정에서 계속 부조리한 상황이 발생했고 연맹 존립의 가장 중요한 목적
인 유소년 선수 육성이라는 본질에 충실하지 못했다. 산하 연맹의 경우 행정
규모가 영세한 관계로 회장 개인의 비리가 연맹 전체의 존폐를 위협하기도
한다. 이는 현장의 선수, 지도자, 학부모들의 피해로 이어질 수 있어 협회의

발 빠른 조치가 필요했다. 초·중·고 연맹은 이미 시대적 소임을 다했다고 판단했다. 축구 발전을 위한 대안이나 정책을 내놓지 못한 채 조직 생존에만 급급했다. 협회와의 정책 일관성도 떨어졌다. 변화가 필요한 시점이었다.

· · ·

연맹을 해산하는 대신 협회 내에 초·중·고 분과위원회를 신설해 정책 수립 및 실행을 일원화했다. 대회 운영은 개최지의 지방 시도협회 중심으로 진행되고 있어 '축구 행정의 지역 분권화'에도 기여하고 있다. 이전 연맹 체제에서는 집행부가 지도자 위주로 많이 운영됐던 것 같다. 학원 축구에는 지도자뿐만 아니라 선수, 학부모 등 여러 이해 관계자들이 있다. 연맹이 지도자 위주로 운영되면서 다른 관계자들의 이해는 덜 반영된 측면이 있었다. 또 전국 대회 개최 지자체로부터 많은 유치금을 받았지만 해당 지역협회에는 혜택이 덜 돌아가는 불만도 있었다. 협회가 대회를 직접 운영하면서 좀 더 균형감 있는 운영이 가능해졌다. 상급 학교 진학시 발생할 수 있는 불투명성에 대해서도 좀 더 객관적 시각에서 보완이 가능해졌다. 협회는 유소년 대회 주최의 일원화를 통해서 일관된 유소년 육성 정책을 실행하고 대회 방식도 미래 대표팀 경쟁력 강화로 이어지도록 개선하고 있다. 저학년 대회 의무 개최, '강대강 구조'로 대회 개편 등이 이러한 목적으로 진행 중이다. 다만 연맹 시절에는 적은 구성원들이 주인 의식을 갖고 악착같이 운영했다면 협회로 이관한 뒤로는 그런 절박함이 상대적으로 부족하지 않은가 하는 반성도 든다.

제15장

축구에서 비롯된
이런저런 생각들

—— 미래를 대비하라: 인구의 감소와 기술의 발전

기업을 하다보면 항상 미래를 대비하게 된다. 세상은 항상 바뀌고 이를 준비하지 않으면 기업은 생존할 수 없기 때문이다. 축구도 마찬가지라고 생각했다. 그래서 협회장에 취임하자마자 만든 조직이 '미래기획단'이었다. 거기서 20년 뒤인 2033년을 목표로 중장기 정책을 만든 것이 〈비전 해트트릭 2033〉이었다. 그 시점에서 벌써 10년 넘게 시간이 흘렀다. 그 당시와는 또 다른 미래를 준비해야 한다. 한국 축구뿐만 아니라 한국 사회가 맞닥뜨린 가장 큰 문제는 인구 감소이다.

나는 베이비 붐 세대다. 우리 때는 한 학년의 학령인구수가 100만 명을 훌쩍 넘어 120만명대에 이르렀다. 그 동년배 수가 계속 떨어져 2017년에는 고3에 해당되는 18세 인구가 61만 명 수준이었고, 2030년에는 46만 명대로 떨어진다고 한다. 지금은 한 해에 태어나는 아기들의 수가 20만 명 이하로 떨어졌다. 올해 태어난 세대가 앞으로 새롭게 축구를 시작할 5~7년 뒤를 생각한다면 유소년 축구 환경이 어떻게 바뀌어 있을지 상상하기도 힘들다.

우리의 출생률 저하 속도는 세계적으로도 유례를 찾기 힘들 정도로 빠르다. 우리 사회 모든 분야가 출생률 저하에 따른 심각한 문제에 직면해 있지만 축구도 마찬가지다. 축구는 기본적으로 한 편에 11명의 선수가 필요한 팀 스포츠다. 해가 갈수록 낮아지는 출생률 저하는 한국 축구의 근간을 흔드는 주요 위협 요소라고 할 수 있다. 지금부터라도 축구를 배우는 학생들의 '고비용 구조'를 뿌리 뽑고 '저비용·고효율 구조'를 반드시 정착시켜야만 한다.

우리는 일본보다 학교에서 축구를 하는 데 드는 비용이 4~5배 비싸다고 한다. 비용 걱정 없이 축구를 마음껏 할 수 있는 환경을 만들어야 학부모들이 자신의 아이들에게 공을 차게 할 수 있다. 축구 입문과 교육 과정에 대한 진입 장벽을 낮추는 것이 필요하다. 이를 바탕으로 유망주를 지속적으로 배출할 수 있는 선순환의 환경을 만들어야 한다. 협회는 이 문제를 해결하기 위한 근본적 방안으로서 '유·청소년 리그와 대회 구조 변화'에 대한 연구를 2024년부터 본격적으로 진행하고 있다. 연구 결과를 바탕으로 각종 리그·대회 구조를 바꾸고 등록 및 참가 방식에도 개선점을 마련할 계획이다. 궁극적 목표는 현재의 단기 토너먼트 대회 구조에서 리그 중심 구조로 패러다임을 바꾸는 것이다. 단기 대회는 성적 지상주의와 대회 참가에 따른 고비용 구조를 확산시키는 폐단이 있었다. 이를 선수 개인의 개별 성장에 집중하면서 저비용 구조가 가능한 리그 중심으로 변화시키려고 한다.

· · ·

기술의 발전도 축구의 미래를 바꿔놓을 수 있는 주요한 변수다. 이미 VAR의 도입은 축구를 혁신적으로 변화시키고 있다. 심판의 역할은 말할 것도 없고 선수들의 움직임이나 전술에도 큰 영향을 주고 있다. 앞으로 또 어떤 기술의 발전이 축구에 개입할지 예측하기 어렵다. 다만 이런 신기술의 발전이 축구에 영향을 주는 추세가 축구 선진국과 후진국의 격차를 벌려 불평등 구조를 심화시킬 것이라는 우려도 있다. 말하자면 축구계의 '남북문제(North-South problems)' 같은 것이라고 할 수 있다.

현재 유럽을 비롯한 선진리그에서는 VAR 활용이 일반화되고 있는 것에 비해서 제3세계 국가 리그에서는 아직 이런 시스템을 도입할 여력이 없다. VAR의 유무에 따라서 선수들의 플레이 스타일, 더 나아가 리그 수준에도 많은 영향을 받게 된다. 이 차이를 극복하는 데 비용과 시간이 필요하다. 단기간 내에 해결할 수 있는 문제가 아니기에 결국 테크놀로지의 발전이 남북의 차이를 심화시키게 된다.

AFC의 경우만 봐도 국내 리그에 VAR이 도입된 나라는 10개국 정도에 지나지 않는다. 회원국 안에서 VAR를 도입하지 못한 나라가 훨씬 많다는 뜻이다. VAR처럼 경기에 도입되는 기술 외에도 훈련 과정에서 활용되는 테크놀로지는 더욱 다양해지고 발전하고 있다. 이 역시 남북문제를 심화시키는 요소이다. 국내적으로는 테크놀로지의 발전이 축구에 주는 영향에 선제적으로 대응해야 하지만 국제 축구계의 '남북문제'가 심화되는 현상을 막기 위해 우리 협회 차원에서 할 수 있는 노력도 경주해야 할 것이다. 국제 협력 부문에서 우리가 할 수 있는 역할을 꾸준히 하는 것이 매우 중요하다.

· · ·

"축구는 과학이 아니지만, 과학은 축구의 발전을 도울 수 있다"는 말이 있다. IT기술을 활용하는 스포츠 과학은 이제 축구 발전에 필수 요소가 됐다. 선수들의 경기력을 분석해 데이터베이스화하는 EPTS(Electronic Performance and Tracking System)는 이제 일반적으로 많이 활용되고 있다. 협회는 골든에이지, 고등리그, 각급 대표팀 등에 적용하는 경기력 데이터 분석 사업을 하나의 데이터베이스로 일원화하는 작업을 꾸준히 진행 중이다. 향후는 데이터의 통합 및 가공을 통해 재생산된 2차 데이터로 새로운 가치를 창출하는 작업도 본격화할 예정이다.

디지털화는 비단 경기 데이터에만 국한되지 않는다. 축구 행정에도 변화가 필요하다. 협회는 2021년부터 온라인 · 모바일 통합 스마트 행정 시스템을 도입해 부서별로 흩어져 있는 각종 데이터를 통합해 업무 효율을 높이고 있다. 2025년부터 '대한민국 축구종합센터'가 완공돼 협회 전체가 천안으로 이주하면 스마트 행정 시스템을 보다 고도화할 계획이다. 이를 통해서 일하는 방식 자체를 효율화하고 불필요한 업무나 자원 소비를 줄이면서 국내 체육 단체의 행정 선진화를 주도하고 싶다.

—— 국제환경 변화에 대한 대비가 필요하다

지금 국제 축구계는 세계화와 지역화가 동시에 진행 중이라고 할 수 있다. 세계화는 월드컵 참가국 수 확대로 상징된다. FIFA가 주도하고 있다. 월드컵의 역사는 사실상 출전국 수 확대의 역사라고 해도 과언이 아니다. FIFA는 지속적으로 출전국 수를 늘리는 것을 통해서 축구의 세계화와 상업화를 동시에 이뤄냈다. 아벨란제 회장과 블라터 회장이 이 흐름을 이끌었다. 오랜 기간 16개국이었던 본선 진출팀 수는 1982년부터 24개국으로 늘었고 1998년 32개국으로 증가했다. 급기야 인판티노 현 회장의 주도로 2026년부터는 48개국이 참가하게 된다. 대회 기간이나 경기 수, FIFA 회원국수(211개) 등을 고려하면 48개국은 출전국 확대의 마지막 단계로 평가된다. 지속적인 출전국 확대를 통해서 월드컵은 세계에서 가장 강력한 스포츠 콘텐츠가 됐고, FIFA는 전 세계 스포츠 기구 가운데 가장 상업적으로 성공하고 결속력이 강한 단체가 됐다.

반면 지역화는 UEFA가 주도하고 있다. UEFA는 2018년부터 2년마다 네이션스리그를 열고 있다. 55개 회원국이 종래의 A매치 기간 동안 자기들끼리만의 대회를 치른다. 연쇄작용으로 다른 대륙연맹들도 유럽처럼 지역 대회를 열고 있거나 고민하고 있다. 유럽의 네이션스리그 때문에 기존의 국제경기 A매치 데이 개념이 완전히 바뀌고 있다. 전에는 친선 경기 위주로 가볍게 경기를 했다면 이제는 각국 협회 단위가 아닌 대륙 연맹 차원에서 경쟁력 있는 상업적 이벤트를 여는 장으로 활용되기 시작했다. 선수들이 혹사당한다는 비판도 있지만 각 협회가 새로운 리그를 통해 많은 수익을 올리는 것도 사실이다. 문제는 가장 경쟁력 있는 UEFA가 자기만의 대회로 이 기간을 활용하면서 지역화에 앞장섰고, 그 부정적 여파가 우리나라를 비롯한 아시아에 직격탄을 주고 있다는 점이다.

AFC도 아시아판 네이션스 리그를 고민하고 있지만 워낙 동서로 거리가 멀고, 시차가 큰 한계가 있다. 동서의 시차가 8시간에 이르고, 비행시간도 12시간 이상 걸린다. 회원국의 실력 차가 큰 현실도 존재한다. 상업적 잠재력이 커지기 위해서는 결국 중계권료가 핵심인데 대회 참가국 사이의 격차나 적당한 중계 시간을 주요 국가에 다 맞춰주기 어려운 현실 등이 풀어야할 숙제다. 이동거리와 시차를 줄이기 위해서 동아시아와 서아시아의 분리도 거론되고 있지만 이 경우 양 지역의 강팀이 나눠지게 된다. 동서 분리는 쉽지 않은 난제다. AFC뿐만 아니라 동아시아와 중동의 주요 국가들이 함께 연구해야 한다. 다행히 카타르 아시안컵에서 보여줬던 아시아 팀들의 상향평준화추세와 미디어, 팬들의 열광적 반응은 그나마 아시아판 네이션스리그를 위한 우호적 조건이라고 할 수 있다.

· · ·

월드컵 출전국 수 확대와 월드컵 공동 개최가 늘어나는 것은 상호 연계된 현상이다. FIFA가 회원국 대상 지원금을 대폭 확대하면서 재원 확보의 필요성이 커졌다. 2016년 인판티노 회장이 당선될 때 공약에 따라 FIFA에서 각협회에 직접 지급하는 지원금(FIFA Forward) 규모가 당선 초기 각 협회별로 375만 달러에서 현재는 800만 달러까지 두 배 이상 늘어났다. 또 월드컵 참가국 확대로 FIFA가 부담해야 하는 대회 개최 비용도 카타르 월드컵의 17억달러에서 북중미 월드컵에는 38.4억 달러로 크게 늘어날 전망이다. 여기에 그동안 격년제로 열렸던 U-17 월드컵도 2025년부터 매년 개최로 바뀌고 출전국 수도 24개국에서 무려 두 배나 증가한 48개국으로 대폭 늘어난다. 참가국뿐만 아니라 경기 수도 획기적으로 증가했다. 이런 게 모두 다 돈으로 연결된다. 결국 FIFA 입장에서는 재원 조성 확대가 가장 중요한 어젠다가 됐다.

FIFA 주관 대회의 수익성을 높이기 위한 시도가 여러 형태로 진행 중이다. 대회 개최지 선정에서도 FIFA에 더 많은 수익을 보장하거나 대회 운영에서 자체 부담 비율을 높이는 나라에게 개최권이 우선적으로 주어지고 있다. 2030 월드컵이 3개 대륙 6개 나라에서 벌어지고, 2034 월드컵이 FIFA에 막대한 재정적 지원을 약속한 사우디아라비아에 돌아간 것도 이런 맥락에 있다. 이는 단순히 FIFA만의 문제가 아니라 대회 수익성에 대해 비슷한 고민을 가지고 있는 IOC나 OCA, 그리고 종목별 국제연맹에도 점차 동일하게 적용될 것으로 보인다. 향후 한국이 범국가적 대응을 하지 않는다면 메가 스포츠 이벤트 유치는 힘들어질 것이다. 이에 대한 획기적 대책이 필요하다.

—— 영원한 라이벌 일본에 대해서

일본은 한국과 '가깝고도 먼 이웃'이다. 역사적으로도 큰 상처가 있었고 그 아픔은 아직도 남아있다. 반면 양국의 협력과 경쟁이 상호 발전에 기여한 것도 분명한 사실이다. 정치 경제 사회 문화 모든 분야에서 그랬듯이 스포츠, 특히 축구에서 양국의 경쟁 관계는 매우 치열했다. 국내 최고 인기 스포츠로 프로야구가 꼽히지만 여전히 축구는 국기로 대접받고 인정받고 있다.

국기가 된 연유는 일제 강점기로 거슬러 올라간다. 조선 민족이 실력으로 일본을 이길 수 있는 유일한 분야가 축구였다. 미국에서 건너온 야구의 경우 일본과 실력 차가 워낙 컸다. 하지만 축구는 일본에 대해 민족의 자존심을 살릴 수 있는 거의 유일한 수단이었다. 1933년 조선축구협회가 창설되고 2년 뒤인 1935년 전조선축구대회가 열렸다. 1회 대회 우승팀인 경성축구단은 조선 대표 자격으로 일왕배(일본의 FA컵)에 출전해 우승을 차지했다. 경성축구단은 그해 전일본종합선수권대회에서도 우승했다. 우리 민족의 자랑이었다. 일제강점기에 구축된 이런 이미지가 축구를 국기로 만들었다.

해방 이후 1954년 스위스 월드컵 때 아시아에 주어진 티켓을 두고 한국과 일본은 맞대결을 펼쳤다. 이승만 대통령이 "일본에게 지면 현해탄(대한해협)에 몸을 던지라"고 일본으로 원정을 떠나는 대표팀을 강하게 독려했다는 바로 그 대회다. 적지인 도쿄에서 한국은 일본을 제압하고 사상 첫 월드컵 진출에 성공했다. 이후 한국이 1986년, 1990년, 1994년 월드컵을 연속해서 진출했을 때 일본은 번번이 분루(憤淚)를 삼켰다. 일본이 처음으로 월드컵에 진출한 것은 2002 월드컵이 공동 개최로 결정된 이후인 1998년 프랑스 월드컵이었다.

강준만 전북대 명예교수는 『축구는 한국이다』라는 저서에서 해방 이후 한국 축구의 발전을 이끈 두 원동력으로 일본과 북한에 대한 강력한 경쟁심을 꼽기도 했다. 북한 축구는 지금은 약체지만 1966년 잉글랜드 월드컵에서 아시아 국가로는 처음으로 8강에 오르는 기적을 썼다. 이에 자극받은 한국은 중앙정보부 주도로 최정예 멤버를 모아서 '양지' 축구팀을 운영하기도 했다.

. . .

늘 일본을 앞서갔다고 자부했던 한국이지만 어느 순간부터는 일본에 크게 뒤져있다는 소리를 듣는다. 일본은 우리나라 대표팀 수준으로 꾸릴 수 있는 자원이 몇 배 풍부하다는 평가를 받고 있다. 물론 아직도 최정예로 구성된 성인 대표팀 경기에서는 우월을 가리기 힘들지만 우수 선수를 많이 확보하고, 전반적인 저변 확대 면에서 일본이 우리를 앞서 있는 것을 부인하기 힘들다. 우리와 일본 사이에 인구나 경제 규모 등 기본 환경부터 큰 차이가 있고, 여기에 등록 선수나 팀 수 등 축구 저변에서도 격차가 크다.

개인적으로 일본과의 차이는 두 가지 요소에서 비롯됐다고 본다. 하나는 국방의 의무이고, 다른 하나는 학원 스포츠 환경이다. 분단국으로 모든 젊은이가 국방의 의무를 지고 있는 우리는 가장 왕성한 20대 초중반에 축구에서 경력 중단이 벌어질 수 있다. 일본에는 아예 존재하지 않는 변수이다. 학원 스포츠 환경을 보면 일본은 학교 내 활동으로 배우는데 우리는 과외 활동 형태로 배우는 차이가 있다. 일본은 학교에서 개인 종목이나 팀 스포츠를 쉽고, 싸게 접할 수 있는 환경이 충분히 마련돼 있다. 반면 대입 중심으로 모든 교육이 이뤄지는 한국에서는 학창 시절 다양한 체육 활동이 쉽지 않다. 스포츠를 배우려고 해도 과외 활동이기 때문에 비용도 비싸고 진입 장벽도 높다.

축구로만 국한해서 보면 우리나라는 입문해서 성장하기까지 너무 많은 비용이 든다. 반면 일본은 비교적 저렴한 비용으로 축구를 배울 수 있다. 우리의 이런 고비용 구조를 빨리 혁신해야 한다. 축구에 입문하는 문턱이 지나치게 높다는 얘기다. 협회부터 저비용 구조로 전환하기 위해 할 수 있는 것을 하나씩 실천해 나가려고 한다.

일본은 2026/2027시즌부터 J리그 운영 방식을 춘추제에서 추춘제로 변경하기로 결정했다. 세계 축구와 발맞춰 국내 환경을 조정하겠다는 중장기 계획에 따른 결과다. 유럽을 비롯한 전 세계의 선진 리그들은 대부분 추춘제로 운영되고 있다. 당연히 선수 이적 시장도 이 사이클에 따른다. FIFA나 주요 대륙연맹의 행정도 이 주기에 맞춘다. J리그 사무국은 "우리가 목표로 하는 모습을 명확히 하고, 그 목표를 실현하기 위해 이런 결정을 내렸다"고 설명했다. 이에 따라 2026년 시작하는 J리그는 2026/2027시즌으로 운영되며 2026년 8월 첫째 주에서 2027년 5월 마지막 주까지 진행된다. 동아시아 지역 추춘제 운영의 최대 난점인 혹한기에는 일정 기간 리그를 쉰다. J리그 추춘제 첫 시즌의 경우 2026년 12월 둘째 주부터 2027년 2월 셋째 주까지 휴식기를 갖는다. 일본의 이런 선도적 변화는 K리그에도 시사하는 바가 크다.

AFC가 주관하는 아시아 챔피언스리그는 이미 추춘제로 시행되고 있다. 여러 번 반복해서 강조했지만 한국 축구가 세계무대에 도전하기 위해서는 일단 유망주가 유럽 무대에 많이 진출해야만 한다. 유럽이 추춘제로 시즌을 운영하기 때문에 해외 진출에 유리한 환경을 조성하기 위해서는 우리도 추춘제 도입을 전향적으로 검토해야만 한다. J리그의 추춘제 도입도 결국 세계를 겨냥한 포석이다. 지금도 아시아 챔피언스리그는 추춘제로 운영되기에 K리그의 최상위 클럽들은 이미 1년 내내 경기를 해야만 하는 상황이다. 추춘제는 도입 시기가 문제이지 결국 가야만 하는 길이 아닌가 싶다.

—— 세 차례 북한 방문에 대한 단상

지금까지 북한을 세 번 방문했다. 한 번은 가족사였고, 다른 두 번은 축구협회장 자격의 공식 방북이었다. 처음은 2003년 8월이었다. 불행하게 세상을 떠난 몽헌 형님(현대아산 회장)의 추모식이 금강산 현지에서 열렸다. 형님은 "나의 유분을 금강산에 뿌려 달라"는 유언을 남겼다. 김대중 정부 시절 남북 화해와 경협을 위해 당신의 혼과 정성을 다했던 흔적을 그렇게 남기고 싶으셨던 것 같다. 금강산 온정각에 세워진 추모비 밑에 형님의 머리카락과 손톱 등 신체 일부를 담은 함이 안장됐다. 인생이 참으로 허무했다. 당시만 해도 노무현 정부 때로 남북 관계가 좋을 시기여서 송호경 조선 아태평화위원회 부위원장이 호스트 역할을 했다. 우리 유가족들에게 김정일 국방위원장의 위로를 전하기도 했다. 우리 일행은 서울 계동 현대 사옥에서 모였다가 금강산 육로 관광객 집결지인 고성군 금강산콘도미니엄으로 이동한 뒤 버스를 타고 북한으로 넘어갔다. 동해선 개통 이후 군사분계선을 넘어 남한 차량이 북한으로 들어간 것은 사상 처음이었다. 모두 남북 경협을 위해 애쓰신 큰아버지와 형님 덕분이라고 생각했다.

북한 경계로 들어서자마자 느낀 것은 북한 병사들이 우리 군인들보다 거의 10cm가량 작아 보였다는 점이다. 아마도 영양이 부족했기 때문일 것이다. 고성까지 올라가는 길목에 계속 보였던 간판이 북쪽으로 넘어가자 거짓말처럼 하나도 없었다. 우리는 알게 모르게 간판에 많이 오염됐던 셈이다. 간판이 없는 세상도 나쁘지 않을 것이라는 생각도 들었다.

· · ·

두 번째 북한 방문은 2015년 9월이었다. 18일부터 21일까지 3박4일간 평양에서 열린 동아시아축구연맹(EAFF) 집행위원회에 참석하는 일정이었다. 숙박했던 곳은 평양에서는 특급호텔이었겠지만 막상 들어가 보니 간단하게 치장된 우리나라 3성급 호텔 같은 느낌이었다. 방에 도청장치가 설치되어 있을 것만 같았다. 평양은 처음이어서 방북 전에 이런저런 이야기를 들었다. 한밤중에 갑자기 누가 방으로 찾아온다는 말도 있었던 터라 은근히 걱정도 됐지만 여러 나라 대표단과 함께 갔기에 안심되는 측면도 있었다. 나는 한국에서 왔고, 더구나 큰아버지가 북한에서는 워낙 유명한 분이어서 그런지 나만 따로 특별 수행원이 배치됐다. 북한 정보기관 사람이 아닌가 싶었는데, 배려를 하는 건지 감시를 하는 건지 알 수 없었다. 이 수행원은 나에게 계속 정치적인 사안에 대한 질문을 던졌다.

평양의 명물로 꼽히는 김일성-김정일 부자의 거대한 동상을 회의 참가자들이 단체 관람을 가게 됐다. 동상 앞에 가면 참배하는 인사를 해야 할 터인데, 그런 모습의 내 사진이 찍히면 또 곤란한 상황이 될 수도 있다고 판단해 몸이 좀 불편하다는 이유를 대며 단체버스에서 내리지 않았다. 수행원은 함께 남아서 계속 나에게 곤란한 질문 공세를 펼쳤다. 한번은 다음 선거 결과에 대해 질문을 했는데, 나는 역으로 "평양에서는 어떤 선거 결과가 나오는 것이 좋냐"고 물으니 이 수행원이 갑자기 꿀 먹은 벙어리가 됐다. 전혀 예상치 못한 질문이어서 당황했던 것 같다.

평양 개최 EAFF 집행위원회에서 리용남 전 북한축구협회장과 함께 (2015.09. 평양)

하루 일정으로 묘향산을 다녀오기도 했다. 평양에서 차로 3시간 정도 걸렸다. 3시간 가깝게 고속도로로 이동했는데 창밖으로 지나간 다른 차는 30대 정도밖에 없었다. 고속도로가 텅 비어 있었다는 얘기다. 차량을 통제해서 그런 것인지, 차가 원래 없는 것인지는 모르겠다. 9월 중순이라 한창 추수를 준비하는 농민들의 모습은 간간히 보였다.

묘향산 국제친선관에 도착해 보니 세계 각지의 지도자들이 보낸 선물을 전시하는 곳이란다. 이런 선물을 통해 '김씨 일가가 얼마나 전 세계에서 사랑받는 지도자'인지를 선전하고 있었다. 여기에 큰아버지가 기증한 차량도 전시 중이었다. 수행원은 방명록에 글을 남겨달라고 요청했다. 조금 강요하는 듯한 느낌이었다. 내가 쓴 글이 나중에 어떻게 악용될지 모른다고 판단해 방명록 서명을 거절했다. 인근 보현사를 방문해 주지 스님을 만나기도 하고, 점심에는 만폭동 계곡에 올라가 개울가에서 불고기 파티를 했다. 우리 일행이 20명 정도였는데 비슷한 수의 여성 봉사원을 동반해서 개인별로 서빙을 해줬다. 속으로 '북한에서 이런 호강을 다 해보는구나' 하고 웃었다.

다음날 북한축구협회장을 맡고 있는 리용남 총서기를 만났다. 그는 대외 경제상을 겸임하고 있었기에 대외 사업의 한 아이템으로 축구 사업을 성장시키라는 임무를 받은 것 같았다. 리 회장은 나에게 국가대표팀에 외국인 지도자를 쓰는 이유와 장단점에 대해 자세히 물었다. 나도 나름 성의껏 대답해 줬다. 이듬해 북한은 대표팀 감독으로 노르웨이 출신 지도자 욘 안데르센을 선임했다. 북한 축구 사상 최초의 외국인 감독 영입이었다. 그것이 나의 조언 때문이었을지는 모르겠지만, 매우 흥미로운 뉴스로 느껴졌다.

대한축구협회장 자격으로 북한축구협회에 K리그 올스타와 북한 '4.25 체육단'의 교류전 ,남녀 U-20 대표팀의 상호 합동훈련, 유소년팀 교류 등 다양한 남북 축구 협조 방안에 대해서 공식 제안했다. 리 회장은 즉답을 피하면서 내부 검토를 통해 천천히 논의하자고 했다. 북한이 우리에게 따로 제안한 것은 없었다. 하지만 이후 별다른 교류 논의는 이뤄지지 않았다. 방북 기간 평양국제학교를 방문했는데 여자 고교 선수들의 훈련 장면을 보게 됐다. 상당히 강도 높게 훈련하고 있었다. 국제적으로도 통하는 북한 여자축구의 강점이 저런 터프함에서 나오나 하는 생각을 했다.

. . .

세 번째 방문은 2019년 10월 15일 평양의 김일성경기장에서 열렸던 카타르 월드컵 2차 예선 참관을 위해 이뤄졌다. 문재인 정부가 들어선 뒤 트럼프 행정부의 지원 아래 남북 대화가 급진전되고 있었고, 남북 축구 교류나 메가 이벤트인 올림픽 또는 월드컵 공동 개최도 이슈화되고 있었다. 하지만 2019년 2월 28일 트럼프와 김정은 간의 하노이 정상회담이 성과 없이 끝나면서 남북 관계는 다시 교착 상태로 들어서고 있었다. 이런 긴장감 때문인지 북한에 입국하는 우리 대표팀과 스태프들의 안전 문제도 걱정이 됐다. 그래서 인판티노 FIFA 회장에게 평양에서 남북전이 열리니 함께 북한을 방문해 다양한 남북 축구교류 사업을 제안하면 어떻겠냐고 권유했다. 그 당시 트럼프와 김정은의 하노이 회동 이후 남북 관계가 워낙 국제적 관심사여서 인판티노도 흔쾌히 방북을 수락했다. 나는 한편으로 FIFA 회장과 함께하니 우리 선수단 안전은 아무런 문제가 없겠다는 속내도 있었다. 평양에 도착해 북측 관계자들에게 어느 정도 관중이 올 것 같냐고 물어보니 "모르겠다"면서 언급을 슬슬 피하는 모습이었다. 왜 그랬는지는 경기 당일 알게 됐다. 관중이 아무도 없었다. 북한이 무관중 경기로 진행한 것이다. 전 세계 축구를 관장하는 FIFA 회장이 참관하는데 무관중 경기라니, 상상도 못 한 일이었다.

이 경기에 대해 영국의 BBC는 '세상에서 가장 이상한 경기에 온 것을 환영한다'는 제목의 기사를 썼다. 이 평양 경기는 무중계, 무관중, 무승부의 '3무 경기'로 월드컵 예선 역사에 남을 것 같다.

김일성경기장에 도착해 인판티노 회장을 만나러 가고 있는데 북한 요원이 "그쪽으로 가면 안 된다"고 가로막았다. 나는 이를 무시하고 인판티노 회장을 만나 이런저런 이야기를 나눴다. 인판티노 회장은 평양에 도착해 리용남 북한축구협회장과 환담할 때에는 경기 때 만석이 될 것이라고 큰소리를 쳤는데 막상 와보니 무관중 경기여서 당황스럽다고 털어놨다. FIFA 수장으로서 축구 팬 한 명도 없이 월드컵 예선전이 진행되는 것을 현장에서 목도하게 되었으니 불쾌함을 감추지 못한 것도 당연했다. 리 회장의 '만원 관중 발언'도 바로 거짓말로 탄로 났으니 인판티노는 더욱 기분이 나쁜 듯했다. 남과 북의 경기는 0-0 무승부로 끝났다. 북한은 상당히 거칠게 플레이했고, 우리 선수들은 심리적으로 조금 위축된 듯이 보였다. 월드컵 예선이지만 한국에 생중계도 되지 않았다. 협회장으로서 겪은 다양한 원정 경기 가운데 가장 긴장된 일정이었다. 귀국 길에 선수단을 베이징 공항에서 만났다. 중국도 공산주의 국가이지만 베이징의 공기만 마셔도 북한과는 전혀 다르게 안심되는

카타르 월드컵 2차 예선을 위해 도착한 평양공항에서 선수단과 함께 (2019.10. 평양)

느낌을 줬다.

남북이 75년 이상을 따로 분리돼 살다보니 이제는 같은 민족이지만 이질적인 부분이 더 많아진 것 같았다. 말만 같지 마치 다른 나라 사람처럼 느껴지기도 했다. 통일이 되더라도 남북이 동질화되는 데 상당한 시간이 걸릴 것 같았다. 통일이 되는 과정에서 축구가 무슨 역할을 할 수 있을지 골똘히 생각했다.

—— 엑셀 못하는 직장인 vs 비디오 분석 못하는 지도자

우리와 서양 사람은 자기 일의 우선순위를 정하고 거기에 맞춰 자원을 배분하는 것에서 차이가 나타나는 것 같다. 우리는 급한 일부터 해결하거나, 사람 관계 때문에 일의 우선순위와 재원 배분이 자주 바뀌는 편이다. 반면 서양 친구들을 보면 자기가 이미 정한 우선순위에 따라 시간과 돈을 정확하게 배분한다고 느꼈다. 우리는 회의 시간에도 가족에게서 온 메시지를 보거나 답하는 게 보통이고, 중요한 미팅 자리에서도 나가서 핸드폰을 받고 오기도 한다. 아무리 일이 바빠도 경조사에는 거의 참석한다. 축구 훈련 현장도 비슷하다. 지금은 많이 바뀌었지만 몇 년 전에는 국내 감독들이 훈련 중에 전화를 받거나 메시지를 확인하는 것을 자주 봤다. 반면 내가 경험한 외국인 감독들은 훈련장에 핸드폰을 가져 오는 것을 거의 보지 못했다.

여러 가지 통계에 의하면 우리는 직장에 있는 시간이 매우 길지만 '버리는 시간'도 많다. 사무실에서 뉴스도 보고, 인터넷 검색도 하고, 심지어 게임이나 쇼핑을 하는 사람까지 있다. 주 52시간 근무제가 문제가 아니라, 더 짧게 근무하더라도 집중하면서 근무하는 방법을 연구해야 한다. 근무 시간보다 근무 집중도가 더 중요한 시대가 도래했다. 이를 축구 훈련 현장에 한번 적용해 본다. 해외 프로팀에서는 평소 훈련 시간이 1시간 반에서 2시간 정도다. 이탈리아의 경우 1시간은 전술 훈련, 30분은 세트피스 훈련을 한다. 이 이상 훈련하면 선수들 집중도에 어려움이 있을 수 있다고 판단한다. 따라서 감독과 코치들은 훈련에 나가기 전에 오늘 훈련의 목적과 내용이 무엇인지를 철저하게 설정하고, 이를 효율적으로 선수들에게 전달하고 소통하는 것을 무엇보다도 중요시 여긴다. 지도자나 선수나 짧은 시간 내에 집중하는 것이 가장 중요하다. 전달하고 소통하는 능력, 전달받고 소통하는 능력에도 집중이 필요하다.

한 국내 감독이 전술 훈련 중에 선수들을 불러 모아 잘못된 사항을 길게 설명하는 것을 본 적이 있다. 이런 식으로 자꾸 훈련이 끊어지고, 중간에 훈계 시간이 늘어나니 결국 전체 훈련 시간이 3시간 정도가 됐다. 이러면 선수들의 집중력을 계속 유지하기 힘들고 훈련의 질이 떨어진다. 외국인 국가대표 감독 체제에서 한 국내 코치가 자신이 맡은 부문의 전술을 연습시키는데,

훈련 도중 선수들을 30분 이상 운동장에 세워놓고 설명했다고 한다. 해외파들은 시차도 있고 많이 피곤할 터인데, 효율적이고 집중적으로 훈련 개요를 설명하고 실행하는 것이 필요하다고 본다.

. . .

직장인에게 엑셀은 업무 수행을 위한 가장 필수적인 프로그램이다. 엑셀을 못 다루면 직장생활과 실무를 원활히 하기 힘들다. 이제는 비디오 영상 분석을 위한 편집 능력도 지도자가 꼭 배워야 할 필수적인 기술이라고 생각한다. 마치 직장인에게 엑셀 같은 존재다. 지도자의 생각을 가장 효율적으로 선수에게 전달할 수 있는 수단은 역시 영상이다. 자기가 생각하는 방향으로 영상을 편집해 선수에게 설명하는 것은 기본 중의 기본이 됐다. 프로팀이든 각급 연령팀이든 지도자들은 비디오 분석과 편집 능력을 키우기 위해서 노력해야만 한다.

지도자라면 자기만의 뛰어난 전술, 전략이 있을 것이다. 하지만 전술이 있는 것과 그 전술을 소속 선수들에게 이해시키고 실전이 벌어지는 운동장에서 수행할 수 있게 만드는 것은 전혀 다른 역량이라고 할 수 있다. 아는 것보다 실행시키는 것이 더욱 중요하다. 전술도 중요하지만 우리가 더 집중해야 하는 부분은 효과적으로 소통하고 팀의 심리적 요인을 잘 매만져 팀워크를 만들고, 동기 부여를 주는 부분이라고 생각한다.

이것은 단지 축구에만 해당되는 것은 아니다. 회사 경영자나 관리자가 더 노력해야 할 부분이다. 예를 들어 팀장이 팀원에게 과제(임무)를 주는 경우를 상상해 보자. 팀원에게 과제의 목적과 수행 방식을 자세히 설명해주면 팀원이 한 번에 잘해올 확률이 높아질 수 있다. 과제를 받는 사람이 잘 이해하고 일할 수 있도록, 과제를 주는 사람 역시 열심히 준비해야 한다는 뜻이다. 하지만 우리는 보통의 경우 상급자가 그냥 툭 던지듯 과제를 준다. 과제를 받은 사람은 헤매거나 수행에 어려움을 겪게 된다. 자연히 과제의 질이 떨어진다. 결국 과제를 주는 사람이나 받는 사람이나 모두 좋은 결과물을 기대하기 어렵게 된다. 이런 과정이 계속 반복되면 생산성을 높이기도 어렵다.

축구에서도 마찬가지다. 감독의 많은 경험과 지식을 선수들이 한꺼번에 다 이해하기는 힘들다. 감독은 최대한 선수 입장에서 쉽게, 잘 설명해야 하며 훈련 시간도 짧고 효율적으로 운영해야 한다. 그래야 선수들의 집중도가 높아질 수 있다. K리그 경기를 보면 플레이를 잘 하다가도 아주 쉬운 실수를 하는 장면을 꽤 자주 보게 된다. 이런 문제가 발생하는 것은 훈련 방식에서 원인을 찾을 수 있다고 생각한다. 축구는 90분 내내 고도의 집중력이 필요하다. 수준이 비슷할 경우 90분 경기 동안 최소 3~5번의 결정적인 기회가 온다. 중요한 순간이 이렇게 몇 번 되지 않는데. 집중하지 않아서 실수가 나오면 경기 결과에 큰 영향을 주게 된다. 훈련 과정부터 보다 집중력 있고 콤팩트하게 준비해야만 실전에서도 같은 집중력이 생길 수 있다. 그래야 90분의 실전 동안 최대한 집중력을 잃지 않으면서 최소한의 실수로 경기를 치를 수 있다.

우리가 발전하기 위해서는 90분 내내 집중할 수 있고 창의력을 키울 수 있는 훈련 방법을 만들어야 한다. 미리 준비한 패턴이나 기계적인 전술은 바로 상대방이 알게 된다. 우리가 준비한 것이 통하지 않을 경우에는 당황할 수밖에 없고 실수가 나온다. 우리는 너무 많은 것을 가르치려 한다. 선수, 학생들이 스스로 방법을 찾아갈 수 있도록 기다려줘야 한다. 그런 과정에서 창의력이 나올 수 있다. 하지만 우리 어른에게 그런 인내심이 없는 것 같다.

3부

정몽규의 비전

: 대한민국 축구의 미래를 말하다

제16장
미래를 준비하다

: 비전 해트트릭 2033과 가치체계 재정립

—— K리그 '비욘드 일레븐'과 대한축구협회 미래기획단의 출범

프로축구연맹 총재를 맡을 때나, 대한축구협회장을 맡을 때나 처음에 가장 놀랐던 것은 한국 축구를 대표하는 두 단체에서 미래 비전을 담은 중장기 계획이 별로 없었다는 점이었다. 기업을 경영하면서 늘 미래를 준비하는 것을 기본으로 여겨왔던 입장에서 선뜻 이해하기 힘들었다. 프로연맹은 그전까지 주로 경기 진행이나 심판 관리 등 당장의 리그 운영에만 몰두했던 것 같다. 상대적으로 규모가 큰 축구협회도 미래를 대비하는 조직이나 전담 인원이 전혀 없는 상태였다. 축구 행정을 조금 이벤트 위주로 진행했던 것이 아닌가 하는 느낌이었다. 그래서 협회장을 맡고 나서 미래를 위한 본격적인 마스터 플랜을 한 번 짜보자는 생각을 하게 됐다. 처음부터 완벽한 계획은 없는 법이니 마스터 플랜을 마련한 뒤 시행하면서 보완하는 한이 있더라도 일단 시작하는 게 중요하다고 판단했다.

· · ·

연맹을 처음 맡은 2011년에도 미래를 대비하는 중장기 프로젝트를 만들고 싶었지만 당장 승부조작 사태가 터지면서 그럴 여유가 없었다. 그해 중반부터 승부조작을 극복하기 위한 대책으로 승강제를 추진하게 됐고, 그러면서 K리그 장기 발전 계획의 필요성을 더욱 절감했다. 하지만 연맹 사무국 인원이 워낙 소수였던지라 전담 조직을 만들기에는 한계가 있었다. 마침 안기헌 사무총장이 문화체육관광부의 사업을 수행했던 믿을 만한 컨설팅 업체를 추천했다. 내부 역량이 부족하면 외부의 도움이라도 받아야 한다.

이 컨설팅 업체에게 K리그 장기발전 계획을 맡긴 게 2012년 중반의 일이었다. 연맹 실무진과 컨설팅 업체가 주기적 미팅을 통해 장기발전 계획 수립 작업을 진행했고 나도 중간 단계마다 보고를 받았다. 이 작업은 내가 연맹 총재를 떠난 뒤인 2013년 상반기에 마무리됐고, 6월 13일 K리그 30주년 기념식에서 '비욘드 일레븐(Beyond 11)'이라는 이름으로 발표됐다. K리그가 향후 10년 뒤인 2022년까지 아시아 넘버원 리그로 발돋움하기 위해 필요한 11가지의 구체적 전략과 실행 과제를 담은 내용이었다. 연맹은 2008년도 초에 외부 용역을 통해서 프로축구 중장기 발전 계획인 '비전 프로젝트 K(Vision Project K)'를 발표한 적이 있다고 한다. 그 이후 처음으로 보다 심층적이고 구체적인 중장기 발전 계획이 나왔다. 나는 협회장 자격으로 '비욘드 일레븐' 발표회에 참석했다. 연맹 총재 시절 K리그 중장기 계획의 초석을 닦았다는 사실에 내심 뿌듯한 마음이 들었다.

축구협회로 옮겨오니 사정이 거의 마찬가지였다. 미래를 준비하기 위한 조직이나 이전 연구가 거의 없었다. 한국 축구가 그동안 양적, 질적으로 발전을 거듭하면서 성장했지만 앞으로 한 단계 업그레이드하기 위해서는 미래를 준비하는 작업이 반드시 필요했다. 협회 내에 이런 부분을 다루는 별도 조직을 만들어야겠다고 생각했다. 취임 이후 내부 준비를 거쳐 2013년 7월 10일 회장 직속의 정책 자문기구로 '미래전략기획단'이 정식 출범했다. 공동 단장으로는 곽영진 전 문체부 차관과 이용수 세종대 교수를 함께 모셨다. 곽 차관은 정부에서 다양한 장기 플랜을 수립하고 실무를 총괄했던 경험이 있었고, 이 교수는 축구계에서 정책 아이디어가 뛰어난 분으로 정평이 있었다. 특히 이 교수는 지난 협회장 선거에서 허승표 후보 캠프에서 핵심 브레인으로 일했지만 오직 정책적 능력을 높이 평가해 삼고초려 끝에 영입할 수 있었다. 두 명의 공동 단장 외에 최준서 한양대 교수, 우상일 문체부 체육정책과장, 윤영길 한국체대 교수, 정의석 올리브 크리에이티브 대표, 정태석 순천향대 교수, 김주호 제일기획 마스터(이상 당시 직함) 등 각계 전문가를 위원으로 모셨다. 이외에 최순호 협회 부회장과 각 해당 팀장들이 회의에 함께 참여하기로 했다.

축구협회장 정책자문기구인 미래전략기획단 출범 및 위원 위촉식 (2013.07.10, 파주NFC)

　　한국 축구를 위해 백년대계까지는 아니어도 멋진 십년대계를 만들어주기를 바라는 마음이었다. 나는 출범식에 참여해서 "한국 축구는 경기력 면에서는 세계 수준에 근접했지만 미래지향적 정책 수립 측면에서는 부족함이 있었던 것이 사실이다. 단기적 접근이 아니라 10년, 20년 후의 한국 축구를 내다보는 긴 안목의 정책 비전을 제시해 주기를 바란다"고 주문했다. 진정 옥동자 탄생을 기대하는 심정이었다.

　　단장으로 합류한 이용수 교수의 말을 들어보니 2002 월드컵을 앞둔 2001년에 축구협회에서 간략한 중단기 계획 수립을 시도했다고 한다. 당시 협회 기술위원장을 맡고 있던 이 교수가 남광우 사무총장에게 중장기 발전 계획의 필요성을 먼저 제안했고, 이 교수 주도로 서울대 체육교육과 출신 후배 교수들이 몇 명 모여서 2주일 정도 합숙하면서 드래프트를 만들었다고 한다. 하지만 이후 제대로 진행되지 않았던 모양이었다. 이번에 출범한 미래기획단은 2주 단위로 회의를 진행하면서 이전 회의 결과물을 토대로 다시 논의를 심화시켜 나갔다. 해당 분야를 담당하는 협회 팀장들도 적극적으로 회의에 참여하도록 조치했다. 실무 담당자의 의견이 적절히 반영되어야 수립될 계획의 현실성을 높일 수 있다고 판단했다. 나는 주기적으로 중간보고를 받으면서 나름 의견을 제시하기도 했다. 모든 사람들의 지혜와 열정이 모이면서 무언가 작품이 만들어지고 있다는 느낌을 받았다.

—— '비전 해트트릭 2033' 발표

미래기획단의 항해에는 많은 분들의 적극적인 도움이 있었다. 그 가운데 2024년 초 세상을 떠난 세계 축구의 레전드 프란츠 베켄바우어의 조언도 생각난다. 미래기획단은 8월 '해외 선진축구 사례 연구조사단'을 구성해 10박 12일 일정으로 독일과 프랑스에 첫 출장을 떠났다. 독일과 프랑스가 첫 출장지가 된 것에는 베켄바우어의 조언이 있었다. 베켄바우어는 미래기획단 출범 직전인 6월 방한했다. 독일 정부가 몽준 형님에게 '대십자 공로훈장'을 수여하는 것을 축하하기 위한 일정이었다. 베켄바우어는 FIFA 부회장으로 2006년 독일 월드컵 성공에 기여한 몽준 형님에게 대십자 공로훈장 서훈을 추천했다고 한다.

독일대사관저에서 열린 훈장 수여식에서 베켄바우어와 만났는데, 그는 "프랑스는 20년 전부터 유소년을 육성해 1998년 월드컵과 유로2000에서 우승할 수 있었다. 위기감을 느낀 독일은 2000년대 초부터 프랑스 시스템을 벤치마킹했고, 지금은 이런 육성 시스템에서 점차 성과가 나오고 있다"라고 소개했다. 이 조언에 따라 프랑스와 독일 사례를 먼저 살펴보게 됐다. 또 유소년 시스템에 일가견이 있는 네덜란드 아약스 클럽의 사례도 집중 연구했다.

이용수 단장은 중간보고 형식으로 나와 미래 기획의 방향성에 대해서 자주 상의하고 토론했다. 이 단장이 워낙 축구계 경험이 많았고, 여기에 다양한 해외 사례를 검토한 결과가 더해지면서 시간이 지남에 따라 좋은 그림이 만들어지고 있었다. 그때만 해도 국내 축구계 상황에 대해서 자세히 몰랐던 나는 마치 개인 과외 교습을 받는 느낌이었다. 큰 그림이 모양을 갖춰가는 과정이 정말 흥미진진했다. 나도 미래기획단이 추구하는 방향성에 대부분 동감했다. 내 의견이 있으면 격의 없이 전달했고, 치열한 토론 과정도 거쳤다. 내 스스로 열심히 축구를 공부하는 과정이었다고 생각한다. 이용수 단장을 비롯한 미래기획단 구성원들이 미래 비전의 기본 틀을 만들어 준 것에 대해서 지금도 고마운 마음이다.

미래기획단 출범 이후 4개월여 만에 중장기 발전계획이 마련됐다. 최종 보고를 받은 나는 이 계획을 단지 내부용으로 두지 말고 축구 관계자와 팬에게도 공유하면 좋겠다고 생각했다. 한국 축구의 장기적 지향점을 협회뿐만 아니라 다양한 축구 관계자와 팬까지 함께 공유하면서 한마음으로 노력하면 더 좋은 결과가 나올 수 있다고 믿었다. 마침 2013년은 대한축구협회 창립 80주년이 되는 해였다. 창립 기념식을 비전 선포식의 형태로 치르기로 했다. 장기 계획의 이름은 내부 논의를 통해 '비전 해트트릭 2033'으로 정했다. 축구협회 창립 100주년이 되는 2033년까지 이뤄내야 하는 목표를 3대 비전에 맞춰 구체화했다는 의미를 담았다. 해트트릭은 한 경기에 3골을 넣는 것이다. 이처럼 2033년까지 세 가지 비전을 달성하고 싶었다.

· · · ·

3대 비전은 '꿈꾸고', '즐기고', '나누며'로 정리했다. '꿈꾸고'는 세계 최고 수준의 경기력을 꿈꾸면서 이를 이루기 위한 지원 시스템을 구축하겠다는 의미를 담았다. 현재보다 미래를 지향했다. '즐기고'는 남녀노소 전 국민이 축구를 즐길 수 있는 환경을 조성하면서 엘리트와 생활 체육이 조화를 이루는 새로운 패러다임을 선도하겠다는 의지를 뜻했다. 투쟁보다는 즐거움이 우선이었다. '나누며'는 축구가 만들고 있는 사회적 가치를 모든 축구인들과 사회 구성원들이 함께 나누면서 사회적 책임을 실현시켜야 한다는 목적을 상징했다. 혼자만을 위하는 것이 아니라 공동선을 추구했다.

이러한 3대 비전 아래 5대 추진 목표를 설정했고 다시 그 아래 10대 정책 분야와 30대 실천 과제를 구분했다. 상당히 체계적이고 단계적인 설정이었다.

나는 미래기획단이 정리한 3대 비전의 함축적 표현이 마음에 들었다. 평소 내 생각과 합치되는 부분이 많아서 더욱 그랬다. 앞에서도 나는 어린 시절 '꿈꾸는 왕자님'이라는 별명이 있었다고 소개했다. 나는 어릴 때부터 '꿈'이라는 말을 참 좋아했다. '꿈꾼다는 것'은 현재보다는 더 나은 미래를 만들자는 의지라고 할 수 있다. 사람은 원래 그렇게 살아가는 법이다. 나는 개인적으로 힘들고 괴로운 일이 있을 때마다 미래를 생각하는 버릇이 있다. 지난 과거는 절대로 바꿀 수 없지만 다가올 미래는 하기 나름이다. 지금보다 나은 미래가 올 수 있다고 상상하는 것만으로도 위안을 받는다. 나는 지난 과거에 연연하는 것이 싫다.

'즐기고'는 축구를 하는 마음가짐이다. 스포츠는 경쟁이 기본이지만, 어린 시절부터 즐기면서 운동해야 개인도, 종목도, 사회도 더 좋아질 수 있다고 생각한다. 축구는 온 국민이 편하게 즐길 수 있는 종목이다. 비전 해트트릭을 발표할 당시에는 아직 엘리트 체육을 담당하는 대한축구협회와 생활 체육을 관장하는 전국축구연합회가 단체 통합을 하기 이전이었다. 그래도 전 국민이 '즐기는' 개념을 축구협회의 목표로 삼고 싶었다. 나중에 양 단체가 통합하면서 명실상부하게 전 국민이 즐기는 스포츠를 핵심 가치로 삼을 수 있었다.

'나누며'는 축구뿐만 아니라 모든 스포츠가 공통의 상위가치로 생각해야 하는 덕목이다. 특히 축구는 다른 종목에 비해서 성공한 선수가 누리는 부와 명예가 상당하다. 개인적 성공에 그치지 말고 사회에 기여하고 책임을 다하는 윤리 의식이 성숙해지기를 바랐다. 축구를 통해서 공공선을 만들어가는 것이 얼마든지 가능함을 보여주고 싶었다.

2013년 11월 22일 열린 '창립 80주년 기념 비전 선포식'에서 나는 "대한축구협회는 1933년 발족 이래 국민의 성원과 관심 아래 비약적인 발전을 이뤄냈지만 선진 축구로 발전하기 위해서는 해결해야 할 과제도 많다. 앞으로 이런 과제를 비전과 실천 전략을 통해서 한 가지씩 꾸준히 실천할 예정"이라고 약속했다. 이날 발표된 '비전 해트트릭 2033'은 이후 10년 넘게 '정몽규 집행부'가 추구하는 정책 바이블 역할을 했다. 이 비전과 실천 과제를 중심으로 매년 꼼꼼히 세부 정책을 실천했다. 예산도 이 정책 목표에 맞춰 우선순위를 정했다. 10년 넘게 일관성 있는 정책을 실천해왔다는 점에서 자부심을 느낀다. 그 뿌리는 '비전 해트트릭 2033'이었다.

· · ·

비전 해트트릭 2033은 첫 발표 이후 3년이 지난 2016년 일부 수정과 업그레이드 과정을 거쳤다. 그 시기는 대한축구협회와 전국축구연합회가 조직을 합치고 통합 축구협회로 다시 출범한 첫해였다. 나는 통합 협회장으로 출마하면서 '디비전 시스템 도입', '제2의 트레이닝센터 건립', '국제경쟁력 향상', '고품격 축구문화 조성', '대한축구협회 브랜드파워 상승' 등 다섯 가지 공약을 발표했다. 기존의 비전 해트트릭에 이 공약의 주요 내용을 반영해 협회 중장기 계획을 더 구체화시켰다. '비전 해트트릭 2.0 버전'이라고 할 수 있겠다.

건설회사를 오랜 기간 운영하다 보니 설계 개념에 익숙해졌다. 처음 발표

비전 해트트릭 2033

5대 추천목표	10대 정책분야	32대 실천과제	
1. 경쟁력을 높인다.	1. 경기력 향상	1. 경기방식 다양화 3. 골든에이지 프로그램: Pre-post	2. 국가대표팀 운영 체계화 4. 프로선수 육성 제도 정립
	2. 디비전체계확립 & 저변확대	5. 디비전 시스템 완성 7. 100만 선수·지도자, 2만 활동심판	6. 유·청소년·대학리그 안정화 8. 여자 축구 및 풋살 저변확대
2. 인재를 육성한다.	3. 제도개선	9. 대학입학 제도 개선 11. 파트너쉽 체계화	10. 심판위원회 통합 및 우수 심판 육성 12. 지도자 고용 안정성 강화

3.
열린 행정을
구현한다.
	4. 교육 전문화	13. 온라인 교육 콘텐츠 강화
		15. 축구문화산업 컨퍼런스
		    활성화
			14. 강사양성 및 전문 지도분야
			    확대

	5. IT기반 확대 및 인프라 확충	16. 데이터 센터 발전 및 활성화 18. 제2NFC 건립	17 경기장 인증제 도입
4. 축구 산업을 확대한다.	6. 축구산업 규모 확대	19. 축구 중계 확대 21. 머천다이징 활성화	20. 스폰서십 확장
	7. 팬 퍼스트 커뮤니케이션	22. 팬 커뮤니케이션 확대 24. 영상 플랫폼 강화	23. 브랜드 커뮤니케이션 강화
	8. 국제 경쟁력 강화	25. 주요 국제대회 유치 27. 우수 인재 해외 진출 지원	26. 국제 기구 진출
5. 새로운 축구문화를 조성한다.	9. 사회 공헌	28. 경력전환 프로그램 수립 30. 축구를 통한 통일 비전 제시	29. 레전드 프로그램 활성화
	10. 축구 문화 조성	31. 리스펙트 캠페인 전개	32. 축구행복지수+

했던 '비전 해트트릭' 원안은 건축 설계로 친다면 개념 설계(Concept design) 또는 기본 설계(Basic design)에 비유할 수 있다. 처음 이 계획을 짤 때부터 나중에 실시 설계(Detail design)가 필요하다고 생각했다. 1, 2년 정도 원안을 시행하면서 드러나는 여러 가지 문제점을 보완해 더 구체화하는 작업은 필수적이다. 설계자의 구상이 구현되는 부분은 실시 설계까지지만 공사 과정

에 벌어지는 현장 여건에 따라서 상세 시공도(Shop drawing)가 추가되기도 한다. 이러한 치밀한 과정 없이는 좋은 건축물이 나올 수 없는 법이다.

한국 축구의 미래를 만들어가는 설계도도 마찬가지라고 판단했다. 한 단계 업데이트된 비전 해트트릭의 주요 내용을 소개한다.

비전 해트트릭의 구체적 사업에 대해서는 매년 협회 예산을 편성할 때에도 우선적으로 배려했다. 목표를 세우는 것보다 더 중요한 것은 실천이다. 목표의 실행은 예산의 뒷받침이 있을 때만 가능하다. 협회 모든 직원들이 해당 목표를 정확히 인지하면서 업무를 진행할 수 있도록 독려했다. 2013년 비전 해트트릭 2033를 발표한 뒤 10년이 지난, 즉 마라톤으로 치면 이제 막 반환점을 돈 2023년 현재 비전 해트트릭 정책 목표 달성도는 72%에 이르렀다. 나를 포함한 협회 전 직원이 공약(公約)이 공약(空約)이 되지 않도록 노력한 결과였다.

한 조직이 목표한 것을 달성하기 위해서 돌탑을 쌓는 과정은 정말 지난(至難)하다. 천천히, 오래 걸린다. 하지만 무너지는 것은 한 순간이다. 정책 담당자들이 항시 마음에 두어야 하는 격언이다.

비전 해트트릭을 발표한 지 10년이 훌쩍 넘은 지금 뒤돌아보면 유소년 축구 발전의 기반을 닦은 것이 가장 기억에 남는다. '골든 에이지'로 대표되는 한국형 유소년 육성 프로그램의 도입은 이 계획 덕분에 가능했다. 2014년 3월 열린 골든 에이지 출정식에서 나는 "이 사업을 통해서 한국 축구의 또 다른 봄이 오기를 기대한다. 축구 인재 발굴과 국가대표 경기력 향상이 함께 이뤄지기를 바란다"고 말했다. 당장의 국가대표팀이 아니라 10년 뒤의 대표팀을 위한 작업의 시작을 알리는 축사를 하면서 짠했던 마음이 아직도 생생하다. 또 이 계획에서 처음 제시했던 '제2의 NFC 건립'도 천안에 건설 중인 대한민국 축구종합센터로 현실화됐다.

다만 아쉬웠던 부분은 비전 해트트릭을 만들 당시 여자축구 발전 계획을 구체적으로 세우지 못했다는 점이다. 이용수 단장도 이 부분을 가장 아쉽게 생각했고, 나중에 별도의 여자축구 활성화 계획으로 보완했다. 심판 분야의 개혁도 아직 미진한 대목이다. 협회를 중심으로 '심판 육성-배정-평가의 일원화' 체계를 만들었지만, 심판 능력의 전반적인 향상, 젊고 유능한 심판을 키워내는 세대교체 작업, 월드컵 심판 배출 등의 목표까지는 아직도 진행형이다.

나는 국내 축구계 문화가 좀 더 개방적이기를 바랐다. 기존 인물뿐만 아니라 새로 들어오려는 사람(New comer)도 빨리 정착하고 새롭게 기여할 수 있는 문화를 만들고 싶었다. 내가 생각했던 방향이 얼마나 이뤄졌는지, 부족한 것은 없었는지 다시 한번 성찰해본다.

—— 대한축구협회 가치체계 재정립

2024년 1월 2일 창립 90주년을 기념하는 연간 시상식에서 '대한축구협회의 새로운 가치체계'를 재정립해 발표했다. 이날 발표된 가치체계는 창립 80주년에 나왔던 '비전 해트트릭 2033'을 계승하면서 한 단계 발전시킨 개념이라고 할 수 있다. 협회의 새로운 가치체계는 미션~가치~핵심목표의 3단계로 구성됐다. 협회가 제시한 새로운 미션은 '축구가 함께하는 행복한 대한민국'이다. 우리는 "대한민국 축구의 존재 이유는 무엇인가?", "축구협회가 존재해야 하는 이유는 또 무엇인가?"라는 근본적 질문을 스스로에게 던지고 싶었다. 이런 질문에 응답할 수 있어야 협회의 진정한 존재 이유를 알 수 있고, 그 가치체계 안에서 사업의 정당성을 획득할 수 있다고 믿었다.

축구협회 가치체계 재정립이라는 아이디어는 여러 사람들과 대화를 나누는 과정에서 나왔다. HDC그룹을 경영하면서 느꼈던 점도 반영됐다. 사람들은 보통 자기가 하는 일에 대해서는 상세한 내용까지 잘 알고 있다. 자신이 담당하는 구체적 업무에 대해서는 대체로 청산유수로 답할 수 있다. 그런데 "우리 회사 또는 조직은 왜 존재하는가?"라는 질문을 받는다면 대부분 대답을 제대로 못한다. 생각해 본 적도 없지만 거기까지 고민할 이유도 별로 없기 때문이다. 자기 업무만 제대로 해도 충분하다. 승진하면, 또는 보직이 바뀌면 다시 그 업무만 수행해도 된다. 내가 하는 일, 조금 크게는 우리 부서가 하는 일의 흐름은 대체로 잘 안다. 하지만 우리 회사의 존재 이유를 한 단어로, 한 문장으로 정리해 보라고 하면 선뜻 답할 수 있는 사람은 별로 없다. 한마디로 정리하기 힘든 부분도 있지만, 존재의 이유에 대해 구체적으로 고민한 적도 없기 때문이다.

조직의 실존적 의미, 목표, 방향성 등이 조직원들에게 분명히 인식되어야만 조직도, 조직원도 정체성을 더 잘 살릴 수 있다고 생각한다. 설혹 모두가 수긍할 수 있는 구체적인 답을 찾지 못한다고 해도 이것을 토의하고 고민하는 과정에서 우리만의 공감대를 만들어 갈 수 있다고 봤다. 내가 "축구협회는 무엇 때문에 존재하는가"라는 근본적 질문을 던진 이유이다. 기업 경영을 통해서 경험한 바로는 조직의 존재 이유를 잘 인지하고 있는 사람들이 업무에서도 우수한 결과를 내는 경우가 많았다.

우리는 대한축구협회의 존재 이유에 대해서 논의하고 토론하는 과정에서 '국민', '축구', '행복'이라는 3가지 열쇳말을 찾아냈다. 이를 바탕으로 한 줄로 정리한 미션이 '축구가 함께하는 행복한 대한민국'이었다. 비전 해트트릭의 3대 비전이었던 '꿈꾸고', '즐기고', '나누며'가 다른 옷으로 단장됐다고 볼 수도 있겠다.

. . .

대한축구협회 가치체계

미션
KFA 설립 목적

축구가 함께하는 행복한 대한민국

대한 축구협회가 존재하는 이유이자 목적으로, 시대의 변화와 관계없이 변하지 않는 지향점

가치
미션 달성을 위한 최우선 가치

대표
국가대표 경쟁력 강화

책임
대회/리그 정책 기획 기능 강화

육성
한국축구 자생력 강화

2024-2026 9대 핵심 목표

대표

1
한국축구 기술철학 정립
철학 정립을 통한 국제 경기력 강화

2
성인대표팀 우수 성적 달성
U-18~성인대표팀의 국제 경기력 향상

3
유·청소년 대표팀 경기력 향상
골든에이지 및 U17 이하 대표팀의 육성

책임

4
한국형 디비전 완성
1~7부 한국축구 디비전 시스템 통합

5
디비전 리그 활성화
K3·K4리그 내실 강화 및 활성화

6
디비전 리그 근본 강화
디비전의 근간인
K5·K6·K7리그 내실 구축

육성

7
전문인재 육성
심판 및 지도자의 질적·양적 발전

8
축구산업 확대
안정적인 수입 확대
및 선진 마케팅 구조 구축

9
세계 최고 수준의 NFC
최상의 축구 인프라를 갖춘
축구종합센터

가치체계의 최상위 개념인 미션 아래 '3대 가치'는 '대표', '책임', '육성'으로 정리됐다. '대표'는 각급 대표팀의 경쟁력 강화를 통해 한국 축구의 위상을 높이고 자긍심을 고취하는 것을 뜻하며, '책임'은 일관된 정책과 제도를 통해 책임 있는 축구 행정을 실현하는 것을 말한다. 또 '육성'은 축구계 전반에 걸쳐서 미래의 인재를 꾸준히 양성함으로써 한국 축구의 자생력을 튼튼히 한다는 것을 의미한다.

3대 가치를 실현하기 위해서는 별도의 핵심 목표를 설정했다. 이 목표는 FIFA 월드컵 주기인 4년마다 재설정된다. 미션과 가치가 불변의 가치라면 이

를 이루기 위한 핵심 목표는 세계 축구의 흐름과 국내 여건 등을 고려해서 월드컵 주기인 4년마다 현실성 있고 탄력적으로 설정할 수 있게 했다. 이상적 가치와 현실적 수단을 구분해, 이상을 실현하기 위한 수단에는 현실을 적극 반영하겠다는 취지였다. '이상주의적 접근'과 '현실주의적 접근'을 모두 수용하면서 시너지를 창출하기 위한 방법이라 할 수 있다.

2026년 북중미 월드컵까지 미션 및 3대 가치를 위해 달성해야 할 목표는 다음과 같다. 먼저 '대표'의 가치를 실현하기 위해서는 '한국 축구의 기술 철학 정립', '성인 대표팀의 우수 성적 달성', '유·청소년 대표팀의 경기력 향상'이 목표다. '책임'의 가치 아래에는 '1부에서 7부에 이르는 성인 축구의 디비전 시스템 완성', '3~4부 활성화를 통한 K리그와의 승강제 실현', '5~7부 육성을 통한 풀뿌리 축구 강화'를 핵심 목표로 정했다.

'육성'의 가치를 위해서는 '지도자, 심판 등 전문 인재의 육성', '마케팅 강화를 통한 축구 산업의 확대', '세계 최고 수준의 축구종합센터 건립'을 주요 목표로 삼았다. 이들 핵심목표를 달성하기 위해서 각 부문별로 다양한 정책이 추진되거나, 이미 추진 중인 정책을 심화시킬 예정이다.

· · ·

일각에서는 3선 임기의 마지막 해에 이런 장기 계획을 발표하는 것에 의구심을 갖기도 한다. 축구협회장이라는 자리는 축구에 대해서 잘 모를 때 처음 당선이 되고, 가장 잘 알고 이해한다고 생각될 때 퇴임하게 된다. 이런 것은 다른 모든 인생 경험과도 마찬가지라고 생각한다. 전임자가 만든 장기 계획은 후임자에게 좋은 참고 자료가 될 수 있다. 이를 토대로 새로운 계획을 발전시킬 수도 있고, 경우에 따라서는 시대적 요구에 따라 전면적 개편도 가능하다. 후임자의 선택은 전임자가 만들어놓은 토대가 있을 때 더 효율적으로 이뤄질 수 있다. 현 집행부가 쌓아올린 몇 개의 벽돌이 다음에 오는 사람

축구의 학교 및 생활체육으로 확장을 위한 늘봄학교 협약 (2023, 인천, 이주호 부총리)

에게는 디딤돌이 될 수도 있음을 말하는 것이다. 나는 임기 내에 내가 할 일을 한 것일 뿐이다.

── 1인 1기의 스포츠를 즐기는 나라

과거 박근혜 정부는 엘리트 체육과 생활 체육을 각각 관장하던 단체를 통합하는 작업을 진행했다. 엘리트 체육과 생활 체육 사이의 선순환 구조를 만들고 시너지를 높여 선진 체육을 이루기 위한 구조 개편을 하겠다는 의도였다. 체육계는 전통적으로 엘리트 체육, 생활 체육, 학교 체육을 3가지 축으로 상정한다. 이 3가지 축이 유기적 선순환을 해야 체육 발전을 이룰 수 있다는 것이다. 나는 체육 전문가는 아니지만 한 가지 소신은 있다. 학교 체육 또는 학생 체육의 중요성이 상대적으로 너무 간과되고 있다고 생각한다.

학교 체육에도 두 가지 큰 흐름이 있다. 하나는 엘리트 코스를 밟고 있는 '학생 선수'의 영역이 있다. 또 하나는 일반 학생들의 운동 영역이 있다. 예전에는 학생 선수들에게는 공부 대신 운동에 전념하게 하는 게 일반적이었다. 내 학창 시절에는 학생 선수가 수업 시간에 아예 안 들어오거나, 들어와도 엎드려서 잠만 잤다. 선생님들도 그런 것을 그냥 묵인했다. 이 친구들은 오로지 운동만 해서 특기생으로 대학에 진학했다. 공부와는 담을 쌓았다. 이런 탓에 운동선수에 대한 편견도 일부 생겨나게 됐다.

최근에는 학생 선수들의 학습권이 쟁점이 됐다. 문재인 정부 때 출범한 스포츠혁신위원회는 정상적으로 수업 받으면서 운동을 병행하는 쪽으로 학교 체육 정책 방향을 전환하라고 권고했다. 그러자 이번에는 현장 지도자와 학부모들이 반발했다. 이들은 학생 선수의 '운동권'을 보장하라고 반박했다. 학생 선수에게는 운동할 수 있는 권리가 우선 중요하다는 논리였다. '닭이 먼저냐, 달걀이 먼저냐'는 식으로 학생 선수의 '운동권'과 '학습권' 사이에 논쟁이 벌어진 모양새였다. 이런 토론도 의미가 있겠지만 나는 그보다 일반 학생들의 운동할 권리가 더 중요한 의제라고 생각한다.

2023년 12월 교육부가 '제3차 학교체육 진흥 기본계획(2024~ 2028년)'을 발표하면서 공개한 세계보건기구(WHO) 자료에 따르면 세계 146국의 11~17세 학생들의 신체 활동량을 비교하니, 하루 평균 1시간 이상의 중간 정도 신체 활동을 하지 않는 '운동 부족 학생' 비율에서 한국이 94.2%로 가장 높은 것으로 나타났다. 한국은 방과 후 신체 활동을 하는 학생 비율에서도 42.9%로 OECD 회원국 중 최하위였다. 우리의 미래인 학생들의 신체 활동이 세계에서 꼴찌 수준이라는 뜻이다. 이것은 정말 심각한 문제다. 한창 움직여야 할 십대 시절에 우리 학생들은 늘 책상에만 앉아있거나 방과 후 '학원 뺑뺑이'만 하고 있다. 오직 대학 입시에 올인하는 우리 사회의 한 단면이다. 2023년 생활체육 참여율을 보면 10대 청소년이 47.9%로 70대 이상 인구의 60.6%보다 훨씬 낮다. 건강한 미래 사회를 위해서 매우 걱정되는 부분이다.

나는 초등학교 시절부터 각종 운동을 즐겼다. 수영, 스키 등을 배우고 즐겼다. 대부분 가난했던 시절에 좋은 집안에서 태어난 덕을 많이 봤다. 스포츠를 자연스럽게 접할 수 있었던 환경을 누린 점에서 행운아였고 지금도 감사하면서 살고 있다. 내 경험을 통해 얻은 결론이 하나 있다. 어린 시절 배우고 익힌 운동은 평생을 간다는 점이다. 나는 지금도 어렸을 때 배운 스포츠를 즐기며 살고 있다. 자연스럽게 건강관리가 된다. 60대가 된 내가 지금도 활기차게 살아가는 힘은 어린 시절의 운동 습관에서 나왔다고 믿는다. 반면 지금 우리의 아이들은 학창 시절 스포츠를 익히고 배울 환경을 갖지 못한 듯하다.

. . .

내가 학교 다닐 때 많이 본 구호가 '지(智)·덕(德)·체(體)'였다. 지와 덕만을 강조하는 근대 초기의 사상적 지형에 대한 비판으로 체육을 강조하는 흐름은 사실 1900년대 초기 일본에서 시작됐다. 이후 이런 흐름이 우리에게도 전해졌다. 당시로써는 상당히 낯선 인식 체계였지만 이 덕분에 체육은 교육의 중요한 분야로 자리 잡았다. 당시 상황이 제국주의 시대였기에 개인의 신체적인 힘을 길러야 한다는 주장은 부국강병이라는 거대 담론의 구심점이 될 수 있었다. 조선의 국가 이데올로기가 유교를 바탕으로 하는 사농공상 체제였기에 체육을 강조하는 새로운 흐름은 20세기 초의 우리에게 상당히 생소한 개념이었을 것이다.

21세기인 지금에도 세계를 선도하는 국가들은 체력도 강하다는 것을 보여준다. 최근 2020 도쿄 올림픽의 순위를 보면 미국, 중국, 일본, 영국, 러시아, 호주, 네덜란드, 프랑스, 이탈리아 순서이고 한국은 16위를 차지했다. 1988 서울 올림픽에서 4위를 차지한 이후 계속 순위가 밀려나고 있다. 이는

세 아들 준선, 원선, 운선의 어릴적 사진 (2004, 서울 성북)

2002년 한·일 월드컵에서 4위를 차지한 이후 그 정도의 성적을 못내는 것과 흡사하다. 2022 카타르 월드컵에서 사상 두 번째로 원정 16강에 오른 것 외에는 단체 구기 종목에서 국제 경쟁력을 보여주지 못하고 있다. 해외 체육 선진국에 비해서 계속 밀리고 있는 느낌이다. 우리는 왜 단체 종목을 못하고 개인 종목에서만 강할까. 이는 우리가 어렸을 때부터 일부 엘리트 선수를 제외하고는 공동선 내지 학교의 명예를 걸고 단체 운동 경기를 해본 적이 거의 없기 때문일 것이다.

우리는 왜 아이들의 체육 활동이나 신체 발달에 관심이 없을까. 우리 사회는 자식들이 명문대를 나와서 대기업이나 의사, 공무원 같은 안정된 직장을 얻기를 원하는 것 같다. 우리 집의 경우를 좀 이야기하고 싶다. 나는 아들만 셋이 있다. 첫째 아들은 서울에서 초등학교 5학년을 다니다 영국으로 유학을 갔다. 서양 아이들보다 체구도 작은데다 운동을 잘하지 못해 유학 기간중 체육을 그다지 즐기지 않았다. 초등학교 6학년때는 영국에서 많이 하는 크리켓 팀에서 점수를 따져 적는 스코어러(Scorer)를 했다. 그래도 이 역할을 맡아 같은 학교 팀원들과 다른 학교 팀을 상대로 경기를 하면서 공동체 의식을 키울 수 있었다. 중학교 때도 운동을 별로 안 좋아하고, 영어도 서툰 데다 내성적인 편이어서 운동팀에 들어가지 않았다. 다만 기숙사 사감의 권유로 조정팀의 콕스(Coxswain: 조타수)로 합류했다. 덩치가 큰 조정 선수들에게 구령을 부치고 크게 이야기하면서 자연스럽게 친구도 사귀고 협동심도 생기지 않았나 싶다. 둘째는 초등학교부터 대학까지 서울에서 다 다녔다. 이 아이 역시 중고교 시절 운동하는 것을 본 적이 없다. 새벽 두세 시까지 잠도 자지 않고 컴퓨터 게임에 몰두해서 여러 번 혼을 내준 기억이 있다. 막내도 영국에서 유학했는데, 우리 집에서 유일하게 학교에서 축구 활동을 했다. 이튼 스쿨에는 실력별로 A, B, C급 축구팀이 활동하는데 역시 다른 학교의 등급별 팀과 일주일에 한번 씩 학교 대항 경기를 한다. 막내는 주로 C팀에서 뛰었는데 가끔 B팀에 결원이 생길 경우에만 올라가서 경기를 했다고 한다. 나름 실력이 비슷한 등급끼리 경기를 하니 축구를 꽤나 즐겼던 것 같다. 영국에서는 이렇게 일주일에 한번씩 인근 학교와 축구, 크리켓, 럭비 등 단체 스포츠를 즐기면서 체력도 기르고 단체 생활 규범과 예의범절도 익힌다. 이를 통해 애교심과 소속감도 자연스럽게 따라오게 된다.

그런데 우리의 현실은 어떤가. 초등학교 저학년부터 시작되는 '대학 진학 모드' 및 '과도한 입시 경쟁'으로 공부 이외의 모든 것은 쓸데없는 짓으로 취급된다. 신체활동 부족으로 학생들은 과체중, 저체력이 되고 정서적 우울에도 시달리게 된다.

얼마 전 신문에서 '학교폭력을 줄이는 0교시 아침운동'이라는 기사를 봤다. 1교시 전에 아침 운동을 하니 학폭이나 따돌림, 문제 학생도 줄고 학내 불안감이나 아이들의 폭력성도 줄었다고 한다. 우리는 방과 후 모두가 학원 가기에 바쁘다. 학창 시절 운동 습관이 인생의 기초 체력이 된다는 것은 누구나 다 안다. 하지만 우리는 직장 생활을 시작하고 40대가 된 다음에야 건강 걱정을 하면서 뒤늦게 운동을 시작한다. 정부와 정치인들은 이런 중년 세대에게 여러 가지 편의를 제공한다. 이들에게는 투표권이 있기 때문이다. 국회의원이나 지역 정치인 상당수가 조기축구회에 가입해 표 모으기에만 열심이다. 반면 학생에게는 아직 투표권이 없다. 이들 부모들도 아이의 미래를 위해 학원에 보내고 좋은 학교에 진학하는 것에만 몰두해 있다.

어릴 적 체력과 단체 생활이 미래의 건강과 사회생활에 도움이 된다는 것은 모두가 아는 사실이다. 왜 우리는 이러한 아젠다에 관심을 보이지 않는 것일까. 간혹 관심은 있어도 실행하려고 하는 주체가 없다. 운동은 학교에서 하는 것이 아닌 것으로 취급한다. 그래서 '0교시 수업' 내지는 늘봄학교 지원이라는 과외 활동으로 치부한다. 학생들이 일주일에 최소한 하루는 3시간 정도 땀 흘리면서 즐기는 모습을 우리 손자대에는 꼭 보고 싶다. 이래야 우리가 진정한 선진 사회가 된다고 믿고 있다.

· · ·

2019년 폴란드에서 열렸던 U-20 월드컵에서 정정용 감독이 이끄는 대표팀이 준우승을 차지했을 때 문재인 대통령이 선수단을 청와대로 초청해 오찬을 함께하며 격려했다. 나는 이 자리에서 문 대통령께 "각급 학교에 샤워실과 락커를 설치해 초중고생들이 학교에서 마음껏 운동을 즐긴 뒤 깨끗이 샤워를 하고 학원에 가거나 방과후 활동을 할 수 있게 해주면 좋겠다"고 건의했다. 건설회사를 오래 해본 내 경험으로는 학교당 7~8천만 원 정도의 예산만 들이면 전교생이 사용할 수 있는 시설을 만드는 것이 가능하다고 덧붙였다. 학생 감소로 학급이 줄어들고 교육 예산이 학생 수에 비해서 점점 남아도는 상황에서 이 정도 예산 투자는 가능하다고 판단했다. 문 대통령도 교육부 장관과 상의해 보겠다고 답했지만 그다지 큰 관심을 보이시는 것 같지는 않았다.

윤석열 정부때는 2023년 4월 학교 체육 및 늘봄학교 지원을 위한 교육부와 축구협회의 업무 협약식때 만난 이주호 교육 부총리에게 비슷한 건의를 했더니 아주 좋은 생각이라는 반응이 돌아왔다. 앞으로 중고등학교 교내에 이런 시설이 생겨날지 지켜봐야겠다. 나는 이 협약식에서 "앞으로 축구협회는 학교체육과 늘봄학교 체육 프로그램이 활성화되도록 적극적으로 돕겠다. 축구를 통해 몸도 튼튼히 하고 향후 훌륭한 성인으로 자라나는데 필요한 교육적 가치도 배우게 된다"고 강조했다. 청소년 시절에 운동을 하면 사춘기의 혼돈도 덜 겪고 신체도 튼튼해져 생애를 버틸 수 있는 기초 체력을 만들어갈 수 있다. 어른들이 힘을 합쳐서 청소년들이 건강하게 자라날 수 있는 환경을 만들어야 한다. 축구협회도 그런 환경을 만들기 위해 힘껏 도울 생각이다.

· · ·

학생들은 자기 인생의 가장 좋은 청춘 시절에 최소 하나 이상의 스포츠를 배우고, 즐길 권리가 있다. 그런 권리를 충분히 모두에게 보장할 수 있을 정도의 국력은 있다고 생각한다. 어른들, 특히 교육 당국과 체육 당국은 이런 환경을 학생들에게 만들어줘야 한다. 학생들이 학창 시절 익힌 운동은, 그것이 테니스가 됐든 수영이 됐든 농구가 됐든지 간에 평생을 함께하는 동반자가 될 수 있다. 학생들이 자라나 성인이 된 뒤 스스로의 건강을 지키고, 행복한 삶을 누리는 기본 요건이 된다.

정부에 체육이나 스포츠 관련 업무를 다루는 부처가 무려 12개나 된다고 들었다. 스포츠 관련 업무가 많은 부서에 분산되어 있다는 것이다. 물론 가장 핵심 부서는 엘리트 체육과 생활 체육을 다루는 문체부와 학교 체육을 관장하는 교육부이다. 그런데 두 부서 사이에도 체육 정책을 두고 효율적 소통이 잘 안 되는 경우가 있다고 한다. 체육이나 행정 전문가가 아니니 효율적 체육 정책의 수립과 집행을 위해서 정부 조직을 어떻게 손봐야 하는지는 잘 모르겠다.

다만 학생들이 어린 시절에 최소한 일인일기(一人一技)를 할 수 있는 방향으로 학교 체육 정책이 수립되면 좋겠다. 그래야 이들이 성인이 된 이후에도 평생을 함께할 수 있는 건전한 취미를 즐기며 행복한 생활을 영유할 수 있다. 국민 건강 증진이나 의료비 절감 같은 사회적 효과가 주어지는 것은 덤 이상의 것이 된다. 개인과 사회에 모두 이득이다. 정말 꿩 먹고 알 먹는 정책이 아닌가 싶다. 지금은 학생 선수들의 '학습권'과 다수인 보통 학생들의 '운동권'이 제대로 보장되지 못하고 있다. 조화를 이룰 수 있는 정책 수립을 기대한다.

제17장

디비전 시스템
완전 구축

—— 조기 축구회가 달라졌어요!

엘리트 체육과 생활 체육을 통합하라는 정부 방침에 따라 대한축구협회와 전국축구연합회가 단체 통합을 하게 됐다. 그리고 통합 축구협회에서 이전과 달리 조기축구회, 동호인 리그 같은 생활 체육 분야까지 모두 관장하게 됐다. 축구 산업 확대를 주요 목표로 하던 나에게는 새로운 도전의 기회였다. 처음에 생활 체육 쪽과 통합해야 한다는 보고를 받았을 때는 사실 동호인 축구에 대한 정확한 상황을 잘 몰랐다. 다만 생활체육에 대해서는 선거에 출마하는 정치인들이 하부 조직으로 활용하는 사례가 많다는 이야기를 듣고 있었다. 정치인들이 동호인 수가 많고 조직이 잘 되어있는 축구나 배드민턴 종목을 특히 선호하고 특별 관리한다고 했다. 이런 선입관을 갖고 보면 생활체육 쪽은 정치색이 있는 단체로 여겨질 수도 있었다. 반면 동호인 입장에서 생각해 보면 시군구 단위로 정치인이나 지자체 단체장 출마자의 적극적인 지원 아래 경기나 활동을 해온 셈이었다. 그러다 보니 선수 등록을 한다거나 회비를 내는 일에는 필요성을 잘 느끼지 못했던 것 같다. 정치적 지지를 대가로 축구를 즐길 수 있는 실리적 지원을 받는 모양으로도 볼 수 있었다.

당시는 엘리트 단체와 생활체육 단체가 각 종목의 필요성에 의해 자율적으로 통합하는 상황이 아니었다. 정부가 체육단체 구조 개혁을 강력하게 추진하고 있었고, 정해진 시한 내에 반드시 의무적으로 통합을 완료해야만 했다. 처음에는 이 상황이 긍정적으로 받아들여지지 않았다. 하지만 축구협회장을 맡고 있는 입장에서는 반드시 통합해야만 했다. 우려하는 점, 걱정되는 점도 일부 있었지만 의무적으로 해야 하는 상황이니 긍정적으로 생각하기로 했다. 이 상황을 축구 산업 확장을 위한 호기로 삼자고 마음먹었다. 이왕에 모든 종목 단체가 통합하는 마당이니 축구가 가장 좋은 롤 모델을 만들어보자는 욕심도 있었다.

2016년 양 단체가 통합됐다. 축구협회는 기존 선수 등록 시스템에 동호인들도 등록할 수 있도록 작업을 진행한 뒤 2017년부터 통합적으로 회원 관리를 하고 있다. 초기에는 등록비 1만 원을 내야 하는 이유로 동호인들이 등록을 기피하는 현상이 벌어지기도 했다. 지금까지 등록과 회비라는 개념이 거의 없었으니 당연한 반응이기도 했다. 통합 시스템 운영과 관리를 위해서 비용이 발생하고 또 회비 납부는 당연한 의무지만 이전과는 다른 시스템이어서 동호인들이 부담으로 여긴 듯했다.

우리는 등록비를 냄으로써 축구협회 회원으로서 누릴 수 있는 혜택에 대해서 적극 홍보에 나섰다. 실제로 통합 이후에는 등록해야만 협회 주관 대회 출전이 가능했다. 대신 협회 주관 대회는 이전에 비해 심판 등 여러 면에서 양질의 서비스를 받을 수 있는 장점이 있었다. 이러한 인식이 퍼지면서 점차 동호인 수가 늘어나고 있다.

2016년 통합 당시 총 등록수는 12만 4,352명이었다. 엘리트 선수가 3만 2,676명이었고, 동호인 수는 9만 1,676명이었다. 생활 체육으로 축구를 즐기는 사람 수는 과거에 정확한 파악이 불가능했다. 생활축구 쪽에서는 100만 명은 될 것이라고 호언했다. 그런데 이 동호인의 기준이 참으로 애매했다. 1년에 한 번 공을 차도 동호인이고, 일주일에 한 번 차도 동호인이면 유의미한 통계의 의미가 약해진다. 통합 이후에는 명확해졌다. 등록 인구를 동호인으로 우선 정리하게 됐다. 첫해에 등록한 동호인이 9만 명 수준이었다. 물론 여전히 등록하지 않고 축구를 즐기는 사람 수는 훨씬 많았을 것이다. 그냥 하는 것과 '등록'해서 하는 것은 그렇게 차이가 컸다.

그럼에도 축구 산업의 확대를 위한 중요한 시작점이었다. 우리는 이제 '그냥 100만 명'이 아니라 '등록 인구 100만 명'이라는 분명한 목표점을 가질 수 있게 됐다. 그 소중한 시작점의 숫자를 9만 1,676명으로 파악하게 된 것이다.

현재 축구협회에 등록한 엘리트와 동호인 수는 17만 명을 돌파했다. 늘어난 수의 대부분은 동호인 수이다. 협회는 향후 등록인 수를 팬까지 확대하는 통합 시스템 구축 작업을 2023년 말에 완료했다. 전문 선수, 동호인, 팬을 모두 포함해 우선 100만 명의 회원 등록을 목표로 정했다. 남녀노소 100만 명이 실명으로 등록해 각자 참여하고, 즐기고, 관전하고, 직접 공을 차는 모습을 상상만 해도 가슴이 벅차오른다.

· · ·

동호인 축구도 축구협회 회원으로 등록해 경기와 대회를 치르는 시스템이 정착되면서 바람직한 변화의 바람이 불고 있다. 예전의 조기축구회는 동네 아저씨들이 편하게 경기한 뒤 막걸리 한 잔 마시는 이미지가 컸다. 경기 도중에도 심판 판정에 대한 항의나 다툼이 빈번했다. 영화나 드라마 같은 대중문화에 그려지는 모습도 대략 그랬다. 지극히 사적 영역에서 벌어지는 일이었다. 조기축구회를 즐기는 사람의 마음이나 자세도 그러했을 것이다.

협회 주관 리그로 바뀌면서 동호인 축구도 본격적으로 공적 영역으로 진입했다고 할 수 있다. 동호인들도 공식 대회에 출전한다는 마음가짐을 갖게 되면서 좀 더 엄밀하게 축구 규칙에 따라 경기하게 됐고, 심판 판정에 존중하는 자세를 가지게 됐다. 규칙을 지키고 상호 '리스펙트'해야 한다는 인식이 확산됐다. 판정 시비로 몸싸움이 빈번했던 시절에 비하면 동호인 축구 현장이 "정말 대회답게 변했다"는 현장의 이야기를 많이 듣는다. 경기의 형식이 제대로 갖춰져야 내용이나 질도 좋아진다는 확신을 갖게 됐다. 등록이 이뤄지지 않던 시절에는 특출한 기량의 선수가 이중, 삼중으로 여러 팀에서 경기를 뛰는 일이 다반사였고 이것은 경기나 전체 대회에서 공정성 문제로 확산되기도 했다. 고질적 문제였다고 할 수 있는 이른바 '부정 선수' 문제도 등록 시스템의 정착으로 해결됐다.

K3, K4 리그 출범식 (2020.05, 서울 아산정책연구원)

　동호인 리그에 참가하는 주력 나이대에도 변화가 생겼다. 예전에는 50대와 60대 이상 분들도 많이 참여했지만 등록 선수가 출전하는 정식 리그가 정착되면서 출전 연령대가 급속히 낮아지고 있다. 정규 경기에 나서는 팀들의 자세가 달라지고, 승부에 더욱 예민해지다 보니 각 팀이 연배가 높은 선수보다는 상대적으로 젊은 층으로 라인업을 꾸리고 있다. 예전과 비교하면 '젊은 리그', '실력이 뛰어난 리그'가 되고 있지만 50대 이상 동호인들이 참여할 수 있는 영역이 줄어드는 현상도 나타나고 있다. 협회는 이런 점을 고려해 2024년부터 50대만 출전하는 브론즈 리그, 60대 이상만 나설 수 있는 실버 리그를 별도로 운영해 보완하고 있다. 동호인 리그가 앞으로 더 활성화되면 나이대가 더욱 젊어지면서 40대조차도 별도 리그를 운영해야 할지도 모르겠다. 통합 이후 동호인 리그의 본격 출범은 개인의 사적 취미 생활이 공적 영역으로 이동하면서 새로운 축구 문화를 만드는 데 결정적 계기가 됐다고 자부한다.

—— 디비전 시스템 완성을 위한 빌드업

유럽의 축구 선진국은 풀뿌리(grassroot) 동호인리그부터 최상위 프로리그까지 피라미드식으로 승강제로 연결되는 디비전 시스템을 구축하고 있다. '축구종가'인 잉글랜드는 프로에서 아마까지가 10부 체제로 망라되어 운영된다. 스페인도 10부, 독일은 6부, 프랑스는 7부로 구성된다. 이웃나라 일본도 7부 체제다. 우리도 선진 축구로 가기 위해서는 아마와 프로를 총괄해 디비전 시스템을 마련해야 한다고 생각했다. 하지만 체육 단체 통합 이전에는 축구협회가 동호인 리그를 운영하지 않았으니 이런 큰 그림을 그려나갈 수 없었다. 마침 2016년 엘리트와 생활체육 간의 단체 통합이 성사됐다. 나는 이를 절호의 기회로 삼아야 한다고 판단했다. 2016년 신년사에서 디비전 시스템 구축을 주요 정책 목표로 명시한 이유다. 신년사의 주요 내용은 아래와 같다.

"2016년을 아마추어 디비전 시스템 구축의 원년으로 삼겠습니다. 현행 K리그 1, 2부에 이어 2020년까지는 현재의 내셔널리그와 K3리그 팀이 참여하는 3부, 4부리그의 판을 새로 짤 것입니다. 그 전 단계로 K3리그는 올해 성적을 토대로 내년부터 상하위 그룹으로 나눈 뒤, 2018년부터는 자체 승강제를 실시합니다. 아울러 생활축구연합회 소속팀들로 광역 5부리그와 시군구 단위의 6부리그가 구성될 수 있도록 차근차근 준비하겠습니다. 8부리그에서부터 선수 생활을 시작해 프리미어리그까지 진출한 잉글랜드 레스터 시티의 제이미 바디 같은 선수가 우리나라에서도 나오지 말란 법이 없습니다. 지금으로부터 10년 뒤인 2026년에는 1부리그부터 6부리그까지 완벽한 승강이 이루어짐으로써 디비전 시스템이 완결되도록 할 것입니다."

지금 돌이켜보면 2016년부터 10년 만에 아마와 프로를 모두 연결하는 디비전 시스템을 만들겠다는 것은 무리한 목표였는지도 모르겠다. 하지만 협회는 대한민국 축구판의 구조를 새롭게 만든다는 장기적인 목표를 갖고 단계별로 매우 치밀하게 시스템 구축에 나서 완성을 눈앞에 두고 있다. 당초 구상에서 약간 달라진 것은 두 가지 정도만 있다. 생활축구리그가 5, 6부 리그에서 5, 6, 7부 리그로 세분화됐다. 또 디비전 시스템의 완성 시기가 2026년에서 2027년으로 1년 정도 늦춰질 전망이다. 이 정도를 제외하고는 프로와 아마를 망라하는 초대형 프로젝트가 거의 초기 구상대로 실현됐다는 점에서 의미가 크다. 2013년의 프로축구 승강제 실시에 이어 한국 축구 역사에 남을 제도 개편의 커다란 성취라고 해도 과언이 아니다. 이런 장기 프로젝트를 성공적으로 이끈 협회 대회운영본부 관계자에게 감사한 마음이다. 협회장으로서 참으로 보람을 느낀다.

2016년 통합 당시 기준으로 보면 프로인 K리그 1부에 12팀, 2부에 10팀이 있었다. 세미프로로 볼 수 있는 내셔널리그에 10팀이 있었고, 협회가 직접 관장하는 아마추어 리그인 K3리그에 20개 팀이 있었다. 통합 이후 각 리그 구조를 단계적으로 재조정했다. K3리그를 '어드밴스'와 '베이직'으로 나눠 경쟁하게 만들었고 2019년 말에는 시스템 구축을 위한 마지막 숙제였던 내셔널리그와 K3리그의 발전적 통합을 이뤄냈다.

이후 이 팀들은 리그 성적에 따라 2020년 출범한 K3리그와 K4리그로 재배치됐다. K3리그는 내셔널리그에 참여했던 8개 팀과 기존 K3리그 어드밴스 및 베이직에 참가했던 8개 팀이 합쳐져 16개 팀으로 구성됐다. K4리그는 기존 K3리그의 나머지 10개 팀과 신생팀들이 합류해 구성됐다. 다만 이 과정에서 오랜 기간 한국 성인 축구의 허리 역할을 해주었던 한국실업축구연맹이 내셔널리그와 함께 발전적 해체를 하는 일이 벌어졌다. 프로가 생기기 전에는 실업 축구가 한국 성인 축구의 최고봉이었다. 프로가 생긴 이후에도 많은 성인 엘리트 축구 선수들을 흡수하면서 생활의 터전 역할을 해주었다. 한국 축구 전체로 보면 든든한 허리 역할을 해준 셈이었다. 2013년 승강제가 처음 만들어질 때도 내셔널리그 일부 팀이 과감하게 프로화에 나서주면서 사상 최초의 2부 리그 구성에 큰 도움을 줬다.

세상에는 빛과 소금의 역할이 필요하다고 한다. 빛처럼 화려하지는 않지만 보이지 않는 곳에서 반드시 존재해야만 하는 소금 같은 역할을 해줬던 한국실업축구연맹과 내셔널리그에게 항상 고마운 마음이었다. 마지막 실업연맹 수장을 맡았던 김기복 회장은 연맹과 리그 해체가 결정된 뒤 "한국 축구 발전을 위한 밀알이 된다면 그것으로 만족한다. 실업축구가 프로와 아마추어의 가교 역할을 완벽하게는 못했다는 아쉬움도 있지만 어려움을 무릅쓰고 내린 결정을 훗날 역사가 잘 평가해 줬으면 좋겠다"는 고별사를 남겼다.

실업연맹과 내셔널리그의 발전적 해체로 지금의 디비전 시스템 구축이 가능했다. 그 희생과 헌신을 다시 한번 기리면서 2019년 내셔널리그의 마지막 시즌에 참가했던 8개 팀의 이름을 기억하고 싶다.

강릉시청
경주 한국수력원자력
김해시청
대전 코레일
목포시청
부산교통공사
창원시청
천안시청

—— 프로와 세미프로 승강제 실시 합의

현재 디비전 시스템의 1부와 2부는 프로리그, 3부와 4부는 세미프로리그, 5~7부는 아마추어 동호인리그로 편성되어 있다. 1~4부는 엘리트 선수, 즉 축구를 직업으로 삼는 선수들이 뛰는 리그다. 그 하단에 동호인 축구에 해당되는 5~7부가 있다. 엘리트 4개 리그, 동호인 3개 리그로 이어지는 피라미드 구조가 외견상으로는 일단 완성됐다. 앞으로는 각 리그의 내용을 깊고 풍부하게 만드는 작업과 리그 간 수준을 좁히는 방향으로 디비전 시스템의 완성도를 높여나갈 계획이다. 이것이 한국 축구 전체를 발전시키는 길이라고 믿는다.

K리그1과 K리그2의 승강제는 내가 프로연맹 총재 시절 만들어서 10년 넘게 이어지고 있다. 그동안 수많은 스토리가 창출되면서 가장 성공한 제도의 하나로 손꼽히고 있다. 이제 승강제가 없는 K리그는 상상조차 할 수 없다. K3리그와 K4리그에도 치열한 경쟁 속에 승강제가 이뤄지고 있다. 하지만 상위리그에 올라가려는 4부 팀의 의지와 3부에서 떨어지지 않으려는 강등권 경쟁이 아직 K리그 수준만큼 뜨겁지는 않은 듯하다. 승강제가 시행된 지 아직 얼마 되지 않았으니 정착 단계로 진입하기까지 시간이 필요한 측면도 있고, K3리그와 K4리그의 내재적 역량이 충분하지 못한 측면도 있을 것이다. K3리그와 K4리그의 내실화는 2026 북중미 월드컵 때까지 축구협회의 역점 과제로 정해놓고 있다. 동호인리그인 K5, K6, K7 리그 사이에도 승강제가 실시되고 있다.

피라미드의 디비전 시스템에서 아직 연결이 안 되고 있는 고리가 두 개

K5, K6, K7 리그 출범식에 참석한 노태강 문체부차관, 이기흥 대한체육회장 (2019.03.26, 상암)

있다. 프로와 세미프로인 K리그2와 K3리그, 그리고 세미프로와 동호인리그인 K4와 K5리그 사이가 바로 그것이다. 이들 사이의 고리가 아직 연결되지 않고 있는 것에는 나름 합리적 이유가 있다. 프로와 세미프로, 그리고 세미프로와 동호인 사이의 벽이 그만큼 높은 것이다. 리그 참가 팀들의 예산, 선수들 수준, 팬 확보, 경기장 규모, 구단 프런트의 존재 등 하드웨어와 소프트웨어 면에서 넘기 힘든 차이가 존재하는 것도 사실이다.

그럼에도 나는 프로리그와 세미프로리그의 경쟁력을 동시에 강화하면서 한국 축구 기반을 확장할 수 있는 핵심 과제는 K리그2와 K3리그의 승강제 실시라고 확신하고 있다. 동호인리그와 엘리트리그 사이의 연결도 물론 중요하지만, 지금 단계에서는 동호인 팀이나 선수가 엘리트 리그에 진출하는 것은 극히 소수가 될 수밖에 없다. 반면 K리그2와 K3리그 사이에는 상당한 확장성이 있다. 프로 진출이 좌절됐거나 프로에서 세미프로로 내려온 선수 가운데 K3리그의 활약을 바탕으로 프로에 올라가거나, K3리그 참가 팀들이 상위리그 진출을 이뤄내는 것은 얼마든지 현실화될 수 있다.

2023년 K3리그의 최우수선수 겸 득점왕을 차지했던 목포FC의 제갈재민 선수는 이 활약을 발판으로 제주 유나이티드로 이적했다. 이런 사례는 일반적으로 확산될 수 있다. 현재는 개인의 이적만 가능하지만 승강제가 도입되면 팀 단위 승격으로 완전히 새로운 자극을 줄 수 있다. 최근 몇 년간 K리그 2의 하위권 팀들이 조금 매너리즘에 빠져 있는 듯한 경향을 보이는데, 이런 분위기도 일신될 것으로 기대된다. 방심하고, 노력하지 않으면 얼마든지 도태되고 강등될 수 있는 게 프로의 세계라는 인식 구조의 확대가 필요하다.

대한축구협회와 한국프로축구연맹은 그동안 2부와 3부 사이를 승강제로 연결하는 방안을 놓고 심도 있는 대화를 이어왔다. 양 단체 모두 2부와 3부간 승강제 도입이라는 총론에는 이견이 없었다. 다만 도입 시기 등의 각론에는 차이가 있었다. 협회는 치밀한 준비를 거쳐서 2026년부터 승강제를 도입하면 좋겠다는 의견이었다. 반면 연맹은 양 리그 팀의 평균 예산이나 평균 관중 수 등이 일정 수준으로 좁혀지는 시점에 도입하는 게 바람직하다고 주장했다.

승강제 도입 같은 큰 개혁 정책의 시도는 현실적 데이터를 검토하는 것도 필요하지만 공공성을 향한 의지도 매우 중요하다. 2013년 K리그 승강제를 도입할 때 직접 겪었던 경험을 뒤돌아봐도 그렇다. 국내 축구계에 변화와 혁신을 가져오겠다는 굳건한 의지가 바탕이 된다면 실무적 어려움은 축구계 전체의 지혜를 모으고 힘을 더하면 얼마든지 헤쳐나갈 수 있다고 생각한다.

다행히 연맹과 긴밀한 소통을 이어온 끝에 승강제 도입 시기를 당초 협회 목표보다 1년 늦은 2027년으로 합의할 수 있었다. 연맹도 쉽지 않은 결단을 내려준 셈이다. 2026년 성적을 토대로 2027년에 승강제가 실시되기 위한 몇 가지 전제 조건에도 양 단체는 합의를 이뤘다. 우선 K3 팀은 프로 승격을 위해서 리그 우승뿐만 아니라 K리그2에서 요구하는 클럽 라이선스 자격을 반드시 먼저 취득해야만 한다. K3리그 우승과 함께 K리그2 클럽 라이선스를 따야만 승격 자격이 주어진다. 만일 2026년말 기준으로 이에 해당되는 팀이 없을 경우에는 승격도 없고, 당연히 2부에서의 강등도 발생하지 않는다. 또 2부와 3부 사이의 승강제와는 별도로 직접 2부 리그에 진출할 수 있는 '패스트 트랙'에도 합의했다. 예를 들어 국내 100대 기업이나 인구 50만 이상의 지자체에서 프로팀을 창단하는 경우 K3, K4리그를 거치지 않고도 2부리그로 직행할 수 있다.

성공적인 디비전 시스템 완성을 위해서는 남은 기간 동안 K3리그 팀의 내실있는 준비가 반드시 필요하다. 협회가 전체적인 그림을 만들었지만 그 안을 충실히 채우는 것은 각 구단을 포함해 축구계 전체의 지혜와 노력이 요구된다.

세미프로인 K4리그와 동호인리그인 K5리그와의 승강제도 난제가 많다. 동호인 팀이 일반 구단처럼 운영되고 경쟁해야 하는 것은 결코 쉽지 않은 일이다. 협회는 앞으로 남은 기간 동안 K5리그 상위권 팀들을 대상으로 홈경기 개최 매뉴얼을 교육하고, 구단 운영과 마케팅 방법 노하우를 전수하는 등 가능한 모든 지원을 아끼지 않을 계획이다.

2부와 3부 사이의 승강을 2027시즌으로 정하면서 4부와 5부 사이의 승강 시기는 좀 늦추는 것이 어떠냐는 의견이 내부에서도 제기됐다. 다양한 의견을 나눴지만 2027시즌에 동시에 실시하기로 결론을 내렸다. 일단 디비전 시스템 완성이라는 큰 틀을 완성한 뒤 시행을 하면서 부족한 부분을 보완해 나가는 것도 하나의 효율적인 방법이라고 판단했다. 이 정도 규모의 제도 개혁을 하면서 완벽하게 사전 준비를 완료한다는 것은 쉽지 않다. 제도 시행 과정에서 끊임없이 축구계의 지혜를 모아서 업그레이드하는 것도 중요하다고 생각했다.

한국축구 승강제 2027년 본격 시행

1~7부 디비전 완성

프로리그(2부) ↔ 세미프로(3부)
세미프로(4부) ↔ 아마추어(5부)

승강제 시스템 구축

K리그1
12개 팀 | 프로

K리그2
13개 팀 | 프로

K3리그
16개 팀 | 세미프로

K4리그
13개 팀 | 세미프로

K5리그
84개 팀 | 아마추어

K6리그
192개 팀 | 아마추어

K7리그
1266개 팀 | 아마추어

이렇게 최상위 프로리그부터 풀뿌리 동호인리그까지 단계별로 리그를 구축하고, 리그마다 승강제로 고리를 엮는 시스템이 완성된 모습을 그림으로 표현해본다.

디비전 시스템의 완결에는 실업축구연맹의 희생과 프로축구연맹의 양보가 있었다. 한국 축구 발전을 위한 대의에 양 단체가 공감해준 덕분이다. 앞으로도 협회와 프로연맹이 공동으로 노력한다면 빠른 시간 내에 프로와 세미프로 사이에 승강제가 정착하고 또 다른 한국 축구의 미래가 열릴 것으로 확신한다. 디비전 시스템 구축은 '정몽규 집행부'가 10년 이상 추구해왔던 정책의 완성판이라고 해도 과언이 아니다. 큰 그림은 제시됐으니 내용을 충실히 채워나가는 것은 축구인 모두의 몫이고, 숙제가 됐다. 모두 함께 지혜를 모아가면 좋겠다.

제18장

심판 개혁과
운영 일원화

—— 심판이란 무엇인가

축구에서 가장 기본적 요소는 선수, 심판, 팬이라고 할 수 있다. 이 가운데 하나만 빠져도 축구는 성립할 수 없다. 심판은 주심과 부심을 맡는 사람이기도 하지만, 축구라는 스포츠를 규율하는 규칙(rule)을 상징한다. 규칙을 체현하고 실행하는 이가 바로 심판이다. 심판은 사람이면서 동시에 규칙이다. 규칙이 없는 스포츠는 존재할 수 없다. 축구에서 심판의 중요성은 말할 필요가 없다.

심판은 축구 경기에서 오케스트라 지휘자 같은 존재이다. 선수, 감독 등 모든 경기 참여자들이 그의 판단을 믿고 따라야 한다. 팬들은 선수의 화려한 개인기나 패스에 환호하고 골 장면에 열광한다. 하지만 매끄럽게 경기를 운영한 훌륭한 심판은 전혀 기억되지 않을 수도 있다. 그가 어디에 있었는지, 어떤 결정을 했는지 말이다. 오히려 논란 없이 매끄럽게 경기를 운영할수록 그는 기억되지 않는다. 심판의 역설이라고 할 만하다.

축구 경기에서 심판이 너무 중요하기에, 역설적으로 많은 비판이 존재했던 것도 사실이다. 대표적인 것이 오심 논란이다. 오심은 항상 존재할 수밖에 없다. 사람은 불완전하다. 사람이 심판을 하니 판정이 완전무결할 수는 없다. 오심이 있을 수 있다는 것은 모든 사람들이 인정한다. 문제는 오심이 실수인가, 부정한 행위인가 하는 점이다. 예전에는 부정이 있었다는 비판이 적지 않았다. 심판하면 더러 부정적 인식부터 떠오르는 예도 있었다.

대중들에게 가장 많이 각인됐던 사건인 2014년 이재명 당시 성남 시장의 발언이 아닌가 싶다. 2014시즌 말미 성남FC가 강등 위기에 몰리자 구단주였던 이재명 시장은 자신의 페이스북에 오심에 대해 매우 공격적인 글을 올렸다. 성남이 오심의 피해를 봤다는 세 경기를 적시하면서 "불공정하고 투명하지 못한 리그 운영은 축구계를 포함한 체육계를 망치는 주범"이라면서 "승부

조작 등 부정행위가 얼마나 한국 체육계의 발전을 가로막았는지 실제로 경험했다"고 주장했다. 오심이 사실상 부정행위에 연결됐다는 글이었다.

이에 한국프로축구연맹이 사상 최초로 구단주를 상벌위원회에 넘겼다. 그러자 이 시장은 다시 기자회견을 갖고 "(연맹의 조치와 관련 규정은) 헌법상 표현의 자유와 과잉금지의 원칙에 위반되는 위헌"이라고 주장해 파문이 확산됐다. 이와 같은 오심 논쟁이 9시 뉴스까지 등장했고, 일각에서는 기초지자체장이었던 이재명 시장이 전국적 지명도를 갖춘 정치인으로 올라서는 데 큰 역할을 했다고 평하기도 했다.

이 사건이 이토록 화제가 된 것도 '오심에는 부정행위가 숨어 있는 것이 아닐까'라는 일반 대중의 심리를 유력 정치인이 건드렸기 때문이었을 것이다. 원로 축구인들의 이야기를 들어보면 옛날에는 실제로 부정행위 같은 오심도 존재했다. 하지만 '호랑이 담배 피던 시절' 이야기다. 지금은 오심에 부정행위가 연루되는 사례는 거의 없다고 봐도 좋다. 협회와 연맹이 오랜 기간 심판 판정의 투명성 강화를 위해 노력한 결과다. 부정한 마음을 갖고 오심을 한다면 그것은 승부조작에 해당된다. 엄청난 범죄다. 엄단해야 할 사항이다.

반면 실수로 하는 오심은 있을 수 있다. 인간이니 실수도 할 수 있다. 하지만 실수로 하는 오심이 반복된다면 그것도 문제이다. 특정 심판이 반복적으로 실수한다면 더 큰 문제다. 그래서 심판의 능력을 키우는 것은 선수의 경쟁력을 높이는 것 못지않게 중요하다.

나는 협회장을 맡고 나서 반드시 이뤄내야 하는 정책 목표의 하나로 심판 개혁과 경쟁력 강화를 꼽았다. 앞서 말한 축구를 구성하는 세 가지 주요 구성 요소 중 선수는 경기력, 팬은 축구 산업을 상징한다고 볼 수 있다. 심판은 규칙과 원칙이라고 할 수 있다. 룰(Rule)이고 리스펙트(Respect)이다. 원칙을 지키고 서로 존중하는 축구 문화를 만들고 싶었다. 이것은 심판이 바로 설

때만 가능했다.

—— 취임 첫해부터 부딪친 '심판 문제'

축구 행정을 맡기 전까지는 사실 심판의 세계에 대해서 자세히 알지 못했다. 구단주이자 한 사람의 축구 팬으로서 가끔 심판 판정에 의아해 하기도 하고, 화를 내기도 했다. 2011년 한국프로축구연맹 총재에 취임하면서 '심판 문제'를 본격적으로 마주했다. 내가 취임해서도 그랬고, 그 이전에도 그랬다고 하지만 프로축구연맹의 가장 큰 업무 가운데 하나는 경기일 다음 날에 구단 사장이나 단장으로부터 항의 전화를 받는 것이었다. 이들은 경기에서의 심판 배정과 오심에 대해서 불만을 털어놓았고, 연맹 관계자들은 이를 설명하고 해명하는 데 진땀을 흘렸다. 이런 일이 그냥 일상사였다. 이러한 이유 때문에 목소리가 큰 일부 이사들이 직간접적으로 심판 배정에 영향력을 끼치는 현상을 자주 볼 수 있었다. 연맹 이사회에서도 예외 없이 심판에 대한 불만이 가장 큰 이슈가 됐다. 승패가 오가니 어쩌면 당연한 반응이었을지도 모르겠지만 미래를 논해야 하는 이사회에서 맨날 판정 타령, 오심 타령만하니 안타깝기도 했다. 이사회를 '심판 이야기만 하는 장'이 아니라 장기적인 계획을 구상하는 자리로 만들기 위해서는 구성원의 변화가 불가피하다고 판단했다. 구단 대표자로만 구성됐던 이사회를 다양한 전문가를 사외이사로 참여시키는 형태로 개편했던 가장 큰 이유 가운데 하나가 '심판 문제'때문이었다.

2013년 대한축구협회장에 취임한 첫해부터 나는 또다시 '심판 문제'와 부딪쳤다. 그해 5월 대전에서 벌어진 심판 체력 테스트에서 모 심판의 차례 때 체력 측정 거리를 짧게 만들기 위해서 트랙에 설치된 콘의 위치를 다른 동료 심판이 바뀌다가 현장에서 발각되는 일이 벌어졌다. 협회의 내부 조사 결과 사실로 밝혀졌고 결국 내가 처음 임명했던 심판위원장이 연루 혐의로 권고 사직의 징계를 받았다. 부정 테스트에 관련된 심판들도 모두 징계 조치됐다. 심판 내에 그릇된 카르텔을 보여줬던 전형적인 사례였다. 당시 한 신문은 심판 배정을 둘러싼 '줄서기'를 이러한 사태의 원인으로 지목하며 다음과 같이 보도했다.

> '심판계에서 배정을 못 받은 심판은 심판이 아니다. 심판위원장과 소수의 심판위원들은 배정권이라는 막강한 무기로 심판들을 장악한다. 모 심판은 "심판 A와 B가 인성, 실력 등 모두 비슷하다면 배정하느냐 마느냐는 전적으로 위원장에게 달려있다. 눈 밖에 나면 끝나는 구조"라고 토로했다. 앞으로 배정과 관련해 객관적이고 투명한 시스템이 마련돼야 한다.'

축구계에서 심판 분야는 '섬'으로 통한다는 이야기를 들었다. 경기인 출신들조차도 '심판만의 내밀한 세계'는 잘 모른다는 것이었다. 당시만 해도 K리그 심판들은 매우 배타적이었고, 진입 장벽도 높았다. 내가 심판계에 계속 요구한 것은 심판 선발과 배정 과정을 더욱 투명하게 하라는 것이었다. 2013년 12월 심판계의 개혁을 위해 정통 심판 출신이 아닌 정해성 위원장에게 심판 위원회를 맡겼다. 그는 3년 넘게 심판 개혁을 주도했다. 이후 원창호, 문진희, 김동진 그리고 현재의 이정민 위원장까지 국제 심판 출신이 위원장을 맡았다. 모든 심판위원장의 목표는 깨끗한 심판 문화를 만드는 것이었고 심판과 선수, 심판과 지도자가 서로 존중(리스펙트)하게 만드는 것이었다. 가장 중요한 것은 신뢰 회복이었다.

2016년 3월 파주NFC에서 초등부터 프로까지 지도자 24명과 1, 2, 3급 심판 37명이 참석해 '아름다운 축구문화 정착을 위한 지도자와 심판의 만남' 행사를 연 것도 그런 이유였다. 일선 지도자와 심판이 한 자리에 모여 토론을 벌인 것은 협회 역사상 처음 있는 일이었다. 이 모임도 나와 협회 임원진들이 브레인스토밍을 하는 과정에서 나왔다. 한국 축구 발전을 위해서 시도해야 하는 일을 논의하던 중 "경기장에서는 각자 가장 중요한 일을 하지만 업무 성격상 서로 충돌할 수밖에 없는 지도자와 심판이 함께 모이는 자리를 만들자"는 아이디어가 나왔다. 알아보니 놀랍게도 이런 성격의 모임이 공식적으로 열린 적이 이전에는 한 번도 없었다.

나는 모임에 참석해 "상대방의 입장에서 한 번만 생각해 본다면 축구장에서 다툼도 훨씬 줄어들 것이다. 서로의 생각을 허심탄회하게 이야기하고 듣는 것 자체로도 큰 의미가 있다"고 강조했다. 이용수 당시 기술위원장도 "안타까운 것은 초등부터 프로까지 지나치게 결과를 중시하는 구조여서 모든 부담이 지도자에게 몰린다. 지도자가 승패에 민감할 수밖에 없고, 심판 판정에 항의할 수밖에 없다. 결과에만 의존하고 가치를 두는 축구 문화 때문에 벌어지는 문제가 많다"고 지적했다. 정말 공감가는 내용이었다. 모임 막판에는 지도자와 심판들이 '지도자는 왜 심판 판정에 항의하는가'', '지도자의 항의가 선수와 학부모에게 미치는 영향', '심판 판정시 어드밴티지의 범위', '심판 배정 개선 방안' 등을 주제로 상호 토론을 펼치기도 했다. 지금 생각해도 의미 있는 화두였다. 처음에는 다소 어색하기도 했고, 중간 중간 설전도 오갔지만 토론이 진행될수록 서로 생각을 공유하며 이해의 폭을 넓히는 모습을 볼 수 있었다. 심판 개혁과 경쟁력 강화라는 목표를 달성하기 위한 다양한 의견을 들을 수 있었다.

· · ·

KFA 2023 심판 컨퍼런스에서 FIFA 슈키딘 강사와 함께 (2023, 서울)

　내가 임기 중 가장 많이 신경 썼던 부분은 소수의 몇몇 이해 관계자가 심판 배정에 영향력을 끼쳐 경기 결과에 이익을 보는 것이었다. 이러한 것은 대학 입시 관련해 몇 번의 비리 사건으로 표출됐다. 또 이전에는 일부 중학교, 고등학교 지도자가 심판을 겸직하면서 선수들의 대학 진학에 관여하거나 프로 입단에 영향을 주는 사례가 있었다. 고교 경기 결과에 따라 선수들의 장래가 결정되는 경우가 있는데 일부 지도자 겸직 심판이 승부 관여로 심판에서 퇴출되는 경우도 있었다. 마침 2014년 문체부에서 스포츠 4대악(승부조작 및 편파 판정, 폭력 · 성폭력, 입시비리, 조직 사유화) 척결 캠페인을 대대적으로 펼쳤다. 이에 발맞춰 협회도 심판 규정을 개정했다. 모든 심판들이 축구 지도자를 겸직할 수 없게 만들었다. 지도자가 심판을 맡으면 공정성 문제가 생길 것을 우려한 조치였다. 이후 심판에 대한 불신이 줄어들고 축구 환경도 많이 투명해졌다. 새로운 분위기가 정착되면서 이제 젊은 축구인들에게 심판이 될 수 있는 기회의 장을 제공하고 심판 저변을 확대하기 위해 2020년부터 다시 심판 규정 개정을 논의하기 시작했다. 2021년 1월 이사회를 통과한 새로운 심판 규정에 따라 초등부와 중등부의 유소년 축구팀, 생활축구 동호인팀, 풋살팀의 지도자는 심판으로 활동할 수 있게 됐다. 반대로 심판도 이 팀들의 지도자 자격증을 딸 수 있다. 지도자가 심판 자격증을 취득하면 경기 규칙과 판정에 대한 이해도가 높아져 판정 항의가 줄어드는 효과가 있다. 또 현역에서 막 은퇴한 젊은 축구인들에게 기회의 폭을 다양하게 넓히려는 의도도 있었다. 새로운 심판 규정이 자리를 잡으면서 이전에 가끔 있었던 심판-지도자 겸직에 따른 비리 신고도 없어졌다. 다만 심판을 겸하는 지도자는 자신의 팀이 속한 리그나 대회에는 심판을 할 수 없으며, 판정에 민감한 고등부부터 프로까지는 여전히 심판-지도자 겸직 금지가 유지되고 있다.

—— 심판 행정 일원화와 심판 승강제 실시

대한축구협회와 한국프로축구연맹은 오랜 기간 각각 심판위원회를 구성해 운영했다. 심판위원장도 두 명이었다. 비정상적 상황이었다. 축구협회의 행정력이 부족하던 시절 K리그에 나서는 심판에 대해서만 연맹에 업무를 위탁했는데, 이게 고착화됐다. 나는 체계적 심판 관리와 육성을 위해서는 심판 행정을 일원화해야 한다고 판단했다.

2016년 재선에 나서면서 심판 행정 일원화에 대한 공약을 내걸었고 여러 해에 걸친 준비 끝에 2019년 12월 협회 이사회를 통해 심판 행정 일원화를 의결했다. 이에 따라 2020시즌부터는 K리그의 심판 운영도 협회가 책임지고 운영하게 됐다. 심판 운영이 일원화되는 것은 '일국일협회(一國一協會)'를 기본으로 하는 FIFA 체제에서는 너무나 당연한 일이었다. 비정상의 정상화 과정이었다고 할 수 있다.

다만 프로연맹 입장에서는 그동안 K리그 경기에 대한 심판 관리 및 배정 업무를 맡아왔는데, 리그 운영에서 심판 업무가 차지하는 비중이 워낙 크다 보니 업무 이관에 대해서 다소 서운한 감정이 있었을지도 모르겠다. 또 판정 관련 논란이 벌어질 때마다 해당 구단들이 리그 운영 주체인 연맹에 항의하는 경우가 있다 보니 심판 운영은 직접 안 하면서도 구단에 일일이 설명해야 하는 상황이 곤혹스러웠을 수도 있다. 업무 이관의 과도기에 벌어질 수 있는 일이었다고 생각한다. 앞으로는 협회가 일원화된 관리로 심판 경쟁력 강화에 더욱 만전을 다할 계획이다.

· · ·

처음 대한축구협회장이 되고 나서 내가 인식했던 심판계의 문제점은 대략 다음과 같았다.

① 최상위 K리그를 담당하는 심판에 대한 세대교체가 적절하게 이뤄지지 않으면서 생기는 '심판 내부에서의 세대 갈등'

② 협회와 연맹의 심판 행정 이원화에 따라 발생하는 심판의 육성, 배정, 평가에서 '다양한 이해관계자들 간의 충돌'

③ 심판 판정 능력 발전이 정체되면서 나타나는 '심판 판정에 대한 팬과 선수, 지도자의 불신 증가'

①과 ②를 해결하면 결과적으로 ③은 자연스럽게 해소될 수 있다고 판단했다. ②의 해결을 위해 심판 행정 일원화를 단행했다. 그리고 ①의 해결 방법으로 생각했던 것이 바로 심판 승강제 도입이었다. 심판은 직무 특성상 적극적인 세대교체가 어려웠다. 또 심판계에도 실력보다 연공서열을 중시하고, 인맥을 우선시하는 분위기가 존재했다. 나는 심판 경쟁력 강화를 위한 방

법은 선수와 리그 경쟁력 강화 방법과 크게 다를 게 없다고 판단했다. 심판 계에도 승강제를 실시해 경쟁 논리를 도입하고 싶었다. 또 젊은 심판들에게 보다 많은 기회를 주고 싶었다. 때마침 협회 주도로 디비전 시스템이 구축되면서 수준이 다른 여러 단계의 리그가 체계적으로 존재하게 됐다. 동시에 프로연맹에 이관했던 K리그 심판 업무를 다시 가져왔기 때문에 협회가 추구하는 방향으로 일관된 심판 행정을 실시하는 것이 가능해졌다.

승강제가 리그에 자극을 주고 경쟁력을 높인 것처럼 심판 배정에도 승강제를 도입해 같은 효과를 기대했다. 열심히 하는 심판은 점차 상위리그에 올라가 뛸 수 있고, 반대의 경우에는 하부리그로 내려가 다시 열심히 노력하는 분위기를 만들고 싶었다. 이를 위해서는 심판에 대한 정확한 평가 기준이 필요했다. 또 공정한 배정이 중요했다. 2024년을 예로 들면 1부에 24명, 2부에 36명, 3부에 32명, 4부에 32명이 배정됐다. 협회가 마련한 구체적인 승강 기준에 따라 다음 년도 승격 대상이 될지, 강등 우선 대상이 될지가 결정된다. 앞으로 승강제를 꾸준히 실시하면 심판계의 능력에 따른 세대교체와 개방성, 투명성 등이 크게 좋아질 것이다. 심판 판정 능력의 향상을 통해 지도자와 팬의 신뢰가 점점 높아질 것으로 기대하고 있다.

심판들 입장에서는 예전이 요순시절이었는지도 모르겠다. 상대적으로 평온한 시절도 있었는데, 협회가 나서서 경쟁을 강제하는 분위기가 불편할 수도 있다. 발전을 위한 진통이라고 생각한다.

협회는 2014년부터 심판 등록비 납부 제도를 운영하고 있다. 제도 시행 10년이 됐는데도 아직도 불만을 제기하는 심판들이 일부 있다고 한다. 심판 등록비는 등록 심판들의 체계적 관리와 심판 정책 집행을 위한 최소한의 재원으로 활용되고 있다. 협회는 심판 처우 개선을 위해 노력하고 있다. 동시에 심판들도 스스로 자생력을 키우려는 노력을 경주해주면 좋겠다. 축구 경기에서 선수, 팬과 더불어 심판이 가장 중요하다는 이야기를 했다. 심판들의 헌신과 노력에 나를 포함한 축구계 전체가 늘 존경과 존중의 마음을 가져야 한다.

—— VAR의 등장과 변화된 환경

1986년 멕시코 월드컵 8강전에서 아르헨티나와 잉글랜드가 맞붙었을 때 마라도나의 그 유명한 '신의 손' 사건이 벌어졌다. 마라도나의 선제골이 사실은 그의 손에 맞고 들어갔는데 주심이 이를 놓쳤던 것이다. 경기 뒤 마라도나는 천연덕스럽게 "그 골은 신의 손에 맞고 들어갔다"고 눙쳤다. 축구 역사상 가장 유명한 골이자, 수많은 스토리를 만들어냈던 골이었다. 4년 전 양국은 포클랜드(Falklands) 전쟁을 치렀고, 패전국이었던 아르헨티나 국민의 영국에 대한 적개심은 대단했다. 마라도나는 그 한을 풀어준 것이었다. '신의 손'이라는 부정한 방법을 통했기에 아르헨티나 국민은 더 통쾌함을 느꼈을지도 모른다. 하지만 이제는 이런 스토리는 불가능해졌다. '신의 손'을 잡아내는 '과학의 눈'이 생겼기 때문이다. 그 눈을 우리는 VAR이라고 부르고 있다.

축구에서 테크놀로지가 어디까지 개입할 수 있는가는 오랜 논쟁거리였다. 오심도 경기의 일부라는 오랜 통설도 존재했다. 하지만 FIFA는 축구 경기의 공정성이 더 높은 가치라고 판단했다. 결국 기술의 힘을 빌리기로 했다. 그것이 VAR(비디오 판독기술, Video Assistant Referees)이다. 비디오 보조 심판으로 불리며 주심, 부심, 대기심 외에 VAR 담당 심판이 경기에 더 투입된다. 경기에 결정적인 영향을 미치는 장면, 예를 들어 득점 관련 상황, 페널티킥, 오프사이드 반칙, 선수 퇴장 관련 상황 등에 VAR이 가동된다.

국내에도 VAR 도입은 굉장히 빨리 이뤄졌다. 프로연맹이 K리그 심판을 관장하던 2017년 7월부터 K리그 1부 경기에 VAR이 전격적으로 도입됐다. VAR을 리그 경기에 도입한 것은 아시아에서 K리그가 최초였다. 2018시즌부터는 전 세계 최초로 2부까지 VAR 시행을 확대했다. 전 세계 축구규칙을 관장하는 국제축구평의회(IFAB)는 2016년 3월 총회에서 향후 2년간 VAR를 시험적으로 시행할 수 있게 했고 FIFA는 2016년 클럽월드컵부터 이 시스템을 시범 가동했다. 이듬해 국내에서 열린 U-20 월드컵에도 VAR를 활용해 효용성을 입증했다. 국내에서 열린 월드컵에서 VAR이 가동되는 것을 직접 확인한 프로연맹은 앞으로 이 시스템이 국제 축구계의 대세가 될 것으로 판단해 선제적 도입을 결정했다. 참으로 시의적절한 판단이었다. K리그에 만연한 판정 불만과 의심을 해소하기 위한 연맹의 참신한 시도를 협회도 크게 반기고 응원했다. 국내 도입 당시 지도자와 팬들 사이에 논란도 있었지만 지금은 VAR이 없는 경기나 대회는 오히려 불편하고, 미심쩍은 것으로 인식하게 됐다. 2023년 광저우 아시안게임 축구 경기에서 VAR이 가동되지 않으면서 많은 팬과 관계자들이 새삼 이 제도의 유용성을 절감했다.

그만큼 세상이 바뀌는 속도는 빠르다. 축구협회는 K리그 심판 운영을 직접 담당한 2020시즌부터 VAR 제도의 고도화를 위해서 VAR 전담 심판제도를 도입했다. 이전까지 주심들이 VAR 심판을 돌아가면서 맡았던 것과 달리 VAR 전담 심판을 운영해 오심을 줄이고 VAR 판독 능력을 높이도록 했다. 2021년부터는 VAR 심판 자격을 보유하면 누구라도 VAR 심판으로 투입될 수 있도록 문호를 확대했다.

VAR이 도입되면서 심판은 오심에 대한 부담도 크게 줄었다. 팬이나 팀의 의구심도 거의 사라졌다. VAR 판독에도 오심은 여전히 존재한다. 사람의 판단이 개입되는 경우에는 더욱 그렇다. 최신 기술이 도입됐다고 해도 심판진

VAR이 적용중인 남자 올림픽대표팀 가나와의 평가전 (2021, 제주)

은 여전히 인간으로 구성되어 있고, 인간은 언제나 실수할 수 있는 불안전한 존재임을 인식할 필요가 있다. VAR 도입에도 불구하고 심판계에 더 많은 개방성이 필요한 이유다. VAR 오심에 대한 면밀한 검토와 논란의 판정이 벌어졌을 때 공개적 설명을 통해서 팬의 의구심을 해소하는 작업도 필요하다. 첨단 테크놀로지의 도입이 만병통치약이 될 수는 없다.

—— 월드컵 주심 배출을 위한 조건

내가 심판에 대해 좀 더 잘 이해하게 된 계기는 2016년 AFC 심판위원장에 선출되고 관련 업무를 보면서부터였다. 당시 AFC에는 심판위원장이 심판을 직접 배정하지 않고, 심판배정소위원회에서 배정을 한 뒤 결정 사항을 경기 전에 위원장에게 보고하는 체계였다. 내가 심판위원장일 때 카타르의 하니 발란(당시 카타르 리그 회장)이 부위원장이었다. 그는 심판소위를 이끌면서 나와 자주 소통했다. 지금은 AFC 심판위원장으로 일하고 있고 FIFA 심판 부위원장도 맡고 있다.

내가 심판위원장을 맡고 있을 때는 정치적인 사항이나 동·서 아시아의 균형도 어느 정도 맞추려고 노력했다. 하지만 최근 카타르 월드컵이나 카타르 아시안컵에서는 중동 지역 심판들이 중용되는 것을 볼 수 있다. 내 때와는 달리 현재 AFC 심판위원장은 월드컵이나 아시아 챔피언스리그, 연령별 아시안컵 등에 심판을 정하는 권한이 있다. 보통은 아시아 내에서 준결승 이상 진출한 국가의 심판들은 이들 주요 경기에서 제외되고 다른 나라 심판들이 투입된다. 2023 카타르 아시안컵 결승전(카타르-요르단전)에서도 중국 심판이 휘슬을 잡았다. 우리나라가 AFC 주최 각종 대회에서 선전할수록 우리나라 심판들은 상위 경기를 운영해 보지 못하는 역설적인 상황이 벌어지는 것이다. 월드컵 심판 배출을 위해서는 아시아권의 주요 대회, 주요 경기에서 경험을 많이 쌓아야 하는데, 국내 심판에게는 조금 아쉬운 대목일 수 있다. 이전까지 한국 심판들은 언어 구사 능력 때문에 외국 심판과 한 조를 이뤄 경기를 진행하는 경우가 제한되기도 한다. 국제적으로 경쟁력 있는 심판을 배출하고, 월드컵 심판이 나오기 위해서는 우리 심판도 좀 더 젊은 나이에 큰 무대에서 경험을 자꾸 쌓아야 한다. 이를 위해서는 국내 심판들이 좀 더 일찍 K리그1에 진출해야만 한다. 그리고 K리그 경험을 바탕으로 빨리 국제 심판이 되어야 한다.

· · ·

우리는 왜 한국의 최상위인 K리그에서 활동하는 젊은 심판을 더 빨리, 더 많이 배출하지 못했던 것일까. 최근까지는 심판 5급에서 1급까지 올라가는 데 7~8년이 걸렸다. 지금은 축구협회에서 규정을 바꿔 3~4년 만에 1급에 올라갈 수 있는 '패스트 트랙'을 만들었다. 또 K리그1에서 3년 이상의 경력이 있어야 국제 심판 자격이 되니 월드컵 심판이 되려면 최소한 14~16년 정도의 경력이 필요하다는 계산이 나온다. 여기에 영어 구사 능력도 필요하기 때문에 젊은 나이에 K리그 심판이 되어야만 월드컵 심판이 되는 기회를 노려볼 수 있다.

대학까지 선수 생활을 했던 27살의 젊은 심판 이야기를 들은 적이 있다. 그는 현역 시절 대표 선수를 못한 아쉬움을 풀기 위해서 월드컵 심판을 새로운 목표로 삼았다고 한다. 선수 출신은 3급 심판부터 딸 수 있어서, 심판 입문 5년 만인 27살에 1급 심판이 됐다. 1급으로 U리그, K4리그, K3리그에서 차곡차곡 경험을 쌓으면 5년 뒤쯤에는 K리그2 심판이 될 수 있을 것으로 기대하고 있다. 통상적으로는 처음 1급이 되고나서 5년 정도 뚜렷한 실력을 보이고 성과를 내야만 K리그에 입성할 수 있다고 한다. 그는 심판 입문 때부터 치면 10년만인 32살 정도에 K리그 심판이 될 수 있는 셈이다. 어느 정도 연봉이 보장되는 프로 심판이 되기 전에는 당연히 심판만으로는 생활을 할 수 없다. 더구나 그는 일찍 결혼해 가정도 꾸린 상황이었다. 월급을 받는 본업이 있고, 심판은 일단 '투 잡'으로 생각하고 있다. 프로 심판이 되기 전까지, 젊은 심판들은 통상적으로 다 '투 잡' 생활을 한다. 그러면서 월드컵 주심을 목표로 하고 있으니 틈틈이 영어 공부를 한다. 이렇게 몸과 영혼을 갈아 넣지 않으면 월드컵 심판의 꿈에 다가설 수 없다. 그런 그도 "결국 연줄과 배경이 있어야 좋은 경기에 배정되고, 경험을 쌓아 빨리 K리그에 갈 수 있다더라"는 식의 심판계에 떠도는 소문을 들으면 마음이 무거워진다고 한다. 그는 실상은 그렇지 않을 것이라고 믿으면서 오늘도 일을 하면서 경기가 배정되면 운동장에 나선다.

· · ·

선수들이 뛸 수 있는 최고의 무대가 월드컵이듯, 심판들도 마찬가지다. 월

김종혁 국제심판 등 최우수심판상을 받은 수상자들과 KFA 심판어워즈에서 (2016.12)

드컵에서 뛰는 심판들이 최고의 경쟁력을 갖췄다고 평가할 수 있다. 한국 축구는 10회 연속 월드컵 본선 진출을 이룰 정도로 경기력 면에서는 아시아 최고 수준을 인정받고 있지만, 월드컵에 출장하는 심판 배출에서는 아쉬움이 남아있다. 최근에는 2010년 남아공 월드컵에서 부심으로 나섰던 정해상 국제심판이 마지막이었다. 이후 2014년 브라질, 2018년 러시아, 2022년 카타르 대회 등 3회 연속 월드컵 출장 심판을 배출하지 못했다.

FIFA는 브라질 월드컵부터 '트리오 시스템'을 적용하고 있다. 즉 한 경기에 나서는 주심 1명과 부심 2명이 동일 국가 또는 동일 언어를 쓰는 심판으로 구성된다. 심판들끼리 효율적 의사소통을 통해서 판정의 질을 높이려는 의도였다. 트리오 시스템에 적응하기 위해서는 월드컵 수준 능력의 심판을 최소한 3명 이상 보유해야만 한다. 이 점에서 우리의 경쟁력이 밀린 부분이 있다.

협회는 이에 대응하기 위해서 '월드컵 심판 퓨처 트리오 프로젝트'를 시행했다. 3인 1조로 구성된 6명의 우수 심판을 지속적으로 지원하고 관리하는 프로젝트였다. 2019년에는 심판 능력 향상을 위해서 '스페셜 레프리 제도'를 도입했다.

기본적으로 월드컵 심판을 배출하려면 젊은 나이에 자국의 최상위 리그를 오랜 기간 다양하게 경험하는 게 필수적이다. 국내 최상위리그에서 점진적인 세대교체가 반드시 필요한 이유다. 또 국제무대의 심판 운영을 위해서는 언어 능력을 길러야 한다. 우리는 지금까지 국제심판이 되는 시기가 너무 느리고, 언어 능력도 부족하다는 지적이 있었다. 협회의 지원과 심판 구성원의 자발적인 노력이 합쳐져 앞으로 두 가지 조건이 충족된다면 얼마든지 월드컵 심판 배출이 가능하다고 본다. 2026년 월드컵은 물론 2030년과 2034년 월드컵까지 지속적으로 월드컵 심판을 배출하기 위해서 각각의 월드컵을 겨냥한 연령대별 영 엘리트 심판 그룹을 적극적으로 발굴해 장기적 안목에서 육성할 계획이다.

2024년 3월에는 김종혁 국제심판이 2026 북중미 월드컵의 주심 후보에 선정됐다는 반가운 소식이 들렸다. FIFA가 선정한 아시아 지역의 주심 후보는 모두 16명이었는데, 이 가운데 절반 정도가 월드컵 본선 무대에 오를 것으로 전망된다. 김종혁 주심이 본선에 오르면 그가 추천하는 부심 2명과 함께 트리오로 투입될 수 있다. 북중미 월드컵부터는 한국인 심판이 휘슬을 부는 모습을 꼭 보고 싶다.

제19장
하루는 길지만
10년은 짧다

: 8인제 축구 도입과 골든 에이지

—— 8인제 축구 이야기

최근 오픈AI의 CEO 샘 알트만의 인터뷰를 봤다. 그는 "하루하루는 길지만 10년은 짧다(The days are long, but the decades are short)"는 말을 했다. 그가 얘기하는 요지는 사람들은 보통 온갖 스트레스를 받으면서 하루하루는 바쁘게 보내지만, 정작 성과를 내지 못하거나 장기적인 목표에 도달하지 못하는 경우가 많다는 것이다. 우리는 중요하지 않은 업무나 사내 정치에 몰두하면서 이를 중요하다고 여기는 실수를 너무 자주 범한다. 또 단기적인 리스크에는 민감하게 반응하지만. 장기적인 리스크에는 둔감하다. 예를 들어 원전 붕괴 같은 당장의 위기에는 많은 관심을 보이고 걱정하지만 공기 오염이나 기후 변화 같은 장기적인 리스크에는 둔감한 편이다. 나는 축구협회 일이나 회사 일에서도 이런 현상을 본다. 대회마다 하루하루 이기고 지는 대표팀의 성과에 대해서는 모든 사람들이 열을 내고 이야기하지만 유소년 육성이나 학령 인구 저하에 따른 단체 종목의 위기에 대해서는 그다지 관심을 보이지 않는다. 나는 협회장을 하면서 이러한 단기적인 이슈보다는 장기적인 아젠다를 더 제기하고 싶었지만, 많은 이들의 관심을 끌어 모으기에는 역부족이었다. 그런 점이 많이 아쉽다. 이 장에서는 이런 장기적 아젠다를 소개하고 싶다.

. . .

축구는 11명이 하는 경기다. 누구나 다 알고 있는 사실이다. 하지만 모든 축구가 11명이 하지는 않는다. 예를 들어 8명이 하는 축구도 있다. '8인제 축구'라고 한다. 경기를 치르는 운동장도 11명이 하는 크기보다 작다. 아직 몸이 성숙하지 못한 초등학생들이 주로 이 방식으로 공을 찬다. 유럽 축구 선진국에서는 입학 전이나 초등학교에서 '스몰 사이드 게임(small side game)'을 의무적으로 시행하고 있다. 단계별로 4인제나 6인제도 있다. 보통 8인제

8인제 경기 중 코칭을 제한하는 홍보 플래카드 (2018)

는 11인제에 비해 볼 터치 횟수가 많고, 공수 전환이 빨라지는 효과가 있다. 좁은 공간에서 적은 인원이 경기를 하다 보니 개인기 향상과 빠른 판단력을 기르는 데 도움을 준다.

2019년 대한축구협회가 초등학교 공식 경기로 11인제가 아닌 8인제를 도입한 것도 이러한 이유 때문이었다. 이웃나라 일본에서는 8인제 축구가 2008년부터 시범 운영됐고 2011년 정식으로 도입됐다. 우리보다 대략 10년 정도 앞섰다. 일본에 비해 한참 늦었음에도 국내에서 8인제 축구가 도입되는 과정은 결코 순탄하지 않았다. 협회에서 8인제 도입이 처음 논의된 것은 조중연 회장 시절인 2010년쯤이라고 들었다. 논의 자체는 일본과 비교해도 그리 늦지 않았지만, 결국 시행되지 못했다. 나중에 나도 겪어봤지만 현장 지도자의 반발을 잘 설득하지 못했던 것 같다. 새로운 개혁 정책의 실시는 언제나 어려움을 겪게 마련이다.

2013년 대한축구협회장에 당선된 뒤 전임 집행부가 시행했던 업무에 대한 보고를 받았지만 실질적 현황 파악이 힘들었다. 그래서 3월 새 집행부 간부들이 모여서 파주NFC에서 1박 2일 동안 워크숍을 가졌다. 나는 이 모임을 통해서 앞으로 해야 할 일에 대해서 대략적인 감을 잡을 수 있었다. 전임 집행부가 시도했지만 제대로 실천하지 못한 업무 가운데 8인제 축구가 있다는 사실도 처음으로 인식하게 됐다. 흥미가 갔다. 8인제를 도입하면 국내 축구의 기본적 변화가 가능할 것으로 보였다. 초등학교부터 만연한 성적 지상주의를 없애고, 즐기는 축구 문화를 정착시키면서 개인 기술 향상에도 도움이 될 것으로 판단했다. 장기적으로는 국가대표팀 경쟁력 강화에도 연결될 수 있었다. 장기 프로젝트이니 내 임기 안에 가시적 성과가 나오기 힘들겠지만 한국 축구 발전에 도움이 될 것이라는 확신이 있었다. 꼭 도전해 보고 싶은 욕심이 생겼다.

—— 첫 번째 시도가 성공하지 못한 이유

첫 임기 내 8인제 실시를 시도했지만 결론부터 말하자면 시행되지 못했다. 현장 지도자들의 반발이 적지 않았기 때문이었다. 지금은 없어진 단체지만 당시에 유소년 축구를 주관했던 한국유소년축구연맹도 도입에 반대했다. 유소년 축구 발전을 위한 일에 유소년축구연맹이 반대하다니, 이해하기 어려웠다. 연맹의 기득권 지키기가 바탕에 깔려 있었다. 연맹 주관 대회나 이벤트에 따른 수입 감소를 염려했고, 변화에 대한 거부감도 있었을 것이다.

이런 과정을 돌이켜보면서 8인제 정책 추진이 '좌절'됐다고 말하고 싶지는 않다. 8인제 정책을 도입하면 한국 축구에 좋은 영향력을 줄 것이라는 확신이 있었다. 다만 현장을 설득하려는 협회 내부의 준비가 부족했다. 정책 구현을 위한 홍보도 약했다.

8인제 축구는 기술 파트 담당이지만 현장 업무이니 대회 운영 부서도 많이 관여해야 했다. 협회 내 기술과 대회의 두 조직이 치밀한 시행 계획을 세워서 협업해야 했지만 당시까지만 해도 직원들이 그런 방식의 일처리에 서툴렀다. 내부 역량이 부족한 부분이었다. 당시 담당 간부의 회고를 들어보면, 정책의 당위성에 대한 확신이 너무 강해서 현장 지도자에게 너무 계몽적 시각에서 설명했던 것이 아닌가 싶다. 말하자면 "이게 옳은 방식이니 무조건 따라와라"는 식이었다. 오히려 현장 지도자들이 궁금했던 부분은 '운동장 크기는 어떻게 되는지', '골 에어리어는 얼마나 되는지'와 같은 실무적 부분이었다. 이런 준비가 거의 없었다. 또 11명이 하던 축구를 8명이 하게 되면 부원 수가 줄면서 팀 운영에 어려움을 겪게 될 수도 있는데 이에 대한 대책이나 지원책이 있는지 등의 생존적 반발이 컸다.

협회는 8인제가 한국 축구의 미래를 위해서 반드시 필요하다는 확신이 있었기에 너무 당위성만을 강조했던 것 같다. 초등학교 지도자는 생활인이기도 하다. 선수 수가 줄어드는 것은 자신의 이해관계에 직결되는 문제였다. 이런 예민한 부분을 포함해 말하기 힘든 고충을 이해하고 설득하려는 준비가 미흡했다.

· · ·

우리 사회의 어느 분야에서나 개혁 정책을 실시하려면 필연적으로 반발이 따른다. 정책 시행에 따라 이해관계가 바뀌게 되고 이는 대개 현장 기득권을 침해하는 쪽으로 나타난다. 개혁 정책을 추진할 때 초기 단계부터 모든 구성원들의 동의를 얻을 수는 없다. 특히 스포츠계는 다른 분야보다 더 보수적이고 변화에 따른 두려움이 크다. 다만 정책을 수립하면서 해외 우수 사례, 예상되는 기대효과나 부작용 등을 종합적으로 판단해 반드시 가야하는 방향이라는 확신이 들면, 현장과 꾸준히 소통하면서도 뚝심 있게 밀어붙여야 한다. 아니면 이도저도 아닌 것이 되어 버린다.

8인제 축구를 시도하는 과정에서 일방적인 홍보와 계몽만으로 현장을 설득하기는 역부족이라는 교훈을 얻었다. 아무리 좋은 정책도 구체적 실행 계획을 잘 짜내지 못한다면 시도조차 못한다는 것을 경험했다. 한마디로 '작전 실패'였다. 그렇다고 여기서 물러설 수는 없었다. 재선에 성공한 뒤 2기 집행부에서 더욱 치밀한 계획을 수립했다. 반드시 8인제 도입이 필요하다는 확신이 있었기에 이번에는 '성공할 수 있는 작전'을 짜야만 했다.

—— 마침내 8인제 축구가 도입되다

승강제를 도입할 때나, 8인제 축구를 시도할 때나 근본적 개혁을 추진하려면 리더는 선택의 기로에 서게 된다. 리더는 항상 장기적 관점을 가져야 한다. 시류에 따라 정책이 왔다 갔다 하면 우왕좌왕하다가 임기 4년이 끝날 수 있다고 생각했다. 미래를 대비하는 장기적 정책을 택하는 것이 리더의 덕목이라고 판단했다. 비록 현장에서 바로 호응을 얻는 정책이 아니라도 말이다.

8인제 같은 경우에는 미래의 가치에 대한 확신이 분명했기에 정책을 계속 밀고 나가는 데 흔들림이 없었다. 하지만 모든 정책이 그렇지는 않다. 방향이 흔들릴 때도 있고, 기득권의 반발이 워낙 거센 경우도 있다. 가장 중요한 것은 정책 실현에 대한 리더의 의지이다. 의지만으로도 부족하다. 인식 변화를 위해서는 시간이 걸리기 때문이다. 새로운 아이디어나 변화가 수용되기까지 걸리는 기간 동안 버틸 수 있는 끈기도 필요하다. 반대 측과 소통 때에도 그들이 제일 필요한 부분, 또는 가장 아파하는 부분에 대해 공감하는 게 중요하다. 설득의 기술이나 협상의 방법에서 세상 모든 일이 본질적으로 비슷하다고 느꼈다. 사업에서도, 축구에서도 그런 상황을 자주 만나고는 했다.

8인제 축구가 2기 집행부 때 마침내 시행에 성공했던 것은 현장의 반발에도 협회가 흔들리지 않고 정책 시행에 강력한 의지를 보여줬다는 점이 주효했다. 현장 지도자들이 축구회관 앞에 몰려와서 시위도 했지만 그런 과정을 통해서 서로가 이해하는 공통분모가 커진 측면도 있다. 진통 없는 출산은 없는 법이다. 첫 번째 시도 때와 달리 치밀하게 준비한 홍보 전략도 주효했다. 8인제 축구처럼 의도가 좋은 정책도 현장에서 곧바로 받아들여지지 않는다는 교훈을 얻었다. 또 이를 관철하기 위해서 협회의 전략과 의지가 매우 중요하다는 점도 배웠다.

· · ·

첫 번째 시도가 이뤄지지 않았던 가장 큰 원인은 소통과 설명이 부족했던 부분이 컸다. 누구든 새로운 아이디어를 들었을 때 바로 받아들이기는 쉽지 않다. 첫 반응은 대부분 거부로 나타난다. 거부의 원인을 면밀히 분석해 똑같은 실수를 반복하면 안됐다. 현장 지도자들이 변화에 대한 두려움이 있었는데, 이를 극복할 수 있는 세밀한 설득이 필요했다. 우선 8인제 축구에 대한 현장 지도자의 이해도를 높이는 게 중요했다. 이를 위해 12세 선수들을 대상으로 파주NFC에서 '11인제와 8인제 경기 효과 분석을 위한 시범 경기'를 열었다. 이를 분석해 '8인제 축구는 11인제 축구보다 공격, 패스, 달리기 횟수를 증가시켜 선수 개인의 기술 능력과 체력 향상에 도움을 준다는 것'을 데이터로 증명했다.

예를 들어 8인제와 11인제를 비교하면 1인당 볼 터치 27.2회 대 20.1회, 패스 14.1회 대 9.2회, 슛 1.2회 대 0.5회로 큰 차이를 보였다. 총 달린 거리에서도 2,442m 대 2,329m로 차이가 났다. '코칭 타임' 규정도 새로 만들었다.

8인제 축구 도입 후 전국 초등 축구리그 격려 참석 (2019, 청주)

선수들이 경기 도중 스스로 판단할 수 있도록 정해진 코칭 타임에만 선수들을 지도할 수 있게 했다. 경기 내내 선수들을 다그치면서 지도하던 방식에서 벗어나자는 의도였다. 단 지도자들이 "잘했어", "힘내", "파이팅" 같은 칭찬과 격려의 말은 언제든지 할 수 있도록 했다.

지도자뿐만 아니라 선수, 학부모 등이 모이는 전국 대회 현장에서 8인제 축구 설명회를 수시로 개최했다. 과학적 분석에 의한 데이터와 창의적 축구 문화 조성을 위한 제도 필요성을 자세하게 알렸다. 처음에는 냉소적 반응이 많았지만 점차 8인제의 필요성에 대해서 공감하기 시작했다. 현장 지도자에게는 유럽이나 일본 등 8인제 축구가 시행 중인 리그를 직접 보고 느낄 수 있는 기회를 제공했다. 2017년 하반기에 안기헌 전무 대신 협회에 들어온 홍명보 전무가 현장을 많이 다니면서 8인제 홍보 대사를 자처한 점도 고맙다. 때로는 현장 여론을 청취하고, 때로는 현장을 설득하면서 8인제 도입에 앞장섰다. 일부 지방협회에서 시범 운영에 먼저 동참하는 일도 벌어졌다. 이런 사전 작업과 노력이 더해진 끝에 마침내 8인제 축구가 초등학교 경기에 전면적으로 도입될 수 있었다.

2019년 2월 14일 군산의 수송체육공원에서 금석배 대회가 열렸다. 8인제 축구의 역사적인 첫 공식 경기가 열렸다. 취재진도 많이 모였다. 현장을 지켜보던 홍명보 전무는 "선수들이 볼을 만지는 횟수도 많고, 찬스도 늘어났다. 다소 늦었다는 생각도 들지만 올해부터 8인제를 시행하는 것 자체가 긍정적이다"라고 말했다. 늦었다고 할 때가 가장 빠르다는 말도 있지 않은가. '조중연 집행부'부터 따지면 3기에 걸친 협회 집행부의 꾸준한 시도와 노력 끝에 마침내 8인제 축구가 시행됐다. 참으로 오랜 시간이 걸렸고, 그만큼 더 보람을 느낄 수 있었다.

── 뮐러의 영입과 역할

8인제 축구를 도입하는 과정에서 독일 출신 미하엘 뮐러 전 전력강화위원장의 도움을 많이 받았다. 2018년부터 축구협회에 합류한 그는 외국인으로서 가장 오래 행정 책임자로 일한 사례가 아닌가 싶다. 위원장급 직책을 맡은 외국인도 그가 처음이었다. 뮐러 위원장은 독일 프로팀의 유소년 코치부터 시작해 U-15, U-18 대표팀 코치로 일했다. 유·청소년 축구 전문가였다. 2008년부터 독일축구협회 지도자 강사로 활동했고 이후 독일 U-21 대표팀 스카우트로 일하면서 2017년 유럽축구연맹(UEFA) U-21 챔피언십 우승에 기여했다. 세계 최고 수준의 유스 육성 시스템을 보유한 독일에서 다양한 경험을 했기에 8인제뿐만 아니라 한국의 유소년 축구 현장을 전반적으로 향상시킬 적임자로 판단됐다.

그는 2018년 1월 독일에서 박지성 유스전략본부장을 만나 이야기를 나누면서 대한축구협회에서 새롭게 해야 할 일에 대한 도전의식을 느꼈다고 한다. 뮐러는 박지성 본부장이 추천했다.

뮐러를 영입하면서 지도자 교육과 유소년 육성의 두 분야에 기대를 걸었다. 지도자 교육에서는 기초 단계부터 최상위 단계까지의 단단한 체계를 갖췄으면 했다. 유소년 육성에서는 독일에서 16년 넘게 스몰 사이드 게임을 활용한 경험을 살려 도움을 줬으면 했다. 그는 나에게 "왜 어린 선수들이 11인제 축구를 해야 하는가"라고 반문하면서 "어린이는 그저 몸이 작은 어른이 아니다. 어린이의 시각에서 그들이 원하는 것을 해줘야 한다. 유소년 축구 지도의 목적은 어린 선수들이 성장할 때까지 축구를 사랑하고 즐기게 하는 것이지, 성적을 내는 것이 아니다. 11인제를 했던 곳에서는 변화가 두려울 수 있지만 발전을 위해서는 반드시 변화해야만 한다"고 강조했다. 유소년 축구의 핵심은 '즐기는 것'이라는 의미였다.

뮐러 위원장은 8인제 도입 이후 스몰 사이드 게임 시스템을 완성한 것을 한국에서 일하면서 가장 보람된 순간으로 꼽았다. 그의 주도로 6~8세는 4인제, 9~10세는 6인제 축구가 도입됐다. 뮐러 위원장은 2018년 이후 5년 넘게 한국에서 일하고 있다. 이제는 유소년 단계에서 학원을 거쳐 프로와 대표팀까지 이어지는 한국 축구 환경을 너무 잘 이해하고 있다. 국내 전문가와는 또 다른 시각의 아이디어를 제공하는 뮐러와의 대화는 항상 흥미진진하다.

· · ·

8인제가 실시됐다고 해서 갑자기 가시적 성과가 나올 수는 없었다. 당초 단기적 성과를 기대하고 도입한 제도도 아니었다. 유소년 축구 발전은 백년대계로 이뤄져야 한다. 다만 8인제 도입을 계기로 성적 중심의 문화에서 개인 기량 발전을 중요시하는 변화의 바람이 불었다는 것은 굉장히 긍정적이다. 지금은 현장의 대부분 지도자들이 8인제가 유소년 축구 발전에 좋은 영향을 준다는 것을 인정하고 있다. 앞으로 10년, 20년 뒤에는 더욱 세련되고 고급 기술을 구사하는 우리 선수들을 기대해도 좋을 듯하다. 먼 훗날 8인제로 성장한 선수들이 국가대표로 활약하는 월드컵을 보고 싶다. 그러면서 8인제 도입을 위해 동분서주했던 회장 시절의 향수에 젖어보는 것도 나쁘지 않을 듯하다.

── '골든 에이지'를 만들다

개별 프로팀에 주로 맡겨졌던 유소년 육성에 대해서 대한축구협회가 본격적으로 나서기 시작한 것은 2001년 '유소년 상비군 제도' 도입 때로 볼 수 있다. 이 제도를 통해 전국을 5개 권역으로 나눈 뒤 유소년 전임 지도자를 파견해 12세부터 15세까지 권역별 우수 선수를 발굴했다. 이들을 정기적으로 소집해 훈련했다. 16세가 되면 연령대별 대표팀에 발탁해 각종 국제 대회에 참가시켰다. 말하자면 청소년 대표팀에 선발되기 전의 나이대를 상비군으로 분류해 관리하는 체계였다.

나는 협회장에 취임한 뒤 '유소년 상비군 제도'에 대한 보고를 받으면서 정책 수혜 대상을 좀 더 넓히고 싶었다. 보다 많은 기회와 보다 고른 기회를 유소년 선수들에게 주는 것이 협회의 책무라고 판단했다. 당시까지 국내 유소년 영재 관리는 협회의 '유소년 상비군'과 각 프로의 유스팀이 두 축이었다. 유소년 상비군도 프로 유스팀에서 두각을 나타내는 선수들이 추천되다 보니, 프로 유스팀에 입단하지 못한 선수들은 기회를 잡기 쉽지 않은 구조였다. 사각지대가 많았다. 미래를 책임질 어린 선수들에게 보다 많은 기회를 열어주고 싶은 마음이 '골든 에이지'로 연결됐다. 골든 에이지는 2013년 발표된 '비전 해트트릭 2033'에 연계되는 가장 중요한 정책이었다.

'골든 에이지(Golden Age)'는 축구 기술을 습득하기 가장 쉬운 연령대를 뜻한다. 대략 12세부터 15세에 해당한다. 이 시기 선수들이 잘 성장해서 결국 한국 축구의 미래를 책임지게 된다. '정몽규 집행부'가 시행했던 유소년 육성 프로그램의 총칭을 '골든 에이지'로 이름 붙였다. 뼈대에 해당되는 계획은 2013년 8월부터 짜기 시작했고, 내부 토의 과정을 거쳐 2014년 3월 '골든 에이지 프로그램' 출정식을 가졌다. 계획을 수립하면서 독일, 프랑스, 일본 등 유소년 육성 시스템이 우수한 국가를 방문해 사례 연구를 했다. 내부적으로는 당시 홍명보 국가대표팀 감독을 비롯한 각 연령대 대표팀 감독이 모두 논의에 참여했다.

2014년 1월에는 최진철, 서동명 등 신규 전임 지도자 16명을 선발해 관련 인력을 보충했고 2월에는 서울, 경기, 중부, 영남, 호남 등 5개 광역 내 20개 센터의 훈련 프로그램을 개발했다. 3월부터는 전국 시도협회에서 추천한 지역 지도자 84명을 대상으로 교육에 착수했다. 이런 단계적 준비를 마친 뒤 3월 24일 파주NFC에서 '골든 에이지 프로그램' 출정식을 할 수 있었다. 나는 출정식에서 "유소년 축구 발전을 통해 국가대표팀의 경쟁력을 강화하는 것이 장기적인 목표다. 이 프로그램이 한국 축구 질적 성장의 밑거름이 될 것으로 확신한다"라고 말했다. 회장 재임 기간 동안 가장 가슴이 설레고 의미가 컸던 행사 가운데 하나였다.

출범 이후 골든 에이지의 철학은 항상 유지했지만 구체적 각론은 매년 세미나와 축구 선진국의 최신 유소년 프로그램 분석을 통해 업데이트했다. 유소년 선수들의 성장주기에 따라 6세부터 11세까지는 '프리(Pre) 골든 에이지', 12세부터 15세까지는 골든 에이지, 16세부터 19세까지는 '포스트(Post) 골든 에이지'로 구성했다. 이들 선수들을 체계적으로 육성하고 관리해 미래의 국가대표로 성장시키는 것이 궁극적 목적이었다. 프로그램은 '21개 지역

2014 KFA 골든에이지 출정식에서 (2014.03, 파주)

센터-5개 지역광역센터-합동광역센터-KFA센터'의 4단계 피라미드 구조로 구성됐고 시도축구협회와 우리 협회가 단계별로 협업했다.

각 연령별로 재능 있는 선수들이 조금씩 더 높은 단계로 진입하는 방식이었다. 상비군 시절에는 관리 대상이 매년 280명 수준이었지만 이 제도의 시행 이후 우수 선수 풀로 선발되는 인원이 매년 4,500명 선까지 늘어났다. 이전에 비해 15배나 증가한 수치였다.

—— 우리만의 시스템이 더 중요하다

'골든 에이지'를 도입하기 위해서는 우리보다 앞선 축구 선진국의 시스템을 먼저 검토할 필요가 있었다. 2013년 8월 독일, 프랑스 등 유럽의 시스템을 돌아보기 위해 '유소년 육성정책 사례 조사단'을 파견했다. 독일은 '지방분권형 모델'이라고 할 수 있었다. 지방축구협회가 관장하는 366개 지역센터와 각 프로구단이 직접 운영하는 49개의 유스 아카데미가 병립하면서 독일축구협회와 각기 협업하고 있었다. 연방국가인 독일다웠다. 반면 역사적으로 절대왕정이 강했던 프랑스는 유소년 육성 시스템에서도 '중앙집권형 모델'이었다. 프랑스축구협회가 전국 각처에 총 22개의 유소년 축구 아카데미를 직영하고 있었다. 퓨처팀 프로젝트(성장이 늦은 선수를 관리하는 시스템)에 대해서는 벨기에 사례를 적극적으로 벤치마킹했다. 일본은 지역축구협회가 관장하는 47개의 트레이닝센터와 일본축구협회가 직영하는 전국 단위 4개의 아카데미가 양립하는 '혼합형 모델'을 운영하고 있었다.

개인적으로는 해외 출장이 있을 때마다 방문국의 유소년 센터를 돌아보기 위해서 일정을 조정해가면서 직접 살펴보기도 했다. 튀르키예축구협회에서 새롭게 건설한 센터나 카타르가 자랑하는 아스파이어 센터 등을 방문했다. 영국과 중국의 시설도 직접 돌아볼 기회가 있었다. 협회 실무진이 독일의 바이에른 뮌헨, 네덜란드의 아약스 등 유럽 명문 구단을 방문하고 작성한 보고서를 검토하면서 인사이트를 얻기도 했다.

다양한 해외 사례들을 검토하면서 우리 실정에 맞는 부분은 취하고, 다른 부분은 버리면서 한국형 모델을 만드는 데 집중했다. 해외 사례를 벤치마킹하는 것도 중요하지만, 그보다 우리만의 상황이나 특성을 반영한 시스템을 만드는 게 필요했다. 예를 들어서 상급 학교 진학에 올인하는 구조나, 젊은 나이에 군대에 가야 하는 환경은 다른 나라에서는 보기 힘들다. 유럽 강국의 시스템이 좋다고 국내 현실에 무조건 다 적용할 수는 없는 노릇이었다.

일본의 경우에는 2000년대 들어서 '재팬스 웨이(Japan's way)'를 발표하고 일관된 유소년 정책을 20년 이상 실시하고 있다. 그 효과가 최근 월드컵 같은 국제무대에서 두드러지게 나타나고 있다. 한국과 일본은 협회 차원에서 장기적 유소년 정책을 지속적으로 수행하고 있다는 점에서 상당히 비슷하다. 다만 아쉬운 것은 중·고교 국내 대회의 시스템 차이가 크다는 점이다.

일본은 고등(U-18) 대회가 1, 2부 형식으로 나뉘어져 있어 강팀끼리, 또는 수준이 맞는 팀끼리 경기하는 이른바 '강대강' 구조가 확립되어 있다. 우리는 가장 예민한 상급 학교 진학 문제가 연계되어 있어 '강대강'으로 대회 구조를 개편하기 어렵다. 또 우리는 중등 및 고등에서 1,2학년 선수들의 경기 출전 기회가 적고, 3학년은 진학 문제로 2학기 경기를 아예 뛸 수 없는 상황이다. 중·고 연령대에 전력이 비슷한 상대나 또는 강한 상대와 경기해야 경쟁력이 높아지는데 우리 현실은 구조적 단점이 크다.

이런 문제는 협회 단독으로 해결할 수 없는 주제이기도 하다. 협회는 2024년부터 교육부, 문체부, 대한체육회 등 유관단체의 실무진들이 참여하는 TF팀을 구성해 저학년 대회 활성화, 강대강 구조의 대회 시스템 정착 등을 위한 지혜를 모을 계획이다. 2028년까지는 '저변 확대, 선수의 탁월성 중시, 리그 중심'을 지향하도록 국내 대회 시스템을 개편하고 싶다. 그 목표를 향해서 장기적 노력이 필요하다.

—— 골든 에이지의 성과와 미래

골든 에이지 프로그램이 가동된 지 10년이 넘었다. 원래부터 장기 프로젝트로 시작한 사업이지만 강산도 변한다는 10년이 지나면서 조금씩 가시적 성과도 나타나고 있다.

2023년 김은중 감독이 이끄는 U-20 대표팀이 아르헨티나에서 열린 FIFA U-20 월드컵에서 4위를 차지했다. 아시아 국가 중에서 유일하게 2회 연속 U-20 월드컵 4강 진출에 성공했다. 김은중 감독이 지휘했던 선수들은 2003~2004년생들이었다. 2014년 골든 에이지가 시작했을 때 12세였던 2002년생부터 이 프로그램의 혜택을 받았다. 따라서 이번 대회 출전 선수들

U-20 남자대표팀 4강 진출 귀국 환영식에서 김은중 감독과 함께 (2023, 인천)

이 골든 에이지의 초창기 멤버라고 할 수 있다. 실제로 이번 U-20 월드컵에 참가한 21명 선수 전원이 12세~15세 시절에 골든 에이지 프로그램을 이수한 것으로 나타났다. 진정한 '골든 에이지 세대'라고 부를 수 있다는 뜻이다.

정량적 데이터를 조금 살펴보고 싶다. 2023년 현재 각 연령별 대표팀과 프로 무대에서 뛰고 있는 2001년생과 2002년생 선수들을 추적 관찰하면 골든 에이지를 거친 선수들의 프로 소속팀 출전 비중이 1인당 평균 14.3경기였다. 그렇지 않은 선수들이 1인당 평균 5.4경기인 것에 비해 2배 이상 차이가 나는 것으로 나타났다. 특히 고교 졸업 뒤 프로에 직행하는 선수 가운데 골든 에이지 최상위 선발그룹인 KFA센터(연령별 40명) 출신 비율이 매년 대략 50%를 이루고 있다. 골든 에이지 이수생들이 프로 진출에서 매우 높은 비율을 차지하고 있음을 알 수 있다. 골든 에이지 육성 프로그램을 통해 성장한 선수들이 같은 연령대 선수들 사이에서 상당한 경쟁력을 가졌다는 평가가 가능하다.

반면 다른 해석을 할 수도 있다. 마치 컵에 물이 반 정도 차 있을 때 "반이나 찼다"고 말하는 이와 "반밖에 안 찼다"고 여기는 이가 있는 것처럼 말이다. 10년 동안 골든 에이지를 운영했음에도 프로에 직행하는 선수 가운데 골든 에이지 최상위 선발그룹이 50% 밖에 안 된다고 해석한다면, 나머지 50%에 해당되는 선수들에게도 주목해야 한다는 논리가 가능하기 때문이다.

협회는 지난 10년 동안 골든 에이지를 운영했던 장단점을 분석한 결과 2024년부터 지역센터의 주요 교육 대상을 기존의 유소년 선수에서 유소년 지도자로 변경했다. 지역 센터를 통해 골든 에이지 훈련 프로그램을 받은 유소년 선수들이 소속팀에 복귀하면 다시 각 지도자의 방식에 따라 기존 방법대로 훈련하게 되는 패턴이 반복된다는 지적이 그동안 끊이지 않았다. 이에 따라 골든 에이지 훈련 프로그램의 보급 속도가 상대적으로 더딘 단점이 노출됐다. 이에 대한 해결책으로 마련한 것이 '지역별 현장 유소년 지도자 교육'이다. 유소년 현장 지도자에 대해 협회의 골든 에이지 훈련 프로그램을 충분히 교육시켜 그들이 각 소속팀에 돌아가서도 협회의 육성 철학에 맞게 선수들을 키워낼 수 있게 하자는 의도였다. 이럴 경우, 기존의 골든 에이지 이수생 외에 다른 선수들에게도 골든 에이지 프로그램이 전수되는 효과를 기대할 수 있다. 컵에 물이 반 정도 차 있는 상태에서 "반이나 찼다"고 안주할 게 아니라 "반밖에 안 찼다"는 발상의 전환을 시도하는 셈이다.

지역 센터 교육 대상이 유소년 '선수'에서 유소년 '지도자'로 변경되면서 일부 지역 축구계에서는 "골든 에이지 프로그램을 없애거나, 줄이는 것이 아니냐"는 오해를 사기도 했다. 전혀 아니다. 시행 10년의 장단점을 면밀히 분석해 오히려 골든 에이지를 강화하고 효율적으로 운영하기 위한 변화였다. 유소년 선수들을 성장시켜 국가대표팀 경쟁력을 강화하겠다는 골든 에이지의 목표는 여전히 현재진행형이기 때문이다.

—— 퓨처팀 육성 프로젝트와 골든 패스 구축

골든에이지를 보완하기 위한 프로그램들도 속속 시행됐다. 대표적 정책으로 2020년 도입한 '퓨처팀 육성 프로젝트'와 '골든 패스'를 들 수 있다. 퓨처팀 육성 프로젝트는 신체 조건이 성숙되는 시기의 차이 때문에 기회를 받지 못한 선수(Late Mature Player)를 위한 프로젝트다. 유소년 때는 몇 달 차이로 체격 조건이 달라진다. 같은 해에 태어났어도 이런 차이로 상반기 출생자(1~6월)들이 팀의 중심이 되는 경우가 많다. 그로 인해 후반기 출생자들은 잠재력은 있지만 더딘 신체 성장으로 손해를 보게 된다.

청소년 선수들은 연령별 성숙의 시점에 따라 대표 선발에 큰 영향을 받는다. 같은 나이라도 상반기에 태어난 선수가 유리한 경우가 상당히 많다. 또 소질은 있으나 체력이 약해서 경기 경험을 갖지 못하는 선수도 있을 것이다. 유럽의 경우에는 9월 이후에 출생한 선수들을 중심으로 별도의 상비군을 운영해 일종의 '세컨드 찬스'를 주는 나라들이 적지 않다. 한때 FIFA 랭킹 1위에 올랐던 벨기에가 그런 나라다. 첼시에서 활약한 에당 아자르는 이런 세컨드 찬스를 통해서 벨기에 대표팀의 주역으로 성장한 대표적인 경우다.

'퓨처팀'은 후반기 출생 선수 가운데 유망주를 적극 발굴하기 위해 도입됐다. 박지성이나 김민재 같은 선수들도 유소년 시절부터 두각을 나타낸 것은 아니었다. 이런 선수들을 배려하는 정책이다. 퓨처팀은 벨기에의 사례를 많이 참조했다. 2000년대 중반부터 퓨처팀을 운영한 벨기에는 이후 월드컵 4강 진출, FIFA 랭킹 1위 달성 등으로 효과를 증명했다.

· · · ·

골든 패스는 골든 에이지 이수생들의 역량을 측정하고 관리하는 데이터 시스템이다. 골든 에이지 이수생들의 데이터 수집 및 관리 필요성이 제기된 것을 반영해 2020년부터 핵심 역량 측정 체계와 데이터 플랫폼을 갖췄다. 골든 패스는 유소년 선수의 핵심 역량을 6개 영역(신체정보, 기술, 지능, 피지컬, 심리, 특별함)으로 나눈 뒤 총 19개의 역량 지표를 측정한다. 이 데이터가 계속 쌓이면 한국 축구의 스포츠 과학 분야에서 매우 유의미한 결과를 만들어낼 것으로 기대된다. 이보다 앞서 2016년에는 한국형 선진 유소년 육성 정책인 'SMART'를 도입했다. 스마트 프로젝트는 부상 예방(Safe), 학원축구 육성(Management), 클럽축구 육성(Academy), 운동 포기 선수에 대한 경력 전환(Retirement), 연령별 훈련(Training) 등 다섯 가지 주요 요소의 영문 앞 글자를 땄다. 각 주제별로 유소년 육성에 도움을 주기 위해 마련했다.

골든 에이지를 비롯한 다양한 유소년 육성 프로그램은 국제적으로도 성과를 인정받았다. 2020년 AFC가 마련한 '엘리트 유소년 발전 계획 프로젝트'에서 쓰리스타 정규 멤버십을 획득했다. 이 프로젝트는 AFC가 회원국을 대상으로 엘리트 유소년 육성과 관련한 11가지 항목을 평가해 멤버십을 부여하는 사업이다. AFC 회원국 중 최고 등급인 쓰리스타 정규 멤버십을 받은 것은 우리와 카타르뿐이다.

── 유소년 지도자 교육의 중요성

지금까지 우리 교육 시스템은 암기 위주였고, 창의력을 키우는 것은 상대적으로 등한시했다. 축구에서도 마찬가지였다. 어렸을 때 축구를 즐기면서 창의력 있는 플레이가 자연스럽게 나올 수 있도록 하기보다는 단기적인 성적을 위해서 투쟁심만 너무 강조했던 것이 아닌가 반성한다. 학교에서 하는 교육도 그렇고, 축구 현장에서도 그렇고 더 어려운 과제에 도전하는 지도자가 필요한데 그렇지 못했다. 속성으로 선수를 기르려고 했지만 창의적인 것을 강조하고, 토론하고, 이런 소프트웨어적인 면이 부족했다.

좋은 지도자 아래서 좋은 선수가 배출되듯이, 좋은 지도자 강사 밑에서 좋은 지도자가 나올 수 있다. 한국 축구의 미래를 위해서 유소년 선수를 키워내는 지도자가 중요하듯이, 좋은 지도자를 배출할 수 있는 역량 있는 전문 강사진의 육성도 굉장히 절실하다. 대한축구협회의 지도자 강사 그룹에서도 새로운 피가 지속적으로 수혈되어야 한다. 어느 분야처럼 전문 강사진에도 적극적인 세대교체가 필요하다. 축구 현장은 빠르게 변하고 있고, 세계 축구의 트렌드도 언제나 변화한다. 현장 지도자들이 양질의 교육을 받을 권리가 있다. 그러한 현장의 수요를 채워주는 것도 협회의 중요한 의무이다. 지도자들부터 단기적인 대회 성적에 치중하는 것이 아니라 선수 성장 중심의 육성 철학을 갖게 될 때 한국 축구의 미래는 밝을 수 있다.

우리 지도자들이 개인 역량은 뛰어날지 몰라도 같이 모여서 서로의 의견을 공유하고 토론하는 문화는 부족하다고 느꼈다. 비단 축구 분야만이 아니고 사회의 모든 분야에서 토론 문화가 약하다. 내 임기 중에는 축구계에서 이런 토론 문화를 활성화하고 싶었다. FIFA나 유럽의 주요 국가 축구협회들이 정기적으로 실시하는 대형 지도자 컨퍼런스를 우리도 반드시 해야겠다고 생각했다. 이제는 매년 해외 유명 축구 지도자나 강사를 초청해 선진 축구의 흐름도 배우고, 동시에 국내 지도자들의 성과를 공유하고 토론하는 행사가 일상적인 문화로 정착했다. 성인 월드컵이나 청소년 월드컵 같은 주요 대회가 끝나면 최신 트렌드를 분석하는 컨퍼런스를 정기적으로 열고 있다. 지도자들이 이런 행사를 통해 지적 갈증을 해소하는 모습을 보면서 큰 보람을 느꼈다.

지도자 육성 분야 개선에서 가장 주안점을 두었던 것은, 이전까지 '강사 중심의 교육'이었던 강습회를 '수강생 중심의 교육'으로 바꿨다는 점이다. 기존에는 강사가 앞에서 수업을 진행하고 수강생은 이를 받아들이는 방식이

주를 이뤘다. 하지만 수강생의 참여를 대폭 늘리면서 새롭게 개선된 지도자 교육에서는 강사가 기본적 가이드라인을 제시한 뒤, 수강생이 주어진 주제에 대해 자신의 이론을 밝히고 전달하는 방식으로 진행된다. 수강생이 발표를 마치면 강사가 이에 대한 피드백을 주면서 보다 구체적인 전술적 주제로 토론을 유도한다. 수강생들은 그룹 활동과 토론, 동료 또는 강사의 다양한 피드백을 통해 자신의 생각을 정리하고 발전시킬 수 있다. 협회는 그 피드백을 받아들여서 지도자 강사 평가와 강습회 개선에 반영했다.

이런 노력을 인정받아 2020년 축구협회는 AFC '코칭 컨벤션'의 P급 멤버십 가입이 승인됐다. 코칭 컨벤션은 AFC가 시행하는 지도자 교육 인증 협약이다. 지도자 자격증 등급과 마찬가지로 각 협회에 주어지는 멤버십도 P급, A급, B급으로 나눠진다. 최고 등급인 P급 멤버십을 획득한 회원국은 자국에서 P급, A급, B급 지도자 자격증 강습회를 진행할 권리를 갖게 된다. AFC 회원국 중 코칭 컨벤션 P급 멤버십을 획득한 국가는 우리를 포함해 일본, 호주, 중국, 카타르 등 5개국뿐이다. AFC 코칭 컨벤션 가입을 계기로 더욱 선진화된 한국형 교육 시스템을 구축해 글로벌 인재를 양성할 수 있을 것으로 기대하고 있다.

. . .

2014년 골든에이지 출범과 함께 협회 전임 지도자의 수도 크게 늘어났다. 이전에는 5~6명 수준이었던 전임 지도자 규모를 25명대로 늘리고 이들의 역량 강화를 위해 힘썼다. 전임 지도자들이 매년 초 모여 그 해에 적용할 골든 에이지 프로그램을 구성했다. 그 과정에서 협회 지도자들이 일관된 철학을 갖기를 원했고, 골든 에이지 프로그램이 각 연령대 대표팀과도 연계되기를 바랐다.

전임 지도자들이 낸 가시적인 성과로는 2019년과 2023년 U-20 월드컵에

U-20 남자월드컵 준우승 격려금 전달식에서 정정용 감독, 이강인 선수와 함께 (2019)

서 각각 준우승과 4강의 우수한 성적을 냈던 정정용 감독과 김은중 감독이 먼저 떠오른다. 2019년 폴란드 U-20 월드컵에서 '한국 남자축구 역사상 최초로 FIFA 대회 결승 진출 및 준우승'이라는 성과를 낸 정정용 감독은 "오랜 시간 전임 지도자를 하는 동안 20세 선수들의 어린 시절부터 해당 연령대를 담당했기 때문에 각 선수에 대한 특성을 충분히 파악했던 것이 좋은 결과로 이어졌다"고 말했다. 전임 지도자를 장기적으로 활용해 성공했던 좋은 사례였다.

2023년 아르헨티나 U-20 월드컵에서 아시아 최초로 U-20 월드컵 2회 연속 4강 진출을 이룬 김은중 감독도 고생을 많이 했다. 김은중 감독은 직전 대회에 비해 선수들이 많은 관심을 받지 못했지만, 이 연령대 선수들을 오랫동안 지켜보면서 파악한 잠재력을 만개시켜 메이저 대회에서 성공을 거뒀다. 두 감독은 현재 K리그1에서 경쟁을 펼치고 있다. 프로에서도 유능한 지도자가 되기를 응원한다.

── 포니정 재단과 유소년 축구 장학 사업

'포니 정'은 아버지의 널리 알려진 별칭이다. 아버지는 국내 자동차 업계의 선각자답게 한국 최초의 완성차 고유 모델인 포니(Pony)를 만들었다. 아버지의 별칭은 이 포니에서 따왔다. 포니정 재단은 아버지의 혁신 정신과 인재를 중시하는 철학을 후대에도 이어가기 위한 목적으로 2005년에 설립됐다. 향년 78세로 세상을 떠나신 해였다. 이후 장학 사업, 학술 지원 사업, '포니정 혁신상' 시상 사업 등을 다양하게 펼치고 있다. '포니정 혁신상'을 만든 이유도 우리 사회에 혁신 DNA를 퍼뜨리고 싶은 바람이 있었기 때문이다. 기존 틀 속에서 잘하는 것도 중요하지만 크든 작든 무언가 새로운 시도를 자꾸 해보는 게 우리 사회에 활력소가 될 수 있다고 생각한다.

재단 설립 10주년이었던 2015년부터는 대한민국 축구 꿈나무를 지원하고 유소년 축구에 대한 관심을 확산시키기 위해서 대한축구협회와 유소년 축구 장학금 지급을 위한 협약을 체결했다. 가정 형편이 어려우면서도 우수한 기량을 가지고 있는 남녀 중학교 축구 선수 60명을 대상으로 1인당 2백만 원씩 매년 총 1억 2천만 원을 장학금으로 지급하고 있다. 매년 장학금 총액 기준으로는 국내 스포츠 종목 중 최대 규모이다. 2023년 12월까지 총 9억 6천만 원의 장학금을 대한민국 축구 유망주 선수에게 전달했다.

대상을 중학생으로 한정한 것에는 이유가 있다. 협회장을 맡고 나서 이전보다 축구계의 여러 가지 사정을 더 잘 알게 됐다. 중학생 나이가 축구선수에게 가장 중요한 시기라는 이야기도 듣게 됐다. 이 시기가 바로 앞으로 축구를 취미로 할 것인가, 아니면 직업으로서의 축구 선수의 길에 도전할 것인가를 정하는 때이다. 이 시기에 비용이 많이 늘어나기에 재능이 있으면서도 경제적 형편에 축구를 그만두는 경우가 꽤 있다고 한다. 그래서 장학금을 받는 대상을 중학교로 설정했다. 자기 인생의 중요한 결정을 하는 시기에

2023 포니정혁신상 수상자인 박항서 감독과 함께 (2023, 서울)

돈 때문에 판단이 흔들리지 않기를 바랐다. 비록 많지 않은 장학금이지만 학생들에게 고루 혜택이 가기를 원했다. 정상빈(미네소타 유나이티드FC), 양현준(셀틱FC), 박승수(수원 삼성 U-18 매탄고) 등 최근 각종 연령별 대표팀에서 좋은 활약을 펼친 선수들이 중학생 시절 이 장학금을 받았다. 그들에게 조금이라도 도움이 됐다면 정말 기쁜 일이다.

장학금 수여식이 열릴 때마다 나는 "축구 실력은 물론, 교양과 품성을 갖춘 훌륭한 선수로 성장해 훗날 대한민국을 이끄는 인재가 되기를 바란다"는 격려의 말을 전한다. 사회 전반에 걸쳐서 젊은 인재를 발굴하는 데 관심이 많으셨던 아버지의 뜻이기도 하다.

아버지의 혁신적 사고와 도전 정신을 기리기 위해 제정된 '포니정 혁신상'은 2023년에 17번째 수상자로 박항서 전 베트남 축구국가대표팀 감독을 선정했다. 심사위원회는 박항서 감독이 베트남 국가대표팀 감독으로 베트남 축구 역사에 새로운 이정표를 세운 성과가 한국 축구계의 지평을 확장한 혁신이라 평가했다. 박항서 감독은 평소 자신을 '비주류'라고 칭한다. 하지만 그가 동남아시아에서 일궈낸 성과는 어느 외교관이나 기업인도 해내지 못한 일이었다. 박항서 감독이 베트남에서 먼저 길을 열었기에 나중에 인도네시아의 신태용 감독, 말레이시아의 김판곤 감독이 뒤를 이어 동남아에서 국가대표팀 지도자를 맡을 수 있었다.

박항서 감독은 여러 프로팀에서 활동하다가 나중에 내셔널리그 팀을 맡았다. 국내에서 지도자 생활의 '끝물'이었다. 은퇴를 선택해도 이상하지 않은 상황에서 과감하게 해외 무대에 도전했다. 그것은 굉장히 큰 도전이었고, 또 대단한 성과를 거두었다. 국내 지도자들에게 주는 울림이 매우 컸다. 혁신은 끝없는 도전을 통해서만 이뤄질 수 있다.

. . .

아버지는 현대자동차 사장으로 재임 중이던 1983년 국내 세 번째 프로축구팀을 창단했다. K리그 통산 네 번의 우승을 차지하며 명문으로 손꼽히는 울산 HD다. 현대산업개발에서 2000년 당대 최고의 인기팀이었던 대우 로얄즈를 인수했을 때도 축구에 애정이 많았던 아버지가 크게 기뻐하고 격려했던 기억이 난다. 축구계에 항상 지원과 관심을 아끼지 않으셨기에 아버지의 장례식장에 이회택, 김호곤, 차범근 등 많은 축구인들이 찾아주셨다. 아버지는 평소 "미래는 기다리는 것이 아니라 도전하고 개척하는 것이다"라는 말을 자주 했다. 현재 상황에 안주하지 않고 한국 축구의 혁신을 위해 노력해온 나에게도 아버지의 이 말은 항상 모토로 남아있다. 아버지가 젊은 시절의 나에게 또박또박 전해줬던 말이 다시 떠오른다.

"몽규야, 항상 최선을 다하면 결과가 따라온단다. 무엇이든 집중하고 열심히 해야 한다."

제20장

한국 축구의
백년대계

: 대한민국 축구종합센터 건립

── '파주 NFC 시대'가 저물다

2024년 정초 서울 신문로 축구회관으로 출근해보니 로비에 어지럽게 이 삿짐이 놓여있었다. 파주NFC(국가대표트레이닝센터)에서 상주했던 협회 직원들이 축구회관으로 업무 공간을 옮기면서 미처 짐 정리가 덜 된 것이다. 22년 동안 이어졌던 '파주NFC 시대'가 비로소 막을 내렸다는 실감이 났다.

파주NFC는 2000년 12월 5일 착공해 2001년 11월 9일 문을 열었다. 국가대표팀 전용 훈련장 건립은 오랜 기간 축구계의 숙원 사업이었다. 특히 2002 월드컵을 앞두고 그 필요성이 더욱 부각되면서 정부와 파주시의 협조로 NFC가 실현될 수 있었다. 당시 공사 금액은 130억 원이었는데, 대한축구협회는 31억 원만 부담했다. 나머지 액수는 문화관광부가 30억 원, 국민체육진흥공단이 35억 원, 월드컵조직위원회가 33억 원을 각각 분담했다. 부지는 파주시에서 제공했다. 이곳에서 히딩크 감독이 이끄는 대표팀이 장기간 합숙 훈련을 하면서 월드컵 4강 신화가 만들어졌다. 몽준 형님이 협회장 시절 이뤄낸 가장 중요한 업적 가운데 하나가 파주NFC 건립이었다.

이후 축구협회가 사용자 입장에서 파주NFC의 확장, 보수 등을 담당하면서 추가로 400억 원을 더 썼다. 또 매년 30~35억 원의 유지 관리비를 사용했다.

1970년대까지만 해도 국가대표팀이 사용할 잔디 운동장 자체가 거의 없었다고 한다. 파주 출신인 조영증 제2대 파주NFC 센터장은 한 인터뷰에서 옛날의 어려웠던 사정을 이렇게 회고한 적이 있다.

"1970년대까지만 해도 잔디 운동장이라는 것이 거의 없었다. 유일하게 대표팀이 합숙할 수 있는 곳이 태릉선수촌이었는데' 태릉에도 잔디구장이 없었다. 그래서 당시에는 구리에 있는 원진 레이온이라는 공장에서 훈련을 많이 했는데, 운동하고 나면 콧속과 옷이 다 새까매 질 정도로 환경이 열악했다. 그 후에 서울 공릉동에 상비군의 집이라 는 합숙소가 마련된 적이 있다. 숙식은 가능했지만 운동장이 없어 지 방까지 돌아다니면서 훈련했다. 잔디구장을 한 번 빌리려면 상급기관 단체장은 물론이고 하다못해 경비원에게도 굽실거려야 했다. 대표팀 감독이 경비원에게 굽실대는 것은 기분이 몹시 상하는 일이었다."

1998년 프랑스 월드컵 전후로는 미사리에 있는 천연잔디 구장을 사용하 기도 했지만 여전히 사정이 열악했다. 숙박과 훈련, 교육 등을 '원 스톱'으로 해결할 수 있는 '국가대표용 클럽 하우스' 개념의 훈련장이 생긴 것은 파주 NFC가 최초였다. 처음 건립됐을 때는 국가대표팀 전용이었지만 이후 연령 대 청소년 대표나 여자 대표팀도 활용하고, 전국 지도자와 심판의 교육 센터 로도 활용했다. 점차 개보수 작업을 거쳐 3만 4,410평의 부지에 천연 잔디구 장 6면, 인조 잔디구장 1면과 지상 4층, 지하 1층의 본관 건물이 자리잡았다. 그럼에도 점점 늘어나는 수요를 감당하기 어려워졌고, 시설도 점차 낙후됐 다. 어차피 파주시와 계약 기간이 끝나면 기부채납해야 하는 상황이었다. 또 파주시에서 계약기간 이후 연간 26억 원을 사용료로 요구했다. 약간 협상의 여지는 있었지만 사용료와 유지관리비를 포함하면 매년 60억 원을 사용해야 하는 판이었다. 비유하자면 월세집에 살면서 비싼 비용을 들여 좋은 인테리 어 공사를 계속할 필요가 있는지 고민이 필요했다. 무언가 장기적 대책을 고 민하게 됐다.

위치의 한계도 있었다. 서울의 서북부에 있어 전국에서 올라오기에 접근 성이 불편했다. 겨울철에는 추위로 인해 사용이 제한적이고 운동장 관리에 도 어려움을 겪었다. 협회가 직접 소유하면서 운영하는, 보다 큰 규모의 NFC

가 필요하다고 판단했다. 새로운 센터의 추진이 대한민국 축구 발전을 위한 제2의 도약이 될 수 있다고 생각했다.

—— 제2의 NFC냐, 신규 종합센터냐?

2013년 회장 취임 뒤 처음 보고받을 때는 파주NFC의 계약 기간 만료 이전에 여러 가지 대안을 마련해야 한다는 수준이었다. 그 가운데 하나가 제2의 NFC를 만든다는 구상이었다. '제2'라는 표현에서 알 수 있듯이 파주NFC는 그대로 두고 또 다른 NFC를 만들어 보자는 게 초기 아이디어였다. 어차피 파주NFC만으로 미래의 수요를 충족시킬 수 없다는 것은 분명했다. 수도권 몇몇 지자체에서 제2의 NFC 건립에 관심을 갖고 여러 가지 제안을 하기도 했다.

2016년 7월 협회장 재선에 나서면서 내걸었던 주요 공약이 디비전 시스템 구축과 제2의 NFC 건립이었다. 당선 직후 나는 NFC 관련해서 아래와 같은 의견을 밝혔다. 제2의 NFC 관련한 초기 구상을 잘 알 수 있는 내용이다.

"파주센터가 참 훌륭한 시설인데, 이용 수요가 계속 늘다 보니 이제는 포화 상태이다. 그래서 제2의 센터가 반드시 필요하고 임기 중에 반드시 착공해서 미래를 대비하겠다. 제2 센터는 대표팀 용도로만 쓰지 않고, 일반 선수들도 쓸 수 있고 또 어린이나 청소년들의 축구 체험 공간이나 수련 시설로도 개방해서 다양한 용도로 활용할 수 있게 하겠다. 수도권을 비롯해 몇몇 지자체에서 제안이 오고 있다. 교통 편의성, 근접성, 부지 면적 등 여러 가지 조건들을 종합적으로 판단해서 결정하겠다. 현재 파주가 3만 평 정도인데, 최소 10만 평 이상은 필요하다고 생각한다. 착공은 부지 확정 시기나 예산 확보 등을 고려해야겠지만 최대한 빨리 시작하겠다."

이때까지만 해도 파주NFC가 가지고 있는 상징성을 고려해 어떤 식이든 이곳의 활용도를 찾고 싶었다. 파주는 남녀 성인 대표팀 위주로 사용하고, 제2 센터는 유소년이나 연령대별 대표팀이 활용하는 이원화를 비롯해 다양한 방안을 고민했다. 파주시와도 NFC 활용 방식을 놓고 다양한 협상을 벌였던 것이 사실이다. 하지만 국가 법령과 조례에 따라 사용기간 연장과 추가 매입을 통한 확장은 어렵다는 사실을 확인했다. 이곳이 군사보호지역이어서 센터 확장에 문제가 있었고 인근 땅도 다른 개발 용도로 이미 지정되어 한계가 있었다. 결국 2024년 1월 만기되는 파주NFC의 무상 임대 기간을 고려해 향후 협회가 안정적으로 사용할 수 있는 신규 축구종합센터의 건립 필요성이 대두됐다. 파주를 존치한 채로 제2 센터를 만드는 것이 아닌 대규모 신규 센터 건립으로 최종적인 사업 방향성이 잡혔다. 가장 핵심적인 목표는 파주NFC처럼 빌려 쓰다가 기부채납하는 방식이 아닌 온전히 '우리 것'을 만들자는 것이었다. 그것이 한국 축구의 미래를 위하고, 협회의 자산을 확보하는 길이라고 판단했다.

2017년 국내에서 열린 FIFA U-20 월드컵이 성공적으로 마무리된 후에 U-20 월드컵조직위원회는 9월 12일 해산 총회를 열면서 대회 잉여금 59억 원을 NFC 건립을 위한 종잣돈으로 사용하자고 제안했다. U-20 월드컵은 FIFA 주관 대회에서 성인 월드컵 바로 아래에 있는 대회다. 세계 축구를 이끌 미래의 유망주가 배출되는 무대다. 그런 점에서 대회 잉여금은 미래 세대를 위한 투자 목적으로 사용하는 것이 좋다고 판단했다. 전국의 꿈나무들이 이곳에서 함께 모여 훈련하면서 미래의 국가대표팀을 희망하는 곳을 만들고 싶었다.

── 투명한 공모 절차 끝에 천안 선정

2018년 5월 18일 드디어 '제2의 NFC 추진위원회'가 발족했다. 위원장으로는 조현재 전 문체부 차관을 모셨다. 김정남, 허정무, 조병득 등 축구계 인사는 물론 각계 전문가가 위원으로 합류했다. 조 위원장은 문화체육관광부에서 체육국장, 관광산업국장, 제1차관 등 주요 직책을 두루 거친 전문 행정가였다. 축구에 대한 열정도 굉장히 높아서 '중앙부처 축구협의회장'도 오랫동안 역임했고 이후 국민체육진흥공단 이사장까지 지냈다. 당시 협회 부회장 겸 추진위원장으로 모시면서 고도의 행정 역량이 요구되는 축구종합센터의 부지 선정부터 건립까지 전반적 업무를 부탁했다.

위원회는 전권을 위임받아 세밀한 기준과 공개 절차를 통해 투명하게 부지를 선정했다. 공정한 행정 절차로 특정 지자체에 대한 특혜 시비 등을 원천봉쇄했다. 9월 27일에는 NFC 기본 계획 용역보고서를 문체부에 제출했다. 용역보고에는 각급 대표팀에 최고 수준의 훈련과 휴식 공간을 제공하는 것은 물론이고 국민 누구나 즐겨 찾는 한국 축구의 랜드마크를 만들겠다는 목표를 제시했다.

10월 16일 대한민국 축구종합센터 후보지 부지 선정 공고가 나갔다. 전국 지자체가 대상이었다. 2019년 상반기 동안 후보 지자체 선정 작업이 진행됐다. 처음 공모를 시작할 때에는 대규모 종합축구센터를 짓는 사업에 지자체들이 과연 관심을 갖고 신청을 해줄까 하는 걱정도 많이 들었다. 2019년 1월 11일 후보지 접수 마감 결과 전국에서 24개 지자체가 참가했다. 수도권은 물론이고 남해군과 순천시 등 수도권에서 거리가 먼 경남과 전남 지역도 신청

천안시와 함께한 축구종합센터 유치 업무협약식 (2019.08, 천안)

서를 냈다. 우려와는 달리 축구종합센터 건립이 전국적 이슈가 됐다는 의미였다. 일부에서는 과열 현상과 후유증을 걱정할 정도로 반응이 좋았다. 몇몇 지자체에서는 무상으로 토지를 제공하고 시설 투자까지 해주겠다고 나섰다. 이후 선정위원회는 부지 명세, 환경, 건립지원 사항 등 총 33개 세부 항목을 포함한 1차 서류 심사를 통해 12개 지자체를 가려냈다. 2차 프레젠테이션 심사를 거쳐 8개 지자체로 압축됐고 현장 실사 등을 거쳐 1순위 천안시, 2순위 상주시, 3순위 경주시로 평가가 나왔다.

5월 천안시를 최종 우선협상 대상자로 선정했고 8월 1일 대한민국 축구종합센터 협약서 조인식을 가졌다. 천안으로 부지는 선정됐지만 실질적 작업은 이제부터 시작이었다.

—— 수도권 NFC 논란에 대해서

천안에서 한창 공사가 진행 중인 지금도 축구종합센터는 수도권에 있었어야 했다고 주장하는 일부 축구인들이 있다. 답답한 노릇이다. 처음 제2의

NFC를 고민했을 때 수도권 중심으로 고민했던 것은 사실이다. 실무진 가운데 파주가 경기 북부에 있으니 제2센터는 경기 남부에 있었으면 좋겠다는 의견도 있었다. 실제로 하남시, 화성시 등은 먼저 움직임을 보이기도 했다. 나는 안기헌 전무와 함께 2017년 한 해 동안 수도권의 여러 후보지를 직접 다녔다. 건설 회사를 오래 경영하다 보니 주요 사업지를 돌아다니며 확인하는 것은 몸에 익은 습관이었다. 건설 사업에서는 땅을 사는 것이 가장 중요하다. 매입 전에 땅을 둘러보는 것은 기본 중의 기본이다. 워낙 많은 곳을 다녀서 풍수지리학자만큼은 아니어도 웬만한 땅의 가치는 대략 알 정도는 된다. 하남시의 경우 제시한 부지를 실사했는데 접근성을 고려했을 때 꽤 검토할 만한 곳이었다. 지역 국회의원이 미팅을 요청해 만나기도 했다. 하지만 지자체에서 투입 예산 문제로 그다지 적극적이지 않았던 것으로 기억한다. 제시한 부지도 보상 문제 등이 걸려있었다. 추가로 제시한 미사리 한강 둔치도 관련 법규의 제약으로 부적절했다. 용인시의 경우 제안한 부지가 험한 지형 때문에 토목 비용이 많이 들 것으로 보였다. 부지 위로 고압 철탑이 지나가는 장소였다. 여주의 경우에는 모양이나 대지가 평평하지 않았고 톨게이트에서도 상당히 떨어져 있었다.

오랜 기간 파주에 NFC가 있다 보니 국가대표팀 훈련장은 반드시 수도권에 있어야 한다는 고정관념이 생겼다. 대표팀의 주력인 유럽파가 인천공항에 내린 뒤 이동할 때 편의성을 고려하면 역시 수도권이 좋다는 의견이었고 축구계 일각에서 김포시를 밀었던 것도 그런 이유가 있었을 것이다. 서울시와 경기도에 전체 인구의 절반가량이 거주하니 수요자가 가장 많은 곳에 설치해야 한다는 논리도 일리가 있었다. 협회도 그런 의견들을 고려해 수도권 지자체들과 먼저 의견을 나누기도 했다. 하지만 파격적이고 마음을 확 사로잡을 만한 제안은 없었다. 수도권의 최대 약점은 역시 땅값이 비싸고, 협회가 목표로 삼은 대규모 센터를 지을만한 넓은 부지 확보가 어렵다는 점이었다. 파주NFC처럼 빌려 쓰다가 기부채납해야 하는 경우는 절대로 반복하고 싶지 않았다. 결국 전국 지자체를 대상으로 공모 사업을 벌이기로 했다. 공모할 경우 각 지자체들의 경쟁으로 토지 취득이나 행정 허가 면에서 협회에 유리한 조건을 얻어낼 수 있다는 계산이었다. 수도권 우선 분위기에서 전국 지자체 대상의 완전 경쟁으로 국면을 전환한 것에는 다 이유가 있었다.

새로운 축구센터 건립은 '한국 축구의 새로운 요람이자 성지'라는 상징성 때문에 국민적 관심이 많았다. 따라서 선정 과정의 투명성이 중요했다. 수도권 지자체들이 유리하다는 선입관도 깨야 했다. 또 부지 선정 과정부터 축구계와 국민의 공감대를 만들어내야 향후 센터가 추구하는 한국 축구 중심지로서의 역할을 달성할 수 있다고 봤다. 전체 지자체를 대상으로 공모에 나섰으니 만약 수도권에서 가장 좋은 조건을 제시하는 곳이 나온다면 축구센터는 수도권에 세워질 수 있었다. 수도권이 될지, 아닐지는 투명하고 공정한 경쟁에 맡겼다.

· · ·

주요 심사기준으로 접근성을 알 수 있는 교통뿐만 아니라 유치단체 현황(재정자립도와 지자체 협조), 부지명세(부지의 규모, 지형, 인허가 등), 환경요인(기온, 강설 등), 건설 및 운영지원(토지가격 등) 등을 함께 다뤘다. 단순히 교통이 편한 곳이라는 관점에서 벗어나 협회가 안정적으로 부지 및 시설을 보유하면서 한국 축구와 관련된 모든 사업을 한 곳에 집약해 추진할 수 있는 장소인지를 종합적으로 판단하려고 했다. 그 공정한 판정의 결과가 천안시였다.

후보지 사업에 참가한 24개 지자체 가운데 2차 심사까지 통과한 곳은 8개였다. 수도권에서는 김포, 여주, 용인의 3곳이 남아있었다. 하지만 우선 협상

대상지를 3순위까지 좁혔을 때 수도권 지자체는 모두 탈락했다. 3위 안에 수도권 지자체가 없었던 것은 이들이 제시한 조건이 타 지자체에 비해서 열악했음을 의미한다. 공정 경쟁에서 수도권이 탈락한 것 이상도, 이하도 아니었다. 이제는 뒤늦은 수도권 타령을 반복할 것이 아니라 천안에 건립되는 대한민국 축구종합센터의 활용도와 효율성을 어떻게 높일 것인가를 두고 건설적 논의를 이어가야 한다.

—— 왜 천안으로 선정했나

2022년 4월 29일 천안시 입장면 가산리 129번지 일대에 건립되는 대한민국 축구종합센터 착공식이 열렸다. 나는 이 자리에서 천안의 '접근성'을 강조하는 축사를 했다. 파주NFC가 지난 20년 동안 축구 발전에 도움을 줬지만, 서울 서북쪽에 있는 위치로 전국에서 고른 접근이 어려웠다. 반면 천안에 만들어지는 축구센터는 국민 모두가 즐겨 찾는 세계적 축구 허브가 될 것이라고 선언했다. 기존의 수도권 NFC론자가 주장하는 것과는 전혀 다른 시각과 관점이었다. 국토의 정중앙에 있으면서 동시에 수도권과 인접한 천안이야말로 전국의 축구 선수, 동호인, 일반 팬들이 가장 접근하기 좋은 곳이라고 판단했다.

천안시 입장면은 경기도 안성과 딱 붙어있고, 평택에서도 10분 거리다. 이곳은 천안시청보다 안성이나 평택이 더 가깝다. 안성시 서운면보다도 훨씬 수도권에 가까이 있다. 특히 천안시에서 입장휴게소에 하이패스 톨게이트를 만들어주기로 해 '사실상의 수도권'이라고 할 수 있다. 한남대교 남단에서 90km 정도 떨어져서 버스 전용 차선으로 가면 1시간 내에 갈 수 있다. 강남을 기준으로 하면 파주보다 시간이 덜 걸리는 곳이다. 또 국토의 중심부에 위치해 전국 어디에서나 접근하기 편하다. 앞으로 성인 국가대표팀에 해외 진출 선수가 많아짐에 따라 A매치 기간에도 귀국 즉시 경기 개최 도시로 이동하는 일이 많아질 것이다. NFC에서 국가대표팀이 장기 훈련을 하는 일은 월드컵 같은 메이저 대회 직전 정도를 제외하면 드물 것으로 예상됐다. 오히려 미래의 NFC는 주로 연령대별 대표팀이 사용하거나 심판, 지도자 교육과 육성을 위해 쓰일 가능성이 더 높다. 전국 단위의 유청소년 대회 개최도 가능하다. 이럴 경우에는 전국 각지에서의 접근성이 더 중요하다. 마냥 수도권이 좋은 것만은 아니라는 뜻이다.

천안시 입장면 가산리에 처음 가봤을 때가 생각난다. 양지 바른 넓은 부지가 숲에 둘러싸여 한 눈에 편편하게 펼쳐져 있었다. 주변 자연 조건이 좋았고 앞으로도 성장 가능성이 높은 땅이었다. 다른 후보지에 비해도 압도적으로 좋은 부지였다. 아마 이곳을 둘러본 사람이라면 누구나 비슷한 느낌을 가졌을 것이다. 부지 전체는 14만 5천 평 규모로 파주NFC보다는 4배가량 넓다. 이 가운데 협회가 직접 구매한 부지는 3만 5천 평에 달한다. 나머지 11만 평은 천안시가 직접 조성하고 협회와 공동으로 관리하게 된다. 총사업비 3,094억 원 가운데 협회가 1,200억 원, 천안시가 1,894억 원을 투입했다. 협회가 매입해 직접 구성하는 부지에는 천연 잔디구장(5면), 실내축구장, 스타디움, 숙소와 사무 시설 등이 들어간다. 지금 신문로 축구회관에 있는 행정 기능도 대부분 천안으로 이전할 계획이다. 천안시가 관리하는 부지에는 축구장(4면), 풋살장(4면), 테니스장(5면), 족구장(2면)과 녹지공간을 활용한 웰빙 트레킹 코스가 만들어진다. 또 수영장, 다목적체육관, 피트니스센터, 사우나 시설 등을 갖춘 지하1층, 지상2층의 체육관도 건립한다. 한국 축구의 역사와 문화를 보전하고 전승할 축구역사박물관도 만든다. 이외 민간투자 방식으로는 유스호스텔과 근린생활시설 등의 지원 시설도 들어설 예정이다.

대한민국 축구종합센터 착공식 (2022.04, 천안)

　인구 66만 명의 천안시 차원에서는 파격적 투자였다. 그러다 보니 천안시에서 NFC만 기능할 것이 아니라 협회가 이전해서 지역의 일원으로 함께했으면 좋겠다고 먼저 제안했다. 마침 협회도 축구회관과 파주NFC로 행정 기능이 이원화된 상황에 대해서 고민하고 있었다. 업무 효율성, 관리 비용 면에서 여러 문제점이 지적됐다. 천안뿐만이 아니라 다른 후보 지자체에서도 협회 이전을 많이 원했다. 여러 후보지의 제안을 검토하는 과정에서 자연스럽게 협회 기능을 NFC로 이전해야겠다고 판단했다. 직원 입장에서는 회사가 지방으로 옮기는 것이니 아주 큰일인 것은 분명했다. 다만 천안이면 수도권 남부에서 출퇴근하는데 무리없는 거리와 위치여서 가능하다고 봤다.

　천안은 부지 여건과 지자체의 재정적, 행정적 지원에서 다른 후보지보다 가장 좋은 점수를 받았다. 대한민국 축구 발전을 위하여 2025년부터 매년 10억 원씩 10년간 100억 원의 축구발전기금을 조성하기로 했다. 천안시청 팀을 K리그에 진출시키겠다는 공약은 이미 실현됐다. 천안이 내건 조건이 워낙 파격적이다 보니 지역에서는 일부 '퍼주기 논란'도 있었다고 한다. 계약 당시 구본영 시장이 민주당 소속이어서 시의회 국민의힘 의원들이 반발하기도 했다. 센터를 유치했던 구본영 시장이 얼마 지나지 않아 국민의힘 소속 박상돈 시장으로 바뀌면서 협회 입장에서 걱정이 됐던 것도 사실이다. 박 시장은 취임 초기에 협약서 변경을 요청하는 등 일부 진통도 있었지만 지금은 협회와 시가 원만한 협의를 통해서 '윈-윈'의 사업을 슬기롭게 진행하고 있다. 예기치 못했던 코로나19 확산도 큰 변수였다. 코로나19 여파로 협회뿐만 아니라 천안시 사정도 매우 어려워졌다. 2020년 6월 천안시에서 코로나19 확산으로 시의 제반 여건이 악화됐다면서 기존 협약서의 일부 변경을 요청했다. 양자 간 협의를 통해서 협약서의 큰 틀을 유지하면서도 시 측 부담을 일부 유예시키는 방향으로 몇 가지 조항을 변경했다. 협회도 2025년 천안시로 이전해 명실상부한 지역 사회의 일원이 되는 만큼 대승적 차원에서 협력해야 한다고 판단했다.

── 대한민국 축구종합센터가 그리는 미래

대한민국 축구종합센터는 각급 대표팀은 물론 선수, 지도자, 심판을 비롯한 모든 축구인들이 함께하는 터전이자 한국 축구의 새로운 허브로 기획됐나. 협회의 모든 기능이 집약된 한국 축구의 새로운 중심지로 규정했다. 축구회관과 파주NFC로 이원화된 행정 시스템이 관리와 비용, 업무 효율성에서 많이 떨어진다고 생각했다. 실제로 영국, 프랑스, 독일, 네덜란드 등 축구 선진국들은 협회가 자체적으로 대규모 센터를 안정적으로 보유하면서 대표팀 훈련, 교육, 육성, 연구 및 행정 기능을 한군데 집약해 시너지 효과를 내고 있다. 수도권 지자체 차원에서 이만큼의 대규모 축구센터 건립을 위한 부지 제공과 각종 재정적, 행정적 지원책을 제시하기는 사실상 불가능했다. 천안시 입장면 가산리는 협회 입장에서 최선의 선택이었다.

이곳에 만들어지는 대한민국 축구종합센터를 통해 축구 선진국으로 가는 디딤돌을 놓고 싶다. 특히 축구종합센터는 단순한 훈련만이 아닌 IT를 접목하고, 파트너사와 친화적 구성을 통한 상업적 목적도 달성할 수 있도록 브랜딩 전략을 포함했다. 이를 달성하기 위해 설계 단계부터 세심하게 신경 썼다.

1999년 현대산업개발 회장에 취임한 이래 건축을 기획하고, 설계해 완공하기까지의 전 공정을 많이 경험했다. 그 과정에서 건축물의 디자인을 중시하는 '디자인 경영'을 추구하기도 했다. 축구종합센터는 누군가 여기를 방문하면 가슴이 들뜨고 국가를 대표한다는 자부심이 들도록 만들고 싶었다.

NFC뿐만 아니라 대한축구협회가 입주한 건물로서의 상징성도 중요했다. 그래서 마스터플랜을 국제 공모에 붙였다. 창의적이고 혁신적인 아이디어를 얻기 위해서였다. 최종 당선작으로 선정된 유엔스튜디오(UNStudio)는 네덜란드 출신의 세계적 건축가 벤 판 베르켈(Ben van Berkel)이 이끄는 건축사 사무소다. 이 스튜디오는 그동안 다양한 컨셉과 파격적 디자인을 기반으로 건축, 도시, 인프라 등 다양한 분야에서 국제적 프로젝트를 진행했다. 대표작으로는 두바이에 있는 중동 현대미술관, 프랑스 소재 유로파시티 영화박물관, 호주의 사우스뱅크 벨루아 복합단지 등이 있는데 모두 디자인을 중시한 건축물로 호평 받았다.

축구종합센터의 중앙에 각종 페스티벌이나 이벤트 행사를 열 수 있는 복합문화공간인 광장을 설치했고 그 옆에 센터의 핵심이 되는 랜드마크 건축물로 메인 스타디움을 조성했다. 국제규격의 축구전용 구장으로 향후 연령별 국제 경기를 개최할 수 있는 시설을 완비했고 1,500석 규모의 관중석도 마련됐다. 이 스타디움의 실내 공간에 협회의 행정 기능이 이전해 직원들이 한국 축구의 미래를 위해서 일하게 된다.

　　2024년 4월 27일 천안에 건설중인 대한민국 축구종합센터 현장을 방문한 셰이크 살만 AFC 회장은 "이렇게 좋은 시설은 카타르의 아스파이어센터를 제외하면 아시아에서 유일한 것 같다. 아스파이어센터는 국가에서 투자했지만 천안 시설은 지방자치단체와 대한축구협회가 함께 투자해 만들었다는 것이 놀랍다. 이렇게 좋은 시설을 활용해 앞으로 대한축구협회의 지속 가능한 발전이 가능해졌다고 본다"고 평가했다. 그러면서 향후 아시아 지역의 축구지도자나 심판 강습, 또 연령대별 대회 개최가 가능할 것 같다며 한국이 더 적극적으로 아시아 축구 발전에 기여해 달라고 부탁하기도 했다.

· · ·

　　나는 대한민국 축구종합센터가 세계 어디에 내놔도 손색없는 장소가 되기를 바랐다. 우리의 꿈나무 유소년들이 어린 시절 이곳에서 공을 차면서 '나중에 국가대표가 되는 꿈'을 꾸는 그런 장소가 되기를 원했다. 설계 단계부터 그런 꿈과 상징성을 담을 수 있도록 해달라고 요청했다. 또 하드웨어뿐만 아니라 소프트웨어도 바뀌어야 한다. 협회 모든 조직원들이 축구종합센

천안에 건설중인 축구종합센터 조감도

터로 이전하는 것을 계기로 새로운 업무 방식을 통해 효율적으로 일하는 방법을 찾아야 한다. 단순히 건물만 첨단 시설이 되는 것이 아니라 일하는 우리 모두의 의식이 새로워지기를 바란다. 축구종합센터로의 이전은 이런 면에서도 새로운 출발점이 됐으면 좋겠다.

축구종합센터의 시설을 활용해 전국 축구인들이 다양한 시도와 실험을 할 수 있게 됐다. 비용이 많이 들지 않으면서도 축구를 즐길 수 있는 세상에 조금 더 가까워지는 일대 전환점이 될 것이다. 내가 협회에서 12년 동안 일하면서 고민하고 꿈꾸어왔던 것을 형상화한 것이 대한민국 축구종합센터라는 생각도 든다. 2025년 대한민국 축구종합센터가 완공된 모습을 상상해 본다. 그것만으로도 벌써 가슴이 벅차오른다.

제21장

축구협회 먹거리 키우기

: 중계권료, 스폰서십 그리고 티켓

—— 중계권 시장의 변화

대한축구협회가 여러 가지 축구 진흥 사업을 추진하기 위해서는 막대한 비용이 들어간다. 이를 위해서는 돈을 열심히 벌어야 한다. 협회의 주요 수입원은 크게 스폰서십, 중계권, 입장권을 들 수 있다. 2022년을 예로 들자면 세 분야의 수입이 전체에서 80% 이상을 차지했다. 이 분야의 수입을 성장시켜야 협회가 안정적으로 사업을 수행할 수 있다는 뜻이다. 이 장에서는 축구협회의 먹거리를 키우기 위한 이야기를 다뤘다.

. . .

밥 딜런은 1964년 2월 〈시대는 바뀌고 있다(Times They're A-Changin')〉라는 제목의 노래를 발표했다. 반 년 전인 1963년 8월 28일에는 워싱턴에서 흑인 인권을 위한 평화 행진이 있었고, 그날 마틴 루터 킹 목사가 '나에게는 꿈이 있다(I Have A Dream)'는 역사적인 명연설을 했다. 공민권의 시대가 열리고 있었다. 스티브 잡스는 1984년 애플 매킨토시를 발표하면서 밥 딜런의 이 노래 가사를 인용했다. 잡스는 이후 아이폰으로 세상을 완전히 바꿔놓았다. 세상은 항상 변하는 것이고, 시대는 바뀌는 것이다.

최근 몇 년 동안 스포츠에서 중계권 시장처럼 극적인 변화를 보인 분야도 없다. 말 그대로 상전벽해(桑田碧海)가 됐다. 온라인 동영상 서비스인 OTT가 중계권 시장의 주도 세력으로 확실히 자리잡았다. 전 세계 OTT 시장의 1등 업체인 넷플릭스의 리그 헤이스팅스 회장은 2019년까지만 해도 스포츠 중계에 대해서 부정적이었다. 그는 "넷플릭스는 앞으로도 스포츠 중계 같은 것은 하지 않을 것"이라고 단언하기도 했다. 그랬던 넷플릭스가 2024년 1월 월드레슬링엔터테인먼트(WWE)와 천문학적 규모의 장기계약을 발표했다. 2025년 1월부터 시작하는 10년 계약에 50억 달러(약 6조 7천억 원) 이상을 지불하는 것으로 알려졌다. 이전 계약자에 비해서 2배 이상을 지른 것이다.

업계 1위인 넷플릭스의 변화는 OTT 사이의 경쟁이 영화나 드라마 같은 콘텐츠에서 스포츠로 옮겨가고 있음을 극명하게 보여준다.

이미 아마존, 애플, 유튜브 같은 콘텐츠 서비스 기업들이 스포츠 중계권 시장에 뛰어든 지 오래다. 유튜브는 유료 서비스 구독자를 위해 프로야구 메이저리그 전 경기를 볼 수 있는 상품을 판매했다. 애플TV+를 통해서는 미국 프로축구(MLS) 중계를 즐길 수 있다. 메시가 2023년 MLS의 인터 마이애미에 입단하면서 미국 시장에서도 축구 붐을 일으키고 있다. 그 시장에 넷플릭스까지 본격적으로 참전했다. 국내에서도 OTT 플랫폼인 쿠팡플레이와 티빙이 각기 축구와 야구를 메인 콘텐츠로 삼고 있다.

OTT가 스포츠 중계에 관심을 갖는 이유는 비용 대비 안전한 콘텐츠란 인식 때문이다. 막대한 예산이 투입되는 드라마나 영화의 경우 '대박'이 나는 경우도 있지만 반대의 경우도 흔하다. 흥행 편차가 너무 심하다. 반면 고정 팬을 확보한 스포츠 중계는 안정적인 타율을 유지할 수 있다. 그동안 스포츠 중계권 시장을 과점했던 레거시 미디어의 경우 천정부지로 치솟는 중계권료를 더 이상 감당하기 힘들게 됐다. 뉴 미디어의 발달로 고정 팬의 시청 패턴이 예전과 크게 달라진 것도 레거시 미디어의 입지를 줄였다. 지금은 OTT가 중계권 시장의 강자로 보이지만 몇 년 안에 또 어떤 변화가 있을지 아무도 모른다. 그만큼 시장이 변하는 속도는 우리의 예측보다도 빠르다.

—— K리그와 A매치 중계권의 함수 관계

앞서 언급한 바 있지만, 2011년 한국프로축구연맹 총재를 맡고 나서 중계권 시장에 대해서 처음 제대로 알게 됐다. 이전까지 3개 프로팀의 구단주를 지냈지만 개별 구단이 중계권 협상에 관여할 일은 전혀 없었다. TV로 K리그 경기를 보면서 너무 중계 횟수가 적다는 생각만 했다. 중계권에 대해서 고민하고 다양한 연구를 한 것은 연맹 총재가 된 이후부터였다. 지상파 3사(KBS, MBC, SBS)로 구성된 코리아 풀(Korea Pool)과 중계권 협상을 하면서 참담한 심정까지 들었다. 일단 K리그 중계권 가치가 형편없이 낮았다. 당시 코리아 풀과의 K리그 중계권 협상은 총액을 3사가 삼분해서 내는 형태였다. 즉 3사가 연맹에 지불하는 중계권료는 동일했다. '풀'은 공동으로 자금이나 정보를 모으는 개념이다. 3사가 풀을 구성하고 있었으니 자체적 경쟁은 전혀 없었다. 더구나 국가대표 경기인 A매치가 아닌 K리그는 당초 경쟁력 있는 콘텐츠도 아니었다. 심지어 연맹은 중계권료 가운데 삼분의 일을 K리그 경기 제작 지원비 명목으로 다시 방송사에 돌려줬다. 프로축구와 관련한 별도 프로그램을 제작할 때에도 추가 지원을 했다. 각 방송사는 중계권 계약을 한 이후에도 K리그 시청률이 너무 저조해 광고가 붙지 않기 때문에 편성이 힘들다고 했다. 경기를 중계할 권리를 샀지만 인기가 없어서 실제로 중계를 거의 안 하고 있으니 기가 막힐 노릇이었다.

케이블 중계권료로 계약한 금액도 대부분 제작비 지원 명목으로 다시 돌려주는 상황이었다. 그나마 케이블에서는 지상파보다 중계를 더 해주는 편이니 고맙다는 생각이 들 정도였다. 속사정이 이러하니 중계권 가치를 논하는 게 무슨 의미가 있었겠는가.

· · ·

K리그에 비해서 A매치의 인기는 매우 높았다. 요즘 말로 '킬러 콘텐츠'였다. A매치 권한이 있는 대한축구협회는 방송사를 상대로도 어느 정도 목소리를 높이는데, K리그를 담당하는 프로연맹은 늘 '을(乙)중의 을'같은 신세였다. 솔직히 협회가 부러웠다. 중계권 시장에서 협회는 강자이고, 연맹은 약자이니 협회가 A매치 중계권을 지렛대로 K리그 중계권 협상에 도움을 줬으면

좋겠다는 생각도 했다. K리그의 발전이 국가대표팀 경쟁력 강화에도 필수적이니 명분도 있었다. 나중에 내가 협회장이 된 이후에는 실제로 그런 도움을 K리그에 주기 위해서 노력했다.

협회로 와보니 사정이 연맹과는 전혀 달랐다. A매치 중계권은 국내 스포츠 시장에서 최고의 시청률과 가격을 유지하는 콘텐츠가 분명했다. 다만 위험 요소도 보였다. 시청률이 계속 답보 내지 감소 추세였고 중계권료 역시 2002 월드컵 때 수준에서 크게 성장하지 못하고 있었다. 현재에 안주하다가는 콘텐츠 가치의 성장은커녕 현상 유지도 어려워 보였다. 취임과 동시에 이러한 현상의 원인을 분석하고 극복 방안을 마련하라고 주문했다. 하지만 당장 새로운 구상을 시도할 수는 없었다. 전임 집행부가 임기 말에 새 중계권 계약을 체결했기 때문이었다. 어차피 2015년 말까지는 기존 계약대로였다. 그래서 그동안은 중계권 가치 증대를 위한 연구의 시간으로 삼기로 했다.

. . .

중계권 시장 관련 내부 보고를 검토하니 무엇보다도 시장 구조에서 비롯된 한계가 너무나 크다는 것을 알게 됐다. 시장에서 상품은 보통 수요와 공급에 따라 가격이 정해지는데 그 당시 국내 스포츠 중계 시장에서는 수요 주체가 독점을 하는 형태여서 수요간 경쟁이 전무했다. 다시 말해 지상파 3사가 코리아 풀이라는 독점 카르텔을 형성하고 있었다. 물론 3사 간의 경쟁으로 코리아 풀이 깨진 경우도 종종 있었다. 2001년부터 4년간 진행됐던 MBC의 메이저리그 독점 계약이나 2010년 SBS의 남아공 월드컵 단독 중계 등이 그런 사례였다. 코리아 풀이 깨진 것은 월드컵이나 올림픽 또는 박찬호 선수가 뛰던 시절의 메이저리그처럼 해외의 경기 단체가 권리를 행사하는 킬러 콘텐츠의 경우였다.

반면 국내 경기 단체가 권리가 있는 경우에는 코리아 풀이 늘 단일대오

요르단 원정 친선경기에서 배성재 아나운서, 박문성 해설위원과 함께 (2014, 요르단)

를 형성했다. 방송국 간 수요 경쟁이 없는 상태에서 중계권 협상이 벌어지다 보니 국내 종목 단체는 늘 주도권 없이 끌려가는 구조였다. 이러한 구조에서 경기 단체의 힘으로 시장 구조를 바꾸거나 해결책을 마련하기는 어려웠다. 나는 이후 벌어질 재계약 협상에 대응하기 위해 단기 대책은 물론 시장 구조 개편을 위한 장기 계획을 병행해야 한다고 판단했다. 이를 위해 협회 최초로 스포츠 마케팅 분야 경력 직원을 채용하고, 마케팅 대행사 체제에 변화를 주 는 등 꾸준한 준비 작업을 진행했다.

—— 첫 번째 통합 중계권 도전의 의미

전임 진행부가 진행했던 중계권 계약이 2015년 말로 만료됨에 따라 협회 장 취임 이후 첫 중계권 협상을 진행하게 됐다. 특히 비슷한 시기에 K리그도 코리아 풀과의 기존 중계권 계약이 만료됐다. 내가 연맹 총재 시절 절감했던

K리그 중계권 협상의 어려움을 협회장으로서 꼭 도와주고 싶었다. 그래서 프로연맹에 A매치와 K리그를 결합한 통합 중계권 협상을 해보자고 제안했다. 연맹도 흔쾌히 동의했다. 사상 처음으로 협회와 연맹이 손을 잡고 코리아 풀을 상대로 통합 중계권 협상에 나선 배경이었다.

하지만 역시 현실의 벽은 높았다. 지상파 3사가 시청률이 낮은 K리그 중계 횟수를 갑자기 늘리기는 무리였다. 실제 2015년 당시 지상파를 통한 생중계는 시즌 전체를 통틀어 7경기 정도였다. 당시만 해도 지금처럼 다양한 스포츠 전문 케이블 방송이 없는 상태에서 매일 프로야구 중계에 집중하는 코리아 풀 소속 케이블 3사 외에 K리그 전체 경기를 소화할 수 있는 방송 채널을 구하기도 어려웠다. 또 스포츠 방송 시장을 주도하는 코리아 풀의 영향력이 워낙 막강하다 보니 설득에 한계가 있었다. 결국 아쉽지만 통합 중계권 판매 시도는 다음 기회로 넘길 수밖에 없었다.

협회는 A매치 중계권만을 가지고 협상을 이어가게 됐다. 중계권 협상은 협회의 마케팅 대행사를 통해 진행됐다. 보다 전문성 있는 대행사가 협상을 진행하는 게 낫다고 판단했다. 2011년부터 시작된 종편방송 가운데 JTBC가 스포츠 중계권 시장에 뛰어들었지만 아직 파괴력을 실감하기 어려웠다. 기존 구조의 견고함을 느끼면서 중계권 규모를 지키는 수준에서 재계약이 마무리됐다. 쉽지 않은 시장이라는 것을 새삼 느꼈다. 다만 뉴미디어에 대한 중계권 계약을 강화하기 위해 기존의 다음카카오 대신 네이버를 새로운 파트너로 계약하면서 중계권료도 50% 인상했다. 나름 의미 있는 첫 중계권 협상이었다. 2010년 이후 스마트 폰의 본격 등장으로 젊은 팬들의 시청 패턴이 서서히 바뀌고 있었다. 하지만 얼마나 변할지는 아직 예측하기 힘들었다.

—— 두 번째 통합 중계권 협상과 한계

2016년부터 2019년까지 4년간의 중계권 계약 종료가 다가오고 있었다. 나는 취임 이후 두 번째 중계권 협상을 준비했다. 이번에도 K리그와 다시 한 번 통합중계권 협상을 추진하기로 했다. 2018년 러시아 월드컵에서 세계 랭킹 1위 독일을 이기는 파란을 일으킨 덕분에 이후 9연속 A매치 매진을 기록하는 등 축구에 대한 팬들의 관심이 크게 증가하고 있었다. 또 비슷한 시기에 성사된 프로야구 KBO리그의 중계권 계약 규모가 연간 650억 원 규모로 나타났다. K리그의 10배 이상에 이르는 액수였다. 이번에야말로 K리그도 중계권 가치를 제대로 평가받아야 한다는 여론도 형성됐다.

2019년 11월 11일 A매치와 K리그의 통합 중계권 사업자에 대한 입찰 공고를 냈다. 해당 기간은 2020년부터 2023년까지 최소 4년이었다. 협회와 연맹은 내부 협의를 통해 최소 연간 입찰액을 250억 원으로 정했다. 이 금액 이상을 써내야 입찰 자격을 주겠다는 뜻이었다. 이전 중계권료에 비해 상당한 수준으로 인상된 액수였다. 응모 자격도 방송사, 포털, 통신사, OTT, 에이전시, 펀드 등 사업을 원활하게 수행할 수 있는 업체라면 제한을 두지 않았다. 낙찰 업체가 중계권을 재판매하는 것도 가능하게 했다. 협회 입장에서는 새로운 도전이었다. 기존 구조에 마냥 끌려가기보다는 우리가 선제적으로 새로운 돌파구를 마련해야 한다는 의지가 컸다. '기존 판을 바꿀 수 있는 게임 체인저'를 기다리는 심정이었다.

당시 시장에서는 과연 그 가격에 입찰할 업체가 있을지 회의적 시선이 더 많았다고 한다. 나도 과연 누가 입찰에 나설지 알 수 없었고, 확신할 수도 없었다. 그러나 변화를 향한 확고한 의지만은 보여줘야 한다고 판단했다. 우리가 먼저 용기를 내서 새로운 변화를 향해 도전하지 않는다면 시장이 반응할 리 없다고 생각했다. 비단 이번이 아닐지라도 장기적으로 협회는 시장 구조 변화에 대한 확신을 갖고 끊임없이 새로운 시도를 할 것이라는 강력한 메시지를 던져야 한다고 판단했다. 결과는 유찰이었다.

다소 실망했지만 낙담하지는 않았다. 2차 입찰 공고에서는 최소 입찰액은 유지한 채 업체 간 컨소시엄을 구성하는 것을 허용했다. 한 업체에게 너무 과도한 부담이 돌아가지 않도록 배려했다. 그러나 다시 유찰이었다. 시장의 반응은 아직 냉정했다. 협회의 기대만큼 움직여주지 않았다. 결국 당초 계획했던 통합중계권 판매는 무산됐다.

눈앞에 다가온 새 시즌 준비에 바쁜 K리그는 2차 입찰을 통해서 따로 JTBC를 우선 협상자로 선정했다. K리그가 계속 행보를 같이하면서 시장의 마지막 반응까지 봤으면 어땠을까 하는 아쉬움은 남았다. 하지만 중계권자가 확정되지 않은 상태에서 새 시즌을 맞을 수는 없는 노릇이니 이해했다. 이후 협회는 뉴미디어 부문만 따로 텐츠 컨소시엄과 계약을 먼저 진행했다. 나머지 A매치의 권리에 대해서는 시간을 두고 차분히 고민하기로 했다. 장기 계약이 아닌 단기 계약, 또는 경기당 계약을 하더라도 A매치 콘텐츠의 경쟁력에는 자신이 있었다. 비유하자면 도매가 아니면 소매로도 팔겠다는 심산이었다. 일단 시장의 일차적 평가가 나왔으니 숨 고르기를 하면서 다음 단계 전략을 고민하는 게 맞다고 봤다.

• • •

통합중계권 협상이 끝내 무산된 이유를 담당 부서가 분석한 내용을 살펴보면 대략 다음과 같았다.

첫째, 입찰에 참여할 플레이어 즉 참여할 방송사가 절대 부족하다 보니 경쟁보다는 수요자 중심의 협상이 지속됐다. 2015년 협상 시와 마찬가지로 중계 제작 기능을 가진 플레이어가 코리아 풀과 종편의 JTBC 정도였다. 이들은 광고 시장 침체를 이유로 기존 대비 50% 가량 중계권료 삭감을 주장하며 입찰에 참여하지 않았다. 둘째, 성장세에 있는 국내 뉴미디어 사업자들 역시 자체 중계 제작 기능이 없는 상황에서 축구 콘텐츠에 대한 투자 의지에서 아직 레거시 미디어의 대체재로는 부족했다. 하지만 유찰 과정에서 의미 있는 성과도 있었다. 먼저 수요자 중심의 독점 시장 구조를 극복하려는 시도는 더 이상 늦출 수 없다는 확신이 들었다. 즉 시장 구조 개편을 위해서는 공급자 입장에서 공급 체계 변화를 본격화해야 한다는 판단이 들었다. 새롭게 시장에 참여할 의지가 있는 플레이어가 가장 불안해하는 요소가 자체 중계 제작 기능이 없는 점이라는 것을 확인했다. 말하자면 "콘텐츠에는 관심이 있는데, 콘텐츠를 직접 만들 기능은 없다. 누군가 콘텐츠를 만들어준다면 살 의향은 있다"는 점을 확실히 알게 됐다. 향후 협회가 무엇을 준비하고 대비해야 하는지에 대한 방향을 알게 됐다.

뉴미디어 분야의 국내 시장 성장이 더딘 상황에서 덴츠 컨소시엄과 뉴미디어 분야를 먼저 계약했다. 2017년 덴츠가 J리그와 초대형 계약을 성사시킨 사례를 참고했다. 덴츠 컨소시엄이 시장 내에서 새로운 역할을 해주기를 기대했다. 이후 덴츠 컨소시엄은 쿠팡플레이라는 새로운 플레이어를 축구판에 끌어들이는 역할을 했다. 2021년 9월 협회가 먼저 쿠팡플레이와 파트너 계약을 맺었고, 2022년 4월 K리그도 쿠팡플레이를 뉴미디어 파트너로 맞이했다. A매치와 K리그 중계가 OTT를 통해서 중계되는 시대가 마침내 열린 것이다. 국내에서도 OTT가 스포츠 중계시장에 본격적으로 참전하는 획기적인 계기가 됐다. 국내 시장의 트렌드도 마침내 해외 시장과 비슷한 흐름으로 발을 맞추기 시작한 것이다. 이 또한 협회가 2019년 말 시장의 냉소적 반응에도 불구하고 확고한 의지를 가지고 통합중계권 협상을 밀어붙였기에 가능했던 일이었다.

—— 코리아 풀에 대한 고마움 그리고 아쉬움

코리아 풀로 대표되는 지상파 3사가 대한민국 스포츠 발전에 크게 기여한 것은 분명하다. 무척 고마운 일이다. 국내 스포츠 종목 가운데 축구는 국기답게 많은 배려를 받은 것도 사실이다. 특히 KBS는 1983년 K리그의 효시라 할 수 있는 수퍼리그가 출범했을 때 대한축구협회와 공동주최자로 나서국내 축구 발전에 결정적 역할을 했다. 수퍼리그가 원년부터 흥행에 대성공한 것에는 전 경기 생중계라는 KBS의 파격적 지원이 있었기에 가능했다. 오랜 기간 국내 축구 발전을 위해 애써주고 투자를 아끼지 않았던 KBS, MBC, SBS 지상파 3사에 축구인들은 항상 감사한 마음을 가지고 있다.

스포츠 중계권 시장에서도 거액의 투자를 아끼지 않았던 지상파 3사는어느 시점부터 새로운 시장 환경을 맞이하게 됐다. 케이블, 종편, 스마트폰, OTT 등 미디어 환경에 큰 변화를 주는 새로운 플레이어들이 속속 등장했다. 지상파도 거대한 변화의 물결에 당황했던 것 같다. 이것은 사실 세계적 트렌드였다. 오히려 국내의 시장 반응이 조금 늦었다고 볼 수 있다.

MBC에서 스포츠를 오래 담당했던 백창범 PD가 2021년 『쿠팡은 왜 올림픽 방송을 욕심냈을까』(산그리다)라는 책을 냈다. 나 같은 문외한도 변화하는 미디어 환경을 이해하기 쉽도록 쓴 입문서였다. 스포츠 중계권 시장에서지상파가 어려움에 빠지게 된 이유를 이 책에 상세하게 다루고 있다. 조금길지만 독자의 이해를 위해서 인용해본다.

"지상파에서 스포츠는 돈을 버는 테마였다. 좋은 걸 미리 선점하면 돈이 됐다. 이전투구 시작의 당사자는 KBS와 MBC였다. 1996년 아시안컵 축구를 KBS가 단독 중계하면서 선제 펀치를 날렸고 MBC가 1997년 프랑스월드컵 아시아 최종예선을 독점 계약하며 카운터를 날렸다.(중략) 방송 3사의 갈등은 국내외를 막론하고 모든 스포츠 콘텐츠의 방송권료가 천정부지로 치솟는 결과를 초래했다. 이 틈을 노리고 등장한 스포츠 마케팅사인 IB스포츠는 방송 3사 간의 갈등을 이용해 수입을 챙겼다.

지상파 3사의 방송권 싸움은 결국 제 살 깎아먹기였다. 경쟁이 붙으면서 방송권 가격은 올라갔고 결국은 방송권을 구매해도 수익이 안 나는 구조로 돌아서 버렸다. 방송권을 가진 해외 에이전트나 협회 입장에서는 누구에게 팔든 상관이 없었다. 그 이전에 벌였던 싸움은 그래도 수익이 나는 흑자 싸움이었다. 2010년 이후에 지불한 비싼 방송권료는 방송사의 수익 구조를 적자로 돌아서게 하고 있다. 매해 적자 규모도 커지는 추세다. 지상파는 더 이상 올림픽이나 월드컵과 같은 큰 국제적 스포츠 이벤트를 중계하기 힘들다. 이제는 적자 시대로 돌아선 것이다.

지상파 3사가 서로 방송권을 두고 경쟁을 벌이는 사이 방송권료 규모는 이미 '넘사벽'이 됐다. 이제 지상파에서 대형 스포츠 이벤트 입찰에 참여할 때 의미 있는 금액을 제시하기 어려워졌다. 스포츠 자체의 출혈 경쟁과 드라마 등 지상파 타 부분의 경쟁력 하락이 전체적인 재정 악화를 가져왔기 때문이다. 지상파 3사는 종이호랑이로 전락했다. 스포츠계의 국내외 관계자들이 지상파를 외면하고 있다. 방송권 에이전트나 콘텐츠를 가진 협회나 단체에서 더 이상 찾지 않는다. 지상파의 구매력 하락이 그 이유일 것이다."

백창범, 『쿠팡은 왜 올림픽 방송을 욕심냈을까』, 산그리다, p.188~190 발췌 인용

이 장의 서두에 인용한 밥 딜런의 노래처럼 시대는 항상 변하는 것이다.

협회도 변화하고 있는 시대의 흐름에 뒤처지지 않기 위해서 연구하고, 노력했다. 우리의 생존을 위해서 고민하고, 도전했다. 지금까지도 그랬고, 또 앞으로도 그럴 것이다.

── TV조선의 A매치 독점 중계

2022년 4월 협회는 향후 2년 4개월간의 각급 대표팀 경기의 중계방송사로 종편 TV조선을 확정했다. 협회가 단일 방송사와 개별 경기가 아닌 장기간 독점 중계권 계약을 맺은 것은 이번이 처음이었다. 최근 10년간 제자리걸음을 하던 축구 국가대표팀 중계권료가 이 계약을 통해서 콘텐츠 가치를 제대로 인정받는 실질적인 첫 걸음을 떼게 됐다. 2021년 9월부터 2023년 3월까지 진행된 한국 대표팀의 2022 카타르 월드컵 아시아지역 최종예선은 케이블 방송인 tvN을 통해서 독점 중계됐지만 단기 계약이었다. 지상파를 제외한 특정 방송사와 2년 이상의 장기 계약은 처음이었다. A매치는 코리아 풀을 통해서만 볼 수 있다는 불문율과 고정관념이 깨지는 순간이었다. 시장에서는 이 계약의 의미가 상징하는 것에 대해서 다양한 해석이 넘쳐났다고 한다.

입찰 결과에 협회도 매우 놀랐다. 입찰 마감 전까지 시장에 돌던 풍문에 따르면 코리아 풀이 참여하지 않는다는 이야기도 있었고, 종편이 참여해도 액수가 기대에 못 미칠 것이라는 예측도 있었다. 결과적으로는 기존 중계권료 대비 30% 인상된 금액으로 계약하게 됐다. 1위와 2위 간의 입찰 금액 차이가 매우 근소했던 것도 특징이었다. 나는 입찰 과정에서 한 치의 의혹이 있으면 안 된다는 점에서 공정성 유지를 계속 강조했다. 실제로 절차상 문제가 전혀 없었다. 입찰 결과는 통합 중계권의 거듭된 유찰 이후 코로나 시기를 거치면서 협회가 추진했던 중계 제작 기능 구축 등 공급자 주도의 시장

국가대표팀 중계방송사로 선정된 TV조선의 홍두표 회장과 함께 (2022, 서울)

변화 개선 노력이 어느 정도 결실을 맺은 것으로 평가할 수 있다. 2년 동안의 변화 시도를 통해 공급자 주도의 구조를 만들 수 있다는 확신이 들었고, 시장 참여 의지를 보이는 플레이어 수요가 늘어났다는 판단에 따라 2년 단위의 중계권 입찰을 하게 됐다.

앞으로 중계권은 경기의 시청률이나 뉴스뿐만 아니라 예능 프로그램과의 접목, 축구협회가 제공할 수 있는 독점 콘텐츠와의 협력 등을 통해 더 많은 수익을 올릴 수 있을 것이다. 이러한 모델은 〈미스터 트롯〉, 〈미스 트롯〉 등의 방송을 통해 TV조선이 다양한 수익을 올린 것으로 증명됐다. 국가대표팀 중계권도 비슷한 시너지 효과를 낼 것으로 기대된다.

협회는 코로나 시기 동안에 중계 제작과 공급 안정화를 위한 노력과 함께 각 매체별 시청률 및 만족도 변화 등을 계속 모니터링했다. 그 결과 지상파와 종편 간의 시청률 차이는 거의 없다는 것과 중계 질에 대한 만족도에서도 시청자들의 불만이 적다는 평가를 확인했다. TV조선은 계약 기간 동안의 A매치 중계를 위해서 K리그 경기를 제작하고 있는 스카이스포츠와 외주 계약을 맺었다. 자체 중계 제작 능력이 없는 플레이어도 A매치 중계권 시장에 참여할 수 있는 시대가 활짝 열린 것이다. 이것이 주는 함의는 매우 크다. 앞으로 시장이 어떻게 달라질지 모른다.

── 앞으로의 시장에 대한 전망과 우리의 고민

지상파의 영향력 저하, OTT의 적극적 시장 참여 등 중계권 시장 재편에 대해 협회는 앞으로 지속적인 미래 전략을 준비해야 한다. 향후 스포츠 중계권 시장 재편에 대해선 몇 가지 뚜렷한 변화를 예측할 수 있다.

첫째, 기존 지상파, 종편, 케이블 등 레거시 미디어의 시장에서의 지위는 점점 떨어질 가능성이 높다. 하지만 국내의 경우 보편적 시청권 등의 방송법이나 연령별 시청 습관 등을 고려하면 A매치를 포함한 메가 스포츠 이벤트에 대한 레거시 미디어의 참여는 당분간 지속될 것으로 보인다. 특히 지상파와 더불어 종편 채널의 참여도 늘어날 것으로 예상된다.

둘째, OTT와 포털 등 뉴 미디어의 영향력은 지금보다 당연히 더 커질 전망이다. 거대 자본의 시장 참여가 가속화되어 뉴 미디어 시장 내에서도 재편 현상이 일어날 것으로 예상된다. 뉴 미디어는 레거시 미디어와는 차별화된 중계 서비스를 시도할 것으로 보인다.

셋째, 스포츠 중계물의 관심과 경쟁이 커질수록 기존 유통 채널 중심의 시장이 콘텐츠 중심의 시장으로 변화할 것으로 보이며, 이러한 현상은 이미 시장에서 증명되고 있다. 따라서 스포츠 단체 입장에서는 시장 변화에 맞는 콘텐츠의 질적, 양적 관리가 필요하다. 단순 생중계뿐만 아니라 비하인드 스토리 등 부가 콘텐츠에 대한 시장 수요도 더욱 늘어날 것으로 예상된다.

넷째, 국내 중계권 시장의 급속한 성장이 어려운 현실에서 글로벌 시장에 대한 개척이 더욱 필요해졌다. 글로벌 미디어 기업의 뉴 미디어 시장 참여가 시작된 만큼 글로벌 시장에서의 새로운 기회가 늘어날 것이며 이를 포착하려는 노력이 필요하다. 이와 같은 시장 변화에 대비해 협회는 우선 영상 콘텐츠 자산 확대와 질적 향상에 더욱 신경을 쓸 계획이다.

. . .

협회도 'FIFA+'처럼 자체적인 영상 콘텐츠 플랫폼을 추진하고 있다. 협회의 최고 핵심 상품인 대표팀 경기의 영상에 대한 질적 향상과 마케팅 자산화를 위해 HBS(Host Broadcast Services, 협회 자체 제작 시스템) 기능을 2025년까지 출범시키는 것이 목표다. 협회가 콘텐츠를 직접 제작해 전송하는 시스템을 구축하는 것이다. 현재의 주관 방송사 TV조선과 쿠팡이 자체 제작 기능이 없어 외주화를 통해 전달하고 있는데 질적인 면에서 부족함이 노출되고 있다. HBS 구축을 통해 앞으로 이런 단점을 보완할 것이다.

더 나아가 제작 기능이 없는 플레이어가 A매치 중계권 시장에 얼마든지 참여할 수 있도록 준비하려고 한다. 과거 주관방송사인 코리아 풀의 경우에도 3사 순환 제작으로 방송사별 영상의 퀄리티가 모두 다르다는 단점이 있었다. 이러한 문제를 해결하기 위해 협회가 직접 월드컵 수준의 경기 제작에 나서서 최고의 대표팀 경기 영상을 팬에게 전달하기를 원한다. 영상물에 대한 1차 저작권과 2차 저작권에 대한 100% 오너십을 구축해, 향후 콘텐츠 비즈니스의 확대 생산을 위한 토대를 마련할 계획이다.

—— 나이키와 아디다스 이야기

대한축구협회의 가장 큰 수입원은 대략 3가지다. 중계권료, A매치 입장수입, 그리고 스폰서십이 그것이다. 이 3가지에서 협회 수입의 85% 이상이 나온다. 중계권료와 A매치 입장 수입은 국가대표팀 경기와 직접 관련이 있다. 국가대표팀 인기가 높을수록 가치가 높아지고 수입이 늘어난다. 그런데 스폰서십도 마찬가지다. 협회와 파트너십을 맺고 후원하는 기업들은 한국 축구 발전을 위한 대의를 위해 도와주는 것이지만, 기업인지라 당연히 홍보 효과도 기대하기 마련이다. 국가대표팀이 인기 있고 월드컵, 아시안컵 같은 메이저 대회에서 좋은 성적을 내야 홍보 효과가 높아진다. 국가대표팀 내에 손흥민, 이강인, 김민재처럼 유럽 빅리그에서 주전으로 활약하는 선수가 많아질수록 더 높은 효과를 기대할 수 있다. 그러다 보니 협회의 주요 수입원이 모두 국가대표팀의 활약에 좌우되는 게 냉정한 현실이다.

아마 세계 어느 축구협회나 사정은 비슷할 것이다. 각국 축구협회가 국가대표팀 발전과 지원에 정책의 우선순위를 둘 수밖에 없는 이유이다. 유소년 육성 정책도 좋은 선수를 길러내 미래의 훌륭한 국가대표로 성장시키는 것이니 장기적으로 국가대표 경쟁력을 강화하기 위한 것이다. 저변 확대 등 다른 정책들도 여러 면에서 국가대표팀과 관련이 있다.

· · ·

협회를 도와주는 파트너사 가운데 가장 중요하고 규모가 큰 것이 국가대표 선수들이 유니폼 가슴에 달고 뛰는 메인 스폰서다. 대표팀 유니폼 가슴에는 대한축구협회 앰블럼과 메인 스폰서의 로고만 새겨진다. 그만큼 중요하고 가치가 높다. 협회는 1996년부터 지금까지 나이키와 메인 스폰서 관계를 유지하고 있다. 오랜 기간 나이키는 성심성의껏 한국 축구를 도왔다.

내가 협회장에 취임했을 때 가장 중요한 수입원인 중계권료와 나이키와의 메인 스폰서십은 전임 집행부 임기 말에 재계약이 완료됐다. 특히 나이키와는 8년 장기 계약이 되어 있었다. 조중연 집행부 임기 말인 2012년에 나이키와 맺은 8년 계약은 파격적인 내용이었다. 그 당시까지 협회가 맺은 최장기 계약이기도 했다. 2012년 1월 13일 발표된 협회와 나이키 코리아의 계약 내용을 보면 2019년까지 향후 8년간 총액 1,200억 원(현금 600억 원+물품

1996년부터 메인 스폰서 유지중인 나이키의 존 슬러셔 수석부사장과 함께 (2022, 카타르)

600억 원)을 받는 조건이었다. 이전까지 협회는 나이키와 2년, 5년, 5년, 4년 단위로 재계약했는데 처음으로 8년 장기계약을 맺은 것이다.

그 당시 나이키가 프랑스 축구협회와 8년, 아디다스가 일본 축구협회와 8년 계약을 각각 맺는 등 각국 축구협회와 용품업체 간의 장기 계약이 트렌드였다. 국내 스포츠 단체의 단일 후원 계약 중 1,000억 원이 넘은 것도 처음이었다. 나이키와 협회와의 직전 계약은 4년간 총액 490억 원(현금 250억 원+물품 240억 원)이었다. 계약기간을 두 배로 늘리면서도 후원금이 연간 단위로 62억 5천만 원에서 75억 원이 됐다.

· · · ·

당시 아디다스가 협회 메인 스폰서로 들어오기 위해서 굉장히 좋은 조건을 제시했다고 들었다. 이런 경쟁 상대가 있었기에 나이키와 호조건으로 재계약할 수 있었을 것이다. 동북아 시장에서의 축구 대표팀 유니폼 스폰서 경쟁은 1990년대부터 나이키는 한국과, 아디다스는 일본과 전통적 우호 관계를 유지하면서 서로 호시탐탐 상대방 협회를 공략하려는 구조가 이어졌다.

중국 시장은 규모가 월등히 커지면서 각 브랜드가 글로벌 전략 차원에서 기존 동북아 시장과 분리해 별도 관리하는 시장이 됐다.

나이키와 아디다스는 한국과 일본에서 오랜 기간 라이벌 구도였지만 2010년대 중반 이후 두 브랜드 간 매출과 시장 점유율에서 나이키의 우세가 두드러지면서 과거와 같은 치열한 경쟁이 사라지기 시작했다. 아디다스의 경우 새로운 시장을 경쟁적 투자로 뺏어오기보다 기존 시장을 선택적으로 수성하는 전략으로 전환한 것으로 파악됐다. 이러한 글로벌 브랜드간의 경쟁 구도 변화는 2019년 이후 재계약 상황에서 과거와는 다른 전략적 판단을 협회에 요구하고 있었다.

—— 한국 축구에 진심인 나이키와 초장기 계약을 맺은 이유

전임 집행부가 임기 말에 나이키와 8년 장기 계약한 것은 국제적 트렌드로 보면 할 수 있는 조건이라고 판단했다. 유니폼 스폰서의 장기 계약을 진행할 경우 현재와 미래 시장 변화 예측, 그리고 협회의 재정적 상황과 필요성 등에 대한 검토가 선행되어야 한다. 협회 자산의 가치 증대 및 수입 안정화를 위한 최선의 선택이라면 장기 계약도 충분히 명분이 있다. 2020년 1월 20일에 회장 일을 시작한 이후 처음으로 유니폼 스폰서 계약을 발표했다. 이번에도 협회의 선택은 나이키였다. 역대 최장기이자 최대 규모의 계약이었다. 2020년부터 2031년까지 무려 12년간 2,400억 원+a의 규모로 계약을 체결했다. 연간 규모로 따지면 200억 원(현물 포함)에 달했다. 이전에 비해서 크게 증가한 수치였다.

사실 나이키와 초장기계약을 맺을 즈음에 주요 브랜드의 스폰서십 투자 정책이 협회와 구단 중심에서 선수 개인 중심으로 바뀌는 변화가 있었다. 우리 협회 입장에서는 결코 유리하지 않은 환경 변화였던 셈이다. 하지만 우리는 기존과는 다른 혁신적인 조건을 제시해 새로운 틀의 파트너십에 합의할 수 있었다.

협회가 사상 최고액의 초장기 계약을 맺은 의미는 다음과 같이 정리할 수 있다. 첫째, 타 브랜드와 경쟁 구도가 만들어지기 쉽지 않다고 예측했고, 대표팀 성적에 따른 스폰서십 가치 변화의 불안정성을 고려해 최대한 장기 계약을 통한 협회 재원의 안정화를 도모했다.

둘째, 협회와 나이키의 상생 여건을 마련했다. 협회가 앞장서서 대표팀 유니폼을 입는 팬 문화를 조성했고, 대표팀 유니폼 및 관련 제품을 파는 전용 온라인 몰을 마련했다.

셋째, '플러스 알파'에 해당하는 내용이다. 양자 간의 상생 노력에 의해 수입이 늘어날 경우 협회 수입액이 증대하는 옵션을 추가했다.

넷째, 경쟁 없는 협상이 예상됨에 따라 충분한 시간을 가지고 상호 발전 방향을 논의하는 기회로 삼았다. 2년 이상의 장기 협상을 통해서 향후 발전 방향을 공유했다.

이런 과정을 통해서 나이키 글로벌에서도 한국을 진정성 있는 상생 파트너로 판단하게 됐다. 나이키 글로벌에서 인정하는 1등급 계약, 즉 티어 1에 해당하는 국가는 한국을 포함해 6개국뿐이다. 브라질, 잉글랜드, 프랑스, 미국, 나이지리아 등이 1등급에 해당된다고 한다. 한국 대표팀만을 위한 특별한 디자인도 나이키 글로벌에서 만들었다.

· · ·

처음 내가 프로연맹 총재 취임했을 때는 의도적으로 아디다스와 좋은 관계를 유지하려고 했다. 연맹 사업에 아디다스를 많이 끌어들였다. 국내 축구 시장에서 강력한 브랜드들이 경쟁 관계를 유지하는 것이 종목 단체에도 도움이 된다고 판단했다. 아디다스와 친분 관계가 있어서 그랬던 것은 아니었다. 그랬던 내가 협회장이 되자 나이키에서 조금 긴장했다는 이야기를 들었다. 그런 점에서 의도적으로 친(親) 아디다스 행보를 보였던 것이 효과를 본 셈이었다.

나는 기본적으로 독과점보다는 경쟁 구도가 훨씬 건전하고 바람직하다고 생각한다. 시장 흐름의 변화에 따라 나이키와 최선의 협상을 통해 12년의 초장기 계약을 성사시켰다. 이 긴 계약 기간이 끝날 즈음 스포츠 브랜드 시장이 어떻게 재편되어 있을지 예상할 수 있을 사람은 아무도 없을 것이다. 다만 나는 그 시기의 회장이 어떤 결정과 판단을 하든지 간에 협회 입장에서 안전장치를 마련해 두었다. 주요 결정을 할 때에는 후임자의 입장도 고려해야 한다. 협회 일을 할 때 언제나 그런 관점을 유지하려고 노력했다.

—— 19년 만의 협회 엠블럼 교체, 호랑이를 다시 그리다

2020년 2월 5일 대한축구협회를 상징하는 호랑이 엠블럼을 교체했다. 2001년 만든 엠블럼을 19년 만에 바꾼 것이다. 2002년 월드컵 4강 신화를 이룰 때 선수들 가슴에 있었던 엠블럼이니 역사적으로도 큰 가치가 있었다. 하지만 시간이 흐름에 따라 현대적 감각의 디자인으로 변경하는 것이 바람직하다는 실무자들의 의견이 많았다. 사실 2001년 탄생한 기존 엠블럼은 2002 월드컵을 앞두고 개최국으로서 시간에 쫓겨 급하게 진행된 부분이 있었다. 호랑이 얼굴도 비대칭이었고 무엇보다 너무나 디자인이 복잡해서 활용도가 떨어지는 한계가 있었다. 정 들었던 옛 옷은 버리기가 힘들다. 그 옷에 묻어 있는 추억과 향수를 생각한다면 더더욱 그렇다. 하지만 새로운 시대의 요구에 따라 결단을 내리기로 했다.

대한축구협회   KFA

전 엠블럼(2001~2019)   현 엠블럼(2020~)

광화문 KT스퀘어에서 열린 엠블럼 발표회에서 나는 "안주냐 도전이냐의 기로에서 새로운 도전을 선택했다. 얼굴이 바뀌었다고 마음가짐도 새로워지냐고 묻는다면 그렇다고 말하고 싶다. 새 얼굴을 통해서 '두려움 없는 전진(Moving Forward)'이라는 축구협회 전 임직원의 각오가 축구팬에게 잘 전달되기를 바란다"고 말했다.

엠블럼 교체는 브랜드 관리 필요성 때문에 많이 제기됐다. 2016년에 엠블럼에 대한 인식 조사를 한 적이 있는데, 친숙하다는 응답이 많았지만 반면 역동성이나 트렌디함과는 거리가 있다는 결과를 받았다. 이전 엠블럼이 지나치게 시각적 요소가 복잡해서 상품화에 불리한 측면이 있었다. 또 통합 축구협회의 출범에 맞춰 협회와 대표팀의 브랜드 가치를 재정립할 필요도 있었다. 대한축구협회와 국가대표팀, 한국 축구의 이미지를 '혁신'하겠다는 의지를 가장 명료하고 쉽게 나타낼 수 있는 것이 엠블럼을 포함한 각종의 VI(Visual Identity, 비주얼 아이덴티티)의 확립이라고 판단했다. 엠블럼 교체가 단순히 디자인의 교체로 끝나는 것이 아니라 대한축구협회의 전체적 브랜드 정체성을 재정립하기 위한 과정의 첫 걸음으로 인식했다. 한국 축구의 상징인 호랑이는 그대로 살리면서도, 전신이 표출됐던 이전 엠블럼과는 달리 얼굴을 전면에 내세우며 용맹한 백호의 날카로운 눈매와 무늬를 반영했다.

새 엠블럼이 발표되자 악평이 적지 않았다. 일반 기업이 로고를 변경할 때도 처음에는 생소함에서 오는 어색함 때문에 부정적 의견이 많이 제기된다. 사실 내가 자동차 회사에 있을 때에도 신형차가 나오면 보통 6개월 정도는 예전 차 디자인이 더 낫다고 한다. 그런데 시간이 지나면 시각이 달라진다. 사람은 본능적으로 익숙한 것을 좋아하는 성향이 있다. 협회 엠블럼도 처음에 팬들에게 거부감이 있었다. 이 역시 교체 초기의 생소함에서 비롯된 부분이 많다고 본다. 3년이 지난 지금은 부정적 의견은 거의 들리지 않는다. 오히려 디자인의 혁신성에서 긍정적 의견이 지배적이다. 축구팬에게 친숙해지면서 자연스럽게 선호도가 올라갔다. 앞으로도 협회 브랜드 관리를 위해서 더 애쓸 생각이다.

· · ·

2024년에는 새로운 브랜드 슬로건도 발표됐다. 2020년부터 사용한 'Moving Forward · 두려움 없는 전진' 대신 'PLAY ON · 모두가 빛나는 순간'을 새로 내세웠다. 축구의 역동적 움직임, 우리의 일상을 깨우는 축구의 힘, 축구를 통해 모두가 함께 행복을 나누는 특별한 순간을 함축적으로 표현했다. 'ON'은 열정의 '지속'이라는 의도도 있지만 '켜다'라는 맥락에서 우리네 일상을 깨워주는 축구의 영향력과 가치를 동시에 담았다. 대한민국 축구 발전을 위한 협회 임직원 모두의 마음은 언제나 'PLAY ON'이다.

—— 미디어 환경도 팬들도 크게 달라지고 있다

내가 협회장이 되었던 2013년만 해도 지금과는 미디어 환경이 많이 달랐다. K리그의 경우에는 공중파 방송에서 시즌 전체 가운데 10경기도 채 되지 않게 중계했다. 그 외에는 축구협회에서 특별히 부탁해 FA컵 결승전 정도만 전파를 탔다. 월드컵의 경우 공중파 3사가 코리아 풀을 구성하고 있어서 똑같은 화면을 두고 각기 다른 아나운서와 해설자를 두고 시청률 경쟁을 벌였다. 신문의 경우 일간지는 K리그의 중요한 경기만 약간 다뤘고 스포츠 신문이 한 면 정도 K리그 경기나 선수에 대해 지면을 할애하는 것이 전부였다. 또 K리그 관중수도 적게는 몇백 명에서, 많을 경우 만 명 정도 차는 수준이었다.

2002 월드컵이 끝난 뒤 울산시는 울산문수경기장 2층 관중석 전부를 유스호스텔로 바꾸는 계획을 세우기도 했다. 월드컵 이후 울산문수경기장을 다 채운다는 것은 상상도 할 수 없었던 것이다. 요즘 울산이 K리그 흥행을 선도하는 모습을 보면 격세지감을 느낀다. 당시에는 축구장에 오는 팬들도 30대에서 50대의 남성 위주였다. 선수나 심판이 실수하면 심한 욕설을 섞은 비난을 퍼부었다. 가족 단위 팬들이나 어린 학생들이 오기 민망할 정도였다. 축구에 대한 미디어의 비판도 주로 방송국 기자나 스포츠 신문 축구 담당 기자들이 주도했다.

그러나 지금은 미디어 환경이 많이 바뀌었다. 한국프로축구연맹이 많은 노력을 기울여서 K리그 1부는 물론 2부까지 모든 경기가 OTT 서비스인 쿠팡플레이를 통해서 생중계된다. 스포츠 중계는 실시간으로 봐야 훨씬 재미있다. 결과를 알고 보는 경기는 아무래도 신선하지 못하고 몰입도가 떨어진다. 유튜브가 활성화되면서 실시간으로 경기 분석도 한다. 화면은 중계권자 채널을 보면서 해설은 유튜버의 해설을 듣는다는 것이다. 몇몇 유튜버는 이런 식의 '입 중계'로만 몇만 명에서 몇십만 명의 구독자를 모은다고 한다. 이런 규모로 구독자가 생기면 자체 수입도 수억 원대가 되기 때문에 거의 작은 방송사 수준으로 스튜디오도 차리고 직원들도 고용한다. 구독자들의 관심을 끌기 위해서 자극적인 소재도 발굴하면서 축구계의 여러 가지 이슈를 제기한다. 예전 같으면 상상도 할 수 없었던 일이다.

예를 들어 벤투 감독을 처음 선임했을 때 브라질, 중국, 그리스에서 실패한 지도자를 데리고 왔다고 이들이 앞장서서 많은 비판을 했는데 이를 극복하는 데 오랜 시간이 걸렸다. 클린스만 감독을 뽑았을 때는 독일 대표팀 출신 필립 람이 본인의 책에서 '그는 전술이 없다'라고 언급한 부분을 집중적으로 인용해 '클린스만은 능력 없는 감독'이라는 프레임을 만들었다. 이 프레임의 영향으로 국내 모든 신문, 방송에서 신임 감독에 대한 첫 반응이 아주 냉담했다. 만약 클린스만에게 장점이 전혀 없었더라면 어떻게 축구 강국 독일의 대표팀 감독을 하고, 수년 뒤 미국에서 또 대표팀 감독을 했겠는가. 분명히 그에게도 장점이 있었다. 그 부분에 대해서는 한때 그의 고용주였던 두 명의 미국축구협회장이 나에게 소상히 설명해주기도 했다.

우리 사회는 너무 한두 가지 면만을 강조하고 확대한다. 한 사람의 평판도 극단화시키는 경향이 있다. 모든 사람에게는 장점도 있고 단점도 있게 마련이다. 그래서 사람을 평가할 때는 균형 감각이 중요하다. 주식 시장에서의 '오버슈팅(Overshooting: 금융 자산의 시장 가격이 일시적으로 폭등 또는 폭락하는 현상)'과 마찬가지다. 좋을 때는 마냥 좋고, 나쁠 때는 끝없이 나쁘기만 하다. 이런 현상을 수십만 구독자를 가진 유튜버들이 주도하는 모양새이다.

. . .

요즘은 축구장 분위기도 많이 바뀌었다. 2024년 3월 21일 태국과의 북중미 월드컵 아시아 2차 예선 경기는 아시안컵 이후 처음으로 열린 A매치 경기였다. 조금 걱정도 했는데 예매 개시 1시간 10분여 만에 서울월드컵경기장의 6만 5천 석이 매진됐다. 표를 구입한 팬의 60% 정도가 여성이었다. 태국전을 현장에서 참관한 나이키 본사의 마케팅 부사장은 상암 경기장은 맨체스터 유나이티드나 토트넘의 홈 구장과는 팬들의 응원소리 옥타브가 확실히 다르다며 웃었다. PL의 경우 30~40대 남성 팬이 주류지만, 한국은 여성 팬들이 소리를 지르기 때문에 함성의 톤 자체가 완전히 다르다는 것이다. 지난해 서울에서 A매치를 봤던 남미의 한 협회장은 "축구장이 아니라 마치 K팝 콘서트장에 온 기분"이라고 말했다. 이런 것은 한국에서만 볼 수 있는 특징인지도 모르겠다.

전광판에 손흥민 선수의 얼굴이 나오면 여성 팬들이 환호성을 보낸다. 축구 선수들도 점점 셀럽화되고 있고 셀럽화된 선수들이 여성 팬을 축구장에 불러 모으고 있다. 가장 비싼 좌석은 젊은 여성 팬들이 바로 구입한다. 이에 호응해 선수들도 지건 이기건 간에 경기 후 그라운드를 돌면서 팬에게 감사 인사를 보내는 것이 새로운 관행이 되고 있다.

팬들이 젊어지면서 대표팀뿐만 아니라 K리그 팬들도 응원하는 팀의 유니폼을 입는 것이 대세가 됐다. 자신들이 좋아하는 선수의 이름과 번호를 새긴 유니폼이다. 내 친구 아들은 집에서 혼자 축구 중계를 볼 때에도 응원하는 팀의 유니폼을 꺼내 입는다고 한다. 그만큼 요즘 팬들의 충성도가 강하다. 유니폼 구입에 적극적인 팬들이 늘어나면서 구단 매출도 늘어나고 있다. K리그에도 한 시즌에 40~50억 원 티켓 매출이 발생하는 구단들이 생기고 있다. K리그는 2023시즌에 전년 대비 15% 관중이 늘었는데 2024년에도 그런 경향이 이어지고 있다. 가까운 미래에는 흑자를 내는 구단도 생기지 않을까 기대해 본다.

팬들의 구성과 성향 변화가 축구 산업을 키우고 있다. 협회와 구단도 긍정적 마케팅 성과를 기대하고 있다. 최근 K리그에 관중이 많이 늘면서 지방 도시의 경우에도 이제 2만 5천 석 규모의 경기장이 필요해지고 있다. 2019년 대구에서 문을 연 '대팍' DGB대구은행 파크는 대구FC의 홈구장으로 1만 5천 석 규모다. 홈경기가 열릴 때마다 만원사례다. 처음 가봤을 때는 아담하게 잘 지었다고 생각했는데, 요즘은 오히려 관중석 규모가 너무 작다는 생각이 든다. 그만큼 '대팍'이 인기를 끌고 있다는 방증이다. 처음부터 2만 5천 석 규모로 지었으면 어땠을까 한다. 부산 아이파크의 경우에도 홈구장을 대구와 비슷하게 1만 5천 석 규모로 기획했지만 이제는 2만 5천 석 규모로 늘리려고 시 당국과 협의하고 있다. 축구 산업이 커지려면 구장이 어느 정도 규모가 되어야 한다. 그릇이 커야 더 많은 물을 담을 수 있다. 토트넘의 새 구장이나 뉴캐슬이 준비하는 미래의 구장도 모두 6만 5천 석 규모이다. 우리도 앞으로 더 큰 규모로 축구장을 만들 필요가 있다. 작은 그릇은 꽉 채워도 축구 산업을 키울 수 없다.

· · ·

프리미어리그에서는 경기의 하프타임 때 복수의 축구 전문가가 전반 내용을 분석하면서 후반에 대한 예상을 한다. 선수 출신 해설가들이 전문적 분석과 토론을 이어간다. 우리는 경기인 출신보다 해외 축구에 박식한 마니아 출신 저널리스트들이 주로 축구 해설을 하다 보니 감독의 시각과 관점을 잘 반영하지 못하는 것 같다. 감독이 어떤 전술을 준비했고, 이것을 지시했는데도 실제로 경기장에서 구현되지 못했는지 분석해야 한다. 어떤 전술을 구상하는 것보다, 이 전술이 운동장에서 실제로 실행될 수 있도록 하는 것은 훨씬 어려운 일이다. 선수들이 머리로는 전술을 이해해도 몸으로 이것을 구현하기는 쉽지 않다. 이런 부분에 감독들의 고민이 있을 것이다. 하지만 마니아 출신 해설가들은 감독의 이런 입장과 고충을 충분히 이해하지 못할 수밖에 없다. 선수와 지도자를 직접 경험하지 못했으니 어찌 보면 당연하다.

유튜버는 자극적인 내용이 구독자를 늘리는 데 유리하다고 판단할 수 있다. 예를 들어본다. 예전에는 신문이나 방송이 축구협회에 대해 잘못 보도하는 경우에는 언론중재위원회에 제소해 시정을 요구하기도 했다. 이 경우 레거시 매체들은 자신들의 신뢰도에 큰 영향을 주기 때문에 보도에 신중할 수밖에 없었다. 하지만 유튜브의 경우 협회가 이의를 제기한다면 이를 악의적으로 활용해 더 많은 화제를 만들어내는 부작용이 생길 수 있다. 협회는 이러한 점을 우려해 잘못된 언급에 대해서 별다른 조치를 취하지 않을 뿐인데, 구독자들은 이들의 주장을 그냥 사실로 믿어버리기도 한다. 레거시 미디어와 뉴 미디어는 아직 그런 점에서 큰 차이가 존재한다. 영향력 있는 유튜버들에게 균형감을 요구하는 것은 쉽지 않다. 협회는 뉴 미디어에 대한 대응방식을 두고 여러 가지 고민을 하고 있다.

누구나 축구협회를 비판하고 비난할 수 있다. 그러나 비판에 앞서 왜 그런 결정을 했는지에 대한 최소한의 팩트 체크는 하면서 균형 잡힌 보도나 주장을 해야 한다. 만일 유튜버들이 그들의 수십만 구독자들의 대리 만족을 위해서 왜곡된 주장을 하거나, 또는 더 많은 수익 창출을 위해 선동하는 것이라면 대단히 위험한 일이다. 정치판을 소재로 하는 유튜브 시장에서는 이미 이러한 병리 현상이 일상화됐다. 요즘은 축구판에서도 이런 현상이 심화되고 있는 느낌이다. 유튜브는 자체 알고리즘에 의해서 구독자가 선호하는 내용이 반복돼 노출된다. 자기도 모르는 사이에 편향된 주장에 중독되기 쉬운 구조이다. 또 일부 유튜버는 그런 점을 악용해 편향된 주장으로 금전적 이익을 취하기도 한다. 이런 여론 시장은 바로잡을 필요가 있다. 운동장이 너무 한쪽으로 기울어져 있다.

제22장

여자 축구
발전을 위한 제언

—— '골때녀'가 주는 긍정적 효과와 아쉬움

SBS에서 방송하는 〈골 때리는 그녀들〉을 자주 시청한다. 아주 재밌게 보고 있다. 우리 집사람이 더 좋아해서 같이 보는 경우도 많다. 협회 임원이었던 김병지 부회장, 이영표 부회장 등이 감독으로 출연하기도 했다. 그 당시에는 주간 임원회의를 하다가도 관련 이야기를 나눴다. 참가자들이 시간이 지나갈수록 실력이 늘어가는 모습을 보면서 대리 만족을 느끼기도 했다. 기술은 부족하지만 그들이 보여주는 투지와 열정은 엘리트 선수 못지않다. 이기면 아이처럼 환호하고, 지면 서럽게 눈물 짓는 모습에서 스포츠의 본질을 느낀다는 사람이 꽤나 있다.

'골때녀'가 시즌을 거듭하면서 국내에 여자 축구 붐이 일어난 것은 고무적인 현상이다. 풋살장마다 여성 동호회 참여가 급격히 늘었다고 한다. 지방 축구협회장들도 각 지역마다 여자 동호인 증가나 대회 신설 등의 화제를 자주 꺼낸다. 협회도 이 프로그램이 여성의 축구 입문에 크게 기여했음을 인정해 2021년 11월 27일 뉴질랜드와 여자대표팀 친선경기 하프타임 때 SBS 제작진에게 감사패를 수여했다.

'골때녀' 인기가 생활 체육 분야에서 여자 축구 붐을 일으키고 있지만 아직 이 현상이 엘리트 쪽으로 연결되지 않고 있다. 저변 확대가 엘리트 선수의 경쟁력 강화로 이어지는 것은 굉장히 긴 시간이 걸린다. 하루아침에 되는 일이 아니다. 물론 이런 현상이 오래 지속된다면 장기적으로 엘리트 쪽에도 좋은 효과를 줄 것이다. 하지만 현재 엘리트 쪽 유소년 선수 수는 좀처럼 늘어나지 않고 있다. 오랜 기간 정체 내지는 감소 추세다. 축구를 즐기는 여성층이 늘어나는 것을 계기로 엘리트 선수층 확대와 경쟁력 강화의 선순환 구조가 만들어져야 한다.

그러기 위해서는 요즘 유행하는 성인 여성층의 참여뿐만 아니라 어린 나

SBS <골때리는 그녀들> 출연진과 2023 호주·뉴질랜드 여자월드컵 출정식에서 (2023.07, 상암)

이에 축구를 즐기는 문화가 만들어져야 한다. 한데 아직 어린 학생들이 축구를 즐길 수 있는 분위기나 시설이 매우 부족하다. 2010년 FIFA 여자 U-17 월드컵 우승과 U-20 월드컵 3위 등 연령별 대회에서 획기적 성적을 내면서 한시적으로 여자 축구 붐이 일었다. 그 당시만 해도 여자 중·고 팀이 약 20개까지 늘어났다. 초등학교 팀도 많이 증가했지만 일시적 현상에 그치고 말았다. 조금 시간이 걸리더라도 지속적인 관심과 투자, 정책적 지원 등이 함께 이뤄져야 한다.

—— 국내 여자 축구에서 '고강도'는 가능한가

지금 우리의 엘리트 선수 구조는 초등학교 때 운동을 시작한 소수의 선수가 그대로 중학교-고등학교-대학교-실업팀으로 같이 올라간다. 숫자가 한정되다 보니 단계별로 경쟁이 거의 작동하지 않는다. 경쟁보다는 안주하는 구조가 고착화됐다. 어린 나이대에서 선수 확보도 너무 어렵다. 물론 축구만

한국 문화에도 진심이었던 콜린 벨 전 여자대표팀 감독과 함께 (2019, 부산)

의 문제는 아니다. 농구나 배구 등 다른 구기 종목도 선수 확보가 힘들다는 이야기를 듣고 있다. 지금 학교 운동부에서 뛰는 선수들은 한 해에 대략 40만 명 정도 태어나던 시기에 나온 사람들이다. 2023년부터는 한 해에 태어나는 신생아가 20만 명 선도 흔들리고 있으니 향후 뛸 선수를 구하는 것이 얼마나 어려울지 짐작이 간다. 지방 대학이 벚꽃 피는 순으로 문을 닫을 것이라는 이야기가 나오는 것처럼 농구와 배구계에서는 "키 큰 순서대로 망할 것"이라는 자조의 목소리도 나온다고 한다. 여자 축구에서도 U-17, U-20 단계로 연령대별 대표선수를 배출하지만 워낙 소수의 선수들만 있는 한계로 이들이 성인 대표팀이나 실업리그에도 그대로 올라가는 구조를 갖고 있다. 많은 경쟁도 없고, 중도 탈락도 없이 비슷한 선수가 그대로 올라가 '끼리끼리' 경기를 한다. 이러니 목적의식이나 경쟁의식이 강해지기 힘들다.

· · · ·

콜린 벨 전 여자 축구 국가대표팀 감독이 2023년 호주·뉴질랜드 여자 월드컵에 나서면서 '고강도'를 슬로건으로 내세웠다. "높게(高) 강하게 도전하라"는 뜻의 줄임말이다. 벨 감독은 선수들에게 평소에도 '고강도'라는 표현을 자주 썼다고 한다. 벨 감독이 애용하는 이 표현은 사실 특별한 것이 아니다. 축구라는 종목에서는 너무나 당연하고 자연스러운 일이다. 경쟁하고 도전하는 것은 스포츠에서 일상이다. 이런 당연한 것을 새삼 강조한다는 것은 역설적으로 평소 이것이 너무 부족하다는 뜻이기도 하다. 국내 여자 축구의 현실이 딱 그렇다. 어려서 공을 차기 시작할 때부터 성인 무대에 오르기까지 별다른 경쟁 없이 그냥 올라가다 보니 '고강도'와는 거리가 멀어졌다. 치열한 경쟁 속에 자연스럽게 '고강도' 정신이 몸과 마음에 배어야 하는데, 우리 여자 축구계는 그렇지 못했다. 더 많은 풀에서 축구를 잘 하는 사람을 골라내는 것이 아니라 풀 자체가 너무 작으니 그 안에서 '자기만의 리그'에 자족하게 된다.

—— 세계는 일찌감치 여자 축구를 주목했다

엘리트 분야가 굉장히 위축된 우리와는 달리 FIFA 차원에서는 여자 축구를 새로운 시장 창출의 블루 오션으로 판단하고 대대적인 투자를 진행하고 있다. 2015년 월드컵 개최지 선정에 관련된 부정부패 스캔들 이후 FIFA 내부 개혁의 시발점이 된 것도 여자 축구를 중심에 둔 전략이었다. 경기하는 선수들뿐만 아니라 축구 산업 확대를 위해서 남자와 여자를 포함해 모든 계층을 위한 새 판짜기에 나선 것이다. 남자 축구에 대한 지원은 이미 포화 상태라는 판단도 있었다. FIFA 입장에서도 새로운 시장의 확장이 필요했다. 이전까지는 남자 축구를 중심으로 시장의 '지역적 확대'에 방점을 두었다면 이제는 전 세계를 대상으로 시장의 '성적(gender) 확대'에 나선 것으로 해석할 수 있다.

이후 여자 축구는 FIFA 주도로 종교, 문화적 차별을 극복하고 사회에 변화의 바람을 불러오는 데 큰 역할을 하고 있다. 불과 33년 전인 1991년 시작한 여자 월드컵도 성장을 거듭하면서 여권 신장 등 사회적으로 긍정적 효과를 거두고 있다. 이런 영향력 확대는 점점 상업적 영역으로 연결되면서 여자 축구에 대한 투자도 늘어나고 있다. 말 그대로 세계 축구의 블루 오션 역할을 해주고 있다.

2023년 호주·뉴질랜드 여자 월드컵은 참가 팀이 24개에서 32개로 확대된 후 열린 첫 번째 대회였다. 상금 규모도 4배 이상 늘어났다. 여자 월드컵의 '상업화 원년 대회'라고 해도 과언이 아니었다. 평균 관중도 역대 최고인 3만 명을 넘어섰다. 대회가 끝난 뒤 지아니 인판티노 FIFA 회장은 "출전국 수를 늘리면 일방적인 경기가 많아질 것이라는 우려를 씻어냈다. FIFA의 결정이 옳았다. 앞으로도 여성 평등을 향한 문을 밀어야 한다. FIFA와 함께라면 열린 문을 발견할 수 있을 것"이라고 말했다. 대단한 자신감의 표현이었다.

앞서 짧게 밝힌 바 있지만, 사실 여자 월드컵 참가국 수 확대에 나도 큰 기여를 한 인연이 있다. FIFA 평의회 의원으로 활동하던 시절 "여성 축구 활성화를 위해서 가장 빠르게 효과를 볼 수 있는 것은 참가국 수 확대가 아니겠는가. 여성 월드컵에 출전하는 출전국 수를 성인 남자 월드컵 수준인 32개국으로 늘리면 어떻겠느냐"고 제안했다. 이후 인판티노 회장의 주도로 여자 월드컵 출전국 수가 32개로 늘어나는 안이 확정됐다. 나름 세계 축구 역사에 남을 중요한 결정에 기여했다는 자부심을 갖고 있다.

FIFA 내부에서는 출전국의 경쟁력이 아직 균등화되지 않은 상황에서 급격하게 8개 팀이나 늘릴 경우 조별리그에서 큰 점수 차의 경기가 속출해 월드컵의 가치가 훼손될 수도 있다는 우려가 있었다고 한다. 하지만 호주·뉴질랜드 월드컵에서 드러났듯이 기존의 강국 외에 다른 나라들의 여자 축구

여자 월드컵 출전국을 확대한 인판티노 회장과 U-20 결승전에서 (2017, 수원)

수준도 빠른 속도도 올라오면서 상향평준화의 모습을 보여줬다. FIFA의 결정은 대성공이었다.

　FIFA는 전 세계적으로 여자 선수의 수를 기존의 3천만 명에서 2026년까지 6천만 명으로 두 배 이상 늘리겠다는 목표를 세웠다. 또 여자 축구가 남자 경기의 수익에 의존하기보다 자급자족하기를 원했다. 스폰서들도 점차 여자 축구팀과의 독립적인 후원 계약에 관심을 두기 시작했다. 호주·뉴질랜드 월드컵에서 처음으로 여자 월드컵 중계권이 판매됐다. FIFA의 목표는 축구를 '모두를 위한 스포츠'로 만들겠다는 것이고, 성 차별을 없애기 위한 모든 조치를 취하겠다는 것이다. 구체적으로 FIFA는 전 세계 여자 축구의 균형 발전과 저변 확대를 위해 'FIFA 여자축구 발전 프로그램 (FIFA Women's Development Programme)'을 마련했다. 이 프로그램 산하에 '여자축구 전략', '리그 발전', '지도자 교육' 등 총 8개의 세분화된 프로젝트를 운영하면서 의욕적으로 각국의 여자 축구 발전을 지원하고 있다.

　최근 국내에서 진행된 '여대생 축구 클럽리그' 등 다양한 여자 축구 활성화 캠페인은 FIFA의 지원으로 가능했다. 국내 스포츠의 가장 큰 문제는 여성 참여율이 너무 적다는 것이다. 앞으로 협회는 FIFA와 손잡고 다양한 캠페인을 통해 많은 여성들이 축구를 경험하고 자연스럽게 스포츠 친화적 생활을 할 수 있도록 도울 계획이다.

—— 황금 세대의 도전과 한계

2023년 여자 월드컵에 나선 콜린 벨 감독의 도전은 조별리그에서 아쉽게 막을 내렸다. 16강 이상을 목표로 내걸었지만 꿈과 현실의 괴리가 컸다. 월드컵 현장에서 황금 세대의 분투를 보면서 안타까운 마음도 들었다. 지소연, 조소현 등 2010년대 한국 여자 축구를 정점에 올렸던 세대들에게 호주·뉴질랜드 월드컵은 사실상 마지막 메이저 무대였다. 그런데 냉정하게 보면 한창때처럼 폭발적인 퍼포먼스가 나오지 않았다. 모든 팀이 강도 높은 운영과 템포를 유지하고 있는 월드컵에서 우리의 황금 세대들은 특별한 차이를 만들지 못했다. 황금 세대가 여전히 호주·뉴질랜드 월드컵에서도 대표팀의 핵심이었다는 사실은 역설적으로 우리 여자 축구의 다음 단계를 고민하게 만들었다.

그동안 차세대 선수들을 적극적으로 발굴하고 키워야 했는데 그러지 못했다. 16세의 어린 나이로 월드컵 무대에 깜짝 데뷔한 케이시 유진 페어가 보여준 가능성이 한국 여자 축구에 있어 하나의 위안이고 희망이었다고 생각한다.

한국 여자 축구는 2003년 미국 여자 월드컵에서 처음으로 세계무대를 경험한 이후 많은 발전을 이뤘다. 여자축구 실업리그인 WK리그가 2009년 출범했고, 실업팀 수가 조금씩 늘었다. 열악한 저변에도 불구하고 2010 FIFA 독일 U-20 여자 월드컵 3위, 2010 트리니다드토바고 U-17 여자 월드컵 우승이라는 기적 같은 성과까지 냈다. 지소연과 여민지로 대표되는 당시 연령별 대표팀 선수들은 황금 세대라 불리며 한국 여자축구의 미래를 밝혔다. 연이은 경사로 잠시나마 대중의 관심을 끌어 모았던 것도 사실이었다. 이는 2015년 캐나다 여자 월드컵 16강 성과로 이어지면서 절정기를 맞이했다고 본다.

2015년의 첫 16강 진출 이후 기대치가 높아졌다. 선수들의 눈높이 또한 높아져 해외 진출이 조금씩 늘었다. 이를 기반으로 2012년 말부터 대표팀을 이끌던 윤덕여 감독이 점진적 세대교체를 시도했지만 제대로 이뤄지지 않았다. 성적에 대한 기대와는 달리 한국 여자 축구의 열악한 저변은 전혀 개선되지 않았다. 황금세대 이후의 젊고 잠재력 있는 선수들을 발굴하는 데도 어려움을 겪었다. 이후 2019년 프랑스 여자 월드컵, 그리고 2023년 호주 · 뉴질랜드 여자 월드컵은 얇은 저변, 그리고 이로 인해 새로운 선수 발굴과 세대교체가 어려웠던 한국 여자 축구의 한계를 보여줬다. 내가 개인적으로 여자 축구에 대한 패러다임의 변화에 대해 고민을 심각하게 시작했던 것은 프랑스 월드컵이 계기가 됐던 것 같다. 무언가 한계가 느껴졌다.

콜린 벨 감독이 호주 · 뉴질랜드 월드컵 기간 동안 언론 인터뷰에서 한국 여자 축구 시스템 개혁을 강조했다. 한국도 축구 선진국처럼 유소년 시스템부터 전반적으로 바꿔야 한다는 것이 핵심이었다. 월드컵에서 결과를 내지 못한 상황에서 시스템 개혁을 언급한 것에 대한 일부 논란도 있었다. 하지만 그의 말이 틀린 것은 아니다. 이제는 진짜 변화를 시도해야 한다. 그러기 위해서는 벨 감독이 이야기한 것처럼 바꿀 수 있는 것부터 바꿔야 한다.

현재 대표팀의 주축을 이루고 있는 황금 세대들은 상당수가 선수 생활의 종반을 달리고 있다. 여전히 절정의 기량을 가지고 있는 선수들이 있지만 이를 그라운드에서 보여줄 시간이 점점 줄어들고 있다. 여자 축구의 세대교체는 과거부터 지속적으로 나온 말이었다. 하지만 한국 여자 축구의 고질적 문제인 '얕은 저변과 열악한 환경'이 개선되지 않는다면, 앞으로도 지소연, 조소현, 이민아 등 황금세대를 대체할 만한 어린 선수들을 찾기는 점점 어려워질 것이다. 비관적 전망이지만 이것이 현실이다.

—— 국내 여자축구 발전의 정체 이유

2013년 협회장 취임 이후 여자 축구 활성화를 늘 주요 목표로 상정했다. 임기 중 꼭 이뤄내고 싶은 정책에 여자 축구 활성화가 빠진 적은 없었다. 여자 축구에 대한 국민적 관심을 불러일으킬 수 있는 계기로 여자 월드컵이 좋겠다고 판단해 2019년과 2023년 대회 유치전에 뛰어들기도 했다. 2010년부터 연령별 대표팀이 국제 대회에서 거둔 성과가 이어지기를 바라는 마음에 다양한 정책을 시도했다.

10년 넘게 여자 축구 관련 정책을 펼치면서 개인적으로는 하나의 결론에 도달했다. 협회에서 투여할 수 있는 자원은 한정되어 있다. 이 한정된 자원을 남자 축구와 여자 축구에 두루 써야 한다. 여자 축구에 투여할 수 있는 자원은 더 한정적이다. 한정된 자원을 소수의 엘리트 구조에 쓸지, 아니면 저변 확대를 위해 더 과감한 지원에 나설지를 결정해야 하는 단계가 아닌가 싶다.

지금까지는 여자 축구에서 소수 정예를 중시했다. 한정된 자원을 기존 팀, 기존 선수 위주로 지원해왔다. 하지만 현재의 엘리트 육성 구조와 생태계는 한계에 다다른 듯하다. 예를 들면 대학을 졸업한 후 드래프트에 참가해 WK리그에 입단하는 구조보다는 재능을 가진 어린 선수들이 더 빨리 성인 여자 축구 무대에 참여할 수 있는 시스템으로 바뀌어야 한다. 남자 쪽에서도 비슷한 과정을 겪었다.

제도 변화를 시도하면 기존 체제의 기득권층에서 반발한다. 이런 상황에서는 답이 나오기 힘들다. 소수에게 혜택이 집중됐던 구조에서 오히려 저변 확대를 통한 중장기 대책을 마련하는 코페르니쿠스적 전환이 필요해 보인다. 물론 협회장 개인 의견만으로 이런 방향 전환을 할 수는 없다. 여자 축구 활성화를 위해 많은 지혜를 모으는 작업이 선행되어야 한다.

. . .

현재 엘리트 시스템의 가장 큰 문제는 어린 선수들의 유입이 잘 이뤄지지 않고 있다는 점이다. 어린 여학생들이 쉽게 축구를 접하고, 즐기고, 할 수 있는 인식과 시설의 확대가 아직 요원하다. 초등학교에서 축구하는 여학생 선수들이 워낙 적으니 이들이 그대로 중학교, 고등학교, 대학교, 실업으로 올라가면서 별로 도태되지 않는다. 스스로 그만두지 않는 한 경쟁 구조 자체가 거의 없다. 각 단계별로 새로운 참가자들도 별로 없다. 같은 세대별로 늘 똑같은 사람끼리 공을 차는 격이다. 이런 풍토에서 발전을 기대하기 어렵다.

운동에 재질이 있는 여자 어린이들이 일찍부터 몰리는 곳은 주로 개인 종목이다. 골프, 탁구, 펜싱, 테니스 같은 종목들은 각자가 알아서 코치나 선생님을 두면서 운동할 수 있다. 세계적 경쟁력을 갖고 있고 돈과 명예를 누릴 수 있는 골프 같은 경우에는 어린 시절 운동에 재능이 있는 여학생들이 모인다. 반면 단체 구기 종목은 학교나 클럽 단위로 학생들을 모아야 한다. 그런데 종목에 필요한 최소 선수를 확보하기도 어렵다. 대부분의 여자 구기 종목들이 고사 직전이다. 농구나 배구 같은 경우는 대회에 출전한 중·고 엘리트 팀이 교체 선수를 확보하지 못해 기권패하는 경우가 심심치 않게 나오고 있다. 농구의 박신자, 배구의 조혜정이 상징하듯 여자 구기 종목은 1970년대만 해도 남자보다 국제 경쟁력이 빼어났다. 지금은 모두 옛날이야기가 됐다. 전통적으로 여자가 강했던 농구나 배구가 그런 사정이니 상대적으로 신생 종목 격인 축구는 말할 것도 없다.

. . .

밑바닥부터 흔들리고 있는 사정에도 불구하고 기존의 WK리그는 일견 '평화로운 리그'로 보인다. 지금은 역사의 뒤편으로 사라진 실업축구 내셔널리그도 한때는 평화로운 리그였다. 지도자와 선수들이 성적에 따라 강한 압박을 받는 프로와는 달리 내셔널리그는 상대적으로 안정적 직장 생활을 하는 시기가 있었다. 지금은 내셔널 리그가 발전적 해체를 하면서 소속팀들이 K3리그와 K4리그의 경쟁구도 속으로 들어갔다. 이제 WK리그가 이전의 내셔널리그 같은 분위기가 아닌가 싶다. 지금 상황에 안주하는 분위기로는 여자 축구의 미래를 기약하기 어렵다.

2010년 우리나라의 출생아 수는 47만 명 수준이었는데 불과 10년 뒤인 2020년에는 20만 명이 줄어 27만 명 수준이 됐다. 같은 기간 출산율은 1.23에서 0.84로 떨어졌다. 전 세계에서 가장 낮은 수치다. OECD 국가 중 2022년 현재 출산율이 1.0 아래인 나라는 한국이 유일하다. 이 해에 한국은 출산율이 역대 최저인 0.78까지 떨어졌다. 갈수록 학령인구가 줄어들고 있는데 스포츠를 하려는, 그 가운데 단체 구기 종목을 하려는, 또 그 가운데 축구를 하려는 여성 인구를 확보하기 점점 더 어려워지고 있다. 기존 엘리트 육성 구조만을 고집해서는 여자 축구의 미래를 담보할 수 없다고 판단한 가장 결정적인 이유다.

. . .

여자 축구 발전은 한국 축구의 오래된 과제였다. 2002년 한 · 일 월드컵 4강 이후 전국적으로 축구 붐이 불면서 초 · 중 · 고 · 대 여자축구팀이 활발히 창단됐다. 하지만 한때의 유행에 그쳤다. 여주대, 영진전문대, 한양여대 등 주요 대학팀이 연이어 해체됐고, 초 · 중 · 고 팀들도 점차 사라지고 있는 추세다. 2023년 기준 협회에 등록된 남자 엘리트 선수 수는 2만 8,526명인 반면, 여자는 단 1,570명이다. 동호인 등록수에도 남자는 14만 2,313명인 반면, 여자는 6,129명이다.

팀 수도 마찬가지다. 엘리트의 경우 남자 959팀, 여자 67팀이며 동호인은 남자가 3,985팀, 여자는 209팀이다. 격차가 워낙 크다. 저변 확대의 기본은 역시 팀 수의 증가다. 축구는 혼자 하는 스포츠가 아니다. 팀 수의 부족이 여성들의 참여 진입 장벽을 더 높이고 있다. 그나마 엘리트보다는 동호인이 좀 더 활발하게 운영되고 있지만 여전히 여성은 축구를 하고 싶어도 못하는 경우가 많다.

협회는 2021년 여자축구 활성화 프로젝트팀을 발족했고, 2023년 이를 정규 팀으로 전환했다. 여자 축구의 변화를 이끌어줄 행정 주체가 필요하다는 판단이었다. 여자축구 활성화 프로젝트팀은 출범 이후 인식 개선, 거버넌스(의사결정구조), 제도 개선, 저변 확대라는 4가지 큰 주제를 가지고 다양한 사업을 진행했다. 대표적으로 서울특별시교육청 및 인천광역시교육청과 약 165개 학교를 대상으로 정규 시간에 축구 수업을 진행해 여자 어린이에게 축구를 경험할 수 있도록 했다. 여학생 축구교실이 활성화되면서 재미있는 현상도 발견됐다. 기초와 재미 위주의 교육으로 흥미를 느낀 학생들이 엘리트 축구부로 진학하는 사례가 지속적으로 나왔다. 2020년에 25명이, 2021년과 2022년에 각각 20명이 엘리트 축구부로 진학해 선수의 길을 시작했다. 아직 많은 숫자는 아니지만 이런 식으로 축구에 흥미를 느껴 엘리트로 가려는 인원이 꾸준히 나오는 것이 중요하다. 저변 확대를 통해서 궁극적으로 엘리트가 발전하는 선순환 모델의 희망을 봤다.

또 2023년부터 WK리그에 클럽 라이선스 제도를 도입했다. 클럽 라이선스 제도는 참가팀이 최소한의 기준과 규정을 충족해야 대회 참가가 가능한

여자대표팀과 기념 촬영 (2014, 파주)

인증제도다. K리그와 K3리그, K4리그, 초 · 중 · 고리그 등에만 있던 클럽 라이선스를 여자 축구 최상위 리그에도 도입함으로써 리그 전문성 제고와 환경 개선을 위한 제도적 장치가 마련됐다. 향후 신생팀이 창단할 때에도 클럽 라이선스를 최소 기준으로 제시할 수 있게 됐다. 물론 현재 WK리그 8개 팀은 구단마다 사정이 다르니 클럽 라이선스를 완전히 준수하기 어려운 경우도 있다. 앞으로 이행을 위한 노력을 함께 경주해야 한다. 그동안 막연하게 논의됐던 WK리그 발전을 위한 요소들을 명문화했다는 점에서 의미가 크다.

—— 저변 확대로 패러다임의 전환이 필요하다

그동안 초 · 중 · 고 여자축구팀 창단을 위해 많이 노력했다. 하지만 협회가 지원하는 3년 동안은 팀이 유지되다가 지원이 끊기면 이내 해체되고는 했다. 이런 패턴의 반복이었다. 여자 축구 엘리트 팀의 지속 가능한 구조를 만드는 데 실패했다. 이를 냉정하게 인정해야 한다. 이제는 여자 축구 활성화를 위한 패러다임을 과감하게 전환할 때가 아닌가 싶다. 기존처럼 이미 구축된 소수의 엘리트 구조에 한정된 재원을 계속 투입할 것인지, 아니면 과감하게 저변 확대 쪽으로 방향을 틀어 장기적 안목의 투자를 할 것인지, 선택의 기로에 섰다는 느낌이다.

．．．

현재 한국 여자 축구의 최대 취약점은 '열악한 저변'과 '선수 감소' 문제이다. 이를 해결하기 위해서는 축구계와 정부 등 유관 기관이 함께 머리를 맞댈 필요가 있다. 여자 축구 활성화는 좀 더 넓은 시선으로 접근하는 것이 좋다. 결국에는 환경 개선이다. 2010년 전후로 연령별 대표팀에서 세계 수준의 성적을 냈지만 생태계가 건전하게 유지되지 못했다. 생태계 안에서 많은 경쟁을 하면서 목적의식을 갖고 있어야 하는데 그런 구조를 만들어내지 못했다. 일부 전문가들은 엘리트 위주의 지원 정책을 지양하고, 생활축구와 저변 확대를 정책의 가장 우선순위에 두는 발상의 전환이 필요하다고 주장한다. 즉 엘리트에 쓰였던 재원을 대거 생활체육 쪽으로 돌리면서 여자 축구를 생활 체육의 모범 종목으로 특화시키자는 것이다.

이런 과정을 통해서 궁극적으로는 어린 여자아이들이 축구를 접하고, 즐기면서 장기적으로 엘리트 쪽으로 전환하는 선수가 나오는 선순환 구조를 만들자는 주장이다. 줄어드는 학령인구를 고려하면 이것이 사실상 유일한 대안으로 보인다. 집중과 선택을 통해 엘리트 우선에서 생활 체육 우선으로 패러다임의 전환을 이뤄야 한다. 나는 원칙적으로 이 주장에 동감한다.

엘리트 체육과 생활 체육의 이상적인 선순환 구조는 다이아그램에만 존재하는 것이 아니라 여자 축구에서 실제로 시도해 볼 수 있다고 생각한다. 10년이 넘는 기간 동안의 경험이 이런 결론에 이르게 했다. 저변 확대가 되면 중장기적으로 엘리트 쪽에서 뛸 수 있는 좋은 유망주들이 발굴되는 선순환 구조가 만들어질 수 있다. 그동안 우리 여자 축구계는 너무 소수의 엘리트만 혜택 받는 구조였다.

대한축구협회와 여자축구연맹의 정책적 지향점이 다른 것도 상당 부분 여기에서 발생했다. 여자축구 활성화를 위한 철학의 차이가 존재하는 것이다. 여자연맹은 기존 소수의 엘리트 구조에만 더 많은 투자를 원했다. 협회는 이제 그 부분에 대해서 근본적 전환을 고민하고 있다. 개인적으로는 엘리트 집중 육성 정책에서 저변 확대 쪽으로 패러다임의 전환을 할 때라고 믿고 있다. 이런 과정을 통해서 여자 축구를 국내 축구 발전과 확대를 위한 진정한 블루오션으로 만들어야 한다.

2015 캐나다 여자월드컵 환영 오찬에서 김정미 선수와 함께 (2015.06, 한국가구박물관)

에필로그

: 그래도 못다 한 이야기들

—— 정몽규라는 남자

한 지인이 2024년 초 서울시립미술관에서 전시했던 김홍석 작가의 작품을 본 감상을 나에게 전한 적이 있다. 이 그림은 세상 사람들을 네 유형으로 분류해 형상화했다. 〈침묵의 힘, 침묵의 지식(power of silence, knowledge of silence)〉이란 제목 아래 다음과 같은 4가지 유형이 소개된다.

① 아는 게 많고 말도 많은 '모든 걸 다 아는 형(Know-it-all Types)':

언론인, 택시 운전사, 환경운동가, 예술가

② 아는 게 없으나 말만 많은 '위험한 형(Dangerous Types)':

정치인, 부동산 중개인, 패션잡지 편집자, 유튜버, 예술가

③ 아는 건 많지만 말은 적은 '평범하지 않은 형(Freaky Types)':

학자, 수도승, 은둔자, 모험가, 마법사

④ 아는 것도 없고 말도 적은 '바보 같은 형(Silly Types)':

행정가, 주식 중개인, 무임승차자, 무장강도, 예술가

지인은 그러면서 나보고 세 번째 유형이라고 했다. 학자나 수도승, 모험가

같다는 뜻이었다. 재밌자고 한 말이었으니 그냥 웃고 말았다. 그러면서 그럴 듯하다는 생각도 들었다. 내가 좋아하는 작가 중에 조셉 캠벨이라는 미국의 유명한 신화종교학자가 있다. 내 카카오톡의 자기소개 화면에 이 분이 남긴 격언을 옮겨 적었다.

"당신이 들어가기 두려워하는 동굴 안에 그토록 찾아 헤매던 보물이 있다 (The cave you fear to enter holds the treasure you seek)"는 내용이다. 인디애나 존스 같은 말이다. 나는 이 격언을 참 좋아한다. 그런 점에서 모험가의 기질이 마음속에 있는지도 모르겠다. 항상 나만의 가치 있는 보물을 찾아서 도전하는 것을 즐겼다. 그 보물은 한 때는 자동차였고, 다른 한 때는 아파트였으며, 언젠가부터는 축구였다. 앞으로 남은 인생에서 나만의 보물이 또 무엇이 될지는 알 수 없다.

아버지는 나에게 어릴 적부터 책을 많이 읽어야 한다고 자주 말했다. 그럼에도 젊었을 땐 신문, 잡지는 많이 봤지만 책을 즐겨 보지는 않았다. 하지만 아버지가 돌아가신 다음부터는 두꺼운 책을 읽는 것에 재미를 느꼈다. 지금도 물론 그렇다. 책을 통해 얻은 지식을 머릿속에서 사고(思考)하는 것을 좋아한다. 하지만 이를 표현하는 데는 서투르다. 일단 말솜씨가 수려하지 않다. 오히려 어눌한 편에 가깝다. 그러다보니 '아는 건 제법 있지만 말 수는 적은 편'이다. 굳이 위의 4가지 유형으로 보자면 '평범하지 않은 형'이다. 수도승이나 모험가 계열인 셈이다.

. . . .

네 가지 유형 분류로 한 가지만 더 얘기해 본다. 이탈리아의 역사학자 카를로 M. 치폴라는 저서 『인간의 어리석음에 관한 법칙』에서 자신과 남에게 이익 또는 손해를 주는 것을 기준 삼아 사람을 네 가지 유형으로 나눴다. 남에게 이익을 주고 자신은 손해를 보는 사람은 '순진한 사람(Sprovveduti)', 자

지난 1년간 이 책을 준비하던 사무실에서 (2024, 용산)

신과 남에게 모두 이익을 주면 '현명한 사람(Intelligenti)', 남에게는 손해를 끼쳐도 내가 이익을 얻으면 '영악한 사람(Banditi)', 자신도 남도 모두 손해를 입으면 '어리석은 사람(Stupidi)'이다. 나는 지금까지 살아오면서 최소한 자신과 남에게 모두 이익을 주는 사람이 되기 위해서 노력했다고 자부한다.

· · ·

요즘 젊은 MZ세대에게는 성격 유형 검사인 MBTI 테스트가 유행이다. 16가지 성격 유형으로 나눠지는데, 많은 이들이 공감을 표시하는 경우가 많다. 심심풀이로 이 테스트를 해봤는데 INFJ로 나왔다. '통찰력 있는 선지자 또는 예언자형'이라고 한다. 내향적 이상주의자 성향을 가지고 있다. 이 유형의 일반적 특징을 보면 '이상주의적, 완벽주의적 성향', '본인만의 철칙이 뚜렷하고 고집이 셈', '사회적 불의에 민감하며 높은 도덕관념 보유', '생활에서 보수적이면서 동시에 반항적', '상상력을 자극하는 창작물을 좋아함', '호기심이 많고 열정적임' 등이 거론된다. 성격을 보여주는 핵심 키워드로는 인내심,

심층적 대화, 완곡어법, 계획과 체계, 이상주의, 아이디어, 정열적 신념 등이 나온다.

. . .

MBTI는 굉장히 대중적인 테스트이고, 이번에는 좀 내밀한 비밀을 털어놓을까 한다. 서문에서 소개한 '래티스 워크'란 나의 친목 모임에서 한 리더십 연구소에 의뢰해 회원의 성격 진단을 한 적이 있다. 외부에 공개하지 않는 것을 전제로 다들 솔직하게 자가 진단에 응했다. 그래서 나에 대한 '핵심 강점'과 '주요 약점'을 파악할 수 있었는데 이 책을 통해서 그 내용을 처음 공개한다. 친한 지인이 이 내용을 보면 깜짝 놀랄지도 모르겠다. 2013년에 했던 테스트 결과인데, 지금 봐도 꽤나 정확한 내용이다. 그래서 '사람의 본성은 변하지 않는다'는 말이 나오는 모양이다.

. . .

이 자가 진단에 따르면 나의 핵심 강점은 다음과 같이 정리된다.

- 사려 깊은 사람으로 새로운 아이디어를 받아들이고 그 아이디어를 삶에 적용하려고 노력한다. 빠르게 판단하고 미리 계획을 세우며 부지런히 실행에 옮긴다.

- 매우 독립적이다. 다른 사람 의견에 크게 영향 받지 않으며 스스로 결정을 내리는 경향이 있다.

- 지각력이 뛰어나다. 시장에서 일어나는 일에 주의를 기울이고, 트렌드를 파악하고, 그 정보를 활용해 회사를 더욱 경쟁력 있게 이끌 수 있다.

- 디테일 지향적이다. 많은 문제에 주목하고 어떻게 일을 처리해야 하는지에 대한 강한 의견을 가지고 있다.

- 정직한 사람이다. 사람들은 당신이 하겠다고 말한 대로 행동할 것
이라고 믿는다.

- 자신의 삶에 대해 비교적 긍정적이다. 인생이 자신의 뜻대로 되기
를 기대하기보다 주도적으로 행동하는 경향이 있다. 스스로 만든 삶
을 즐긴다.

반면 나의 주요 약점은 다음과 같이 나타내고 있었다.

- 다른 사람들에게 무심하고 무관심한 사람으로 보일 수 있다. 하지
만 무언가 당신의 관심을 끌면 당신은 상당히 매력적으로 보일 수 있
다. 이처럼 예상치 못한 급격한 변화는 사람들에게 혼란을 줄 수 있다.

- 경쟁심이 강하고, 주도적으로 행동하는 것을 피한다. 소극적인 태
도는 당신 앞에 놓인 기회를 최대한 활용하는 능력을 약화시킬 수 있
다. 지나치게 위험을 회피하는 경우 의사 결정이 너무 느릴 수 있다.

- 자신의 재능과 적성에 대해 지나치게 비하하는 경향이 있다. 자신
을 정확하게 표현하지 못한다. 자신의 욕구와 감정을 밋밋하게 표현
한다.

- 권위주의적 관점에서 사람들을 대하는 경우가 많다. 다른 사람의
말을 늘 충분히 듣는 것은 아니며 다른 사람의 필요와 욕구에 무관심
할 수 있다.

자가 진단한 장단점을 모두 솔직하게 털어놓고 보니 마치 대중 앞에서 발
가벗은 기분이 든다. 물론 이러한 장단점이 다 맞는 것은 아니다. 그럼에도
내 성격과 비슷하게 느껴지는 부분이 있는 것은 사실이다.

래티스 워크(Lattice Work) 클럽 멤버들과 이스라엘 예루살렘에서 (2014)

지금까지 이 책을 통해서 제법 길고 깊숙한 내 이야기를 읽어준 독자들도 위에 소개한 다양한 나의 특징을 느끼셨는지 모르겠다. 대한축구협회장을 하면서 늘 모험적 시도를 하고 싶었다. 다양한 시도마다 모두 결과가 좋았다고 할 수는 없다. 모험에는 늘 리스크도 동반하니 말이다. 하지만 모험 없이는 우리 세상이 더 좋은 곳, 더 나은 곳으로 갈 수 없다고 믿었다. 이전에 안 갔던 길로 자꾸 가보자고 독려해서 협회 직원들이 많이 힘들었을 것이다. 모험가 기질의 회장과 새로운 길을 찾는 여정을 함께했다고 이해해줬으면 좋겠다.

· · ·

누군가 인생은 한 번만 하는 여행과 같다고 했다. 나는 사업하는 가정에서 태어나 앞으로 사업만 할 줄 알고 자라났다. 내가 6살 때 아버지는 현대자동차를 설립해 초대 사장에 취임했다. 나도 공부를 마치고 27살에 같은 회사에 대리로 입사했다. 모든 게 이미 짜여 있는 것처럼, 내 인생도 정해진 길로만 가는 듯이 보였다. 29살이었던 1990년에 사랑하는 아내와 결혼해 세 아들을 두었다. 영국 옥스퍼드대에서 공부한 장남은 2023년에 결혼했고, 지금 KAIST에서 학생들을 가르치고 있다.

서른다섯이 되던 1996년에 현대자동차 회장이 됐다. 큰아버지(정주영 회장)가 조카인 나에게 이 자리를 맡겼다. 아버지는 내가 아직 어리고 경험이 없다고 판단해 반대했다고 한다. 하지만 큰아버지는 "이제 다 할 수 있는 나이"라고 당신 생각을 밀어붙였다. 그래서 내 의도와는 상관없이 젊은 나이에 엄청나게 커다란 모자를 쓰게 됐다. 나에게 어울리는 모자였는지는 정말 모르겠다. 그 당시 재계에서는 선대가 갑자기 타계했던 경우를 제외하면 그 정도로 '어린 회장님'은 없었던 것 같다. 현대자동차 회장이 된 덕분에 좋은 경험을 했고, 훌륭한 사람들을 만났으며, 여러 가지 배움을 얻었다.

어렸을 때부터 뚜렷한 목적의식 아래 자기 인생을 설계하고, 그대로 살아가는 사람은 그리 많지 않을 것 같다. 인생의 전반부는 대부분 주어진 환경에서 배우 역할을 하면서 산다. 나도 그랬다. 경영학과에 입학하고, 외국 유학을 가고, 아버지가 사장을 맡고 있는 회사에 입사했다. 주어진 코스를 성실히 따라갔다. 하지만 점점 나이를 먹어감에 따라 나의 인생을 직접 설계하고, 주도하고 싶은 마음을 갖게 됐다. 영화배우가 아니라 영화 제작자가 되고 싶었다.

대학을 졸업한 뒤 내 인생 경로는 10년에서 15년마다 커다란 변화가 있었다. 사회생활의 첫 12년은 현대자동차에서 보냈다. 그 다음은 건설회사 회장으로 도시를 만들어갔다. 그러면서 운명적으로 축구와의 만남도 이뤄졌다. 세상을 돌아다니는 자동차, 사람들이 편안하게 쉴 수 있는 아파트, 즐겁거나 화나거나 인간의 원초적 감정을 카타르시스로 느낄 수 있는 축구까지, 누구도 가질 수 없는 경험을 두루 했다. 내가 주도했건, 안 했건 간에 이처럼 다양한 경험을 할 수 있었던 것은 정말 행운이었다.

'래티스 워크'라는 모임에서 다양한 외국인 친구들과 어울리면서 나의 일과 직업뿐만 아니라 앞으로의 내 인생을 어떻게 설계하고, 또 실천할 수 있을지를 토의하고 고민하기 시작했다. 주어진 배역을 연기하는 것이 아니라 본격적으로 내 인생을 스스로 설계하고 제작하자고 마음먹었다.

2013년 대한축구협회장에 당선됐을 때는 내가 지금까지 겪은 다양한 경험을 통해서 축구계를 돕겠다는 마음이었다. 오만한 생각이었다. 오히려 내가 축구라는 새로운 안경을 통해서 세상을 바라보게 됐고, 이를 통해 우리 회사와 우리나라의 문제를 더욱 잘 알게 되는 계기가 됐다. 이 점에서 나는 축구계에 큰 빚을 지고 있다.

—— 내가 만들고 싶었던 대한민국 축구의 미래

한국프로축구연맹 총재로 2년, 대한축구협회장으로 12년을 보냈으니 적지 않은 시간이었다. 대한민국 축구계의 리더로 10년 이상 일할 수 있어서 행복했다. 축구협회를 맡으면서 '정몽규 집행부'가 추구했던 정책적 지향점은 이렇게 정리할 수 있다. 축구에서 잠재력 있는 유망주가 성장해 특급 선수가 되는 과정은 엔터테인먼트계에서 스타가 탄생하는 것과 흡사한 측면이 있다. 때문에 좋은 루키가 나올 수 있는 환경을 만들어주는 것이 필요하다. 좀 더 저렴한 비용으로 축구를 할 수 있는 토대를 만들고, 진학 과정에서의 투명성을 높이고, 구조적으로 젊은 선수들에게 더 많은 기회를 줄 수 있는 제도를 고민했다. 엘리트 위주로 운영하기보다 저변 확대를 위해 노력하고 어린 시절부터 기술 축구를 익힐 수 있는 토양을 만들어줄 필요도 있었다. 이런 일관된 지향점을 갖고 실행했던 정책들이 8인제 축구, 골든 에이지,

대한축구협회 80주년 비전선포식 발표 (2013, 서울)

프로축구 승강제 도입과 디비전 시스템 구축, 저연령 선수 의무출전 제도, 심판 승강제 등이었다.

우리가 추구했던 정책들은 별개로 존재하는 것이 아니었다. 하나하나 연결되어 있었다. 예를 들어 심판 행정 업무의 일원화를 하겠다고 했을 때 프로연맹의 반발이 있었다. 하지만 심판 업무를 일원화해야만 1부에서 7부까지의 디비전 시스템 하에서 심판도 승강제를 실시해 경쟁력을 높일 수 있다고 판단했다. 프로 최상위인 1부에서 동호인 리그의 가장 풀뿌리인 7부까지 승강제로 모두 연결하는 작업도 2027년부터 시행하기로 프로연맹과 합의했다. 누구는 아직 시기상조라고 반대하기도 하지만 축구산업 발전을 위한 큰 그림에서 볼 때 이런 접근 방식이 맞다고 본다.

그런 의미에서 나는 이상주의자라고 할 수 있다. 현재의 숫자만 꼼꼼히 따지면 결코 꿈을 향해 다가갈 수 없다. 이것도 일종의 모험가 기질인지도 모르겠다. 다만 꿈을 향해 가는 발걸음이 단단하게 대지를 밟고 치밀한 여정에 따라야 한다고 믿는다. 축구에만 빌드업이 있는 것이 아니라 축구 행정에도 빌드업이 필요하다.

취임 첫해인 2013년 '비전 해트트릭 2033'을 만들어 다양한 중장기 발전 계획을 수립했고, 10년 뒤인 2023년에는 '대한축구협회 가치체계 재정립'을 통해서 축구협회의 존재 목적과 방향성을 명확하게 정립하려고 했다. '정몽규 집행부'는 이전과 달리 중장기 계획을 마련하고 실천하는 데 온 힘을 쏟았다. 하지만 일부에서 '별다른 계획 없는 협회'라고 비판할 때는 서운한 마음이 들기도 했다.

한편으로는 우리가 일하는 데만 열중하고, 알리는 데는 소홀한 측면이 있었다는 반성이 들기도 했다. 정부 관계자들 사이에는 '정책은 설계가 반, 홍보가 반'이라는 말이 있다고 한다. 아무리 좋은 정책을 만들어도 국민에게 알려지지 않으면 성공하기 힘들다는 뜻이다. 국민이 정책을 이해하고 수용해야만 성공의 가능성이 커진다. 그만큼 홍보가 중요하다. 협회 임직원들이 많은 일을 했음에도 축구계와 팬에게 정책 수립의 과정과 성과를 제대로 알리지 않은 측면도 있었다. 여기에는 내 개인적 성향도 일부 반영됐을 것이다. 우리가 열심히 일하면 됐지, 그것을 대놓고 선전하고 알리는 것에는 딱히 마음이 내키지 않았다. 지금 돌이켜 보면 조금 아쉬운 대목이다. 나부터가 한국 축구의 리더로서 국민과 축구팬에게 협회의 정책을 알리고 설명하는데 열성을 보였어야 했다. 앞에 나서기 싫어하는 성격 탓에 이런 의무를 소홀히 했다.

협회장을 하면서 의미 있는 성과가 여러 개 있었다. 개인적으로는 아시안게임 3연패를 우선 꼽고 싶다. 이를 통해서 많은 선수가 안정적으로 유럽에서 활동할 수 있게 됐거나 또는 진출할 수 있게 됐기 때문이다. 우리 대표팀 국제 경쟁력의 상한선은 얼마나 좋은 선수들이 유럽 상위리그에서 주전급으로 뛰고 있는지에 의해 결정된다고 본다. 또 하한선은 국내 K리그가 얼마나 빠르고 수준 높은 경기력을 펼치느냐에 달려있다. 지금 유럽 상위리그에서 주전으로 활약하는 선수가 여럿 있지만 아직 부족하다. 더욱 폭을 넓혀야 한다. 이를 위해서는 더 많은 선수가 유럽 무대에 도전해야 하는데, 그 현실적인 걸림돌이 병역 의무인 것도 사실이다. 셈에 밝은 해외 구단들은 불확실한 투자를 꺼린다. 아시안게임 금메달은 젊고 유망한 선수들이 병역 문제를 조기에 해결하고 유럽에 도전할 수 있는 가장 확실한 루트이다. 협회는 대표팀 경쟁력 강화를 위해 이 부분에 승부를 걸어야 한다고 판단했고 다행히 3회 연속 금메달의 성과를 냈다.

축구는 매우 뛰어난 일부 선수들이 부와 명예를 거의 거머쥐는 구조다. K리그 안에서도 선수 간 연봉 격차가 적지 않다. 나아가 유럽의 톱 리그에서 뛰는 선수들은 전혀 다른 차원이 된다. 성공한 유럽파들이 많이 등장해야 어린 시절부터 좋은 재능을 지닌 유망주들이 계속 축구 시장에 유입될 수 있다. 스타들이 많이 배출되어야 국가대표팀 경쟁력이 강화되고, 이를 바탕으로 중계권 가치와 스폰서십 규모가 함께 성장할 수 있다. 협회가 국가대표팀을 활용해 벌어들이는 수익으로 유소년 육성과 저변 확대를 위한 재투자도 가능해 진다. 이런 선순환 구조를 만드는 것이 필요하다.

· · ·

정부는 스포츠산업 육성을 스포츠 분야의 최우선 정책 중 하나로 상정하고 있다. 2022년까지 78조원 규모인 스포츠산업 시장을 2028년까지 105조원 수준으로 키우겠다는 목표로 2024년 4월 제4차 스포츠산업 진흥 중장기 계획을 발표했다. 나도 협회장에 취임하면서부터 축구 산업을 키우겠다는 목표를 뚜렷이 제시했고 12년 동안 계속 실천해왔다. 축구 산업을 육성하기 위해서는 3가지 필수 요소가 필요하다고 생각한다. 하나는 스타의 존재이다. 스포츠 종목의 특성상 슈퍼스타의 존재 자체가 산업을 이끌고 성장시키는 가장 큰 원동력이 된다. 둘째는 산업의 소비자라고 할 수 있는 팬층의 확대다. 축구를 직접 즐기고, 관전하는 팬층이 늘어나야 산업이 성장할 수 있다. 세 번째는 축구 산업을 확대시키겠다는 유효한 정책과 담당자의 의지가 필요하다.

축구 산업을 이끌 스타를 키우고 이들이 선진 유럽 무대에서 지속적으로 활동하기 위해서 앞서 말한 아시안게임 3연패가 중요했다. 세 번의 금메달을 통해서 손흥민, 김민재, 이재성, 황의조, 황희찬, 황인범, 정우영, 이강인 등이 병역 혜택을 받아 유럽 무대에서 활발하게 활동하면서 동시에 국가대표팀 경쟁력을 향상시켰다. 이들의 인기가 국가대표팀에 응집되면서 A매치의 인기도 크게 높아졌다. 많은 축구 관계자들은 최근 1~2년이 2002 월드컵 4강 이후 한국 국가대표팀이 가장 큰 국민적 인기를 누리고 있다고 평가하고 있다. 이런 활황세는 국대 출신 인기 스타들이 다발적으로 존재하는 것으로 가능해졌다. 자연스럽게 팬층도 크게 확대됐다.

팬층의 확대는 국가대표팀을 기반으로 하는 협회 주요 사업의 성장을 가능하게 만들었다. 협회의 3대 주요 수입원은 중계권료, 스폰서십, A매치 입장 수입을 들 수 있다. 모두 대표팀 인기와 직결된다. 중계권료 시장과 스폰서십 시장을 키우는 것은 축구 산업의 확대로 이어지는 제일 중요한 고리이다. 한국 축구 산업이 월드컵 4강 이후 가장 성장세에 올랐다는 평가를 받을 때마다 마음 한편에 뿌듯한 마음이 든다. 지난 12년 동안 일관성 있게 추진했던 다양한 축구 산업 진흥 정책이 가시적인 성과를 내고 있기 때문이다. 임기 동안 축구 산업 발전의 기틀을 다져놓았다는 사실에는 자부심을 가지고 있다.

· · ·

협회에서 다양한 일을 하면서 임직원들에게는 늘 새로운 도전을 강조했다. 특히 협회 사무국의 경우 한 차원 더 높은 축구 행정을 펼치면서 한국 스포츠를 선도하는 체육단체로 성장하기를 바랐다. 무엇보다도 직원들이 시야를 넓히면서 항상 세상의 변화에 깨어 있고 기존의 방식에 의문을 던지면서 끊임없이 변화를 주도하는 '혁신'의 자세를 갖춰야한다고 생각한다. 협회 내부 구성원들이 끊임없이 혁신을 시도해야 좋은 축구 정책이 나올 수 있다. 그 정책의 결과가 다시 한국 축구의 다양한 구성원들, 즉 선수, 지도자, 학부모, 심판, 축구팬에게 좋은 영향을 줄 수 있다고 믿었다.

하지만 생각만큼 직원들의 혁신 의지를 이끌어내는 것은 쉽지 않았다. 정년이 보장되면서 평균 근속 연수가 긴 조직의 특성, '한국 축구 발전'이라는 무형의 가치를 위해 존재하는 비영리 사단법인으로서 직원들의 '성과'를 명확하게 측정할 수 있는 기준이 모호하다는 점 등이 한계로 작용했다. 그래도 어려운 환경에서 최선의 노력을 다해준 협회 직원들에게 항상 감사한 마음이다.

누군가 내 임기 도중 이뤄냈던 업적에 대해서 점수를 매겨보라고 한다면 10점 만점에 8점 정도는 된다고 대답하고 싶다. 사람마다 생각하는 기본값이 다른데, 나는 점수에 상당히 박한 편이다. 내가 8점이라고 하면 상당히 높은 점수다. 이 정도의 점수를 자평할 수 있었던 것도 모두 직원들의 노력 덕분이라고 생각한다.

재임 기간 아쉬움이 남는 부분은 각 연령별 대표팀의 연계 시스템을 완전히 구축하지 못했다는 점이다. 현재는 17세 이하, 20세 이하, 23세 이하, 국가대표팀 등이 선수 선발이나 전술 등에 있어 너무 각기 독립적으로 운영되는 느낌이다. 한국 축구가 더 발전하기 위해서는 일관성 있는 전략과 체계 아래 각 연령대별 대표팀이 연계되어 운영되는 것이 바람직할 것이다.

인판티노 FIFA 회장 대한축구협회 예방 후 단체사진 (2017, 서울 축구회관)

대한축구협회장을 오래 하다 보니 어떤 사람이 협회장이 되는 것이 바람직하냐는 질문도 간혹 받는다. 이제는 축구인 출신이 회장을 할 때도 된 것 아니냐는 주장도 나오고 있다. 경기인 출신인지 비경기인 출신인지를 따지는 것은 별 의미가 없는 듯하다. 비경기인 중에서도 경제인이니 정치인이니 출신을 거론하는 것도 무의미하다. 단 회장은 선거를 통해서 선출되기 때문에 어느 정도 축구계에 종사한 경험이 있어야 당선 가능성이 있다고 본다. 축구계의 문제점을 잘 파악해서 적합한 대책을 낼 수 있고, 이를 잘 실행할 수 있는 사람이면 회장의 자격을 갖췄다고 할 수 있을 것이다.

누가 되든 협회장은 여러 가지 비난에서 자유로울 수 없다. 다만 이런 비난을 무릅쓰고라도 자신의 비전을 실천할 수 있는 분, 팬과 국민에게 축구의 가치를 심어줄 수 있는 분, 이런 분들이라면 협회장을 잘 할 수 있을 것이다.

—— 미래는 만드는 것이다

1996년 연초에 아버지가 69세의 나이로 현대그룹 회장과 현대자동차 회장에서 물러나고 현대자동차 명예회장에 취임했다. 새로운 현대그룹 회장은 몽구 형님이 맡았고, 나는 35세의 젊은 나이에 현대자동차 회장에 올랐다. 내 의지와는 상관없이 회장이 됐지만 책임과 의욕을 가지고 업무에 임했다. 평생 현대자동차를 키웠던 아버지는 아마도 조마조마한 마음으로 당신 자식이 회장에 오른 뒤의 행보를 지켜보지 않았을까 한다. 자서전에 이런 글을 남겨놓으셨다.

"비록 내 뜻은 아니었지만 내 뒤를 이어 현대자동차 회장에 취임한 몽규는 취임 초기부터 21세기 세계 10대 자동차 제조업체 진입, 즉 GT-10 프로젝트를 향해 일로매진하겠다며 남다른 의욕을 보였다. 고려대 경영학과를 졸업하고 1988년 영국 옥스퍼드 대학에서 정치학 학사와 석사 학위를 받고 돌아온 이후 줄곧 현대자동차에서 근무하던 몽규는 내 아들이기 이전에 자동차 회사의 까마득한 후배였다. 서른다섯 살 젊은 나이지만 그동안 평사원에서 시작해 상무와 전무, 부사장직을 수행하는 동안 매사 신중한 태도로 임했기에 이취임식에서 사기를 건네주는 내 마음은 믿음직스럽고 한편 홀가분했다.'

(정세영, 『포니정 나의 삶 나의 꿈』, p.473)

현대자동차는 국가 경제에 차지하는 비중이 매우 큰 회사였다. 나의 판단과 결정이 단지 우리 회사뿐만 아니라 국가 경제에, 그리고 모든 국민에게 끼치는 영향이 적지 않다고 생각하니 하루도 허투루 보낼 수가 없었다.

현대자동차 회장 시절에 겪었던 가장 큰 경험으로는 1998년 5월에 있었던 대규모 파업 사태를 꼽고 싶다. 당시 한국은 이미 전해에 IMF 사태에 들어선 상황이었다. 정리해고에 관한 노동법이 통과된 이후 벌어진 첫 대규모 분규 사태가 바로 현대자동차의 총파업이었다. 현대자동차 노조는 민주노총의 핵심이었으니 이 파업의 여파는 엄청날 수밖에 없었다. 마치 국내 경제의 사용자와 노동자가 새로운 환경과 법률 아래서 울산에서 대리전을 치르는 모양새였다. 1987년 이후 지속되었던 단순히 임금을 인상해 달라는 파업과는 성격이 달랐고, 파업 규모와 강도에서도 차원을 달리했다. 이 기간 동안 공장 곳곳에 내 이름 석 자가 빨간 페인트로 여기저기 크게 쓰여 있었다. 섬뜩한 글씨체로 공장 벽에 타도 대상이라고 휘갈겨 있는 식이었다. 이게 그냥 일상의 풍경이었다. 아버지도 마냥 어리게만 생각했던 '초보 회장'이 어떻게 이 미증유의 사태를 해결하는지 전전긍긍하며 지켜봤을 터이다. 아버지의 자서전을 보면 이런 내용이 적혀있다.

'당시 파업 현장은 회장인 몽규를 비롯한 간부들이 지키고 있었고, 나는 본사에서 수시로 현장 상황을 보고받았다. 나는 잠시 보고 차 서울에 올라왔던 몽규가 다시 울산으로 내려가는 길에 붙들고 당부했다.

"이번 사태가 너에게는 하나의 시금석이 될 것이다. 이 위기를 잘 극복하면 회사 경영에 발을 붙일 것이요, 그렇지 못하면 앞으로 산 넘어 산으로 숱한 위기를 겪게 될 게다. 네 사회생활의 분기점이다 생각하고 자신감을 잃지 말고 정도를 지켜서 잘 해결해라."

이 말은 어떤 어려움 속에서도 원칙을 잃지 말라는 뜻이었다.

아직 젊기는 하지만, 나는 몽규가 어떤 분야의 사업을 맡더라도 잘 이끌어갈 것이라고 믿었다. 평소 몽규의 처신과 가치관을 익히 알고 있기에, 나는 최악의 불법 파업 현장으로 보내면서도 그다지 불안하지 않았다. 그런데 보고를 들으니 전쟁터와 같은 그 험악한 분위기에서 회장인 몽규가 노조 대표와 담판을 짓겠다며 노조 캠프로 향했다고 한다. 노조 본부가 설치된 캠프 주변은 살벌하기 그지없고 요소요소 위험이 도사리고 있었기 때문에 중역들은 사색이 되어 몽규 회장 앞을 가로막았다. 그러나 몽규는 중역들의 만류를 뿌리치고 캠프로 걸어갔는데, 도로 양편에는 텐트가 수십 개 펼쳐져 있고 과격한 노조원과 가족들이 진을 치고 있었다. 몽규를 본 노조원과 가족들 사이에서 온갖 욕설이 쏟아져 나왔으며, 피켓이나 몽둥이를 휘두르는 부녀자들도 있었다. 하지만 노조 캠프를 오가는 동안 몽규는 얼굴 표정 하나 흐트러뜨리지 않고 의연한 모습이었다고 한다.

　나중에 몽규를 수행했던 어느 중역은 그런 모습이 1987년 현대자동차 노사분규 때의 나와 너무 닮았더라고 했다. 어째 됐건 문제 해결을 위해 보여준 몽규의 의지와 용기에 나는 든든한 마음이었으며, 몽규 또한 이때의 파업과 대응 방법에 많은 교훈을 얻었을 것이다.'

(앞의 책, p.505~506)

　지금도 현대자동차 노조의 결사대 사이를 뚫고 협상하러 걸어가던 긴장된 느낌이 생생히 기억난다. 30대 중반의 젊은이가 왜 두렵고 떨리는 마음이 없었겠는가. 그래도 국가 경제의 중요한 위치를 차지하는 회사의 총책임자로서 마땅히 해야 할 일은 해야 한다는 마음뿐이었다. 이렇게 젊은 나이에 워낙 큰일을 겪은 덕분인지 이후 내 인생에 있어서 웬만한 일에는 흔들리지 않고, 끄떡하지 않는 배포는 생긴 듯하다. 사업에서도 그렇고, 축구계에서도 마찬가지였다.

현대자동차 회장 시절 노사협상 타결 당시 노무현 前대통령과 함께 (1998, 울산)

　　현대자동차에서 현대산업개발로 옮기게 된 것이 1999년 3월이었다. 이
또한 내 의지와는 관계없이 큰아버지와 아버지가 그리 결정했다. 아버지가
현대자동차를 떠나는 것으로 결정한 뒤, 큰아버지는 "몽규는 자동차 부회장
으로 몽구 밑에 두도록 하겠다"는 뜻을 밝혔다고 한다. 하지만 아버지가 "다
음에 또 몽규 때문에 곤혹스러운 일이 생길 텐데, 이번에 몽규도 아주 그만
두도록 하는 게 좋겠다. 함께 자동차를 떠나겠다"는 입장을 분명히 했다. 그
래서 나는 내 첫 직장이었던 현대자동차를 내 의지와 상관없이 떠나게 됐다.
내 인생에 있어서 가장 큰 변화를 경험하는 순간이었다.

　　아버지는 현대산업개발로 옮긴 뒤 얼마 되지 않아 폐암 판정을 받았다.
현대그룹 회장을 맡았던 9년 동안 노심초사하면서 경영에 몰두하느라 당신
몸을 제대로 챙기지 못한 탓이 컸다. 큰아버지가 정계 진출을 하고, 대통령
선거에 패배하고, 다시 정계 은퇴를 하는 과정에서 아버지는 노태우 정부와
김영삼 정부에서 현대그룹에 가해진 정치적 탄압을 온 몸으로 버티고 막아
냈다. 오죽하면 "비록 9년 동안 그룹 발전에 이렇다 할 공헌을 한 것이 없다

해도, 찍어 누를 듯한 압박 속에서 '현대'라는 간판을 지켜낸 것만도 다행스러웠으며, 나로서는 그것으로 위안 삼을 수밖에 없었음을 고백한다"고 자서전을 통해 털어놓았겠는가.

· · ·

폐암 판정 이후 곧바로 아산병원에서 수술을 받았다. 빨리 병이 나아서 다시 활동하고 싶은 마음이 컸기에 아버지는 항상 공격적인 치료를 받았다. 별다른 사회 활동도 하지 않으면서 치료에만 전념했다. 때문에 현대산업개발의 주요한 경영 결정은 오직 나 혼자 해야만 했다. 현대자동차 회장으로 있을 때는 아버지도 명예회장으로 건재했고 큰아버지나 사촌형님들도 다들 큰 회사를 맡고 있어서 나는 집안의 어른들과 중요한 사안을 상의할 수 있었다. 그러나 현대산업개발에서는 하나뿐인 어른인 아버지가 투병 중이었으니, 내가 혼자 결정해야만 하는 일이 많아졌다. 또 아버지도 여러 가지로 나를 가르치거나 조언해줄 수 있음에도 경영에 대한 언급을 피하면서 내가 직접 모든 것을 할 수 있는 환경을 만들어주었다.

이러한 환경 변화가 내가 더 성장할 수 있고, 더 깊이 사고할 수 있는 기회를 제공했다. 지금 내 나이가 되고 보니 아버지가 회사 경영에 조언하지 않거나 관여를 하지 않는 것이 얼마나 힘든 것인가를 더 절감하게 된다. 그래서 나에게 그런 배려를 아끼지 않았던 아버지에 대해 더욱 깊은 존경과 감사의 마음을 가지게 됐다.

· · ·

현대산업개발에서 내가 홀로 판단했던 경영적 결단의 하나가 대우 로얄즈 축구단을 인수하는 것이었다. 이 축구단을 인수해 부산 아이콘스로 재창단했고, 이후 부산 아이파크라는 새 이름으로 20년 넘게 K리그에서 활동하고 있다. 나의 판단으로 인수한 축구단이 결국 내 인생 후반부의 큰 부분을 차지하게 되는 축구와의 인연을 이어주는 계기가 됐다. 부산 아이파크의 구단주가 아니었다면 내가 한국프로축구연맹 총재를, 또 대한축구협회장을 맡을 일도 없었을 것이다. 그때는 일이 이렇게 진행될지 전혀 몰랐다. 그저 축구단 인수가 2002 월드컵 이후 K리그의 성장으로 또 다른 사업 기회가 될 수 있다고 판단했을 뿐이다.

현대자동차에 입사한 것도 이미 정해져 있었고, 현대자동차를 떠나게 된 것도 어른들이 정했던 일이었다. 현대자동차를 떠났던 38살까지 나를 둘러싼 큰 결정은 이미 정해진 것들이 많았다. 나는 이미 정해진 결정에 충실히 순응하면서 연기했던 배우였는지도 모른다. 현대산업개발로 옮겨서 대우 축구단을 인수했던 것이 39살이었던 2000년이었다. 불혹의 나이를 앞두고 내가 스스로 내렸던 이 결정이 이후 나의 삶을 크게 바꿔놓았다. 축구와의 본격적 만남이 바로 그것이었다. 이런 인생의 오묘함에 정말 감사한 마음이다.

이 책을 쓰면서 나의 인생에서 일어났던 수많은 일들이 마치 점에서 선으로 연결되는 것만 같았다. 막연히 생각나는 사건이나 파편적으로 느껴졌던 일들이 다양한 배경과 어우러지면서 마치 퍼즐처럼 조각조각 맞춰지는 것은 놀라운 경험이었다. 나는 젊은 시절부터 워낙 큰일을 겪은 탓인지 과거의 일에 별로 집착하지 않고, 또 생각하지 않으려고 했다. 과거는 인간이 바꿀 수 없는 영역이기 때문이다. 대신 힘들거나 어려울 때는 항상 미래를 먼저 생각했다. 미래는 지금 이 순간의 인간이 하기 나름에 따라 얼마든지 바꿀 수 있는 영역이라고 믿었다. 그래서 과거보다는 늘 미래를 바라봤다. 미래에 대한 도전 의식으로 내 삶을 채워왔다.

지나온 내 인생을 처음으로 꼼꼼히, 자세하게 돌아봤다. 워낙 반추(反芻)를 안 했던 터라 기억이 가물가물한 일들이 많았다. 옛날의 자료도 들춰보고, 함께 일했던 사람들의 이야기도 들어봤다. 그러면서 조금씩 '그때의 나'가 살아나 다가오는 것이 느껴졌다. 흩어졌던 점들 사이가 선으로 연결되기 시작했다. 그 선의 맨 끝에 '지금의 나'가 서 있다. 이 선이 앞으로 어떤 방향으로 또 그어질지는 잘 모르겠다. 다만 이 책을 쓰면서 내 인생을 다시 성찰하고 앞으로의 일을 계획할 수 있는 계기가 만들어진 것에 너무나 감사하다.

앞으로 건강하게 사고하면서 정력적으로 살 수 있는 시간은 길어야 15년에서 20년 정도가 아닐까 싶다. 앞으로 어떤 일을 더 할지 여러 가지로 고민을 해왔다. 나 자신뿐만 아니라 가족이나 회사, 사회와 국가에 도움이 될 수 있는 것이 무엇인지 더 구체화할 생각이다. 그 가운데 축구도 잊지 않으려고 한다. 내가 앞으로 어떤 자리에서 무슨 일을 하더라도 내 인생에 큰 가르침과 기쁨을 주었던 축구에 대한 고마움은 항상 갚아나가려고 한다. 그것이 한국 축구가 나에게 주었던 혜택을 돌려주는 것이라고 생각한다.

· · ·

축구와 함께한 삶이어서 진정 행복했다.

지난 30년간의 축구 인생 여정을 돌아보며 집필했던 노트들

감사의 글

지금까지 여기에 쓴 글들은 축구와의 오랜 인연과 지난 14년 동안 한국프로축구연맹 총재와 대한축구협회 회장으로서 직접 겪은 주요한 일에 대해서 나만의 프리즘을 통해 보고 느낀 것들을 정리한 것이다. 이 책 안에서 다룬 내용은 다른 관계자의 경험이나 인식과는 차이가 있을 수 있다. 차이가 있다면 서로의 관점 또는 해석이 달랐거나, 나의 지적 한계 또는 나와 관계자가 가지고 있는 정보의 오류 때문일 수 있다. 혹시 등장하는 분들에게 오해와 상처가 있었다면 전적으로 나의 책임이다. 다른 견해가 있다면 서로 다시 의견을 나눌 기회가 있기를 소망한다. 나 역시 이 책이 던진 논쟁적 부분이 있다면 언제든지 대화에 나설 용의가 있다.

. . .

세상은 빨리 변한다. 요즘은 유튜브나 SNS 같은 뉴미디어들이 여론을 주도하고 있다. 우리의 축구 문화 역시 이런 다양하고 새로운 표현 방식과 유의미하게 조응할 때 더욱 발전할 수 있을 것이다. 다만 세상 모든 일을 한 점의 티 없이 살아가야 한다거나, 축구협회도 그런 방식으로 운영해야 한다고 믿는 사람들이야말로 축구를 맹신하면서도 동시에 파괴할 수 있는 우를 범

할 가능성이 있다고 생각한다. 단편적인 면이 강조되어 조직이나 한 개인의 잘못으로 만드는 경우가 많이 있었다. 우리는 너무 쉽게 희생양을 찾고 사건을 단순화하려고 한다. 과거의 축구협회도 그랬고, 내가 이끌었던 축구협회도 그랬지만 사회적으로 많은 비판을 받았다. 내가 이 책을 씀으로써 몇 가지 면에서 더 가혹한 비판을 받을 수 있다는 걱정도 들었다. 하지만 내가 했던 고민과 결정들이 이후에 냉정하게 재평가받고, 다시 논의되고, 비판받는 과정 속에서 다음에 축구협회를 맡는 분들이 비슷한 실수나 잘못을 하지 않는데 조금이라도 이 책이 도움이 된다면 그것으로 만족한다. 여러 가지 예민한 부분에 있어서도 최대한 솔직하게 내 생각과 고민의 근거들을 남기려고 했던 이유다.

. . .

지금까지 내 인생에서 가장 중요한 것은 가족, 사업 그리고 축구였다. 사랑하는 내 가족들, 어머니, 아내, 세 아들, 누이들에게 고맙다. 내가 축구협회장이라는 이유만으로 과도하고 때로는 비이성적인 비난에 시달릴 때 이들은 큰 용기와 위안을 줬다. 때로는 제발 축구협회장을 그만 좀 하라고 말리기도 했다. 특히 아내 김나영에게 감사하다. 아내는 나에 대한 기사, 축구 관련 주요 기사를 전부 볼 뿐만 아니라 댓글까지 다 읽고서 여론의 흐름을 나에게 전해줬다. 축구 유튜브 방송도 거의 다 본다. 잘못된 기사가 나올 때면 나보다 더 속상해 하고 신경을 쓴다. 그런 점에서 항상 미안한 마음을 가지고 있다.

현대산업개발에서 같이 일했던 모든 선후배 동료들, 사원들에게 감사하다. 14년 동안 축구 일에 적지 않은 내 시간을 할애했음에도 지금의 HDC가 건재한 것은 모두 그분들의 공이다.

. . .

이 책에 거론된 분이나, 이 책에 언급되지 않았지만 축구를 통해 내가 만났던 모든 분에게 감사하다. 먼저 몽준 형님께 고마움의 인사를 드린다. 탁월한 기업인이자 정치인, 그리고 축구 행정가로서 형님은 언제나 나의 표상이었다. 어린 시절 형님께 스키를 배울 때부터 후임 협회장으로서 축구에 대한 다양한 가르침을 받을 때까지, 형님은 늘 동생을 아끼고, 베풀고, 품어주셨다. 14년 동안 프로축구연맹과 대한축구협회를 이끄는 동안 함께 대한민국 축구 발전을 위해 애써주신 모든 임직원에게 감사의 마음을 전한다. 일 욕심이 많은 수장 밑에서 너무 고생이 많았다. 같이 일했던 모든 이들을 대표해 집행부에서 책임을 맡았던 안기헌 전무, 홍명보 전무, 박경훈 전무, 이용수 부회장, 김정배 부회장, 전한진 본부장 등에게 감사하다. 12년 동안 축구협회의 훌륭한 파트너로서 한국 축구의 또 다른 축인 K리그 발전을 위해 애써주신 한국프로축구연맹 권오갑 총재와 한웅수 부총재에게는 늘 신세를 졌다. 축구계 원로분에게는 항상 도움만 받았다. 김정남, 조중연, 이회택, 김호곤, 차범근, 허정무 등이 그런 분들이다. 나의 재임 기간 동안 국가대표팀을 지휘해준 최강희, 홍명보, 슈틸리케, 신태용, 벤투, 클린스만 감독에게 감사하다. 해외리그에서 한국 축구의 위상을 높여준 안정환, 이영표, 박지성, 기성용, 구자철, 손흥민, 이재성, 김민재, 황희찬, 황인범, 이강인 선수는 늘 우리의 자랑이었다. 한국 축구를 재정적으로 후원해주신 하나은행의 김정태 회장, 함영주 회장과 나이키, KT, 현대자동차 등 모든 스폰서 분께 고마움의 인사를 전한다. 항상 축구에 관심을 갖고 축구협회와 나에게 조언을 해준 미디어 관계자에게 감사한다. 축구에 대한 사랑이 없었다면 비판도 없었을 것이다. 앞으로도 많은 비판과 격려를 부탁한다. 하늘나라에 계신 이광종 감독과 조진호 감독의 명복을 빈다. 풀뿌리 유소년 팀에서부터 국가대표팀까지 이 땅에서 공을 차는 모든 축구 선수와 축구인이야말로 대한민국 축구의 진정한 주역이며 이 책의 주인공이었다. 그들에게 이 책을 바친다.

. . .

이 책을 준비하면서 과연 이것을 완성할 수 있을까, 너무 자화자찬만 되지 않을까 또는 내가 쓰는 것들이 모든 사람이 이미 알고 있는 것을 다시 적는 것에 불과한 것이 아닐까 하는 여러 가지 걱정이 많이 들었다. 그래도 여러 분들의 도움으로 책을 완성할 수 있었다. 위원석 대한축구협회 이사(전 스포츠서울 편집국장)는 지난 1년 동안 이 책의 처음부터 끝까지를 함께했다. 위 이사는 평생 체육기자로 살아왔던 지혜와 경험을 살려 이 책이 객관성과 균형 감각을 유지할 수 있도록 해줬다. 김풍년 대한축구협회 팀장은 각종 자료와 사진 등을 챙기느라 야근의 고단함을 마다하지 않았다. 김진호 비서는 주말도 잊은 채 온갖 실무를 처리해줬다. 다소 밋밋한 원고를 멋진 책으로 완성해준 브레인스토어의 홍정우 대표와 김다니엘 편집자에게 특별한 감사의 말을 전한다.

. . .

사적인 책이지만 공적인 기록을 남긴다는 사관(史官)의 마음으로 최대한 객관적이고 이성적으로 글을 쓰려고 했다. 거인의 어깨 위에 서면 세상이 더잘 보인다고 했다. 나는 비록 거인은 아니지만, 작은 사람의 어깨 위라도 내어준다면 조그만 도움이 될 수 있다고 생각했다. 축구계를 위해 남기는 기록이니 사심을 담지 않으려고 노력했다. 이 책을 통해 약간의 인사이트를 얻었다는 축구인이 나온다면 글을 쓴 보람이 있겠다. 오직 그 목적 하나로 이 책을 썼다.

축구의 시대
정몽규 축구 30년

초판 1쇄 펴낸 날 | 2024년 7월 26일
초판 3쇄 펴낸 날 | 2024년 8월 23일

지은이 | 정몽규
펴낸이 | 홍정우
펴낸곳 | 브레인스토어

책임편집 | 김다니엘
편집진행 | 홍주미, 이은수, 박혜림
디자인 | 이예슬
마케팅 | 방경희

주소 | (04035) 서울특별시 마포구 양화로 7안길 31(서교동, 1층)
전화 | (02)3275-2915~7
팩스 | (02)3275-2918
이메일 | brainstore@chol.com
블로그 | https://blog.naver.com/brain_store
페이스북 | http://www.facebook.com/brainstorebooks
인스타그램 | https://instagram.com/brainstore_publishing

등록 | 2007년 11월 30일(제313-2007-000238호)

© 브레인스토어, 정몽규, 2024
ISBN 979-11-6978-035-3 (03810)